本书为河北省重点学科中国现代文学专项建设经费资助图书

Shakespeare's
World

天地一莎翁

莎士比亚的戏剧世界

傅光明 著

天津出版传媒集团

天津人民出版社

图书在版编目(CIP)数据

天地一莎翁：莎士比亚的戏剧世界 / 傅光明著. --
天津：天津人民出版社, 2017.10(2021.10 重印)
　ISBN 978-7-201-12240-3

Ⅰ. ①天… Ⅱ. ①傅… Ⅲ. ①莎士比亚(
Shakespeare, William 1564-1616)-戏剧文学-文学研究
Ⅳ. ①I561.073

中国版本图书馆 CIP 数据核字(2017)第 195497 号

天地一莎翁：莎士比亚的戏剧世界
TIANDI YI SHAWENG：SHASHIBIYA DE XIJU SHIJIE

出　　版	天津人民出版社
出 版 人	刘　庆
地　　址	天津市和平区西康路 35 号康岳大厦
邮政编码	300051
邮购电话	(022)23332469
电子信箱	reader@tjrmcbs.com

责任编辑	范　园
装帧设计	汤　磊

印　　刷	天津新华印务有限公司
经　　销	新华书店
开　　本	880 毫米×1230 毫米　1/32
印　　张	17.625
插　　页	1
字　　数	400 千字
版次印次	2017 年 10 月第 1 版　2021 年 10 月第 2 次印刷
定　　价	68.00 元

目　录

序　新译莎士比亚的缘起

傅光明

2012 年 4 月,应美国国会图书馆东亚部之邀访美期间的一天,与韩秀在她书房里闲聊,提及十几年前曾出于好玩儿,新译过查尔斯·兰姆跟姐姐玛丽·兰姆合作改写的《莎士比亚戏剧故事集》,不想韩秀当即说,她与台湾商务印书馆的方鹏程总编辑相熟,可推荐一下,看有无可能再出一个繁(正)体字版本。我心向往之。

回国后,我便将译稿通过电子邮件传给台湾商务印书馆的方总。很快收到方总回复:译稿已通过编辑部讨论,接受出版,合同会很快寄来。我自是高兴,惦念着好事成双,回复致谢时,便又提到以前还曾译过一部题为《我的童话人生——安徒生自传》。8 月 15 日,收到方总回复:"谢谢您寄来译稿大作《安徒生自传》,将提到下月编辑会议讨论。冒昧想请问,您是否还有翻译西洋经典名著?或是仍在翻译书籍?可否将已翻译、可出版的西洋名著书名提供给我,以便进一步考虑合作方式。"

我感到方总的诚意,遂回信致以谢忱,表示:"愿推诚相与,并希望和期待未来我们之间可能有的更多合作。"然后,便将已有的小小的翻译经历向方总和盘托出:

首先,在翻译上,我译的第一部书是台北业强出版社1992年版的《两刃之剑:基督教与20世纪中国小说》(合),此为学术著作,至今未再版过。第二本是凌叔华受伍尔夫的鼓励所写英文自传体小说《古韵》(*Ancient Melodies*),此书的英文版是25年前萧乾先生所赠所荐,后得凌叔华与陈西滢独女陈小滢女士正式授权,亦由业强首版。后于1994年、2003年和去年,分别由中国华侨出版社、山东画报出版社、天津人民出版社接连再版,后两个为图文版。

此书如有可能,作为译者我当然还希望能继续有繁体字版。此书非常好读,对研究凌叔华十分重要,林海音先生在世时,十分喜欢此书,写过专文。韩秀女士亦写了文章。现将此一并传奉,供审读。

我还在萧乾先生指点下,翻译过费正清的一本《观察中国》。但因此书的著作权在哈佛,估计再版,可能会麻烦些。

然后,除了翻译萧乾先生1940年代在英国

所做英文演讲的合集《现代中国与西方》，就是
《我的童话人生——安徒生自传》和《莎士比亚戏
剧故事集》了。

　　因现在翻译书，有版权上的麻烦，我只愿选
择进入公版的书来译，像莎剧故事集和安徒生。
我想重新翻译的，还有查尔斯·兰姆的那本《伊利
亚随笔》。再就是许多年前，因酷爱莎翁的缘故，
曾怀雄心壮志，想把一些莎剧经典新译一下，因
觉目前流行的无论朱生豪还是梁实秋的莎剧译
本，语言都不十分具现代感，尤其朱译本，还十分
拗口。这当然是个精工细活儿。后因无出版机缘，
只好暂时放弃。

未曾想到，发出邮件的 8 月 16 日当天，方总收信即复：

　　您的译稿和大作，已经转请馆内相关同人阅
读，下月编辑会议将会讨论。如果台湾商务愿意
出版您翻译的莎士比亚全集，您会有意愿翻译
吗？或者说，如果台湾商务要出版西方经典文学
或经典名著(公版书)，您会有意愿翻译吗？您的
意见，将是我们的进步动力。谢谢。

　　敬祝万事如意

　　　　　　　　　　方鹏程敬启

　　我与方总至今不曾谋面，但从他的信里，我总能感到一种信任和温暖。从我们开始互通邮件起，他每一封邮件的最后落款永不变都是"敬祝万事如意，方鹏程敬启"，非常绅士，令我始终没好意思冒昧称方总"鹏程兄"。但正是这暖融融的信任，使我对方总充满信任。不过，对于方总相邀"新译莎翁全集"的提议，我还是觉得不可思议。不是不信方总，是信不过自己。我去信问韩秀："我有资格译莎翁吗？"

　　韩秀像以往任何时候一样鼓励我："你当然有资格译莎翁。最好，先把老舍传完成，再开始莎翁戏剧的翻译工作。工程浩大，你一定要想清楚了再动工。你可以跟方总说，你必须完成的书有哪几本，完成的时间大约是几时，然后再来讨论莎翁戏剧的具体进程。这样不至于太被动。人生苦短，精力有限，你不要把自己累坏了。"话语间一如既往充满关切和爱。

　　于是，8 月 17 日，我回复方总：

　　　　信悉。说实话，您的这个提议，我可从不曾想过，甚至是未敢如此想过。我首先问自己，我有资格翻译莎翁全集吗？昨天致信韩秀老师，征求她的意见。她很快爽快地回复说，你当然有资格翻译，只是别太辛苦劳累了！她的意见对我十分重

要。此外,我还征询了三位师友,他们都表示支持与鼓励。我也反复认真思考了一下,在此把想法和盘托出来:

1.若接受翻译莎翁全集,对我无疑是一个极大的挑战。您能有这样的提议,我首先得谢谢您盛情高谊的诚挚信任。同时,这也将使我得到一个向前辈译者细心学习、研磨翻译的机会。

2.我目前正写作老舍传——《老舍:他这一辈子》(老舍写有中篇小说名作《我这一辈子》,我来写写他的一辈子),计划明年底写完。如果我着手翻译莎翁,估计最初这段时间的进度会相对慢一些。

3.对我个人,这是个大挑战的同时,还是个会持续多年的大工程。我想可否这样来安排进度:第一步先莎翁悲剧,或可分两辑推出其悲剧集,可单本,可合集(比如,先推出四大悲剧《哈姆雷特》《李尔王》《奥赛罗》《麦克白》,然后其他)。第二步,再译并推出莎翁喜剧,亦可分两个时段选择不同剧目先后出版。第三步,译莎翁的历史剧,做法如前。不知您意如何。

方总十分爽快地表示同意。这之后,我们开始探讨如何新译的问题。9月25日,我致信方总:

关于莎剧的新译，想了以下六点，呈上供参考：

第一，如您所说，既要新译，则必与旧译有所不同，否则何必重译。除了在重要的名词、事件甚至人物处均加注解外，对每剧亦均写导读。这是体例上的新。

第二，就中文表达来看，我仔细比对过朱、梁二位的译文，朱译的许多地方过于拗口甚至别扭，时常连英文的倒装语序都不改，当然主要是因他翻译的那个时代汉语表达远不如现在规范；梁译又时有草率，许多地方译文不够漂亮。我从1987年跟萧乾先生学徒12年（他1999年去世），自信在译文的现代感和流畅性上，完全能够超越他们。我想您对此或许有些信心不足。呵呵。这既是译笔上的新，也是我想挑战一下的理由。（说到此，我还是特别要谢谢您的邀约，其实您能邀约本身就意味着对我的信任了。另外，我觉得，若莎剧能有商务版的新译，也是件泽被读者与后世的功德无量之好事。）

第三，可先新译《哈姆雷特》或《罗密欧与朱丽叶》做样子，若可把译式确定，再着手图远不迟。

第四，若译完莎的全部悲喜剧，我想或可能需三到五年；若译完全部37部莎剧，我想可能得六到八年。当然，如果中途有什么事情，可能会出现耽搁。不过，我觉得哪怕做上 10 年，这也是值得的！朱生豪翻译了莎剧 37 部中的 27 部，用了八年，最后因肺病去世。梁实秋断断续续用了 30 年。我当然不会拖这么久。一笑。

第五，您逐册出版的建议甚好，若每年都推出二或三个莎剧，也有益于读者慢慢地领略与接受新译，并期待后者。

另有一点十分重要，我到底还算年轻，精力、体力尚够，若此译拖到 10 年之后，只怕到时是心有余力也不足了。这是我想挑战的另一重要原因。译事是苦差，需有好的身体、脑力做保证。如何请酌。

现在回头看，当时还是把新译的大艰辛想简单了，以至于在把《哈姆雷特》第一幕作为新译样章时，忽然意识到，一旦着手恐只能将老舍传的写作割爱。果然如此，新译莎翁给我的老舍研究，画上了句号。

样章新译通过审读之后，台湾商务印书馆同我签订了新译莎翁全集的出版合同，新译进度的时间表附在合同后面。那时，方总提出，希望译好一幕先传去一幕。整部新译《哈姆雷特》即是如此，待新译第二部莎剧《罗密欧与朱丽叶》时，则无须如此了。我想，是我的新译文字、丰富注释以及长篇导读,都通过了方总的"验收"。

2013年4月1日,台湾商务印书馆出版了我新译的《莎士比亚戏剧故事集》,我在"译后记"写道:"若能完整领略过莎剧原著,无论何时,只要想起这本'故事集'带你走入莎士比亚的文学世界,你都会从心底发出惬意舒心的微笑。我便是带着这样的微笑,渐渐步入莎士比亚戏梦人生的文学世界。"

我微笑着步入莎翁的世界。

4月30日,我收到韩秀寄来的生日贺卡,随即写邮件致谢,我说:"现在对我来说,庆幸的是,有您给我带来的莎士比亚做伴,别的都没有时间去想了。莎士比亚带来的辛苦超过想象,当然,沉醉其中的快乐也远超预期……我觉得写译序比翻译还累呢!因为有注释本,翻译可以每天按时按量地推进。而写译序,就麻烦了。一要看书、查资料,二要写出'新'得。"

说到译序(即后来的导读),我不能不再次感谢方总。我原想,为每部新译莎剧顶多写个万八千字的导读足矣。但放开手一写,发现完全收不住。当《哈姆雷特》的导读写到6000字时,我传给方总看,问他超了篇幅怎么办,估计至少2万字。方总看过后,回复继续写,不必考虑字数。

就这样,在新译完成六部莎剧《哈姆雷特》《罗密欧与朱丽叶》《威尼斯商人》《奥赛罗》《李尔王》《麦克白》的同时,写了六篇导读,近四十万字。于是,有了这部《天地一莎翁》（本次选取了五部导读），它也是我研究莎士比亚第一本书。

2014年4月1日，台湾商务印书馆出版了我新译的中英对照本《罗密欧与朱丽叶》，内心的喜悦难以言表。然而，绝没想到的是，一个多月之后的5月5日，收到方总简短的来信："本人于5月起退休，因为公司由王云五的孙子接管，准备改变出版路线……新译莎翁全集应该会继续出版……如有机会去北京，当前往拜访，如有来台，亦请联络。"最后落款，还是那熟悉的"敬祝万事如意，方鹏程敬启"。

事出意外，我不想妄自揣测什么，只在心里一面默默祝福方总万事如意，一面默默祈祷新译莎翁的出版别因方总退休受到影响，还自我安慰：商务毕竟是百年老店，当以诚信为上。但人算不如天算，很快接到商务来函："最近公司经营管理层异动，出版政策大幅修正，至方总于四月底退休，并对下半年的出版品重新评估……所以暂时决定将《哈姆雷特》《威尼斯商人》延后出书……其他的译作也相对推延出版，这个不得已的决定还请您谅解与配合。"

这已跟我同"老店"签订的出版合同、同我跟方总的约定相违了。

事情常会随人事变更发生变化，这再稀松平常不过了，但这样的事常使当事人措手不及，一下子难以适应，这既是世相，有时更是人情，除了接受现实，并及时调整应对，大概也没什么更好的法子。先等等看。

不久，台湾商务印书馆来函，言及新译莎翁全集"短期内恐难于持续操作"，并询问我意下如何。这是投石问路呗。此时，我倒十分冷静了。我的想法非常简单，既然当初与台湾商务印书馆之缘，因方总而起，如今方总已退，缘尽也罢。缘在牵手，缘尽离散，自古亦然。这样，按照外交辞令的表达，贵我两方经过友好协商，签署"终止合约书"，和平分手，我收回新译莎翁的版权，包括已出版的《罗》剧。

在此，我要感谢天津人民出版社的黄沛社长和时任编辑部主任的沈海涛先生。2014年底，海涛兄陪同黄沛社长，专程来我办公室小坐恳谈。此前，黄沛社长已大致了解上述写作整个情形，他当面表示，天津人民出版社愿精诚合作，倾力打造傅氏新译莎翁全集。

2015年初，天津人民出版社与我正式签订了出版合同。

黄沛社长对此极为重视，他专门成立了一个项目组，孙瑛女士是负责人，成员有后来接替海涛兄担任编辑部主任的伍绍东、编辑范园等，这个团队成员都十分敬业、严谨、负责。对于我，未来肯定至少是"十年译莎翁"，这个项目组或是"十年一莎翁"。

在此，我要感谢范园女士，她是这部由五篇莎剧导读结集而成的《天地一莎翁》的责任编辑，之前，她曾是拙译《古韵》的责编。我们的合作十分愉快。

另外，我要感谢我的博士后指导老师陈思和先生，两年来，他与王德威先生联袂主编、由上海文艺出版社每年分"春夏""秋冬"两卷出版的《文学》丛书，连续全文发表了四篇导读，其中10万字的《李尔王》导读也一次性刊完。

俄国作家索尔仁尼琴说过一段十分精辟的话："生命最长久之人并不是活的时间最多的人……一个人必须明白，他的路由他自己决定，他必须深入了解自己的天赋能力。要彻底认识自己，对人来说真的不是一件容易的事。我现在是用惊奇的眼光在看自己，因为我年事已高。你在步入老年时会发现新的可能性和新的能力。其中之一就是你一次次地回顾一生，会看清在匆匆流逝的时光中那些从未看清的东西。我们生命中的大部分岁月都是在忙碌中度过的，忙碌让我们无暇思考生命中的那些微妙差异。而长寿让灵魂有了富余的空间来了解这一切。这就是为什么我们不是总有对他人的行为做出判断的权利，因为低估了那些对自己的行为也没有真正理解的人不自知的程度。他们既没有时间，也没有条件这么做。"

我想，我已经能够明白我在做什么，以及我能做什么，至少我正在努力这样做。

无疑，这是一个浮躁、喧哗、骚动的尘世，我的余生，只想"三心"（安心、静心、潜心）"二意"（执意、刻意）地完成新译莎翁这么一件值得付出整个身心的事。这是多么好玩儿的事啊！也只想在这个装了无数龌龊灵魂的薄情世界，愉快而深情地活在自己的风景里。此时，我不由得想起在阿尔勒,割了自己耳朵,被关进疯人院,却"沉浸在阅读莎士比亚的作品之中"的梵高。

莎士比亚,

我精神上的太阳;

莎翁的世界,

就是我的世界;

天长地久,

莎翁不朽!

2016 年 5 月 20 日

《哈姆雷特》：一个永恒的生命孤独者

人类，是怎样一件作品！那么高贵的理性！那么无穷的能力！仪容举止是那么文雅、端庄！在行为上，是那么的像一个天使！在智慧上，又是那么的像一尊天神！宇宙之精华！万物之灵长！可是，在我看来，这个尘埃里的精华算得了什么呢？

（《哈姆雷特》第二幕第二场）

本书插图选自《莎士比亚戏剧集》（由查尔斯与玛丽·考登·克拉克编辑、注释，以喜剧、悲剧和历史剧三卷本形式，于1868年出版），插图画家为亨利·考特尼·塞卢斯，擅长描画历史服装、布景、武器和装饰，赋予莎剧一种强烈的即时性和在场感。

时代的灵魂!……舞台的奇迹!……你的艺术是永恒的纪念碑,只要你的书在,你就永远活着。……他不属于一个时代,他属于千秋万代。

——【英】本·琼森

当我读到莎士比亚的第一页时,我的一生就都属于他了!

——【德】歌德

一、作为素材的故事源头

我们所熟悉或将要熟悉的莎士比亚 (1564—1616)《哈姆雷特》的故事,最早源于中世纪丹麦作家、历史学家萨克索·格拉玛蒂克斯(Saxo Grammaticus, 约 1150—1220)在 1200 年前后用拉丁文撰写的《丹麦人的业绩》(*Historiae Danicae*, 英文为 *Danish History*《丹麦人的历史》)。这部史书是丹麦中世纪以前最主要的历史文献，收集了丹麦古代的英雄史诗，记录了一些民间传说和歌谣。虽然其中卷三卷四《哈姆雷特的故事》(*The Hystorie of Hamlet*)的英文本直到莎士比亚于 1601 年写完《哈姆雷特》七年之后的 1608 年才出版，但莎士比亚很可能先读过此书的法文版，因为里边的许多细节几乎一模一样(也有学者认为莎士比亚编剧《哈姆雷特》之前并未读过此书的法文版)。这个源于丹麦民间的传说，讲的是一个名叫阿姆雷特(Amleth)的王子为父报仇的故事，他的母亲叫格鲁德(Gerutha)，与莎士比亚笔下的"哈姆雷特(Hamlet)"王子和他的母亲"格特鲁德(Gertrude)"，连名字的拼写都十分相近。

当然，关于莎士比亚把这部悲剧主人公的名字叫哈姆雷特(Hamlet)，还有一个有力的说法，说他是为了纪念自己 11 岁时病逝的儿子哈姆尼特(Hamnet)。1596 年 8 月 11 日这一天，从伦敦回到家乡斯特拉福德(Stratford)的莎士比亚，将病逝的儿子葬在镇上的圣三一教堂，当天值班教士的记录是："威廉·莎士比亚之子哈姆尼特。"哈姆尼特是龙凤双胞胎兄妹中的哥哥，当 1585 年 2 月 2 日莎士比亚为这对孪生兄妹在教堂受洗起名字时，用了邻居朱迪思·萨德勒和哈姆雷特·萨德勒的名字。而后一个名字在斯特拉福德的文件中曾有哈姆尼特(Hamnet)和哈姆雷特·萨德勒(Hamlet)两种写法。也许因为当时拼写还不十分规范，哈姆尼特和哈姆雷特两个名字是通用的。当莎士比亚的父亲约翰·莎士比亚在 1601 年年初病重时，莎士比亚正在写作这部主人公与亡子同名的悲剧——《哈姆雷特》。9月8日，父亲在圣三一教堂墓地下葬。此时，莎士比亚可能已经写完了《哈姆雷特》，并在伦敦进行了首演。与此相比，或许更重要的在于，莎士比亚在剧中把幽灵与哈姆雷特父子间的对话，以及哈姆雷特在剧中从头到尾一大段又一大段充盈着浓郁的忧郁气质和内心的矛盾纠结的、立誓复仇又犹疑不决时或异常清醒或貌似疯癫的诗情独白，或许融入了他因失子和丧父而产生的对于人的终极命运的思考，对于天堂、地狱和灵魂的拷问，对于基督教救赎的哲学体悟，对于人文主义思想启蒙的召唤。所有这些出自哈姆雷特这个人物之口的独白，无疑都是源于莎士比亚的天才妙笔。也正因为此，只要人类还在地球上存活一天，人类的灵魂深处就会有哈姆雷特的栖息地。

回到萨克索《丹麦人的历史》一书。他描述了这样一个故事：公元5世纪之前，丹麦、挪威、瑞典等北欧几国间战争不断，相互仇杀。丹麦日德兰半岛前朱特族首领格文蒂尔(Gerwendil)的两个儿子都能征善战，勇冠三军。长子豪文蒂尔(Horwendil)、次子芬格(Feng)被丹麦国王罗里克(Roric)任命为包围日德兰半岛的正副首领。在与瑞典人的战斗中，豪文蒂尔杀死了瑞典国王科尔(Koll)和他勇武的妹妹希拉(Sela)。国王为表彰立下赫赫战功的豪文蒂尔，将爱女格鲁德(Gerutha)嫁给了他。不久，生下一个儿子，取名阿姆雷特(Amleth)。芬格对哥哥的战功、美妻嫉妒有加，当国王在日德兰半岛举行宴会时，将哥哥害死。父亲死后，阿姆雷特为防止叔叔对自己的谋害，以装疯自卫，并伺机复仇。芬格指派阿姆雷特的少年好友、一位美丽的少女去诱惑他,安排他们在密林相会。阿姆雷特在一位义兄的帮助下,不仅得到了姑娘的爱,还使她答应参与复仇。芬格见美人计失败,又派人藏在格鲁德的床下,偷听母子谈话。阿姆雷特发现后,将其杀死,并碎尸煮烂喂猪。他向母亲长篇大论,指责她乱伦、改嫁,并告诉她,自己只是装疯,实际是在计划复仇。母亲真心忏悔,也答应帮助复仇。之后,芬格又生一计,指派两人将阿姆雷特押送到英格兰,并修书一封,请好友英格兰国王将其处死。出发前,阿姆雷特与母亲商定了一年后回国复仇的详细计划。旅途中,阿姆雷特趁押送者熟睡,修改了密信的内容,使他俩到英格兰以后成了他的替死鬼。而他凭着非凡的才智,获得了英格兰国王的宠信,被招为驸马。一年期至,阿姆雷特回国,在母亲的大力协助下,施巧计,设美酒,火烧大厅,烧死了所有侍从,最后一剑将芬格刺死。阿姆雷特次日发表演说,被拥戴为国王。但矛盾的是, 萨克索并未在叙事中解释为何罗里克国王仍然在世,却又要推出一位新王。

至此,故事并没有结束。阿姆雷特荣登丹麦国王以后,亲率三艘战船到英格兰看望妻子和岳父。英王正欲为好友芬格报仇,他想借苏格兰女王赫姆特鲁德(Hermutrude)之手置阿姆雷特于死地。这个苏格兰女王对任何求婚者都要施以酷刑,有许多好色之徒已因此丧身。当时英格兰王后刚去世不久,英王派阿姆雷特代为求婚,无异于是去送死。但当这位苏格兰女王得知了阿姆雷特的传奇经历和特殊使命后,不仅认为芬格的死是咎由自取,而且赞美阿姆雷特凭卓越智慧所取得的丰功伟绩, 并表示甘愿将自己连同王国都奉献给他。话没说完,女王就投入了阿姆雷特的怀抱。盛大的婚礼过后,俩人携一支强大的卫队来到英格兰。阿姆雷特的第一个妻子、英王的女儿,欣然接受了丈夫与苏格兰女王的结合,表示爱丈夫超过爱父亲,并提醒他:父亲另有新的阴谋。果然,英王派人伏击阿姆雷特一行。突袭之下,阿姆雷特受了轻伤,但在反击中,凭着智勇和两位夫人及卫队的全力协作,经过苦战,击败英军,杀死了英王。最后,阿姆雷特携两位夫人和无数的战利品,乘风破浪,回到了丹麦。这无疑是一个完美复仇故事的圆满落幕,但这个大喜的结局显然不适合莎士比亚的大悲剧。因此,这个叙事也就不为人熟知了。

不知是萨克索的拉丁文在转译成英文时出现了变异,还是从英文转译来的中文在变异之上又发生变异,以至于在有的莎士比亚传记讲到《哈姆雷特》的素材来源时,出现的是这样的叙事:丹麦老王豪文蒂尔有一位温顺的王后格鲁特(Gerutha),权倾朝野的弟弟芬格对这位王嫂垂涎日久,欲篡国夺嫂。他借口老王虐待爱妻,残忍地将他公开杀死。但老王的幼子阿姆雷特(Amleth)成了他驱之不去的心病。因为在基督教引进之前,野蛮社会的流行法则是,儿子必须替父报仇。在芬格的眼里,年纪尚轻的阿姆雷特虽尚不具威胁性,但按照父仇子报的残酷法则,他一旦长大成人,势必会完成复仇的使命。如果不早日除掉这个孩子,早晚有一天,自己将性命堪忧。而聪颖过人的阿姆雷特,为了能活下去以期将来为父报仇,便用装疯的办法解除叔叔的戒心。他故意溅得满脸是泥,无精打采地坐在火边,用小刀把一根根小木棍削成钩子。狡猾的芬格为验证这个一脸呆傻的侄子是否真的神志不清,三番五次设计试探,都被阿姆雷特机敏地躲了过去。他暗暗地等待时机！无论谁把他当傻子取笑、嘲讽、蔑视，他都深深地隐忍在心。最后，阿姆雷特娶了英格兰公主归国，见芬格及侍从正在狂欢（莎士比亚在《哈姆雷特》第一幕第四场开场，就让哈姆雷特对霍拉旭说出了对丹麦人饮酒狂欢的不屑："这种令人头大的狂欢闹饮在我们的东西各邻国中颇遭非议，他们叫我们酒鬼醉汉，还把许多粗鄙下流的污名加在我们头上，就连我们因诸多伟大成就赢得的名誉也因此而受损"），他们都以为他已经死了。他装扮成佣人把狂欢者灌醉，一把火烧了大厅，一剑穿心杀死了芬格。然后，他召集贵族，把自己装疯复仇的经过翔实地向他们和盘托出，终被拥戴为王。

关于阿姆雷特的装疯，美国学者斯蒂芬·格林布拉特（Stephen Greenblatt）在其《俗世威尔——莎士比亚新传》（*Will in the World: How Shakespeare Became Shakespeare*）中写道：在旧版中他的装疯是一种迷惑仇敌、赢得时间的计策，那些小木钩即是时间的标志，也是复仇者具有卧薪尝胆卓越智谋的证明。最后，阿姆雷特正是用这些木钩网住了熟睡的侍臣，然后放火烧宫。

看来，在读懂萨克索的拉丁文以前，在此给读者的感觉，只能是似乎在描述同一个故事的两个版本了。但撇开文本是否变异不谈，显然，豪文蒂尔是莎士比亚《哈姆雷特》剧中丹麦先王、哈姆雷特父亲的原型，无论他是被嫉妒的弟弟谋害，还是在众目睽睽之下被公开杀死，总之阿姆雷特不用父亲的幽灵托梦，就知道他是被叔叔害死的。芬格自然是莎士比亚笔下哈姆雷特的叔叔——那个邪恶的杀兄继位、篡国娶嫂的克劳迪斯国王的原型。

关于莎士比亚《哈姆雷特》素材来源的第二种说法认为，莎士比亚在编剧创作时，更有可能是直接取材自威廉·佩因特（William Painter, 1540—1595）和杰佛里·芬顿（Geoffrey Fenton, 1539—1608）先后分别于 1566 年和 1567 年以《悲剧的故事》(*Certaine Tragicall Discourses*)和《快乐宫》(*The Palace of Pleasure*)为书名出版的意大利小说家马泰奥·班戴洛（Matteo Bandello, 1485—1561）的小说《哈姆雷特》的英译本。这个英译本是根据法国人弗朗索瓦·德·贝尔福莱（Francois de Belleforest, 1530—1583）在其 1570 年与皮埃尔·鲍埃斯杜（Pierre Boaistuau, 1517—1566）合译的小说集《悲剧故事集》(*Histories Tragiques*, 1564—1582)第五卷中转述的该小说《哈姆雷特之历史》(*The Historie of Hamblet*)再转译的。这篇取材萨克索的故事的小说，增加了哈姆雷特的父王在遭谋杀以前，母亲先与叔叔通奸的情节。这个情节设计，自然毫无保留地移植进了莎士比亚的《哈姆雷特》。不过，在他的《哈姆雷特》中，关于王后与克劳迪斯的奸情到底是否在"杀兄娶嫂"之前，似乎只是幽灵的暗示。实际上，莎士比亚最直接从班戴洛小说取材的剧作是《罗密欧与朱丽叶》《无事生非》和《第十二夜》。

除了上述两种说法，还有一些莎学家认为莎士比亚的《哈姆雷特》是直接从 1594 年 6 月 11 日，由莎士比亚刚加入不久的"内务大臣剧团"在纽纹顿靶场剧院(The Newington Butts Theatre)演出(有人说是首演，有人说这原本是个旧剧)的以哈姆雷特为题材的旧剧嫁接而来的。这一被称为"原型《哈姆雷特》"剧的剧本已失传，作者亦不详。但也许是因为英国剧作家托马斯·基德(Thomas Kyd, 1558—1594)曾于 1589 年出版过一部著名的复仇悲剧《西班牙的悲剧》(*The Spanish Tragedy*)，此剧在 40 年之后被反复上演和修订。基德虽于莎士比亚 1601 年写《哈姆雷特》七年前去世，但《西班牙的悲剧》在莎士比亚在世时，一直十分流行。重要的是，作为当时最为走红的、典型的"复仇悲剧"，《西班牙的悲剧》充满了谋杀、自杀、疯狂以及人物借戏中戏杀敌复仇的场景，而且，《哈姆雷特》在设计被谋杀者的幽灵出现和主人公复仇迟疑这两点上，也与《西班牙的悲剧》完全一样。这里顺便提一句，今天已经鲜为人知的纽纹顿靶场剧院，是伊丽莎白时代最早的剧院之一，位于泰晤士河(Thames River)南岸，临近汉普顿街(Hampton Street)，1576 年投入使用，1594 年 6 月莎士比亚的几部早期剧作曾在此上演，1595 年剧院关闭。

因此，有人认定失传的"原型《哈姆雷特》"的作者就是基德，而那部剧的名字叫《乌尔·哈姆雷特》(*Ur-Hamlet*)，为基德 1589 年所写，且之后该剧一直为"内务大臣剧团"所有。同一年，诗人托马斯·那什 (Thomas Nash，1567—1601) 在给罗伯特·格林 (Robert Greene，1558—1592) 的《梅纳封》(*Menaphon*) 写的序中，曾讽刺一位没上过大学却自以为是的暴发户剧作家，指的可能就是基德；还提到一部写哈姆雷特的戏剧，应该就是《乌尔·哈姆雷特》，说"如果你在寒冷的早晨好好求他一下，他会把一整部《哈姆雷特》抬出来，我应该少说点儿悲剧台词"。这也许意味着，《乌尔·哈姆雷特》在当时虽然流行，艺术上并不成功。或也因为此，有人提出，莎士比亚《哈姆雷特》1603 年拙劣的第一版四开本就是《乌尔·哈姆雷特》的修订本。还有人说，在《哈姆雷特》1604 年的第二版四开本中，仍有该剧的若干片段。此中真情到底如何，悬疑至今不得而知。

　　事实上，英格兰在女王伊丽莎白时代，描写英雄人物为正义而战，并在临死之前成功复仇的"复仇悲剧"非常流行。但凡剧中出现残忍逼真的暴力场景，便深得当时喜欢寻求刺激的观众的喜爱。毫无疑问，对于1601年编剧《哈姆雷特》时的莎士比亚来说，要写一部主人公叫哈姆雷特的"复仇悲剧"，就素材而言，不仅是现成的，且已经相当成熟。同时，也可能是出于为所在的"内务大臣剧团"增加上座率的考虑，需要对人们熟悉的戏剧题材进行改写。托马斯·洛奇（Thomas Lodge，1558—1625）1596年在其《智慧的痛苦和世界的疯狂》（*Wits Miserie and The World's Madnesse*）中，写过这样一句话："那个面色苍白的幽灵，像个卖牡蛎的女人一样，在'大剧院'里叫得那样凄惨：'哈姆雷特，报仇！'"从这句话可以清楚三点：第一，无论剧本，还是演出，洛奇显然瞧不上《乌尔·哈姆雷特》，如果他确实是指的这部戏。第二，"像卖牡蛎的女人惨叫似的"这句台词，并未从莎士比亚的幽灵嘴里说出来。第三，当然是最重要的，剧中出现了幽灵。据说，在基德《西班牙的悲剧》中已经出现了幽灵形象。在这样的背景下，莎士比亚的《哈姆雷特》应运而生了。我想，或许是幽灵的出现，激活了莎士比亚写作一部全新的《哈姆雷特》的艺术灵感。

　　莎士比亚从不原创剧本，而总是取材自古老的故事，《哈姆雷特》也不例外。但无论他的创作灵感从何而来，他的《哈姆雷特》都无疑是一部天才的伟大剧作，不仅为伊丽莎白时代的观众所喜爱，四百多年来，始终令无数莎迷为之陶醉、痴迷。

二、在不同的版本背后藏着微妙

尽管莎士比亚在世时，对出版自己的剧作并未显出有多大兴趣，仅仅为剧团写作已使他心满意足，但他的两位朋友、曾一起共过事的演员约翰·赫明（John Heminge）和亨利·康德尔（Henry Condell），还是在他1616年去世七年后的1623年，把收集起来的他的36个剧本，包括"他全部的喜剧、历史剧和悲剧"，第一次以莎士比亚全集的面貌"根据真实的原本"出版了，开本形式是非常醒目的对开本，故称"第一版对开本"，或简称第一对开本。《哈姆雷特》在该本的第152页到280页。被公认为伊丽莎白一世和詹姆斯一世时期重要性仅次于莎士比亚、也是他戏剧创作上主要竞争对手的诗人、剧作家、批评家本·琼森（Ben Jonson，1572—1637）在为第一对开本写的"献词"中，赞誉莎士比亚是"时代的灵魂！……舞台的奇迹！……你的艺术是永恒的纪念碑，只要你的书在，你就永远活着。……他不属于一个时代，他属于千秋万代"。

1602年7月26日，詹姆斯·罗伯茨（James Roberts）在伦敦书业公会注册登记《丹麦王子哈姆雷特的复仇》，虽未写作者，但注明是"内务大臣剧团"使用之剧本。由此先来说《哈姆雷特》的写作时间。1598年9月，作家弗朗西斯·米尔斯（Francis Meres，1565—1647）出版了《智慧的宝库》（*Palladis Tamia, Wits Treasury*）一书，其中第一次对莎士比亚的诗歌和早期剧作做了评论，在所提及的12部剧作中没有列入《哈姆雷特》。另外，莎士比亚在《哈姆雷特》剧中多处提到尤利乌斯·恺撒以及尸体从坟墓里跑到罗马大街上怪叫等异象和复仇的观念，与 1599 年完成的《尤利乌斯·恺撒》一剧颇多相通。再者，被莎士比亚在《哈姆雷特》中微词贬损的那个孩子剧团，是在 1600 年至 1601 年间流行一时，而他所在的"内务大臣剧团"也正在此时失宠于宫廷。故此，不难判断，《哈姆雷特》的写作只应在 1600 年到 1602 年 7 月之前。

1603 年，尼古拉斯·林（Nicholas Ling）和约翰·特朗德尔（John Trundle）出版了署名作者莎士比亚的《哈姆雷特》"第一版四开本"，简称第一四开本，篇幅为 2200 行。此本因时常被后人诟病为未获剧团正式授权的"通过记忆重构的盗版文本"，几乎从一问世就背负上"坏四开本"的恶名。而 1604 年年末，詹姆斯·罗伯茨（James Roberts）和尼古拉斯·林（Nicholas Ling）联手，印刷了"第二版四开本"的《哈姆雷特》，简称第二四开本。此本宣称"根据真实完善原本重印，较旧版几乎增加一倍"。确实，这个常被后人视为"好四开本"的"定本"，比第一四开本多出了 1600 行。此后，该版大受欢迎。1605 年，根据该版重印，为第三四开本。1611 年，印第四四开本。之后是第五四开本，未署年份。直到 1637 年，又根据第五四开本重印出第六四开本。这些与之后许多的四开本，统被称为"演员四开本"。莎学家们一般认为，有明显迹象表明第一四开本与演出密切相关，即接近演员手里的脚本或誊抄本；而第二四开本是建立在作者创作稿本的基础上，而非剧场中使用的脚本，即可能是提词者使用的莎士比亚本人的手稿或抄本，而且，里边若干重复的段落表明作者对剧本做过修改。

第一对开本中的《哈姆雷特》与第二四开本《哈姆雷特》，在文本上也略有不同。对开本中有 98 行是四开本中所没有的；而四开本中原有的 218 行，在对开本里没有。另外，四开本不分幕不分场，对开本仅分到第二幕第二场。1709 年桂冠诗人尼古拉斯·罗（Nicholas Rowe，1674—1718）编辑的《莎士比亚全集》(*The Works of William Shakespeare*) 由伦敦的出版商雅各布·汤森（Jacob Tonson）隆重出版。这既是 18 世纪最早的莎士比亚全集的版本，也是第一个现代版的莎士比亚剧作全集。其中的《哈姆雷特》第一次有了全剧的分幕分场，添加了演员的上下场，及许多必要的"舞台指导"，并列出了剧中人物表。诗人亚历山大·蒲柏（Alexander Pope，1688—1744）因不满罗版莎士比亚的"错误百出"，遂重新收集其早期剧本，于 1725 年推出了蒲柏版"准确的"莎士比亚。但此版因对莎士比亚有所"切除"，很快即遭指摘。剧作家刘易斯·西奥博尔德（Lewis Theobald，1688—1744）新一版的莎士比亚又于 1734 年问世。该版虽也称不上完美，却因对"伤害累累的莎翁"有修复之功，并对后世影响深远，得到称许。

事实上，不仅在英国，在世界的许多国家，不断地出版《莎士比亚全集》早成了一个工业。单在英语世界，除了上述的早期版本，到目前为止，已经有了许多为莎迷所熟知且津津乐道的莎士比亚，如 "阿登版""河畔版""皇家版""牛津版""企鹅版""环球版""朗曼版""耶鲁版""新阿登版""新剑桥版""新企鹅版"，等等，许多版本都标注上"权威版本""注释完备"的字样。

然而，到今天，或许也没有哪位出版莎翁全集的东家敢于"权威"地说，他家的莎士比亚是最最忠实、真实甚至完美的。这何尝不是莎翁永恒艺术魅力的体现！比较与研究《莎士比亚全集》的不同版本，是一个博大精深的专门学问，在此不赘述。

我想说的是，如果我们能留意到不同版本背后的微妙，对于理解和诠释一个真实的莎士比亚，应是有益的。这里仅举一个小例子：To be, or not to be: that is the question.这几乎是莎士比亚为哈姆雷特量身定做的最为人知的一句台词，而且，在中国，最为深入人心的是朱生豪的译文："生存还是毁灭，这是一个值得考虑的问题。"但在英文里，显然没有"值得考虑"的意思。梁实秋将此句译为："死后是存在，还是不存在——这是问题。"并注释说，因哈姆雷特此时意欲自杀，而他相信人在死后或仍有生活，故有此顾虑不决的独白。梁实秋的"这是问题"简单而精准。孙大雨的译文"是存在还是消亡，问题的所在"。对原文的理解和表达，同样精准。照英文字面意思，还可以译出多种表达，比如，"活下去还是不活，这是问题"。或者"生，还是死，这是个问题""活着，还是死掉，这是个问题"。"求生，还是求死，问题所在。"

有意思的是，在 1603 年的第一四开本中，此句的原文是：To be, or not to be, I there´s the point.按这个原文，就不妨译为："生，还是死，这点，对我最要命。""对我来说，活着还是死去，这点是最要命的。""我的症结就在于，不知是该活着，还是去死"。"最要命的是，我不知是该继续苟活于世，还是干脆自行了断。"无论哪种表达，均符合哈姆雷特此时在自杀与复仇之间犹疑不决的矛盾心绪。而"值得考虑"四个字，给人的感觉似乎是哈姆雷特在严肃认真、细致入微地思考着关于人类"生存"还是"毁灭"的这个哲学问题或命题，而不是自己的生与死。

从第一四开本的印行情况来看，I there's the point 作为最早演出时的台词，更大的可能还是出自莎士比亚之手，但出自演员之口也并非没有可能，而 that is the question 显然是修改之后作为定本留存下来的。不过，无论 the point（关键）还是 the question（问题），意思都是"关键问题"。因此，我在这个地方，把它译成了"活着，还是死去，唉，问题在这儿。"这自然是个人的一点理解。但我想，若把深藏于莎士比亚不同版本里诸如此类的微妙多多地挖掘出来，会是一件十分有意思的事，至少会很有趣。

三、剧情：从幽灵显现到复仇悲剧的落幕

《哈姆雷特》既是莎士比亚戏剧生涯"两个世纪"的分水岭，也是里程碑。以他开始写作《哈姆雷特》的 1600 年来画线，如果他在这一年去世了，我们便只能随着 16 世纪的结束看到他上一个世纪的剧作，而所有这些尚不足以证明他是个彻底的天才。而在 1601 年开始了 17 世纪新纪元之后的短短几年里，他就接连为时人，更为世人，奉献出后人难以逾越的堪称戏剧巅峰之作的四大悲剧——《哈姆雷特》《奥赛罗》《李尔王》《麦克白》。

还是让我们先回到《哈姆雷特》，来简单描述一下剧情。

第一幕。死去的丹麦先王、王子哈姆雷特的父亲老哈姆雷特的幽灵已连续两天深夜，在埃尔西诺皇家城堡的露台外出现，令值夜岗的守卫惊恐不安。哈姆雷特的好友霍拉旭应邀前来，也亲眼见到了幽灵，并预感这对整个王国来说是个不祥之兆。因为此时，丹麦正积极而忙乱地备战。年轻的挪威王子福丁布拉斯在挪威招募了一支军队，准备夺回他的父亲、挪威先王老福丁布拉斯

因打赌输掉的土地。在那场以生命和土地为注的豪赌中，老福丁布拉斯被老哈姆雷特杀死。

在丹麦王宫的城堡大厅，克劳迪斯宴请群臣答谢他们拥戴他继承亡兄老哈姆雷特的王位，并迎娶王嫂格特鲁德为新王后。席间，克劳迪斯派遣使节前往挪威，请年迈的挪威国王制止王侄福丁布拉斯对丹麦兴兵动武。国王、王后这对新人力劝哈姆雷特尽快从丧父之痛中重新振作起来，不要郁郁寡欢地一味消沉。在德国威登堡大学深造并明显受其人文主义新风濡染的哈姆雷特，身陷对父亲猝死的悲伤和母亲匆匆再婚的愤怒之中，无法自拔，精神恍惚，意欲自杀。当霍拉旭告知他幽灵显现时，他当即表示要亲自到露台守候，看个究竟。

这个时候，雷欧提斯正欲启程去法国继续学业，临行前警告妹妹奥菲莉亚不要轻信作为王子的哈姆雷特的爱情盟誓。他们的父亲波洛涅斯是克劳迪斯国王的宠臣，油滑世故，爱管闲事，说起话来喋喋不休。他告诫儿子出门在外，一定要遵循他那套庸俗的为人处事的人生哲学，还严令女儿不得再与哈姆雷特约会、往来。

当晚，幽灵再次出现。幽灵将哈姆雷特引至稍偏远的地方，单独告诉他自己是被谋杀的：一天午后，他正习惯性地在花园午睡。克劳迪斯偷偷溜进来，将一瓶毒药灌入他的耳中。因死得突然，未及忏悔，所以此时正在炼狱中遭受欲洗净尘间罪孽而必受的煎熬。幽灵要哈姆雷特复仇，要有血性，不要隐忍，绝不能让丹麦国王的御榻变为杀兄娶嫂的乱伦者淫欲的卧床。哈姆雷特将幽灵的嘱托铭记在心。

第二幕。时间一天天地过去,哈姆雷特却因始终纠结于搞不清这幽灵到底是善良的灵魂还是魔鬼的化身,迟迟没有动手。他内心并不愿成为一个血腥的复仇者,暂时以装疯静待时机的出现。此时,奥菲莉亚已遵父命,拒绝与哈姆雷特继续交往。波洛涅斯由此告知克劳迪斯哈姆雷特是因失恋而疯狂。为了证实哈姆雷特是真疯还是装疯,他设计让两人见面,他和国王藏身暗处偷听他们的谈话。此前,克劳迪斯已先委派哈姆雷特的两位同学罗森格兰兹和吉尔登斯坦恩想方设法窥探哈姆雷特性情突然失常的病因。这时,赴挪威使臣带回了好消息:福丁布拉斯受到叔叔的责罚,发誓不再对丹麦动武,只恳请得到允许经过丹麦国境,进攻波兰。

哈姆雷特见到原本为让他开心专门请来的戏班子,突发奇想,让他们为国王演一出跟父亲被谋杀情节大致相同的悲剧。他要仔细观察国王的表情,以断定他是否就是谋杀父亲的真凶。

第三幕。第二天,哈姆雷特与奥菲莉亚见面了。是活着为父报仇,还是死去脱离这污秽邪恶的尘世,巨大的生与死的纠结令哈姆雷特痛不欲生。这样的郁结导致他贬斥婚姻,不相信女人的贞洁与美德,要奥菲莉亚进"女修道院"。在奥菲莉亚看来,哈姆雷特这颗高贵的心灵彻底毁损了。但躲在暗处偷听的国王还是担心哈姆雷特会在表面的疯狂下藏着什么隐秘,为预防万一,决定尽快派他前往英格兰。波洛涅斯再献一计,让王后与哈姆雷特见面,由他来偷听母子对话,因为儿子会对母亲倾诉衷肠。

国王没等戏班子的戏演完,就惊骇地高叫着逃出大厅。随后,他命令罗森格兰兹和吉尔登斯坦恩迅速把哈姆雷特送往英格兰。哈姆雷特判定叔叔就是谋杀父亲的凶手、一个邪恶的国王、一个玷污母亲的奸贼。当他发现国王独自一人在祷告,本想一剑杀死他,以报父仇。但一想到若在他祷告时动手,等于帮他消解了尘世的罪恶,直接把他的灵魂送上天堂。他要等待一个更好的复仇时机。

哈姆雷特来到王后的卧室,与母亲相见。他直言痛斥母亲背叛父亲,与叔叔乱伦。王后的惊叫,使躲在帷幔后面偷听的波洛涅斯惊慌不已。听到声音的哈姆雷特,以为偷听者是克劳迪斯,一剑穿过帷幔,将其杀死。哈姆雷特再度声色俱厉地斥责母亲,要她不要再与克劳迪斯上床。此时,幽灵又出现了,提醒哈姆雷特不要忘记履行复仇的使命。

第四幕。格特鲁德王后将哈姆雷特杀死波洛涅斯一事告知了国王,吓得他赶紧下令命罗森格兰兹和吉尔登斯坦恩携一密封的国书,送哈姆雷特速去英格兰。国书责令臣服于丹麦的英格兰王,见信后立即处死哈姆雷特。途中巧遇福丁布拉斯所率进攻波兰的挪威军队, 年轻士兵们为一小块毫无利益可言的土地视死如归,不惜牺牲生命的壮举,令哈姆雷特羞愧难当,遂下定决心,要让思想充满嗜血的残忍。

雷欧提斯得知父亲不幸身亡的消息,返回埃尔西诺,找到国王、王后讨要公道。此时,父亲的惨死已使无法确定哈姆雷特是否真心爱自己的奥菲莉亚悲痛欲绝,精神失常,真的发了疯,唱着歌四处游荡。此情此景,更是让雷欧提斯急切地想要报杀父之仇。克劳迪斯正好顺势告诉他,杀他父亲的凶手是哈姆雷特,但他虽贵为国王,却因格特鲁德宠爱儿子,更因丹麦民众对哈姆雷特的爱戴，不敢对他进行任何处罚。这时，侥幸逃过国王所设陷阱的哈姆雷特，给霍拉旭写信，告知他已回到埃尔西诺。同时，他也致信国王，报告自己不期而归。

克劳迪斯利用雷欧提斯报仇心切，两人合谋要让哈姆雷特在与雷欧提斯的打赌比剑中"意外"身亡。他担心雷欧提斯在剑尖上抹毒，万一失手，便不能杀死哈姆雷特，还需事先再预备一杯毒酒。王后慌慌张张地跑来，告诉国王和雷欧提斯，奥菲莉亚淹死了。

第五幕。哈姆雷特与霍拉旭约在墓地见面。谈话间，来了一队送葬的人。当哈姆雷特得知死者是自己真心爱着的奥菲莉亚，便从暗处冲出来，跳到墓里，与刚跳到墓里想最后再拥抱一次妹妹的雷欧提斯厮打起来。

哈姆雷特告诉霍拉旭，他在海上遇险之前，幸运地偷取并修改了国书，这样，罗森格兰兹和吉尔登斯坦恩到英格兰，就是自己去送死了。这时，国王的小丑奥斯里克前来通报，国王为哈姆雷特与雷欧提斯的比剑下了大赌注。

二人的比剑在城堡大厅举行。克劳迪斯说要为打赌助兴，很自然地顺手把一颗带毒的珍珠投放在酒杯里。结果，王后先喝了毒酒。比剑中，雷欧提斯趁哈姆雷特不备，用毒剑将他刺伤。再次交手，哈姆雷特夺过毒剑，又刺中了雷欧提斯。王后倒地，告诉哈姆雷特酒里有毒。临死前，雷欧提斯将国王的阴谋和盘托出。已知中毒在身的哈姆雷特，一剑刺中国王，并逼他把杯中剩下的毒酒一饮而尽。哈姆雷特恳请霍拉旭要坚韧地活下去，以将事情的全部真相告知世人。哈姆雷特在霍拉旭的怀中逝去。最后，征讨波兰班师凯旋的福丁布拉斯，继承了丹麦王位，并命令士兵按军礼为哈姆雷特送葬。

其实，《哈姆雷特》的剧情，似也可以用第五幕剧终之前霍拉旭的那句台词做个简单的归纳，即"肉欲的淫荡、嗜血的残害、乱伦的恶行、偶然的惩罚、意外的杀戮以及如何打算施巧计借刀杀人，结果最后弄巧成拙、作法自毙"。也许福丁布拉斯的继位预示着一个好的开始。

四、人物：挖掘人性深处的隐秘世界

即便我们不能说《哈姆雷特》是莎士比亚剧作中最伟大、最震撼人心的一部，但可以明确地说，哈姆雷特是莎士比亚创造的最伟大、最永恒的一个戏剧人物。从诞生的那一天起，他就像莎士比亚一样，不仅属于一个时代，而且属于千秋万代。只要人类存在，他的灵魂便永远不朽。莎士比亚在他身上挖掘出了人性深处最丰富、最复杂的隐秘世界。在我看来，莎士比亚是要把他塑造成一个永恒的生命孤独者。显然，这样的塑造又与他天才的艺术构思和想象密不可分。

有学者指出，与伊丽莎白时代的《哈姆雷特》旧剧相比，莎士比亚在他的《哈姆雷特》里增加了一些新的剧情和人物，比如幽灵、福丁布拉斯、两个掘墓的乡人、国王的小丑奥斯里克、在"戏中戏"中试探国王、奥菲莉亚的发疯、雷欧提斯的为父报仇、奥菲莉亚的葬礼。也有学者指出，在戏剧中让幽灵出场在伊丽莎白时代很普遍，并不稀奇，一是受古罗马剧作家塞内加（Lucius Annaeus Seneca，前 4—65 年）"流血悲剧"的影响，二是当时十分流行"复仇悲剧"。也许《哈姆雷特》在首演时，莎士比亚就亲自饰演了老哈姆雷特的幽灵。上面提到的桂冠诗人尼古拉斯·罗在对莎士比亚的演员生涯做了一番调查和资料搜集后写道："我顶多只能找到这样的记录，说他演得最好的一个角色，是他自己的《哈姆雷特》中的幽灵。"

不管这个幽灵的灵感从何而来，他在剧中的作用都非同寻常。因为刚出场时的哈姆雷特只是一个被自杀念头所笼罩的忧郁王子。试想一下，如果他的父亲是自然死亡，他无疑就有可能，甚至更有理由很快自杀了。理由很简单，身强体壮的叔叔当了国王，短时间内他没有继承王位的可能，这不能不使他十分郁闷；欲火难耐的母亲迅速改嫁，整日与叔叔放荡不羁地沉浸在情欲的快乐之中，这使他异常愤怒。莎士比亚当然清楚，在极度的郁闷和愤怒之下，随便哪个肉体凡胎选择自杀，都没有什么好奇怪的，何况一个气质忧郁的年轻王子。因此，他把幽灵的出现设定为整个戏剧冲突的导火索或爆发点。换言之，哈姆雷特之所以成为哈姆雷特，便在于这个幽灵，在于这个幽灵只对他一个人倾诉了被当今这个头上戴着王冠的、邪恶的国王叔叔谋杀的真相，激起他复仇的意念和决心，使厌烦了周围一切的他有了活下去的理由。在他看来，"人世间一切有用的东西，都是那么的令人讨厌、陈腐不堪、庸俗无聊、一无是处"。"这就是一座荒芜凋敝、杂草丛生、毒草肆虐的花园"。"这承载万物的美好大地，不过是一处贫瘠荒芜的海角。你看，这美丽无比的苍穹，悬垂下壮丽恢宏的天幕，这一座洒满了金色阳光、雄伟庄严的屋宇，对我来说，也只是一团污秽、致命的毒气的聚合"。

然而，无论他怎样卧薪尝胆，最后得以杀叔报仇，当上国王，这样的复仇都仅仅是"福丁布拉斯式"和"雷欧提斯式"的复仇。莎士比亚在剧中写这两人的复仇，或许是要有意保留一些"复仇悲剧"的影子，更重要的当然是为哈姆雷特的复仇做陪衬。

现在，让我们来比较一下丹麦的哈姆雷特和挪威的福丁布拉斯两位王子的复仇。福丁布拉斯的父亲是被哈姆雷特的父亲杀死的，他理应复仇，正如哈姆雷特要为被叔叔杀死的父亲复仇一样。但福丁布拉斯与哈姆雷特的子报父仇截然不同。老福丁布拉斯是在丹麦、挪威两个国王间认赌服输的押注对决中，被对手公开杀死，属于公仇结怨。而当福丁布拉斯王子的叔叔、现任挪威国王获知侄子欲复仇后，对他进行训诫和责罚时，他便发誓痛改前非，不再与丹麦为敌。最后，主动放弃复仇计划的福丁布拉斯，在哈姆雷特死后继承了丹麦王位。但哈姆雷特王子的叔叔、现任丹麦国王克劳迪斯，是谋害王兄的残暴凶手、夺权的邪恶奸贼、娶嫂的淫荡乱伦者。这既是家仇私怨，也是国仇公恨，绝无丝毫放弃的可能。

再来看雷欧提斯的复仇。不管是否误杀，他的父亲波洛涅斯确实是被哈姆雷特所杀。当克劳迪斯告诉他真凶是哈姆雷特时，他怒不可遏，立刻发誓复仇。而且，为了能杀死仇敌，他竟逾越人性的底线，认可了国王"毒剑+毒酒"的阴谋，直到最后被自己的毒剑所伤，才良心发现，道出实情，在悲愤、悔恨中死去。

事实上，福丁布拉斯和雷欧提斯，两人都是一种血气方刚、毫不犹豫、情急忘智、无所顾忌、直截了当的公然复仇，或说是符合"复仇悲剧"的那种血腥、残忍的复仇。当然，如果莎士比亚只是让哈姆雷特去简单完成这样的复仇,那他只不过仍是一个"复仇悲剧"的写手而已。莎士比亚的伟大恰恰在于,他把老旧的哈姆雷特从具有北欧海盗式或中世纪色彩的复仇英雄,变成了一个崭新的文艺复兴时代温文尔雅的、高贵的人文主义者,在他身上所体现出来的那种富于理性和启蒙的人性光辉,直到今天,还在熠熠闪烁。

因此,莎士比亚要让哈姆雷特截然不同于一个立刻行动的、单纯的暴力复仇者,而是必须面对自我设置的人性与道德两难。这似乎也可以简单回答一下莎士比亚为后人留下的那个最核心的"哈姆雷特问题"——为什么他不立刻报仇?

说到这儿,在我们比较哈姆雷特的装疯与奥菲莉亚的真疯之前,先来回答一下一代又一代莎士比亚读者最喜欢问的这样三个问题:哈姆雷特是真的疯了,还只是一时装疯?哈姆雷特是真爱奥菲莉亚吗?如果是,他对她为什么如此冷酷?

哈姆雷特的问题在于他能以非凡的聪明才智事先看清楚每一个问题所具有的利弊两面。他非常了解自己,深知与生俱来的忧郁气质无法抑制愤激起来的情绪,所以才会事先跟好友霍拉旭等讲明要装疯。但他的疯话又时常是那么的清醒、深刻、睿智,同时又尖酸、刻薄、阴损,不仅毫不顾忌弦外之意,甚至唯恐别人听不出他的话中话、话外音。因此,他假装疯狂的古怪行为非但没能起到遮掩的作用,反而使克劳迪斯更加提防,担心"他心里一定藏着什么事,孵在忧郁的窝中,我怕它一旦破壳而出,就会带来可怕的后果"。于是,克劳迪斯很快决定将他"驱逐",并借英格兰国王之手杀他,以绝后患。

　　在奥菲莉亚的眼里，这位她深爱着的哈姆雷特殿下一定是真的疯了，否则，她自己不会疯，因为哈姆雷特的疯意味着她再也不可能与他相爱。她父亲的死，不过是导致她发疯的外因，正像哈姆雷特要让波洛涅斯和国王相信他的疯是因为跟奥菲莉亚的失恋所致一样。显然，在奥菲莉亚心里，她的父亲怎么能跟哈姆雷特相提并论？哈姆雷特是"群臣的注目焦点，学者的雄辩口才，勇士的锋刃利剑，国家的期望和花朵，时尚的镜子，礼貌的典范，万众瞻仰的偶像"。所以，当她看到他"彻底地，彻底地毁了"之后，意识到自己"是所有女性中最最伤心、不幸的那一个，曾在他音乐般的誓言中吮吸过蜜甜的芬芳，而今却亲眼看着他那最为高贵的理智，像悦耳的铃声走了调，发出刺耳的鸣响；他那像盛开的鲜花一样无与伦比的青春风采，随着疯狂而枯萎凋零"。

　　奥菲莉亚的确是不幸的。哈姆雷特为了让人相信他是真疯，主要方法便是对心爱的奥菲莉亚变得异常冷酷、残忍，对她说的话几乎字字句句都如刀似剑，以至于波洛涅斯丝毫不怀疑他是真疯。而单纯、善良的奥菲莉亚那柔软的内心和脆弱的理智，却无法承受从这位心仪的王子、钟情的偶像、相爱的恋人嘴里说出这样冷漠无情的话。她眼见哈姆雷特"彻底地毁了"，自己的神经也随之彻底崩溃。莎士比亚无疑要让"由毛茛、荨麻、雏菊和紫兰编成的花环"作为她曾经相信和经历过的爱情的象征，并让她唱着悦耳的歌谣，与花环一起随水流消失到永恒。

　　哈姆雷特无疑是爱奥菲莉亚的，正如他在奥菲莉亚的葬礼上跳入墓中所说："把四万个兄弟的爱加在一起，也赶不上我对她的爱。"他会为她哭，为她打架，为她挨饿，为她撕碎衣服；他愿与奥菲莉亚一同埋葬,让他们的坟墓高耸入云。但他十分清楚,甜蜜芬芳的爱情与血腥残忍的复仇不可兼得。显然,他认为替父报仇远比与奥菲莉亚相爱重要,而爱情会成为报仇的羁绊。对于哈姆雷特心底的这份苦衷,奥菲莉亚无从知晓。

我想,"哈姆雷特问题"或许是一个生命的孤独者所面临的永恒问题,这在今天依然如是。我很赞赏法国史学家丹纳(H.A. Taine,1552—1594)说过的这样一段话:"可以看出他是一个耽于幻想而不善行动的人,他沉醉在自己冥想出来的幻影里,他把想象的世界看得过于清晰,以至于无法负担现实的使命;他是一个艺术家,倒霉的机遇使他成为一个王子,而更坏的机遇使他成了一个向罪恶复仇的人;他是一个上天命定的英才,而命运又注定让他陷入疯狂和不幸。哈姆雷特就是莎士比亚,总揽他的整个人物肖像画廊,每一幅肖像都烙印下他自己的一些特点,而他却在哈姆雷特这幅肖像中,把自己描绘得最为突出。"

莎士比亚在第五幕开场创造性地增加的旧《哈姆雷特》剧里没有的哈姆雷特手托约瑞克骷髅所说的那两段并不太长的独白,或许可以充分说明这一点。他要用这位老哈姆雷特王在世时曾欢蹦乱跳而此时已化为一具骷髅的小丑约瑞克,来阐释生命无常在瞬间带来的生死幻灭。这两段台词,可能直接与埃塞克斯伯爵 (2nd Earl of Essex,1567—1601) 被砍头和南安普顿伯爵 (3rd Earl of Southampton)被囚禁相关。

曾几何时, 比伊丽莎白女王年轻 34 岁的埃塞克斯伯爵,19 岁时即蒙受恩宠。他抑或曾与女王真心忘年相爱十余载,情海爱怨, 绵绵可期,但他最后计划推翻女王 (也许仅仅是要控制女

王)，策动叛乱失败，终以叛国罪被女王下令处死。1601 年 2 月
25 日，巨斧挥了三下，埃塞克斯伯爵人头落地，时年 34 岁。有学
者说埃塞克斯伯爵是莎士比亚创作哈姆雷特的现实生活中的原
型，或与此有关。比莎士比亚小 9 岁的南安普顿伯爵，也曾是女
王的宠臣，因喜欢戏剧、热爱诗歌，还是一些诗人、剧作家的赞助
人(包括赞助莎士比亚，而且，俩人还有可能是同性恋人)。他因
卷入埃塞克斯伯爵的叛乱，被判终身监禁，直到詹姆斯一世
(James I，1566—1625)继位，才被从伦敦塔中放出。

　　也许我们有理由做这样一个意味深长的推断：1601 年正在
创作《哈姆雷特》的莎士比亚，是在埃塞克斯伯爵人头落地之后，
写出了哈姆雷特对着约瑞克的骷髅所说的这段话："原来这儿挂
着两片嘴唇，我不知亲过它们多少回——现在，你还能挖苦人
吗？还能蹦蹦跳跳吗？你的歌呢？你那些随口编出来、常逗得满
座闹哄哄的戏谑的笑话呢？你没留下一个笑话，来嘲笑一下你现
在这副龇牙咧嘴的样子吗？完全打不起精神了吗？现在，你就到
哪个小姐的闺房去，告诉她，哪怕她把脸上的脂粉涂到一寸厚，
最后还是要变成你这副样子。"也许，在莎士比亚眼里，埃塞克斯
伯爵之于女王的关系，正如约瑞克之于老哈姆雷特国王？

　　紧接着，莎士比亚又让哈姆雷特对霍拉旭说，一千多年前死
去的亚历山大大帝的枯骨，如今更有可能被人用来堵啤酒桶的
窟窿："亚历山大死了，亚历山大被埋葬了，亚历山大化作了尘
埃；尘埃就是泥土；我们和泥，把泥土化成黏土；他既变成了黏
土，为什么不会被人用来去塞啤酒桶的窟窿呢？至高无上的恺
撒，死后化尘埃，尘埃和成泥巴拿来补墙防风吹；啊，那曾经让世

界敬畏的尘埃,如今补在墙上抵御寒冬的狂风!"

　　显然,这幅肖像,既是哈姆雷特,更是莎士比亚。幸运的是,我们今天还可以用莎士比亚来填补精神世界的窟窿,当然也可以用他来抵御各式各样世俗的风寒。

五、《圣经》:在宗教感中捕捉灵感

　　西方的许多家庭都必备两本书:一本《圣经》——宗教的神,一部莎翁全集——艺术的神。不论这个说法是否准确,或是否略有夸张,《圣经》的确是解读、诠释莎士比亚的一把钥匙,也是开启他心灵世界的一扇精致、灵动的小窗。

　　我们不必在此花费篇幅详述莎士比亚在生命的成长过程中,是如何通过进教堂听读经、自己阅读、参加不计其数的宗教活动(包括圣日和星期天的礼拜仪式等不同的方式)熟悉《圣经》的。我们没必要非要搞清楚,莎士比亚在戏剧中运用或引用《圣经》的典故及释义,到底是借鉴哪个版本的《圣经》更多一点:是1560 年印行的"日内瓦《圣经》"(Geneva Bible),还是伊丽莎白女王为抵制其注释中强烈的加尔文主义倾向,命高级主教们于1568 年推出的新官方译本——"主教《圣经》"(Bishop's Bible),还是更早些的 1540 年版、第一本被批准在英国教会公开场合使用的"大《圣经》"(Great Bible)。我们要知道的是,莎士比亚对《圣经》熟悉到了我们今天看来完全是随心所欲、不露痕迹、运用自如、出神入化的境地。在莎士比亚的全部剧作中,几乎没有哪一部不包含、不涉及、不引用、不引申《圣经》的引文、典故或释义。我们要做的,是努力、尽力去寻觅、挖掘、感悟和体会莎士比亚在创作中，是如何把从《圣经》里获得的艺术灵感，微妙、丰富而复杂地折射到剧情和人物身上的。因此，如果不能领略莎剧中无处不在的《圣经》滋味，对于理解莎翁，无疑是要打折扣的。

在分析《哈姆雷特》的人物、剧情与《圣经》的关系之前，让我们先了解，最好是记住以下几个非同一般的历史时间节点，它们不仅对于了解莎士比亚戏剧，甚至对于了解伊丽莎白时代的英格兰都至为重要。

在莎士比亚年出生 47 年前的 1517 年 10 月 31 日，德国威登堡大学（Wittenberg University）的神学教授马丁·路德（Marin Luther，1483—1546）将他反对罗马教廷"赎罪券"的看法，即著名的《九十五条论纲》，张贴在威登堡大学教堂的门口，由此揭开宗教改革的序幕。

简言之，在马丁·路德发起宗教改革以前，所有信奉天主教的国家都只有一种国教——罗马天主教，罗马教廷的神权位于所有天主教国家的王权之上，即神权大于王权。罗马教皇被认为是神和信仰的来源。天主教徒进入天国的钥匙完全掌握在教会手中。一个人在进入天堂以前，要洗净生前所犯的罪行；最让人害怕的是死后要在炼狱里遭受刑罚。从 1313 年起，罗马教廷为以教敛财，发明了"赎罪券"，并在各个天主教国家兜售，让人们通过购买"赎罪券"进天堂。每一张"赎罪券"都可以缩短、减轻灵魂在炼狱中受难的时间和刑罚。

为此，马丁·路德在"论纲"里主要提出了八点主张：一、只有信仰可以使人成为义人；二、《圣经》是信仰的唯一源泉；三、每个人都可以用自己的方式自由解释《圣经》；四、洗礼和圣体圣事是唯一值得保留的仪式;五、取消对圣母玛利亚及圣徒的崇拜;六、炼狱是不存在的;七、教士可以有性行为,也可以结婚;八、修会不必存在。

在宗教改革的深远影响下,原来以天主教为国教的欧洲各国民众,开始逐步认识并强调个人信仰的独立,这使文艺复兴以来的人文主义思想得到进一步的传播、普及,也开始有欧洲国家脱离罗马天主教会的权力控制。

1534 年,原本信奉罗马天主教的英格兰都铎王朝(Tudor Dynasty)亨利八世(Henry Ⅷ,1491—1547)国王,因个人的婚姻问题与罗马教皇决裂,宣布英格兰脱离罗马教廷,下令调查修道院的罪恶,并将修道院的财产充公,成立英格兰圣公会(Church of England),或称安立甘教会(Church of Anglican)。

1547 年,信奉新教的爱德华六世(Edward VI,1537—1553)继位;1549 年,英格兰圣公会出版了第一部《国教祈祷书》,也称"公祷书"(*Book of Common Prayer*)。但 1553 年,玛丽一世(Mary I,1516—1558)继承王位以后,在英格兰再次复辟了此时已成"旧教"的罗马天主教,并对新教徒进行迫害,约 300 名新教领袖被作为"异教徒"烧死,约 800 名较为富有的新教徒流亡国外。玛丽女王也因此获得了"血腥玛丽"的绰号。

1558 年,英格兰进入都铎王朝最后一位国王——伊丽莎白一世(Elizabeth I,1533—1603)女王时代。作为新教徒的她,即位之初,国内因宗教分裂处于混乱状态。她自己就曾在玛丽女王的逼迫下改信过天主教。1559 年,随着《至尊法案》的通过,她很快恢复了圣公会的国教地位,再次立法否定罗马天主教,宣扬英格兰基督徒只信奉《圣经》。重要的是，该法案继亨利八世之后再次将君主确定为英格兰一切世俗和宗教事务的"最高管理者"，她也成了英格兰这个新教国家的领袖。1563年，她正式将修改后体现宗教宽容政策的《三十九条信纲》确定为国教圣公会的官方教义。其中的"第二十二条"指出："罗马天主教关于炼狱、解罪、跪拜圣像、崇敬遗物并祈求圣徒的教理，均属虚构，不但经训无据，反与《圣经》截然相悖。"同年，根据1547年旧版修订的新版《布道书》(*Book of Homilies*)出版，供信徒在星期天和圣日的仪式上诵读。第二年(1564年)，莎士比亚出生。

在伊丽莎白执政45年的时间里，英格兰成为全欧洲最强大和富有的国家之一，英格兰文化，尤其诗歌和戏剧，也在这时达到了一个后世难以比肩的高峰，莎士比亚戏剧便是这个高峰上的重要标志之一。因此，历史也把"伊丽莎白时期"称为"黄金时代"。

1603年，詹姆斯一世(James I, 1566—1625)继位，开启了英格兰斯图亚特王朝(The House of Stuart)时代。尽管詹姆斯一世有天主教的背景，在他任内，表面上统一起来的英伦三岛仍处在不同族群、文化和宗教的分裂与对立之下，但他做了一件堪称伟大、泽被后世的功业——下令编纂英文版的《圣经》，使英文随着这本读物真正进入社会各个阶层，成为一种普及大众的读写文字，也为英文在当今世界仍是最通用的语言奠定了坚实的基础。这一贡献的伟大，也许并不亚于莎士比亚的戏剧。因这部1611年出版的《圣经》是由詹姆斯一世国王下令编纂，故被称为"钦定版《圣经》"(*King James Version of the Bible*，简称 KJV)。

综上所述，我们需先明白一点，莎士比亚在他成为莎士比亚之前、之时、之后，作为女王治下的一名英格兰国民，都必须遵守女王制定、颁布的宗教规范。到 1589 年他开始戏剧创作时，伊丽莎白时代一整套以诵读《公祷书》《布道书》、进教堂听布道、读讲《圣经》等为主要内容的国教礼拜仪式，已经完备、成熟。可以肯定的是，不仅莎士比亚对从亨利八世之后一直到"钦定版《圣经》"以前所有在英格兰出版的各种版本的《圣经》《公祷书》《布道书》及一切宗教的礼仪、规范烂熟于心，一般的英格兰民众对此也非常熟悉，他们在日常的对话中时常引用《圣经》的典故和释义。因此，至少他们中的许多人对于莎士比亚在剧中的用典，想必是能心领神会的。换言之，莎士比亚戏剧与《圣经》，既是一种在他生命过程中由耳濡目染而孕育成的自然关系，同时也是一种源自《圣经》文学并深受其滋养的艺术关系。

那就让我们从基督徒的视角再试着诠释一下《哈姆雷特》的核心问题——为什么他不立刻报仇？这也是全剧的焦点，即他的复仇行动为什么总是"延宕"不至或"迟疑"不决？

首先我们从《圣经·旧约·创世记》来看莎士比亚写作《哈姆雷特》的艺术灵感。简言之，除了以上提到过的不止一个版本的"原型《哈姆雷特》"，《圣经》母题的启示是显而易见的，莎士比亚根本是直接把《创世记》中上帝创世后两个对人类未来影响深远的《圣经》意象，巧妙而自然地转化为《哈姆雷特》的剧情。

第一个是撒旦的引诱。我们都知道，上帝之国伊甸园的秩序是从蛇先后引诱人类始祖夏娃、亚当偷吃了生命树上识辨善恶的果子犯下原罪开始的，蛇因此受到惩罚，被视为恶魔，或魔鬼撒旦;亦被看成与光明相对立的邪恶、黑暗之源。由于它的使命就是引导地狱的恶魔们蛊惑人类犯罪，并将犯罪之人带入地狱——撒旦一词还成为"最邪恶者"的代称。

在《哈姆雷特》中，当幽灵向哈姆雷特详述被谋杀的经过时，他说："公之于众的说法是，我在花园睡觉的时候，被一条蛇咬了，中毒而死。于是，全丹麦就都被这一伪造的假象蒙蔽了，挨天杀的。可是，高贵的青年啊，你要知道，那害死了你父亲的毒蛇，头上戴着王冠呢。"

这里出现的两条蛇，一条是自然界的毒蛇，被克劳迪斯用来误导世人;一条就是"头上戴着王冠"的魔鬼撒旦——克劳迪斯自己。当哈姆雷特通过"戏中戏"确定克劳迪斯为真凶之后，便同父王一样，认定他就是一个最邪恶的魔鬼的化身。正如他对母亲毫不留情痛加贬斥时所说："一个凶手，一个恶贼;一个连你前夫二百分之一都赶不上的奴才;一个罪恶的国王;一个谋权篡位的扒手，偷走架子上的王冠，装进自己的口袋！"

接下来的第二个"《圣经》意象"是"该隐杀弟"，事见《圣经·旧约·创世记》(4·8)："亚当跟他的妻子夏娃同房，她就怀孕了，生了一个儿子。她说：'由于上主的帮助，我得了一个儿子。'她就给他取名该隐。后来，她又生了一个儿子，取名亚伯。亚伯是牧羊人，该隐是农夫。过了一些日子，该隐带了一些土产做祭物献给上主;亚伯也从他的羊群中选出头胎最好的小羊，做祭物献给上主。上主喜欢亚伯，接受了他的祭物，但是不喜欢该隐，拒绝了他的祭物，因此该隐非常生气。于是上主警告该隐：'你为什么生气？为什么皱着眉头呢？你要是做了正当的事，你自然会显出笑容，但因为你做了不该做的事，罪已经埋伏在你门口。罪要控制你，可是你必须克服罪。'后来，该隐对他的弟弟亚伯说：'我们到田野去走走吧！'他们在田野的时候，该隐向弟弟下手，把他杀死了。"

莎士比亚在《哈姆雷特》中把这段手足相残的情节改成了弟弟杀兄，自然也与"原型"剧情相符。克劳迪斯对《圣经》的意向也十分清楚，当他试图靠祷告求得心灵的安慰时，说"我的邪恶之气已上达天庭；谋杀亲兄，名列远古最受诅咒的恶行之首"。

莎士比亚想说，不仅丹麦国原有的"伊甸园秩序"像上帝之国一样，被一条"头上戴着王冠"的蛇打破了，而且，这条蛇就是杀了"弟弟"的"该隐"。在哈姆雷特眼里，这个旧有秩序被毁坏的丹麦，已变成了"一座监狱""一座荒芜凋敝、杂草丛生、毒草肆虐的花园"。

对哈姆雷特来说，最重要的莫过于确定父亲的幽灵所说是否是真相。他在这个时候不立刻动手复仇的"延宕"也好、"迟疑"也罢，还都是理性和可以理解的，因为他无法确知这个幽灵到底是"一个善良的灵魂，还是该诅咒的恶魔"："我所见到的幽灵或许是个魔鬼，魔鬼的力量能使他以美好的形状出现。是的，也许是他看穿我天性中的软弱和忧郁，要诱骗我去遭受劫难。他有专门的本事对软弱、忧郁之人发挥魔力。当然，我会先得到比这更切实的证据，即通过一出戏，捉住国王内心的隐秘。""假如这一幕还不能让他隐藏的罪恶显露出任何的蛛丝马迹，那我们所看到的那个幽灵就一定是个魔鬼。"

难以理解的是哈姆雷特"捉住国王内心的隐秘"之后，也发了誓，却一再"延宕""迟疑"，以至于他不断用言辞犀利的鞭子抽打自己："我，一个愚钝、昏聩的可怜虫，萎靡不振，像一个成天做梦的人，对自己的责任无动于衷；尽管一个国王所拥有的一切，连同最宝贵的生命，都被人无耻地毁灭了，他却一声不吭。我是一个懦夫吗？是谁叫我小人？谁来打破我的脑壳？谁来扯掉我的胡须，再把它吹在我脸上？谁来拧我的鼻子？谁来骂我是个彻头彻尾说谎的人？谁来对我做这样的事？哈！天哪，我都得承受。因为我不能不承认，我长了一副鸽子的肝脏，缺少胆汁，受了欺压也不觉得苦，否则，我早用这奸贼的内脏，喂肥了满天盘旋的飞鸢。嗜血的、荒淫的恶贼！残忍冷酷、奸诈淫邪、悖理乱伦的恶贼！啊，复仇！怎么，我竟真是一头蠢驴！亲爱的父亲被人谋杀，作为儿子，天堂和地狱都叫我去复仇，而我最勇敢的举动，不过是像个下流女人一样，发发牢骚，泄泄私愤；又像娼妇一样满嘴脏话骂骂咧咧。简直就是个十足的贱奴！呸！呸！快激活我的头脑！"

他在被动地等待！

按人之常情，或说按"复仇悲剧"的常理，他都没有理由等待。父王的幽灵明确告诉他，"谋杀已是罪不容诛，而我所受的这一谋杀，更是最邪恶、最离奇、最丧失人性的"。显然，这个最邪恶的"该隐"一定是想好了要让中毒以后的王兄"原本光滑的皮肤先是立即起了一层疱疹，然后就像最可怕的麻风病人那样，浑身结满了肮脏得看一眼就会令人作呕的鳞片似的硬皮"，才会专门配制一种"提取了麻风病毒"对人体血液致命的毒液，故意要让这位先王的遗体留下令人作呕的记忆，以便叫人轻易忘记。而父亲的幽灵总是不断地说"记着我"。

那哈姆雷特在等什么呢？

父王的幽灵说得很清楚："兄弟的一只手，一下子就把我的生命、我的王冠、我的王后全夺走了。他甚至把我临终忏悔的机会也给剥夺了，我还没有领圣餐，没有接受临终的涂油礼，我所犯罪恶的账也还没有了结，只好到上帝面前去清算了。啊，悲惨呀！可怕呀！这是最可怕的！"

他会担心炼狱真的存在吗？

1517年宗教改革以前的罗马天主教认为人死后邪恶的灵魂直接下地狱，神圣的灵魂则直接升入天堂，而大多数半善半恶、亦善亦恶、兼善兼恶的信徒，都会进入炼狱。炼狱是地下一所庞大的监狱，灵魂在此接受刑罚，直到将其在世间的孽债偿还，将灵魂的污点烧净。尽管炼狱里的灵魂最后都会得救上天堂，但在脱离炼狱之前，却要遭受跟地狱一样的折磨。而且，这样的折磨常被教堂的壁画和天主教牧师们描绘得极其可怕。牧师时常提醒教徒，有罪之人在炼狱中的剧痛，要超过世间最大的苦难所带来的煎熬，也就是幽灵所说他将随着黎明的到来，要"回到硫黄的火焰中去遭受痛苦的煎熬"。

然而，虽然莎士比亚没有明说，但在马丁·路德执教并发起宗教改革的德国威登堡大学深造的哈姆雷特，对马丁·路德的主张应该是熟悉和心仪的。比如关于死亡，马丁·路德强调死亡是甜蜜的熟睡，是上帝让人的身体得到充分的休息；在哈姆雷特看来，"去死，安然入眠——不过如此"。但他紧接着道出了人的最大纠结和困惑，或干脆说是人类面对死亡选择是否自杀的"延宕""迟疑"——"当我们一旦摆脱尘世的纷扰，进入到死的睡眠里，会做什么样的梦，就非要考虑不可了。也正是因为这样的顾虑，我们才会虽经受苦难，却要活得长久。否则，当仅用一把短刀就可以自我了断生命的时候，还有谁会甘愿忍受时代的鞭打和轻蔑、压迫者的邪恶、傲慢者的无礼、爱情受到鄙视所带来的痛苦、法律的无助、官吏的专横以及勤苦的老实人遭受小人的欺侮？人若非担心死后还会有什么不测的可怕事情发生，谁愿意背着负担，在令人厌烦的生活压迫下呻吟、流汗？因为凡是到死亡之乡去的旅客无一生还，正是这种对未经发现的神秘国度的恐惧，迷惑了我们的意志，使我们宁愿忍受眼前的不幸，也不敢飞向我们所不知的痛苦。于是，这自觉的意识就把我们都变成了懦夫，与生俱来的果敢被这苍白的理念蒙上病态的尘垢，生命中的大事业也因这样的思虑半途而废，失去了行动的意义。"

这是哈姆雷特，也是莎士比亚，同时还是"延宕"至今的我们共同的纠结与困惑。

因此，尽管马丁·路德明确提出"炼狱是不存在的"，按照莎士比亚时代新教官方的说法，幽灵也是根本不存在的，"延宕"的莎士比亚，还是让哈姆雷特有了同样的"延宕"。所以，一方面是父王的幽灵说"你必须为他所遭受的那最悖逆人伦的邪恶谋杀复仇"。另一方面却是哈姆雷特反反复复的"迟疑"——"怎么周围的一切都在谴责我，要刺激我别再迟疑，赶快复仇！如果一个人每天的生活除了吃就是睡，饱食终日、无所用心，那还是个人吗？一头畜生而已。那创造万物的上帝，赐予我们如此超凡的智力，让我们遇事能思前想后，就是为了让我们运用这种能力和神圣的理性,不是为了让它在我们的体内因不用而发霉。"

本来,当克劳迪斯祷告时,哈姆雷特可以轻易杀死他,一剑完成复仇。但他想的是,父亲的幽灵来自炼狱,而又正如幽灵所说,炼狱让他感到"最可怕的"是克劳迪斯"甚至把我临终忏悔的机会也给剥夺了,我还没有领圣餐,没有接受临终的涂油礼",这使他必须带着尘世的罪孽去面对上帝。而若在此时杀掉祷告中的罪大恶极者,一是反而成全克劳迪斯直接上天堂,二是此时此刻的血腥复仇可能会让自己进炼狱,遭受那"最可怕的"煎熬——"我,作为父亲的独子,要把这恶贼送上天。啊,这简直像是被他专门雇来干的事,而不是复仇。父亲是在酒足饭饱之后被他突然杀死的,身上所有俗世的罪孽还正像五月的鲜花一样盛开着,因此父亲人生这最后一笔是非功过的账,除了上帝,还有谁能清算?不过,按常理推测,他应该是罪孽深重。而我此时,却要在这个人正洗涤灵魂,也是最容易被人杀死的时候杀死他,能算是复仇吗?不!"德国学者赫尔曼·乌里契(Hermann Ulrici,1806—1884)在其《莎士比亚的戏剧艺术》(*Shakespeare's Dramatic Art*)一书中说:"尽管国王的确犯了杀兄之罪,但按照基督教的教义,不经审判而自己动手杀他仍是件罪恶。所以,在哈姆雷特心里我们可以看出基督徒与自然人的斗争。"

因此,他在等待,等待"更恐怖时刻的到来"——"在他酒醉昏睡以后;或在暴怒之际;或正在床上乱伦淫乐;或是赌博、咒骂;或是干着随便其他任何凡是不带救赎意味的坏事的时候,将他打倒在地,打得他脚后跟朝天一踢,他那该诅咒的邪恶灵魂便将永远堕入地狱。"是的,对哈姆雷特来说,最合适的机会,是在他复仇的那一瞬间，让克劳迪斯的邪恶灵魂一下子便直接"永远堕入地狱"，永劫不复。

说哈姆雷特"延宕"，不如说他在等待。然而，他的等待完全是被动的。在他从偷取的克劳迪斯写给英格兰国王的国书上得知克劳迪斯要借英王之手杀死他之后，他复仇的意志和勇气更加坚定，如他对好友霍拉旭所说："我是不是应该杀了他？是他，杀死了我的父王，奸污了我的母亲；还突然跳出来，不仅断送了我被推举继承王位的希望，竟设下这样的毒计要像钓鱼似的赚我性命。杀他报仇，正可体现出良知的完美。而要把这样一个祸害人类的蛀虫留下来，让他继续为非作歹，岂不是反倒天良丧尽吗？"可如果不是克劳迪斯最后利用雷欧提斯又一次主动为他设计好了"比剑+毒酒"杀他以绝后患的圈套，他还要继续等待。

他到底等待什么呢？在第四幕第四场中，当雷欧提斯率众冲入城堡时，使者说："世界仿佛一下子回到了创世之初，他们好像对已有的传统、习俗全然不知，要一切推翻了重来。"这句话预示着，"上帝之国"秩序恢复与重建的时机将要来临。而何时到来，只有上帝知道。在第五幕第二场中，哈姆雷特答应了国王派来的小丑奥斯里克与雷欧提斯比剑之后，对霍拉旭说："我们不必害怕预兆。一只麻雀的死生，也是命由天定。命定现在，就不在将来；既不是将来，必是现在；哪怕现在不来，将来总要来，还是听天由命吧。"显然，他把复仇时刻的到来也交给了上帝。这时，他已把克劳迪斯当成了残暴、嗜血的罗马人，他要像耶稣基督一样，等待着"走向十字架"。

与其说哈姆雷特深感时代错乱、道德沦丧、社会凋敝、礼崩乐坏,想要负担起重整乾坤的使命,不如说他更希望自己成为耶稣式的伟大英雄。他要在一个上帝选择的时刻,去完成博爱与宽恕、复仇与救赎、毁灭与复活的基督教主题:只有在这样的时刻,那最邪恶的杀父凶手才能得到公理的惩罚,他的复仇也才是公正的。

在《哈姆雷特》一剧中,并不缺少爱。哈姆雷特的父亲在世时爱他,他也爱父亲,在他眼里,高贵的父亲是真正的男人,是希腊诸神风采的集合;父亲爱王后,尽管王后在他死后迅速改嫁,但他的幽灵只命哈姆雷特向真正的魔鬼凶手复仇,而不能让王后受到丝毫的损伤;哈姆雷特的母亲爱他,恰如克劳迪斯对雷欧提斯所形容的,母亲"几乎一天看不到他,就无法生活";他也爱母亲,他把自己对母亲的爱和母亲对克劳迪斯的欲截然分开,他对母亲的愤怒,也完全是因为她那无法克制的肉欲;而对于母亲,在最后的时刻到来之前,对儿子的骨肉挚爱终究战胜了情欲,当哈姆雷特痛斥她并告知一定要为父报仇之后,她并没有去充当一个告密者(此处也显示出,格特鲁德王后对于克劳迪斯的谋杀并不知情),使哈姆雷特得以完成"被动的"复仇;哈姆雷特与奥菲莉亚,彼此相爱;波洛涅斯深爱着他的一对儿女雷欧提斯和奥菲莉亚;雷欧提斯与奥菲莉亚兄妹,彼此相爱。《哈姆雷特》的悲剧力量恰恰在于,莎士比亚要让所有这一切的爱,都因为那个最邪恶的人形魔鬼——国王克劳迪斯被毁灭、埋葬。当然,克劳迪斯也有爱,但他的爱完全是基于贪欲:对情欲的贪婪,让他爱以前的王嫂、现在的王后,他对雷欧提斯说:"我的生命和灵魂,正像不能脱离轨道独自运转的星球,是如此紧密地跟她连在一起,如果没有她，我也不能生活。"对权力的贪欲，驱使他谋害了亲兄。因此，他更爱的是戴在国王头上的王冠。

可见，魔鬼是一切罪恶之源。为了更深入骨髓地刻画这个魔鬼，莎士比亚让他先披上了"光明天使"的外衣，一如《圣经·新约·哥林多后书》【11·14】所说："连撒旦也会把自己化装成光明的天使。"马丁·路德说："我们会发现他（魔鬼）是一国之君或王子，他们不仅借动物还借人之外形说话，而且现在更多地借助于后者。"莎士比亚执意要塑造的，就是这样一个作为一国之君的魔鬼。在第一幕第二场中，这位嘴角抹蜜的国王刚一出场时，还似乎是个有所担当的好国王，他对众臣说："在这大敌当前的危急时刻，我娶昔日的王嫂、当今的王后——王国共同的统治者为妻，这件悲痛中的喜事虽有违常理，却不失深思熟虑。一只眼喜上眉梢，另一只眼却泪水涟涟；葬礼上的挽歌和婚礼上的欢笑同声响起，盛大的喜悦与由衷的哀悼交相辉映。"

他在"天使的外衣"上写满了善：他给挪威王修书一封，并派使臣前往，希望两国和平相处；他称赞过世的先王是"神勇无比的王兄"；他"恳请"哈姆雷特"将这徒劳的悲伤抛至九霄，把我当作你的父亲。我要昭告天下，你是王位的第一继承人。我所要给予你的高贵的爱，不会比任何一位最慈爱的父亲所给予儿子的少"。但他骨子里却充满了恶，在他完成了杀兄、娶嫂、篡权的魔鬼恶行之后，他命宠臣波洛涅斯和哈姆雷特的两位同学旧友罗森格兰兹、吉尔登斯坦恩不断试探、窥测哈姆雷特到底是真疯还是假疯，以及疯狂背后是否隐藏着"阴谋"；当他决定了要借英格兰国王之手杀掉哈姆雷特，便露出了与杀兄时一样的狡诈、狰狞、残忍,他在国书中写道:"倘若你觉得我的友谊还有点价值,就不要对我至高无上的命令漠然视之。我的命令已在公函里写明,就是要你立即处死哈姆雷特。因为他就像热病在我的血液里肆虐。"当他想出要利用雷欧提斯再次借刀杀人,又表现出了虚伪至极的真诚:"假如他们判定我,无论直接还是间接与杀死你父亲有任何牵连,我都甘愿以我的王国、我的王冠、我的生命,以及我所有的一切,来赎罪。但如果不是这样,那就请你跟我耐心协商,我们齐心协力,一起制定出解决这个问题的万全之策。"他希望把哈姆雷特之死制造成"一场意外","即便是他母亲,也察觉不出我们的计策"(在此又侧面显示出,克劳迪斯对格特鲁德王后爱儿子,并非毫无忌惮;也再次暗示,格特鲁德对克劳迪斯害死先王确实不知情)。最后,他担心雷欧提斯比剑出现闪失,抹了毒的剑也不能置哈姆雷特于死地,又事先预备下一杯酒,并极其自然巧妙地往酒里投放了一颗带毒的珍珠。

当克劳迪斯的邪恶到达了顶点,哈姆雷特复仇的时刻自然到来,同时,这也是《哈姆雷特》一剧悲剧的顶点——除了霍拉旭,所有的人都死了。而霍拉旭放弃自杀,仅仅是因为哈姆雷特临终前的恳求:"啊,好霍拉旭,现在事情还这么不明不白,如果我死了,死后将背负怎么的恶名啊!如果你是由衷地爱我,就请暂时别去天堂享福,留在这严酷的尘世,隐忍着痛苦,把我的故事讲给人们听。"无疑,哈姆雷特是要向世人昭示,他的复仇是出于要重建"上帝之国"的公义。他要以一种耶稣背负十字架的自我牺牲,救赎自己的同时去救赎世人。这样的救赎,以及对"上帝之国"秩序恢复与重建的憧憬、期待,在福丁布拉斯最后继承丹麦王位上得到了现实的体现。

还有非常重要的一点，"荒淫乱伦、蓄意杀人、该下地狱的丹麦王"克劳迪斯没有任何得到宽恕的理由。他自己其实对此早已深信不疑，正如他在祷告时所说："因为我至今仍然占有着通过谋杀而得到的那三样东西：我的王冠，我的野心，我的王后。如果一个人的手里还留着通过罪恶攫取来的东西，他可能被赦免吗？"哈姆雷特的母亲格特鲁德王后和雷欧提斯，这两只曾经"迷途的羔羊"，他们的"罪"都得到了宽恕。当格特鲁德从哈姆雷特毫不留情的斥骂中，得知且相信了她现在的丈夫的确就是那"血腥的暴行"——谋杀亲兄的凶手，并认清自己的情欲使灵魂蒙羞，便立刻表示了善的忏悔："你让我的双眼看到了自己的灵魂最深处，看到了灵魂里那些如此邪恶、永远也洗刷不掉的污点。"最后，她不仅没将哈姆雷特的装疯真相告诉克劳迪斯，还因误饮了毒酒死去。雷欧提斯更是在中了自己的毒剑之后，向哈姆雷特道出了克劳迪斯"比剑＋毒酒"这一"邪恶的奸计"的实情，并希望彼此宽恕："让我们彼此宽恕吧：我和我父亲的死，不是你作的恶；你的死，也不是我犯的罪。"也许，莎士比亚是想说，由于他们都进行了临终的或忏悔或祷告，将得到上帝的赦免，直接进天堂。

耶稣基督复活以后，在基督徒的信仰中永生；哈姆雷特死了，他的艺术灵魂则在我们的心里永恒！

六、"我"：一千分之一个"哈姆雷特"

"有一千个读者（观众）就会有一千个哈姆雷特"，照这句话，我们都可以把自己看成是一千分之一个"哈姆雷特"。这非常好理解，因为我们每一个人都可以从他身上看到躲藏在灵魂深处的自己。如法国史学家丹纳所说："莎士比亚写作的时候，不仅感受到我们所感受到的一切，而且还感受到许多我们所没有感受到的东西。他具有不可思议的观察力，可以在刹那间看到一个人完整的性格、体态、心灵、过去与现在，生活中的所有细节与深度以及剧情所需要的准确的姿态与表情。"简单说来，就是因为莎士比亚看透了我们，无论是他那个时代的"我们"，还是今天的以及未来不断延续着的"我们"。不是吗？从人性上看，莎士比亚所挖掘的伊丽莎白时代人性上的龌龊、卑劣、邪恶，并不比"我们"现在更坏，而今天"我们"在人性上所表现出来的高贵、尊严、悲悯，也不见得比那个时代好了多少。

德国作家歌德(Goethe，1749—1832)曾说："当我读到莎士比亚的第一页时，我的一生就都属于他了！首次读完他的一部作品，竟觉得自己好像原来是一个先天的盲人，而在此一瞬间双目才被一只神奇的手赋予了视力。莎士比亚对人性从一切方向、在一切深度和高度上，已经发挥得淋漓尽致，我极为深切地体会到我的生活被无限扩大了。对于后起的作家来说，基本上再无事可做了。只要认真欣赏莎士比亚所描述的这些，并意识到这些不可测、不可及的美善的存在，谁还有胆量提笔写作呢？"

包括歌德在内，没有作家会放弃写作。然而，歌德简单地认为，莎士比亚是要在《哈姆雷特》一剧中"表现一桩大事放在了一个不堪重任的人身上"，哈姆雷特是一位可爱、纯真、高贵、道德高尚的青年，却缺乏英雄气概。

是的，每个人心里都有属于他自己的哈姆雷特。歌德认为他软弱，在英国诗人萨缪尔·柯勒律治(Samuel Coleridge，1772—1834) 眼里，哈姆雷特则是一个耽于冥想的人——有伟大的目标，却在从不付诸行动的"延宕"中幻灭了。英国著名莎学家安德鲁·布拉德雷(Andrew Bradley，1851—1935)认为，是哈姆雷特的忧郁害得他最终一事无成，也就是说，忧郁是哈姆雷特悲剧的核心。哈姆雷特进入了一个循环的怪圈：思考加重心理的忧郁，忧郁加深对行动的剖析；而反复思考、剖析之后又不付诸行动，再次加重、加深了忧郁。因此，他只能用装疯来掩饰对现实的恐惧，同时也可以自我保护，并求得释放暂时的心理重负。

然而，我们不能忽略无论莎士比亚，还是他的哈姆雷特，以及"我们"的哈姆雷特，都是那个历史与时代的产物。

我们再简单梳理一下历史：1558 年 11 月 17 日，伊丽莎白女王登基。在爱德华六世时期，她已经是一个新教徒，但在信奉天主教的玛丽女王执政时，她不得不使自己像一个天主教徒。当玛丽病重时问她是不是天主教徒，她发誓说，如果自己不是一个虔诚的天主教徒，就叫她天诛地灭。刚即位时，她一方面再次申明了新教观点，同时似乎也显示出是一个天主教徒。但首先，政治家的头脑已使她在会见丹麦国王和信奉新教的德国使节时，明确表示自己是新教徒。她无疑更倾向于新教，对玛丽女王时期的天主教会深恶痛绝。但作为一国之君，她当然希望能够代表国家以一种稳妥的方式解决分裂、对立的宗教问题，并要竭力避免国家因宗教而走向分裂。于是，当时的国家利益以及整体混乱的宗教状况，便将一种两难的处境天然、无可选择地降临在了女王头上：玛丽在位时，她曾明确地虔诚表示要尊奉天主教礼仪；支持她继位的西班牙国王菲利普二世是一位强硬的天主教徒，可是又不能让刚刚过去的"血腥玛丽"一幕重演，当然，她更不能允许罗马教皇的神权大于王权。她深知，她绝不能背叛长期支持她的新教徒，但她又必须在坚持让英格兰教会独立的同时，不能让新教改革走向极端——那同样是可怕的，一是因为当时英格兰还是天主教徒占多数，而且势力强大，后曾多次与西班牙国王联手，试图推翻她的统治；二是她并不喜欢"血腥玛丽"时那些义无反顾接受火刑的新教徒。她通过王权的力量将上述提到的中和了新教和天主教的"安立甘教派"确定为英格兰国教，这是她为自己树立的新形象，同时也是英格兰的新形象。她要让臣民明白，宗教是要给人民带来和平，而不是战争。

在那样的一个宗教大变革、社会大动荡的历史时期，无论位于权力之巅的女王，还是在女王治下写戏的莎士比亚，以及无数普通的——尤其以前信奉天主教的平民百姓，都存在着一个基督徒身份的转换与认同问题。或许当女王和莎士比亚面对矛盾与纠结的两难选择时，在本质上与哈姆雷特的"延宕""迟疑"是一样的。

关于莎士比亚是天主教徒、新教徒还是清教徒，莎学家们的看法似乎从来没有统一过。在此，可以简单分析一下，从当时的清教徒瞧不起写戏这个职业本身来看，基本可以推定一生都在写戏的莎士比亚不是一个清教徒。但在伊丽莎白时代，慑于王权的威严，至少他不能是一个公开的罗马天主教徒，而必须是一个信奉圣公会国教的新教徒。由于对他的宗教背景势必产生了深刻影响的两个人都是天主教徒：一个是他的父亲约翰·莎士比亚（John Shakespeare，1531—1601），一个是他在文法学院读书时的老师西蒙·亨特(Simon Hunter)；另外，同时代比莎士比亚年长的威尔士主教、同时也是学者的理查德·戴维斯(Richard Davies,1505—1581)也认为在年轻的莎士比亚身上沾染了"可恶的天主教徒习气"。因此，他应该是一个仍然在心底存有天主教信仰而在宗教观念上已经被马丁·路德化了的英格兰圣公会新教基督徒，这跟他笔下的哈姆雷特一模一样——哈姆雷特在心底还相信有炼狱，但他的宗教观已明显受到了马丁·路德母校威登堡大学的洗礼。从这点来看，莎士比亚写的哈姆雷特，当然不是萨克索《丹麦人的业绩》里边那个从时间上看肯定是 12 世纪以前的丹麦英雄，也不是任何一个流行当时的"原型《哈姆雷特》"旧剧里的复仇王子，而是一个在政治上王权更迭(从亨利八世、爱德华六世、玛丽女王到伊丽莎白女王)，宗教上变革、分裂、整合(从罗马天主教、宗教改革之后的新教到英格兰圣公会)，军事上开始踏上成为欧洲第一强国的(1588 年 7 月，英格兰海军以弱胜强，打败了号称世界第一的西班牙"无敌舰队"；也正是从这一年开始，莎士比亚开始写作最早的十四行诗)英格兰的历史大时期之下，外在看似"复仇"，而内心却在沉思和叩问"生命意义到底为何"的孤独者。

他软弱吗？在该行动的时候，他犹豫不决吗？似乎是的，因为："我不知是出于畜类的健忘，还是由此而导致了顾虑重重、怯懦畏缩，因为我明明有理由、有决心、有力量、也有方法立刻动手，却还只是空喊着'要做这件事'。"

但当他决心利用偷偷修改后的国书借英格兰国王之手,处死那两个令他讨厌的谄媚者罗森格兰兹和吉尔登斯坦恩时,他所表现出来的果决和残忍,至少在形式上并不亚于他的叔叔——那个邪恶的克劳迪斯,如他对霍拉旭所说:"我以国王的名义给英格兰王写了一封言辞极为恳切的信,说既然英格兰甘愿向我丹麦称臣纳贡,既然两国情谊如枝繁叶茂的棕榈,既然和平女神永远戴着她那顶麦穗的花冠,将两国的和睦友好紧紧相连,总之,诸如'既然'如何如何的重大理由我写了好多,然后恳请他读完此信,不容迟疑,立即将两个递交国书者处死,连忏悔的时间也不许给。"

这仅仅是哈姆雷特的矛盾吗?似乎不是。当然,这也是一些学者经常提到的剧中的"哈姆雷特问题"之一:他何以不对克劳迪斯立刻复仇,却对这两个小人物毫不手软地痛下杀手,而且"连忏悔的时间也不许给",即意味着要让他们遭受炼狱的煎熬。这也不难理解,因为哈姆雷特显然是要在复仇的瞬间,让克劳迪斯直接堕入地狱的无底深渊。从这一层来看,他对那两个昔日的同窗、今日国王的宠臣,虽然是立刻要他们死,但让他们先进入炼狱,已经算是厚道了。

他忧郁吗?在该惊醒的时刻,他畏首畏尾吗?当他把一切(包括他的装疯和复仇的誓愿)向母亲和盘托出以后,对母亲毫不留情地说出了像带刺的钢鞭一样抽打灵魂的斥责:"我当然管不住那个肥胖的国王再把您引到床上去,然后放荡地拧您的脸,管您叫他的小耗子;我也管不住您因得了他一两个脏兮兮的臭吻,或者被他那该下地狱的手在脖子上抚弄,就把您知道的一切和盘托出，告诉他我并没有真疯，而只是装疯。您最好还是告诉他，因为有哪一个美貌、清醒、聪明的王后，会把这么紧急的大事故意瞒着，不去告诉一只癞蛤蟆、一只蝙蝠、一只老熊猫？谁会这么做？"这时，他似乎不再犹豫，更不再忧郁。

马丁·路德以为，忧郁和"所有侵扰人类的弊病"都是魔鬼制造出来的，魔鬼"不愿看到任何一片草或叶子成长"。魔鬼只热衷于破坏，使人遭受痛苦，挑唆争斗，"恶毒到迷醉于他人的终日饥渴、痛苦和不足中，以他人的不幸为乐，以犯下杀戮与背叛的罪恶，尤其以杀戮那些对任何人都毫无伤害的无辜生命为乐，这便是邪恶的魔鬼最极端的暴怒。人类无论如何也不能这样"。毫无疑问，莎士比亚要通过哈姆雷特表明，是魔鬼造成了哈姆雷特的忧郁。他对此也十分清醒，就像他在与雷欧提斯比剑之前所说："要是我做过什么伤害了你感情和荣誉的事，激起了你强烈的反感，我在此声明，这都是由我的疯狂所造成的。哈姆雷特会做对不起雷欧提斯的事吗？哈姆雷特永远不会。假如哈姆雷特在精神失常时真的做了什么对不起雷欧提斯的事，那不能算在哈姆雷特的头上；哈姆雷特概不承认。那是谁干的呢？是他的疯狂。既然如此，哈姆雷特也是受伤害的一方，疯狂成了可怜的哈姆雷特的敌人。"真正的敌人，只能是魔鬼撒旦。

他觉得自己有着完美的品德，在行为举止上无可挑剔吗？在第三幕第一场中，他对奥菲莉亚说："我虽自认并不算一个本性很坏的人，可我也还是做过些该诅咒的坏事，既然如此，母亲最好没有生我。我很自傲，报复心强，有野心，随时可以做出许多叫不上名字、想不出样子或没有时间实施的坏事。一个像我这样的人，匍匐于天地之间，能有什么用？"当他亲眼看到血气方刚的福丁布拉斯所率领的挪威军队，敢以血肉之躯，"甘冒风险，去迎接命运、死亡和危险的挑战"，他深刻地认识到："不到危急关头不轻举妄动，的确是一种伟大；但当荣誉攸关之时，寸土不让，寸利必争，也是一种伟大。可是我呢，父亲遭残害，母亲受污辱，却要让理性和血性激起的复仇的亢奋呼呼大睡吗？再来看看这两万视死如归的战士，为了那一点点虚幻、骗人的名誉，走向坟墓，就像是要去就寝安眠；他们只是为了那一小块土地誓死而战，那块土地小得都不够用来做交兵的战场，甚至不够做坟墓来埋葬他们的忠骨，我能不感到羞愧吗？啊！从这一刻开始，让我的思想充满嗜血的残忍，否则我就是一个一钱不值的废物！"他是要让那"不轻举妄动"的伟大，变为一种在行动上真正的、实际的伟大。

然而，他十分清楚，这样的伟大，一定要在上帝公义的名义下来完成。就像克劳迪斯试图强迫自己祷告时所说："如果一个人的手里还留着通过罪恶攫取来的东西，他可能被赦免吗？在这个充斥腐败的世界里，镀了金的邪恶之手可以一下子将正义推开；因为那份罪恶的利益，常常可以贿赂法律，使之形同虚设。但天庭并非如此，到了那里，任何事情都甭想蒙混过关，一切所作所为的本相都被显现，我们甚至必须为自己所犯下的罪恶做证。"

这显示出，伊丽莎白时代秘密的天主教徒们，对不经忏悔的突然死亡仍然充满了恐惧，因为在尘世留下的每一个污点，都要死后在炼狱里烧净。因此，也就能够理解莎士比亚的父亲约翰·莎士比亚曾冒着被处死的危险，在耶稣会于信徒们中间传阅的

《心灵的遗嘱》上签字，这份遗嘱正是为了消除这样的恐惧。他的父亲期冀亲朋好友能通过神圣的弥撒帮助他死去的灵魂在炼狱的磨难中超生。而在伊丽莎白时代，任何罗马天主教的宗教仪式，都是绝对禁止的。

所以，关键的问题，又回到了生与死。莎士比亚在第五幕第一场所增加的"原型《哈姆雷特》"所没有的发生在墓地的新戏，堪称精彩的神来之笔，也是诠释哈姆雷特作为一个生命孤独者思考生与死的点睛之笔。当他看到掘墓人手里的一个骷髅，说"现在这蠢驴手里摆弄的也许是个政客的脑袋；这家伙生前可能真是一个欺世盗名的政客"。"从这命运的无常变幻，我们该能看透生命的本质了。难道生命的成长只为变成这些枯骨，让人像木块游戏一样地抛着玩儿？"

现在，再回头看哈姆雷特在第二幕第二场时，面对着受克劳迪斯委派、前来刺探他内心隐秘的罗森格兰兹和吉尔登斯坦恩，他坦诚地表示自己百无聊赖，对一切都失去了兴致："心绪是如此的郁结，以至于在我眼里，这承载万物的美好大地，不过是一处贫瘠荒芜的海角。"接着，他说了那段著名的独白："人类，是怎样一件作品！多么高贵的理性！多么无穷的能力！仪容举止是多么的文雅、端庄！在行为上，是那么的像一个天使！在智慧上，又是那么的像一尊天神！宇宙之精华！万物之灵长！"

不错，他极力赞美了人类自身。但他思考、反问的是："这个尘埃里的精华算得了什么呢？"今天，一个生命的孤独者，同样会做这样的思考，同样会发出这样的疑问：作为"宇宙之精华！万物之灵长！"的人类，在宇宙和万物的无限时空里，不过是转瞬即逝的一粒尘埃。或者,换句话说,人类中的思想者一定是孤独的。哈姆雷特并不孤独,我们会时时与他相伴。

七、几个谜语一样的小问题

最后,我们可以轻松地来说说莎士比亚留下的几个谜语一样的小问题:

有人问,莎士比亚写了不少故事发生地在国外的戏,他出过国吗?终其一生,他从未出国旅行。不过,以《哈姆雷特》为例,里边只有两个戏剧人物取了丹麦名字——罗森格兰兹、吉尔登斯坦恩,他并未想过要再现丹麦宫廷。剧中的宫廷和大臣,全是英格兰的。莎士比亚剧团多次进宫演出,他也结识了许多朝中大臣,包括埃塞克斯伯爵、南安普顿伯爵。他对如何写宫廷,自然不陌生。

"哈姆雷特问题"困扰着众多的莎学家和不计其数的读者,不过,其中的许多问题却也不是莎士比亚故意留下来的。发生在人物身上以及剧情的一些矛盾,是由于版本的修改自然产生的。因为莎士比亚本人没有留下任何一份手稿或他自己认可的版本。

哈姆雷特的年龄多大才合理?霍拉旭是哈姆雷特最亲密的朋友,为什么到丹麦参加已故国王的葬礼,几乎一个月后两人才见面?如果霍拉旭并不了解哈姆雷特所揶揄的丹麦宫廷的狂歌纵酒,那他仅仅是哈姆雷特在威登堡大学的同学吗?第一幕中几个人共同目睹的幽灵,到了第三幕,为什么只有哈姆雷特能看见,而王后看不见?

这些同"哈姆雷特为什么不立刻复仇"这样的核心问题相比并不十分重要的小问题，应该都是因莎士比亚自己"改编"造成的。我们在前面说过，《哈姆雷特》有两个四开本，一个是1603年的第一四开本，一个是1604年的第二四开本。前者可能更接近最初演出时的演员脚本，但因它是未经莎士比亚认可的"盗印版"，莎士比亚对此十分不满，便大加修改，主要是增加了许多昭示人物心理特征的大段独白。正像梁实秋在《哈姆雷特问题之研究》一文中指出的那样："假如莎士比亚从没有改编第一版为第二版，则哈姆雷特问题根本不致发生，即使发生亦不致若是之复杂。""哈姆雷特问题是随着莎士比亚的改编剧本而出现的。""所谓哈姆雷特问题者，所谓哈姆雷特之谜者，不过是起源于莎士比亚编剧时之疏误而已。"

庆幸的是，尽管莎士比亚来不及对由改编而自然产生的诸多矛盾做统一的调整、梳理，但多亏他的这一修改，才使哈姆雷特成了哈姆雷特。假如此时已在写作《麦克白》的莎士比亚对修改《哈姆雷特》稍有疏懒，不愿分心，而是默认了那个第一四开本，"哈姆雷特问题"或许不存在了，却会给后世带来一个永远的缺失，即哈姆雷特永远不会成为"我们"的哈姆雷特。或许，他也就得不到俄国批评家别林斯基（Vissarion Grigoryevich Belinsky，1811—1848）那样至高的赞誉：他把《哈姆雷特》誉为"前无古人、后无来者的全人类所加冕的戏剧诗人之王的灿烂王冠上一颗最辉煌的宝石"。

遗憾的是，我们对这位叫威廉·莎士比亚的世界上最伟大的诗人，连他的基本生平都难以说清楚。我们知道，他的父亲约翰·

莎士比亚是经营羊毛、皮革制造及谷物生意的杂货商,1565 年莎士比亚一岁时,父亲任斯特拉福德镇的民政官,三年后又被选为镇长。莎士比亚少年时在当地的文法学院读书,13 岁时家道中落,此后辍学经商,22 岁前往伦敦,在剧院工作,后来成为演员和剧作家。由于他没有大学学历,更非名校出身,在他写作之初,也曾受到当时把持剧坛的那些出身牛津、剑桥背景的"大学才子"们的贬低,甚至嘲讽——他们瞧不起这个"没有文化"的"乡下人"。难怪剑桥大学出身的英国诗人约翰·弥尔顿(John Milton,1608—1674)会在 1632 年出版的莎士比亚戏剧集第二对开本所附的颂诗中,写下这样的赞誉:

> 他,一个平民的儿子
> 登上了艺术的巅峰,
> 创造并统治着这个世界。
> …………
> 他善于用神圣的火焰,
> 把我们重新塑造得更好。

我们甚至不清楚,他到底生于 1564 年 4 月的哪一天。斯特拉福德镇圣三一教堂的登记簿上只记着他的受洗时间是 1564 年 4 月 26 日——约翰·莎士比亚的第三个孩子威廉·莎士比亚在此受洗。英国传记作家西德尼·李(Sidney Lee,1859—1926)在他的名作《莎士比亚的一生》(*Life of William Shakespeare*)一书中,认定按莎士比亚时代人们的习俗,新生婴儿都是在出生后的第三天去教堂受洗，于是推断他的生日是 4 月 23 日。但英格兰国教《公祷书》中并没有新生儿三天后受洗的规定。从同时代其他人的受洗记录即可获知，新生婴儿去教堂接受洗礼，不仅有在出生一天后，甚至还有在一周之后的。显然，选定 4 月 23 日作为他的生日，一定是因为他是在 4 月 23 日去世，而这一天又恰恰是英格兰民俗的重要节日、英格兰守护神的圣乔治纪念日（St. George's Day）。无论对于他的英格兰同胞，还是他的一代又一代的读者，把他的生辰、忌日与圣乔治日重叠交融在同一天，是一件多么令人欢喜的事！

　　莎士比亚留下来的手迹，只有他的六个并不统一的签名：Shackper, Shakspea, Shakspear, Shakspere, Shakspeare, Shackspere 读音也不一致。Shakespeare 这个确定并沿用下来的名字，是他在 1616 年 3 月 25 日遗嘱首页角上的签名。他的名字来到中国以后，也经历了一番演化，从 1839 年起，他先后被叫过"沙士比阿""沙斯皮耳""沙基斯庇尔""沙克皮尔""狭斯丕尔"，直到 1902 年，梁启超在《饮冰室诗话》中将他的中文名字译为莎士比亚。

　　不朽的莎士比亚，不朽的哈姆雷特！

《奥赛罗》:邪恶人性是杀死忠贞爱情、美好生命的元凶

　　啊,这是我发自肺腑的欢乐!要是在每一次风暴过后都能享有如此的宁静,那就索性让狂风尽情肆虐,直到把死神吹醒! 让那苦苦挣扎的战船爬上像奥林匹斯山一样高耸的浪尖, 然后再从天而降,俯冲到地狱的深渊! 如果我现在死去,这便是我最幸福的时刻;因为她已使我的精神得到绝对的满足,我担心在未来不可知的命运里,再也不会有如此令人欣喜的愉悦。

(《奥赛罗》第二幕第一场)

OTHELLO.

一、写作时间和剧作版本

1.写作时间

1604 年,在伊丽莎白女王和詹姆斯一世国王执政期间主管英格兰王室宫廷娱乐、并负责全英戏剧审查的大臣艾德蒙·蒂尔尼爵士(Sir Edmund Tilney, 1536—1610),在其《宫廷娱乐记录簿》(*the Accounts of the Master of the Revels*) 中记载:"11 月 1 日万圣节,国王供奉剧团在白厅宴会厅,上演了一部莎士比亚编剧的《威尼斯的摩尔人》。"("By the Kings Maiesties plaiers. Hallamas Day being the first of Nouembar. A play in the Banketinge house att Whithall called *The Moor of Venis.* Shaxberd.")

这本由彼得·坎宁安 (Peter Cunningham) 发现的记事簿,1868 年被大英博物馆收藏。

记事簿曾引起莎士比亚研究专家、爱尔兰学者艾德蒙·马龙

(Edmund Malone，1741—1812)的格外注意，在他所编 1790 年版《莎士比亚剧作集》和 1821 年版《莎士比亚戏剧》的集注本中，都提到他获得了 "无可争议的证据"(indisputable evidence)，证明《奥赛罗》于 1604 年首演。尽管马龙有如此有力的证词，但因彼得·坎宁安一向被认为"是一个非常狡狯的人，惯做伪据以愚人"(梁实秋语)，包括理查德·格兰特·怀特 (Richard Grant White，1822—1885) 在内的 19 世纪一些著名莎学家，以及 20 世纪著名莎学家塞缪尔·坦南鲍姆 (Samuel A. Tannenbaum，1874—1948)等，始终怀疑这部记录簿原稿的真实性。1930 年，牛津大学出版社出版了斯坦普(A.E.Stamp，1870—1938)为莎士比亚学会(Shakespeare Association)编印的《宫廷娱乐记事簿辨》(*The disputed Revels accounts*) 一书，认为此簿的真实绝对可信。也不知这样的权威认证，是否能将以往的质疑全部化为乌有。

这条记录便是关于《威尼斯的摩尔人》即《奥赛罗》一剧写作时间最早的证据。

除此，还有其他几个时间上的线索：

第一，从《奥赛罗》剧中一些段落的描写明显看出，莎士比亚在写作时受到了菲力蒙·霍兰德 (Philemon Holland，1552—1637)翻译、1601 年出版的古罗马作家、博物学家、哲学家普林尼(Pliny，23—79)的拉丁文皇皇巨著《自然史》(也有译为《博物志》)(*Naturalis Historia*) 英译本《世界史》(*The Historie of The World*)的影响。这一影响在奥赛罗向苔丝狄蒙娜讲述他"亲历的最可怕的不幸遭遇时"，尤其讲到"那些野蛮的互吃同类的食人生番，讲到头长在肩膀下面的异形人"【1.3】时，显露无遗。

第二，1603 年，詹姆斯一世国王登上王座以后，英国历史学家理查德·诺尔斯(Richard Knolles，1545—1610)出版了《土耳其人通史》(*General Historie of the Turkes*)一书，并将它献给国王。这是第一部论述奥斯曼土耳其帝国历史、政治的英文著作，书中有些描述历史的细节材料被莎士比亚用在了《奥赛罗》中。

第三，从 1603 年 5 月到 1604 年 4 月，瘟疫流行，伦敦关闭了所有剧院。

第四，新国王詹姆斯一世对发生在地中海东部的威尼斯—土耳其战争(Venetian-Turkish Wars)饶有兴趣，1571 年，当欧洲列强在 "勒班陀海战"(Battle of Lepanto) 时击败土耳其舰队之后，他曾写过一首题为《勒班陀》的诗，1591 年首印，1603 年他即位后重印。《奥赛罗》的第一幕第三场，第二幕第一场、第二场，都提到了这场海战。莎士比亚这样写，极有可能是为了投合王室的兴趣癖好。

第五，19 世纪英国著名莎学家弗莱(F.G.Fleay，1831—1909)和经济学家、诗人英格拉姆(J.K.Ingram，1823—1907)，通过细密的研究分析，发现《奥赛罗》在韵律和诗句的弱化尾音节的使用上，完全符合这一时期的创作风格。另外，莎学家哈特(A. Hart，1870—1950)通过仔细研读《哈姆雷特》，发现莎士比亚 1602 年以后写的戏，诗句中没有再出现《哈姆雷特》剧中那样的重复用韵。这或许不具有特别的说服力，却可聊备一格。再者，由托马斯·戴克尔(Thomas Dekker，1572—1632)和托马斯·米德尔顿(Thomas Middleton，1580—1627)两位戏剧家合写，并于

1604 年 4 月之后首演的都市喜剧《诚实的妓女》(*Honest Whore*)
第一部中,出现了这样一句台词:"比一个野蛮的摩尔人更凶残"
(more savage than a barbarous Moor),这即便不能充分暗示《奥
赛罗》的写作时间,却可以证明《奥赛罗》一剧的存在和流行。

第六,在 16 世纪和 17 世纪早期的英格兰,曾流行一种包含
音乐、舞蹈、演唱和表演等形式并配有精心舞台设计的宫廷娱乐
"假面剧"(Masque)。或许更是出于一种巧合,为 1604 年冬季庆
典的需要,安妮王后(Queen Anne,1574—1619)要求诗人、戏剧
家本·琼森(Ben Jonson,1572—1637)写一部"假面剧",并要他
为剧中的摩尔人专门设计一种精美的假面具。由此,本·琼森创
作出他那部著名的 "假面剧"——《黑色的假面剧》(*Masque of
Blackness*)。1605 年,该剧演出时,安妮王后还曾亲以淡妆假面
登台亮相。

综上所述,我们可以得出结论,《奥赛罗》的写作时间一定是
在 1601 年之后、1604 年秋季之前, 完稿则最有可能是在 1603
年底到 1604 年初这段时间。

在莎士比亚去世前的 1612—1613 年,作为伊丽莎白公主与
德国选帝侯普法尔茨伯爵(德语 Pfalz,意思是"王权伯爵")大婚
庆典的一部分,《奥赛罗》再次被纳入宫廷演出。先是 1610 年 4
月,国王供奉剧团(King's Men's Company)在环球剧场(Globe
Theatre)公演;9 月,在牛津大学再度上演。关于《奥赛罗》在 17
世纪早期的演出记录还有:1629 年 9 月和 1635 年 5 月,在黑僧
剧院(Blackfriars Theatre)演过两次;1636 年 12 月,在位于泰晤
士河北岸、有 "英国的凡尔赛宫" 之誉的汉普顿宫(Hampton

Court)，再次上演《奥赛罗》。

顺便一提，上述刚提到的德国选帝侯普法尔茨伯爵，即被后人讥讽为"冬王"(King Winter) 的腓特烈五世 (Frederick V，1596—1632)。

2.剧作版本

从 1604 年首演到莎士比亚 1616 年去世的这十二年里，《奥赛罗》多次上演并大受欢迎，却始终未付梓印行。直到 1621 年10 月 6 日，伦敦书业公会(Stationers' Register)的登记册上才有了《奥赛罗》的注册记录，并于次年，以四开本形式第一次印行，即第一四开本。此本被莎学界认为是一个好的四开本。

该本在标题页上印着："《威尼斯的摩尔人，奥赛罗的悲剧》，此剧曾由国王供奉剧团于环球和黑僧剧场多次上演，威廉·莎士比亚编剧……由尼古拉斯·奥克斯(Nicholas Okes)为托马斯·沃克利(Thomas Walkley)在伦敦印行、发售。1622 年。"

1623 年，《莎士比亚戏剧集》以第一对开本形式出版，其中的《奥赛罗》，即第一对开本《奥赛罗》，比第一四开本多了 150 行（另有许多专家认为多出了 160 行）。

除此，《奥赛罗》这两个最早的文本还有两点明显差异。首先，第一四开本中的舞台提示更为丰富，而且有大量赌咒发誓的词句；其次，受 1605 年政府颁布禁止在舞台上赌咒发誓以免亵渎神灵的禁令影响，第一对开本将第一四开本中大量的咒语、誓言，要么削减、弱化，要么直接删除。事实上，从第一四开本未受"禁令"影响，保持原稿面貌本身即可看出，它应是按照当时演出提词本的抄本排印，比第一对开本少的那 150 行，即是对演出本的删节。而第一对开本，则可能是根据为国王供奉剧团誊抄剧本、并享有"莎士比亚最早编者"之誉的拉尔夫·克兰(Ralph Crane)誊写的抄本排印。

还有一点，莎学家们始终存在分歧，即第三幕第三场中奥赛罗关于"黑海"的那段独白和第四幕第三场中苔丝狄蒙娜的"杨柳歌"，是否只有第一对开本出于戏剧化的考量，做了有意的添加，或务实的削减。

1630 年，以第一四开本为底本，并参考第一对开本做了修订的第二四开本出版，其修订合理和滑稽不通之处，兼而有之。1655 年，又以这第二四开本为蓝本重印的第三四开本出版。因此，若从版本学的角度来看，《奥赛罗》只有最早的第一四开本和第一对开本，最有研究价值。

二、钦奇奥的《一个摩尔上尉》

1.钦奇奥的《故事百篇》

《奥赛罗》的故事原型直接取自意大利小说家、诗人乔万尼·巴蒂斯塔·吉拉尔迪 (Giovanni Battista Giraldi, 1504—1573)的"故事"(短篇小说)《一个摩尔上尉》(*Un Capitano Moro*)。巴蒂斯塔·吉拉尔迪更为人所知的名字是吉拉尔迪·钦奇奥(Giraldi Cinthio)，他的文学创作直接师承前辈——文艺复兴时期的杰出作家、诗人乔万尼·薄伽丘(Giovanni Boccaccio, 1313—1375)，他于 1565 年在威尼斯出版的 《故事百篇》(*Gli Hecatommithi*)，与薄伽丘那部著名的故事集《十日谈》(*il Decameron*)风格十分相近。《故事百篇》中讲述第三个十年的第七篇故事就是《一个摩尔上尉》。

尽管莎士比亚在世时,钦奇奥的《故事百篇》一直没有英译本,但莎士比亚对钦奇奥不会陌生,因为作家、翻译家威廉·佩因特(William Painter, 1540—1594)在《故事百篇》出版后的第二年(1566),就把其中的一些故事写进了自己的《快乐宫》(*Palace of Pleasure*)中。1584 年,法国翻译家加布里埃尔·查皮(Gabriel Chappuys, 1546—1613)将《故事百篇》译成法文(*Premier Volume des Cents Excellentes Nouvelles*)。

不论莎士比亚读的是钦奇奥写的意大利原文故事,还是查皮所译的法语故事,《奥赛罗》直接改编自《一个摩尔上尉》是确定无疑的。由于《一个摩尔上尉》并没有提供足够的故事背景,《奥赛罗》的戏剧背景很可能源自这样几部著作:理查德·诺尔斯的《土耳其人通史》(1603),文艺复兴时期意大利外交家、主教加斯帕罗·孔塔里尼(Gasparo Contarini,1483—1542)著、路易斯·卢克诺爵士(Sir Lewis Lewkenor,1560—1627)英译的《威尼斯的联邦和政府》(*The Commonwealth and Government of Venice*)(1599),利奥·阿非利加努斯(Leo Africanus,1495—1550)著、旅行家约翰·包瑞(John Pory, 1572—1636)英译的《非洲地理史》(*Geographical Historie of Africa*)(1600)。作为文艺复兴时期的旅行家,利奥·阿非利加努斯是一位来自西班牙格拉纳达(Granada)的摩尔人,他的游踪遍及现在的非洲北部。

钦奇奥称,《一个摩尔上尉》改编自 1508 年发生在威尼斯的一个真实事件。但也许是巧合,钦奇奥的故事与阿拉伯民间故事集《一千零一夜》(*One Thousand and One Night*)中的《三个苹果的故事》(*The Tale of the Three Apples*)类似。

2.《三个苹果的故事》

我们先简单描述一下《三个苹果的故事》：古阿拉伯国王哈伦(Harun)命宰相加法尔(Ja'far)与其微服出宫，体察民情。他们穿街走巷，遇一老者，靠打鱼为生。闻听老人打鱼半日，一无所获，家中妻儿又要挨饿，加法尔真诚表示，老人打一网即可得一百金币。来到底格里斯河(Tigris)，老人撒网，捞上一个上锁的箱子。回宫开箱一看，里边是一具被肢解的女尸。国王震怒，命加法尔三天之内缉拿凶手，否则将他处死。三天过去，毫无线索，国王判处加法尔绞刑，并传令大臣们到王宫观看。行刑前，先是一位英俊青年来到加法尔跟前，自认凶手；紧接着又从看热闹的人群中冲出一老者，说自己才是真凶。加法尔带着两名认罪者进宫见国王。老人是这位青年人的岳父，被杀的女人是青年人的妻子。

青年向国王讲述了杀妻经过：原来，青年与妻子夫妻恩爱，育有三子，生活幸福美满。月初，妻病重，经治疗和丈夫的照料，病情虽有好转，身体仍十分虚弱。一日，妻说非常想吃一种稀罕的苹果。丈夫找遍巴格达(Baghdad)全城，空手而归。见妻病情又有恶化，经过打听，丈夫前往巴士拉(Basra)，在哈里发(Caliph)的果园，发现了妻想要的那种苹果，花三枚金币买了三个苹果，踏上归程，来回花了整整两个星期。见到苹果，妻并未显出高兴，只是顺手把苹果放在枕边。妻身体恢复，丈夫又开始做买卖，中午，忽见一黑奴手里拿着一个苹果。丈夫问苹果何来，可否带他去买。黑奴笑称，此苹果为情人相送，并说情人生病，好久未见，幸情人丈夫外出做生意，方得以幽会，见其枕边三个苹果，情人说是丈夫特意去巴士拉花三枚金币买来，并送他一个。闻听此言，丈夫立即跑回家，果见妻枕边只剩两个苹果，厉声问为何，妻冷言答曰不知。丈夫怒火中烧，用菜刀将妻脖子割断，然后找来斧子，分尸、包捆、装箱，抛进底格里斯河中。

回到家，青年见儿子在哭，问缘由，儿子说，早上拿了母亲一个苹果，与弟弟一起在巷中玩耍，遇一黑奴，问苹果何来，答从母亲枕边所拿，被黑奴一把抢走。儿子苦苦哀求，说苹果是父亲特地从巴士拉给母亲买回。黑奴一脸坏笑，拿着苹果跑了。青年恍然大悟，知错杀了爱妻，号啕痛哭，懊悔不已，便将此事如实告知岳父。

讲完事情经过，青年恳求国王立即执行王法，速将他绞死。国王以为，该拿黑奴抵罪，便又命加法尔务必三天之内捉拿黑奴，否则将再拿加法尔抵罪。这一回，加法尔发誓，不去四处寻找，只在家坐等真主安排。第四天，国王使臣传来圣旨，判处加法尔绞刑。加法尔一一向家人告别，当他最后抱起最疼爱的小女儿时，感到女儿口袋里有一个圆圆的硬东西，一问，知是女儿四天前用两枚金币从自家奴仆的手里换来。加法尔慨叹苍天有眼，马上带人缉拿奴仆。奴仆招认，苹果是他五天前经过一条巷子时从一个孩子手里抢来，到手之后，一起玩耍的两个孩子哭着说，那是母亲的苹果，母亲生病了，想吃苹果，父亲特意跑到巴士拉花三枚金币买回三个苹果，他们从母亲枕边拿了一个出来玩。奴仆把抢来的苹果带回家，小姐见了，要用两枚金币来换。

原来是自家奴仆闯的祸，加法尔赶紧带着奴仆进宫，向国王请罪。见了国王，奴仆又把事情经过详述一遍。没想到整个事情竟然如此稀奇古怪，国王十分惊奇，放声大笑，并命文官将此记录在案，以警后人。加法尔启禀国王，若能赦免家奴，他有更离奇的故事讲给国王听。国王允诺，并说假如故事并不离奇，家奴必要受刑。

显然，《三个苹果的故事》中那位深爱妻子的英俊青年，单从他妒火中烧、轻信谎言、妄作判断、情急忘智，直至杀妻分尸的整个过程来看，与英勇无畏、猜忌成性的奥赛罗，轻信表面忠诚、内心险恶的伊阿古，认定忠贞的苔丝狄蒙娜与卡西奥有奸情，暴怒之下，将爱妻掐死，两者就行为本质而言，毫无二致。然而，没有任何证据显示，无论钦奇奥的《一个摩尔上尉》，还是莎士比亚的《奥赛罗》，借鉴了《三个苹果的故事》。

3.《一个摩尔上尉》

现在，我们再来详述孕育出《奥赛罗》的唯一原型故事——《一个摩尔上尉》。

莎士比亚的《奥赛罗》在钦奇奥的《一个摩尔上尉》中的原型人物，只有"苔丝狄蒙娜"（Desdemona），在《一个摩尔上尉》中叫"迪丝狄蒙娜"（Disdemona），拼写上仅一个字母之差。其他人物的对应关系则分别是："摩尔上尉"或"摩尔人"（意大利语 Capitano Moro 或 Moro）之于奥赛罗；"队长"（意大利语 Capo di Squadra）之于卡西奥；"旗官"（意大利语 Alfiero）之于伊阿古；"旗官夫人"之于艾米丽亚；被"队长"误伤的"士兵"之于罗德里格。

摩尔人是一位战功卓著的军人，深得威尼斯政府赏识，迪丝狄蒙娜没有嫌弃他的肤色，为他的高贵品质所折服，爱上了他。家里要逼她嫁给另一个男人，她却执意嫁给了摩尔人。新婚夫妇在威尼斯度过了一段快乐的幸福生活。当摩尔人受命驻防塞浦路斯时，迪丝狄蒙娜恳请相随；尽管摩尔人担心航程有危险，还是同意妻子登上了他的指挥船。

在塞浦路斯，像在威尼斯一样，迪丝狄蒙娜的闺蜜好友"旗官夫人"每天都花很多时间跟她在一起。"旗官"虽是一个十足的恶棍，但因他人性中的邪恶藏而不露，不仅摩尔人对他十分信任，所有人都觉得他勇敢、高尚。他对迪丝狄蒙娜垂涎欲滴，却因害怕摩尔人，不敢公开求爱。当他求爱示好得不到丝毫回应，就确信迪丝狄蒙娜爱的是"队长"——摩尔人的知交好友，也是摩尔人家里的常客。他决计报复，要栽赃陷害迪丝狄蒙娜与"队长"通奸。

当"队长"在一次执勤中因误伤一名士兵被摩尔人撤职时，"旗官"发现机会来了。迪丝狄蒙娜屡次恳求丈夫让"队长"官复原职，"旗官"趁机向长官进言，说她如此纠缠着为"队长"求情，只因她厌恶了摩尔人的相貌肤色，对"队长"燃起欲火。摩尔人被"旗官"的暗示弄得焦躁不安，他变得狂怒异常，吓得迪丝狄蒙娜再也不敢替"队长"说情。

摩尔人要"旗官"拿出妻子不忠的证据。于是，有一天，当迪丝狄蒙娜来家里造访"旗官夫人"，并跟"旗官"的孩子一起玩耍时，"旗官"从她腰间偷走了一条刺绣手绢，并把手绢扔到"队长"的卧室。这手绢是摩尔人送给迪丝狄蒙娜的结婚礼物。"队长"认出这是迪丝狄蒙娜的手绢，便拿上手绢去摩尔人家送还。但他发现摩尔人在家，不愿引起他的不悦，跑开了。摩尔人确信从他家附近跑开的是"队长"，便命"旗官"务必将"队长"和迪丝狄蒙娜的关系查个水落石出。

"旗官"安排与"队长"谈话，但摩尔人只能看到他们谈，却听不见谈什么。谈话时，"旗官"做出被"队长"所言震惊的样子，之后，他告诉摩尔人，"队长"对与迪丝狄蒙娜的奸情供认不讳，并坦白那手绢是上次床第之欢后迪丝狄蒙娜送他的。

当摩尔人质问妻子丢失的手绢，迪丝狄蒙娜显得十分惊慌失措，忙乱地四处翻找，摩尔人由此判断，这就是妻子不忠的证据。他的脑子起了杀机，要把妻子和"队长"杀死。迪丝狄蒙娜见丈夫行为异常，便把内心的焦虑吐露给"旗官夫人"。"旗官夫人"对丈夫的计划一清二楚，但因怕他，不敢说出实情。

"队长"家里有位精于刺绣的女人，当她得知这是迪丝狄蒙娜的手绢，便打算在归还之前，按上面的图案仿绣一方新手绢。"旗官"让这个女人坐在窗边仿绣，以便他把摩尔人带来时，让他亲眼见到罪证。应摩尔人的要求，并在拿到一大笔赏钱之后，"旗官"埋伏在路上，打算当"队长"从一个妓女家出来以后，将他杀死。然而，刺杀失手，"旗官"只刺伤了"队长"的大腿。

摩尔人开始想一刀杀了妻子，或将她毒死。但最后，他还是听了"旗官"的计策，为掩人耳目，要对迪丝狄蒙娜采取谋杀。一天夜里，摩尔人和妻子躺在床上，他说听到隔壁屋里有动静，命妻子前去查看。正当妻子起身查看时，被藏在壁橱里的"旗官"用装满沙子的长袜打死。为使谋杀看上去像一场意外，摩尔人和"旗官"把迪丝狄蒙娜的尸体放在床上，砸碎头骨，再把屋顶弄塌。

在迪丝狄蒙娜的葬礼之后不久，失去爱妻的摩尔人心烦意乱，对犯下的罪行懊悔不已，将"旗官"开除军职。"旗官"随即向"队长"告发，说设伏要杀他的就是摩尔人。"队长"遂向政府起诉摩尔人。在严刑拷打之下，摩尔人矢口否认所有的犯罪指控，最后获释，却遭从威尼斯放逐。一段时间之后，摩尔人在流放中被迪丝狄蒙娜的家族中人谋杀。没过多久，"旗官"因另一起犯罪被捕入狱；获释后，却因监禁期间遭受了酷刑折磨，暴毙惨死。

显而易见，钦奇奥《一个摩尔上尉》的故事是莎士比亚《奥赛罗》戏剧构思的艺术源泉，莎士比亚像钦奇奥一样，将威尼斯作为《奥赛罗》社会、政治、军事等的背景地，将孤岛塞浦路斯作为悲剧发生的结果地。然而，莎士比亚富有艺术灵性地对钦奇奥故事里的所有细节做了改变，正是这样的改变，使《奥赛罗》荣列莎士比亚的四大悲剧之一。

4.从钦奇奥的"故事"到《奥赛罗》

下面，我们对这些改变做一番梳理：

第一，《奥赛罗》的戏剧节奏更快，冲突也更为猛烈。第一幕开场，莎士比亚便通过伊阿古和罗德里格的对话，在威尼斯埋下了引爆悲剧冲突的导火索，场景刚一切换到塞浦路斯，它就被迅速点燃、蔓延，直至最后将苔丝狄蒙娜、艾米丽亚和奥赛罗毁灭。换言之，在《奥赛罗》中，悲剧的进行几乎与奥赛罗和苔丝狄蒙娜两人的新婚及死亡同步，即悲剧随着新婚起始，伴着死亡而终。钦奇奥的故事节奏则较为迟缓，悲剧开始发生时，摩尔人已跟妻子迪丝狄蒙娜在塞浦路斯过了一段平静的新婚生活。

第二，在《奥赛罗》中，伊阿古因奥赛罗提拔卡西奥当了副官，怀恨在心，加之怀疑奥赛罗与他的妻子艾米丽亚有染，意欲复仇,故利用罗德里格对苔丝狄蒙娜痴心妄想的单恋贪欲,在塞浦路斯制造骚乱,使卡西奥被撤职;然后再令奥赛罗相信卡西奥与苔丝狄蒙娜之间必有奸情。而在钦奇奥笔下,故事处理得则比较简单,是"旗官"本人对迪丝狄蒙娜垂涎欲滴,求爱未果,遂向摩尔人挑拨说迪丝狄蒙娜与"队长"通奸。

第三,《奥赛罗》中,莎士比亚让服侍苔丝狄蒙娜的艾米丽亚,对丈夫伊阿古的阴谋一无所知,而当她一旦发现伊阿古利用她偶然拾得的手绢,作为陷害卡西奥和苔丝狄蒙娜通奸的证据,立刻挺身而出,公开揭穿了伊阿古,并宣布与丈夫决裂,反被伊阿古用剑刺伤,不治而亡。在钦奇奥笔下,作为这一悲剧故事唯一幸存下来的讲述者,"旗官夫人"事先便十分清楚"旗官"丈夫的阴谋。然而,她作为迪丝狄蒙娜最好的闺中密友,却始终未吐露真情,秘而不宣。单从这点来看,"旗官夫人"实则成了丈夫阴谋的帮凶,对悲剧的发生难辞其咎。两者相比,艾米丽亚甚至有几分女中豪杰的味道。

第四,莎士比亚在那块奥赛罗送给苔丝狄蒙娜作为定情信物的手绢上做足了文章。在《奥赛罗》中,卡西奥在自己的卧室捡到伊阿古故意丢下的手绢,可他并不知道手绢的主人是谁;他要妓女情人比安卡帮他重新绣一块相同图案的手绢。比安卡怀疑那手绢是别的女人送给卡西奥的情物,拒绝仿绣。钦奇奥的处理也比较简单,首先,那手绢是"旗官"亲自动手,从来家做客的迪丝狄蒙娜的腰间偷得。其次,在卧室捡到手绢的"队长"认识上面的图案,知道那是迪丝狄蒙娜的手绢,因此亲自登门送还,见摩尔人在家,又跑开,反被摩尔人产生误解。而后,是"旗官"让"队长"家里那位擅长刺绣的女人，坐在窗边仿绣，被摩尔人撞见。

第五，在《奥赛罗》中，伊阿古安排的那场最为阴险的、叫奥赛罗亲眼采集证据却只能远观、无法近听的谈话，是他故意拿比安卡想嫁给卡西奥挑起话题，激起卡西奥浪笑，让奥赛罗误会那是卡西奥在放浪无羁地大谈与苔丝狄蒙娜的床戏。恰在此时，比安卡来还手绢。对奥赛罗来说，人证物证一应俱全。钦奇奥的叙述就简单了，是"旗官"在谈话时故意做出吃惊的夸张动作，事后直接向私下留心观察的摩尔人撒谎，说"队长"亲口承认了奸情，使他震惊不已。

第六，在《奥赛罗》中，莎士比亚对苔丝狄蒙娜之死的描写，笔墨不多，干净利落，让暴怒的奥赛罗将苔丝狄蒙娜掐死在床上。钦奇奥则是让摩尔人与"旗官"合谋，砸死迪丝狄蒙娜之后，又伪造了杀人现场。

第七，《奥赛罗》中的奥赛罗之死，也没有任何枝蔓。当真相大白，对错杀爱妻后悔不迭的奥赛罗，不肯接受当局审判，决然拔剑自刎。钦奇奥故事里摩尔人的结局则复杂许多，当他对杀妻感到后悔，便将"旗官"开除军籍。"旗官"则恶人先告状，跑去向"队长"揭发，一切罪过都是摩尔人所为。"队长"提起诉讼，摩尔人被捕，遭受酷刑，却拒不招供，最后遭放逐，在流放中被迪丝狄蒙娜的族人杀死。

单从以上两点即可看出，钦奇奥笔下的摩尔人不仅不是一个值得迪丝狄蒙娜真心相爱的"品德高尚"之人，甚至可以说，他心底隐藏着并不输于"旗官"的邪恶本性，所以，他才能与"旗官"合谋将妻子残忍杀死，而且，事后拒不认罪。莎士比亚则完全升华了这个人物，他几乎让奥赛罗具有了人性中所有的高贵品质，是值得苔丝狄蒙娜付出真爱的贵族，最后，再让他被身上唯一的致命弱点——猜忌——杀死。因此，猜忌才是杀死奥赛罗与苔丝狄蒙娜的忠贞爱情及其美好生命的凶手。当然，让苔丝狄蒙娜这样一个"圣女"所象征的温柔、美丽、忠贞、善良，被邪恶的人性毁灭，也是莎士比亚惯于使用的悲剧手法。

意味深长的是，时至今日，在特定语境之下，"奥赛罗"这三个汉字早已成为"猜忌"或"嫉妒"的代名词。在医学上，更是早就有了一个专门术语——"奥赛罗综合征"（Othello syndrome），即"病理性嫉妒综合征"，或叫"病理性奸情妄想""病理性不贞妄想""病理性嫉妒妄想"，无论怎样称呼，其典型症状都是：患者会经常莫名其妙地心感不安，怀疑配偶另有新欢，并强迫性地去搜寻自认可信的证据，甚或采用盘问、跟踪、侦查、拷打等手段，来证明这种怀疑，直至最后发起攻击，杀死配偶。这便是典型的"奥赛罗"了，病症一旦发作，往往持续数年。莎士比亚功莫大焉！当然，如今的"奥赛罗综合征"已非男性专利，女性患者在人数上也蔚为可观。

第八，《奥赛罗》虽没具体写明伊阿古的结局，但剧情已透露，他将面临酷刑的折磨和严厉的审判，悲惨下场可想而知。钦奇奥对"旗官"之死写得很明白，他因其他罪行被捕入狱，遭受酷刑，出狱后因刑伤惨死。

第九，《奥赛罗》中极为重要的一个戏剧背景是，当威尼斯政府接到土耳其要进攻塞浦路斯的紧急军情，授命委派摩尔人奥赛罗将军率战船前往驻防。土耳其人攻打塞浦路斯这一真实的历史事件，发生在 1570 年，而此时，钦奇奥的《一个摩尔上尉》已经发表。这自然带来迪丝狄蒙娜和苔丝狄蒙娜两位女主角登岛之不同，前者只是随夫前往塞岛"度蜜月"，后者则是新婚宴尔的娇妻毅然随夫出征。由此，在她俩身上所体现出来的那个时代女性的风采神韵，无疑是莎士比亚的苔丝狄蒙娜比钦奇奥的迪丝狄蒙娜远胜一筹。不过，就这两个无辜女性最后都是被猜忌的丈夫所杀，虽都震撼得令人心碎，但迪丝狄蒙娜的惨死似乎更令人同情到了撕心裂肺的程度。

然而，到了今天，莎士比亚的伟大已很难再让人们在自己的文学记忆里，寻觅到苔丝狄蒙娜的原型迪丝狄蒙娜的身影，正如我们只记住了《奥赛罗》，而根本不会关心它源自一篇叫《一个摩尔上尉》的故事。这既是文学的魅力，也是岁月的无情。

第十，由上，又可见出《奥赛罗》戏剧和《一个摩尔上尉》故事两者间精神思想和艺术价值之迥然不同，前者写人的美丽生命和美好爱情无法逃脱被邪恶人性毁灭的命运，后者只是提出一种警示，即欧洲女人与肤色不同的异族通婚是危险的。

总之，正因为有了这些改变，比起钦奇奥笔下人物线条简单的"摩尔人"，莎士比亚塑造的摩尔将军奥赛罗，成为一个世界文学人物画廊里不朽的艺术形象：他英勇无畏，经历传奇，战功卓著，品质高贵，敢爱敢恨，却因猜忌成性、轻信小人，酿成惨祸，亲手杀死爱妻后，又自刎身亡。

事实上，若单讲人物，《奥赛罗》中戏份儿最多、又最出彩的一个，是那个阴毒到家的恶棍伊阿古，他比钦奇奥的"旗官"不知要坏多少倍。从某种角度甚至可以说，假如没有这样一个"出色"

的恶棍,就不会有这样的《奥赛罗》。《奥赛罗》的悲剧,从头至尾完全是伊阿古一人阴谋运筹、狡诈策划和罪恶实施的。可见,一个十足的恶棍足以将好人的爱情、生命葬送。这正是悲剧《奥赛罗》之悲、之痛、之惨、之绝的焦点。

三、丝丝入扣的《奥赛罗》剧情

第一幕。年轻的罗德里格责怪伊阿古"太不够朋友",花了他许多钱,不仅没帮他把美丽的苔丝狄蒙娜追到手,还明知苔丝狄蒙娜已跟奥赛罗将军私奔,却故意向他隐瞒。伊阿古矢口否认,强调对此事先一无所知,并说他恨死了奥赛罗,因为奥赛罗提拔卡西奥当了副官。他根本看不起卡西奥,在他眼里,卡西奥是一个没有实战经验,只会纸上谈兵的空头理论家。而他虽屡立战功,并请三位元老出面,为他升迁晋职说情,奥赛罗却不为所动,任命他担任掌旗官。他对奥赛罗怀恨在心,但因另有图谋,表面上依然忠心不贰:"我跟随他,既不出于感情,也不出于责任,我假装忠于职守,到头来全是为了我的一己私利。"

深更半夜,伊阿古和罗德里格将苔丝狄蒙娜的父亲、威尼斯元老勃拉班修从睡梦中吵醒,告诉他此时此刻,"一头充满性欲的老黑公羊,正骑着您家的小白母羊交配呢"。他的女儿苔丝狄蒙娜"正把她的孝道、美貌、智慧和财产,全部交给一个四处漂泊、居无定所的异乡人"。勃拉班修一听,勃然大怒,立即吩咐派人去把女儿"和那个摩尔人"捉来。

伊阿古心里十分清楚,与苔丝狄蒙娜私奔一事远不能让威尼斯政府将奥赛罗撤职,因为"除了他,再也找不出第二个人,有他那样统帅三军的才能；所以，尽管我恨他恨到自己仿佛饱受了地狱刑罚的折磨，但为了眼前的现实需要，我必须摆出一种姿态，假装爱戴他"。他把罗德里格留下继续撺掇勃拉班修，自己跑去找奥赛罗报信儿，告诉他大事不妙："权力比公爵大两倍""十分受人尊敬"的勃拉班修，一定会施加影响，逼他和苔丝狄蒙娜离婚。奥赛罗坦诚相告："如果不是我一往情深地爱着温柔的苔丝狄蒙娜，即使把大海里的所有宝藏都馈赠给我，我也不会放弃无拘无束、没有家室拖累的单身汉生活。"

此时，罗德里格带着勃拉班修来到奥赛罗的住处，试图大打出手，伊阿古假意阻拦。勃拉班修痛骂奥赛罗对女儿施了邪术，否则，"像她这样一位如此温柔、漂亮、幸福的姑娘，——竟会不顾人们的蔑视、嘲笑——拒绝了国内所有风流倜傥的富家子弟的求婚，从家里逃出来，投入你这个下流东西黑黢黢的怀抱"。他要逮捕，并向公爵指控奥赛罗。奥赛罗告诉他，公爵正有要事紧急召见，命他前往。

接到土耳其舰队逼近塞浦路斯的报告，元老们齐聚公爵的会议室，商讨军情。一见奥赛罗，公爵立即宣布命令："英勇无畏的奥赛罗，此刻，我们委派你前去迎战所有基督徒的公敌奥斯曼人。"恰在此时，勃拉班修向公爵指控奥赛罗通过"妖术蛊惑"，诱骗拐跑了女儿。奥赛罗愿将自己和苔丝狄蒙娜的恋爱故事，向公爵和众元老如实相告，并请公爵派人把苔丝狄蒙娜接来做证。

事实上，是勃拉班修经常邀请奥赛罗到家中做客，奥赛罗通过讲述他所遭遇的各种富于传奇色彩的苦难命运、战争经历，赢得了苔丝狄蒙娜的爱情。"她爱我，是因为我经受了种种苦难；而我爱她，是因为她对我的同情。"在得到苔丝狄蒙娜证实与奥赛罗相爱之后，尽管勃拉班修仍执意反对，公爵还是同意他们结为夫妻。奥赛罗被任命为塞浦路斯总督。苔丝狄蒙娜恳请公爵同意她与丈夫一起出征，以此向世人表示："我爱这摩尔人，情愿与他生死相守。"奥赛罗决定自己先率军前往塞浦路斯，将他认为"诚实可靠、值得信赖"的伊阿古留下，交代他："务必照顾好我的苔丝狄蒙娜，让你的妻子来陪伴她；待最好的时机，护送她们一起前来。"

伊阿古责怪罗德里格别因得不到苔丝狄蒙娜就投水自杀。他让罗德里格把钱袋装满，乔装打扮，随军前往塞浦路斯，并向他断言"苔丝狄蒙娜对那摩尔人的爱不可能长久"，同时承诺，一定会想方设法把苔丝狄蒙娜弄到手，让他"享用"。

伊阿古恨奥赛罗，除了因奥赛罗提拔卡西奥当副官，还因他听到传言说妻子艾米丽亚与奥赛罗通奸。他要利用罗德里格对苔丝狄蒙娜的痴情，向奥赛罗复仇。他的计策是，要"在奥赛罗的耳边捏造谣言"，说卡西奥跟苔丝狄蒙娜打得火热，以激起奥赛罗的猜忌之心。因为"英俊潇洒，风度翩翩"的卡西奥，"天生是那种让女人不忠的情种，极易令人猜忌"。"而那个摩尔人，心胸坦荡，性情豪爽，他看一个人貌似忠厚老实，就会真以为那人诚实可靠；他像蠢驴一样很容易让人牵着鼻子任意摆布。"伊阿古要在"天光之下孕育滔天的罪恶"。

第二幕。塞浦路斯前任总督蒙塔诺得报，前来进攻的土耳其舰队在一场可怕的风暴中遭到重创。从威尼斯派出的舰队也被风浪冲散，结果是卡西奥的舰船最先靠岸，由伊阿古护送、载着苔丝狄蒙娜和艾米丽亚的舰船随后抵港。伊阿古从卡西奥牵苔丝狄蒙娜的手这一出于礼仪的细微举动，断定"我只要用一张小小的网，就可以捉住卡西奥这只大苍蝇。嗯，对她微笑，微笑；我要让你陷入自己编织的骑士风度的罗网"。

罗德里格认为苔丝狄蒙娜"身上体现着最为圣洁的品性"，一开始并不相信伊阿古所说她与卡西奥有私情的谎言。伊阿古挑拨说："这就是淫邪的欲念！这种相互亲热一旦开了头儿，用不了多久，两个肉欲的身体就会交融在一起。"他撺掇罗德里格，在当晚全岛庆祝土耳其舰队全军覆没之际，主动去找卡西奥寻衅闹事，并设法激怒他，叫他"干一些引起岛民公愤的事"。他趁机挑起"塞浦路斯人的兵变"，而"要想平息暴乱，唯一的办法就是撤卡西奥的职"。

伊阿古的复仇动机，来自他对奥赛罗与他妻子艾米丽亚有奸情的猜忌，"这个念头像毒药一样噬咬着我的五脏六腑"，他甚至怀疑卡西奥也跟艾米丽亚有染。因此，他要让奥赛罗陷入可怕的猜忌。"除非我跟他以妻还妻，出了这口恶气，否则，没有任何东西能、也没有任何东西会令我心满意足；即便不能如此，我至少也要让那摩尔人由此产生出一种理智所无法治愈的强烈嫉妒。""逼得他发疯"。

塞浦路斯全岛沉浸在庆祝战事结束和奥赛罗将军与苔丝狄蒙娜新婚的快乐之中。为防土耳其军队来袭，奥赛罗命令负责值岗守夜的卡西奥"严加戒备""小心谨慎""切勿纵乐过度"。但伊阿古一边说着苔丝狄蒙娜如何风骚、"床技高超"之类富有挑逗性的下流话，一边手不停杯地奉劝不胜酒力的卡西奥狂欢纵饮。

当蒙塔诺向伊阿古责怪奥赛罗不该任命卡西奥这样"一个贪杯酗酒之人",担任如此重要的副官职位,并让他如实禀告时,伊阿古却假意说他"十分敬爱卡西奥,会尽量想法帮他改掉酗酒的恶习",而不会去告发。恰在此时,"公务在身"却喝醉了酒的卡西奥,与按伊阿古计策前来闹事的罗德里格大打出手。蒙塔诺上前劝阻,被卡西奥用剑刺伤。"全城都乱起来了"。

奥赛罗被惊醒,追问伊阿古,"是谁挑起了这场骚乱?"伊阿古假意遮掩,似乎要替卡西奥"开脱罪责",说"一定是那个逃跑的家伙让卡西奥受了什么奇耻大辱,才使他忍无可忍"。竟至"高声咒骂","刀剑叮当作响"。奥赛罗当即将卡西奥就地免职。

卡西奥不仅丝毫不怪伊阿古据实禀告,反而被他的诚意所感动,决定按他的主意,恳求苔丝狄蒙娜去找奥赛罗替他说情,让他官复原职。卡西奥无论如何想不到,伊阿古的阴谋是,先找个理由把奥赛罗骗开,而正当他向苔丝狄蒙娜求情时,再让奥赛罗"突然现身,目睹这一幕好戏"。

第三幕。卡西奥找到服侍苔丝狄蒙娜的伊阿古的妻子艾米丽亚,请她帮忙安排与苔丝狄蒙娜单独见面。见面时,苔丝狄蒙娜当着艾米丽亚的面,向卡西奥保证,"一定可以官复原职。请相信我,只要我发誓帮朋友的忙,不帮到底,绝不罢休"。苔丝狄蒙娜想再当着卡西奥的面,直接向奥赛罗说情,卡西奥碍于情面,转身离开。奥赛罗正好看见两人分手,问伊阿古刚从妻子身边离开的人是不是卡西奥。伊阿古故意闪烁其词,说如果是卡西奥,绝不会"做贼心虚似的偷偷溜走"。奥赛罗听出伊阿古"话里有话",而就在此时,苔丝狄蒙娜过来向他施压,逼他答应一定尽快让卡西奥官复原职。

听奥赛罗说卡西奥知道他跟苔丝狄蒙娜相爱的全过程，伊阿古故作吃惊，说卡西奥"是一个诚实的人"，却欲言又止。这反而激起奥赛罗的疑心，逼迫伊阿古说出心里话。伊阿古先是表示"不能说"，然后突然说："嫉妒就是一只绿眼睛的妖怪，专门作弄那个心灵备受伤害的牺牲者。""上帝啊，保佑世上所有人的灵魂都不要心生猜忌吧！"

奥赛罗表示不会对苔丝狄蒙娜的忠贞产生怀疑。于是，伊阿古建议奥赛罗要"用眼睛""留心观察"苔丝狄蒙娜和卡西奥在一起时的情形。伊阿古提醒奥赛罗，苔丝狄蒙娜当初嫁给他，是骗了自己的父亲，而婚后，"当她的肉欲一旦满足，只要拿您的脸跟她那些英俊潇洒的威尼斯同胞一比，也许感到后悔，进而会很自然地重新做出选择"。与此同时，他又强调，卡西奥是他"值得尊敬的朋友"，但愿苔丝狄蒙娜"永远贞洁"，不要"轻易下一个淫荡的结论"。

这番话让奥赛罗顿生猜忌，心想假如妻子的不贞"是像死亡一样无法逃避的命运"，便将她抛弃。他正痛苦地寻思时，苔丝狄蒙娜来了，匆忙间将手绢掉在地上。两人离开后，艾米丽亚捡起手绢，发现正是丈夫伊阿古让她想方设法也要偷出来的那块手绢——奥赛罗送给苔丝狄蒙娜的定情信物。她把手绢交给丈夫，却并不知道他要把这块手绢放到卡西奥的房间，去陷害卡西奥和苔丝狄蒙娜。

猜忌心愈来愈重的奥赛罗，要伊阿古"一定要拿出证据来，证明我心爱的人是一个荡妇"。要么让他"眼见为实"，要么"必须拿出严丝合缝、滴水不漏的证据"。伊阿古告诉奥赛罗,他曾听见卡西奥的梦话:"亲爱的苔丝狄蒙娜,千万小心,要把我们俩人的爱情藏好!"而且,他亲眼看见卡西奥用苔丝狄蒙娜那块"绣着草莓图案的手绢""擦胡子"。

此时,"复仇""流血"的字眼开始盘踞在奥赛罗的脑海,"充满血腥的思想,已迈开暴力的步履"。他命令伊阿古三天之内杀死卡西奥。

奥赛罗故意说自己受了风,着了凉,要借苔丝狄蒙娜的手绢一用,并暗示说:"你要像对待自己宝贵的眼睛一样格外珍视,万一丢失,或送给别人,那面临的将是一场灭顶之灾。"在奥赛罗一遍又一遍反复追问手绢下落的时候,苔丝狄蒙娜却"毫不掩饰"地一再为卡西奥说情。这加深了奥赛罗的猜忌,他大发脾气,把苔丝狄蒙娜"当成发泄愤怒的靶心"。

情人比安卡找到卡西奥,抱怨他冷落了自己。卡西奥把在房间里捡到的、不知谁丢的手绢,交给比安卡;他因喜欢上面的图案,让她照着描下来,再给他做一条同样的手绢。

第四幕。伊阿古挖空心思,故意接二连三提及"手绢",以挑起奥赛罗对苔丝狄蒙娜不贞的龌龊联系。尽管奥赛罗竭力控制自己,表示"如果没有事实根据,天性也不会让我被这精神阴影所笼罩、感情冲动、勃然大怒。仅仅几个字眼并不能令我如此震动。呸!耳鬓厮磨、鼻唇相接——可能吗?"但他还是在惊呼"忏悔!""手绢!""魔鬼!"之后,妒火中烧,癫痫发作,晕厥倒地。

伊阿古见自己第一步阴谋毫不费力就得逞了,兴奋异常。奥赛罗刚一苏醒,他便开始实施第二步阴谋:让奥赛罗躲起来,仔细观察卡西奥"脸上的每一个部位都明显流露出嘲弄、揶揄和讥笑的神情;因为我要叫他重新讲一遍跟尊夫人通奸的细节"。实际上,伊阿古要跟卡西奥谈的是迷恋卡西奥的妓女比安卡。他断定,只要一跟卡西奥谈及比安卡,卡西奥就会"禁不住旁若无人地放声大笑",而只要他一笑,奥赛罗"那蒙昧无知的猜忌,一定会对可怜的卡西奥的狂笑、表情和轻浮举止,做出完全错误的判断"。

事实果然如此,奥赛罗听不到伊阿古和卡西奥的谈话。当伊阿古故意问卡西奥是否愿娶比安卡为妻,卡西奥浪笑道:"娶一个我嫖过的妓女?请你对我的才智多发善心;我还不至于脑残到这步田地。"而在一旁留心观察的奥赛罗,却误以为卡西奥"放声大笑",是因为他在炫耀跟苔丝狄蒙娜偷情。又恰在此时,比安卡来还手绢。她因怀疑这手绢是哪个女人送给卡西奥的信物,拒绝描绘上面的图案。卡西奥和比安卡离开以后,伊阿古乘势对奥赛罗火上浇油说:"看他是多么珍视您那位蠢夫人傻老婆!他竟然把她送的手绢,一转手给了自己的妓女情妇。"奥赛罗发誓要杀死苔丝狄蒙娜。他让伊阿古去弄毒药,他要毒死苔丝狄蒙娜。伊阿古却劝说道:"别用毒药,就在床上,那张被她玷污了的床上,勒死她。"同时,伊阿古表示当晚就将卡西奥除掉,并得到奥赛罗的默许。

路德维格奉公爵之命,前来通知奥赛罗回威尼斯复命,塞浦路斯总督之职先由卡西奥代理。苔丝狄蒙娜听了十分高兴,希望这一任命能让丈夫与卡西奥"重归于好"。奥赛罗却变得怒不可遏,还动手打了苔丝狄蒙娜。这让路德维格非常惊讶。

奥赛罗质问艾米丽亚，是否了解苔丝狄蒙娜和卡西奥的不轨行为。艾米丽亚不仅发誓保证苔丝狄蒙娜是贞洁的，还特别强调说："假如有哪个卑鄙小人让猜疑钻进了您的脑子，就让上天用对那条毒蛇的诅咒来报应他！因为她若是一个不忠实、不贞洁、不清纯的女人，天底下也就再没有一个幸福的男人了，连最纯洁的妻子也会被人诽谤成邪恶的荡妇。"但此时的奥赛罗，已根本不相信妻子的贞洁。所以，当苔丝狄蒙娜再次表白自己是他"忠贞、纯洁的妻子"，这贞洁天地可鉴时，他甚至失去理性地用许多"粗鄙不堪、难以入耳"的字眼侮辱妻子，痛骂她是娼妓。

苔丝狄蒙娜不知 "到底犯下了什么连我自己都毫无所知的罪恶"，她十分伤心，竟向伊阿古要主意。伊阿古轻描淡写地说，将军发脾气并非针对她，而是因国事纠缠所致。艾米丽亚始终为苔丝狄蒙娜打抱不平，断言"一定是哪个十恶不赦的恶棍，卑鄙到家的流氓，无耻下流的小人，把摩尔人给骗了"。

罗德里格向伊阿古抱怨，他把钱都给了伊阿古，珠宝也都经伊阿古之手送给了苔丝狄蒙娜，他却为何始终连苔丝狄蒙娜的"人影也没见"。伊阿古再次向罗德里格承诺，只要他出手相助，杀死卡西奥，第二天晚上就能"尽情享受苔丝狄蒙娜"。

临睡前，苔丝狄蒙娜想起母亲曾有过一个叫芭芭拉的女仆，因被恋人抛弃，"一直到她死，嘴里都在哼唱"一首《杨柳歌》。苔丝狄蒙娜低声哼唱了一遍《杨柳歌》，向艾米丽亚发出疑问："这世上真有背着丈夫干这种丑事的女人吗？"正为苔丝狄蒙娜铺床的艾米丽亚，不仅充满叛逆地回答："妻子的堕落都是她们丈夫的错。"甚至反问，"我们就不能像男人们一样，移情别恋，尽享性爱，意志薄弱吗？"

第五幕。在伊阿古的怂恿下，罗德里格行刺卡西奥。结果，卡西奥因贴身穿着"上好的金属软甲"，不仅毫发无损，反而将罗德里格刺伤。借夜色掩护，伊阿古将卡西奥刺伤后逃跑，而没有被卡西奥认出。当奥赛罗听到卡西奥受伤以后发出的惨叫，以为是"诚实、正直、英勇无畏的伊阿古"恪守承诺，替他杀死了情敌卡西奥。伊阿古又返回刺杀现场，怕真相暴露，杀人灭口，将受伤的罗德里格刺死。罗德里格临死前，骂"该下地狱的伊阿古"是一条"毫无人性的狗"。

奥赛罗走进苔丝狄蒙娜的寝室，凝视着熟睡中的美丽妻子，意欲将她勒死，却不忍下手。他一遍遍地吻她，把她弄醒了。他让她忏悔罪恶，她见他眼珠翻滚，知道他起了杀心，感到一阵惊恐。她自认清白无辜，不知犯了什么罪恶，只是向他无力地表白："罪恶就是我对您的爱！""愿上帝怜悯我。"他质问她是否把手绢给了卡西奥，她发誓从未给过卡西奥任何礼物。当她感到卡西奥遭人陷害，自己也是受此牵连，恳求奥赛罗"遗弃我吧，但不要杀我""只给我半个小时"，"让我再做一次祷告"，奥赛罗却不由分说，扼颈让她窒息而死。

门外突然传来艾米丽亚的敲门声。艾米丽亚进屋后，向奥赛罗报告卡西奥杀死了罗德里格。此时，苔丝狄蒙娜醒来，连声惊呼："错杀！冤杀！""我死得好冤枉。"艾米丽亚跑进寝室，打开床幔，问是谁干的，苔丝狄蒙娜用尽最后一丝力气说："没有谁，是我自己，永别了。代我向仁慈的夫君致意。啊，永别了！"然后死去。

　　见苔丝狄蒙娜已死，艾米丽亚大骂奥赛罗"是一个心肠格外凶恶的黑魔！"奥赛罗辩解说，杀死妻子，是因为"她纵欲淫乱，变成了一个娼妓"。"她对我不忠，放荡如水。"艾米丽亚极力反驳："你说她放荡如水，你自己暴烈如火。啊，她是多么圣洁而忠贞！"奥赛罗直言相告，关于苔丝狄蒙娜与卡西奥通奸，都是听伊阿古所说。此时，艾米丽亚已感到，一切的罪恶都是自己的丈夫精心谋划。她痛骂奥赛罗是一个"受骗上当的蠢货！""愚蠢之极的笨蛋"。

　　听到艾米丽亚的喊叫，蒙塔诺、格拉蒂安诺、伊阿古等众人赶来。艾米丽亚当面质问伊阿古，是否向奥赛罗说过苔丝狄蒙娜和卡西奥通奸的谎言。伊阿古并不否认确有其事。当奥赛罗再次提及手绢就是俩人奸情的明证，艾米丽亚揭穿了真相，做证说，那手绢是自己偶然捡到，并交给了丈夫。伊阿古高声叫骂艾米丽亚是"恶毒的淫妇""贱货"，是"胡说"。奥赛罗如梦方醒，扑向伊阿古，被蒙塔诺夺下剑。伊阿古用剑将艾米丽亚刺伤后逃走。艾米丽亚受了重伤，她向奥赛罗保证，苔丝狄蒙娜是贞洁的，"残忍的摩尔人，她爱你。我说的都是真心话，这一下，灵魂可以上天堂了"。说完，艾米丽亚死了。此时，伊阿古作为囚犯被押解回来。奥赛罗用屋里藏着的另一把西班牙宝剑，将伊阿古刺伤。

　　路德维格和受伤的卡西奥也来了。路德维格说，从罗德里格身上搜出的信和纸条，可以证实伊阿古是一切罪恶的元凶。奥赛罗问卡西奥如何拿到那块手绢，卡西奥说，除了将手绢丢在他的房间，还包括罗德里格故意向他挑衅，害他丢官，所有这些都是伊阿古的精心设计。路德维格表示，奥赛罗的军权已被剥夺，还要将他监禁,上报罪行,等候宣判。对伊阿古"这个卑鄙小人,我们要变着花样拷打他,把能想到的一切稀奇古怪的酷刑都用到他身上,还要让他在痛苦的折磨之下活得长一点"。

最后,绝望、懊悔至极的奥赛罗,痛感自己"是一个在爱情上既不明智又过于痴情的人;是一个不易心生嫉妒,但一经挑拨,却又立刻会被猜忌煎熬得痛苦不堪的人",然后用剑自刎。临死前,他对着躺在床上的苔丝狄蒙娜的遗体说:"我在杀你之前,曾用一吻与你永诀;现在,也让我这样,在一吻中死去。"奥赛罗边说边倒在苔丝狄蒙娜身上,吻着她死去。

四、猜忌:一把杀死奥赛罗的人性利剑

1.托尔斯泰眼中的《奥赛罗》

"不论人们怎么说,不论莎剧如何受赞扬,也不论大家如何渲染莎剧的出色,毋庸置疑的是:莎士比亚不是艺术家,他的戏剧也不是艺术作品。恰如没有节奏感不会有音乐家一样,没有分寸感,也不会有艺术家,从来没有过。"

上面这段话,在莎士比亚戏剧早已被奉为世界文学经典的今天,人们读来一定会觉得惊诧莫名。但这话绝非出自哪个无名之辈,而是俄国文豪列夫·托尔斯泰(Leo Tolstoy,1828—1910)所说。况且,此言也不是盲目的泛泛之谈。

晚年的托尔斯泰,在1903年到1904年间,写过一篇题为"论莎士比亚及其戏剧"的长文。为写这篇专论,托尔斯泰"尽一切可能,通过俄文本、英文本、德文本"等,对莎士比亚的所有戏剧反复精心研读。他始终觉得,莎士比亚戏剧不仅算不上杰作,

而且都很糟糕。他认为："莎士比亚笔下的所有人物,说的不是他自己的语言,而常常是千篇一律的莎士比亚式的、刻意求工、矫揉造作的语言。这些语言,不仅塑造出的剧中人物,任何一个活人,在任何时间和任何地点,都不是用来说话的……假如说莎士比亚的人物嘴里的话也有差别, 那也只是莎士比亚分别替自己的人物所说,而非人物自身所说。例如,莎士比亚替国王所说,常常是千篇一律的浮夸、空洞的话。他笔下那些本该描写成富有诗意的女性——朱丽叶、苔丝狄蒙娜、考狄利娅、伊摩琴、玛丽娜所说的话,也都是莎士比亚式假意感伤的语言。莎士比亚替他笔下的恶棍——理查、埃德蒙、伊阿古、麦克白之流说的话,几乎毫无差池,他替他们吐露的那些恶毒情感,是那些恶棍自己从来不曾吐露过的。至于那些夹杂着些奇谈怪论的疯人的话,弄人(小丑儿)嘴里那些并不可笑的俏皮话,就更千篇一律了……人们所以确信莎士比亚在塑造人物性格上臻于完美,多半是以李尔、考狄利娅、奥赛罗、苔丝狄蒙娜、福斯塔夫和哈姆雷特为依据。然而,正如所有其他人物的性格一样, 这些人物的性格也并不属于莎士比亚,因为这些人物都是他从前辈的戏剧、编年史剧和短篇小说中借来的。所有这些性格,不仅没有因他而改善,其中大部分反而被他削弱或糟蹋了。"

对此, 恐怕除了把托尔斯泰视为上帝派来人间的莎士比亚的天敌,再没有其他更好的解释。

尽管托尔斯泰非常不喜欢《奥赛罗》,却"因其浮夸的废话堆砌得最少",勉强认为它"即使未必能算是莎士比亚最好,也能算得上是他最坏的一部剧作"。即便如此,他把刻薄的笔锋一转,丝毫不留情面地指出，"他（莎士比亚）笔下的奥赛罗、伊阿古、卡西奥和艾米丽亚的性格，远不及意大利短篇小说（即钦奇奥的《一个摩尔上尉》）里那么生动、自然。"

前面已经深入地论析过意大利作家钦奇奥的小说《一个摩尔上尉》和莎士比亚的《奥赛罗》两个文本之间在素材和题材上的对应关系，结论自然是后者远胜前者。

托尔斯泰的结论正好与之相反，他分析说："在剧中，莎士比亚的奥赛罗曾因癫痫发作而晕厥；苔丝狄蒙娜被杀死之前，奥赛罗和伊阿古还曾一起跪下发出古怪的誓言。此外，剧中的奥赛罗不是摩尔人，是黑人。这一切都非常浮夸和不自然，破坏了性格的完整性。而这是短篇小说不曾有的，小说里的奥赛罗，他嫉妒的原因也比莎剧中显得更自然。在小说里，当卡西奥（即'队长'）认出了手绢，要去苔丝狄蒙娜（即'迪丝狄蒙娜'）家送还，但走近后门时，瞧见奥赛罗（即'摩尔人'），连忙跑着躲开了他。奥赛罗瞥见逃跑的卡西奥，确信为疑窦找到了有力证据。尽管这一偶然巧遇最能说明奥赛罗的嫉妒心，莎剧中却没有这一情节。莎剧中奥赛罗的嫉妒，只是基于他盲目轻信伊阿古及其频频得手的诡计和搬弄是非的流言蜚语罢了。奥赛罗在熟睡的苔丝狄蒙娜床前独白，说但愿她被杀以后还像活着一样，在她死后依然爱她，而现在要尽情呼吸她身体的芬芳之类的话，完全是不可能的。一个人在准备杀死自己心爱的人时，不会说出这样的废话，尤其不会在杀她之后，说现在应该天光遮蔽，大地崩裂，而且，要叫魔鬼把他放到硫黄的火焰里炙烤，等等。最后，无论他那在小说里没有的自杀情节如何动人，都彻底破坏了这一性格的鲜明性。倘若他真为悲哀、忏悔所折磨,那他在企图自杀时决不会夸夸其谈地列数自己的战功、珍珠,以及像阿拉伯没药树流淌的树胶一样泪如泉涌,尤其不会谈到一个土耳其人如何辱骂国(威尼斯)人,而他又如何一见之下'就像这样杀了他'。因而,尽管奥赛罗在伊阿古的挑唆怂恿下妒火中烧,及之后与苔丝狄蒙娜反目时,他表现出了强烈的情感变化,但他的性格却常因虚伪的热情及其所说与本性并不相符的话,而受到破坏。"

不仅如此,托尔斯泰甚至觉得:"这还是就主要人物奥赛罗而言。即便如此,跟莎士比亚所取材的小说中的人物一比,虽说这个人物被弄巧成拙地改窜,却仍不失其性格。至于其他所有人物,则全被莎士比亚糟蹋透了。"

托尔斯泰毫不留情地指出:"莎剧中的伊阿古,是一个彻头彻尾的恶棍、骗子、奸贼,打劫罗德里格的自私自利的家伙,在一切坏透了的诡计中永远得逞的赌棍,因此,这个人物完全不真实。按莎士比亚所言,他作恶的动机,第一,因为奥赛罗没有给他想得到的职位感到屈辱;第二,怀疑奥赛罗跟他的妻子通奸;第三,如他所说,感觉对苔丝狄蒙娜有一种奇异的爱情。动机虽多,却都不明确。而小说中的伊阿古(即'旗官')只有一个动机,简单明了,即对迪丝狄蒙娜炽热的爱情。所以,当迪丝狄蒙娜宁愿嫁给摩尔人并坚决拒绝他以后,爱情随即转化为对她及摩尔人的痛恨。更为不自然的是,罗德里格完全是个多余的角色,伊阿古欺骗他,掠夺他,向他许愿帮他得到苔丝狄蒙娜的爱情,并以此驱使他去完成吩咐他做的一切事情:灌醉卡西奥,揶揄他,接着又杀死他。艾米丽亚说的话,也都是作者蓦然想起塞到她嘴里去的，她简直一点儿也不像个活人。"

这还不算完，在托尔斯泰不揉沙子的艺术之眼里，"人们之所以把塑造性格的伟大技巧加在莎士比亚头上，是因为他确有特色，尤其当有优秀的演员演出或在肤浅的观看之下，这一特色可被看成是擅长性格塑造。这个特色就是，莎士比亚擅长安排那些能够表现情感活动的场面"。换言之，莎士比亚之所以在塑造人物性格上赢得"伟大技巧"的美名，一要特别感谢舞台上优秀演员的"演出"，二还要尤其感谢平庸观众"肤浅的观看"。

诚然，托尔斯泰不是没有注意到，"莎士比亚的赞美者说，不应忘掉他的写作时代。这是一个风习残酷而粗蛮的时代，是那种雕琢表现的绮丽文体风靡的时代，是生活样式和我们迥然不同的时代。因此，评价莎士比亚，就必须要重视他写作的那个时代"。然而，当托尔斯泰在衡量莎士比亚艺术的天平的另一头放上荷马，便觉得这根本就不算一条理由。因为，"像莎剧一样，荷马作品中也有许多我们格格不入的东西，可这并不妨碍我们推崇荷马作品的优美"。显然，两相比较，托尔斯泰慧眼识荷马，且对其推崇备至；而对莎士比亚则法眼不认，并极尽贬低之能。他说："那些被我们称之为荷马创作的作品，是一个或许多作者身心体验过的、艺术的、文学的、独出心裁的作品。而莎士比亚的戏剧，则是抄袭的、表面的、人为零碎拼凑的、乘兴杜撰出来的文字，与艺术和诗歌毫无共同之处。"

托尔斯泰并非孤掌难鸣，早在他这篇专论 200 多年前的 1693 年，莎士比亚死后 27 年出生的托马斯·赖默（Thomas Rymer, 1643—1713），就在其《悲剧短论》(*Short View of Tragedy*)

一书中尖锐地批评道："我们见到的是流血与杀人，其描写的格调与伦敦行刑场被处决的人的临终话语和忏悔大同小异。""我们的诗人不顾一切正义与理性，不顾一切法律、人性与天性，以野蛮专横的方式，把落入其手中的人物这样或那样地处决并使之遭受浩劫。苔丝狄蒙娜因失落了手绢被掐死。按照法律，奥赛罗应判处车裂分尸，但诗人狡猾地让他割喉自杀，得以逃脱惩罚。卡西奥不知怎么回事，折断了胫骨。伊阿古杀了恩人罗德里格，这的确是富有诗意的感恩。伊阿古尚未被杀死，因为世上根本就不存在像他这样的坏人。""在这出戏里，的确有可以娱乐观众的滑稽、幽默、散乱的喜剧性诙谐、娱乐和哑剧表演，但悲剧部分显然不过是一出流血的闹剧，且还是平淡无味的闹剧。"既如此，赖默算得上托尔斯泰的古代知音了。

难道莎士比亚的戏剧艺术真如文豪托尔斯泰所言，蹩脚到了一无是处？

1959 年，在莎士比亚故乡斯特拉福德(Stratford)召开的讨论会上，英国学者、小说家斯图尔特（J. I. M. Stewart, 1906—1994）发表了题为"再谈莎士比亚"（*More Talking of Shakespeare*）的演讲，他在演讲结尾时断言："莎士比亚是彻底健康的，虽其有些剧本会给人留下重重阴影，但其空气是清新的，土壤是肥美的；其富足的景象，像乔叟(Geoffrey Chaucer, 1343—1400)的诗歌一样，显然只有在上帝那里才会有。"

这话足以让莎士比亚的知音神清气爽！

2.莎士比亚是"精神上的太阳"

比起从艺术、理想、道德、宗教等诸多层面极力贬损莎士比亚的托尔斯泰，德国大诗人海涅（Heinrich Heine，1797—1856）可是一点儿都不吝惜溢美之词。他在写于1838年的《莎士比亚的少女和妇人》（*Shakespeare's Girls and Women*）一文中，把莎士比亚誉为"精神上的太阳"，"这个太阳以最绚丽的光彩、以大慈大悲的光辉普照着那片国土。那里的一切都使我们记起莎士比亚，在我们眼里，即使最平凡的事物也因此显得容光焕发。"

德国人对莎士比亚真可谓钟爱有加，哲学家、诗人，同歌德、席勒和第一个将莎士比亚戏剧译成德语的维兰德（Martin Wieland，1733—1813）一起，并称魏玛古典主义四大奠基人的赫尔德（Johann Gottfried Herder，1744—1803），在其1771年所写《莎士比亚》一文中如此赞叹："假如有一个人让我在心里浮现出如此庄严的画面：'他高高地坐在一块岩石的顶端！脚下风暴雷雨交加，大海在咆哮，而他的头部却被明朗的天光照耀！'莎士比亚正是这样！——不过，当然还要补充一点：在他那岩石宝座的最下面，一大群人在喃喃细语，他们在解释他，拯救他，判他有罪，替他辩护，崇拜他，污蔑他，翻译他，诽谤他，可他，对他们的话，却连一丁点儿也听不见！"很显然，这话对莎士比亚的后生晚辈——托尔斯泰，丝毫不起作用！

说到《奥赛罗》，赫尔德更是抑制不住内心的激动，他说："《摩尔人奥赛罗的悲剧》是怎样的一个世界啊！又是多么完整的一个整体！是这个高尚的不幸者激情产生、进展、爆发直至悲惨终局的活生生的历史！是多少个零件汇总成这样一个机关呀！伊阿古这个人形魔鬼是怎样看世界，又怎样玩弄了他周围的人们呐！在剧中，卡西奥和罗德里格、奥赛罗和苔丝狄蒙娜这些人物，被他那地狱之火的火绒点燃,势必都要站在他的周围,每个人都被他握在手里,他要让这一切都奔向悲惨的结局。假如上帝真有那么一位天使,能把人的各种激情加以衡量,能把各种心灵、性格分类,且加以组合,并给它们提供种种机会,让它们幻想在这种种的机会当中都能按自己的意志行动,而他却通过它们的这种幻觉,像通过命运的锁链似的,把它们全引到他的意图上去——那么,这位天使便是在这里完成了对人的精神的设计、构思、制图和指挥。"

德国作家、也是德国早期浪漫派重要理论家的弗里德里希·施莱格尔(Friedrich von Schlegel,1767—1845),在《作为北方诗人的莎士比亚》一文中,把莎士比亚誉为"北方的诗人",他指出:"正是这个诗人,他无可比拟地把人的心底隐秘和盘托出,震动了我们的心灵,他那明晰的理智又掌握了全部奇异复杂的人生。"

比维兰德和施莱格尔都更年轻的莎士比亚的晚辈同胞,浪漫主义时期的英国著名散文家、评论家威廉·赫兹里特(William Hazlitt,1778—1830)在写于 1817 年的《莎士比亚戏剧人物论》(*Characters of Shakespear's Plays*)中论及《奥赛罗》时由衷赞叹:"摩尔人奥赛罗、温柔的苔丝狄蒙娜、恶棍伊阿古、好脾气的卡西奥、愚蠢透顶的罗德里格,这些各式各样、呼之欲出的人物,像一幅画中身着不同服装的人物一样,形成鲜明的对照。在人们心目中,他们都独具特色。即便当我们不去想他们的行动或情感时,他们也总浮现在脑海。这些人物和形象,是那么的相差云壤,他们之间的距离是无限的……奥赛罗和伊阿古,这两个人物的性格对比是多么鲜明啊！……莎士比亚在两个人物性格最不同的隐微之处下功夫，煞费苦心，用尽巧妙，似乎唯有如此才能成功实现自己的意图。另一方面，他并不想让苔丝狄蒙娜和艾米丽亚形成很强烈的相互对立。表面来看，她们都是生活中的普通人，她俩的不同跟一般妇女在等级和地位上的差别没什么两样。然而，其思想感情上的差别，却明显地表现出来。种种迹象都显示出，她们的头脑跟她们丈夫的肤色之不同一样明显，不会被误认。……在《奥赛罗》中……主要兴趣的引起是靠不同情感的替换上升，即从最亲密的爱情和最无限的信任，到猜忌的折磨和疯狂的仇恨这一彻底的、始料未及的转变。奥赛罗的思想一旦被复仇心占据，便一心只想复仇，而且，每拖延一刻，复仇心就变得更加激烈。这位摩尔人天性高贵、轻信、温和、大方；热血也最容易燃烧起来；一旦感觉受了委屈，除非受尽暴怒、绝望的摆布，决不会出于悔恨或怜悯的考虑善罢甘休。莎士比亚正是在以下这些方面，表现出他那能够左右人心的天才和力量：使奥赛罗的高贵天性通过迅速却是逐渐的过渡，达到如此极端的程度；让感情从最微小的开头，越过一切障碍爬升到巅峰；描绘爱与恨、猜忌与悔恨之间此消彼长的冲突，展示我们天性的力量和弱点；把思想的崇高跟不幸至极的痛苦结合起来；将激活我们躯体的种种冲动跃动起来；最后，再把它们混合成那深沉而持续的高尚的情感浪潮。……《奥赛罗》第三幕是他最精彩的表现……从表面上，我们不仅可以察觉奥赛罗头脑中的感情烦乱如何从灵魂最深处涌起，还可以察觉到他由于想象的冲动或伊阿古的暗示而引起的每一点最细微的感情起伏。……他在自杀前所说的告别辞，也就是他向元老院说明杀妻理由的那段话，跟他第一次向元老院陈述他求婚全部经过的那段谈话相比，一点儿不逊色。只有这样一个结尾，才配得上这样一个开篇。"

这样一个结尾与开篇的绝配，当然源自莎士比亚神奇的巧妙安排和刻意的艺术处理，他分明要由此来表现奥赛罗身上那种特定的敢爱敢死的高贵人性。事实上，在整部剧中，奥赛罗的所有独白，也只是这两段是最发自内心、最自然动情的。但显然两者迥然不同，前者无疑是奥赛罗向元老院发出的与苔丝狄蒙娜彼此相爱的庄重誓言，后者则是他在亲手掐死爱人之后自杀前悔恨交加、痛彻心扉的真诚忏悔。

由此，法国 18 世纪文学理论家斯达尔夫人（Madame de Stael, 1766—1817）在发表于 1799 年的著名论著《论文学与社会建制的关系》(De la littérature dans ses rapports avec les institutions sociales)（即《论文学》）中，论及莎士比亚的悲剧时说："《奥赛罗》一剧中的爱情描绘，与《罗密欧与朱丽叶》不同。这个作品中的爱情又是多么崇高！多么有力啊！莎士比亚多么善于抓住构成两性之间的联系的勇敢和软弱啊！奥赛罗在威尼斯元老院中抗辩说，为了吸引苔丝狄蒙娜，他所使用过的唯一办法，只不过是向她叙述他曾遭遇过的危险。他所说的这番话在女人看来是多么真实啊！因为她们知道阿谀奉承并不是男人获得女人爱情最有效的办法。男人对其所选中的羞怯的对象所给予的保护，及其那种在弱者的生活中能得到响应的光荣事迹，这本身就是他们不可抗拒的魅力。"

斯达尔夫人对莎士比亚的敬佩之情溢于言表，她赞叹道：

"从来没有一个民族对一位作家像英国人对莎士比亚那样怀有最深沉的热情。""莎士比亚是第一个把精神痛苦写到极致的作家；在他以后，只有英国、德国的几个作家可以和他媲美。他把痛苦写得那样严酷，如果自然对此不予认领的话，那么这几乎可以说就是莎士比亚的创造了。""他使人感受到正当精力充沛然而却得知自己即将死亡时那种可怕的不寒而栗的感觉。在莎士比亚的悲剧中，不论儿童还是老人，也不论罪恶的家伙还是贤德之人，都有一死，他们把人临死时的种种自然状态都表现了出来。"

3."手绢门"：一世英名，毁于一旦

《奥赛罗》显然不是一部通过一个叫奥赛罗的摩尔人的不幸命运，简单揭示种族歧视的浅薄悲剧。不过，假如奥赛罗不是摩尔人，而和卡西奥、伊阿古一样，是一位威尼斯城邦共和国的白人公民，也就不会发生如剧名点明的"威尼斯的摩尔人的悲剧"了。假如真这样，苔丝狄蒙娜根本不用变脸，直接就是又一位《威尼斯商人》中的贵族大小姐波西亚，美丽、富有，求婚者络绎不绝踏破门槛；而任何一个前来向苔丝狄蒙娜示爱求婚的摩尔人，不管他是否叫奥赛罗，也都自然会像那位身着"一身白色素服肤色暗黑的摩尔人"——摩洛哥亲王一样，成为揶揄、嘲弄的对象。在《威尼斯商人》中，当波西亚听贴身侍女尼莉莎说，来选匣求婚的人中有一个摩尔人，当即表示："要是他具有圣贤的性情，却生就一副魔鬼般的漆黑面孔，我宁愿他听我忏悔并赦免我的罪过，也不愿他娶我为妻。"【1.2】显然，波西亚这一将摩尔人与魔鬼挂钩的表态，代表并体现着当时威尼斯人对摩尔人所持的一种普遍态度。这种态度由来已久，否则，钦奇奥也不会比莎士比亚早那

么多年,就通过《一个摩尔上尉》的"故事"提出诫勉的警示:威尼斯女性嫁给异族人是危险的。

尽管奥赛罗可以像钦奇奥笔下他的那个同胞"摩尔上尉"一样,凭借卓越战功晋升将军,却并不意味着他就赢得了威尼斯政府和全体威尼斯人的绝对信任与尊重。不仅如此,至少在上至苔丝狄蒙娜的父亲、威尼斯贵族元老勃拉班修,下到普通军官伊阿古,以及小财主罗德里格这样的威尼斯国内人眼里,奥赛罗那与生俱来的摩尔人黝黑肤色,同样意味着"危险"。

换言之,苔丝狄蒙娜之不同于波西亚,就在于她不仅拒绝了威尼斯"国内"所有"安全"的"富家子弟的求婚",而独独爱上一个"危险"的摩尔人——奥赛罗!

简单回顾一下历史,在中世纪,西班牙人和葡萄牙人将北非一带的穆斯林贬称为"摩尔人",后转指生活在撒哈拉沙漠西北部的居民。那里的居民当时主要由柏柏尔人、阿拉伯人和非洲黑人组成,摩尔人是他们杂居、通婚的混血后代。8世纪初,摩尔人征服了西班牙南部,还曾一度在格拉纳达(Granada)建立起摩尔人王国,繁荣达三个世纪之久,直到1492年臣服于当时新近统一的基督教西班牙王国。

到了莎士比亚笔下的奥赛罗时代,在商业繁盛、法律公正的威尼斯共和国,已有许多摩尔人到访、定居,有的来自北非,比如《威尼斯商人》里追求波西亚的那位摩洛哥亲王,而奥赛罗显然是格拉纳达摩尔人的后裔。不然,他不会那么自信地高调宣称身上"有高贵的皇族血统",他指的应是自家先祖曾是那遥远王国的皇亲国戚。

但很明显,作为威尼斯原住民的伊阿古、罗德里格并不买这个账。伊阿古挑拨勃拉班修去抓捕奥赛罗时,用了最为恶心人的脏话,他骂奥赛罗是"一头充满性欲的老黑公羊""一匹巴巴里黑马"。在他脑子里,奥赛罗就是一个来自北非(巴巴里)的"野蛮人"。英语中的"barbarian"(野蛮人)便是由拉丁语中的"柏柏尔人"(barbari)而来。

在罗德里格眼里,奥赛罗是个"厚嘴唇的家伙"。这就可以释疑了,为什么罗德里格会轻易相信伊阿古对这位将军大人的肆意诋毁,因为他是一个摩尔人。他骨子里就瞧不起摩尔人,伊阿古正是利用他的这一心思,挑起了他能如愿得到摩尔人白人妻子的意淫梦。若非如此,罗德里格不仅那么爱喝伊阿古的迷魂汤,还喝得特别上瘾,就有违常理了。

常把奥赛罗作为贵客延请至家中的勃拉班修,面对这位已将生米煮成熟饭的女婿时,不仅不认亲,反而大发雷霆,痛斥奥赛罗用妖术下迷药诱奸了女儿。他绝对不信那么听话的一个乖女儿,竟会投入这个"让人害怕"的"下流东西黑黢黢的怀抱"。

是啊,年老、貌丑、厚嘴唇、肤色黝黑的奥赛罗,凭什么赢得了青春四溢、如花似玉的苔丝狄蒙娜的爱情呢?罗德里格凭奥赛罗是摩尔人,而坚信伊阿古的谎言;苔丝狄蒙娜爱的就是这个摩尔人!她之所以被这个肤色黝黑、长相吓人的摩尔将军吸引,恰恰是因为他有着所有白皮肤的人没有的出生入死的冒险传奇经历。或许这时她听到了来自内心的声音——去经历一场爱情的历险。事实上,这对皮肤一黑一白、相貌一丑一美的男女,谁也不真正了解对方。奥赛罗爱苔丝狄蒙娜的美丽、纯洁,但从他爱上她的那一瞬间起,他对她是否忠贞,正像他对自己的黑皮肤不那么自信一样,并没有绝对的信心,正是这一点被伊阿古瞄得精准无误。苔丝狄蒙娜爱奥赛罗"力拔山兮"的英勇无畏,而他骨子里与生俱来的极度自卑和强烈猜忌,却从一开始就被爱情誓言彻底屏蔽了。不仅如此,在苔丝狄蒙娜那双美丽迷人的爱情眼睛里,奥赛罗根本就是一位充满了绝对自信和无限胸襟的将军。爱情令人智商归零,心迷眼盲。

不知爱为何物,也从未尝过爱的滋味的奥赛罗,在爱上苔丝狄蒙娜之前,是一位战功卓著的完美英雄,"对这个广阔的世界几乎一无所知"。确如他所说:"严酷的军旅生涯已使我习惯于把战场上粗粝、坚硬的钢铁盔甲,当作用精挑细选的绒毛铺成的软床,躺在上面,我可以酣然入睡:我承认,艰苦的军旅生活能带给我一种舒心的愉悦。"【1.3】"如果不是我一往情深地爱着温柔的苔丝狄蒙娜,即使把大海里的所有宝藏都馈赠给我,我也不会放弃无拘无束、没有家室拖累的单身汉生活。"【2.1】

奥赛罗是靠给苔丝狄蒙娜讲述"如此怪异、神奇的故事"赢得了她的爱情的。他讲了什么呢?讲了"他亲历的最可怕的不幸遭遇,陆地、海上突如其来的惊险变故,城破之际命悬一线的死里逃生,先是被残忍的敌人抓住卖身为奴,然后又赎出自己远走高飞,又由此讲了许多旅途见闻;那些巨大的洞窟、荒凉的沙漠、刺破云端的突兀巉岩、连绵峭壁,也成了他讲述的话题。他还讲到了那些野蛮的互吃同类的食人生番,讲到头长在肩膀下面的异形人"。听完这番陈述,连威尼斯公爵都当即表示:"要是我女儿听了这样的故事,也会着迷。"并劝勃拉班修"既然木已成舟,你就成人之美吧"。

　　毋庸置疑，奥赛罗与苔丝狄蒙娜彼此相爱，只是像奥赛罗在元老院公开宣称的那样："她爱我，是因为我经受了种种苦难；而我爱她，是因为她对我的同情。"【1.3】换言之，他俩的爱情基础一点儿都不坚实、牢固。奥赛罗爱的仅仅是苔丝狄蒙娜"对我的同情"，因为此前从未有人对他的苦难经历表示过"同情"。他对这样的"同情"充满自信，却对把这"同情"、爱和全部身心都奉献给他的这个女人是否忠贞，不那么自信。或者说，"天性高贵"的他从未想过这个问题。

　　除了自信，他没想过的问题太多了！

　　他自以为身上有"皇族血统"，为威尼斯政府立下过"汗马功劳"，"凭我的功劳享受目前这样一份值得骄傲的幸运，也是实至名归"。【1.2】作为一个到威尼斯闯天下的摩尔人，取得如此丰功伟业，他有十足的理由绝对自信！因此，他不仅不会去想，他只是在威尼斯即将面临土耳其人大举进攻的危难关头被委以无人可以替代的重任，甚至还会觉得自己在威尼斯获得的身份认同，超过了许许多多的威尼斯人。事实并非如此，当塞浦路斯战事刚一结束，他便接到威尼斯政府的命令，他的总督之职由卡西奥接替。剧中也没有交代，威尼斯政府是否打算对他另有重用。

　　他自信卡西奥够朋友、重情义，提拔他当副官名正言顺，才不会去想他是否有能力胜任；他自信代表公正，当得知塞浦路斯的骚乱皆因卡西奥酒后闹事所致，他不徇私情，立即按军纪严处，将卡西奥革职，才不会去想平时不胜酒力的卡西奥为何明知紧急军务在身，却喝得酩酊大醉；他自信表面唯他马首是瞻、对他忠心耿耿的伊阿古是"诚实""忠厚"之人，才不会去想伊阿古为何那么热衷跟他说苔丝狄蒙娜可能不贞洁；他自信苔丝狄蒙娜替卡西奥求情让其官复原职，是因为她跟卡西奥有私情、甚至奸情，才不会去想她是完全不存任何私心地在为自己着想；他自信躲在远处亲眼看见卡西奥放浪"大笑"，是因为卡西奥在谈与苔丝狄蒙娜的床上戏，才不会去想卡西奥是在笑妓女比安卡想嫁他的荒唐；他自信伊阿古所说卡西奥在梦话中透露出与苔丝狄蒙娜的私情千真万确，才不会去想这根本就是天方夜谭；他自信伊阿古所说看到卡西奥在用苔丝狄蒙娜送的那块"绣着草莓图案的手绢""擦胡子"是真实的，才不会去想这手绢是伊阿古求艾米丽亚"偷"来故意丢在卡西奥的房间里；他自信那手绢是自己的"蠢夫人傻老婆"苔丝狄蒙娜亲手给了卡西奥，而卡西奥并不珍惜，"一转手给了自己的妓女情妇"，才不会去想卡西奥只是让情人照着这捡来的手绢上的图案重新描绘一块新手绢；他自信这块他作为定情之物送给苔丝狄蒙娜的手绢，就是证明她不贞的真凭实据，于是，他要像处罚卡西奥一样，立即做出公正的裁决，不由分说，不容分辩，让苔丝狄蒙娜因窒息而死，才不会去想妻子受了天大的冤枉。

他以为他的这一自信绝对正确，从未出现过偏差，因而，他把一切都交由这样的自信来引导。事实上，他对伊阿古的轻信，正是他这一自信的必然结果。倘若说这样的自信源于他高贵的天性，那这样的高贵又是多么脆弱啊！因此，当他对伊阿古说"我相信苔丝狄蒙娜是贞洁的"【3.3】的时候，内心的底气已明显不足。又因此，当他再次面对伊阿古的挑唆，说出"我相信我妻子的贞洁，但又不完全信；正如我相信你正直，同时也怀疑你一样"【3.3】这句话时，他的自信已经变得软弱无力了。恰好因此，伊阿古得以那么从容不迫、顺水推舟而又投其所好地把最致命的邪恶毒针，扎进奥赛罗最敏感、最脆弱的神经。"当初有那么多跟她同一地区、同一肤色、门第相当的男人向她求婚，所有这些都合乎常理，她对此却无动于衷——哼！单从这一点就可以嗅闻出一股最具挑逗性的淫荡，一股畸形脏脏的邪恶，一股不近人情的欲念。请原谅，我这番话并非专门针对她。但我不无担心的是，当她的肉欲一旦满足，只要拿您的脸跟她那些英俊潇洒的威尼斯同胞一比，也许感到后悔，进而会很自然地重新做出选择。"【3.3】

伊阿古这一大通发自肺腑的由衷之言，彻底将奥赛罗的绝对自信，推向绝对轻信，同时将他那由自卑、嫉妒、猜疑等因子混合酿成的猜忌，推向绝对。也就在这一时刻，昔日那个坚韧不拔、正直高尚、胸襟博大、叱咤风云的英雄豪杰，开始堕入因轻信而猜疑、因猜疑而嫉妒、因嫉妒而猜忌、因猜忌而复仇、因复仇而杀妻，直至自我毁灭的深渊。若用今天的评判标准来衡量，奥赛罗是一个绝对以自我为中心的典型大男子主义者，有严重的人格缺陷。

英国著名诗人、批评家、莎学家塞缪尔·约翰逊（Samuel Johnson, 1709—1784）早在 1765 年出版的《威廉·莎士比亚的戏剧》（*Plays of William Shakespeare*）一书中，这样评价《奥赛罗》："此剧之美会给读者留下深刻印象，因而无须借助评论者的阐释。奥赛罗暴烈、直率、高尚，不矫饰，但又轻信，且过度自信。虽情感热烈、义无反顾，却报复心重；伊阿古冷静阴毒、恨而不怨、诡计多端、唯利是图、睚眦必报;苔丝狄蒙娜温柔纯朴、自信清白无辜、在婚姻上坚执而不矫饰,对被人猜忌迟迟不觉。我以为,这一切都证明莎士比亚对人性有深刻的洞悉,这是任何一个现代作家所不具备的。伊阿古一步步使奥赛罗信以为真,最后把他煽动得怒不可遏,整个事实都很有艺术性,且显得十分自然。由此,他是一个'不易嫉妒的人',与其说这是他在说自己,还不如说是别人这样说他的。所以,当他终于发现自己走上绝路时,我们便只能同情他。……卡西奥勇敢、仁慈,又诚实,只那么一次没有坚决抵制住用心歹毒的邀饮,而毁了自己。罗德里格虽起了疑心,却依然轻信,并不厌其烦地落入明知是为自己设置的骗局中,由于耳根子软,一再受骗。这些骗局生动地描绘了一个意志薄弱的人是如何因非分之想,被虚情假意的朋友欺骗。艾米丽亚的品德,是我们经常能看到的,尽管言谈举止随随便便,却不缺德少行。虽易犯些小错,对于残暴的罪恶行径,却能很快警觉。……各场从头到尾都很热闹,通过令人愉快的换景和剧情的适时推进产生变化。故事结尾虽为人所知,但让奥赛罗死掉还是必要的。假如开头一场就是塞浦路斯,而且,先前的一些事情只是偶尔相关,那将成就一出最为准确而又审慎规整的好戏。"

上面提到,英国著名散文家、评论家威廉·赫兹里特说,《奥赛罗》的第三幕"是他(奥赛罗)最精彩的表现"。此言不虚,奥赛罗"最精彩"的重头戏全在第三幕,而其中最精彩处,则在伊阿古一手导演的"手绢门"。可以说,《奥赛罗》之所以是一部好看、耐看的悲剧,就在于天才的莎士比亚把奥赛罗的对手伊阿古塑造成了一个天才的坏蛋。伊阿古精心策划的这一"手绢门事件",使奥赛罗一世英名，毁于一旦。

下面我们来分析。

1887 年，艺术舞台上诞生了一部歌剧《奥赛罗》：享有歌剧大师之誉的意大利作曲家朱塞佩·威尔第（Giuseppe Verdi, 1813—1901）以 74 岁高龄谱曲的四幕歌剧《奥赛罗》在米兰首演，引起轰动，被认为是令人惊叹的天才之作。我们上边刚刚提到塞缪尔·约翰逊曾不无遗憾地表示，"假如开头一场就是塞浦路斯"，那《奥赛罗》就是一部"最准确而又审慎规整的好戏"。不管是否由此得到灵感，歌剧版的《奥赛罗》将原有的第一幕删除，"好戏"直接从塞浦路斯开场。的确，若从"审慎规整"的戏剧结构上看，删除第一幕并无大碍，因为把悲剧引信埋设在威尼斯，只是为了让它到塞浦路斯去点燃、引爆。

那好，我们也直接从塞浦路斯"开场"：奥赛罗的船队穿越惊涛骇浪平安抵达塞浦路斯，与先期而至的苔丝狄蒙娜团聚。这一欢聚，是奥赛罗与苔丝狄蒙娜这对爱侣从相爱到结婚唯一的幸福瞬间，难怪奥赛罗如此感慨："啊，这是我发自肺腑的欢乐！要是在每一次风暴过后都能享有如此的宁静，那就索性让狂风尽情肆虐，直到把死神吹醒！让那苦苦挣扎的战船爬上像奥林匹斯山一样高耸的浪尖，然后再从天而降，俯冲到地狱的深渊！如果我现在死去，这便是我最幸福的时刻；因为她已使我的精神得到绝对的满足，我担心在未来不可知的命运里，再也不会有如此令人欣喜的愉悦。""如此的快乐令我窒息：这真是激动人心的巨大快乐；一次，再来一次，（吻苔丝狄蒙娜）这便是我们两颗心灵之间最大的争吵！"【2.1】

这也是他俩在剧中唯一一次如此深情的亲吻,四片温润、挚爱、炽热的嘴唇彼此交融,吻出"两颗心灵之间最大的争吵"。这是多么美妙的浪漫之爱啊!

然而,莎士比亚十分吝啬地让这"美妙的浪漫"一闪即逝。他要写的是悲剧,悲剧就是要无情地将所有"美妙的浪漫"击得粉碎!因而,他俩的下一次接吻,已不再是"两颗心灵"彼此交融的"争吵",而变成奥赛罗要代表"正义"杀死苔丝狄蒙娜之前单向的、生硬的、冷酷的生命诀别仪式,变成一个邪恶附体的灵魂向另一个忠贞圣洁的灵魂的残忍复仇!

面对在床上熟睡的美丽的苔丝狄蒙娜,杀意已决、仇恨夹杂着爱欲的奥赛罗说:"当我摘下这朵玫瑰,便不能再赋予它生命的活力,它势必枯萎凋零;趁它还长在枝头,我还可以嗅闻到它的芳香。(吻她)啊,这甜蜜的呼吸,几乎打动正义女神,将她的利剑折断!再吻一下,再吻一下。(吻她)假如你死后还是这样,我就杀死你,再与死后的你相爱。再吻一次,这是最后一吻。(吻她)如此的甜蜜,恰是从未有过的如此惨绝。我必须哭泣,流下的却是无情的眼泪;这是神圣的悲伤,因为是上天要摧毁他所爱的人。"【5.2】

这一次接一次不停的吻,丝毫不意味着奥赛罗对妻子还残存不舍的爱意,而只代表他沉浸在自我设定的一种被逼无奈、痛下杀手的"神圣的悲伤"之中,因为他要杀死的是不贞洁的妻子,他是在"替天行道""大义灭亲"!

莎士比亚的艺术手法实在高妙,他通过苔丝狄蒙娜只是在无知觉的熟睡中被动接受亲吻,来象征奥赛罗对她所做出的裁决是单向的、无效的,也是非正义的。

当奥赛罗再一次亲吻苔丝狄蒙娜时,他已拔剑割喉,完成了对自己的"正义"裁决,在奄奄一息中亲吻横尸在床的妻子美丽、高贵的遗体:"我在杀你之前,曾用一吻与你永诀;现在,也让我这样,(倒在苔丝狄蒙娜身上;吻她)在一吻中死去。(死)"【5.2】这样的吻中死别,仿佛《罗密欧与朱丽叶》一剧中罗密欧与朱丽叶"墓穴情死"那一幕的情景再现——让死亡之吻成为彼此的爱情永恒之吻!奥赛罗恨自己冤杀了"忠贞清白"的爱妻,他真的爱她。可以说,奥赛罗在"一吻中死去"的这一刻,他"高贵"的天性才又恢复了本来面目。

让我们回到"手绢门"。

这是一块怎样的手绢,又何以不同寻常呢？如艾米丽亚所说:"能捡到这块手绢真是喜出望外,这可是摩尔人第一次送给她的定情之物(捡起手绢)。我那琢磨不透的丈夫不知求了我多少次,让我把它偷来;但这是她的心爱之物——因为他让她发誓要永久珍藏,所以不仅手绢一刻也不离身,她还经常把它拿出来,吻着它,跟它说悄悄话。我要做一块图案跟它一模一样的手绢,送给伊阿古:天知道他到底要拿它去干什么,反正我不知道。"【3.3】

苔丝狄蒙娜以为奥赛罗头疼,拿出这块手绢是要给他缠绑头部的;奥赛罗的头疼是因为起了猜忌,他要的是妻子的"清白忠贞",不是手绢。一递一推间,手绢掉在了地上,被艾米丽亚偶然捡到,交给了伊阿古。

除了伊阿古,没人知道这手绢将会派何用场。这一点很好理解，但疑问在于，当手绢变成伊阿古手里的致命毒药，而又在其毒性完全发作之后，即将被这手绢致死的两位当事人——奥赛罗、苔丝狄蒙娜却对这正是从他俩手里掉的那块手绢，浑然不知。除了可将此解释为是莎士比亚匠心独运的艺术构思，另一个能否接受的理由或是：人一旦陷入昏聩，便会丧失正常的理性。这正是"鸡蛋"的"裂缝"！

伊阿古"到底要拿它去干什么"呢？"天知道"得很明确："我要把这手绢丢在卡西奥的房间里，让他得到它；一件鸡毛蒜皮轻如空气的小事，到了猜忌者的眼里，也会变得像《圣经》里的那些证据一样确凿、有力；这可能就是它的用途。我给摩尔人灌输的毒药已使他发生改变：危险的想法本身就是人们天性里的毒药，一开始并不觉得它讨厌，但它一旦在血液里发作，就会像硫黄矿一样燃烧起来。"【3.3】

没错，在它"燃烧起来"之前，伊阿古已在奥赛罗的猜忌之心上，堆满了柴，浇足了油："我的将军，您要当心嫉妒啊！嫉妒就是一只绿眼睛的妖怪，专门捉弄那个心灵备受伤害的牺牲者。一个丈夫，若是知道被不忠的老婆戴了绿帽子，至少还能从这一事实得到一点儿安慰，即以后不用再爱她或继续做她情夫的朋友。可是，哎呀！如果换成另一个丈夫，他一面痴心怜爱，一面满腹猜疑；满腹猜疑，却还要全身心地痴心怜爱，那对他来说每一分钟都是地狱般的煎熬！"【3.3】此时，对伊阿古来说，万事俱备，只欠手绢。

奥赛罗则在"绿眼睛的妖怪"作祟之下，徒劳地试图把猜忌之火熄灭，他宽慰自己："如果听到有人说我妻子长得漂亮，好美食,爱交际,能言善辩,歌、舞、表演样样精通,对这些只会给女人锦上添花的美德,我才不会嫉妒;当然,我既不会因为自身的弱点而对她有丝毫担心,也不会对她的忠贞产生怀疑,因为她是用自己的眼睛选择了我。"然而,猜忌之火一经点燃,就会越烧越旺,他义正词严地告诉伊阿古:"若非亲眼相见,我绝不妄加猜忌;一旦生疑,就去证实;倘若证明确有此事,那么,我就立即将爱情和猜忌一起毁灭!""我总得拿到一些证据吧……我一定要把真相弄清楚!"他甚至骂伊阿古,"混蛋,你一定要拿出证据来,证明我心爱的人是一个荡妇;(揪住他)我要亲眼见到证据,否则,我以人类永恒的灵魂起誓,当我被激起的怒火喷射到你身上,定叫你后悔不如当初投胎做一条狗!"【3.3】奥赛罗的猜忌正按照伊阿古的设计,向疯狂转化。

事实上,在伊阿古成竹在胸地去导演"手绢门"、恭候奥赛罗"请君入瓮"的时候,神勇的奥赛罗已然倒下:"啊!可从此,永别了,平和宁静的思绪;永别了,心满意足的幸福;永别了,头插羽毛的威武大军和那些激励雄心壮志的战争!啊,永别了,永别了,嘶鸣的骏马,尖锐的号角,鼓舞士气的战鼓,激发豪情的横笛,威严壮丽的旗帜,以及一切光荣战争中体现军魂的辉煌、庄严和庆典!还有,啊,杀人的大炮,从你那肆虐的炮管里,发出天神周甫(天神朱庇特)般惊天动地的雷鸣,永别了!奥赛罗的军旅生涯就此断送!"

一想到苔丝狄蒙娜进了卡西奥的一枕春梦,他满脑子想的是复仇!"残忍的复仇,从幽冥的地狱里升起来吧!爱情啊,把你的王冠和铭刻爱情的心灵宝座交给暴虐的憎恨吧!胸膛啊,鼓起来吧,因为里面充满了毒蛇的舌头!"一想到卡西奥用那块手绢"擦胡子",他满脑子想的是"流血,流血,流血!""我这充满血腥的思想,已迈开暴力的步履,决不回头,也决不再儿女情长,直到一种广阔而深厚的复仇将他们吞没。"他一面严厉警告苔丝狄蒙娜:"要是我不爱你,就抓我的灵魂下地狱!而当我不再爱你,那一天世界便将重新陷入黑暗的深渊。"他一面授命伊阿古,限他"三天之内"杀死卡西奥,他自己则要亲手让苔丝狄蒙娜"这美丽的魔鬼迅速毙命"。【3.3】继而向苔丝狄蒙娜发出危险的信号,那是一块被埃及女巫施了灵异符咒的手绢,"要像对待自己宝贵的眼睛一样格外珍视,万一丢失,或送给别人,那面临的将是一场灭顶之灾"。【3.4】

到他连声不住地狂喊"手绢",直至晕厥倒地,他的理性神经已完全崩溃。此时,他脑子里想的只剩下复仇的杀戮:"绞死她!我只是在说,她是一个什么样的女人。针线如此精巧!歌喉如此曼妙!啊,她能用歌声驯服一头野熊!智慧和想象力又是如此超凡、卓越!出身名门,既高贵、有教养,又十分温顺。"【4.1】显然,苔丝狄蒙娜身上所具有的一切超卓不凡的智慧才能、贤良品德、高贵教养,此时一股脑全变成了她罪恶的源头;她的纯真、善良、美好,在他脑子里也都一瞬间转化为虚假、邪恶、丑陋。此时,他脑子里想的是,要把她身上的真、善、美,全都拿来变成刻骨的深仇大恨。他不仅不会去想,自己正在变为魔鬼,相反,他认定自己俨然一面"正义"的照妖镜,他是在向一个外形美丽的魔鬼复仇。

猜忌这把人性之剑是多么可怕啊!

伊阿古非常清楚,当奥赛罗的猜忌之火一旦变成升腾的复仇烈焰,只要不失时机,再轻轻扇那么一小下风,那烈焰就会将生命吞噬。他貌似淡然,实则刻意、歹毒地说:"每天夜里都有成千上万的男人睡在不完全属于自己的床上, 而他们却敢发誓那床归他们独享:您的情形还不算坏。啊,在一张温暖舒适的床上吻着一个淫妇,却还以为她贞洁,那才是地狱般的恶毒,是魔鬼的最大嘲弄。"【4.1】

奥赛罗变成了魔鬼! 妻子的美, 以及他由这美生发出来的爱,也自然变成了魔鬼的地狱。他再不能容忍不贞的妻子活在世上,"让她今晚就腐烂、消亡、下地狱"。【4.1】再不能容忍空气中残留不贞的妻子的芳香,"啊,你这棵害人的毒草,如此的娇艳动人,如此的馥郁芬芳,看一眼你的芳容,闻一下你的香气,感官都会为之苦痛,但愿你从未在这个世上落生!"【4.2】

魔鬼醒来吧! 真相大白的那一刻,奥赛罗惊醒了! 可他已沦为一个罪犯,等待他的将是真正意义上的公正审判、正义裁决。他不要去遭受辱没名誉的公审,那一点儿也不高贵,他可以做自己的上帝,以自刎来体现自我裁决的正义。

他向被自己冤杀的爱妻告别:"不幸的女人啊! 脸色像你的内衣一样苍白!当最后审判日我们再次相见,你这脸色便足以把我的灵魂从天国扔出去,叫魔鬼抓走。我的女孩,冰冷,冰冷! 冷若寒霜,一如你的忠贞。啊,诅咒,诅咒该死的下地狱的奴才!魔鬼呀,用鞭子把我抽走,我不配再一睹这天使般的姿容! 让呼啸的狂风将我卷起!让硫黄的火焰把我炙烤!让我在火流的漩涡里浸滚、泡透!"

他向威尼斯城邦共和国告白:"我是一个在爱情上既不明智

又过于痴情的人；是一个不易心生嫉妒，但一经挑拨，却又立刻会被猜忌煎熬得痛苦不堪的人；是一个酷似卑劣的犹太人的人，会把一颗价值超过整个部落的珍珠随手抛弃；是一个悲痛万分两眼也不会流出感伤泪水的人，现在却像那可做药用的阿拉伯没药树流淌的树胶一样泪如泉涌。"【5.2】

奥赛罗就这样死了！

俄国评论家别林斯基（V. G. Belinsky，1811—1848）在写于1841年的《戏剧诗》中说过这样一段话："哪怕奥赛罗晚一分钟掐死苔丝狄蒙娜，或者敲门的艾米丽亚快点儿推门进来，一切都真相大白，苔丝狄蒙娜就会得救，可是，悲剧也会随之完蛋。苔丝狄蒙娜的死是由奥赛罗的猜忌所致，而非出乎意料的事，因而，诗人有权利放弃一切可以拯救苔丝狄蒙娜的最自然的偶然事件……奥赛罗的猜忌，自有其内在的因果关系及其必然性，而这种必然性就包含在他暴烈的性情、教养和他的整个生活环境中，所以，就猜忌而言，他既有罪，又无罪。这就是为什么，这个伟大的天性，这个强有力的性格，在我们心中引起的并不是对他的厌恶、憎恨，而是热爱、惊异和怜悯。当人世生活的和谐，被他罪行的不和谐所破坏，他又心甘情愿地以死亡把这种和谐恢复，用死亡抵偿自己沉重的罪行。于是，我们怀着和解的感情，怀着对生活不可捉摸的隐秘的深切沉思，将这部悲剧合上，两个在灵柩里破镜重圆的幽灵，手挽手从我们迷醉的目光下闪过。"

对于奥赛罗，我们还剩下最后一个疑问，《圣经》中有"七美德"：贤明、刚毅、节制、正义、信仰、慈爱、希望；也有"七宗罪"：绝望、嫉妒、不忠、不义、暴怒、反复、愚蠢，莎士比亚会是有意将奥赛罗作为集齐七种"德"于一身的象征来塑造的吗？假如可以想，苔丝狄蒙娜便是那"七美德"的完美化身，伊阿古则是那"七宗罪"的邪恶代表。

不管怎样，到这个时候，我们似乎可以把"高贵"一词还给奥赛罗了。然而，现实生活中的我们，再也经受不起这样的"高贵"！除此之外，当我们面对伊阿古式人形恶魔的时候，能否不让自己变成魔鬼？

4.奥赛罗对苔丝狄蒙娜的爱"高贵"吗？

长期以来，关于奥赛罗对苔丝狄蒙娜的爱是否算得上高贵，始终存有争议，力挺者有之，反对者亦有之，时代不同，评价自然也不尽相同。以下摘录一些名家名篇中的评论，将有助于提升和增进我们的认知与理解。

1904年，英国著名莎学家、牛津大学教授A. C.布拉德雷(A. C. Bradley, 1851—1935) 在其名著《莎士比亚悲剧》(*Shakespearean Tragedy*)一书的第一讲《莎士比亚悲剧的实质》中说："奥赛罗有着十分完整的天性，只要他信任，那信任便是绝对的。对他来说，几乎不存在犹豫不决。他极度自信，事情一经决定，便立即付诸行动。如果被激怒了，就会像曾几何时在阿勒坡，闪电一样，一刀结果对手。他要是爱，那爱对他来说，就必须是天堂：要么在里面活，要么就死在里面。要是他被嫉妒的激情缠住了，那激情就要变成无法遏制的洪流。他会急着要求立刻证明有罪，或立刻去掉心里的疙瘩。如果他确信无疑，他就会以法官的权威和一个极度痛苦之人的敏捷来行动。而一旦醒悟过来，对自己也毫不原谅……这种性格十分高贵，因此，奥赛罗的感情和行动便不可避免地来自这种性格,以及压迫它的种种力量。他的痛苦是那样令人心酸,因而,我觉得他在大多数读者心目中所激起的情感,是一种爱与怜悯的混合物……奥赛罗被一个无中生有的捏造百般煎熬,本想执行庄严的正义,结果却屠杀了纯洁,扼杀了爱情。"

在布拉德雷看来,奥赛罗的悲剧属于天性完整的高贵之人禁不住猜忌的煎熬所犯下的错。如果说他对苔丝狄蒙娜的爱情是"高贵"的,也是他患上"奥赛罗综合征"之前稍纵即逝的瞬间高贵。用今天的话说,他是一个只适合与他心仪的或所爱的女人谈爱情的男人,却丝毫没有与女人分享爱情的能力。

英国著名浪漫派莎学家柯尔律治 (Samuel T. Coleridge, 1772—1834) 在其于 1818 年所做的关于莎士比亚的系列演讲中,讲到《奥赛罗》,他这样评价:"奥赛罗杀死苔丝狄蒙娜,并非因为嫉妒,而是出于伊阿古那几乎超出人力的奸计把一种坚信强加在了他的身上。无论是谁,只要像奥赛罗那样对伊阿古的真诚深信不疑,就势必抱有这样的坚信……除了苔丝狄蒙娜,奥赛罗没有生命。是那种以为她——他的天使——已从天生纯洁的天堂中堕落的信念,在他心里引起战争。她和他真是一对儿,像他一样,由于绝不生疑及其圣爱的完美无缺,她在我们眼里几乎是被圣化了的。当大幕落下,试问谁才是最值得我们惋惜的呢?"

这段话的言外之意是,在对待爱情的坚贞和忠诚上,无疑是出身贵族之家的苔丝狄蒙娜更为高贵。如此"圣洁而忠贞"的高贵生命,最终成为自己最爱的丈夫与恶魔伊阿古"合谋"杀死的牺牲品，自然最值得惋惜！

英国著名莎学家威尔逊·奈特（G. Wilson. Knight，1897—1985）在其 1930 年出版的名著《烈火的车轮：莎士比亚悲剧诠释》(*Wheel of Fire，Interpretation of Shakespearian Tragedy*)中，论及"象征性的典型"时指出："诗人在奥赛罗身上，将与爱对立的嫉恨人世和欺诈背叛的毁灭性力量，戏剧性地表现出来，而人是渴求爱的，并渴望在爱的实现中建立自己的幸福。单就奥赛罗表现了一个普遍真理这点来看，最终一定要把它视为在暗示我们：忠诚之爱无力经受人世的无常。假如把三个主要人物提升到一个超然意义的高度，我们就能看出，奥赛罗是崇高的人类的象征，苔丝狄蒙娜是可与但丁的比阿特丽斯(Beatrice，《神曲》中引导但丁升入天堂的完美女性)相媲美的神明，伊阿古则有些像梅菲斯特（Mephisto，歌德《浮士德》中的恶魔形象）。"(顺便一提，奈特的"烈火的车轮"这一书名，源自《李尔王》中刚从疯狂中恢复神志的李尔王，对女儿考狄利娅说的一句话："你是一个有福的灵魂，而我却被绑在一个烈火的车轮上。"中世纪时传说被绑缚在"烈火的车轮"上，是下地狱之人将遭受的刑罚。)

面对无常的人世，忠诚之爱如此脆弱，不堪一击。因此，作为悲剧的《奥赛罗》至今仍令人无限叹惋、唏嘘。显然，即便奥赛罗能算作是人类中的"崇高"分子，他也无力承受、无福消受像神明一样的苔丝狄蒙娜的爱。《神曲》中的比阿特丽斯引导但丁升入天堂，《奥赛罗》里奥赛罗却要把苔丝狄蒙娜打入地狱。

这也暴露出奥赛罗所具有的人性中的致命弱点。对此，英国现代著名诗人、批评家 T.S. 艾略特(T. S. Eliot，1888—1965)在发表于 1927 年的《莎士比亚与塞内加的斯多葛哲学》(*Shakespeare and the Stoicism of Seneca*)一文中说："我始终觉得，除了奥赛罗最后所说那一番伟大的话，还从未读过比它更可怕的暴露人的弱点——普遍的人的弱点的作品。我不知是否曾有人持这样的观点，它不仅显得主观，而且极为古怪。在表达一个高尚但有过失之人失败的伟大时，人们通常会按其表面价值来论断……在我看来，奥赛罗之所以说这番话，是给自己打气。他竭力逃避现实，已不再考虑苔丝狄蒙娜，想的只是自己。谦恭是所有美德中最难以做到的，没有什么会比自认好人的欲望更难放弃了。奥赛罗采用审美、而非道义的姿态，成功地把自己变成一个令人感动的悲剧人物，并在其环境的映衬下加以夸张。他骗了观众，但他首先骗的是自己。我不信还能有哪一个作家能比莎士比亚更清晰地揭示这种'包法利主义'——偏要把一种事物看成另一种事物的人类的意愿。"

在艾略特眼里，奥赛罗成了一个要用自杀前的豪言壮语来维护自身"高尚"的自私鬼，而这样的自私恰恰是"普遍的人的弱点"。即便考虑到《圣经》中的"救赎"意味，奥赛罗此举也无异于是在为自己的罪行辩解、开脱，以期用"高尚"的名义得到"救赎"。他先骗了自己，又骗了苔丝狄蒙娜，最后被伊阿古所骗。这分明不是高贵，是愚蠢！其实，由此来看，苔丝狄蒙娜的悲剧命运，也是从她一开始欺骗父亲逃家成婚就酿成了的。婚后，在莫名其妙丢了那块要命的手绢之后，面对猜忌丈夫的逼问，又骗说没丢，从而使自己陷入绝境。临死前，还对艾米丽亚编织谎言，说是自己杀了自己。宿命地说，她是因骗父亲、骗丈夫、骗自己，丢失了性命。这倒是莎士比亚驾轻就熟的，"欺骗"本来就是他在戏剧中惯用的一个母题。

美国著名诗人、批评家 W. H. 奥登(W. H. Auden，1907—1973)1962 年出版了《染工的手》(*The Dyer's Hand*)，他在书中以诗人的敏锐触角，十分犀利、透辟地指出："尽管奥赛罗表示猜忌的意象是性意象，可除此他还能有什么别的意象吗？婚姻对他来说，性方面的重要性远不如其象征性，即象征他作为一个人被人爱，以及像兄弟那样被威尼斯社会所接纳。他心里有这样一种东西在作祟，因其太阴暗而没有表现出来，那就是始终压在心底的担忧，即他觉得自己被看重只因为他对这个城邦社会有用，但就其职业来说，他可能是被作为一个黑皮肤的野蛮人来对待的。……如伊阿古所告知的，奥赛罗一直显示出来的那样过于轻信和好脾气的性格，实际上是一种藏头露尾的征兆。他不得不过于轻信，为的是以此抵消压在心底的猜疑。奥赛罗无论是在此剧开头时的幸福里，还是在后来的巨大绝望中，他都使人更多地想到雅典的泰蒙，而不是雷奥提斯。……由于奥赛罗的确看重苔丝狄蒙娜的所爱，是那个真正的他，因此，伊阿古只需造成他怀疑她实际并非如此，便可使他将始终压在心底的担忧和愤怒爆发出来。于是，她干没干那事儿，就无所谓了。"

奥登的深邃之言明确告诉我们，奥赛罗的爱不仅算不上高贵，甚至只是一种极端自恋。也许为奥赛罗开脱罪责的唯一理由，只能来自《圣经》，《新约·以弗所书》【5·29】载："丈夫应该爱自己的妻子，好像爱自己的身体一样；爱妻子就是爱自己。"奥赛罗的确是这样，他"爱妻子"越深，"爱自己"越烈；他既不能允许"自己的身体"有任何瑕疵，也绝不允许妻子有丝毫不贞。

英国诗人、批评家约翰·霍洛威（John Holloway, 1920—1999）的名著《黑夜的故事》(The Story of the Night)出版于 1961 年，他对"奥赛罗"如是说："一个主人公所说的最后的台词，根本不是个人沉思的话语，而是一种程式化的类型。它是剧中人有特权加以评论的时刻：要么总结他本人的一生及其有何意味，要么总结他的死因。这种程式在伊丽莎白时代的戏剧里很普遍。……这也是奥赛罗的程式。他的话应以非人格化和与程式相符的形式送达观众的耳鼓，这些话权威而又准确地述说着剧中到底发生了什么。……奥赛罗最后那段台词所提，似乎并不关乎往事。'除了把这些都写上，还要再加一句：有一次在阿勒颇，一个戴着头巾、心怀恶意的土耳其人，殴打一个威尼斯人，并对我国肆意诽谤，我一把掐住那受过割礼的狗的咽喉，就像这样杀了他。'【5.2】这段话到底什么意思？与往事又并非不无关联。它不只是奥赛罗再现、并自我陶醉于往事的最辉煌的一刻，或其他任何一刻。事实上，奥赛罗是要由刚说的两句话引出这件事：他说他'是一个酷似卑劣的犹太人的人，会把一颗价值超过整个部落的珍珠随手抛弃'。【5.2】他明白，他的生活一直都不像一个威尼斯人，而像个野蛮人，正是这一想法使他回忆起往事。由于这一往事具有强烈的讽刺力，便对他最后的行为做出了评定，同时也对理解这件事起了决定性作用。他已经明白，威尼斯的主要敌人土耳其人，和摩尔人是一样的人。'那受过割礼的狗'正是他本人。因为在苔丝狄蒙娜这位威尼斯元老女儿的这件事上，奥赛罗的所作所为，实际就是'殴打一个威尼斯人，并对我国肆意诽谤'。往事讽刺性地重新现于脑海……诚然，奥赛罗此时回忆往事还有一种意义：他当时报复的仅仅是社会中一个小小的敌人，这一点清楚地表明，他此时此刻是在对一位伟大的人干着同样的事。他对苔丝狄蒙娜所实施的公正，其实是虚假的。这是不公正的。至此，这一悲剧格局终于完成。"

也就是说，在《奥赛罗》的大幕落下之前，奥赛罗终于意识到，他同当年自己亲手杀死的那个"肆意诽谤"威尼斯共和国的"受过割礼的狗"，是一样的人；摩尔人与一个"卑劣的犹太人"没什么两样。娶了威尼斯元老的女儿，就是对威尼斯的侮辱。因此，他要以一副"野蛮人"本应有的样子、手段，"野蛮"地杀死自己。

英国著名莎剧演员、剧作家、批评家哈利·格兰维尔·巴克(Harley Granville-Barker，1877—1946)在其著名的《莎士比亚序言》(*Prefaces to Shakespeare*) 中说："奥赛罗有着敏捷而有力的想象力，这种天赋对一个富于行动的人来说，要么成就其伟大，要么就造成灾难。假如对其加以约束和磨炼，它便能变成一种可透析问题本质的洞察力，比较而言，迟钝之人则只能触及问题的表面。当然，这种天赋还可以使思想与现实完全脱离。在紧急关头，奥赛罗甚至对苔丝狄梦娜的无辜和伊阿古的欺诈毫无洞悉，这是怎么回事呢？相反，他的想象力只起到了煽起自己心头怒火的作用。……我们认为，奥赛罗的故事是个盲目和愚蠢的故事，是一个人发了疯的故事。如同剧情安排好的，邪恶几乎毫无疑问地在他身上发生了作用，直至最后到了不可救药的地步。在善与恶的斗争中，他的灵魂便是战场。……直到做出了疯狂之事,'曾几何时'那个'多么好'的奥赛罗,才醒悟过来并恢复了理性。因此,奥赛罗的悲剧从其'灵魂的深度'似乎可以证明,人会陷入各种程度的野蛮之中。在人对待无法改变的事情上,野蛮人和文明人并没有什么实质上的不同。"

任何人,不论出身的高低贵贱,首先是一个凡人。高贵或伟大之人一旦野蛮起来,那毁灭的力量无疑将是灾难性的!

美国当代作家、耶鲁大学教授阿尔文·柯南(Alvin Kernan)为其 1963 年所编"印章莎士比亚经典作品"(*Signet Classic Shakespeare Series*)之《奥赛罗》(*Othello*)一书,写过一篇绪论,他说:"《奥赛罗》提供了各种各样相互关联的象征,这些象征从历史的、自然的、社会的、道德的,以及人的方面,限定并定义了存在与无处不在的各种势力的种种特色;而这各种势力,永远会在宇宙中对抗, 身处其中的悲剧性的人, 便永远处于不断变动之中。一方面,是土耳其人、食人生番、野蛮、天性的可怕扭曲、海洋那无情的力量、混乱、暴民、黑暗、伊阿古、仇恨、情欲、自我中心、愤世嫉俗,另一方面,则是威尼斯、城邦、法律、元老院、友爱、等级、苔丝狄蒙娜、爱情、关怀他人、真诚信任。剧中人物在行为和说话时,便以并行和比喻的方式,将这五花八门种种不同的生活方式集中在了一起……奥赛罗从威尼斯转到塞浦路斯,从对苔丝狄蒙娜绝对的爱转到把她生命的烛火熄灭,再到自杀,这便是莎士比亚为悲剧命运之人写下的话。"

简单地看,这段话似乎要表明,莎士比亚在《奥赛罗》中"为悲剧命运之人写下的话"并不复杂,不过如此这般而已。但只要稍一用力探究就会发现,《奥赛罗》具有相当繁复的解读空间,在莎士比亚辞世至今近四百年的时间里，这一空间从未缩小。

5.《奥赛罗》真的不适合舞台演出吗？

从《奥赛罗》1604 年首演之后至今持续不断的演出史，可以看出，不同时代的不同人们对于奥赛罗亦一直有着不同的表演、不同的理解、不同的诠释。所有这些对于我们如何认识和剖析莎翁笔下这个著名的人物形象，都是有益的。

我们在此不过多赘言，只列举几个在莎剧表演历史上出色的"奥赛罗"，加以简单说明。1722 年，詹姆斯·奎恩(James Quin, 1693—1766)在伦敦林肯法学院剧场演出时，着一身白色服装，把奥赛罗演成一个威严、不易动怒且很有自我克制力的人。这样的演法，虽使人物令人尊敬，但缺少内心情感的流露。由于奎恩是当时伦敦舞台的主宰，他一直把这样的一个"白衣"奥赛罗演到了 1751 年，时长达 30 年之久。

被认为才华横溢的大卫·加里克 (David Garrick, 1717—1779)所饰演的奥赛罗，首次登台亮相，是 1745 年 3 月 7 日在伦敦的居瑞巷剧场。他演了 35 年话剧，仅莎翁的角色就饰演过 20 个，他在舞台上的表演，常被视为对角色的最好诠释，同时也是对莎翁的最好评价。然而，尽管他在饰演奥赛罗时，自觉地把角色的全部感情都表现了出来，却因此招致批评，认为他不仅把奥赛罗的暴烈演得过于夸张，甚至完全忽略了角色的高贵性。

1746 年 10 月 4 日，堪称这一时期"伟大的奥赛罗的饰演者"的斯普兰格·巴里(Spranger Barry, 1719—1777)，在都柏林首演奥赛罗即得到赞誉，公认他理想地把爱与嫉妒的对立感情集中在奥赛罗身上，并真实而有力地表现出这个人物的崇高、温和及其难堪的痛苦。

到了 18 世纪末,英国演员约翰·菲利普·坎布尔(John Philip Kemble,1757—1823)饰演的奥赛罗大受欢迎,他的首演也在居瑞巷剧场,时间是 1785 年 3 月 8 日。尽管他没有表现出这个人物应有的感人力量,但他所表现出的极端痛苦的感情,却令人颤抖,并获得了商演成功。

1814 年 5 月 5 日, 还是居瑞巷剧场,"专为莎剧舞台而生"的伟大的悲剧演员埃德蒙·基恩(Edmund Kean,1787—1833)饰演的奥赛罗,将巴里塑造的"至高无上的奥赛罗"动摇了。居瑞巷剧场真称得上是奥赛罗的演绎场,这里几乎是上演《奥赛罗》最多的剧场。基恩的崭新奥赛罗,是一个暴躁得令人可怕、伤心而又悲怆的人,他克服了作为演员的先天不足(身材不高),竭力去表现人物的威严。威廉·赫兹里特(William Hazlitt,1778—1830)将这个奥赛罗赞誉为"世界上最优秀的表演"。

意大利悲剧演员托马斯·萨尔维尼 (Tammaso Salvini,1829—1916)的奥赛罗是个耽于逸乐、情感强烈,但最终彻底陷于绝望的人;而被公认为当时"最伟大的莎剧演员"的亨利·厄尔文爵士(Sir Henry Irving,1838—1905)却又把奥赛罗演成了一个文弱的摩尔人,最初软弱,只有到了最后才发起狠来。然而,有趣的是,虽然厄尔文一直没把奥赛罗演好,但他饰演的伊阿古,反而成为他塑造的最伟大角色之一。1895 年,他曾为维多利亚女王(Queen Victoria,1819—1901)演出,扮演《威尼斯商人》中的夏洛克,并获得殊荣,成为第一个被封为骑士的演员,死后葬于威斯敏斯特教堂(Westminster Abbey)。

　　总之，直到今天，在漫长的《奥赛罗》演出史中，舞台上的奥赛罗到底应该什么样子，从无定制；莎翁的奥赛罗又该是怎样的，一代一代《奥赛罗》的导演、演员们，也始终自说自话。例如，有的奥赛罗过于儒雅，但缺乏刚烈火爆；也有的暴烈有余，又诗意不足；有的太过悲怆，而不够凶狠；有的奥赛罗野蛮到令人恐怖，有的奥赛罗又温情脉脉；有的奥赛罗索性由黑人扮演，有意突出反种族歧视的意涵；有的奥赛罗威严中透出崇高、激情，也有的奥赛罗在威严里又融进了悲怆、暴烈。

　　综上所述，我们自然就能理解《莎士比亚戏剧故事集》(*Tales from Shakespeare*)的作者之一、对莎士比亚钟爱有加的查尔斯·兰姆 (Charles Lamb, 1775—1834) 的论断了。他在写于 1811 年的《论莎士比亚的悲剧是否适于舞台演出》(*On the Tragedies of Shakespeare Considered with Reference to their Fitness for Stage Representation*)一文中，论述了"《李尔王》基本上是不能上演的"之后，明确表示，奥赛罗更是一个"不适于呈现在我们眼前"的人物。兰姆说："一个年轻的威尼斯女子，出身无比高贵，借助爱情的威力，意识到她意中人的品质，丝毫不考虑种族、国籍、肤色，嫁给了一个煤一样黑的摩尔人。读到这里，还有什么更能安抚、满足我们高尚的天性呢？（即便奥赛罗扮得像煤一样黑——因为当时人们对外国的了解还远不如我们翔实——可能是出于对大众观念的尊重。不过，我们现在很清楚，摩尔人并没有那么黑，还是值得白人女子青睐。）……她看到的不是奥赛罗的肤色，而是他的心胸。可一旦搬上舞台，我们就不受想象的支配了，而是被可怜的、孤立无援的感官所左右。我请凡看过

《奥赛罗》演出的人考虑一下,是否与上述情形相反,即只看到奥赛罗的肤色,而没看到他的心胸呢?是否发觉奥赛罗与苔丝狄蒙娜的恋爱及宴尔新婚有些特别令人作呕的地方呢？是否在亲眼见过之后，就把我们阅读作品时那种美好的不介意的状态压下去了呢?……我们在舞台上看到的是躯体和躯体的行动;而我们在阅读时所意识到的,则几乎全都是人物的内心和内心活动。我认为，这足以解释为什么我们阅读作品和观看演出时所获得的快感,是如此之不同。"此处还特别加了一条脚注,强调"阅读剧本时,我们是在用苔丝狄蒙娜的眼睛观看一切;而看戏时,我们是被迫用自己的眼睛在观看一切"。他甚至庆幸,"有些莎剧逃脱了上演的厄运,在业已上演过的莎剧中,有些段落在上演时被幸运地删掉了,而当我们翻看这些剧本或这些段落时,便有一种心旷神怡的新鲜感"。

诚然，文学剧本里那份独有的艺术神韵能否通过舞台表演原汁原味地表现出来,或者反过来,话剧演出究竟能否完美无缺地传递出剧作者精神思想的原旨，历来是戏剧理论家和学者们争论不休的话题。简单一句话,戏剧底本所蕴含的那种幽微、深邃、丰富而特殊的文学空间,单靠舞台上的演员,既无法淋漓尽致地去表现,更难有补天之神功作为。

显而易见,作为浪漫派批评家的兰姆,反感的是十七、十八世纪英国古典主义者用呆板的程式去套莎士比亚戏剧，以及上演时粗暴地歪曲剧本;尤其反对把莎剧窜改成充满道德说教、迎合"世俗"的市民剧,提出要恢复莎士比亚的本来面目,即突出文本所蕴含的思想、人物的精神力量、内心活动、感情的威力,等等。他认为这些才是莎剧的实质,而舞台表演只能演出外表,演不出本质;只能打动感官,不能打动想象。

在兰姆眼里,看一出戏转瞬即逝,阅读则可以慢慢思考;演出是粗浅的,阅读可以深入细致;演出时,演员和观众都往往只注意技巧,阅读可以全神贯注于作家,细细品味他的思想;舞台上动作多,分散注意力,人物的思想矛盾和深度是演不出来的;舞台只表现外表,阅读却可以深入人物的内心、性格、心理;舞台上人物的感情无一不是通过技巧表演出来,是虚假的,只有阅读才能真正体会人物的真情实感。总之,一句话,追求莎剧艺术唯美和思想深邃的兰姆,认为莎士比亚的戏剧,尤其悲剧,根本不能上演。

然而,舞台所营造的艺术氛围,常常妙不可言,令人难以忘怀。比如,英国著名莎学家威尔逊·奈特 (G. Wilson. Knight, 1897—1985)在其 1936 年出版的专著《莎剧演出原理》(*Principles of Shakespeare's production*)一书中论及"莎士比亚与宗教仪式"时,说《奥赛罗》的结尾更是一场崇高的祭礼。床就是祭坛,铺着结婚时的被褥,旁边一支蜡烛,像祭神的蜡烛,外面的天空挂着贞洁的皎月、繁星。而且,出现了'献祭'这个词:'啊,发假誓的女人!你已使我的心硬如顽石;原来我只想把你作为献祭正义女神的牺牲。'【5.2】奥赛罗的言行在这场戏中,从始至终带有宗教祭祀的色彩"。这样"宗教祭祀的色彩"恐怕非舞台不能为。同时,它又为无论普通读者还是专业学者细读、剖析文本,提供了一个别样的艺术视角。这便又涉及另一个更重要的不容忽视的因素,即由天才演员们的艺术表演所带来的冲击波似的艺术感觉和审美感受,会远远超出人们的阅读经验。

事实上,今天依然有许多像兰姆一样只对莎剧文本钟情,而丝毫不对莎剧演出移情的学者、读者。不过,尽管舞台有它所无法替代的、独特的演绎与诠释莎剧的艺术优长,但纯粹就学术意义而论,真正无法替代的还是文本,而非舞台。

五、苔丝狄蒙娜:一个忠贞不渝的"圣经"女人

1.《晚安,苔丝狄蒙娜》①:颠覆传统与经典

在《奥赛罗》于 1604 年首演过去了 384 年之后的 1988 年,30 岁的加拿大剧作家、小说家、演员安·玛丽·麦克唐纳(Ann-Marie MacDonald)女士,创作了一部后现代的荒诞喜剧《晚安,苔丝狄蒙娜 (早安, 朱丽叶)》[*Goodnight Desdemona (Good Morning Juliet)*],描述一位女王大学(Queen's University)年轻的英国文学助教康丝坦斯·莱德贝莉(Constance Ledbelly)进行的一次自我发现的潜意识之旅, 对苔丝狄蒙娜和朱丽叶这两个莎士比亚笔下忠贞圣洁的女性形象, 做了颠覆性的解构和荒诞不经的离奇演绎。

《晚》剧 1988 年在多伦多首演,获得成功。1989 年,二度上演, 引起轰动。1990 年,《晚》剧剧本获得加拿大最高文学奖项——总督文学奖,随后,在加拿大、美国和英国等地上演 50 多场。迄今为止,该剧已被译成十几种语言,并在世界许多地方

---

① 此节所述参考赵伐译《晚安,苔丝狄蒙娜(早安,朱丽叶)》,重庆出版社,2000 年版。

演出。

《晚》剧中,正撰写博士论文《〈罗密欧与朱丽叶〉和〈奥赛罗〉:论讹误和喜剧的起因》的康丝坦斯,是一个性情懦弱、学究气十足的书生。现实生活带给她无尽的失意:老板、克劳德·奈特教授对她从来都是欺负、利用、嘲弄,甚至掠夺;学院里的"那群圣贤",也只把她"当成笑料,视作癫狂"。她整日埋头于一个名叫古斯塔夫的炼金术士留下的神秘晦涩、难以破解的"古斯塔夫手稿"(Gustav Manuscript)。尽管这份手稿被奈特教授讥笑为"不可救药"的、"庸俗"的"异端邪说",她还是孜孜以求,试图从中寻觅雪泥鸿爪,以证实自己的推断,即莎士比亚的《奥赛罗》和《罗密欧与朱丽叶》之所以是两部蹩脚的悲剧,皆因他是根据一位早于他的无名氏作者的喜剧剽窃篡改而来。

然而,康丝坦斯被一种神秘的魔力拖进了两部悲剧之中,她不仅与两位女主人公苔丝狄蒙娜和朱丽叶见了面,还帮助她们成功逃脱了莎士比亚原为她们量身定做好的死亡命运。由此,康丝坦斯不仅重新发现了"真正自我",实现了自我解放,还同时获得了对"挚友仇敌相互依存"的"真正的真实"和"女性真理"的认知。

《晚》剧中出现了一系列荒诞不经的情节,在此仅举两个典型例子:个性爽直却心胸狭窄、脾气狂躁而又崇尚暴力、欣赏血腥屠杀场景的苔丝狄蒙娜,说起话来粗声粗气,满嘴男权话语,待人接物愚钝鲁莽,完全一副彪悍的莎剧中"女款奥赛罗"的模样,当她看见丈夫奥赛罗把一条项链送给康丝坦斯,在伊阿古的撺掇下,妒火中烧,大发雌威,那虎虎生风的吓人架势,丝毫不输给莎剧里饱受猜忌煎熬、厉声咆哮的奥赛罗；另外，不仅罗密欧爱上了穿越而来的康丝坦斯，当康丝坦斯女扮男装之后，攫取了莎剧中"罗密欧的男权"、自己的身体自己做主、对爱情不再忠贞不贰的朱丽叶，也爱上了她。甚至当康丝坦斯现出女儿身时，朱丽叶仍表示爱她，并希望跟她做爱，因为朱丽叶把康丝坦斯当成了来自希腊且热衷同性恋的美男子。康丝坦斯赶紧声明自己不是同性恋。

　　整个荒诞的剧情在结尾处达到高潮："这个"苔丝狄蒙娜不再是莎剧《奥赛罗》里"那个"丈夫要掐死她时还逆来顺受的乖巧纤弱的贤妻淑女，而是恰如"那个"暴君式丈夫一样的女汉子，她举起枕头，叫嚷着莎剧中奥赛罗在杀"她"时喊出的恐怖台词，要闷死情敌康丝坦斯。朱丽叶试图解救，去找人帮忙。康丝坦斯举起奥赛罗送的项链，苔丝狄蒙娜见上面有她的生日题词，方才住手。康丝坦斯随即装死。此时，朱丽叶的表哥提伯尔特来了，说自己正在找朱丽叶。而苔丝狄蒙娜又把罗密欧和朱丽叶弄混了，她让提伯尔特到地下室去找。因身穿朱丽叶的衣服、迷恋苔丝狄蒙娜的罗密欧，邀苔丝狄蒙娜去地下室同床共枕。所以，罗密欧错把来找朱丽叶的提伯尔特，当成了苔丝狄蒙娜。提伯尔特却以为罗密欧就是朱丽叶，拉着就走。朱丽叶见此情景，悲伤欲绝，想自杀，被赶来的康丝坦斯阻止。俩人拥抱在一起。恰在这时，苔丝狄蒙娜进来，欲用剑刺朱丽叶，也被康丝坦斯拦阻。朱丽叶信誓旦旦要与康丝坦斯生死与共，苔丝狄蒙娜却催促康丝坦斯跟她一道去塞浦路斯。康丝坦斯打断她们，并各自指明她俩错在何处。她们答应就此放弃悲剧的冲动。

　　发展到此情此景，康丝坦斯意识到，自己既是这部戏的作者，同时，也正是那个要从"古斯塔夫手稿"中追踪寻觅的、常在莎士比亚喜剧结尾出现的典型人物——"聪明的傻瓜"（"Wise Fool"）。然后，她便被那股神秘的魔力置换回自己在女王大学的办公室，意外发现撰写博士论文的钢笔，竟变成了金笔。

　　毋庸讳言，这部力图彰显 20 世纪 80 年代女权主义的荒诞剧，把太多的艺术构思，花在了如何通过刻意改变苔丝狄蒙娜和朱丽叶的性属特征上，故意跟莎士比亚作对。像这种极端的对男权话语的颠覆，似乎也只能在舞台上以夸张的戏仿、喜剧性或戏剧性地来表现，因为与生俱来的性属特征天然地决定着，假如现实中的女性都如这"戏仿版"的苔丝狄蒙娜和朱丽叶那样对待性欲、爱情、婚姻，那结果同样不会是一场命中注定的喜剧。单面的、挑衅的、二元对立、非此即彼的极端女权，不过是将其自身嵌进了那面男权的镜子，照出的本质没什么两样。

　　诚然，麦克唐纳是以作为剧作家的无上权力，在她的《晚》剧里，把强大的男性话语权赋予了莎士比亚的苔丝狄蒙娜和朱丽叶，让莎士比亚的"她俩"成为麦克唐纳的"康丝坦斯"潜意识里的角色。无疑，这两个具有男性性属特征的女性角色，替康丝坦斯彻底释放出了她在现实世界被完全压抑的能量。换言之，穿越到莎士比亚悲剧中的康丝坦斯，通过"她俩"对男权颠倒乾坤的激烈反抗，使自己在潜意识里深藏不露的强烈欲望得到实现，足足地过了一把瘾！正如她在剧中所说："我感到血管里涌动着一股力量，嘴里尝到了铁血的味道。哈，我喜欢这感觉！"

　　意味深长的是，麦克唐纳并没有让她的康丝坦斯陷入像男权一样的女权窠臼难以自拔，她让康丝坦斯在穿越莎剧的潜意识之旅中自我觉醒。《晚》剧结尾处，她告诫她的那两位原型——正为她争风吃醋相持不下的苔丝狄蒙娜和朱丽叶——"别吵了，都是些可悲的井蛙之见。你们根本就不懂生活，——生活要比你们想象的复杂多了！生活——真实的生活是杂乱无章的。天哪！每一个答案衍生出新的问题，每一个问题又冒出成千上万个不同的答案"。

事实上，作为这部荒诞《晚》剧的作者自己，并不荒诞，不难发现，她的女权主义之路是绿色的，是洒满阳光的，她在《晚》剧的"序诗"中清晰地描绘出女权主义者所经历的一种心路历程，即"把心灵中对立的原型加以区分，/ ……让它们走出阴影重见天日；/ 用那些隐而不见的碎片玻璃 / 黏合成一面映现完整灵魂的镜子"。也就是《晚》剧开场时致辞者所说的，要用炼金术的方法，把对立的物质加以"分解"，然后"掺和"，以实现"雌雄合一的双性同体"和"真正自我的完美统一"。

2. 艾米丽亚：一个颇具世俗气而富有个性光彩的女性

也许有理由认为，麦克唐纳在《晚》剧中故意忽略掉了莎士比亚绝非无心塑造的艾米丽亚。因为这个颇具世俗气而富有个性光彩的女性人物形象，即使原封不动地保留在《晚》剧里，她也丝毫不比男权附身的苔丝狄蒙娜和朱丽叶逊色。艾米丽亚性情泼辣，快人快语，柔中带刚，是非分明，疾恶如仇，敢爱敢恨，身上充盈着一股世俗女子特有的洒脱、豪侠。

作为伊阿古的妻子，她按照基督教仪轨，像所有把丈夫视为"我的主人"（My lord。中文译本几乎约定俗成地将此通译为"我的夫君")的已婚女性一样，毫无保留地甘心服从丈夫。她天真地以为丈夫让她看准机会把奥赛罗送给苔丝狄蒙娜那块作为定情之物的手绢偷来，是因为喜欢手绢上的图案，她便"要做一块图案跟它一模一样的手绢，送给伊阿古：天知道他到底要拿它去干什么，反正我不知道"。【3.3】

这时的艾米丽亚是个像苔丝狄蒙娜一样对丈夫百依百顺的贤妻良妇，她眼里丈夫的"坏"，不过是男人与生俱来的本能之"坏"，最本质的"坏"不过满嘴淫词浪语，跟女人眉来眼去地调情，在老婆身上恣情纵欲。这种男人的"坏"，属于今天还常挂在人们嘴头儿的俗语——"男人不坏，女人不爱"的那种"坏"。艾米丽亚正是把伊阿古当成了这样的"坏男人"，而且身为军人，自然更"坏"。所以，"不管他什么时候心血来潮，我只能想方设法讨他的欢心"。【3.3】

但可贵的是，艾米丽亚在讨丈夫欢心的同时，又不失主见，当她意识到奥赛罗猜忌苔丝狄蒙娜全因受到卑鄙小人的挑唆，便对伊阿古说："你要将这种卑劣的无赖揭露出来，让每一个诚实之人都手握一条鞭子，把这些龌龊的混蛋脱得赤身裸体，抽得他们从东到西，满世界抱头鼠窜！"伊阿古让她"小声点儿"，她不仅不听，并对此嗤之以鼻，甚至嗔怪起丈夫也曾犯过同样的猜忌毛病："呸，这些该诅咒的卑鄙小人！上次你就是被这种无耻下流的东西，搞得头脑发晕，竟怀疑我跟摩尔人私通。"【4.2】

作为受奥赛罗之命，负责照顾苔丝狄蒙娜起居的贴身女仆兼朋友，艾米丽亚对苔丝狄蒙娜的圣洁、忠贞无比钦敬，对她的清白无辜始终深信不疑。她一方面好心、刻意地提醒苔丝狄蒙娜千万别不把"猜忌之人"当回事，因为"他们从来都是毫无理由地去猜忌别人，纯粹是为猜忌而猜忌：猜忌简直就是一个无精受孕、自生自灭的怪物"。【3.4】另一方面，她也会抓住时机，信誓旦旦地向已经对妻子起了猜忌的奥赛罗保证："将军，我敢拿我的灵魂下赌注，她是贞洁的。要是您对她凭空猜疑，赶紧别再瞎想了，那会蒙蔽您的内心。假如有哪个卑鄙小人让猜疑钻进了您的脑子，就让上天用对那条毒蛇的诅咒来报应他！因为她若是一个不忠实、不贞洁、不清纯的女人，天底下也就再没有一个幸福的男人了：连最纯洁的妻子也会被人诽谤成邪恶的荡妇。"她甚至敢于当面质问奥赛罗："难道她拒绝了那么多豪门显贵的求婚，割舍父爱、远离家乡、告别朋友，就是为了让人骂做娼妇？这还不足以叫人伤心落泪吗？"【4.2】

然而，不幸的是，天真的苔丝狄蒙娜只被动地选择相信上天，面对艾米丽亚如此真切的忠告，她无助地祈求"上天保佑"，别让猜忌"这怪物钻到奥赛罗的心里！"可此时已被"这怪物"逼进牛角尖的奥赛罗，心底盘算的却是：一个品行不端的女人，如何能保证另一个女人的贞洁。他把艾米丽亚"一副伶牙俐齿"的说辞，当成了"有本事拉客的老鸨"的能说会道。这样一来，艾米丽亚的话不仅丝毫没能减轻奥赛罗的猜忌，反让他又多了一层猜疑：艾米丽亚竟连苔丝狄蒙娜奸情的一点蛛丝马迹都没察觉，这只能说明苔丝狄蒙娜"是一个狡猾的荡妇，一间上了锁的密室，里边藏满了邪恶的秘密"。【4.2】

不过，艾米丽亚可不像苔丝狄蒙娜那么逆来顺受，生死攸关之时，她所表现出的巾帼刚烈绝不让须眉。当她发现奥赛罗杀了苔丝狄蒙娜，并自我辩解说"她纵欲淫乱，变成了一个娼妓"时，她怒不可遏地骂他："你这样诽谤她，简直是一个魔鬼。"奥赛罗辩称，"她对我不忠，放荡如水。"艾米丽亚针锋相对、毫无惧色地说："你说她放荡如水，你自己暴烈如火。啊，她是多么圣洁而忠贞！"当奥赛罗告诉她，是她那"诚实、正直"丈夫伊阿古证实了苔丝狄蒙娜的不贞洁，艾米丽亚厉声诅咒道："要是他真说了这话，就叫他阴险歹毒的灵魂每天一丁点一丁点地腐烂！他昧着良心满口胡言。"然后替苔丝狄蒙娜感叹，"她对她那个又脏又黑的蠢货真是太痴情了。"转而愤怒至极地痛骂奥赛罗，"啊，愚蠢之极的笨蛋！像淤泥一样蒙昧无知！你干下的好事，——我不在乎你的剑；哪怕丢掉二十条性命，我也要揭露你的罪行"。"因为你杀死了一个天地间以纯洁的心灵祈祷上帝的，最温柔可爱、最天真无邪的人。""啊，你这头凶残的蠢驴！像你这样的傻瓜笨蛋，怎配得到一位这么好的妻子？"【5.2】

而当她确认了丈夫伊阿古就是那个"卑劣的无赖""龌龊的混蛋"，是制造一切祸患的恶魔，而那"手绢"恰是拿去给恶魔做了证物，便毅然与丈夫决裂，她先是义正词严地当众表示："各位尊敬的先生，让我在这儿把话说完。照理我该听命于他，但现在我不服从。或许，伊阿古，我永远不再回家。"后又道出"手绢"的实情，彻底戳穿了伊阿古的阴谋，为已死去的苔丝狄蒙娜鸣冤，最终倒在伊阿古的剑下。

除此，艾米丽亚还有作为一个成熟女性的另一面，即她对男权世界有一份清醒而不失深刻的认知。上面提到，她对男人的"坏"了然于心，因此，她觉得所有男人本质上都是一样的。比如，她曾对苔丝狄蒙娜这样来解剖男人——"对我们女人来说,不用一两年,就能看清一个男人的本质:所有男人都是胃,女人全都是他们胃里的食物;馋了、饿了,就把我们吃下去,饱了,又会打嗝,甚至再把我们吐出来。"【3.4】

另外,艾米丽亚与苔丝狄蒙娜有着截然不同的节烈观。苔丝狄蒙娜将婚外性行为视为女性的奇耻大辱,哪怕用一次婚外性可以换取整个世界,她也会恪守忠贞,丝毫不为所惑。《奥赛罗》之所以能产生如此震撼人心的悲剧力量,恰恰在于,莎士比亚让那个叫奥赛罗的丈夫亲手把这样一个"圣洁而忠贞"的妻子杀死了!

在此情形下,我们先来回味一下在《奥赛罗》第四幕第三场中艾米丽亚和苔丝狄蒙娜这段耐人寻味的对话:

艾米丽亚	说真的,我想我一定会;干完再设法弥补就是了。以圣母玛利亚起誓,我才不会只为能得到一枚连锁戒指、几尺麻纱,或几件衣服、几条裙子、几顶帽子,或类似鸡毛蒜皮不值钱的小物件,去干这事:可要是能得整个世界,会有哪个女人不愿意先给丈夫戴绿帽子,然后再让他当帝王呢?我宁愿为此下炼狱。
苔丝狄蒙娜	假如我为得到整个世界犯下这样的罪过,就罚我下地狱。
艾米丽亚	这算什么,只不过尘世间的一个罪过而已;假如你为付出这一个罪过,而拥有了整个世界,

那它又变成了你自己的世界的一个罪过，到那时，改变对错，对你还不是一件轻而易举的事？

苔丝狄蒙娜　我想世上不会有这样的女人。

艾米丽亚　　有，至少一打；此外，还有更多跟男人赌博的女人，多到可以塞满她们用肉体赢来的世界。但在我眼里，妻子的堕落都是她们丈夫的错。试想，假如他们不尽夫责，把本该我们享用的好东西，吐到别的女人的大腿缝里；或是毫无来由地醋性大发，限制我们的自由；要不就动手打我们，或一气之下削减我们的零花钱，怎么，难道我们就没有脾气吗？尽管我们天性悲悯，可我们也会复仇。要让那些做丈夫的知道，他们的老婆有着跟他们一样的感官知觉：她们能看，会闻，跟那些丈夫们一样有味觉，尝得出什么是酸，什么是甜。他们为什么会嫌弃我们，另谋新欢？是为寻欢作乐？我想是的；是性欲难耐？我想是的；干出这样的龌龊勾当，是因为意志薄弱？我想也是的。然而，我们就不能像男人们一样，移情别恋、尽享性爱、意志薄弱吗？

　　今年是 2017 年，距《奥赛罗》首演整整过去了 413 年。试问，我们今天能有多少人（男人女人都包括在内）依然会像苔丝狄蒙娜一样，执拗地"想世上不会有这样的"肯拿一次性去换整个世界的"女人"？又得有多少女人(这里只包括女人)会像艾米丽亚一样,恨不得真能用那"不过尘世间的一个罪过"——在她们眼里,那根本算不上是罪过——去换取整个世界呢？现实是,我们身边"今天版"的艾米丽亚早已不是"至少一打",而已多到了数不胜数。不要说用一夜情去换世界,随便什么随手可图的名义、利益、便宜,更甭说职称、房产、权力,都可以鬼推磨般地让她们在没任何情感因素的情形下,甘愿"付出这一个罪过"。

不过,要真这么来说艾米丽亚,她倒有十足的理由生气,并反驳。因为,她绝不会为那些鸡毛蒜皮的"小物件""去干这事",而是为拥有整个世界,才"宁愿为此下炼狱"。与此相比,她有要跟男人平起平坐的"女权"大气象,至少得在性事上跟男人享有同等权利,一如她反问的,难道"我们就不能像男人们一样,移情别恋、尽享性爱、意志薄弱吗？"何况,"在我眼里,妻子的堕落都是她们丈夫的错"。尽管艾米丽亚这番话女权味儿十足,但可以肯定的是,莎士比亚并无意把她塑造成一个后人眼里的女权主义先驱。

两者相较,苔丝狄蒙娜的圣洁、忠贞,令人肃然起敬、高山仰止,只要这个形象存在,便会有人相信、憧憬爱情的忠贞、恒久;而艾米丽亚的存在,又时刻提醒人们,我们所生活的尘间现世,在忠贞不渝的理想爱情梦影之外,更多的是像《晚》剧所揭示的那样:真实的生活是杂乱无章的。

当然,爱情生活也不例外。不管今天的"女养男宠"与"男包二奶"的平起平坐,是否就算兑现了艾米丽亚所发出的男女性平等的"天问",至少许多人的爱情生活确实已经够"杂乱无章"

的了。

3.苔丝狄梦娜：伊丽莎白女王时代标准的"圣经"女人

在以上论述之后，再来分析苔丝狄蒙娜这个人物，或许会变得容易些。否则，便难以解释莎士比亚何以要把她塑造成在今天看来，尤其是在现代知识女性眼里的一个愚蠢到家的爱情傻瓜，因为她实在是应验了这样一句俗语——"女人的美丽与愚蠢是画等号的！"

先来看苔丝狄蒙娜天仙般超凡脱俗的美貌。先期抵达塞浦路斯岛的卡西奥，向蒙塔诺总督赞美苔丝狄蒙娜，说她"品貌双绝，超凡脱俗，怎么形容都不为过；任何一位诗人清词丽句的赞誉，只要跟她自身那与生俱来的天生丽质一比，都会相形见绌"。【2.1】

接下来，再看伊阿古和卡西奥的这段对话：

伊阿古　她可是那种周甫（天神朱庇特）见了都会春心荡漾的女人。

卡西奥　她是一位极品的完美女人。

伊阿古　我还敢说，她很风骚，而且床技高超。

卡西奥　真的，她的确是一个娇艳迷人、温柔可爱的女人。

伊阿古　那一双迷人的眼睛！看到那双眼睛，就像听到集合的军号。

卡西奥　那真是一双诱人的眼睛；但我觉得她气质高雅，神情端庄。

伊阿古　她一说话，不就是向爱情吹响了集合号吗？

卡西奥　她真是完美无缺。【2.3】

伊阿古的话，折射出他垂涎苔丝狄蒙娜美丽肉体真实、贪婪的欲望，显而易见，言语间他已沉浸在由"春心荡漾""风骚""床技高超"和"迷人的眼睛"所构成的性幻想带来的快慰之中。这种虚无的快慰也是驱使他向奥赛罗复仇的动力之一，他要用猜忌这服"毒药"，让奥赛罗亲手将这具美丽的肉体，"勒死"在他淫荡地臆想出来的"那张被她玷污了的床上"。【4.1】

卡西奥不否认苔丝狄蒙娜"娇艳迷人"，生着"一双诱人的眼睛"。作为军人，卡西奥不仅有着令伊阿古羡慕、嫉妒的英俊潇洒、风流倜傥，而且，更有着令他心生嫉恨、耿耿于怀、欲取而代之的"名誉"——那个伊阿古自觉理应归自己的"副官"头衔。同时，作为男人，卡西奥既很懂女人，又很会玩女人，他知道如何讨女人欢心，如何给女人带来性快慰。正因为此，妓女比安卡才对他纠缠不放，甚至想要嫁给他。

不过，对卡西奥来说，他心目中的苔丝狄蒙娜是一个令他由衷产生敬畏的忠贞的"完美女人"。他是真心用"温柔可爱""气质高雅""神情端庄"这样的词汇，将苔丝狄蒙娜形塑成"一位极品"的"完美无缺"的圣女。因此，每当卡西奥面对苔丝狄蒙娜，尤其当他恳请苔丝狄蒙娜替他请求奥赛罗为他官复原职，他都不由自主会显出一种怯生生的拘谨，甚至歉意，唯恐沾染一丝一毫的亵渎。在苔丝狄蒙娜面前，卡西奥是一个本分的、彬彬有礼的绅士，举手投足都放不开身段。

而当他面对"娇美无比""甜乖乖"的情人比安卡时，就像变了一个人，这时他才是一个真实、性感，对女性肉体自然充满欲望的男人。事实上，单从男人作为雄性动物的性本能来看，卡西奥对比安卡肉体的贪恋，跟伊阿古对苔丝狄蒙娜的意淫比起来，并没什么本质的不同。他从一开始就把自己跟比安卡的交往，定位成一场彼此满足性欲的肉体游戏，压根儿也没想过有朝一日会娶她为妻。也因此，阴险狡诈的伊阿古，摸准了"那个靠出卖肉欲买吃买穿的荡妇：一个迷恋卡西奥的妓女"是卡西奥的致命软肋。伊阿古心里明镜似的清楚，只要私底下一跟卡西奥谈及比安卡的名字，卡西奥就会"禁不住旁若无人地大笑"。【4.1】伊阿古恰是利用了他事先为卡西奥精心设计好的、这一预料之中不无淫浪的"大笑"，赚取了奥赛罗对苔丝狄蒙娜与卡西奥确有奸情的深信不疑，从而将苔丝狄蒙娜推向死亡。

现在，我们再来看苔丝狄蒙娜的品性。若论及苔丝狄蒙娜的忠贞、圣洁，也许用《奥赛罗》剧中最大的蠢蛋罗德里格的话来验证，是最合适不过的。毋庸讳言，罗德里格在剧中的价值，完全体现在从始至终被伊阿古牢牢掌控和利用，直到阴谋行刺卡西奥，反被卡西奥刺伤，后遭伊阿古杀人灭口，临死之时才醒悟："啊，该下地狱的伊阿古！啊，你这毫无人性的狗！"【5.1】

罗德里格对苔丝狄蒙娜患有一种极端病态的单相思，"我对她如此痴情十分可耻；但我痴心难改，无力自拔"。【1.3】他偏执地相信伊阿古所说的每一句谎言，以为只要一次次把钱交给伊阿古，伊阿古就有本事替他向苔丝狄蒙娜求爱，他便很快可以跟苔丝狄蒙娜亲热。他被伊阿古编织起来的这个天方夜谭般的性幻梦诱惑着，一次次受愚弄，一次次上当。在此期间，他也曾不禁产生过疑惑，责怪伊阿古言而无信："你从我这里拿去的那些送给苔丝狄蒙娜的珠宝，连诱惑一个修女都足够了；你跟我说，珠宝她都收下了，很快就能跟她会面，一睹芳容，让我满心欢喜地等着跟她亲热。"他甚至威胁过伊阿古，"我要自己去找苔丝狄蒙娜，并实言相告：她要是肯把珠宝还给我，我也不再死皮赖脸地追她，放弃这种不正当的求爱。"【4.2】

不知今天的人们会否觉得，苔丝狄蒙娜对奥赛罗痴爱到傻的程度，似乎一点儿不比罗德里格痴傻地暗恋苔丝狄蒙娜显得更有头脑。在某种程度上甚至可以说，在《奥赛罗》一剧中，除了邪恶阴毒、罪该万死的伊阿古最后被绳之以法，死去的这三个人——苔丝狄蒙娜、奥赛罗、罗德里格——都是傻瓜。没脑子却自认聪明的傻瓜，最容易被人利用，这倒是一条颠扑不破的真理。

但无论怎样，罗德里格有一点自始至终都没犯傻，那就是他对苔丝狄蒙娜的圣洁品性深信不疑。若非如此，他也不会为随便抱得一个美人归而甘冒倾家荡产的风险。因此，当伊阿古对罗德里格谎称苔丝狄蒙娜迷上了卡西奥，并想借此来挑起罗德里格对卡西奥的醋意时，伊阿古的奸计竟罕见地失灵了！罗德里格断言："我不相信她是这样的人，她身上体现着最为圣洁的品性。"【2.1】

显而易见，单就猜忌苔丝狄蒙娜的圣洁品性而言，奥赛罗的傻还要在罗德里格之上。

那么，问题来了，奥赛罗何以会从最初的"我敢用生命保证她的忠贞"【1.3】，变得由猜忌而疯狂，并最终断定妻子是一个

"淫邪"的"娼妓"，亲手杀死她呢？

这便又回到了前边在剖析奥赛罗这个人物时所说的《奥赛罗》悲剧的核心点——肤色。没错，从中作祟的就是奥赛罗的皮肤！可以说，是皮肤的不同决定了奥赛罗和罗德里格是成为这样一个傻瓜，还是那样一个傻瓜。即便奥赛罗不能生得如卡西奥那般俊秀，只要他像罗德里格一样，哪怕是一个威尼斯以外白皮肤的外国人，而不是一个摩尔人，《奥赛罗》的悲剧就不会发生了。

事实非常清楚，莎士比亚的《奥赛罗》就是要拿"摩尔人"做文章，否则，莎士比亚干嘛非要把剧名定为《威尼斯的摩尔人的悲剧》呢？因此，莎士比亚把拿奥赛罗的摩尔人肤色做文章的差事，全盘交给了伊阿古，让他使出浑身解数，一定要用猜忌这把人性的利剑将这对誓死相爱的奥赛罗夫妇杀死。

担任过美国第六任总统的约翰·昆西·亚当斯（John Quincy Adams，1767—1848），曾在写给饰演过莎士比亚最出名的喜剧人物之一福斯塔夫（《亨利四世》）的美国演员詹姆斯·亨利·哈克特（James Henry Hackett，1800—1871）的一封信中说："我不喜欢苔丝狄蒙娜这个人物，并非基于伊阿古、罗德里格、勃拉班修或奥赛罗所说的关于她的话，而是根据她自己的所作所为。她深更半夜从父亲家出走，嫁给一个摩尔人。她伤透了父亲的心，给家庭蒙上阴影，为的是像朱丽叶或米兰达（《暴风雨》）一样，追求纯粹的爱情吗？非也！这是不自然的冲动，且无法加以细说。……假如奥赛罗是白人，她有什么必要从家里私奔呢？她可以名正言顺地嫁给他。她父亲也没有理由反对这门婚事，悲剧也不会发生。假如奥赛罗的肤色对于整部悲剧的重要性，不及朱丽叶的年龄对其性格、命运那么重要，莎士比亚的这个剧本我就算白读了。苔丝狄蒙娜的父亲指责奥赛罗为赢得他女儿的爱情，施用了妖法。为什么？不就是因为她对他的恋情不自然。而又为什么不自然呢？还不就是因为他的肤色嘛。"（此信选自1863年重印的《关于莎士比亚的剧作和演员的札记、批评和通信》。）

确实如此，说穿了，《奥赛罗》的悲剧点，就是摩尔人的肤色。

尽管威尼斯共和国德高望重的元老之一、苔丝狄蒙娜的父亲勃拉班修，并不敌视奥赛罗的肤色，可以把他视为朋友，并常请到家中做客，但要认他做女婿，则绝不答应。所以，当他带人找到奥赛罗要抓捕他时，毫不留情地厉声质问："要不是中了你的邪，像她这样一位如此温柔、漂亮、幸福的姑娘，竟会不顾人们的蔑视、嘲笑，拒绝了国内所有风流倜傥的富家子弟的求婚，从家里逃出来，投入你这个下流东西黑黢黢的怀抱。"【1.2】当他与奥赛罗对簿公堂时，当着满朝元老，又毫不隐讳地轻蔑嘲笑："她一个毫无血性的柔弱女子；生性如此温婉、娴静，心里哪怕有一点儿感情的萌动，就会满脸羞红；难道像她这样的一个女孩子，会撇开纯真的天性和年龄的悬殊、国族的差异、尊贵的名誉，不顾一切地跟这个看一眼都让她感到害怕的人相爱！""试想，一个身无残疾、双目灵秀、心智健全之人，若非受到妖术蛊惑，怎么会犯下这样荒谬绝伦的大错。"因而断定，奥赛罗一定"是用了什么烈性的春药，或是念了符咒以达到催春效果的迷药，激起她的性欲，把她诱奸了"。【1.3】

显然，包括奥赛罗自己在内的所有人，对他的肤色都异常敏感。因此，对绝顶聪明的奸人伊阿古来说，利用奥赛罗自己的肤色挑起他对妻子的猜忌，是最自然、简单而又毫不费力的事。所以，当他对奥赛罗说出那句貌似轻描淡写的话——"但我不无担心的是，当她的肉欲一旦满足，只要拿您的脸跟她那些英俊潇洒的威尼斯同胞一比，也许感到后悔，进而会很自然地重新做出选择。"【3.3】奥赛罗潜意识里因摩尔人特有的黝黑肤色而带来的五味杂陈的自卑心理，就蠢蠢欲动了。倘若奥赛罗没在心底深藏着这份无法消除的自卑，他又何必强调"我有高贵的皇族血统"呢？【1.2】

再者，既然他对自身这"高贵的皇族血统"那么自信，为何发觉自己爱上了苔丝狄蒙娜，却拿不出征战沙场时万夫不当的勇气，"主动"向这位威尼斯真正的贵族元老的女儿求爱，而一定要"被动"地等来苔丝狄蒙娜向他发出明白无误的"暗示"，再实施胜券在握的进攻呢？不外乎这样两个理由：第一，奥赛罗虽粗莽愚钝，却绝非一点不懂得怀春少女的心，他"看准时机，想了个巧妙的办法"，"引得她向我发出诚挚的恳求，让我把亲身经历的所有传奇、历险，详详细细地给她讲述一遍"。果然，听完"这些故事"，感到"痛苦""惊奇"和"同情"的苔丝狄蒙娜，先向奥赛罗"主动"发出了爱的强烈信号，如奥赛罗后来当众坦承的那样："希望上天能赐给她一个拥有这种传奇经历的男人做丈夫；她向我道谢，对我说，假如我有一个朋友爱上了她，我只要教会这位朋友如何讲述我的故事，就可以向她求爱。"【1.3】

第二，则是深藏于奥赛罗内心，无法诉说的那种复杂、微妙的无奈、遗憾，即高贵的血统无法改变摩尔人的肤色。然而，随着奥赛罗由一个"被动"的求爱者变成苔丝狄蒙娜的丈夫，也就是在成为苔丝狄蒙娜名正言顺的"我的主人"之后,这一深藏不露的自卑,转瞬之间遂又变成了"奥赛罗式"的绝对自信。可惜,他的这一微妙心思,没能逃过伊阿古那一双魔鬼的眼睛。用今天的话来说就是,伊阿古懂得现代心理学,他一眼就识破了奥赛罗的"炫耀"源于内心的不自信,他要靠拥有某种难以企及的东西,比如将军头衔、"圣洁而忠贞"的美丽妻子,通过获得外界的认可、羡慕、崇拜来建立自信。

在此,又一个问题来了,何以苔丝狄蒙娜会爱上奥赛罗,而且非爱这个摩尔人不可?

其实,这个问题很好回答,苔丝狄蒙娜爱的是这个摩尔人,而摩尔人恰恰是这样的肤色。关于他们相爱,用奥赛罗的一句话简单来说就是:"她爱我,是因为我经受了种种苦难;而我爱她,是因为她对我的同情。"【1.3】这便是他们爱情的核心实质和全部内容。

实际上,苔丝狄蒙娜是被一个"过去时"的奥赛罗给迷住了,或者说,她爱上的是那个"过去时"的奥赛罗,因为奥赛罗向苔丝狄蒙娜讲述自己所经受的那些"传奇经历""种种苦难",都属于过去完成了的。只有爱情是奥赛罗唯一没有经历过的"苦难"。

而同样不知爱情为何物的贵族小姐苔丝狄蒙娜,理所当然地认定"奥赛罗式"的英雄好汉,一定会是一个"心胸坦荡"的大丈夫。否则,她也不会拒绝那么多贵族豪门的求婚。可她并不真正了解这个"现在时"的将军丈夫,她信任的是那个"过去时"的草莽英雄。她绝不相信奥赛罗会猜忌自己不贞,因此,当奥赛罗患上猜忌症时,她还能那么轻描淡写地说出:"好在我那尊贵的

摩尔人心胸坦荡，不像那些善于猜忌的卑鄙男人们鼠肚鸡肠，否则，他就会猜疑多心了。"【3.4】

在今天来看，令人难以理解并觉可悲的是，最后，当猜忌的丈夫掐死了她，她也只是吐着残存的那点儿游丝般的气息，轻声说"我死得好冤枉"。不仅丝毫不觉得这个大丈夫是一个"鼠肚鸡肠"的"卑鄙男人"，而且当艾米丽亚问她"这是谁干的"？她还辩解说"是我自己"，并要艾米丽亚"代我向仁慈的夫君致意"。真是傻到家了！

最后需要解决的一个问题是，为什么平时胆小、羞涩、温柔、善良、清纯、娴静、贤惠、孝顺的苔丝狄蒙娜，一旦决心嫁给奥赛罗，就一瞬间变成了艾米丽亚式敢作敢为的女性，逃离家庭、背叛父亲、割舍亲情，那么的义无反顾、不计后果，而在结婚之后，却又瞬间变成一个对丈夫小鸟依人的千般服从、万般忍耐，甚至面对毫无道理的猜忌、粗鄙不堪的辱骂也逆来顺受的妻子呢？

其实，这样的事放在今天，也并非完全不能理解。活在当下的现代女性，一旦体内的荷尔蒙被她心目中认定的某个"奥赛罗式"的英雄男子汉点燃，哪怕他相貌奇丑，她也依然会盲目痴情到义无反顾地与之相爱、以身相许，断绝亲情亦在所不惜。盲目的爱情不是伊丽莎白女王时代的专利，它在任何时候都是危险的。只是一般来说，现代女性虽仍然时时会在爱情或婚姻上犯傻，倒几乎再也不会像苔丝狄蒙娜那样，愚蠢至极到任由丈夫猜忌，逆来顺受地由着丈夫在床上把自己掐死。不过，现代奥赛罗们嫉妒或猜忌的那根神经，不见得比奥赛罗放松了多少。

话说回来，这样的事发生在伊丽莎白时代的英格兰，丝毫不值得大惊小怪。苔丝狄蒙娜在元老院会议室的那番表白，已足以说明问题。她当着公爵的面，对父亲慷慨陈词："尊贵的父亲，我此时深切感受到了一种两难的义务：我的生命和教养都是您给予的；我的生命和教养也让我懂得该如何敬重您；您是我要尽孝的一家之长，直到此刻，我一直是您的女儿。但身边这一位是我的丈夫；正如我母亲在您面前表现出来的服从，远胜过服从她的父亲，我也要求得到和我母亲一样的权利，有义务对这位摩尔人——我的夫君，表现出同样的服从。"【1.3】

当奥赛罗被任命为塞浦路斯总督，必须立刻动身率军前往塞浦路斯，去防备、抵御土耳其人的进攻时，苔丝狄蒙娜决然宣布，要随夫出征。她说："我要彻底打破常规，不顾命运的风暴，公开向世人宣告，我爱这摩尔人，情愿与他生死相守；我的心已完全被我丈夫高尚的人格品德所征服；我能在他的心里，看见奥赛罗的容貌；我的灵魂和命运都奉献给了他的荣誉和忠勇。所以，诸位元老，要是让他一个人去前方浴血奋战，而把我留在后方，那样，我就会变成一只苟且偷安的寄生虫；彼此相爱、同甘共苦的权利一旦被剥夺，在他离别的日子里，我便只能靠刻骨铭心的思念百无聊赖地消磨时光。让我跟他去吧！"【1.3】

以上这两段话，是苔丝狄蒙娜在《奥赛罗》全剧中所说的最有力量、最具神采，也最富巾帼豪情的独白。第一段话，以如此豪言，割断父爱，是苔丝狄蒙娜的父亲勃拉班修绝没有想到的。第二段话，以如此壮怀，语惊四座，更是出乎包括奥赛罗在内的所有人意料。宿命地看，苔丝狄蒙娜正是通过这两段话，将父亲勃拉班修和她自己送上了命运的不归路。

　　首先，她父亲抑郁而死，完全是她同奥赛罗偷偷结婚造成的，如格拉蒂安诺最后对已死在床上的苔丝狄蒙娜所说:"你的婚事要了他的命,过度忧伤割断了他垂暮老朽的生命线。假如他现在还活着,这惨景也会让他在绝望中自杀,是的,他一定会咒骂着赶走身边的守护天使,自绝于上帝,甘愿下地狱。"【5.2】

　　其次,用奥赛罗的话来说,苔丝狄蒙娜是"用自己的眼睛选择了"【3.3】他。按照当时英格兰妇女严格遵循的基督教妇女观,已婚妇女一定要做"恪守妇道"的"圣经"女人,这个"妇道"归根结底只有一条,即顺从丈夫。

　　这样,也就终于可以解释苔丝狄蒙娜为什么之所以只能是苔丝狄蒙娜了。她是莎士比亚刻意要塑造的一个理想的、忠贞而圣洁的"莎拉的女儿"。

　　实际上,如同《奥赛罗》中有婚前、婚后两个不同的奥赛罗一样,也有两个苔丝狄蒙娜。这"两个"苔丝狄蒙娜完全判若两人。

　　婚前的苔丝狄蒙娜是一个渴望并自由追求爱情的少女,她完全不计肤色得失地爱上奥赛罗。她心底涌动着不啻是《旧约·雅歌》的诗句:"愿你把我带走,让我们逃奔;/ 我的君王,领我进你的寝室。/ 我们会因你的欢乐欢欣鼓舞;/ 我们会赞美你的爱情,胜过歌颂美酒。"【1·4】"愿你把我刻在你的心田;把我的印记戴在手臂上。因为爱情像死亡一样坚强,激情像坟墓一样狂暴。它熊熊燃烧,发出吞噬的烈焰。大水不能熄灭爱情,洪水也不能将它吞没。若有人倾尽家财换爱情,必招致嘲弄鄙视。"【8·6—7】

　　婚后的苔丝狄蒙娜则由一个青春四溢的"圣经"少女,变身为一个完全把命运交给丈夫的"圣经"女人。一如《旧约·创世记》【3·16】所云:"你却要恭顺丈夫,任凭他支配。"《圣经·新约》中也有许多要妻子顺从丈夫的规训,如《新约·以弗所书》【5·22—24】:"做妻子的,你们要顺从自己的丈夫,好像顺从主。因为丈夫是妻子的头,正如基督是教会——他的身体的头,也是教会的救主。正如教会顺服基督,妻子应该凡事顺从丈夫。"【6·1—4】:"做儿女的,你们要听从父母;这是基督徒的本分。'要孝敬父母,你就事事亨通,在世上享长寿!'这是第一条带着应许的诫命。做父亲的,你们不要激怒儿女,要用主的教导来养育栽培他们。"《新约·提多书》【2·4—5】:"善导年轻妇女,训练她们怎样爱丈夫和儿女,怎样管束自己,要贞洁,善于处理家务,服从丈夫。"《新约·彼得前书》【3·1—5】:"做妻子的,你们也应该顺服自己的丈夫……他们会看见你们纯洁和端正的品行。……你们应该有内在的美,以那不会衰退的温柔娴静为妆饰;这在上帝眼中是最有价值的。因为,从前那些仰望上帝的圣洁妇女也都以服从丈夫来妆饰自己。莎拉也是这样:她服从亚伯拉罕,称呼他'主人'。你们有好行为,不畏惧什么,你们就都是莎拉的女儿了。"

在《奥赛罗》中不难看出,苔丝狄蒙娜虽从未明说自己是"莎拉的女儿",但她相信自己"有好行为""不畏惧什么",因为她"凡事顺从丈夫",这便是她的生活理想和幸福生活的全部。在发表完那两段宣言性质的有力誓词之后,她不再有力,而甘愿软弱无力地顺从。当她替卡西奥求情被奥赛罗婉拒后,虽心有不悦,表白的却是:"您爱怎么样就怎么样,无论您怎么样,我都会顺从的。"【3.1】这之后,她只在奥赛罗粗暴地质问她"你不是一个娼妓吗"的时候，说了一句最有力的回应："不是，否则我就不是一个基督徒；要是我为夫君保持了清白之身，不让它被任何淫邪之手非法玷污，便不算一个娼妓，那我就不是娼妓。"【4.2】

法国文学理论家斯达尔夫人在其《论文学》中指出："在莎士比亚时代的英国，因政治动乱妨碍了社会习俗的建立，有关妇女生活的习惯尚未形成。因此，妇女在悲剧中的地位便完全取决于作者的愿望。莎士比亚也不例外。写到女性，他有时会使用爱情激起的最崇高的语言，有时却又带着最流行的粗俗趣味。这位感情丰富的天才，像受到上帝启示的传教士一样，完全受到感情的启示：激动的时候，便口出神言。而当他的灵魂恢复了平静，不过一个凡人而已。"

由斯达尔夫人的描述来看苔丝狄蒙娜，的确就是这样，那两段独白可谓"用爱情激起的最崇高的语言"，这个时候的苔丝狄蒙娜正是"激动的时候，便口出神言"，此后，她不过一个只知顺从丈夫、自怨自艾的平庸妇人而已，闪现她作为"圣经"女人"圣洁而忠贞"的灵光神韵消失殆尽。

当她面对丈夫猜忌之下野蛮的暴怒，唯有怯懦无助地"哼唱"起《杨柳歌》，来排解、抒发内心的哀怨、无尽的忧伤、绝望的惆怅。这是当年苔丝狄蒙娜母亲的女仆芭芭拉临死前一直"哼唱"的一首老歌。芭芭拉陷入爱河，可她爱的男人变了心，把她抛弃，她唯有一死。夜晚，这首歌在预感到噩梦将临的苔丝狄蒙娜的脑际挥之不去，她要像那可怜的芭芭拉一样，把这首《杨柳歌》当成一曲安魂挽歌：

可怜人坐在一棵野无花果树下叹息，

不停地歌唱一棵翠绿的杨柳；

她把手抚在胸上，低首垂到膝头，

唱那棵杨柳，杨柳，杨柳。

身边清冽的溪流，呻吟着她的哀怨；

唱那棵杨柳，杨柳，杨柳；

酸楚的泪水，将坚硬的顽石软化。

唱那棵杨柳，——

…………

我叫我的情人负心汉；可是他会怎么说？

唱那棵杨柳，杨柳，杨柳。

假如我另有所爱，你就去睡别的情郎。——【4.3】

当她睁开惺忪睡眼，面对如野兽一般咆哮着斥骂她"呸，娼妓""去死吧，娼妓"，并毫不留情要杀死她的凶神恶煞的丈夫，她也唯有发出一声声孱弱无力的表白和不断的祈求："我感到了恐惧""罪恶就是我对您的爱""希望您不是对我起了杀心""我现在还不能死""那愿上帝怜悯我吧""也愿您得到怜悯""我的主人，遗弃我吧，但不要杀我""让我再做一次祷告"。【5.2】然而，此时这个已被猜忌夺去理性的魔鬼丈夫，竟连"一次祷告"都没留给她，何其悲凉，何其惨绝！

俄国文学批评家车尔尼雪夫斯基 (Nikolay Gavrilovich Chernyshevsky, 1828—1889)曾于 1855 年，在论及"艺术与现实的美学关系"时，对莎翁笔下的爱情做过这样的描述："爱情比我们日常的微小的思虑和冲动强烈得多；愤怒、嫉妒、一般的热情，都远比日常的感觉要强烈——因此热情是崇高的现象。恺撒、奥赛罗、苔丝狄蒙娜、奥菲莉亚都是崇高的人……奥赛罗的爱和猜忌远比常人强烈；苔丝狄蒙娜和奥菲莉亚的爱和痛苦是如此真诚，也远非每个女人所能做到。……这就是崇高的显著特点。……任何人都可以看出来，完全是伊阿古卑鄙无耻的奸恶行为杀死了她。……苔丝狄蒙娜的罪过是太天真，以致预料不到会有人中伤她。"

苔丝狄蒙娜真是"太天真"了！这个"天真"不是傻！

事实上，也只有如此，我们才能理解她在死前咽最后一口气时，当艾米丽亚问她"是谁干的"，她蠕动嘴唇从嘴里挤出的那最后一句话——"没有谁；是我自己，永别了。代我向仁慈的夫君致意。啊，永别了！"

是的，她就是这样死的，就这样死了！她既是自己选择了这个要"凡事顺从"的"仁慈的夫君"做"我的主人"，那杀死自己的，只能"是我自己"！

车尔尼雪夫斯基还曾于1854年，这样论及过莎剧中的"崇高与滑稽"："苔丝狄蒙娜就是由于她的轻信、缺乏经验、天真，扰乱了丈夫的平静，从而遭到毁灭；奥菲莉亚的毁灭，是由于她轻信对哈姆雷特的爱情，以至于什么事都对哈姆雷特言听计从，完全由他来摆布。……像苔丝狄蒙娜这样一个既天真又大意的女人，势必会招致丈夫的猜忌，不为这事儿，也会为那事儿。……她不理解，她的爱人怎么就不能像她无限爱他似的来爱她。从另一方面来看，他们陷入这样的错误也无可避免：假如苔丝狄蒙娜不这么纯朴、天真到了无所用心,她也就不会如此爱着奥赛罗了;假如奥菲莉亚能猜到她对哈姆雷特的爱情是怎样一种结局,她也就不称其为奥菲莉亚,不称其为能够感到无限爱情的人了。"(摘自《车尔尼雪夫斯基哲学著作选集》)

在这个意义上,苔丝狄蒙娜和奥菲莉亚的爱情都不是傻,而是崇高。而今,我们不再有这样的崇高,只剩下了滑稽。因此,这样"崇高"的爱情,在我们眼里,自然成为滑稽可笑的愚蠢浪漫。

六、伊阿古:邪恶灵魂永不消亡

1.一个千古奸恶之人

英国著名戏剧史家、莎学家约翰·拉姆塞·阿勒代斯·尼科尔(John Ramsay Allardyce Nicoll, 1894—1976)在其皇皇六卷本的《英国戏剧史》(*History of English Drama*, 1660—1900) 中说:"在一些悲剧,尤其伊丽莎白时代的悲剧中,男主人公不仅有一个,还会有两个,而悲剧情绪就来自这两位主人公的个性冲突。《奥赛罗》的男主人公到底是谁? 可以说,奥赛罗本人在最后一幕之前,没做过任何事。我们在这部剧中看到了两个主人公:伊阿古以一种人性中的可怕弱点,玩弄着一个冷酷无情的欺骗把戏;奥赛罗则以另一种不同于伊阿古的人性弱点,逐步走向自我毁灭。它不像《哈姆雷特》和《李尔王》那样的戏,只有单一的男主人公。"

按照古典主义戏剧金科玉律的要求,悲剧主人公即便不是君主,也得是一位声名显赫之人。同时,在中世纪,无论是否出于对亚里士多德及其追随者的恍惚记忆,悲剧已在人们头脑中固化成这样一条"准则"，即所有悲剧说的都是王公贵族的事。尼科尔还借享有英国文学之父和中世纪最伟大英国诗人之誉的乔叟笔下修道士的话说，悲剧正如我们所能记住的古书那样，它所讲述的，是一个人的某个故事：此人原本位高权重，居功至伟，后来却跌入低谷，陷入窘境，终至惨死。

《奥赛罗》讲的就是这样"一个人"的"某个"故事。

他何以惨死？简言之，被伊阿古所害。又如何被害？尼科尔也说得简单明了："奥赛罗是个愚昧无知之人，一愤怒就暴跳如雷，可莎士比亚却偏偏把他安排在了伊阿古的对立面，而后者又是一个做事肆无忌惮的绝顶聪明之人。实际上，伊阿古的坏事，是被奥赛罗的弱智低能诱惑着干的……假如将哈姆雷特置于奥赛罗的地位，或把他俩再反过来对调一下，无论莎士比亚式的悲剧，抑或其他类型的悲剧，就都不会发生了。"

无疑，莎士比亚是为了让奥赛罗如此惨死，才如此塑造伊阿古的。不必讳言，就刻画人物性格而言，伊阿古是《奥赛罗》剧中最丰满的一个，在舞台上似乎更是如此，凡是他一张口说话，一举手投足，便浑身充满了戏。奥赛罗、苔丝狄蒙娜、卡西奥，更别说罗德里格了，都是他手里操控的玩偶，他牵动着他们，同时也牵动着剧情演绎的每一根神经。因此，从这个角度也可以说，他几乎抢了所有人的戏。《奥赛罗》因伊阿古而悲得出彩、好看。

甚至还可以说，悲剧《奥赛罗》的艺术成功，不在于它塑造了一个叫奥赛罗的"愚蠢的"被害之人，而多半在于它塑造了一个叫伊阿古的"精彩的"害人者。假如两个人的戏份儿加在一起是10分，伊阿古至少占去6分。比较来看，奥赛罗更像一个速写白描的粗线条人物,虽有棱角,却处处显得硬邦邦的,而伊阿古简直就是一个三维立体的魔鬼化身,那么逼肖,那么鲜活,那么富有大奸到极点的灵性,那么富有大恶到透顶的魂魄。

没错,伊阿古就是一个彻头彻尾、邪恶阴毒、罪不容诛、该下地狱、永劫不复的卑鄙恶棍、流氓无赖、奸佞小人,把一切形容坏人的毒词恶语一股脑全倒灌在他身上,诸如卑劣、无耻、龌龊、阴险、好色、贪婪、歹毒、奸恶、欺诈、残忍、冷酷、无情、嗜血、鼠肚鸡肠、猜忌成性、口蜜腹剑、利令智昏、诡计多端、背信弃义、心狠手辣、丧尽天良、无恶不作之类,一点儿也不为过。在莎士比亚笔下,伊阿古堪称坏人堆里的人尖儿,即便放到世界文学专门陈列坏人的画廊里,纵使不能抢得头牌,位列三甲绝无问题。

在意大利作曲家威尔第(Giuseppe Verdi,1813—1901)谱曲的歌剧版《奥赛罗》中,伊阿古有这样几句唱词:"我为我的恶魔驱使。""从一棵邪恶的幼芽,我生成邪恶。""我相信人是邪恶命运的玩物。""天堂是老妪的神话。"

无疑,伊阿古不信天堂,邪恶就是他的人性恶魔,是他一切行为的出发点,是他生命的本钱和人生的指南。在这个意义上也可以说,莎士比亚创造的伊阿古这个文学艺术形象,更具有一种象征意味,即伊阿古就是那个寄居在人心最黑暗处优哉游哉的魔鬼的代表:一方面,他预示着人类一旦打开心底的潘多拉盒子,把这只魔鬼释放出来,它就会不择手段地像伊阿古一样,把人的命运玩于股掌之间,直至将其毁灭;另一方面,他的邪恶本身又是折射人类龌龊人性的一面镜子,它无情地暴露出,面对笑容可掬到讨人喜欢的魔鬼的诱惑,人类会变得多么愚蠢,多么脆弱，多么容易上当受骗，又是多么心甘情愿、乐此不疲地当玩物，以致行为荒诞、人格缺陷、意志薄弱，像奥赛罗一样，最后走向自我毁灭。

柯尔律治对《奥赛罗》有一句著名评论，他说："伊阿古的最后一段独白表现出他无动机的作恶动机——多么可恶！"又是多么可怕啊！

2.以阴谋害人，何其恶也！

伊阿古的阴损邪恶招数实在谈不上有什么独到高妙之处，不外是古今世间小人惯用的那些雕虫小技，但这样的伎俩、手段却是小人们得心应手、百试不爽的独门绝活。

伊阿古智商奇高，聪明过人，又特别工于心计。奥赛罗评价他："这家伙世事洞明，人情练达，为人又极为诚实。"【3.3】奥赛罗跟伊阿古斗法之所以最后输个精光，全因他看走了眼，误以为伊阿古是"极为诚实"之人，竟至绝对信任到听了他的挑唆之后，宁可猜忌妻子，也对他丝毫不起疑心的迷信地步；而伊阿古被奥赛罗看准的"世事洞明，人情练达"，却是他得以混迹江湖、左右逢源的精湛内功。

《奥赛罗》以罗德里格骂伊阿古骗了他钱，却有意向他隐瞒奥赛罗已和苔丝狄蒙娜秘密结婚一事开场，拉开戏剧冲突的大幕。伊阿古先假装不知实情，继而以如簧巧舌挑拨离间，不仅瞬间重获罗德里格的信任，得以继续骗取他的钱财，同时，还名正言顺地利用罗德里格那病态的对奥赛罗的"夺爱之恨"，与他自己心底由嫉恨点燃的复仇之火合二为一，烧向沉浸在新婚快乐里的奥赛罗。

伊阿古有理由嫉恨奥赛罗,简单说来,伊阿古对奥赛罗有这样三层嫉恨:

(1)在他眼里不过一介武夫,只会用兵打仗、攻城拔寨的草莽英雄,肤色黝黑、长相难看的异族摩尔人奥赛罗,不仅当了将军,还娶了他始终垂涎、意淫的美女苔丝狄蒙娜。

蒙在鼓里的罗德里格从始至终都不知道伊阿古的这一秘密,即他和伊阿古有着同一个意淫对象——苔丝狄蒙娜。仅凭这一点,作为情敌的伊阿古只会骗他钱,而绝不会帮他成全与苔丝狄蒙娜的"好事"。以伊阿古的识人本领,他当然晓得罗德里格对苔丝狄蒙娜的病态单相思。所以,他从来都是以真实的谎言来诱惑罗德里格:"凭我的智慧,集中地狱中所有恶魔的力量,打破一个四处流浪的野蛮人和一个工于心计、过分讲究的威尼斯女人之间一句神圣而脆弱的婚姻誓言,易如反掌;到那时,你就可以享用她了;因此,多搞些钱来。"【1.3】伊阿古的好色本性和贪婪敛财的本事于此昭然若揭,他在此对罗德里格说出的这个"你",分明指的是他自己,表面说这话时,他已经在"可以享用她了"的意淫幻梦里心迷神醉。他既淫苔丝狄蒙娜的色,又贪罗德里格的财,他要的是一箭双雕,财色双收。他曾明确表示:"卡西奥爱她,对此我深信不疑;她爱卡西奥,这应该也是十分可信的。至于那摩尔人——尽管我对他难以容忍——唉,我也是爱她的,当然并非完全出于肉欲——虽然我也许真的犯了肉欲的大罪恶,——"【2.1】

这里涉及伊阿古的女人观。在当时,威尼斯女人的放荡闻名欧洲,伊阿古自然认为天底下的女人都一样:"你们出了家门，静默无语美如画；回到客厅，舌头便像只铃铛吵闹刺耳响不停，进了厨房就变野猫；害别人时，假装圣徒一脸无辜；一旦受侵犯，转眼之间成恶魔；对家务，敷衍了事当儿戏；上了床，又狂野放荡如淫妇。"因此，他不仅不会像罗德里格一样，相信苔丝狄蒙娜的"圣洁"品性，甚而骂她是"圣洁的骚货！""她喝的酒也是用葡萄酿的；她要是圣洁，也绝不会爱上那摩尔人。圣洁个屁！"【2.1】也因此，他潜意识地确信，苔丝狄蒙娜必与卡西奥有奸情。所以，他心里很清楚，当他火上浇油，对奥赛罗说出这样如刀剜心般字字见血的话——"我对咱本国娘儿们的秉性知道得一清二楚：在威尼斯，她们跟丈夫做不出来的放浪淫荡，却敢当着上帝的面去做。她们的最大良心，不是不干，而是干了不让人知道"【3.3】——奥赛罗不可能无动于衷。

奥赛罗也的确不是一枚无缝可叮的蛋，实际上，他骨子里对女人的看法，与伊阿古并无本质差异。换言之，他对自己会被苔丝狄蒙娜这样一个"圣洁而忠贞"的女子爱到无以复加，并没有绝对的把握和信心。因此，当他听到伊阿古跟他说："她当初可是骗了自己的父亲跟您结婚的；而当她对您的相貌显出几分惊恐之时，却又是她最爱您的时候。"【3.3】他很容易就动摇了。

凡小人，便惯常以小人之心去揣测别人，此人性景观自古而然，时至今日，伊阿古不仅后继有人，且人丁过旺。奈何！

（2）他对自己的能力深信不疑，自觉给奥赛罗当个副官应"绰绰有余"，何况奥赛罗"曾目睹我如何在罗德岛、塞浦路斯及其他基督教和异教徒的土地上屡立战功"。但奥赛罗"傲慢十足"，一口回绝了"三位替我说情的大人物"。而洞悉世情的他心里又再清楚不过,"军中的提职晋升一直就这德行,从不按规矩逐级提拔,只要有人举荐说情或讨得上司欢心,就能越级擢升"。尤其令他难以接受的是,被任命为副官的卡西奥正是他眼里会"讨得上司欢心"的人,不仅如此,最关键在于——"在战场上,他从未带过一兵一卒,至于排兵布阵,他简直还不如一个独守空闺的老处女懂得多。即便空谈军事理论,那些身穿长袍的元老们也会比他更在行。他只会扯淡,没有一点儿实战经验,这就是他作为军人的全部资质。"所以,他把卡西奥蔑称为一个只会为自己精打细算的"精算师"。这样的人"当上副官,真是交了狗屎运"。"而我——上帝瞎了眼!只在这摩尔人的麾下混上一个掌旗官。"【1.1】

另一方面,在好色的伊阿古眼里的卡西奥,是"一个英俊潇洒,年龄相仿,风度翩翩,气质优雅的男人"。"一个魔鬼般的流氓!况且,这家伙长得英俊,又年轻,所有勾引令那些愚蠢淫荡、年轻贪欲的女性上钩的条件,他无一不备。"【2.1】这样,他就又多了一层自卑,觉得自己在风流情场上也注定是卡西奥的手下败将;他甚至嫉恨到要卡西奥死,"要是卡西奥没死,他那自然洒脱的儒雅风度,会使我每一天都感到自惭形秽"。【5.1】

常言道,小人难防,故不可轻易得罪。得罪小人最可怕的后果之一,便是像伊阿古一样把上帝的不公作为正义或合理的借口,向卡西奥复仇,向奥赛罗复仇!问题在于,小人防不胜防,拿奥赛罗来说,他根本不知道自己在何时、又为何就把伊阿古得罪了,直到自刎之前才幡然醒悟。

(3)他不仅猜忌奥赛罗与妻子艾米丽亚通奸,发誓要"以妻还妻"，他还怀疑卡西奥也跟他老婆通奸。也许是伊阿古在庆功晚宴故意将卡西奥灌醉，指使罗德里格与卡西奥大打出手，引起骚乱，先导致卡西奥被撤职，再撺掇卡西奥去找苔丝狄蒙娜向奥赛罗求情，让他官复原职，以挑起奥赛罗对苔丝狄蒙娜与卡西奥有奸情的猜忌，然后又精心策划、设计、制造了"手绢门"事件，让奥赛罗目睹到确凿的奸情证据——他求爱时送给苔丝狄蒙娜的定情礼物——手绢，终于达到复仇的目的。这一连串剧情太丝丝入扣、引人入胜的缘故，长期以来，一旦论及伊阿古报复奥赛罗，便习惯于把奥赛罗提拔重用卡西奥，伊阿古对此怀恨在心、伺机报复，作为唯一不争的理由。从表面上看，伊阿古垂涎苔丝狄蒙娜的美色和卡西奥的职位均不能得，由此生恨，确实是铁证的事实，但比这更能激起伊阿古复仇烈焰的致命理由，是他对奥赛罗与妻子有染的猜忌。不过，伊阿古从未向罗德里格透露过这一猜忌，只是轻描淡写地对他说："要是你给他（奥赛罗）戴一顶绿帽子，你能享受到快活，我也称心如意。"【1.3】这是伊阿古发自内心的大实话。

以伊阿古的绝顶聪明，自然懂得"事以密成，语以泄败"的道理，他把一套成熟的狠毒报复计划深藏心底。事实上，第一幕最后伊阿古的大段独白，他已把对奥赛罗的刻骨仇恨以及打算怎样报复，和盘托出了："我恨那个摩尔人；有人说他在我的床第之间，替我当了丈夫；也不知这话是真是假。不过，对我来说，这种事即使是捕风捉影，我也会信以为真。他很器重我，这更有利于我对他下手。卡西奥是一个恰当的人选。现在，让我想想：夺取他的位置，用一举两得的奸计，实现自我的荣耀。怎么办？怎么办？

依我看:等过一段时间,在奥赛罗的耳边捏造谣言,就说卡西奥跟他老婆关系过于亲密:他英俊潇洒,风度翩翩,天生是那种让女人不忠的情种,极易令人猜忌。而那个摩尔人,心胸坦荡,性情豪爽,他看一个人貌似忠厚老实,就会真以为那人诚实可靠;他像蠢驴一样很容易让人牵着鼻子任意摆布。"【1.3】

何以至此呢?伊阿古说得非常干脆:"我这样做是为了要复仇,因为我真的怀疑这个精力充沛、性欲旺盛的摩尔人跨上了我的马鞍;这个念头像毒药一样噬咬着我的五脏六腑;除非我跟他'以妻还妻',出了这口恶气,否则,没有任何东西能、也没有任何东西会令我心满意足。即便不能如此,我至少也要让那摩尔人由此产生出一种理智所无法治愈的强烈嫉妒……不仅巧施诡计搅乱他内心的祥和、宁静,甚至逼得他发疯。"【2.1】

"以妻还妻"!?是的,这是莎士比亚为鞭辟入里地描绘伊阿古阴毒的邪恶人性,特意为其量体裁衣,专门打造的"伊阿古式"的复仇方式。显然,谙熟《圣经》的莎士比亚是刻意让伊阿古化"摩西律法"为己用,一为凸显他洞悉人间世情的高智商,二为揭示他不惜代价复仇的恶手段。

在此,要特别说明一下英文原剧中伊阿古"wife for wife"这句台词,朱生豪译作:"他夺去我的人,我也叫他有了妻子享受不成。"梁实秋译作:"除非是和他拼一个公平交易,以妻对妻。"孙大雨译作:"只等到我同他交一个平手,妻子对妻子。"其实,只要考虑到伊阿古是故意要盗取《圣经》的弦外之音,意外之味,译作"以妻还妻"似最为妥帖。

《旧约·出埃及记》【21·23—25】载:"如果孕妇本人受伤害,

那人就得以命偿命(life for life)，以眼还眼(eye for eye)，以牙还牙(tooth for tooth)，以手还手(hand for hand)，以脚还脚(foot for foot)，以烙还烙(burn for burn)，以伤还伤(wound for found)，以打还打(stripe for stripe)。"《利未记》【24·20】载："人若伤害了别人，要照他怎样待别人来对待他：以骨还骨 (fracture for fracture)，以眼还眼，以牙还牙。"《申命记》【19·21】载："对于这种人，你们不必怜悯，以命偿命，以眼还眼，以牙还牙，以手还手，以脚还脚。"

这自然是莎士比亚的高妙所在，是他，故意让奥赛罗和伊阿古这对死敌，都患上了"奥赛罗综合征"，而表面上典型的病患者又似乎只是奥赛罗一人；是他，让伊阿古因自己猜忌，再去燃起他的猜忌，又因猜忌而对伊阿古盲信盲从；是他，要用两人的猜忌构成一股无坚不摧、冷酷无情、残忍野蛮的合力，去毁灭一切生命和爱情。如法国作家维克多·雨果 (Victor Hugo，1802—1885) 在他 1864 年出版的 《威廉·莎士比亚》(*William Shakespeare*)一书中所说："圈套给盲目出主意，热衷黑暗者给那黑人引路，欺骗负责给黑暗提供光明，虚情假意为猜忌当上了导盲犬……黑人奥赛罗与叛徒伊阿古……互相对立。还有什么能比这更有力的呢？黑暗的暴行一致行动起来。这两个人是散布黑暗的化身，一个咆哮如雷，一个冷言冷语，合谋让光明悲惨地窒息而死。"

由此来看，奥赛罗不过是以自身猜忌，被伊阿古牵着鼻子，帮他顺利完成毁灭美好生命和爱情的那头"蠢驴"。伊阿古则根本就是魔鬼的化身，他的坏从邪恶萌芽，由恨里滋生：他恨苔丝狄蒙娜的美貌、恨奥赛罗的将军头衔、恨奥赛罗和苔丝狄蒙娜的爱情婚姻、恨卡西奥的风流倜傥、恨卡西奥的副官职位、恨罗德里格的钱财,总之,恨世间所有他想有而没有的一切。

《新约·哥林多后书》【11·14】载:"连撒旦也会把自己化装成光明的天使。"伊阿古正是这样一个"撒旦",因此,当他化装成"光明的天使"的时候,他见人说人话,见鬼说鬼话,而无论人鬼,都能被他"魔鬼"的真心打动,丝毫不怀疑。奥赛罗被这样的魔鬼盯上,自然在劫难逃。

3. 以"名誉"杀人,何其毒也!

莎士比亚对"名誉"(estimation, reputation)一词的使用,在《奥赛罗》剧中高达 30 次之多,堪称最为重要的一个关键词,同时,也是打开伊阿古邪恶灵魂密锁的一把钥匙。

何谓名誉?人们为什么会如此珍视自己的名誉,甚至有人把名誉看得比生命还贵重?简言之,名誉即名声,也就是周围人对一个人的看法和评价。难道真的会有人一点儿都不在乎周围人怎么看他/她吗?未可知。

我们先来看在《奥赛罗》中,除了伊阿古,其他人如何看待名誉。

作为父亲的勃拉班修,认为女儿苔丝狄蒙娜爱上奥赛罗,即意味着抛弃了"尊贵的名誉"。也就是说,尽管奥赛罗自视甚高,觉得身上有高贵的皇族血统,沾沾自喜于常被勃拉班修请至家中待若上宾,并有机会与苔丝狄蒙娜相爱,但在作为威尼斯真正贵族元老的勃拉班修眼里,奥赛罗仅仅是一个"摩尔将军"而已,根本没资格高攀女儿"尊贵的名誉"。

当荣任塞浦路斯总督的奥赛罗将军得知晚上的骚乱皆因卡西奥酗酒闹事而起，他冲口而出怒斥卡西奥的第一句话是："您到底为什么，竟会如此对自身名誉弃之不顾，而要落一个深更半夜酗酒闹事的恶名？"紧接着，酒后如大梦醒来、却已被革职的卡西奥，把伊阿古当知心朋友，发出一连串呼号般的慨叹："名誉，名誉，名誉！啊！名誉扫地。我已经把生命中不朽的一部分失去了，只剩下与禽兽无异的一副皮囊。我的名誉，伊阿古，我的名誉啊！"【1.3】可见，对于卡西奥，失去"名誉"则意味着形同行尸走肉。

现在，我们来看奥赛罗的名誉观。当勃拉班修带着人要逮捕奥赛罗，伊阿古假意催他赶快逃走，奥赛罗不仅丝毫不慌张，反而坦坦荡荡地声明："我就是要让他们看见我：我的天赋人格，我的名誉地位，以及我清白纯正的灵魂，便是我自己最好的证明。"【1.1】对于奥赛罗把他的"天赋人格""名誉地位"及其"清白纯正的灵魂"作为他的生命全部支撑，并为此感到无上的荣耀，这的确是"最好的证明"。

当奥赛罗将携新婚夫人率军出征，元老中有人担心他会因此耽于枕边之恋，而疏于防务，他当即发出掷地有声的誓言："不，要是我被那插着羽翼的丘比特的轻佻之箭射中，蒙蔽了我的双眼，一旦出现纵欲后的慵懒嗜睡、视物不清，因贪恋肉欲而荒废了公务要事，就让那些家庭主妇们把我的头盔当烧饭煮水的锅，把一切可耻的污名和卑鄙的灾难组成一支军队，向我的名誉发动总攻吧！"【1.3】

显然，勃拉班修、卡西奥、奥赛罗这三个男人看待名誉是一致的,他们都将其视为弥足珍贵的生命的大节操,只是奥赛罗的外在表现更为强烈、极端。当他猜忌妻子不贞,首先想到的是名誉:"她的名誉,原本像狄安娜的容貌一样清新,如今已被玷污,变得像我的脸一样黑。不论眼前有绳子、刀子,毒药、烈火,还是淹死人的溪流,我绝不会善罢甘休。"【1.3】当他终因猜忌杀死爱妻,知道真相之后,浮出脑际的还是名誉:"我不再英勇无畏,随便一个无足轻重的卑鄙小人就能打败我,夺下我的剑。正直已死,残留名誉又有何用?也让名誉一同消逝了吧。"当他痛快淋漓地连声痛骂自己"傻瓜!笨蛋!蠢货!",决意拔剑自刎时,他向众人表白的是:"假如你们愿意,可以把我当成一个名誉至上的凶手;因为我所做的每一件事都是为了名誉,而非出于仇恨。"【5.2】

奥赛罗如何会成为这样"一个名誉至上的凶手"呢?只要想想那个最后被他怒斥为"半人半鬼的恶魔"的伊阿古,也是有名誉心、荣誉感的军人、男人,答案不言自明。任何时候,名誉、尊严本身就是男人的战场。

这里的名誉,与中世纪欧洲建立起来的男人层面的骑士精神一脉相承。那时,对于一个男人,能获得骑士称号,本身即是荣誉的象征。不惜牺牲一切也要为荣誉而战,是每一个骑士恪守的最高信条。很显然,奥赛罗几乎就是一位尚武的标准中世纪骑士,集"荣誉"(Honor)"牺牲"(Sacrifice)"英勇"(Valor)"怜悯"(Compassion)"诚实"(Honesty)"精神"(Spirituality)"公正"(Justice)七大骑士风范于一身;而卡西奥更多体现的,则已是具有了浪漫色彩的、骑士般的绅士风度,彬彬有礼,"风度翩翩,气质优雅"(伊阿古语)。但不论奥赛罗、卡西奥,还是伊阿古,追逐名誉、珍视名誉、动辄为名誉而战,依旧是男人本色。

深受过莎士比亚悲剧影响的德国哲学家叔本华(Arthur Schopenhauer, 1788—1860),在其哲学名著《作为意志和表象的世界》(*The World as Will and Representation*)一书中,有一段谈论"名誉"、并常被后人引用的精辟论述:"难以理解,所有人都会因得到别人好评,或虚荣心得到恭维而兴奋不已。……相反,当人们妄自尊大的心理一旦受打击,不管这种打击所带来的伤害的性质、程度和性质怎样:或受人鄙夷,遭人不屑,他便会顿生烦恼,甚至有时陷于极度的痛苦。这真让人莫名其妙,但又千真万确。……他们……把别人的看法当成真实的存在,却把自己的意识当成某种模糊的东西。他们本末倒置,舍本逐末,把别人为他们画的像看得比自己本人还重要。他们试图从那并不真正直接存在的东西里得到直接的结果,因此使自己陷入所谓'虚荣心'的愚蠢之中。'虚荣心'一词,恰到好处地表达了那种追求毫无实在价值的东西的心理。……我们可以把这种对别人态度的关注,视为每个人与生俱来的一般的迷狂症。……生活中近半数的烦忧困扰,追本溯源,都是由我们在这方面忧虑过度所引起。说到底,这种忧虑不过一种妄自尊大的情感,由于它敏感到了完全变态的程度,反而极易使自尊心受伤害。因此,对他人如何看待自己的焦虑,也就构成了人们贪慕虚荣、矫揉造作、自我炫耀以及狂妄自大的基础。……我们的所有忧虑、焦躁、担心、烦恼、苦闷,乃至郁郁寡欢、殚精竭虑,绝大多数情形都是因为过多考虑别人会说些什么所导致的。……妒忌和仇恨的产生,也常常出于同样的原因。"不知,也不论叔本华阐发这番"名誉论"是否受了《奥赛罗》的影响,但奥赛罗和伊阿古这两个形象,却完全可以印证这番话。

说到这儿,叔本华借古罗马伟大史学家塔西佗(Publius Cornelius Tacitus,约55—120)的话"智者最难以摆脱对名声的欲望"又特别强调:"结束这一愚蠢行为的唯一方法,就是要清醒意识到,它是愚蠢的。"

名誉不正是一件虚荣至极的东西吗?事实上,伊阿古自始至终做的就只有这一件事:让所有人都"陷入所谓'虚荣心'的愚蠢之中"。难以置信的是,他竟然以此赢得了所有人的信任。

是的,当他一次次用可以"享用"苔丝狄蒙娜肉体的意淫幻梦诱惑罗德里格的时候,罗德里格像蠢驴一样,一步步紧跟嘴前这棵可望而不可即的胡萝卜,宁愿钱财耗尽,也要陷入"愚蠢";当他用最粗鄙下流的话刺激勃拉班修时说:"一头充满性欲的老黑公羊,正骑着您家的小白母羊交配呢。""我们是来孝敬您的,而您却把我们当成流氓无赖,还宁愿眼睁睁地看着自己的亲生女儿被一匹巴里黑马骑着交配;您的外孙很快会向您嘶嘶地鸣叫。"勃拉班修也毫无选择地相信了眼前这个在他看来"卑鄙下流的恶棍",【1.1】受了"愚蠢"的骗;当他假意安慰遭他毒计陷害而被撤职的卡西奥时,又把名誉说得跟生命相比一钱不值:"我为人实在,原以为您身上受了伤;那可比失去名誉痛苦多了。名誉本就是一件虚幻、最会欺诈骗人的东西;名誉的得来往往并非实至名归,同样,名誉的失去也时常不是理所应当:您的名誉毫无损伤,除非您真自以为名誉扫地了。"【1.3】卡西奥备受感动，身陷"愚蠢"还要感谢"愚蠢"，依然把他当成患难与共的铁哥们儿，无话不谈；当他多次撺掇艾米丽亚去偷苔丝狄蒙娜的手绢，并要用它作为构陷卡西奥和苔丝狄蒙娜的奸情证据时，顺从惯了的老婆只为讨得丈夫欢心，便无力拒绝"愚蠢"；当他得知苔丝狄蒙娜被奥赛罗一口一个"娼妓"，骂得痛苦恶心之时，他轻描淡写的一句"一定是邪恶降临了"，竟让苔丝狄蒙娜把他当成值得信赖的朋友，恳求他去找奥赛罗，并表示"他的无情也许会摧毁我的生命，却绝不能玷污我的爱情"。【4.2】试图重新赢得丈夫的欢心。"愚蠢"啊！今天看来，撇开《圣经》意味，《奥赛罗》中的最"愚蠢"者非苔丝狄蒙娜莫属，她是以被自己爱得至死不渝的丈夫掐死来"结束这一愚蠢行为的"。

奥赛罗比苔丝狄蒙娜稍微幸运一点儿，他是在杀身成仁的生命最后时刻，终于"清醒意识到"了这一无药可救的"愚蠢"。

前边提到，在伊阿古看来，奥赛罗"像蠢驴一样很容易让人牵着鼻子任意摆布"。他说这话时，剧情已发展到第三幕。而在第一幕第二场刚开场不久，他在跟奥赛罗的第一次对话中，便极尽谄媚效忠之能，口口声声说要极力维护奥赛罗的"名誉"，对那说出"卑鄙下流、令人无法忍受的难听话"的人，"恨不得把剑从他的肋下刺进去"。他真心有那么点儿钦佩奥赛罗的超凡能力："现在这个时候，政府不可能撤他的职；理由很明显，他已奉命指挥目前处在胶着状态的塞浦路斯战争，因为在他们那些人眼里，除了他，再也找不出第二个人，有他那样统帅三军的才能。"【1.1】深知国家用人之际，他的阴谋一时无法得逞，必须从长计议。他也十分清楚奥赛罗的为人，"他却是一个意志坚定、忠厚善良、品德高尚的人；我敢说，他足以成为苔丝狄蒙娜最珍爱的丈夫"。【2.1】同时,他也掐算准了在"手绢门事件"中,"只要他(卡西奥)一笑,奥赛罗就会发疯;他那蒙昧无知的猜忌,一定会对可怜的卡西奥的狂笑、表情和轻浮举止,做出完全错误的判断"。【4.1】因此,他才对"我还要把他变成一头十足的蠢驴,不仅巧施诡计搅乱他内心的祥和、宁静,甚至逼得他发疯"【2.1】有十二分的把握。以至于,当奥赛罗杀了苔丝狄蒙娜之后,连艾米丽亚也不禁骂他"蠢驴":"你这头凶残的蠢驴!像你这样的傻瓜笨蛋,怎配得到一位这么好的妻子?"【5.2】

　　伊阿古那令人不寒而栗的人性弱点,也正在这里,他的确拥有恶魔般驾驭所有人的"愚蠢"的能力。他先用"名誉"吊起奥赛罗的胃口:"我亲爱的将军,名誉无论对于男人女人,都是灵魂中最珍贵的珠宝。"当奥赛罗表示不相信妻子会不贞,说:"她是自己名誉的保护神,也会把名誉随便送人吗?"伊阿古又似不经意地刻意甩出一句:"名誉原本就是一件看不见的东西;那些显出拥有名誉的人,其实早已经失去了名誉。"【1.3】他知道,一旦激起奥赛罗的疑心,他的阴谋已经成功了一半。

　　问题来了,何以卡西奥、苔丝狄蒙娜、奥赛罗这三位"智者",一旦面对伊阿古的阴谋,就会自然而然丧失抵抗力,变成"愚蠢行为"的积极参与者,甚至成了"帮凶",并严丝合缝地按照伊阿古的精心设计行事,丝毫不走样儿?简言之,就是因为魔鬼般的伊阿古,无论人性中的弱点,还是美德,他都有本事吃得透透的、玩得滴溜儿转。我们再稍微分析一下:

　　在第二幕第一场,当伊阿古粗俗地说出对女人的看法,苔丝狄蒙娜认为他简直是在"羞辱"女人，可她不仅不动怒，却还要伊阿古作诗："一个真正值得你赞美的女人，一个仅凭自身美德便足以让十足的邪恶本身为其做证的女人，你会怎么赞美她？"【2.1】她为何傻天真地这么问呢？因为她确信，自己就是那个拥有十足"自身美德"的、"真正值得赞美的女人"。但伊阿古并不买账，先褒后贬地"赞美"这样的女人最终不过是一个"给傻小子喂奶，记家庭流水账"的"尤物"。而当苔丝狄蒙娜因此向卡西奥嗔怪伊阿古是一个"最粗俗不堪而又最放肆"的人时，卡西奥却以这恰是"军人"本色为伊阿古开脱说："夫人，他说话直，口无遮拦；要是您把他当一个军人，而不是学者，反倒会赏识他了。"

因此，当伊阿古调侃苔丝狄蒙娜的圣洁开着亵渎的玩笑灌他喝酒时，他会很自然地豪饮不惧。也因此，在第四幕第一场，当伊阿古故意拿卡西奥的情妇比安卡挑起话头儿，他也会毫不掩饰露出不无色情的轻蔑一笑。而这"一笑"，正是伊阿古为躲在远处观察的奥赛罗设计的奸情证据。

伊阿古吃透了卡西奥，知道他"是一个性情暴躁之人，极易动怒"。【2.1】所以，只要他喝了酒，罗德里格稍一挑逗，他就会闹出乱子，名誉、颜面尽失。

伊阿古摸准了苔丝狄蒙娜，当卡西奥刚被撤职，伊阿古就撺掇他去向苔丝狄蒙娜求情："现在，将军夫人才是真正的将军；我这样说，是因为他全身心所思所想、关注和留心的只有她的美德和姿色。你去找她，并向她真诚忏悔；好好求她；她一定会帮您官复原职。她为人是如此的慷慨大方，善解人意，又乐善好施，不但有求必应，而且所应一定要超过所求，否则便不足以彰显她的善良天性。去求她弥合您跟她丈夫之间的这道裂痕,我敢用我的所有财产和任何值钱的东西跟您打赌,从今往后,你俩之间受损的情谊会更加牢固。"【2.3】"世上最容易的事,就是恳请天性悲悯的苔丝狄蒙娜帮忙,无论什么要求,只要正当、合理,她都会答应:她的慷慨大方,像宇宙间的四大要素一样,是与生俱来的。"【2.3】卡西奥没有理由不去找苔丝狄蒙娜。

苔丝狄蒙娜也的确如此,即便求情遇阻,她依然向卡西奥表示:"请相信我,只要我发誓帮朋友的忙,不帮到底,绝不罢休:……一天到晚不论他在做什么事,我都要为卡西奥说情。"【3.3】

诚然,最逃不过伊阿古手掌心的,还是可怜的奥赛罗。伊阿古"卖萌式"的圆滑、世故、狡诈,使他不费吹灰之力就赢得了奥赛罗的彻底好感与绝对信任。当奥赛罗命令他将当晚挑起骚乱的罪魁"以自己的忠心从实道来",他假装十分无奈地说:"不要逼我做出绝情的事:我宁愿割掉舌头,也不愿用它去冒犯迈克尔·卡西奥;然而,我说服自己,如实禀报,也不能算对不起他。"【2.3】奥赛罗没有理由不赏识如此义薄云天的伊阿古:"伊阿古,我知道你为人诚实,在这件事上用心良苦,想把大事化小,试图为卡西奥开脱罪责。卡西奥,我爱你;但从现在起,你不再是我的副官。"【2.3】

卖了卡西奥,赚了卡西奥的军职,卡西奥还要感谢他!骗了奥赛罗,奥赛罗却更加信任他,以至于他越是把"萌""卖"到"愚蠢"的地步,奥赛罗越深信不疑。伊阿古为让奥赛罗猜忌,说话故留玄机,然后卖个关子:"将军,您知道我爱您。"奥赛罗还真没见过如此"爱"自己的："我对此深信不疑；而且，我知道你为人是那么忠厚、诚实，说话总要经过深思熟虑才开口，所以你现在欲言又止，更让我疑窦丛生；像这样故意犹疑不决、闪烁其词，原是卑鄙奸诈、背信弃义无赖小人的惯用伎俩，但对一个诚实的正人君子，这却表示他的情感已无法抑制内心的隐秘，而要自然而然地吐露出来。"【3.3】

当"愚蠢"到了这一步的时候，伊阿古只有在心里偷着乐了。其实，这一切早在他的精算之下。当卡西奥表示接受"忠诚的伊阿古"的建议，去找苔丝狄蒙娜为他求情时，他就已料定阴谋会如此这般这般："只要是她叫他做的事，他无一不从，哪怕让他宣布放弃受洗的教名，以及一切可以救赎罪恶的誓言和象征，他也唯命是从。——他的灵魂早已沦为她的爱情的奴隶……当魔鬼诱使人们去犯罪，干最邪恶的勾当时，就像我现在这样，总要先摆出一副神圣的面孔。而当这个诚实的傻瓜恳请苔丝狄蒙娜为挽回他的颜面，去向摩尔人百般求情的时候，我要把邪恶灌进他的耳朵，就说她想让他官复原职，是为了满足自身的淫欲；如此一来，她越尽力为他求情，便越会增加摩尔人的猜忌。这样，我就能把她的贞洁抹得漆黑，并用她自身的善良编成一张网，把他们所有人都陷进去。"【2.3】

的确，所有人都落入了伊阿古精心编织的复仇罗网。伊阿古的复仇在某种程度上也是向奥赛罗、卡西奥发起的"名誉"之战，这场战争的武器是"猜忌"。对，没错，在导致伊、奥"名誉"之战的所有因素中，"猜忌"是最致命的。

在威尔第的歌剧版《奥赛罗》中，奥赛罗有这样一句唱词：

"比最可怕的侮辱更可怕的是怀疑受侮辱。"伊阿古正是紧紧抓住奥赛罗"最可怕的侮辱"这一点，让他心生猜忌——怀疑不贞——确信奸情——杀死爱妻。这便是伊阿古完美无缺的复仇计划！

前曾提到，伊阿古从不曾把怀疑艾米丽亚与奥赛罗私通之事告知罗德里格，他其实是不屑于告诉他，他只在乎他的钱袋子。然而，艾米丽亚无论如何也不知道，这个"怀疑"始终深深藏在伊阿古的心头。他不仅像奥赛罗相信苔丝狄蒙娜与卡西奥有奸情一样，对艾米丽亚"跟摩尔人私通"也深信不疑，更有甚者，伊阿古由此而产生的对奥赛罗的仇恨，比奥赛罗提拔卡西奥让他因嫉妒而产生的仇恨还要大，一如叔本华所说的"妒忌和仇恨的产生"——后者似乎只关乎一名军人的名誉，前者涉及一个男人的尊严。简言之，伊阿古之所以向奥赛罗复仇，是因为他认定，奥赛罗剥夺了他作为军人的名誉和作为男人的尊严。名誉和尊严，恰恰也是奥赛罗最看重的！无辜的苔丝狄蒙娜，在这样两个均视荣誉与尊严为生命的男人的角逐之下，成了牺牲品。

作为莎士比亚的读者、观众，能够清醒地意识到，奥赛罗之所以"愚蠢"，很重要的一点在于，他只看到了伊阿古"那么忠厚、诚实"的一面，对另一面却毫不知情，以致从不设防，也无从设防。但我们能否意识到，这其实往往就是我们的"愚蠢"?！

同样，从戏剧大幕刚一拉开，莎士比亚就让我们对伊阿古看得很明白，恰如他"那么忠厚、诚实"地对罗德里格所说："你应该注意到了，有许多卑躬屈膝、誓死效命的奴才，仅仅为了嘴边那一点点口粮，甘愿为奴，驴一样地替主人卖命，耗掉自己的一辈子，到老而无用时，被主人抛弃；像这种愚忠的奴才，真该用鞭子抽他！当然，还有另外一种人，他们在表面上装出一副尽职效忠的样子，时时刻刻考虑的却无一不是自己的切身利益；看上去，他们是在替主人卖命，实际上却不断在损公肥私，一旦中饱私囊，所要效忠的唯一主人就变成他自己：这可是一群有头脑、有心计的家伙；实话告诉你，我就是这样的人……如果我是那个摩尔人，也就不会成为伊阿古了；同样的道理，说是跟随他，实际上跟的是我自己；老天做证，我跟随他，既不出于感情，也不出于责任，我假装忠于职守，到头来全是为了我的一己私利。"【1.1】但当我们面对日常生活中真实的"伊阿古"时，我们是否会比奥赛罗更"清醒"呢？

命中注定的是，精算如伊阿古者，也还是人算赶不上天算，他没算准卡西奥的"衣服里还有一套上好的金属软甲"，从而导致罗德里格行刺失手反被伤；他没算准"顺从"地帮他"偷手绢"的乖老婆艾米丽亚，宁愿牺牲生命也要揭穿他的阴谋，使"手绢门"真相大白；他没算准被他灭口的罗德里格，会事先在衣兜里藏好牢骚满腹抱怨他、道出实情、置他于死地的纸条。

这自然是莎士比亚悲剧惯用的结尾套路，即在大悲大难之时，透露出"神圣"的生命亮色。同时，它也透露出莎士比亚戏剧总离不开"圣经式"的象征意味。《旧约·箴言》【2·21】载："正直忠诚之人得以在这土地上定居；邪恶之人必被铲除，奸诈之人必遭毁灭。"【3·31—33】载："对狂暴之人不可羡慕，亦不可走他们的路；因为上帝对堕落之人心生厌恶，对正直之人亲近信任。邪恶之家必遭诅咒，正直之家将受赐福。"【5·22—23】载："邪恶之人必将陷入罗网,那罗网就是他的罪恶;他会因不守规训而死,因昏聩头顶而亡。"伊阿古的结局正可说明、印证这一点。

首创分析心理学的瑞士著名心理学家荣格 (Carl Gustav Jung, 1875—1961)曾说过这样一句耐人寻味的话——"伊阿古就是奥赛罗的影子,也是每个观众的影子"。

我们能够度量出,在我们身上有多少奥赛罗,又有多少伊阿古的"影子"吗?

> 艺术生命不朽的莎士比亚!
> 一世英名毁于猜忌的奥赛罗!
> 圣洁而忠贞的苔丝狄蒙娜!
> 邪恶灵魂至今不死的伊阿古!

《李尔王》：人性、人情之大悲剧

风啊，吹吧，吹裂你的脸颊！吹吧，肆虐吧！你这瀑布一样从天而降的倾盆大雨，尽情喷泻，淹没我们的尖塔，将那风信鸡浸泡了吧！你这思想一样迅疾的硫黄的火焰，劈裂橡树的雷霆的先驱，把我这白发苍苍的脑袋烧焦了吧！你这震撼一切的霹雳，荡平冥顽、浑圆的地球！击碎大自然的模具，立刻将繁衍所有忘恩负义之人生命的种子全部摧毁，叫他们断子绝孙！

（《李尔王》第三幕第二场）

一、写作时间和剧作版本

1.写作时间

1603 年 3 月 24 日,英格兰都铎王朝(Tudor Dynasty,1485—1603)最后一位君主、伊丽莎白一世女王(Elizabeth Ⅰ,1533—1603)驾崩,由其外甥、苏格兰国王詹姆斯六世继位,成为英格兰国王詹姆斯一世(King James Ⅰ of England,1566—1625),即斯图亚特王朝(The House of Stuart)第一任国王,苏格兰随之并入英格兰。

《李尔王》(*King Lear*)的写作时间,一般认为是在此之后两年多的 1605 年末或 1606 年初。

尽管莎剧《李尔王》最早的演出很可能是在"环球剧场"(Globe),但这部揭示因王朝划分导致可怕后果的悲剧第一次的演出记录,则见于詹姆斯一世国王的《宫廷娱乐记事簿》:(莎士比亚所在的)"国王供奉剧团"(the King's Men)于 1606 年 12 月 26 日圣诞假期的"圣史蒂芬日"(St Stephen's Day),在宫廷为国王陛下演出悲剧《李尔王》。

有如下三个细节必须提及,它们均与莎剧《李尔王》的写作时间相关:

(1) 莎剧《李尔王》中,埃德加为躲避通缉追杀,乔装成疯乞丐"可怜的汤姆",他疯言疯语提到的一连串魔鬼、妖精的名字,都源自宗教作家撒母耳·哈尼特(Samuel Harsnett, 1561—1631) 1603 年出版的《一份关于天主教欺诈行为的惊人报告》(*A Declaration of Egregious Popish Impostures*)。足见,《李尔王》的写作必晚于 1603 年无疑。

(2)莎剧《李尔王》中的葛罗斯特伯爵在第一幕第二场有这样一句台词:"最近这些个日食、月食对我们可不是什么好兆头。"若此处的"日食、月食",即实指"最近"发生在 1605 年 9 月间的月食和 10 月间的日食,那《李尔王》的写作和首演时间,无疑均应在 1605 年 9 月之后。

(3) 在莎士比亚的《李尔王》之前,曾有一部作者待考、早已不为人知的同名老戏《李尔王及其三个女儿的真实编年史》(*The True Chronicle Historie of King Leir and His Three Daughters*)(有的将其译为《黎尔王》,我们这里简称"老"《李尔王》*King Leir*),虽早于 1594 年 5 月 15 日便在伦敦书业公会 (the Stationers' Register of London)登记注册,并可能当年就在伦敦最古老剧院之一的"玫瑰剧院"(Rose Theatre)上演,却直到 1605 年 5 月才正式出版。因而,有一种推测认为,是莎士比亚《李尔王》的演出成功，令出版商觉得有利可图，遂将21年前登记的老戏翻出来，搭新戏的顺风车大赚一笔。假如这个推测成立，莎士比亚《李尔王》的写作和演出时间，便可准确推到1605年5月之前。

2.剧作版本

1607年11月26日，伦敦书业公会的登记册上注明："威廉·莎士比亚的历史剧《李尔王》。该剧曾由常在泰晤士河畔演出的'国王供奉剧团'在圣诞节最后一夜圣史蒂芬之夜，于白厅为国王陛下演出。"

1608年，《李尔王》的第一个四开本出版，即"第一四开本"，标题页的文字俨如公告一般："威廉·莎士比亚绅士著：李尔王及其三个女儿生与死的真实编年史。还有葛罗斯特伯爵的嗣子埃德加的不幸遭际，及其装扮成贝兰德可怜的疯乞丐。此为圣诞节圣史蒂芬之夜在白厅为国王陛下演出的剧本，由通常在伦敦河畔的环球剧场演出的国王陛下的仆从们演出。该书是为纳撒尼尔·巴特(Nathanael Butter)印刷，并在其邻近圣奥斯汀门、上有花公牛标识的圣保罗教堂庭院内的书店出售。1608年。"因此标题页只有出版人姓名，没有地址，所以，"第一四开本"又称"花公牛本"("Pide Bull edition")。

"第二四开本"现在一般认为是伊丽莎白女王和詹姆斯一世时代的著名书商艾萨克·贾加尔(Isaac Jaggard，1568—1623)于1619年出版，由托马斯·帕维尔 (Thomas Pavier，？—1625)印制，标题页上的日期"1608年"是其出于营利目的，故意欺骗读者所为，而实际上就是"第一四开本"的重印。

从版本学的角度看，出版时间最早的"第一四开本"无疑是个权威版本，但印制很差，错讹颇多。不过，是否就因此断定其为"糟糕的四开本"或"劣本"，一直以来，意见不甚统一。

何以会出现如此多的错讹呢？有学者认为，这一方面是因为印刷商尼古拉斯·奥克斯（Nicholas Okes，？—1645）当时对如何印好剧本还缺乏经验；另一方面，是莎士比亚的手稿字迹凌乱，难以辨认。

然而，始终有学者坚持认为，"第一四开本"根本不是依据莎士比亚的原剧手稿排印。英国批评家列奥·基尔什鲍姆（Leo Kirshbaum）认定，此版是由速记员之类的人在看了演出之后，凭着对台词的记忆整理而成。学者 G.I. 达西（G. I. Duthie）曾明确提出，此版显然是一种集体回忆的产物，回忆者是某个剧团在外省巡演时的全体成员。也有学者以为，此本是由演出期间的速记记录整理成的文稿。

美国女作家爱丽丝·沃克（Alice Walker）的见解是对上述意见的综合，她认为该版是在整理、默写文稿的基础上加工而成，并进而言之凿凿地指明，此版一定是由莎士比亚所在"国王供奉剧团"中饰演李尔王（King Lear）的长女高纳里尔（Goneril）和次女里根（Regan）的两个小男孩，在有机会亲眼看了莎士比亚修改得凌乱不堪的手稿之后，再加上回忆，将全剧口述给一位代理书商。

假如说"第一四开本"是个"劣本"，那收入 1623 年出版的《莎士比亚全集》"第一对开本"（First Folio）中的《李尔王的悲剧》(*The Tragedy of King Lear*)，也是错讹百出，亦非"善本"。何以至此？应是"第一对开本"在排印出版时参照了"第一四开本"

或"第二四开本"。然而，既是"参照出版"，何以"四开本"中约有300行为"对开本"所缺，"对开本"又有110行是"四开本"所无？

另外，还有学者推论，"第一四开本"可能是根据宫廷演出的速记盗印而来，"第一对开本"则是经删改后的剧院演出脚本。但又有一点难解：既然"对开本"是剧院脚本，"四开本"中的讹误就不该照抄无误。这实在是莎剧版本批评上一个难解的谜局。

总体而言，《李尔王》的"对开本"优于"四开本"，至少它有了幕景场次的划分。但"对开本"将"四开本"中的第四幕第三场全部删除，不无遗憾。

1709年，英国戏剧家、桂冠诗人尼古拉斯·罗尔（Nicholas Rowe，1674—1718）所编18世纪第一部六卷本《莎士比亚全集》出版，它被视为莎剧最早的近代编本。尽管此版依据的底本为1685年出版的"第四对开本"（Fourth Folio），版本上并无大贡献，但丰富的舞台知识帮助罗尔为每一部戏分幕分场，加添剧中人物表，增加人物上下场的舞台提示，规范人物名字的拼写，还在每一部戏前增加了卷首雕版插图。《李尔王》的版本，随之基本确定下来。

然而，当1986年，英国莎学家斯坦利·威尔斯（Stanley Wells）和美国莎学家格雷·泰勒（Gary Taylor）合编新版牛津《莎士比亚全集》时，做了一种十分有意思的编辑尝试，将"第一四开本"和"第一对开本"这两个开本的《李尔王》一并收入，称前者为《李尔王史剧》，后者为《李尔王悲剧》。他们认为，删除"对开本"中的一些段落，是莎士比亚本人刻意为之，目的在于使剧本更具整体感，并加快剧情进展。

时至今日,对莎士比亚的编者来说,通常的编法是将"四开本"和"对开本"整合一处,并注明各自所增删的诗行段落,成为"二合一"的《李尔王》。

3.泰特的《李尔王》

1681 年, 由出生于都柏林一个清教徒神职人员家庭、1692 年获得英国 "桂冠诗人" 称号的内厄姆·泰特 (Nahum Tate, 1652—1715) 改编的 《李尔王的历史》(*The History of King Lear*), 在伦敦泰晤士河畔的道赛特花园剧院 (Dorset Garden Theatre)上演。自此,泰特改编版的大团圆结尾的"喜剧"《李尔王》,不仅完全替代了莎士比亚的"大悲剧"《李尔王》,而且,占据英国舞台长达一个半世纪,直到 1838 年 1 月 15 日,麦克莱迪 (William Charles Macready,1793—1873) 在考文特花园剧院 (Covent Garden Theatre)按照莎士比亚《李尔王》的悲剧原本演出,才彻底将泰特的《李尔王》成功埋葬。虽然这一演出并非完全忠实莎剧原作,但它被视为"在恢复莎剧原貌的整个历史中,或许是最重要的"。

在看泰特改编本的《李尔王》之前,我们先来简单温故一下英国戏剧史。

1616 年,莎士比亚去世,英国的文艺复兴戏剧进入尾声。克伦威尔(Oliver Cromwel,1599—1658)执政以后,下令将伦敦的所有剧场封闭,文艺复兴戏剧随之结束。1661 年 4 月,流亡归来的查理二世(Charles II,1630—1685)正式加冕为不列颠国王,王政复辟。次年,查理二世取消实行了 20 年的"禁戏令"。

作为王政复辟时期最重要的诗人、剧作家、批评家、现代戏剧理论开拓者的德莱顿(John Dryden，1631—1700)，于 1668 年出版的《论戏剧诗》(*An Essay of Dramatick Poesie*)，被认为是英国对 17 世纪文学批评的最大贡献。德莱顿对他的前辈莎士比亚有褒有贬，褒其是"神圣的莎士比亚，我们的戏剧之父"，在"所有现代诗人中，也许还包括古代诗人，这个人的灵魂最宽广，也最具理解力"。同时，又贬其没有构思统一的情节，违反了诗的正义，"他的喜剧俏皮得流于取笑逗乐，悲剧中的严肃又膨胀成了装腔作势。""要么铸新词造异句，要么将日常用语粗暴误用。""对许多单词、短语的使用很不合理，……有的不合语法，有的粗俗不堪，整个风格充斥着比喻性的表达方式，矫揉造作、含混不清。"德莱顿把莎士比亚这一身的毛病，归因于他是"一个野蛮时代未受教育和训练有素的人"。尽管如此，德莱顿还是认为，虽然莎士比亚并不一贯伟大，但他总令人敬畏："他刻画戏剧大场面的能力非凡，没有谁能说他只适合写某一类主题，也没有谁不把他抬得比其他诗人更高，正如伟岸的松柏之于低矮的灌木。"

然而，王政复辟初期，出现了令戏剧尴尬的一幕，那些重新开张的剧院几乎没有自己的新剧目以适应"新时期"观众"高情雅趣"的欣赏口味，只好返回头去，将伊丽莎白女王时代的"旧戏"加以改编，重新上演。就连德莱顿本人，也在写戏之余，加入改编莎剧之列，他一共改编过三部莎剧：《暴风雨》(1667 年)、《安东尼与克里奥佩特拉》(1677) 和《特洛伊罗斯与克瑞西达》(1679 年)。

趁这股旧戏改编的东风，泰特开始着手改编伊丽莎白女王时代的戏剧，《李尔王的历史》虽只是他诸多改编之一，却因其完全解构了莎剧《李尔王》而声名卓著。可惜时间最是无情物,如果说莎士比亚的《李尔王》是詹姆斯一世时代的艺术造物,泰特的《李尔王》就是王政复辟时期的山寨产品。前者得以超越时代,至今不衰;而后者只应了一时之需,早被遗忘。

现在,我们来说泰特的《李尔王》。显然,泰特对德莱顿所指莎剧的毛病十分赞同,否则,他不会在《〈李尔王〉献词并序》中那么自信地断定莎剧《李尔王》"缺乏工整性和可靠性",而对他来说幸运的是,已经找到了"改正"这一"缺陷"的方法。

泰特对莎剧《李尔王》的颠覆性"改正"主要有三点:

(1) 为讨好王政复辟时期观众对严肃剧中要有"英雄爱美人"情节的脾胃嗜好,泰特让埃德加与考狄利娅相爱。既如此,则必须将法兰西国王这个人物及与其相关的所有情节剔除干净,因为只有这样,考狄利娅才能留在国内,不会远嫁法兰西。

(2)泰特认为,弄臣这一角色妨碍了整个悲剧的肃穆氛围,遂将其删除。直到1838年,这一洞悉世相、嬉笑怒骂、诙谐深刻、趣味横生的丑角得以重返舞台,恢复活力。

(3)泰特把莎剧《李尔王》的悲剧结局改成大团圆,李尔恢复了王位,并同意考狄利娅嫁给埃德加,埃德加兴奋地宣布"真理和美德终获成功",并对考狄利娅说:"神圣的考狄利娅!众神作证,我宁愿舍弃王国,也要得到你的爱情。"全剧在考狄利娅与埃德加的婚礼中欢快结束。对这一点今天看来实在难以理解,既然泰特嫌弄臣有损悲剧之严肃,大团圆结局则根本就是对悲剧的彻底篡改。

简言之,尽管泰特手下留情,保存了李尔暴怒发疯和两个女儿卑劣残忍的情节，但他这一强暴式的"改正"，已使莎剧《李尔王》容颜尽毁，给原剧艺术思想造成的贬损无疑是毁灭性的。

诚然，泰特蹩脚的《李尔王》一度成为时尚，主要在其与王政复辟时期流行的充满道德说教的市民剧一拍即合，并能满足彼一时观众的世俗要求。另外，也由于古典主义开始在英国文坛占据统治地位，而动手"改编"，甚至粗暴篡改莎剧，则可一厢情愿地把莎剧纳入古典主义的创作程式。

毋庸讳言，泰特的《李尔王》的确影响久远，即便到了 1756 年，当莎剧著名演员大卫·加里克（David Garrick，1717—1779）出演《李尔王》时，尽管嘴上说着要"恢复莎士比亚原著"，实际上他所做的最大努力，也只是在泰特的改编本，尤其前三幕，加入了大量的莎剧原诗。这一加里克的改编本，在伦敦居瑞巷剧院（Drury Lane Theatre）一直演到 1788 年。

还有一个颇为有趣的事实，在泰特的《李尔王》独步英国舞台的那一个多世纪，曾有 6 年时间（1768—1773），泰特的改编本一度被戏剧家老乔治·科尔曼（George Colman the Elder，1732—1794）改编的《李尔王》取代。除了删去弄臣这一角色，并割舍掉考狄利娅与埃德加的爱情故事，科尔曼的改编本对莎剧原作的前四幕几乎丝毫未动，但他保留了泰特改编本的大团圆结局。可是，观众并不买账，科尔曼的改编本以失败告终。

二、各具特色的"原型"故事

莎士比亚的《李尔王》绝非原创，是对之前有关李尔王的古老传说及诸多与之相关的"原型"故事集大成的改编。如上所说，泰特对莎剧《李尔王》的改编几无可取之处，实为庸碌之作，而从莎士比亚的改编则足以见出他那天才手笔的艺术创造。

上边提到的"老"《李尔王》*King Leir* 或许是莎剧《李尔王》的主要来源，除此之外，进入莎士比亚的艺术视野并为其所用的材料可能还有如下几种：

1. 老故事的"旧说"

这的确是一个老故事！从传说中看 LIyr(李尔)这个名字的拼写，"李尔"既有可能是威尔士神话中的一个人物，也有可能是一位神明，还有可能源于约在公元前 500 年开始进犯、占领并居住在不列颠诸岛的凯尔特人(Celts)(有一种说法认为"李尔"是凯尔特神话中的海神)，他们比盎格鲁撒克逊人(Angol-Saxon)迁居英伦三岛的时间早了整整 1000 年。当时，连英语还远没有形成。

换言之，关于"李尔"的老故事可能在非常久远的年代就已在凯尔特人中间流传了。在英格兰的民间传说里，李尔于公元前七八世纪登基为古不列颠国王，并在英格兰中部的索尔(Sore)河畔建都，也就是今天莱切斯特(Leicester，义为"李尔之城")城的旧址。

对这个老故事最早的文字记载见于 1135 年成书的《不列颠王国史》*(Historia Regum Brittaniae)*，作者是威尔士蒙默思(Monmouth)的杰弗里(Geoffrey)。杰弗里的《王国史》将"Liyr"改为"Lier"。不过，他的兴趣点在于通过社会叙事来凸显政治寓意，因此，他更关注的是，李尔最初要通过划分王国来考量两个大女儿谁更爱他这一行为所导致的后果。

杰弗里详述的李尔故事，也可以称作"不列颠女王考狄拉传奇"。在杰弗里笔下，考狄拉(Cordeilla)是不列颠一位富于传奇色彩的、继李尔王之后的第二代执政王。然而，没有任何史料证明考狄拉女王的真实存在。

老故事是这样的：

考狄拉是李尔最疼爱的小女儿，高纳里尔和里根是她的两个姐姐。当李尔决定把王国划分给女儿、女婿时，考狄拉拒绝用奉承话讨好父王。作为回应，李尔不仅拒绝分给她不列颠的哪怕一寸土地，也拒绝向她未来的丈夫祝福。法兰克国王阿加尼普斯(Aganippus)不管这些，执意向她求爱，虽得李尔恩准了婚事，却得不到任何嫁妆。考狄拉迁居高卢(Gaul)，在那里生活了许多年。

划分最终导致康沃尔和奥本尼两位公爵女婿起兵叛乱，反对李尔，把他作为国王的权力、尊号剥夺。李尔被放逐，逃往高卢，与原谅了他的考狄拉重逢相聚，力图恢复王位。考狄拉举兵进攻不列颠，打败了两位执政的公爵，恢复了李尔的王位。3年后，李尔、阿加尼普斯相继去世，失去丈夫的考狄拉回到不列颠，被加冕为女王。

在考狄拉女王的统治下，不列颠王国度过了和平的5年。此时，考狄拉两个姐姐的儿子玛尔根 (Marganus) 和邱恩达古伊(Cunedagius)到了法定年龄，继任成为年轻的康沃尔公爵和奥本尼公爵。这哥俩儿对女王统治不屑一顾，声称要恢复血统。两位公爵起兵谋反，经过了无数次战斗，孤军奋战的考狄拉最终被俘，囚禁狱中。最后，在悲痛中自杀身亡。玛尔根继而在自己统辖的亨伯河(Humber)西南称不列颠王,邱恩达古伊不甘示弱,将亨伯河东北广大的不列颠土地,收入治下囊中。很快,兄弟之间爆发了内战,大片国土因战事荒芜。最后,玛尔根战败、被杀。又过了很长时间,王国在邱恩达古伊的统治下恢复了和平。

在杰弗里的《王国史》之后,李尔的故事又出现在拉丁文故事集《罗马人传奇》[(也叫《罗马人的奇闻逸事集》,(*Gesta Romanorum*)]中,它是 15 世纪欧洲最为流行的著作之一。

2. 老故事的"新说"

即便莎士比亚没直接读过杰弗里这部拉丁文原著里关于李尔的老故事"旧说",也从几乎同一时代,甚至年龄与己相仿的其他作家对这个老故事的"新说"直接或间接得了实惠。

1574 年,诗人约翰·希金斯(John Higgins)所编诗集《行政长官的借镜》(*The Mirrour for Magistrates*)出版,收录了不同的诗人对一些历史人物命运遭际及其悲剧结局的描述,其中有李尔的故事,提到李尔王有 3 个女儿,其中小女儿考狄拉(Cordila)最漂亮。

1560 年,由诗人托马斯·诺顿(Thomas Norton,1532—1584)与政治家、诗人、剧作家托马斯·萨克威尔 (Thomas Sackville,1536—1608)合写的《高布达克》*Gorboduc* 出版,这既是英国文学最早的一部全篇以素体诗写成的诗剧, 也是英语世界最早的一部悲剧,1561 年 1 月 18 日,于内殿律师学院(Inner Temple)在伊丽莎白一世女王御前演出,该剧对已进入伊丽莎白女王时代的英国戏剧产生了重要影响。

《高布达克》以杰弗里的李尔故事为蓝本,讲述的是一位叫高布达克的不列颠国王的传奇:高布达克娶朱顿(Judon)为妻,育有费雷克斯(Ferrex)、波雷克斯(Porrex)二子。当高布达克年老体衰,两位王子为谁来接管王国起了内讧。波雷克斯设伏,试图杀死费雷克斯,费雷克斯逃命法兰西,后与法王叙阿丢(Suhardus)联手,进犯不列颠,战败,被波雷克斯所杀。随后不久,波雷克斯又被复仇的生母朱顿所杀。王国长时期陷于混乱之中。

《高布达克》像传统的李尔故事一样,意在警示伊丽莎白时代的英国人,国家因内讧陷入混乱有多么危险。

1577 年,编年史作者拉斐尔·霍林斯赫德(Raphael Holinshed,1529—1580)所著《英格兰、苏格兰及爱尔兰编年史》(*The Chronicles of England, Scotland, and Ireland*)出版。10 年后的 1587 年,该书增订再版,其中英格兰史卷部分的李尔故事,给莎士比亚带来了艺术灵感,对其日后写作《麦克白》和《辛白林》,也从素材上提供了养分。但在这个故事里,不仅没有李尔发疯,也没有葛罗斯特的情节;没有遭放逐、化装追随老王的肯特,没有弄臣,更没有凄惨悲戚的结局。

1586 年,诗人、律师威廉·沃纳 (William Warner, 1558—1609)最重要的长诗《阿尔比恩的英格兰》(*Albion's England*)出版("阿尔比恩"在英国古语和诗歌用语中指英格兰或不列颠,源自希腊人和罗马人对该地的称呼)。

1605 年,有伊丽莎白女王时代头号历史学家之谓的古文物学者、地志学者威廉·卡姆登(William Camden, 1551—1623)所著《不列颠历史拾遗》(*Remaines of a Greater Worke, Concerning*

Britaine）出版。

以上两部书中,都有对李尔故事大同小异的细节描写。

事实上,在莎士比亚写《李尔王》之前,有至少不下 50 位诗人、作家、学者、史学家写过李尔这位古不列颠国王的传奇故事。但所有这些故事,都被莎剧《李尔王》熠熠闪烁的艺术灵光遮蔽了,几乎再无人问津,仿佛莎剧《李尔王》本来就是莎士比亚奇思妙想的原创。显而易见,作为神话传说或民间故事代代流传的李尔王传奇,不过一份几乎随手可得的文学素材,但它却在莎士比亚鬼斧神工的艺术匠心下,化成了一部不朽的、感天动地的伟大诗剧。

3.《仙后》和《阿卡狄亚》

莎剧《李尔王》不是凭空而来,为他提供了素材来源和艺术滋养的,也不全是无名小辈,其中最大名鼎鼎的莫过于伊丽莎白一世女王时代的两位伟大诗人埃德蒙·斯宾塞 (Edmund Spenser, 1552—1599) 和菲利普·西德尼爵士 (Phillip Sidney, 1554—1586)。

享有"诗人中的诗人"之美誉的斯宾塞,比莎士比亚年长 12 岁, 他在其代表作长篇宗教、政治史诗《仙后》(*The Faerie Queene*)中开创的那一独特的 14 行格律形式,被称为"斯宾塞诗节"(Spenserian Stanza)。《仙后》是一部终未完稿的史诗,第一部前 3 卷于 1590 年出版,第二部后 3 卷于 1596 年出版。

李尔的故事在前 3 卷第二卷中的第 10 章第 27 至 32 诗节,但斯宾塞与杰弗里的叙事有了极其重要的两点不同:国王不经意地问询 3 个女儿对他的爱,考狄利娅最后在狱中被绞死。前者被莎士比亚直接拿来，巧意安排在了莎剧《李尔王》的第一幕开场：李尔王问3个女儿谁更爱他，他要以此决定如何划分王国领地；后者则安置在《李尔王》悲剧大幕落下之前的尾声：囚禁中的考狄利娅被埃德蒙密令派人绞死，李尔抚尸痛哭。

还有一点不容忽视，莎士比亚的考狄利娅(Cordelia)名字的拼写与斯宾塞的考狄利娅连一个字母都不差。由此不难想象，莎士比亚珍爱这个戏剧人物！他要赋予她天使般的灵性！他要让她在死里永生！

或许可以说，正是斯宾塞笔下的考狄利娅之死，激活了莎士比亚立意把《李尔王》写成人性、人情之大悲剧渐趋成熟的精妙构思，他不能让莎剧中塑造的"新"李尔，像杰弗里的老套故事和《李尔及其三个女儿》旧戏里的"老"李尔那样，在恢复王位之后寿终正寝；他要让李尔发疯，让考狄利娅战败、被俘，让考狄利娅被绞死，让考狄利娅之死令李尔肝肠寸断、心衰而亡！

比莎士比亚大10岁的诗人、学者、政治家西德尼爵士，最有名的代表作，除了蜚声文坛的《诗辩》(*The Defence of Poesy*)，还有一部用散文和诗歌写成的富有田园浪漫情调的传奇故事《彭布罗克女伯爵的阿卡狄亚》(*The Countess of Pembroke's Arcadia*)(简称《阿卡狄亚》)。遗憾的是，这两部名著当时均以手写的形式流传，待正式出版时，西德尼已过世多年。1590年出版的《阿卡狄亚》，后来成为英国文学最具代表性的早期田园诗；1595年问世的《诗辩》则被视为伊丽莎白女王时代最佳的文学批评。

《阿卡狄亚》第二卷第10章，讲述了这样一个故事：

古代巴普哥尼亚(Paphlagonia)的国王育有两子，一为婚生、一为私生。国王被私生子普莱克伊尔图斯(Plexirtus)的谎言所骗,将嗣子(婚生子兼合法继承人)利奥纳图斯(Leonatus)驱逐。野心勃勃的普莱克伊尔图斯,在获得继承权以后,又篡夺了王位,并将父亲挖去双眼,放逐。至此,国王终于明白利奥纳图斯是被冤枉的。利奥纳图斯在旷野遇到双目失明的父亲,替他做向导。国王来到崖顶,欲跳崖自尽,被利奥纳图斯阻拦。父子俩同甘苦、共患难。最后,利奥纳图斯以一场骑士式的决斗,打败了普莱克伊尔图斯。普莱克伊尔图斯对过去的罪过表示忏悔,发誓痛改前非,利奥纳图斯宽恕了他。最后,老王亲自把王冠交给利奥纳图斯之后,终因心力交瘁而亡。

显而易见,莎剧《李尔王》中作为主要副线穿插于剧情间的葛罗斯特伯爵与两个儿子——嗣子埃德加、私生子埃德蒙的故事,包括像埃德加引领盲父到崖顶,父亲欲跳崖,以及最后埃德加与埃德蒙决斗,这样的细节,完全化用了西德尼《阿卡狄亚》中巴普哥尼亚国王及其两个儿子的故事。

事实上,莎士比亚从《阿卡狄亚》这个浪漫故事受惠、汲取灵感,还不止于此,比如,《阿卡狄亚》第20章中,安德罗玛娜女王(Queen Andromana)对皮洛克里斯(Pyrocles)和缪西多勒斯(Musidorus)充满肉欲的渴望,便被莎士比亚投射在《李尔王》中高纳里尔和里根对埃德蒙的欲火难耐之中;而当儿子帕拉迪乌斯(Palladius)被杀以后,她用匕首自杀身亡,又几乎映照在高纳里尔在埃德蒙决斗失败后的拔刀自刎。

必须给予专利认证的是,在《李尔王》中加入弄臣这个角色,并让亡命天涯的埃德加乔装成疯乞丐"可怜的汤姆",这两个堪

称神来之笔的形象，以及由此而生发的一系列精妙剧情，的确是
莎士比亚货真价实的原创发明！

1603 年 10 月，正值莎士比亚埋头编剧《奥赛罗》期间，英格
兰发生了一起引起轰动的民事诉讼案：肯特郡一位叫布莱恩·安
斯利（Brain Annesley）的富人被大女儿一纸诉状告到法院，宣称
父亲因精神失常无力料理家产，要由自己接管家产。诉讼得到其
丈夫、妹妹、妹夫的全力支持。然而，安斯利的小女儿科黛尔
（Cordell）极力反对，最后，她以写信求助的方式，成功阻止了这一
诉讼。1604 年 7 月，安斯利去世，他的大部分财产都留给了科黛尔。

莎士比亚是否了解此案不得而知，此案是否对他编剧《李尔
王》产生了影响，也无据可考。倒不妨推论一下，假如莎士比亚了
解此案，安斯利的大女儿在丈夫、妹妹、妹夫支持下要通过起诉
接管父亲的家产，这一对父不孝的忤逆之举，对此时可能已在构
思如何处理剧中李尔及其 3 个女儿亲情关系的莎士比亚，有了
灵感的触动：他要让李尔的长女、次女在靠阿谀谄媚的甜言蜜语
赢得父王赏赐的王国领地之后，忘恩负义，二女同心，残忍无情
地将放弃王权、只图优哉游哉颐养天年的李尔逼疯！

对于莎士比亚让李尔有两个坏女儿、一个"灰姑娘"品格好
的女儿，也有人认为他借鉴了著名民间故事《灰姑娘》（Cinderel-
la）的故事。希腊地理学家、哲学家史学家斯特拉波（Strabo，前
64—24）曾于公元前 1 世纪在其所著《地理志》（Geogrphica）中记
述了一位希腊少女洛多庇斯（Rhodopis）远嫁埃及的故事，这向
来被认为是《灰姑娘》的最早版本。后来，该故事逐渐在世界各地
流传、演绎，中世纪阿拉伯人的《一千零一夜》里也有类似的故

事。在欧洲,《灰姑娘》的故事最早见于那不勒斯诗人、童话采集者吉姆巴地斯达·巴希尔 (Giambattista Basile, 1566—1632) 1635 年出版的《五日谈》(*Pentamerone*),名为 *La Gatta Cenerentola*(也称 *The Hearth Cat*《炉边的猫》)。这个故事为后来法国作家夏尔·佩罗 (Charles Perrault, 1628—1703)《鹅妈妈的故事》(1697 年)和德国《格林童话集》(1812 年)中"可怜的灰姑娘"奠定了基础。由此,我们只能把《灰姑娘》视为莎剧《李尔王》的诸多原型之一,即便有借鉴,更大的可能是来自洛多庇斯的故事,毕竟考狄利娅像她远嫁埃及一样嫁到了法兰西;也可能来自《一千零一夜》。

1603 年,还有一件大事对莎士比亚写《李尔王》十分重要,那便是由语言学家、词典编纂者约翰·弗罗洛 (John Florio, 1553—1625) 翻译成英文的《蒙田随笔集》(*The Essays of Montaigne*)出版了。莎剧《李尔王》的戏剧语言及其中一些闪烁着睿智光芒的哲学理念,无不清晰显露出,莎士比亚在写《李尔王》之前,认真研读过蒙田(Michel Montainge, 1533—1592)这位 16 世纪法国人文主义思想家这部有"思想宝库"之誉的名著。

不难想象,对于像莎士比亚这样旷古罕见的编剧天才,有了足够丰富、手到擒来的"原型"故事,有了内涵宏阔、得心应手的哲思语言,他的《李尔王》没有理由不跻身伟大戏剧之列。

三、跌宕起伏的剧情梗概

第一幕

年过 80 岁的不列颠国王李尔,决心摆脱"所有国事和公务

的烦扰"，将国土分给 3 个女儿、女婿，交由他们去治理。他把 3
个女儿叫到跟前，说："我的女儿们，——在我还没有放弃我的统
治、领土和国务之前—— 告诉我，你们当中谁最爱我？谁最有孝
心，我就把最慷慨的馈赠给谁。"他要按每个女儿的孝敬程度决
定领土划分。大女儿高纳里尔向父亲表示，她的爱非言语能及，
因为从没有一个女儿像她这样爱父亲，她爱父亲胜过爱自己的
眼睛、世界和自由，她的爱超过了一切有价值的东西，超过了一
切爱的总和。李尔听了心花怒放，手指地图，将国土的 1/3 给了
高纳里尔及大女婿奥本尼公爵。二女儿先向父亲表示，大姐的话
完全说出了她对父亲的真爱，却还不足以表达她的内心，她唯一
的快乐就是蒙受父王的恩情。李尔听了心满意足，手指地图，又
把同样富庶的 1/3 国土给了二女儿里根及二女婿康沃尔公爵。
轮到李尔最疼爱的小女儿考狄利娅，她感到自己只会把爱藏在
心里，因为她对父亲的爱比言语更珍贵。她表示没什么好说，而
只会按自己的名分爱父亲，一分不多，一分不少。她敞开心扉，说
自己会恰如其分地回报父亲的养育之恩，等她结了婚，她会把
"一半的爱、一半的关心和责任"献给未来的丈夫。听了考狄利娅
的心里话，李尔怒不可遏，当即起誓从此断绝父女关系。盛怒之
下，把原打算给小女儿的 1/3 土地，又平分给了大女儿和二女
儿。当着满朝文武的面，李尔宣布除了国王的名号，放弃一切尊
荣，只随身保留 100 名武装侍卫，到大女儿、二女儿的领地按月
轮流居住，并由她们供养。作为凭证，他把王冠一折两半，分给两
个女儿一人一半。

群臣对此无不震惊，面面相觑，只有一向敬君如父的肯特伯

爵敢于豁出命去,也要直言进谏,他恳求国王要深思熟虑,收回成命,保留君权,"抑制住这一令人恐怖的冲动",何况小女儿并非毫无孝心,只是不擅阿谀谄媚的虚情假意。见肯特竟敢倨傲不尊,阻挠王命,李尔暴怒,骂肯特为"逆贼",并以手按剑,凭朱庇特起誓,将肯特放逐,限期10天离开国境,否则一经发现,立刻处死。

已于不久前来到不列颠,向考狄利娅求婚的法兰西国王和勃艮第公爵,此时被召进宫。李尔先向勃艮第公爵坦言,他以前的确视小女为掌上明珠,而今,父女恩情已决,小女的嫁妆只剩下王国的诅咒。勃艮第公爵无话可说,放弃求婚。然而,当法兰西国王明白考狄利娅一下子被王国夺去所有宠爱,并非犯下什么弥天大罪,而只因没有生出一副油腔滑调的伶牙俐齿、一双争宠献媚的眼睛、一条如簧的巧舌后,立即宣布,他要迎娶没有丝毫嫁妆的考狄利娅:"她便是我及整个法兰西的王后,/ 水泽之乡勃艮第所有、所有的公爵,/ 也买不走属于我的无价的宝贵姑娘。"

考狄利娅远嫁法兰西之前,含泪向两个姐姐告别。她深知她俩的本性,因而特别叮嘱她俩要心口如一,真心孝敬父亲。两个姐姐面无表情,冷言相向,说用不着她指手画脚。考狄利娅转身刚走,这姐儿俩便一起打定了主意,父亲人老昏聩、暴躁易怒,以后凡事再不能由着他的性子蛮干胡来。

与此同时,葛罗斯特伯爵的私生子埃德蒙对自己作为一个出身低贱的私生子,与生俱来就被"严苛挑剔的社会剥夺"合法继承财产的权利,愤愤不平,疾恶如仇。他一方面向父亲出示一封伪造的信件,以此诬陷"合法的"哥哥埃德加忤逆不孝,企图对父亲谋财害命;另一方面,又假意关心哥哥,说他得罪了父亲,必须躲避一时。在埃德蒙眼里,这根本就是一个愚蠢至极的世间,他残忍、淫荡的天性也是上天注定的。

李尔在大女儿高纳里尔的家里住了还不到半个月,便不断"惹祸"。高纳里尔撺掇管家奥斯瓦尔德及其手下"尽量摆出一副爱答不理的样子",别给好脸色,故意冒犯李尔和他的那些侍卫,把事情闹大。结果,奥斯瓦尔德先是被怒气冲天的李尔动手打了,随后又遭到李尔最新雇佣的仆人"凯厄斯"的一顿狂踢暴打。这个"凯厄斯"正是遭李尔放逐、却忠心不渝的肯特。他"抹掉了"原来的真实容貌,"把声音也变得让人听不出来"。他这样做,只想迟早有一天,能以"戴罪之身"得到"最敬爱的主人"的恩准,尽孝犬马。

最后,高纳里尔反而埋怨,是李尔怂恿他的弄臣、仆人和侍卫们放荡淫浪、蛮横无理,成天寻欢作乐、吃喝嫖赌,简直把一座高贵的宫殿糟蹋成了酒馆、妓院。她强令李尔将侍卫裁掉一半。李尔痛骂大女儿忘恩负义,是一个铁石心肠的恶魔,诅咒她下贱的肉体永远也生不出引以为荣的孩子,并发誓要恢复王权。他要去投奔二女儿里根。

奥本尼公爵嗔怪妻子这样处事十分不厚道。高纳里尔实不相瞒,说将全副武装的侍卫裁掉一半,是为了解除对李尔有朝一日欲借武力恢复王权的后顾之忧。同时,她又怪丈夫向来处事优柔寡断、缺乏明智的深谋远虑。

第二幕

在葛罗斯特伯爵的城堡家中,埃德蒙先是耍诡计,高声叫喊中假装拔剑相斗，激得百口莫辩的埃德加不得不仓皇出逃。之后，再用剑划伤手臂，蒙骗闻声赶来的葛罗斯特，说自己是在奋力厮杀中被埃德加刺伤，埃德加要杀他灭口，因为他要揭露埃德加害父谋财的阴谋。情急忘智的葛罗斯特一气之下轻信了埃德蒙的谎言，把埃德加当成"伤天害理、邪恶透顶的恶棍"，立即下令通缉捉拿，并将施以火刑，有胆敢藏匿者，一律处死。此时已近深夜，李尔的二女儿里根及女婿康沃尔公爵来访。原来，里根接到姐姐的密信，知道李尔正投奔她而来，故意到此躲避。

肯特随身带着李尔写给葛罗斯特的一封信，也来找葛罗斯特。离城堡不远，肯特遇见奥斯瓦尔德。奥斯瓦尔德已不认识化身为"凯厄斯"的肯特，但肯特一见奥斯瓦尔德，怒从心头起，一边争吵，一边拔剑，恨不得杀死他，吓得他连喊"救命"，狼狈逃窜。葛罗斯特、里根和康沃尔闻声赶来，听完奥斯瓦尔德的诉说，康沃尔命仆人将桀骜不驯的肯特双脚套入足枷，丢在门外。

李尔来了，见国王的仆人竟被套上足枷，觉得受了奇耻大辱，因为足枷是专门用来惩治流氓无赖的刑罚。李尔命立即释放肯特，葛罗斯特赶紧打圆场，推说康沃尔公爵性子火暴。此时的李尔也意识到了，二女儿、女婿离开自己家，大老远跑到伯爵城堡来，是故意躲着不见他。

好说歹说，肯特被从足枷中放出来。李尔强作笑颜，向里根诉说高纳里尔如何卑鄙、狠心。结果，里根不仅不同情父亲，反而怪他错怪了姐姐，应该向姐姐认个错儿，还是回到姐姐那儿去，并管束好侍从，等一个月之后轮到该她供养时再来不迟。此时，高纳里尔专程赶来，姐妹俩的手紧紧握在一起，她们要齐心协力反对父亲。

李尔耐着性子，对里根动之以情，夸她比姐姐懂亲情重孝道，不仅谦恭贤良，富有感恩之心，而且更不会忘记，"我把王国的一半赐予你"。里根丝毫不为所动，说对父亲及其100名侍卫的到来毫无准备，无法接受，力劝父亲跟大姐回去。如果他不同意裁掉一半的侍卫，等下回再来她这儿，她将只允许带25名侍卫。李尔当即表示愿跟高纳里尔走，他觉得毕竟50比25多一倍，这足以证明长女的孝心好歹是次女的双倍。不想姐妹俩你一言我一语，说干什么非要带25个、10个或5个侍从不可，简直连一个侍卫也不需要。两个女儿似乎在竞赛，看谁对待父亲更残忍。

此时此刻，李尔的心碎了，他强忍泪水对两个女儿说："哪怕最低贱的乞丐，再穷手里也得留点儿多余的东西；要是你连比人最起码的生存需要多一点儿的需要都不许有，那人命就贱得跟牲畜一样了。"他指天发誓："你们这对儿伤天害理的女妖，我要向你俩复仇……我的复仇要让全世界都感到惊恐！"说完，便冲进了暴风雨已经来临的黑夜之中。

里根和康沃尔担心葛罗斯特有可能收留李尔，特意提醒他关好城堡大门，在这狂暴的夜晚，国王"身边带的可是一帮铤而走险的随从，他耳根子又软，容易受人挑唆，谁也不知道他们会撺掇他做出什么事来。还是小心提防的好"。

第三幕

荒原之上，雷鸣电闪，无家可归的李尔在跟暴风雨搏斗，他要叫狂风把大地吹入大海，叫肆虐的波涛吞没陆地。他要让暴怒的狂风揪住、撕扯自己的白发,轻蔑地戏谑。他内心的战斗比那无休无止的狂风暴雨更猛烈。他发了疯一般光着头在风雨中一路狂奔,绝望呼号,他要抛弃所有的一切。他身边只有弄臣紧紧相随,一路不断说笑,试图以此排解他内心无尽的伤痛。李尔恨不得叫肆虐咆哮的大自然,"立刻将繁衍所有忘恩负义之人生命的种子全部摧毁,叫他们断子绝孙"!

忠实的仆人肯特终于找到李尔和弄臣,一起来到一处茅草屋。李尔在暴风雨的荒原上,平生第一次发出了天问:"可怜的衣不蔽体的苦命人,无论身处何地,都得忍受这无情的暴风雨的侵袭,头无片瓦遮风挡雨,饥肠辘辘食不果腹,衣衫褴褛千疮百孔,一旦遇到这样恶劣的天气,你们拿什么来抵挡?"他为自己从不关心民生疾苦而痛悔,吁请那些"外表光鲜的权贵"应该把自己也暴露在风雨之中,亲身体验一下穷苦人的感受,因为"只有这样,你们才会把多余的东西分散给他们,也只有这样,才会显出上天还算公平"。

在茅草屋,他们遇到了一个自称"可怜的汤姆"的疯乞丐。这个疯乞丐正是埃德加,他遭受通缉、无家可归,为了活命,才装扮成"贝兰德疯人院的乞丐""形同走兽、不成人样""四处乞讨,强人施舍,时而疯狂诅咒,时而可怜哀求",靠"吃耗子及类似小动物"充饥度日。

葛罗斯特不顾康沃尔的禁令,一直暗中寻找李尔。当他找到李尔、肯特、弄臣和"可怜的汤姆",便将他们一起领到城堡附近的农舍。此时,李尔已陷入精神错乱的疯狂,他在幻觉中设立法庭,审判两个铁石心肠的女儿,他甚至想象自己呼唤凶猛的猎犬，叫它们剖开里根的身体。李尔刚入睡，葛罗斯特匆匆赶来，说刚听到一个阴谋，有人要害死李尔，催促肯特立即带李尔前往多佛，那里有朋友接应。

在此之前，埃德蒙把父亲的一封密信交给康沃尔，康沃尔认定葛罗斯特不仅私下救济李尔，还是"一个替法兰西卖命的奸细"。他将出卖父亲的埃德蒙晋升伯爵的同时，下令逮捕葛罗斯特。当得知葛罗斯特已派人将李尔送走，恼羞成怒的康沃尔气急败坏，命人将葛罗斯特绑在椅子上，挖去了他的一只眼睛。穷凶极恶的里根要他把另一只眼睛也挖出来。这时，一个仆人突然挺身而出，拔出剑来，要与康沃尔决斗，试图阻止他。仆人受伤后，被里根一剑刺死。康沃尔也受了伤，但他还是把葛罗斯特的另一只眼睛挖去了。葛罗斯特在痛苦中呼唤埃德蒙，让他燃起"天良孝心"，替他"向这惨绝的暴行复仇"。里根告诉他："背信弃义的老贼！你居然在叫一个恨你的人；你反叛的阴谋，就是他揭发的。"听罢，葛罗斯特大梦方醒，知道自己错怪了埃德加，悔恨交加，痛不欲生。

第四幕

被挖去双眼的葛罗斯特，雇佣此时仍装扮成疯乞丐"可怜的汤姆"的埃德加，叫他把自己引领到多佛附近的一处崖顶，然后跳崖自杀。埃德加把盲父引到一处平原，告诉他已到崖顶。葛罗斯特从想象中的悬崖之巅纵身一跃，竟然发现自己毫发无损。埃德加说这真是生命的奇迹，是无所不能的神明使他绝处逢生。葛罗斯特信以为真，决心活下去，忍受痛苦的折磨。

正在这时，浑身插满野花、杂草的李尔疯疯癫癫地出现了。

尽管李尔和葛罗斯特一个发了疯，一个瞎了眼，但这对儿昔日的君臣还是认出彼此。狂暴之夜的风雨浇醒了李尔，他在疯狂中明白了人情挚爱；葛罗斯特也是在被挖去双眼之后，反而认清了世间真相。

里根的管家奥斯瓦尔德突然冒出来，打算刺杀李尔，好回去领赏，却被埃德加一剑刺死。埃德加从奥斯瓦尔德衣兜里翻出高纳里尔写给埃德蒙的密信，发现了高纳里尔早已背着奥本尼公爵，与埃德蒙海誓山盟私下定情，并计划除掉丈夫、谋权篡国。他要把这封密信交给奥本尼公爵，并与埃德蒙一决雌雄，阻止他们的阴谋。

考狄利娅派出的侍臣找到李尔，把他带回已在多佛登陆的法兰西军队的营帐。原来，考狄利娅从肯特和葛罗斯特的书信中得知父亲受到两个姐姐的残忍虐待，恳请法兰西国王派兵从多佛登陆，讨伐两个姐姐。当考狄利娅得报不列颠军队正向多佛开来，大战一触即发，她一面准备迎战，一面发出心底的呼唤："亲爱的父亲，我这次挥师用兵，全是为了您的事：正因为此，我哀伤和恳求的眼泪感动了伟大的法兰西国王。我们劳师前来，并非激于狂妄的野心，而仅仅为了爱，为了真挚的爱，为了替老父讨回公道。"

经过长时间的昏睡，李尔醒过来，在考狄利娅的呵护和医生的照料下，随着内心暴怒的平息，他的神智也逐渐恢复。见到他曾经最疼爱、又受了他最大冤枉的考狄利娅，悲喜交加，羞愧难当，甚至要给她跪下请求宽恕。他饱含深情地对考狄利娅说："请别嘲弄我：我是一个蠢到家的老糊涂……我担心我的脑子不大好使。""你一定要宽容我。请你忘掉以往,原谅我:我是又老又糊涂。"

第五幕

康沃尔在跟仆人决斗时被刺的那一剑是致命伤,很快不治而亡。埃德蒙转瞬之间,又成了里根的情夫。而对高纳里尔来说,她宁愿同法军的这一仗打败,也不愿妹妹把埃德蒙从她身边夺走。埃德蒙跟姐妹俩各自立下爱的誓言,导致高纳里尔和里根已在暗地里为埃德蒙争风吃醋、相互猜忌,欲致对方于死地。

奥本尼最终同意统率不列颠军队迎战法军,是因为"法兰西侵入了我国领土,而并非那些拥戴国王的反叛者要兴兵问罪"。他要"为荣誉而战"。此时,一身穷人打扮的埃德加出现在奥本尼面前,并把那封从奥斯瓦尔德身上搜出的密信交给他,让他在开战前先读信:"您要是胜了,让号兵以军号传信儿,我号响人到;尽管我貌似卑贱,但我能带来一个敢于决斗的战士,他会证明这封信里的事实。您要是败了,就尘缘已尽,一切阴谋诡计也随之烟消云散。"

战事结束,奥本尼、埃德蒙、高纳里尔、里根率领的不列颠军获胜,李尔和考狄利娅成了俘虏,身陷囹圄。阴险狡诈、凶残卑劣的埃德蒙在谋权篡国野心的驱使下,与高纳里尔沆瀣一气,共下密令,要将关在狱中的李尔和考狄利娅绞死。

奥本尼要埃德蒙交出李尔和考狄利娅,审理之后再决定如何处置,被埃德蒙婉拒。奥本尼见埃德蒙抗命不尊,十分恼火,因为他只把埃德蒙视为下属。然而,里根当众宣布,她要嫁给埃德蒙,那样的话,埃德蒙将拥有同奥本尼一样的地位、权力和军队,便"能和最尊贵的人平起平坐"。这时,奥本尼突然宣布,因埃德蒙犯下十恶不赦的谋逆叛国罪,要逮捕他,同时还要将高纳里尔"这条花枝招展的毒蛇"作为帮凶一起逮捕。奥本尼传令吹号,并宣布,假如没人站出来指证埃德蒙犯了谋逆叛国罪,他也会立即与甲胄在身的埃德蒙决斗。埃德蒙表示愿接受任何人的挑战,还信誓旦旦地说要"捍卫自己的忠诚和荣誉"。

随着三声军号,与奥本尼有约在先、一身甲胄、头盔面甲遮脸的埃德加如期而至。决斗中,埃德蒙受伤倒地。直到这时,埃德加才亮明自己的真实身份。他向奥本尼讲述了自己被通缉、亡命中假扮疯乞丐、之后遇到被挖去双眼的父亲、给父亲当向导、把父亲从绝望中救回等,一系列悲惨遭遇。来此决斗之前的半个小时,当他把所有的实情都告诉父亲时,不想父亲竟在一悲一喜这双重的极度情绪刺激之下,心碎而亡。接着,他又讲述了肯特的辛酸经历,说:"他乔装打扮,一路追随把他视如仇敌的国王,尽心服侍,为他做了许多连奴隶都不宜做的下贱事儿。"听后令人痛断肝肠。

自知死期临近的埃德蒙突发善心,要做一件与其凶残本性相反的"好事",赶紧派人去城堡,因为他已令人将李尔和考狄利娅秘密处死。

这时,里根已被高纳里尔毒死。高纳里尔把刀插进了自己的心窝。埃德蒙也死了。

李尔怀抱已经断气的考狄利娅,感觉她仿佛还活着。他"要用号哭和眼泪震碎天宇"。他希望考狄利娅没有死,因为"只要她还活着,这个幸运就足以把我以前所遭受的一切悲苦都赎回来"。"我可怜的傻闺女被绞死了！不，不，没命了！凭什么一条狗、一匹马、一只老鼠都有命，偏偏就你没了呼吸？你永远也不回来了，永不，永不，永不，永不，永不！"随着这最后的哀鸣，李尔在心力交瘁中停止了呼吸。

奥本尼宣布"举国同哀"，并因"国体元气大伤"，吁请肯特和埃德加帮他"操持王政"，"以图重整江山"。

肯特决心已下，"即将上路"，他要到另一个世界继续追随、效忠他的主人——李尔王。

四、两个"李尔"孰优孰劣？

1.托尔斯泰眼里的《李尔王》

在此论及两个"李尔"孰优孰劣，完全是因为俄国文豪列夫·托尔斯泰(Leo Tolstoy，1828—1910)在其晚年写下了以莎士比亚的《李尔王》为标靶全力开火的长篇专论《论莎士比亚及其戏剧》。

开篇时提到，在莎士比亚的《李尔王》(King Lear)之前，曾有一部名不见经传的同名旧剧《李尔王及其三个女儿的真实编年史》(King Leir，即《李尔王》，以下简称"老李尔"）。

对这部旧剧"老李尔"，托翁真可谓钟爱有加、推崇备至；与之相比，他一点儿也瞧不上莎剧《李尔王》，觉得它愚蠢、啰唆、空洞、粗俗、不自然、无法理解，全篇充斥着难以置信的事件、癫狂的胡言乱语、沉闷的笑话，另外，像年代错乱、无关的东西、下流的东西、过时的场景设置及其他道德和审美方面的错误，比比皆是。一言以蔽之，托翁认定莎剧《李尔王》是"剽窃了那部更早更好却不知作者是谁的旧剧《李尔王》",剽窃之后还给搞砸了。不仅如此,《李尔王》把莎士比亚所有剧作中的缺点、毛病都占全了。由于这些缺陷,莎剧非但不能称为戏剧艺术的典范,甚至连人所公认的最起码的艺术要求都难以达到。

果真如此吗?

在托翁眼里,莎剧《李尔王》的剧情是出于作者随性的任意安排,丝毫不符合人物性格。比如,李尔没有任何必须退位的必要和理由。同样,他跟女儿们过了一辈子,也没有理由只听信两个大女儿的言辞而不听小女儿的真心话;可他整个命运的悲剧性却是由此造就。另外,作为剧情副线的葛罗斯特与他两个儿子的关系,也极不自然。葛罗斯特和埃德加的命运遭际,皆因葛罗斯特像李尔一样轻信了最拙笨不过的骗局,对于被骗的儿子是否真的犯了欲加之罪,他连问都不问一句,就诅咒他,并下令缉拿。

除此之外, 李尔之于3个女儿的关系与葛罗斯特同两个儿子之间的关系,完全雷同,这尤其令人强烈感到,两者均不符合人物性格和剧情的自然发展,纯属主观臆造。李尔没能认出昔日的老臣肯特,同样牵强,明显出于臆造。因此,李尔和肯特的关系并不能唤起读者或观众的同情。至于那个无人识破的埃德加的情形,也不过如此。更有甚者,当他把失明的父亲领到一片平地,让他跳跃,竟能使他确信自己真的是从峭壁上跳下来的。

这还不算,对莎翁不依不饶的托翁更进一步以为,全部莎剧中所有人物的生活、思想、行动,没一样儿能跟时间、地点交相适合。拿《李尔王》来说,故事情节发生在基督诞生前800年,而舞台人物却全然处在中世纪的条件之下：活动在剧中的有国王、公爵、军队、私生子、侍臣、随从、医生、农夫、军官、士兵、戴脸甲的骑士，等等。

托翁由此表示，假如把所有莎剧中随处可见的时代错误放在17世纪初，或许还能刺激人们产生幻想，而在现代（他本人所处的托尔斯泰时代），要人们饶有兴趣地去关注在莎翁笔下的时代错误中不可能发生的事件，已经不可能了。

托翁举例说，像李尔奔走在荒野时那场罕见的暴风雨，以及他像《哈姆雷特》中的奥菲莉亚一样匪夷所思地把杂草野花戴在头上，还有像埃德加的打扮、弄臣嘴里那些不着调的话、埃德加以骑士装扮出现，这一切非但没有起到加深人们印象的效果，甚至起了反作用。

托翁对莎剧结尾特别不屑，他认为莎剧结尾的戏剧效果都是刻意制造出来的，当人们看到那些在结尾处无一例外被人拽着两腿拖出来的若干死人，非但不会感到恐惧、悲悯，反而会觉得好笑。

托翁难以理解，为什么人们惯于相信莎士比亚特别擅长塑造戏剧人物，认为他笔下那些人物性格丰富多彩、异常鲜活，像活在现实中的人一样，而且，这性格在表现舞台上某个人物特性的同时，还表现出了一般人的特性。人们甚至喜欢说，莎士比亚塑造的人物性格尽善尽美。人们不仅乐于相信这一点，对此抱有极大信心，并把这当成毫无疑义的真理，津津乐道。

可是，托翁从莎剧中获得的真知灼见总是与人们的普遍共识相反。比如，他认为无论过去、现在，随便哪个活人都不会像李尔那样说话，什么里根如不接待他，他就到阴曹地府跟妻子离婚；什么苍穹震裂、狂风暴虐；什么风要把大地卷入海洋；或像绅士(侍臣)形容暴风雨时所说，肆虐的波涛要吞没陆地；或像埃德加说的，"当悲痛遇知己，苦难有伙伴，那心灵便可以跳过许多苦难"，什么"他(李尔)受女儿难如同我受父亲难"，等等。而莎剧中所有从人物嘴里说出来的话，都是如此这般的不自然。

托翁对莎翁真是一丝一毫也不放过，他一口咬定从没有一个大活人像莎翁笔下的人物那样说话，且远不止于此，这些人物都犯了语言毫无节制的通病。不管情人还是赴死之人，也不论斗士还是弥留之际的濒死者，都会出乎意外地瞎扯一通驴唇不对马嘴的事情，他这样写，大多不是为了表达思想，而只图能谐音押韵和语意上的双关。

在托翁看来，莎翁笔下的所有人物都说着千篇一律的话，这些话都是莎士比亚替人物说的。在莎剧《李尔王》中，李尔的疯话一如埃德加的梦呓，肯特和弄臣也这么说，根本无法从人物的语言特点来分辨说话的人是谁。一句话，莎翁塑造戏剧人物所依赖的唯一手段——"语言"，实在糟糕透了。

托翁义正词严地指出，起码在艺术上，"把莎士比亚的作品说成是体现了美学和伦理上完美境界的伟大的、天才之作，这种蛊惑过去、现在都给人带来极大害处……这种害处表现在两个方面。第一，表现为戏剧的堕落以及这种重要的进步手段被空虚和不道德的娱乐取代。第二，向人们提供了效仿的坏榜样，并以此对人们造成直接腐蚀。"

单就戏剧这种艺术形式而言，托翁强调，推崇莎士比亚已带来不良后果，它不仅影响到一批缺少才华的普通作家，甚至影响到一些卓有成就的作家。托翁不无失落地感慨：由于莎士比亚戏剧被确认为是尽善尽美的杰作，并应像他那样去写作，任何宗教内容、道德内容都不需要，于是，所有的剧作家便都一窝蜂地东施效颦，开始编写内容空洞的戏剧，如歌德、席勒、雨果，即便他的俄国同胞普希金和奥斯特洛夫斯基的戏剧，以及阿·托尔斯泰（1817—1875，俄国诗人、戏剧家）的历史剧，都概莫能外。

莎翁对普通观众或读者会产生怎样的影响呢？托翁对此忧心忡忡，他断言，假如活在当代每一个步入社会的青年，他们心目中道德上的完美典范，不是人类的宗教导师和道德导师，而首先是莎士比亚（博学之士确认他既是人间最伟大的诗人，又是最伟大的导师，并把这视为颠扑不破的真理千秋永传），那青年人将无法不受到这一有害的影响……更要命的是，当他一旦接受了渗透在全部莎剧中的不道德的世界观，他就会丧失明辨是非善恶的能力。

莎翁罪莫大焉！

怎么办？托翁殚精竭虑教导、规劝人们要尽力摆脱莎翁，而且，摆脱得越快越好。托翁不仅以判词的方式不徇私情地一票否决了"专以娱乐消遣大众为宗旨的莎剧"，还对当时模仿莎翁的其他"渺小而不道德的"效颦之作一笔勾销。可是，在托尔斯泰的时代，能够成为人生指南的"真正的宗教戏剧"十分匮乏。又怎么办？托翁的训诫是：人们必须想方设法"从其他源泉寻求人生指南"。论及此处，托翁倒显得比较谦逊，他并没有一厢情愿地直接倡导人们要像扑在面包上的饿汉那样，去读《安娜·卡列尼娜》和

《复活》。

2.托尔斯泰眼里的"老李尔"

托翁对莎翁由反感、厌恶而诟病,也许源于他对艺术创造的原创性有一种与生俱来的洁癖,连半点杂质的亵渎都无法容忍。在他眼里,"人们所以确信莎士比亚在塑造人物性格上臻于完美,多半是以李尔、考狄利娅、奥赛罗、苔丝狄梦娜、福斯塔夫和哈姆雷特为依据。然而,正如所有其他人物的性格一样,这些人物的性格也并不属于莎士比亚,因为这些人物都是他从前辈的戏剧、编年史剧和短篇小说中借来的。所有这些性格,不仅没有因他而改善,其中大部分反而被他削弱或糟蹋了"。

事实上,若拿艺术原创性这一严格的标尺来衡量,所有莎剧的确没有一部属于真正意义的原创,只是其编剧手法或可算原创。或许正是这一点让托翁认定,莎剧上不了原创艺术的台面。不过,要是放在今天,莎式编剧法估计还真难逃抄袭、剽窃之嫌。

凝眸历史,迄今为止,几乎所有莎剧都健康地活了四百多岁。显而易见,他那个遥远时代的剧作家以托翁所说"借来的"方式从事戏剧创作,是一种常态。换言之,生于1564年的莎翁占尽了时间的便宜。随着时间的无情淘洗,许多被莎翁"借来的""前辈的戏剧、编年史剧和短篇小说"都已渺无声息。假如莎剧读者没有天生来的戏剧考古癖,也没有稽考、挖掘这些"原创艺术"的兴趣偏好,对他们来说,那些"借来的"东西,尽管其中有些还十分珍贵,都将踪影难觅。留下的唯一事实是:天长地久,莎翁不朽!

回到我们眼中"不朽的"莎翁这部在托翁眼里纯属"借来的"

悲剧——《李尔王》。如前所说，莎剧《李尔王》根本不入托翁的法眼，他认为只要把剧中的人物形象与原剧"老李尔王"一比，包括李尔本人在内，尤其考狄利娅，不但谈不上是莎翁的塑造，而且大为逊色，个性尽失。

论及此处，我们倒可以有机会跟随托翁之眼，领略一番佚名作者的"老李尔"是否比莎翁的李尔更具艺术风采。

原剧中，"老李尔"退位是因丧偶后要求得心灵之解脱。他向女儿们询问孝顺之心，是为了施行事先已安排的计策：他要把最心爱的小女儿考狄利娅（Cordella，莎翁的考狄利娅拼写与此只差一个字母，为 Cordelia；两个大女儿高纳里尔、里根名字的拼写则与"老李尔王"完全相同）留在自己的岛国，而小女儿并不想嫁给李尔提婚的任何一个附近的求婚者，可李尔最担心的就是她嫁给任何一位远方的国王。

如同"老李尔"对侍臣佩里路斯（Perillus，莎剧中的肯特）所说，他的计策是：假如考狄利娅说她爱父王胜过任何人，或也像两个姐姐那样说，那他就会让考狄利娅为证明自己的孝心，嫁给他所指定的本岛的一位王子。

莎剧中的李尔没有这样的动机。原剧中，当"老李尔"询问 3 个女儿如何爱他时，考狄利娅的话并不像莎剧中那样说得极不自然——假如出嫁就不会全身心地爱父王，因为她还要爱丈夫；原剧中的她只是说，她的孝心无以言表，唯愿以自己的行为作证。两个姐姐横加指责，认为她这话不算回答。父王对这样的冷硬心肠无法容忍，甚至骂她"杂种"，而把她的两个姐姐形容为"基督世界里最可爱的基路伯（天使）"。如此，愤怒的"老李尔"当然有理由拒绝将财产分给小女儿,这一场戏在莎剧中没有。"老李尔"因计策失败十分恼火,两个大女儿的谗言更是对他产生了刺激。原剧中,当两个大女儿平分王国之后,紧接着是考狄利娅与高卢国王(King of Gaul)的一场戏,此处的考狄利娅可不像莎剧中的小女儿那么没有个性,而是性格极其鲜明动人:真诚、温柔,勇于牺牲自我。

考狄利娅不会为丢掉一份财产暗自神伤,却为了失去父爱愁容满面、独坐一隅,她并不记恨父亲,希望通过自己的双手去挣饭吃。恰在此时,一身巡礼者装扮的高卢国王来了。他本来就想在"老李尔"的女儿中为自己物色新娘。他问考狄利娅为何忧伤,考狄利娅将内心的愁苦实情相告。对考狄利娅一见倾心的这位"巡礼者",说要替她向高卢王提亲,可考狄利娅却说,她只能嫁给所爱之人。于是,"巡礼者"向她求婚,考狄利娅也坦承已爱上"巡礼者",并不顾前路等着她的艰辛穷困,答应嫁给他。"巡礼者"不再隐瞒,说自己就是高卢王,两人成婚。

而莎剧中,替代这一场景的是李尔同时提议两位求婚者迎娶已毫无嫁妆的考狄利娅,一位求婚者粗暴拒绝,另一位则匪夷所思地娶了她。

此后,原剧中的场景也像莎剧中一样,"老李尔"搬到高纳里尔处,受到侮辱。不过,与莎剧不同,"老李尔"完全是以逆来顺受的态度承受了这些侮辱,他觉得这是他对考狄利娅所作所为的因果报应。托翁应觉得在"老李尔"身上,还体现出一种他认为莎士比亚所不具备的宗教感,因为"老李尔"认为所发生的一切都是上帝的意愿,唯有遵从。

　　如同莎剧一样，原剧中那个因祖护考狄利娅而遭放逐的佩里路斯(肯特的原型)，来到"老李尔"面前。他并没有乔装易容，他来只是为要告诉国王，他是一个不因国王落难就遗弃他的忠臣。他努力说服国王，他是爱他的。国王对他如此尽忠深信不疑，安下心来，跟他一起来到里根的地盘。原剧中根本没有暴风雨，当然也就没有"老李尔"在暴风雨中像莎剧李尔那样撕扯白发。"老李尔"只是一个心怀悲伤、年迈体弱却又和善温顺的老人，但又被二女儿里根撵走了，里根甚至对他起了杀心。原剧中，遭两个女儿驱逐的"老李尔"是在走投无路之下，带着佩里路斯去找考狄利娅。他没像莎剧中那样，那么不自然地被赶到暴风雨里，也没在荒野奔跑，他只是在佩里路斯的陪伴下赶往高卢，一路之上，十分自然地陷入极度的贫苦。为坐船渡海，他们卖掉衣服。最后，当他们饥寒交迫，一身渔夫装束走近考狄利娅宅邸的时候，已是精疲力竭。

　　原剧中，浑然天成的父女重欢聚的场景，代替了莎剧中李尔、弄臣和埃德加一派"矫揉造作"的疯言痴语。沉浸在幸福里的考狄利娅始终因惦念父亲而忧伤不已，她甚至祈求上天饶恕对父亲犯下忤逆不孝之罪的两个姐姐。她接待了走投无路的父亲，并想立刻明白无误地告诉他，自己是他的女儿。但丈夫高卢王为避免极度衰弱的老人过于激动，劝她先别急于父女相认。她同意了。于是，不明实情的"老李尔"留下来，考狄利娅像个陌生人似的来服侍他。"老李尔"的脑子逐渐恢复过来，一天，女儿问他，他是谁，来此之前的生活是怎么过的。

如果从头说起，——李尔说——心如铁石之人听了也会哭泣。而你，可怜的人儿，如此善解人意，我还没开口，你就开始落泪。

看在上帝仁爱的情分上，说吧，——考狄利娅说——等您说完，我会告诉您，为何在您说之前，我先落了泪。

闻听此言，"老李尔"开始讲述他如何受到两个大女儿的虐待，并说现在要向另一个女儿求助，而假如被她处死，也是罪有应得。

"假如她，——他说——热情接待我，那只是上天和她所为，并非我理所应得。"考狄利娅回答："啊！我的确知道，您的女儿会热情接待您。"——"你又不认识她，——李尔说——怎么会知道？""我知道，——考狄利娅说——因为我在远方有一个父亲，他对我也像您待她一样坏。可只要我看见他的斑斑白发，我就会匍匐着去迎接他。"——"不，不可能，——李尔说——人世间再没有比我女儿更残忍的孩子了。"——"不要因为一些人有过错就去责备所有人。——考狄利娅边说边跪下身来。——您瞧，亲爱的父亲，——她说——瞧着我，是我，我就是爱您的女儿。""老李尔"认出了考狄利娅，连忙说："不该你下跪，跪的应该是我，我恳求你饶恕我对你犯下的一切过错。"

托翁在不惜花费篇幅详细引述了"老李尔王"的剧情之后，反问："莎剧中的场面有这样迷人吗？"

在托翁眼里，原剧"老李尔王"在一切方面都无比地胜过莎剧《李尔王》。有趣的是，托翁心里十分清楚，在莎翁崇拜者的眼里，他的这一看法肯定显得特别怪诞。

总之，托翁认为"老李尔"之所以比"李尔"出色，主要在于：第一，原剧中没有诱人分神的纯属多余的角色——恶棍埃德蒙、无精打采的葛罗斯特和埃德加；第二，原剧没有营造特别虚假矫饰的效果——李尔在荒野一路狂奔、对弄臣所说的话、一切不可能发生的乔装打扮和互不相认，以及剧中人物的大量死亡。最为重要的是，原剧中的单纯、自然和深深打动人心的"老李尔"的性格，以及更为生动、鲜活异常、美丽善良的考狄利娅的性格，是莎剧所没有的。另外，原剧也没像莎剧那样，用不必要的考狄利娅之死，把"老李尔"与她见面的几场戏给糟蹋了。与之相反，原剧中"老李尔"与考狄利娅父女和好的场景，是那么令人神往。

论及此处，动了感情的托翁甚至这样断言："如此动人的场景，在全部莎剧中也找不出一场堪与之媲美。"

托翁对原剧"老李尔"的结尾也十分赞赏，认为它比莎剧《李尔王》"更自然、更符合观众的道德要求"。原剧结尾是：高卢国王打败了考狄利娅的两个姐夫，考狄利娅也没有惨死，而是帮助"老李尔"复归王位。

最后，也许我们会提一个问题，被托翁如此赞誉的原剧"老李尔王"是一部皆大欢喜的"道德"喜剧，而莎剧《李尔王》却是一部揭示人性、人情的大悲剧。两者能同日而语吗？

3. 奥威尔眼里的托尔斯泰

莎翁的后辈同胞、著名小说家、批评家、政治讽喻小说《一九八四》的作者乔治·奥威尔（George Orwell, 1903—1950），1947

年写过一篇题为《李尔、托尔斯泰与弄臣》(*Lear, Tolstoy and the Fool*)的文章,对托翁的莎翁观做了颇为有趣而耐人寻味的剖析。

奥威尔想不明白,托翁何以对莎翁始终存有"一种无法抗拒的反感、厌恶"。在一次次反复阅读了俄文版、英文版、德文版的莎翁戏剧之后,托翁居然仍"一成不变地经历了同样的感受:厌恶、腻烦、疑惑"。当他以75岁的高龄之年再一次通读完莎翁全集,仍认为"同样的感受更为强烈。不过这一次,我不再疑惑,而是坚定地、明白无误地确信:如同每一个谎言一样,莎士比亚所享有的那种不容置疑的杰出天才的荣耀,驱使我们时代的作家去模仿他,驱使读者和观众去发现在他身上并不存在的价值,这本身就是一种大邪恶"。他进而补充说,莎士比亚哪里算得上什么天才,简直连当"一名普通作家"都不够格。

奥威尔举例说明托翁在论及莎剧《李尔王》第三幕第二场暴风雨中的李尔、肯特和弄臣时,漫不经心地说:"李尔在荒野走来走去,说的话意在表达绝望:他要狂风肆虐,吹裂脸颊;要暴雨淹没一切;要闪电烧焦他的白头;要雷霆荡平世界、摧毁一切'忘恩负义之人'的胚胎!弄臣嘴里不停叨咕着莫名其妙的话。肯特入场。李尔说,由于某种原因,得在这场暴风雨中找出所有的罪犯并对他们进行宣判。未被李尔认出的肯特使劲说服李尔躲到一个小屋避风雨。这时,弄臣说了句与剧情完全无关的话,然后就各走各的了。"

奥威尔对托翁有两点分析十分有趣,也许说分析得异常犀利更为准确:

第一,或许在托翁心底一直住着一个谁也看不见的李尔,因为托翁本人就像李尔,一生最令人敬佩的事便是宏大慷慨的"弃世行动":垂暮之年,放弃了自己的地产、头衔和版税,尝试——尽管没成功,却是真诚的尝试——脱离自己的特权地位,去过农民的生活。但他更像李尔的地方在于,错误的动机并没有导致希望的结果。按照托翁的理念,人人都以幸福为目标,而幸福只有执行上帝的意志才能实现。可要执行上帝的意志,就要抛弃世俗的快乐和欲望,并只为他人活着。于是,托翁最终弃世,期望可以由此获得幸福。不过,显而易见,托翁晚年不仅一点儿不快乐,反而几乎被周围人的行为逼得发疯,那些人迫害他恰恰是因为他的弃世。此时的托翁几乎就是李尔的化身(对李尔来说,放弃王位等于弃世),对人失去了分辨是非好坏的能力,却毫无谦逊之心。他身着农民的上衣,仍倾向于在某些时候恢复贵族的态度,最后就连他曾无比信任的儿子也背叛了他。只是这一背叛没有里根和高纳里尔的方式那么极端。另外,托翁对性夸大的厌恶,也明显与李尔相似。在托翁眼里,婚姻意味着"奴役、满足与反感",意味着忍受身边的"肮脏、丑陋、污臭、伤痛",这与李尔发飙时的那句名言——"腰带以上归天神,腰带以下属妖魔。那儿是地狱,那儿是黑暗,那儿是硫黄坑:吐着火舌,灼热烫人,发出恶臭,整个溃烂"【4.6】——倒有十二分的般配。

诚然,尽管托翁在评论莎翁时对此"远景"尚无法预见,但颇为吊诡的是,他最后终结生命的方式似乎也有某种李尔的阴影:托翁在一个孝顺女儿的陪伴下仓促逃家,"在一个奇怪村庄的一间木屋里"与世长辞。

第二,或许托翁一开始阅读莎翁,就把一种醋意的嫉妒,甚至嫉恨深藏在了自己的潜意识里。一方面,他看不出莎翁戏剧有什么艺术价值,因此,对屠格涅夫等同时代作家们如此喜欢莎翁十分吃惊。但不管别人怎样,他反正横下一条心,"你喜欢莎士比亚,我偏不。就这样好了"!另一方面,由于他对莎翁的不屑一成未变,像"林子大了,什么鸟儿都有"这样自我安慰的看法,逐渐转化为内心的焦虑,他觉得莎剧对他来说是危险的,因为人们越多地欣赏莎士比亚,就会相应减少对托尔斯泰的欣赏。这令他绝难容忍。因而,就像不许任何人抽烟或喝酒一样,他不许任何人欣赏莎翁。不过,他并没有强力阻止,没要求警察对莎翁的每一部剧作进行查抄。但只要有可能,他就不会放弃挪揄、诬蔑莎翁,他要竭尽所能进入每一位莎翁粉丝的头脑,用他那自相矛盾的,甚至诚实性值得怀疑的论证,去施加影响。

托翁谴责莎翁真是不遗余力,就像一艘战舰上的大炮同时开火。可效果如何呢?莎翁毫发未损,托翁试图推倒莎翁的初衷只剩下那几页发黄的纸张,几乎再无人问津。不难想象,假如托尔斯泰没有写过《战争与和平》《安娜·卡列尼娜》,早就被人遗忘了。

奥威尔认为,托翁的莎翁观是建立在武断的假设之上,而且,托翁所依赖的不仅是人人均可随意解释的模糊术语,还使用了许多无力的或不真诚的论据,因为托尔斯泰式的艺术理论本身基本一文不名,同时,这也证明托翁对莎翁的攻讦充满了恶意。比如,当他描述李尔怀里抱着考狄利娅的尸体说话时,竟是如此戏谑的大不敬口吻:"李尔王糟糕透顶的狂呼乱叫又开始了,这真令人害臊,感觉像听了蹩脚的笑话似的。"

奥威尔似乎有意提醒人们,托翁对莎翁的恶意无处不在。比如,在他看来,李尔心甘情愿放弃王位,是因为他期待并相信每个人对他都依然会以国王相待。他不可能事先看到在他放弃王位以后,会有人利用他的弱点;还有那些像高纳里尔和里根的阿谀谄媚之人,正是后来谋逆作乱的反叛。因此,一旦发现有谁对他不再言听计从,他就勃然大怒。实际上,这完全符合李尔的性格。而在托翁眼里,这"奇怪且不自然"。

奥威尔认为,处在疯狂和绝望中的李尔经历了两种情绪,尽管有一种情绪极有可能是莎翁要部分地把李尔当成自己意见的传声筒,但从李尔的性格来看,也十分自然。这两种情绪,一种是极度的反感,一种是无力的暴怒,通过前者,李尔悔恨自己曾经做过国王,平生第一次对徒有其表的法律和民众道德的腐败感同身受;而由后者,李尔幻想着对背叛他的人实施强力报复,要叫"一千个魔鬼把嘶嘶作响的火舌吐到她们身上"。而且:"给一群马的马蹄子都钉上毡子,倒是一条神机妙算:我要这么试一下,等我偷偷冲进我那两个女婿的军营,我就杀,杀,杀,杀,杀,杀!"【3.6】直到最后,当他清醒了,才真正意识到权力、复仇和胜利,毫无价值:"不,不,不,不!来,我们到牢房去……在牢狱的高墙之下,我们倒要活着,看那些结党营私的权贵,他们的命运如何像潮汐一样起落浮沉。"【5.3】不幸的是,对他来说为时已晚,他和考狄利娅注定要死去。

在奥威尔眼里, 这么一个精彩的故事, 却让拙笨的叙述者——托尔斯泰——讲砸了。

还有一点令奥威尔觉得怪异,那就是在托翁眼里,莎翁戏剧被奉为艺术经典是德国人聒噪炒作的结果。换言之，是德国人将荣誉的桂冠戴在莎翁头上，使他声名鹊起，他的荣耀"源于德国，并从那里传回英国"。

德国人何以要为莎翁抬轿子呢？托翁断言，那正是德国戏剧不值一提而法国古典主义开始显得矫揉造作、僵而不死之时，莎剧情节的灵妙变化，不仅使他们着迷，还使他们在莎剧中发现了对自身生活态度的美好表达。正因为此，一经歌德宣布莎士比亚是一位伟大的诗人，其余的批评家如影随形般紧随左右，鹦鹉学舌似的蜂拥而上，也正是从这个时候开始，人们对莎士比亚的广泛痴迷持久不衰。面对此情此景，托翁选择向莎翁开战。

在托翁眼里，"对莎士比亚的虚假的美化"是一桩大罪恶。可惜，我们无从知道他是否读过德国大诗人海涅在其《莎士比亚的少女和妇人》(*Shakespeare's Girls and Women*)一文中，对莎翁，尤其对莎剧《李尔王》毫不吝啬的溢美之词："诗人在《李尔王》的第一幕，就为我们展示出一幅比一切魔界鬼域更为恐怖可怕的场景、一种冲决一切理性堤坝的人的激情，这激情在一个疯癫国王的可怕气势中狂吼怒号，拼命与肆虐咆哮的大自然竞赛……是一桩非比寻常的伦理事件触动了那所谓没有生命的自然吗？在自然与人情之间是否存在一种明显的亲和关系呢？我们的诗人是否看到了这一点并想将它再现出来？"在海涅眼里，莎剧《李尔王》是一座迷宫，批评家会在里面迷失方向，遇到危险，"要对莎士比亚这部天才飞扬到令人晕眩高度的悲剧进行批评，几乎是不可能的"。

不去管托翁了，让我们带着海涅的疑问和"不可能"进入"李尔"的内心世界。

五、李尔的内心世界

1.《李尔王》与《旧约·约伯记》之异同

前边提到，托尔斯泰眼里的莎剧《李尔王》完全是一部从别处"借来的"悲剧，而对于它都"借来"哪些"原型故事"，我们也或多或少做了稍详或略简的论析。不得不承认，并必须表达由衷钦佩的是，莎翁真是一位世所罕见的顺手擒"借"的奇才，干脆说吧，他简直就是一个既擅、又能且特别会由"借"而编出"原创剧"的天才。不论什么样的"人物原型""故事原型"，只要经他的艺术巧手灵妙一"借"，笔补神功，结果几乎无一不是一个又一个的"原型"销声匿迹无处寻，莎剧人物却神奇一"借"化不朽。因而，对于莎翁读者、观众，尤其学者来说，不论阅读欣赏，还是专业研究，都仿佛是在莎翁浩瀚无垠的戏剧海洋里艺海拾贝。无疑，捡拾的莎海艺贝越多，越更能走近从而走进莎翁。

既论及《李尔王》是"借来的"，最不该、也最不能忽略的最关键、最重要的一"借"，自然是从题材、人物、故事、母题、意象、隐喻、象征、典故、释义、转义、思想等诸多层面，全方位滋养与丰富了莎翁作品的用之不竭的巨大活泉——《圣经》。引英国著名莎学家弗雷德里克·撒母耳·博厄斯（Frederick Samuel Boas，1862—1957）的话一言以蔽之："《圣经》是莎士比亚取之不尽的源泉，甚至可以说，没有《圣经》就没有莎士比亚的作品。……即便有谁能禁止《圣经》发行，把它完全焚毁，永绝人世，然而《圣经》的精神结晶，它对于正义、宽容、仁爱、救赎等伟大的教训，及其罕贵无比的金玉良言，仍将在莎士比亚的作品中永世留存。"换言之，莎翁作品凝结着《圣经》的"精神结晶"。生于1925年、从日本东京上智大学荣退的英国文学教授彼得·米尔沃德牧师(Father Peter Milward)曾在其《威廉·莎士比亚》(*William Shakespeare*)一书断言："几乎《圣经》每一卷都至少有一个字或一句话被莎士比亚用在他的戏里。"

总之，莎士比亚对当时通行的所有《圣经》英译本都烂熟于心，他当然不会照搬(托翁所说的"借来")"老《李尔王》"的样子，而是化用《圣经》的典故、意象。我们要说的是，莎剧《李尔王》对《圣经》的参照，几乎是如锥画沙般不落痕迹的活用。这不是问题，问题在于，莎剧《李尔王》是否确实把《旧约·约伯记》作为重要"原型"进行了令人称奇的灵活妙用。这在莎学界向来有两种不同意见：一是认为莎剧《李尔王》整体上就是对约伯模式的悲剧性应用；二是认为拿莎剧《李尔王》跟《约伯记》相比根本不能令人信服，因为两者的结局收场截然不同，前者大悲，后者大喜。

关于《约伯记》的作者，大致说法有三：一说是摩西，其成文与"摩西五经"同时；二说它的成文比"摩西五经"还要早，若纯按时间算，《约伯记》该是《旧约》的开卷首篇；三说《约伯记》应是大卫王或所罗门王时期所写。无论哪种说法，都不妨碍我们将莎剧《李尔王》和《约伯记》并置一处，聚焦比对。

《约伯记》历来被认为是《圣经》中最迷人的章节之一，像苏格兰哲学家、讽刺作家、史学家托马斯·克莱尔(Thomas Carlyle，1795—1881)甚至视它为"人类写下的最伟大诗篇。无论是跟《圣经》中的其他篇章，还是和《圣经》之外的文学作品比，没有什么堪与《约伯记》相媲美"。另一位苏格兰小说家、被誉为 1945 年以来最伟大的 50 位英国作家之一的穆里尔·斯帕克(Muriel Spark，1918—2006)甚至说："约伯问题是人类唯一值得探讨的问题。"

下面，我们把李尔放到"约伯的天平"上称一称。

(1)诸神与上帝

《约伯记》讲的是基督教世界的上帝和约伯之间的故事，简言之就是，上帝以其"天意"安排他的仆人约伯受苦，最后再以"天意"安排他苦尽甘来，得享天年。而从莎士比亚为李尔王设定的故事发生在耶稣基督诞生前 7 个世纪的古不列颠这一背景看，与基督教毫不相关。由这个细节，我们也可以判定，朱生豪、梁实秋、孙大雨三位前辈在其所译《李尔王》中，均将"诸神""天神""上天"译为"上帝"，既不恰切，也不准确。尽管考狄利娅明显是一个"圣经女人"，或一个"圣女"，或基督教女性形象，但在莎剧《李尔王》中自始至终没有出现"上帝"这个字眼。李尔曾"以阿波罗起誓"，【1.1】"以朱庇特起誓"，【1.1；2.4】一听高纳里尔无端责骂自己的侍从，也曾立刻发出严厉的诅咒："高贵的女神，听我诉说！假如你打算让这贱货生儿育女，就收回成命吧。"【1.4】这是莎翁刻意而为的高妙，他让李尔向"诸神"祷告，向"众神"祈求，向"上天"呼号，就是没向"上帝"求助。莎翁塑造的是一个活在基督教外多神异教世界里的不列颠国王，他要彻底表现这位遭遗弃的国王作为一个"人"的悲剧，这个人是李尔，不是基督徒。

(2)李尔与约伯

《约伯记》篇首第一段说："有一个人名叫约伯，住在乌斯地区;他是一个清白、正直之人,敬畏上帝,远离邪恶。他育有七子、三女。他有七千只羊,三千只骆驼,一千头牛,五百匹驴。此外,仆人成群,算是东方人里的首富。"

表面看,李尔只有"三女"一项与约伯相符,其实不然,莎剧《李尔王》分明透露出,李尔像约伯一样,"是一个清白、正直之人""敬畏神明"(李尔敬畏的自然不是约伯的上帝),"远离邪恶"。是的,李尔做人十分清白,虽然剧情没有交代李尔的王后何时驾崩,但李尔始终孤身一人,不要说与人通奸,连一点儿桃色绯闻都没有。这连葛罗斯特都没有做到,埃德蒙便是他偷情的产物。所以,当失去王权的李尔再次见到里根时,才会那么理直气壮地说:"要是你见了我不高兴,我就要跟你躺在坟墓里的母亲离婚,那也就成了淫妇之墓。"【2.4】言外之意是:你若对我不孝,只能说明你不是我的亲女儿,而是王后与人通奸生了你。可见,对通奸深恶痛绝的李尔像约伯一样:"假如我对临近的妻子起了淫念,/ 在他门口窥伺机会,/ 就让我的妻子去替别人烧饭吧!/ 就让她去睡在别的男人的床上吧。/ 这是罪大恶极的事,/ 这是该受死刑的罪。"

李尔也是正直的,他从未以国王之威权害过谁,所以,当他在暴风雨中的荒野一路狂奔的时候,向高高在上的众神无辜抱怨的是:"我是一个没犯过罪却受了大罪的人。"【3.2】

然而,比起是一个人,李尔更是一位威严的君王,当八十多岁的李尔亲手杀了那个绞死考狄利娅的凶手,并不无豪情地说出"我有过那样的日子,一挥起我那把锋利的弯刀宝剑,就能吓得他们抱头鼠窜"【5.3】这句话时,我们仿佛看到了昔日那个英勇神武、能征惯战的开国之君的身影。李尔从不怀疑自己作为一国之君的威严,当失明的葛罗斯特听出他的声音,问他是不是国王的时候,他十分"清醒"地说:"没错,从头到脚都是一个国王:我一瞪眼,看有哪个臣民敢不哆嗦。"【4.6】当李尔王命已下,将国土一分为二分别馈赠给高纳里尔和里根时,试图阻止的肯特开口道:"威严的李尔,我一向敬您为君,爱您如父,尊您为主,祈祷中,也把您当成我伟大的保护人。"【1.1】而当遭放逐的肯特易容乔装成"凯厄斯"决心继续追随李尔时,他对李尔说:"可是您的神态透着点儿什么,使我甘心把您叫作主人。"李尔问:"是什么呢?"肯特只回答了两个字——"威严"。【1.4】也就是说,在肯特这位正直的朝臣心目中,尽管李尔会脾气暴躁大发王威,会因人老而变得昏聩,但李尔始终是一位值得他效命尽忠的威严的好国王。又因其威严,才会如此桀骜不驯,面对屈辱绝不肯臣服。事实上,肯特存在的价值之一就在证明李尔绝非昏庸暴虐、骄奢淫逸之君,而是一位烙印着人性弱点的明君贤王。肯特之于李尔,实在很像约伯之于上帝。其实,李尔只想在主动放弃王权之后,过上约伯式的太平日子,安度晚年;却不承想,非但未如此,竟从威严的国君一下子身陷到了约伯式的苦难之中。这可怕的悲剧性,当然是莎士比亚要追求的戏剧效果!

(3)约伯式的苦难

在《约伯记》里,约伯一成不变太平繁盛的好日子,随着撒旦向上帝"挑拨进谗言"结束了。一天,上帝闲来无事,突然向撒旦问起在他眼里世间无二的好人约伯的情况。撒旦似乎漫不经心地说"若非有利可图,约伯还会敬畏你吗?"敬畏上帝,是因为上帝保护他、赐福给他,他才能事事顺利、牲畜遍地,一旦把这些都拿走,约伯定会"当面咒骂"。上帝觉得有道理,答应任由撒旦"摆布",把灾难降临在约伯头上,却不可伤害约伯。

李尔信了高纳里尔和里根说出的君王爱听的阿谀奉承话,葛罗斯特信了貌似替父着想、却是在构陷埃德加、而一心只想攫取爵位、财产的埃德蒙的话,同上帝信了撒旦出于为他"威严"着想的话,不很相似吗?

一切为了上帝的撒旦,出手狠毒至极,转瞬之间就夺走了约伯的所有子女和一切财产。见丧失了一切的约伯既没有去犯罪,也没有埋怨上帝,撒旦不死心,继续挑唆上帝,说这并不代表约伯虔敬,因为他自身尚好,毫发未损。上帝又允许撒旦继续打击约伯,但严令他不能杀死约伯。撒旦尽其所能让约伯一夜之间生满毒疮,浑身蛆虫、疥癣,皮肤溃烂破裂,连约伯的妻子都嫌弃他了,而他依然无怨无悔。

高纳里尔和里根非要裁撤掉李尔的 100 名侍卫,最后将他驱逐;埃德蒙陷害埃德加并非要置之死地而后快,跟撒旦对约伯痛下毒手,不很相近吗?

约伯受难时,3 位朋友前来,先是陪他坐了 7 天 7 夜,而后就约伯是否有罪同约伯展开了 9 次论辩。他们告诉约伯,全能的上帝无所不知,他之所以遭此大难,皆因自己有什么过错,哪怕这错是不知不觉犯下的;他活该认命,接受惩罚,理应认罪,或可得到宽恕。约伯则坚称自己清白无辜,是纯粹的义人:"但愿有人把我的灾难称一称,/ 有人把我的愁烦放在天平上,/ 它们比海滩上的沙还要重;/ 因此, 不必因我的话粗鲁而见怪。/ 全能的上帝用箭射中我，/ 箭头的毒液流遍我全身。/ 上帝用各种恐怖的灾难击打我。"结果，谁也说服不了谁。这时，又来了一个朋友，他对约伯的劝慰与前3位友人大同小异。

发疯的李尔在暴风雨中，先是有弄臣、肯特、"可怜的汤姆"3位"友人"相伴，并不时以疯言疯语与3位"论辩"，而后又有第四位失去双眼的"友人"葛罗斯特加入，这跟苦难中的约伯先后同4位友人对话论辩的情景，不很相似相近吗？

十分可能的是，莎翁为《李尔王》从《约伯记》这篇《旧约》里的迷人诗篇中"借来"一个成熟的叙事结构。

（4）两个法庭

心怀对上帝无二的虔敬，可苦难中的约伯还是想不明白，时常陷入内心的苦闷、埋怨、矛盾、纠结、煎熬、挣扎，思绪繁杂，令他不胜其烦："他（上帝）破坏奸猾之人的奸计，/ 使他们的作为一无成就。/ 他使聪明人陷在自己的诡计中，/ 使他们的图谋全部落空。""上帝要赐给你的/ 远超过你所丧失了的一切。""不敬拜上帝之人跟蒲草一样；/ 他们一忘记上帝，希望就幻灭了。""他用暴风摧残我，/ 无缘无故地伤害我。/ 他不容我喘一口气，/ 却使我饱尝悲苦的滋味。""上帝使我衰弱无助，/ 他们就对我尽情侮辱。/ 这些下流人迎头攻击我；/ 他们使我奔逃；/……他们冲破了我的防御，/ 重重地压在我的身上。/ 恐怖击倒了我；/ 我的光荣随风飞逝，/ 富贵如过眼烟云。/ 现在我离死不远；/ 痛苦仍紧紧抓住我。/ 夜间我全身骨头酸痛，/ 剧痛不断地咬着我。/ 上帝束紧了我的领口，/ 又扭卷了我衣服。/ 他把我摔在污泥中；/ 我跟灰尘泥土没有差别。……我盼望得福却遭遇灾祸；/ 我期待光明却遇到黑暗。/ 我因痛苦愁烦而憔悴；/ 我夜以继日地在患难中。""上帝向我发怒，/ 把我当作他的仇敌。""邪恶之人吮吸毒蛇的毒汁；/ 毒蛇的舌头把他舔死了。""他沉重的责罚使我呻吟不已。""上帝向世人说：/ 敬畏上帝就是智慧；/ 离弃邪恶就是明智。""狂风要袭击他，毫不留情；/ 他拼命要逃脱，但没有效果。"

面对如此"天大"（上帝故意所为）不公，怎么办？在此，我们要将"伟大"一词献给《约伯记》的作者，这位才华不输莎翁的诗人笔走乾坤，直接唤起约伯的个体意识，吁请上帝，他要在法庭向上帝抗辩，甚至要与上帝一同受审："求你同意我两项请求，/ 我就不从你面前躲藏；求你别惩罚我；/ 求你别恐吓我。/ 上帝啊，你做原告，我来答辩；/ 或者让我起诉，你来答辩。我究竟犯了什么罪？""我的证人在天上；/ 他要起来为我说话。""我希望有人为我向上帝抗辩，/ 像人为朋友抗辩一样。"这是多么大的人类的气势啊！

暴风雨中的李尔不就是这样的约伯吗？当他王权在握、独断朝纲，从不想自身的待遇公正与否，因为他就是权力，权力就是法官，法官就是公正。谁能审判国王？因此，发疯的李尔会问："他们怎么能判我私造货币罪：我本人就是国王。"【4.6】而当他一旦失去至尊王权，变得一无所有，感到平生从未受过的"天大"（君王乃一国之天）不公，他竟然除了向"众神"发出要复仇、要夺回王位的吁求的同时，开始在疯狂的混沌意识里呼唤人间法庭审判下的公正。第三幕第六场，在葛罗斯特城堡附近那间作为临时避难所的农舍，意识模糊的李尔用幻觉搭建了一个法庭，他要马

上开庭,公审高纳里尔和里根——被他赐予王权的两个女儿:

> "事不宜迟,我这就审问她们。(向埃德加)来,最
> 博学的法官,您坐这儿;
>
> (向弄臣)您,聪明的先生,坐这儿;来呀,你们这
> 两只母狐狸!"

> "我要先看她们受审,把证人带上来。(向埃德
> 加)您这位穿袍子的法官,请入座;
>
> (向弄臣)还有您,他的司法搭档,坐他旁边;(向
> 肯特)您是陪审官,也请坐。"

> "先审她,她叫高纳里尔。我在这儿向尊严的法庭
> 宣誓,她曾用脚踹她可怜的父王……"

> "这儿还有一个, 她那一脸横肉就写明了她的心
> 是用什么做的。拦住她!抄家伙,抄家伙,拔出剑,点火
> 把!贪赃舞弊的法庭!骗人的法官,为什么放她逃走?"

此时此刻,失去王权威严的李尔,想要通过公正的法律获得人权
的尊严。

在《约伯记》里,约伯终以"上帝以苦难教训人,/以祸患开
启人的眼睛"的智慧,明白了上帝叫他受苦遭罪的良苦用心。李
尔也得以在"苦难教训"中,终于明白了考狄利娅对他的至爱真
情。意味深长的是,葛罗斯特在被挖去双眼的"苦难教训"中,得
以认识自我,审视正义,识辨邪恶良善,看清人间正道,最后含笑
死去;李尔发疯以后,才认清一旦丢弃尊贵的君王身份,他只不

过是像"可怜的汤姆"一样的"两脚动物"。

(5)两种结局

《约伯记》最后,在约伯一连串的呼号下,上帝真的现身了,约伯不仅"亲眼看见了"上帝,还聆听了上帝发自肺腑的自我表白和谆谆教诲,他终于明白了上帝"事事都能","能实现一切计划"。约伯羞愧难当,"坐在尘土和炉灰中忏悔"。于是,称心如意的上帝赐福约伯,不仅将7子3女如数奉还,更将牲畜和财产加倍馈赠。约伯又活了140年,"亲眼看见了自己的四代子孙。这样,约伯长寿善终"。

既然是无所不知的上帝这位全能神,授权撒旦把灾祸降给约伯,假如撒旦是有意挑拨,上帝不可能不知。从上帝与约伯的对话中得知,他并没有"出卖"撒旦跟约伯说我是听了撒旦如何如何说你我才不得不怎样诸如此类的话。而耐人寻味的是,在整部《圣经》中只有《约伯记》记下了上帝与撒旦的对话。

事实上,《约伯记》的作者是要明确告知世人,上帝与撒旦联手拿约伯"做实验",是要试炼人对神(上帝)的敬畏虔敬可以达到什么程度。试炼的结果十分理想,约伯遭受了人类所能承受的极限苦难,他的敬畏之心也是达到了人类虔敬上帝的顶峰。《约伯记》要告诉人们,好人会遭罪受苦,苦难不一定是惩罚,不要让苦难摧毁精神,不要陷入无边的抱怨,更不要在绝望中轻贱生命,而要学会在苦难中体会与感受上帝之爱,上帝终会眷顾人类。

这是《约伯记》引人深思的地方。

比起约伯绝对无辜的苦难,至少表面看,李尔的遭罪颇有十足咎由自取的味道；比起约伯终究搞清楚了神（上帝）是什么，李尔最后也弄明白了人意味着什么。这自然带来两种截然不同的结局，即比起约伯所获上帝慷慨无比的赐福馈赠、并得以"长寿善终"这一神的结局，李尔得到的只能是人的结局。莎士比亚，这位李尔的真正上帝，先是匠心独运地"天意"安排李尔像约伯一样失去一切，然后让他在霹雳雷电的暴风雨中经受约伯式的苦难，最后重新获得考狄利娅的亲情挚爱，并同时获得作为人的自由、信心和尊严。

然而，莎士比亚没让李尔再活下去，他绝情地在父女重欢聚、人情理应大圆满的时刻，笔锋陡然一转，把考狄利娅和李尔写死了。李尔的结局实在是一场惨绝人寰的人性人情的大悲剧：怀里抱着他最最疼爱的、如今已被绞死的考狄利娅，悲痛哭泣着气绝身亡。

约伯式的苦难，并不一定通往约伯式的圆满；李尔式的灵魂可能被救赎，却可能以考狄利娅式无辜者的牺牲为结局。如此跌宕震撼的戏剧性悲剧宿命，既是莎翁不同于那些"原型故事"的"原创"，也是莎剧《李尔王》撼人心魄的地方。

2.李尔：从任性国王到人性慈父

在我们上述像剥葱头似的将莎剧《李尔王》"借来的"那些"原型"逐一剥开之后，独属于莎翁的这个李尔，已变得眉目清晰起来："诗人的空间和时间存在于他所写事件的进程中……他怎样把你夺了去，把你带到了什么地方？他把你带到哪儿，哪儿就是他的世界。他让时间以多快或多慢的速度接续下去呢？他让它接续下去，并把这接续下去的印象铭刻在你的心底；这就是他的时间标准。就这一点而言,莎士比亚又是多么了不起的大师啊!
他剧中的情节开始时往往缓慢、迟钝,无论在他的自然,还是自
然本身当中,情形都是如此;因为他只是以缩小的尺度来表现自
然。弹簧发动之前,事件进行得多费力啊!然而,事件越向前进
行,场景变换越快!对白变得越发简短,心灵、激情、动作也变得
越发迅疾而奔放!此后,某些对白稀疏地散布在迅疾变换的场景
中间,这情形多厉害啊!因为谁都没有时间了。最后,到了戏剧尾
声,他见读者已完全进入幻觉、陷入他的世界和激情的深渊,这
时候,他又变得多么大胆啊!他让事件是多么迅疾地接连发生
啊!考狄利娅刚死,李尔也死了,接着肯特就死了!仿佛他的世界
终结了,仿佛世界末日降临了,一切迅雷不及掩耳般急转直下,
天幕卷起,山崩地陷;时间的标准消失了。”

对,德国诗人、哲学家赫尔德 (Johann Gottfried Herder,
1744—1803)以上这段精彩话语,用锐利的白描把莎翁戏剧诗中
李尔王的悲剧世界,诗意地勾勒出来。

确如托尔斯泰所说,德国人对莎士比亚从不吝惜溢美之词,
与歌德、席勒和第一个将莎剧译成德语的维兰德(Martin
Wieland, 1733—1813) 并称魏玛古典主义四大奠基人的赫尔
德,自然不例外。而且,作为德国人,当他 1771 年撰写《莎士比
亚》专论时,丝毫没受到那时正独占伦敦舞台的“泰特的李尔”的
不良影响。显然,赫尔德的李尔更多源于他作为一个诗人哲学家
卓尔不凡的艺术想象,而非来自剧院舞台。

先看赫尔德为我们描摹出怎样一个李尔:“这个性子急、脾
气躁、既高贵又软弱的老人,正站在那儿,对着地图,把一顶顶王

冠赠送出去，把一块块土地划分出来，——在他出现的第一场，就把他命运的一切种子带了来，这种子所造成的收成便是他极其黑暗的未来。看哪！这个好心肠的挥霍者，这个性情急躁、并不悲悯的老人，这个幼稚的父亲，过不多久就要来到女儿们的前庭，请求、乞讨、诅咒、狂热、祝福——上帝啊！而且，他预感到自己要发疯。他很快就要跌落到人最低贱的等级，光着头在雷鸣电闪的暴风雨中行走；带着一个弄臣，寄居在一个疯乞丐的茅草屋，疯狂好像从天而降落到他头上。一忽儿，他整个人显示出在孤苦无靠情形下能处之泰然的尊严；一忽儿，又清醒过来，沐浴在最后一线希望的光辉照耀下；紧接着，这一线希望就永远永远消逝了！他成了战俘，抱着死去的恩人、宽恕者、孩子、女儿！最后倒在她的尸体上死去，老仆人也在他死后随他而去——上帝啊！时间、形势、风暴、天气、实事的变化，是多么大啊！而所有这一切，不单只是一个故事——是英雄和国家大事，假如你愿意用这样一个称谓来形容。从一个开端到一个结尾，全都符合你的亚里士多德最严格的规则(笔按：如悲剧应该是五幕剧，剧情应发生在最亲近的亲属之间)；可你走近些，体会一下这种人的精神，它把每个人物、年龄、性格和次要的东西都安排到这幅画面里去了。两位老父亲及其各不相同的子女！一位父亲的儿子对于被欺骗的父亲不幸命运的感恩，另一个儿子对于最慈爱的父亲可怕的忘恩负义及其令人厌恶的幸运。李尔反对他的女儿们！她们反对他？她们的丈夫、求婚者以及所有身处幸运或不幸中的同谋者！被弄瞎了眼的葛罗斯特扶着没被他认出来的儿子的胳膊；发了疯的李尔跪倒在遭他放逐的女儿的脚下！现在，到了幸运的十字路口，在这一时刻，葛罗斯特死在那棵树下，军号在召唤，一切次要的情势、动机、性格和场面都写进去了，一切都在戏里发展成一个完整的东西——安排在一起，成为一出完整的父亲与儿女、国王、弄臣、乞丐和苦难的戏剧……难道这样的作品不算戏剧？莎士比亚还不是戏剧诗人？他把一件世界大事的 100 个场景用胳膊抱住，再用目光加以安排，而他那吹进生命的气息使一切鲜活起来的灵魂，又笼罩了这一切场景；他不是要吸引人们的注意力，他是要自始至终抓住人心、抓住一切激情、抓住整个灵魂。……这里是一个戏剧情节的世界，它同大自然一样深、一样广；而它的创造者又赋予了我们眼睛和观点，使我们能看得这样深、这样广！"

简单说，这就是李尔的整个世界。

然而，这对于我们要更深、更广地认识李尔还远远不够。下面，我们跟随一位精研莎翁的学者英国文学批评家、莎学家莱昂内尔·奈茨(Lionel Knights，1906—1997)，由他 1960 年出版的《莎士比亚的几个主题》(Some Shakespearean Themes)中的长篇宏论《李尔王》当导览，去李尔的内心世界经历一番深度的旅行。有幸遇到奈茨这样一位博学的导览，我们所能做的便是紧跟脚步、洗耳恭听。

在奈茨绘制的《李尔王》这幅巨大的文学地图上，"《李尔王》具有最伟大艺术作品的三个特征：具有永恒性和普遍性；在作者的心路历程中占据重要地位；标志着作品所代表的文明在意识领域发生变化的一个极为重要的时刻。"

奈茨的解说从莎翁写《李尔王》的时间节点开始：

　　"编写《李尔王》是在《奥赛罗》(1604年)之后不久。这引起我们注意,'莎士比亚悲剧'是一个易于产生误解的名词。莎氏的每一个剧本都是'新的开始',都是'对一个难以言说的新内容的尝试',虽有发展,却不重复。即便从狭隘的技术观点看,每一部悲剧的写作都有其各自不同的目的,显然也使用了不同的风格、方法。例如,《奥赛罗》这部诗剧的成功,在于其语言和象征所表现的特殊诗意,与其他悲剧相比,它更接近一般所说的'性格的揭露',它关注的焦点在个人,也可以说是在家庭关系上。与此相反,《李尔王》是一部具有普遍性的寓言剧(尽管'寓言'一词并不能很好说明该剧所要表达的经验的深度和动态),该剧的技巧决定于需要,它要以最大限度的逼真形象和最小限度的自然主义传统,来表达人生命运的某些永恒的东西。例如在荒原那几场戏里,我们不只是在倾听我们所熟悉的那些剧中人物的交谈,而是被卷入了一首伟大的、几乎非关个人的诗篇,在此,我们听到有些人声在回荡,有人在相互对答,内容所涉都是李尔遭受折磨的意识的一部分,而李尔的意识又是全人类的意识的一部分。同样强烈的效果始终贯穿全剧。这个人物在另一个人物身上得到反映:被挖去双眼的葛罗斯特与受虐的李尔相配;葛罗斯特失去了眼睛,李尔的思想变得昏暗;葛罗斯特是在眼瞎之后才学会'认清这个世间'(恰如肯特告诉李尔所要做的那样),李尔则是发了疯才洞悉人情,认识到他的基本需要……《李尔王》的诗不只生动、紧凑,内容广阔,舞台上的行动也包含了广泛的经验,而且还具有一种特殊的回响,足以使我们能够确定莎士比亚的意图。我们听见失明的葛罗斯特说:'我没有路,所以也不需要眼睛;在我能看清的时候,反而跌倒了。'【4.1】我们听见李尔在高纳里尔顶撞了他时说:'有谁能告诉我我是谁吗?'弄臣随口答道:'李尔的幻影'。【1.4】特殊的回响就在这样的时候出现了。

"本剧刚一开始,李尔王不过是一个刚愎自用的化身。他被阿谀奉承包围,既不清楚自己是谁,也领会不到事物的本质。此处是强调他的任性。他用让女儿向他公开示爱的办法,把国土馈赠给她们,这明显是荒谬的。……爱只能发自内心,强求不得;不过,强人所爱,倒也相当普遍,《李尔王》不过是把这类事儿用戏剧的方式夸大了:'告诉我,你们当中谁最爱我?谁最有孝心,我就把最慷慨的馈赠给谁。'

"对这一要求唯一忠实的回答是考狄利娅的'我无话可说'。李尔提出如此反常的要求,结果导致了歪曲现实的看法。……因为李尔反常,他就受到表面现象的欺骗,又因他甘愿受骗,便引发了一系列事件,叫他面对无法否认,而且也是掩盖不了的现实。'有谁能告诉我我是谁吗?'对于这个问题,那帮坚决反对李尔的人做出了一种回答,即在埃德蒙、高纳里尔和里根看来,要无所顾忌地去满足个人的冲动。从这两个女儿的言行,及其与野兽的意象相关联的情形来看,她们俩代表着一种残暴的动物性。除了个人情欲,她们对任何礼法毫无顾忌。对这种利己主义,埃德蒙表达得最为彻底,他在本剧中引来了与传统观念截然相反的自然观和人性论,这两种观念已在当时人们的意识中露出端倪。按埃德蒙所说,人只是无情的大自然的一部分,他的为人之道就是用全副精力和聪明才智来扩张自己:'大自然啊,你才是我的女神。''我们身上所有的邪恶行为,都源于天际间一种超自然力量的逼迫。'【1.2】李尔一时任性，只抓住人类的爱的形式，否认了现实，则势必滚进埃德蒙说得天花乱坠的无情的自然力的世界。

"……他嘴里讲着父母的关爱，却在行动上抛弃了考狄利娅，情绪一旦激动起来，其狂妄——这是他最标志性的做人方式——到整个口吻、态度都暴露出一种残酷的唯我主义。戏剧刚一开始，就不止一次地强调了这一对比。

> 以天体中运行的所有主宰人类生死的星辰起誓，我们之间所有的父女之情、血缘情分和亲属关系就此断绝，从这一刻起，你我形同陌路，直到永远。从这一刻起，在我心里，无论野蛮的塞西亚人，还是把亲骨肉吞食下肚的人，都将与你——我昔日的女儿一样，得到同样的善待、同情和慰藉。【1.1】

> 我还有一个女儿，我相信，她有孝心，会善待我的：当她得知你这么对我，一定会用指甲把你这张狼一样的脸剥下来。【1.4】

"上引两段李尔的话，每一段的初衷都与后来发生的事截然不同。无论李尔心里在想什么，他人性中的一个方面，在尚未被动投入埃德蒙、高纳里尔和里根眼中合情合理的世界之前，他已主动把它交给了这个世界。在这样的世界，不存在任何的情感幻想或主观愿望，也没有任何'人情礼数'、风俗习惯或宗教戒律来限制粗暴的自然力肆意妄为。假如真有那么一天,李尔能像肯特所希望的那样看清世界, 他必先全面而深刻地目睹和感受这个世界。

"暴风雨各场及后面紧接着的几场戏,是对内部和外部'自然'双重揭露的过程……一个人疯了,另一个装疯,还有一个弄臣,这部戏享有戏剧史上史无前例的自由,它把一切能充分发展主题的东西全用上了。

"剧中的暴风雨生动地发挥出了它那加害于人的威力,可人们感受到的自然威力又不限于暴风雨。埃德加在剧中就对暴风雨的残暴起到部分加强的作用。他把自己乔装成可以在 16 世纪英格兰乡村找到的最下贱的动物 (从舞台效果看他就是这样的动物),一个流浪的疯乞丐,'一个最低贱的家伙,一副最遭人鄙视的穷酸相儿,形同走兽、不成人样'。【2.3】

"这个人能唤起你不断去想那无人过问、朝不保夕的乡村生活——'抵御风霜雨雪的侵袭','简陋的农场、贫贱的乡村、羊圈、磨坊'。当李尔带着肯特和弄臣来到茅草屋,惊扰了他,他立即对习以为常的无情自然发出哀号。这里的'习以为常'指的是那些生活接近大自然的人,而非指埃德蒙那类人。埃德蒙之流只为满足一己私欲,向大自然发出抽象的吁求;埃德加讲的却是寒冷、柴火、涡流浅滩、旋风、泥泞沼泽、自然灾害和疾病瘟疫。他言语所及,都富有深远而精确的启发性。

> 我是可怜的汤姆,我吃水里游的青蛙,也吃癞蛤蟆、蝌蚪、壁虎、水蜥;恶魔一发怒,我心里一发狂,就

把牛粪当凉拌菜吃；我吞食大个儿的老鼠和水沟里的死狗；我喝一潭死水上漂浮的绿沫子……【3.4】

这一狂想并非只针对极端的穷困潦倒。这段诗的效果仿佛把人类的进化过程倒置过来，说明人是源于土地的动物。

"……'外部的'自然既已如此，'内部的'自然、人性又是怎样的呢？……把李尔、埃德加和弄臣之间的交谈汇集起来，本身就是一部很长的罪行录——从往麦芽里掺水，到放高利贷、毁人名誉、发假誓、搞谋杀，这些罪行足以刻画出一幅卑鄙的人性图画。埃德加在疯话里讲这些，李尔在表象下发现的可怕现实也是这些。在下面台词的开始一段：

你这教区的流氓差役，停下你残忍的手！为什么要鞭打那个妓女？抽你自己的背……【4.6】

李尔深刻洞察到淫乱和淫虐之间的联系……脱下他们的衣服，你就发现李尔在暴风雨中的发现了。

难道人不过如此吗？看看他就明白了。你不欠蚕儿一根丝，不欠野兽一张皮，不欠绵羊一根毛，也不欠麝猫一厘香。哈？倒是我们仨变了样儿。你才是原样儿：人一旦光身露腔，顶多像你现在这样，不过是一个可怜巴巴、精赤条条的两脚动物。脱，脱，借来的东西都脱！来，把这儿的扣子解开。【3.4】

这段话中的'你''原样儿'，就是我们刚听他讲到的那个人，他'梦中惦着淫乐事儿，一觉醒来就去干；我嗜酒如命，我好赌成性；我的情妇比土耳其苏丹还多：一颗奸佞狡诈的心，一对偏爱流言的耳朵，一双残忍嗜血的手；像猪一样懒惰，狐狸一样诡秘，狼一样贪婪，狗一样疯狂，狮子一样凶残'。【3.4】我们可以说，这就是埃德蒙的哲学。……在暴风雨的摧残之下，李尔终于疯了，说到淫乱，他竟然说'来吧，纵欲狂交，男女混交，交得多，生得多，好为我当兵打仗'。【4.6】

"发疯以后遇到被挖去双眼的葛罗斯特，李尔所表现出的厌世情绪，我以为是文学史中从未曾见过的、极其深刻的悲观主义……我们在这部戏里所看到的现实恐怖，既毫不掩饰，也不予缩小，因此，我们的路径才得以通往最深刻的洞见。当表象被一层层剥去，我们才得以发现最本质的生活现实，即本剧认为的考狄利娅的爱与宽恕。然而，这种爱像一切最值得赢取的宝物一样，要竭尽全力才能得到。你得坦承你的确有这一爱的需要；得真正做到虔敬、谦逊；得忍痛割除一切与至善不相协调的东西；简单一句话，得准备忍受一切……简言之，李尔是怎样感觉的和感觉到了什么同样重要，因为他最后的'洞见'跟他变成了怎样的一个人密不可分。

"……很显然，李尔的主要态度是任性。他一讲话，那句法就自然形成命令口吻，命令强化为威胁，威胁又强化为诅咒。当高纳里尔顶撞了他，他命令天神（即埃德蒙膜拜的大自然女神）——'听着，大自然，听着！高贵的女神'——发誓'愿一个父亲的诅咒化为无法治愈的创伤，刺透你的每一处感官'【1.4】，并令上天站在他一边。当高纳里尔和里根牵手一握，显示李尔实际已把大权拱手相让，李尔发出了威胁，虽空洞无力，却异常剧烈。

> 你们这对儿伤天害理的女妖，我要向你俩复仇，
>
> 全世界将为此，我一定要这么做，虽然我现在还不知
>
> 怎么做，但我的复仇要让全世界都感到惊恐！【2.4】

与此同时，莎士比亚通过弄臣特为观众指明，李尔的话显然很幼稚，他不仅要求上天立即满足他的愿望，还要完全支持他这个一成不变、刚愎自用的人。他滑稽地自以为还能把握已根本无法行使的权力，而一旦发现自己无能为力，他只有暴跳如雷、痛哭流涕。这些都证明此时的李尔已与平头百姓相差无几，待又过一段时间，他自己也承认了这一点。更主要的是，他自怨自艾到了无以复加的程度。暴风雨来了，李尔由于过度自怜而把自身情绪的暴怒和自然风雨的狂暴混为一谈，这极为不协调。他仍妄想把已经给人的东西要回来：暴风雨之所以不亏欠他什么情分，是因为它不像自己的女儿那样可恶。

> 风、雨、雷、电，你们都不是我的女儿，我不怪你们
>
> 心狠；我从未把王国交给你们，也从未把你们唤作我
>
> 的孩子；你们也没有义务顺从我。所以，只管尽情降下
>
> 你们令人惊骇的狂欢：我，你们的奴隶，一个可怜、虚
>
> 弱、无力、遭人鄙视的老头子，站在这儿。【3.2】

但这样评说暴风雨,未免过于简单。当李尔随后向众神发出另一个吁求时,感情则变得十分复杂:

> 让那在我们头顶激起这一可怕狂暴的众神,现在就找出他们的仇敌。发抖吧,你这坏蛋,你遮掩了尚未暴露的罪行,还没受到正义的惩罚!藏起来吧,你这嗜血的凶手;你这发假誓的恶人;还有你你忤逆乱伦的伪君子!粉身碎骨吧,你这披着善良的外衣、阴谋杀人的恶棍!撕开你包藏的祸心,让隐秘的罪恶昭然若揭,去向这些可怕的天庭传令使讨点儿慈悲,哀号乞命吧!我是一个没犯过罪却受了大罪的人。【3.2】

"李尔痛恨的是'遮掩了尚未暴露的罪行'。他在这段话中,将可以被欺骗的人类和无法欺骗的众神区别开来。不过,此处有这样一层意味:诸神的天庭法庭虽比人间法庭更威严,因为连那'传令使'都是雷霆,但它执行的也只是报复性惩罚,所以这个天庭法庭与人间法庭没什么不同。'还没受到正义的惩罚'这句话确实具有揭露性,因为这样一句李尔想当然说出来的话,却概括出了李尔的基本态度,即他在把自己也视为罪人之前,不会怀疑人间公道。尽管人间的法官徇私枉法,他也不怀疑天宇间还有可能存在更高级别的正义。这种正义虽然严厉,却不只是为了惩罚罪人。显而易见,李尔此时是把自己与那些应受惩罚之人做了区别,以至于当他想到罪人发抖时的情形,心里有一种他们活该如

此的满足感。他的话越说越有力量，终于达到炸点：'撕开你包藏的祸心，让隐秘的罪恶昭然若揭。'

"这话李尔似乎是半指自己说的，但这一思想还远未到自觉，因为他接着说：'我是一个没犯过罪却受了大罪的人。'在肯特将他领到茅草屋时，他的思想仍在报仇雪恨（'我要向你俩复仇'）和自怜自怨（'啊，高纳里尔、里根！你们仁慈的老父亲，以慷慨之心把一切都给了你们'）之间徘徊。

"但'这么一想真要疯了'【3.4】。他意识方面的痛点恰在这里，因为无论他亲手把什么东西赠与他人，他从不曾真正用心想过。

"生动反映出自然界矛盾的暴风雨，正好恰如其分地表现了李尔内心的矛盾斗争。首先通过风雨，然后再通过与暴风雨相联系的残暴的自然意象，冷酷的现实一下子冲进了李尔所抱的抗拒现实的内心。'哪怕最低贱的乞丐，再穷手里也得留点儿多余的东西：要是你连比人最起码的生存需要多一点儿的需要都不许有，那人命就贱得跟牲口一样了。'【2.4】'生存需要'无法抗拒，李尔显然对此十分清楚：

> 孩子，过来。你好吗，孩子？冷吗？我自己觉得冷。
> ——草棚在哪儿，伙计？困苦的魔力真神奇，能把卑贱
> 的东西变珍宝。来，带我去你那间草棚。【3.2】

在一部充满尖锐对比的戏里，人们可能并不留心那些微妙的语气变化。这里值得我们回忆一下李尔最早提出的一个问题，因为

他在那里十分清楚地暴露出自己的问题。他问道：'告诉我，你们当中谁最爱我？'李尔的口气显示出，他预期的是一个令他心满意足的回答。问话中那闲适的、舒缓的节奏，反映出他要过一种早已安排好的退隐生活的安逸情调。而此时此刻，他对弄臣所说的几句话，那短促的节奏则标志着他正面对新的不安。过去的要求是全部占有，是要求考狄利娅不能违心地说甘愿交出'一切'。如今的李尔讲的却是每个人都要有的生存需要。在茅草屋前的那场戏，李尔愿意跟弄臣分享'卑贱的东西'，这表明李尔已开始有了要跟平民百姓建立一种新型关系的感情。我们听到李尔说：'我可怜的傻小子，我心里有块儿伤心地是给你留的。'【3.2】现在，李尔已在为那些'无家可归的穷人'祈祷：

> 可怜的衣不蔽体的苦命人，无论身处何地，都得忍受这无情的暴风雨的侵袭，头无片瓦遮风挡雨，饥肠辘辘食不果腹，衣衫褴褛千疮百孔，一旦遇到这样恶劣的天气，你们拿什么来抵挡？啊！我竟然向来毫不关心这样的事！外表光鲜的权贵们，服一剂良药，把你们自己也暴露在风雨之中，亲身体验一下穷苦人的感受，只有这样，你们才会把多余的东西分散给他们，也只有这样，才会显出上天还算公平。【3.4】

这不再是顾影自怜，而是悲悯体恤。而且，李尔也一下子把谴责别人变成了自责：'我竟然向来毫不关心这样的事！'可以说，这是真诚的祷告，因而他得到神的回报：服一剂良药，见到赤身裸体的汤姆。

"……从这时起,李尔所要面对的问题,也就是全剧面对的问题,即如何应对这已经暴露出来的丑恶世界,如何应对已经暴露出来的自我。当然,你可以说李尔根本没有应对这些,因为自从可怜的汤姆一上场,李尔自己也转化为了汤姆——'你是把一切都给了女儿吧?'在自我设问完这句话之后,李尔疯了。但李尔发疯的意义在于,他不再受制于李尔的'自我',因为此时他不再是外界所认识的那个李尔,不再是遇到困难便一筹莫展的李尔;此时的李尔可以自由表现以前从不曾想过的态度。当然,作为观众,我们对他这一态度已有了些印象。……李尔感情漩涡的中心是罪与罚。构成李尔痛苦的那些东西——李尔的'烈火的车轮'就是:他接连表现出的态度不仅都不中用,而且还产生了反作用力,每一种新态度都使他的疯病更为加重。……比如第三幕第四场对高纳里尔和里根进行的假审判,不只是对人间正义的嘲讽,同时也是对李尔喜欢求助法律这一习惯做法的直接打击:

> 这儿还有一个,她那一脸横肉就写明了她的心是用什么做的。拦住她!抄家伙,抄家伙,拔出剑,点火把!贪赃舞弊的法庭!骗人的法官,为什么放她逃走?【3.4】

"的确是'贪赃舞弊的法庭'!李尔的幻觉迷失了方向,审判结束,他终于明白,在这样的法庭里是找不到人间的真实情形。

"……那李尔内心还有什么东西可用作生活依靠的支柱

呢？……在两个地方，他承认是自己完全错了，而没有把自己的过错同一般人的错误混淆起来；区别开这两个错误意义非凡。第一个事例发生在第四幕第三场，读者通过肯特之口知道李尔在想到被他狠心抛弃的小女儿时，心里感到'羞愧难当、无地自容'，'羞愧像火一般烧着他的心'。第二个事例发生在第四幕第六场，李尔以一种奇怪的口吻，像指责别人似的自我谴责——'她们以前像狗一样巴结、奉承、讨好我……雨浇得我浑身湿透，风吹得我牙直打颤，雷声不肯听我的命令停下来，到这个时候，我才看清她们那副诌媚的嘴脸，闻出她们的真味儿。'可是，尽管这两个事例都抓住了李尔现实生活中的要害所在，而且，在第一个事例之后，考狄利娅已来寻找父亲，但李尔对自己的认识还没到最低点。

"第四幕第六场，李尔见到失明的葛罗斯特之后，有两段言辞激烈的独白，揭示出他对情欲和威权的深刻体悟。他发现情欲几乎无处不在，威权是虚假的。当一个人认识到这一点，又同时认识到自己身陷他所谴责的情欲与威权而无力自拔，他也就不会再盛气凌人、自我辩解了。他只有'忍耐'，几乎绝望地忍耐。

> 你一定要忍耐；我们是哭着来到人世：你知道，我们第一次闻到空气味儿，就哇哇地又哭又叫。我要给你布道：听着……从娘胎里一落生，我们就哭，因为我们来到了这个只有傻瓜粉墨登场的大舞台。

"假如孤立地看这几行，我们无法立即判断什么意思。但我们知道它十分重要，因为李尔就是被这样的情绪击垮了，睡着了，并被送到了考狄利娅那里。问题是，这段独白是说人唯有在精疲力竭中才能找到可能的智慧，还是说它虽表现出人的极端疲敝以及否定人生的意思，却还掩藏着一种在精神层面真正复兴的可能性。为此，我们必须想到一个普遍的道理：戏剧对话有上下文，其意义亦由上下文所决定，或随上下文共起伏。该剧中，李尔是理所当然的意识中心，但谁也不能强迫读者只把李尔当成解释剧情的唯一合格者。由此，我们必须审视一下葛罗斯特、弄臣、肯特及其他几个人在剧中的作用。

"无疑，葛罗斯特和弄臣对于我们深刻理解《李尔王》发挥了很大作用。

"葛罗斯特本人在剧中的命运遭际几乎就是李尔经验的缩小版。正如李尔在疯了以后才找到理智，葛罗斯特也是在失去双眼之后才看清了人间是非。从第一幕一开场葛罗斯特与肯特的对话中不难看出，葛罗斯特不仅为人粗俗，而且圆滑世故。他像李尔一样看不到事物的本质，轻信他人，可以说是一个遇事毫无办法的人。但在善与恶斗争的大是大非面前，他表现出了英勇无畏的精神气概，经过深思，他决心营救李尔：'豁出去是个死——他们的确以死相威胁——可我对国王、我的旧主，死也要救。'【3.3】

"他被挖去眼睛是一种殉难。但这种殉难并未使他得到聊以自慰的回报，而且，他在此后近乎绝望的行动，也好像是在有意抹杀他应得的尊重。他自杀未遂的情景简直变成了怪诞的喜剧。这当然是莎士比亚有意为之，他不愿为保住葛罗斯特的身份而把他浪漫化。葛罗斯特明白了什么是受苦、什么是感情,他在切肤之痛的感受中得以认识人生。在埃德加的引导下，他心胸释然,并意志坚定地要忍受痛苦的折磨。然而,葛罗斯特的感情还得进一步经受考验,当埃德加责备他又动了'想一死了之'【5.2】的坏念头,在他同这个'把他从绝望中救了回来'的儿子终于相认、和好之后,'在这一悲一喜两种极度情绪的强烈刺激下,他的心含着笑碎了。'【5.3】

"葛罗斯特在一个凄惨的瞎眼人看清了世相的'一悲一喜'中死去了。

"同葛罗斯特相比,弄臣则不能按常理来衡量。弄臣的话总显得似是而非、躲闪遮掩,甚至离奇古怪,但他时常触及李尔的痛处,这当然令李尔十分不爽:'当心,臭小子:留神鞭子!'【1.4】弄臣始终关注考狄利娅,当考狄利娅相当于放逐似的远嫁法兰西,他就变得憔悴了。考狄利娅再现之时,他又从剧中溜掉了。

"事实上,弄臣讲了许多耐人寻味的深刻道理。人间有些智慧常以模糊的概念来表现，而弄臣却有本事把它像明确的信条那样讲出来。弄臣非常清楚,高纳里尔和里根的利己主义是侵略性的,不仅如此,他还用精练的打油诗、俏皮话指出李尔的错误做法,以及引起这一做法的原因和将导致的后果。弄臣对错误结果的洞见非同寻常,他指明李尔'把女儿当成妈'【1.4】的想法极其幼稚,并暗示淫乱会造成许多世间乱象——这一点后来像魔似的经常浮现在李尔脑际。弄臣构想出的世间图画,是小动物生存在大得惊人的世界里，其中也生存着坏得吓人的人类……弄臣的意义不仅在于他说了什么,还在于他是怎么说的;那些近乎谜语的插科打诨，部分反映出世间道德思想的混乱，但其主要意图还是要使包括观众在内的人，对不可怀疑的东西表示怀疑。因此，弄臣不只是一剂清醒剂，促使李尔认识那些难以下咽的真理，而且，他更使我们认清了世间不同的两种人的真实写照：一种是绝对的利己主义者，整个心思全在自己身上，像埃德蒙、高纳里尔、里根、康沃尔；另一种则是像肯特、葛罗斯特、考狄利娅和弄臣自己这样的糊涂人，他们鲁莽地选择与忠诚和同情站在一起，离开了深思熟虑的边界。

"尽管方式不同，但弄臣和葛罗斯特一样，对人生也是肯定的。他们俩都与李尔关系特别密切，不同在于，弄臣寸步不离李尔，葛罗斯特则与更广阔的、独立于李尔意识之外的世界相联系。第三幕场景变化很大，具有巨大的戏剧效果和意义，它显示出，迄今为止，虽然这个世界仍被那些只热衷为自己的前途命运拼命钻营的一帮人所控制，却也把具有代表性的另一类型的人接纳进来。肯特追随李尔，既不像弄臣那样与他形影不离，也不像葛罗斯特那样经受着李尔所遭受的内心磨砺。肯特有着十分特殊的意义。即便一部远非现实主义的戏剧，我们也不得不想，一个能激励朝臣如此尽忠的国王，必不是一个刚愎自用之人，一定有他的长处；肯特的存在本身即有助于纠正可能形成这样一种认识：李尔根本就是一个彻底的蠢蛋，任性到了无以复加，对他最好敬而远之。同时，肯特的忠诚不渝还使人想到，人性中有些东西可能是长存的。更甭说同情、忠诚；甚至牺牲，并不仅限于大人物。忍无可忍、仗义出手、豁出命跟康沃尔决斗、试图营救葛罗斯特的人，竟是康沃尔的家奴。另一个仆人，为了替葛罗斯特包扎淌血的脸,去找'亚麻和鸡蛋清'。还有一个仆人,诅咒丧尽天良的里根'要是她能活到终老而死,所有女人都得变妖怪'。再有那个第四幕一开场中,在葛罗斯特家当了八十多年佃户的老人,不怕受牵连,把葛罗斯特领到可怜的汤姆那儿,又回家去把自己'最好的衣服'拿来,送给这个'光着身子的家伙'。这些人也都在李尔'伟大的舞台上'发挥了作用。

"诚然,我们完全理解李尔有理由厌弃他自己的个人世界。在此,李尔的确遇到了穷凶极恶——包括埃德加深切体会到的'糟糕透了'的生活。但该剧不只强迫我们认识人生的积极价值和生活中涌现出来的真理;它也以无情的忠实文笔揭露出李尔敌对方内部出现的那种野蛮现实。到第四幕,利己主义者之间的相互出卖已开始显现,从事物的发展逻辑上看,奥本尼对高纳里尔的指控可谓鞭辟入里:

> 啊,高纳里尔! 你现在的价值还抵不上狂风吹到你脸上的尘土。……人若连自己与生俱来的本源天性都瞧不起,便免不了要做非分之事。一个女人一旦把她同滋养自己生命的树液砍断,势必会像从树干砍下的树枝一样枯萎,只能用来当柴烧。……假若上天不尽快派遣有形的神灵下界制止这些邪恶罪行,必将导致人类像深海里的怪物一样自相吞噬。【4.2】

> 我们是哭着来到人世:你知道,我们第一次闻到空气味儿,就哇哇地又哭又叫。……从娘胎里一落生,

我们就哭，因为我们来到了这个只有傻瓜粉墨登场的

大舞台。【4.6】

　　"此时此刻，对李尔来说，生命已毫无意义，只不过是一出痛苦至极的喜剧。李尔的这一通人生感言，都是由他最初的任性、愚蠢导致的。李尔所说的'大舞台'，主要是他自己的痛苦世界，因为现实世界并不都是他所说的'傻瓜'，毕竟在苦难、残忍和非正义的对立面，还有我们所赞扬的对人生的明晰洞见和真正的人类情感。不过，这至少说明，与过去相比，李尔更了解人性为何物了。

　　"考狄利娅虽出场不多，却是剧中的积极性因素。她的'善心慈爱'源于内心的巨大力量，正是这一力量使她对父王提出的错误要求断然拒绝。而在真正需要付出时，她的爱又是不讲价钱、不讲条件的无偿馈赠。她的爱是人类经验中的绝对因素，经受得住任何严格考验。穿上'新衣'的李尔在音乐伴奏中(这是个重要象征)被带到考狄利娅面前，这情景是莎士比亚所有作品中最为温馨，也最感人的一幕。它不止于感人，每一行诗都将我们的全部精神吸附住，哪怕其中最简约的字句，都震撼着那与我们自身以往的生命体验相牵连的心弦。每当这一幕浮现在眼前，我们的情感便能迅速做出反应，心弦随之颤动。

　　考狄利娅　(吻李尔)啊，我亲爱的父亲！愿康复您神志的灵
　　　　　　　丹妙药附着在我的双唇上，让这一吻补救我那
　　　　　　　两个姐姐对您老的无情伤害！

肯特　　　真是一位善心慈爱的公主！

考狄利娅　即便您不是她们的父亲，这如霜似雪的满头白
　　　　　发也该让她们心生悲悯。这张脸怎么受得了狂
　　　　　风肆虐？又怎能抵御那可怕的雷鸣、抗衡那迅
　　　　　疾交错的闪电最令人惊恐的凌厉打击？可怜的
　　　　　哨兵——只戴这么一顶单薄的头盔，苦苦守
　　　　　夜？哪怕是我敌人的狗，即使它咬过我，在那样
　　　　　的狂暴之夜，我也会让它躺在我的炉火前；可
　　　　　怜的父亲，您就那么甘心钻进草棚，跟猪和孤
　　　　　苦伶仃的流浪汉一起，挤在发了霉的碎草堆
　　　　　里？唉，唉！您的命没和您的神智一同消亡，倒
　　　　　真是咄咄怪事。【4.7】

　　"因此，李尔刚一醒来，最先意识到的仍是身心所经受的苦
难，然后才表示接受'此时的真实处境'。此时，我们意识到，剧本
的全部情节都在衬托这个寂静的时刻。假如已提出的问题在等
待回答，李尔从苦难中学来的知识绝不容许他的回答有丝毫的
违背真知。

考狄利娅　他醒了，跟他说话。

绅士　　　夫人，该您说，您最合适了。

考狄利娅　父王觉得怎么样？陛下还好吗？

李尔　　　你不该把我从坟墓中拖出来活受罪；你是一个
　　　　　天堂里的灵魂，我却被绑在一个烈火的车轮

上，因而，我自己的泪水像熔化了的铅一样灼烫着我的脸。

考狄利娅　陛下，您认得我吗？

李尔　我认得，你是一个幽灵，你什么时候死的？

考狄利娅　还是，还是，脑子一团糨糊！

医生　还没完全醒；让他自己清净一会儿。

李尔　我去过哪儿？现在在哪儿？这么晴的大白天？我受骗上当、遭人虐待啦。不论我看到有谁落到这地步，都会同情死的。我不知道该说些什么。我不敢发誓这是我的一双手。让我试一下：我能感觉到针扎在上面疼。但愿我清楚自己此时的真实处境！

考狄利娅　啊！父亲，看着我，把手按我头上，祝福我。（下跪）不，父亲，您千万不能跪。（阻止下跪）

李尔　请别嘲弄我：我是一个蠢到家的老糊涂，岁数不多不少，活到了八十开外；也不瞒您，我担心我的脑子不大好使。我想我应该认得您，这个人也该认识，可又不敢确定：因为我完全不知道这是什么地方，而且，我绞尽脑汁也记不起这身衣服是怎么换的；不知道昨天在哪儿过的夜。别取笑我：因为，我是一个男人，我想这位夫人是我的女儿考狄利娅。

考狄利娅　我就是，是我。（哭泣）

李尔　你在流泪？以我的信仰起誓，是在流泪。请你，不要哭：你要是给我预备了毒药，我这就喝下去。
我知道你不爱我；因为你的两个姐姐曾经……
我记起来了，她俩虐待我：你倒是有理由虐待
我，但她们不该那样。

考狄利娅　没理由，没理由。

李尔　　　我是在法兰西吗？

肯特　　　在您自己的王国，陛下。【4.7】

　　"稍微回想一下此前所发生的各种情节，我们就能体会到，这一时刻写得多么真实。然而,《李尔王》讲述的并不只是一个以重新和好为结局的洗涤与救赎罪恶的故事……

　　"最后一幕，奥本尼明确退出了反对李尔的'邪恶势力集团'；埃德蒙在决斗中被埃德加刺伤，不治而死；高纳里尔毒死了里根，随后自杀，按这一思路，全剧似不应以'李尔怀抱考狄利娅的尸体'上场来悲惨落幕。最后一场实在太悲了，以至于许多评论家都不愿或不忍谈及。……对一部杰作，不能随便看看就潦草收场，我们要钻进去，跟它一起生活。我们个人所感受到的苦痛，与我们接受剧中人所受的苦痛，同样是这部悲剧的一个内在组成部分。接受剧中人的苦痛，并不只意味着对舞台人物的同情。……《李尔王》始终将我们的目光引向'人是什么'这样一个大问题。本剧呈现两种尖锐对立的'自然'观。一方面，埃德蒙、高纳里尔、里根们的'自然冲动'和利己哲学，到头来只能是多行不义自取灭亡。他们把自然作为力量代表的看法，根本就是自欺欺人。另一方面，考狄利娅身上所具有的品质才是现实，而且，由

这一现实所揭示出来的价值，是经过了最穷凶极恶的人与自然的考验得以确立。

"因此，《李尔王》所要揭示的爱的真正含义是：要是没有爱，人生便是利己主义相互竞争的战场，成为毫无意义的乱局；爱是理智清醒的条件，也是人格健康茁长的核心动力。

"剧终落幕，无论我们的痛苦感觉有多么强烈，因为我们知道人生中永远可能遭受李尔的苦难，我们所关心的还是全局。不管怎么说，我们有理由认为，本剧所揭示的思想和想象都是在肯定人生。假如有人认为本剧的主题是悲观主义的，并对人类的无能为力表现得特别忧虑，那他们应该注意这样一个清楚的事实，即莎士比亚在《李尔王》之后的悲剧里，无时无刻不在表现智力和想象力之强大，紧扣主题，肯定生活，再没有显出丝毫困惑、畏惧或紧张的痕迹。"

无论奈茨关于李尔内心世界的博学导览讲得多么精彩纷呈、细致入微、引人入胜，那毕竟不是我们用自己的双脚历练出来的足迹，用自己的心灵体会出来的感受，用自己的头脑冥思出来的智慧。假如一次旅行在愉悦尘俗肉身的同时，更是一次心灵的陶冶、启迪，思想的淬火、升华，那几乎就是一种精神上的灵魂生活，这样的灵魂生活应该距离宗教不远了。

俄国作家、哲学家赫尔岑(Aleksander Herzen, 1812—1870)说过这样一句话："对莎士比亚来说，人的内心世界就是宇宙，他用天才而有力的笔把这个宇宙画了出来。"

李尔的内心世界就是这样一个宇宙，它把我们许多人的内心世界都装在里面。因此，看李尔，也是在看我们自己。

六、"暴风雨""大自然"下的李尔及众生相

1."暴风雨""大自然"及其他"意象"

我们前面曾提及,在托尔斯泰极力赞许的那部"原剧"《李尔王》中,根本没有暴风雨。换言之,不论莎士比亚匠心独运为李尔量身打造这场双重世界——自然界和李尔的内心世界——里的"暴风雨",在艺术构思上是否受了《旧约·约伯记》的启示,它都是完全不同于之前所有李尔"原型故事"的莎翁原创,也是莎剧《李尔王》中浓墨厚彩、不可或缺的重头戏。

英国著名莎学家威尔逊·奈特(G. Wilson. Knight,1897—1985)甚至在其1932年出版的名著《莎士比亚的暴风雨》(*The Shakespearian Tempest*)一书中断言:"《李尔王》的实质应是暴风雨。"奈特认为,"毋庸置疑,我们不应只把《李尔王》中那场自然界的暴风雨视为一种诗的手法,以便帮助我们把它同李尔内心的冲突相对应。倘若它的确不过如此,那我们就有理由把暴风雨象征降到次要地位了。实际情况要复杂一些,同时也简单一些。荒原上的暴风雨和李尔内心的暴风雨('心中的暴风雨'【3.4】),正是同一场暴风雨,或说是同一场暴风雨的两个侧面。真正的暴风雨包括两者,也包括冲突的其他因素,比如弄臣饱含忧愤而极不协调的幽默,埃德加佯装癫狂的刺耳疯话,还有法兰西与不列颠、奥本尼与康沃尔、高纳里尔与里根、埃德蒙与埃德加等相互之间的对比。事实上,真正的暴风雨把全剧都包括在内了。这个剧就是显示冲突,即暴风雨。全剧的核心也就是暴风雨、冲突、对比的综合或统一,其余的一切都只不过徒有其表的外在

装饰。"

英国诗人柯德维尔（Christopher Caudwell，1907—1937）曾在其1936出版的《幻象与现实》(Illusion and Reality)一书中指出："莎士比亚的主人公们的意义恰在于这种肆无忌惮的自我表现之中——他们似乎要借此扩张自己，并以其内心瞬息万变的幻象充溢整个世界。就连死亡也不能终止他们的自我表现，他们也的确在死亡中得到最彻底的表现，像李尔、哈姆雷特、克里奥佩特拉和麦克白，他们死亡的奥秘及悲剧的答案，都包含在里边……在《李尔王》里，主人公在两个女儿同样独断专行的意志和大自然面前自行毁灭，在此，大自然的必然规律是表现为一场暴风雨。暴风雨的象征性在于这样一个事实，即在一场雷雨中，大自然似乎并不是像一台冷酷无情的机器，而是像一个暴怒之人那样在行事。"

是的，这样一场极具象征意味的暴风雨让我们看到，莎剧《李尔王》中显然存在着两个现实的世界，一个是李尔拥有至尊王权时的国王世界，这是他一个人的世界，是一个他身在其中绝无机会经历任何暴风雨的世界。不要说他的内心世界不会凭空生出一场暴风雨来，即便自然界真降下这么一场暴风雨，他也绝不会光着头在暴风雨里奔跑。另一个世界，则是国王之外所有人的世界，是一个李尔从未预想过的、多亏一场暴风雨才把他强拉硬拽了进来的世界。当暴风雨终于来临，李尔恍惚意识到，在此之前竟然只有他一个人没有活在这个世界的现实之中。而此时，他只能奔逐荒野，呼天抢地，落得跟"可怜的汤姆"一样了。这如何叫他不疯狂？

暴风雨是人性和人情中的善恶在李尔的两个世界纠结、交锋的战场,而暴风雨中可怜的汤姆藏身的那间茅草屋,成了替李尔难堪至极的精神和惨遭虐待的肉体双重尴尬遮风挡雨的临时避难所。在此,茅草屋也具有了象征性,它同暴风雨一起彻底将李尔曾几何时贵为王者的威严终结, 使他在精神失常的疯狂之中开始在心底呼唤考狄利娅, 向一个真正懂得到底怎样才是骨肉挚爱的慈祥老父亲蜕变。

1904 年,英国著名莎学家、牛津大学教授 A. C.布拉德雷(A. C. Bradley, 1851—1935) 在其名著《莎士比亚悲剧》(Shakespearean Tragedy)一书的第一讲《莎士比亚悲剧的实质》中说:"在莎士比亚的悲剧中,引起痛苦和死亡的激变的主要根源绝不是善, 善也只是由于它在同一个人物身上跟恶悲惨地纠缠在一起,才有助于激变。相反,在任何场合下那激变的主要根源都是恶。况且,(尽管关注的人似乎不多)几乎在每一场合下,都是名副其实的恶,并非单纯的缺点,而是肆无忌惮的恶行。罗密欧与朱丽叶的爱情之所以把他们引向死亡, 完全在于两个家族之间存在着毫无意义的仇恨。《麦克白》中,罪恶的野心是行动的开端,加之凶恶的怨恨,最终导致谋杀。《奥赛罗》中,伊阿古正是那激变的主要根源。《李尔王》中,激变的主要根源则是高纳里尔、里根和埃德蒙。即便当这种明目张胆的恶行在剧中并不是显而易见的主要根源时,它也是隐身其后:哈姆雷特所要对付的那个局面,就是由通奸和谋杀构成的。"

简言之,是藏在高纳里尔、里根和埃德蒙人性、人情深处的"明目张胆的恶行",催生了自然界和李尔双重世界的"暴风雨",

并促使李尔发生"激变"。耐人寻味的是,这三个撒旦式的魔鬼直到死前那一刻,似乎始终处于看谁比谁更坏的邪恶竞赛之中,而且,他们的邪恶都来得那么"自然",来得那么合乎"自然"情理。这自然是莎翁赋予人物的"自然观"。

Nature 在英文中是个多义词,单字面义即可汉译为 "大自然""自然""天性""本性""人性"等词意,但其中所暗含的双关意或引申义,甚或多重意,汉语恐难一"译"尽解其味。就拿"natural son"来说,它既指"亲生子",也指"私生子",不管"亲"或"私",反正都是父亲"自然的"("natural")的种子。因此,葛罗斯特对生下埃德蒙这个"私生子",虽有道德上的愧疚感,但他心里还是更愿意把他视为"亲生子",并因觉有所亏欠,总想尽力补偿。也因此,当这个不合法的"亲生子"运用写假信、编谎言这一并不高明的欺骗手段,蓄意谋害那个合法的"亲生子"时,他丝毫没有因为后者的合法身份而对前者产生丝毫怀疑。

莎剧《李尔王》真是在埃德蒙身上做足了"自然"的文章。莎翁这样写,既是想通过戏剧将其所处"伊丽莎白一世——詹姆斯一世"时代传统与激进两种自然观的对立、交锋反映出来,同时,也是对自己的"自然观"的一种表白。

简单地说,传统派以学者胡克尔(Richard Hooker, 1554—1600)和弗朗西斯·培根(Francis Bacon, 1561—1626)为代表,认为人本性良善、富于理性,只要守规矩,寻本分,忠君王,尊等级,社会、政治秩序就不会出乱子。激进派以托马斯·霍布斯(Thomas Hobbes, 1588—1679)为代表,认为人本性向恶,完全受欲望和恐惧支配,人对人像狼一样凶残。换言之,"旧"道德讲仁爱、忍耐,犯错有罪要及时忏悔,以便顺利通过末日审判;"新"观念则提倡不择手段、唯利是图,甚至可以放纵欲望,而这并非是对神的大不敬。同时,"自然观"又与"权力观"紧密相连,在旧派人物眼里,"君权神授",因此,李尔丝毫不担心自己全部放弃王权之后会受虐待,这对他来说纯属"天方夜谭";葛罗斯特也一样,地位、财产由合法的嫡"亲生子"继承天经地义。可对于新派人物来说,权力可以攫取,权力就是一切。支撑他们这一思想最强大的理论武器,莫过于中世纪后期佛罗伦萨政治思想家、诗人马基雅维利(Niccolo Machiavelli,1469—1527)的名著《君主论》(*The Prince*)。"君王论"能大行其道、影响深远,离不开当时的时代条件,那是中世纪后期,许多国家正激烈上演着教权与王权的冲突,英格兰也不例外。

在伊丽莎白一世女王时代的英格兰,几乎没有哪个作家写作时不提及马基雅维利的大名,"新派"十分推崇他的权谋思想,认为只要能夺权,任何手段不在话下;既然被统治者以恶行相向,权力者理当以恶行相还;为了统治,君王可将政治与道德分开,言行不一,不守信义,不顾廉耻,做一个十足的伪君子,无可厚非。这便难怪"旧派"要将马基雅维利视为"邪恶教父",等同于"魔鬼",抨击《君主论》成为必然。德国历史学家爱德华·迈耶(Eduard Meyer,1855—1930)曾指出:"在伊丽莎白一世时期的英国戏剧中,提及马基雅维利的地方不下395处,而且,戏剧家笔下的恶人时常自我表白为马基雅维利主义者。"的确如此,在莎士比亚及其同时代一些戏剧家如马洛、本·琼森等的戏剧中,马基雅维利即便不是作为一个狡诈、残酷、罪恶、伪善的形象直接出现，戏剧里的邪恶形象也常常是一个极端的马基雅维利主义者。其实，马基雅维利是从一个政治家的角度在谈为君王、做臣子的权谋之道，他所提出治国为政的手段绝非良善，但其本人却未见得有多么邪恶不堪。政治本身常常就是不堪的。

不用说，埃德蒙就是这样一个货真价实的马基雅维利主义者。也很显然，莎翁是一个传统的旧派人物，他心目中的君主，应是像李尔那样的一个本性善、重道德、守信义的威严高贵的国王。

莎士比亚的深刻在于他惯以不显山露水的方式，通过恶人恶事向一成不变的社会世俗等级观念和约定俗成的不可触动的秩序提出挑战。作为私生子（"natural son"），他邪恶的核心动力之一便是要继承父亲的财产和社会地位，而他唯一的办法只能是祈求"大自然"（"Nature"）"帮"他实现合乎私情贪欲、却有悖人伦道德的理想："大自然啊，你才是我的女神，我只对你的法律尽忠效命。为什么我活该忍受世俗的瘟疫，让严苛挑剔的社会剥夺我的权利，就因为我比一个哥哥晚生了一年或十四个月？为什么我就是私生子？……等着瞧，我合法的哥哥，要是这封信能奏效，我的计划成功，'卑贱'的埃德蒙就将取代合法的儿子。兴奋起来，我要交好运了：此时此刻，众神啊，帮帮私生子吧！"

很显然，因循守旧的葛罗斯特始终认为，但凡自然界有任何异样的兆头，都预示着灾难的发生："最近这些个日食、月食对我们可不是什么好兆头……但随之而来的事件却无不显示出这是大自然的惩罚……"他这一抱残守缺的"自然观"，完全被埃德蒙否定并彻底颠覆了。

埃德蒙崇拜大自然的神秘力量，他希望大自然能赐予他一种激情和力量，与旧的世俗偏见分庭抗礼，实现自我："这真是一个愚蠢至极的世间，当我们时运不济——其实我们的不幸往往因自身品行不端所致——我们总去怪罪日月星辰。好像我们做恶人是命中注定，做傻瓜是迎合天意，以至于成为流氓无赖、流寇盗贼、叛臣逆子，都是星辰运行的结果；酗酒闹事、出口成谎、与人通奸，也是因为受了一颗什么星的主宰不得不为；总之，我们身上所有的邪恶行为，都源于天际间一种超自然力量的逼迫。"【1.2】这段独白充分显示出埃德蒙是一位有思想能力、有行为能量的"新"青年，他对恶浊的社会生态有着独立判断和清醒认识，同时，他自知无力改变这一切，美梦成真的唯一途径就是"做恶人"。

任何时代都会产生"新"青年，他们可能成为"新"时代、"新"秩序、"新"体制下的英雄，从莎剧《李尔王》的结尾看，如奥本尼所说"在这艰难时世，我们务要担当"。【5.3】奥本尼、埃德加有这样的可能；同时，"新"青年也有可能成为丧尽天良的恶人，埃德蒙、高纳里尔、里根即是如此，他们三恶合一，在邪恶之路上走得风生水起。这幅全部由其"邪恶罪行"绘制出来的图景多么可怕，结局注定是悲剧：善良的葛罗斯特、李尔、考狄利娅、肯特相继死去，邪恶的康沃尔、奥斯瓦尔德、里根、高纳里尔、埃德蒙，也都先后下了地狱。

莎士比亚意在通过埃德蒙警示世人，像他这样的社会秩序的毒瘤、人伦良知的践踏者，只要给他可乘之机，他就会把自己变成一个搅乱天地既有秩序、吞噬人间公理正义的恶魔。事实上，莎士比亚已通过埃德加之口，对这个恶魔做了一番形象描述："这就是那个恶魔'弗里博铁杰贝特'：日暮黄昏开始游荡，黎明鸡叫隐身而去；他能叫人眼里长出白内障，一双好眼变斜视；能叫两片嘴唇变豁嘴儿；还能叫熟了的麦子生出霉，就连大地上的小生灵也要伤害。"【3.4】他就是遭了这恶魔的陷害，差点丧命。

在此，我们可以明确感到马丁·路德(Martin Luther，1483—1546)宗教改革思想的直接影响。马丁·路德认为，但凡魔鬼，就"不愿看到任何一片草或叶子成长"。魔鬼与人之不同恰在于他热衷破坏，使人遭受痛苦，挑起争斗，"恶毒到迷醉于他人的终日饥渴、痛苦和不足之中，以他人的不幸为乐，以犯下杀戮与背叛的罪恶，尤其以杀戮那些对任何人都毫无伤害的无辜生命为乐，这便是邪恶的魔鬼最极端的暴怒。人类无论如何也不能这样"。这至少也应是莎剧《李尔王》中的人物没有说出口的一句重要的潜台词：人类一旦变成魔鬼，世界亦将变成鬼域。

除了驱动剧情激变的"暴风雨"和"大自然"，莎剧《李尔王》中还有一系列不容忽视的"意象"，今天来看，应也是莎翁刻意为之。专门以分析莎剧中的"意象"见长且凭此知名的英国批评家卡罗琳·斯帕吉翁(Caroline Spurgeon，1869—1942)，在其 1935 年出版的《莎士比亚的意象》(*Shakespeare's Imagery*)一书中明确指出："《李尔王》一剧感情强烈、焦点集中，从中还不难发现，有一种起主导作用的强烈而连续的意象贯穿全剧。这些意象异常有力，甚至那些明显不同的次要意象都听命于它，并以此再增添和加强主导意象的力量。"

斯帕吉翁感到"全剧充满了冲击、紧张、挣扎的气氛,有时感觉身体都紧张到了无比痛苦的程度。戏剧情节和李尔内心的痛楚使我们十分自然地感受到这种紧张,因此,我们几乎并未意识到,这种紧张感是如何通过一系列普遍存在的'浮动'意象得到了加强。这些意象全都与给人带来极度痛感的体罚相关,其主要表现是对动词的使用,有时也用隐喻,比如拖走、扭脱、棒打、刺伤、蜇痛、鞭打、剥皮、割肉、开水烫、严刑拷打,甚至在刑架上分尸。"

据斯帕吉翁留心观察,"翻开剧本的任何一页,都会有如此意象的动词给你留下深刻印记,因为凡是给身体带来痛苦的行为,也会同时给精神和心理带来痛苦。举例来说,陷于痛苦悔恨中的李尔,把自己描绘成被'肢刑架''扭脱'和拷打的人,同时痛击自己的脑袋——那扇装进了愚蠢的大门。【1.4】高纳里尔竟有本事令李尔的'男子气概如此不堪一击',令他'情不自禁老泪横流',他抱怨她用毒蛇一样的舌头'击打'他的内心,但他说'宁愿把这颗心碎成10万片'。葛罗斯特那颗'本已破碎的心',最后'含着笑碎了'。肯特恨不得把奥斯瓦尔德踏成灰泥,在他愤怒地描述这个管家时,引用的意象是:咬断绳结的老鼠,随风向而动的鸟喙,只会跟着主人跑的狗,被打得咯咯叫的蠢鹅。李尔喊道,把肯特套入足柳的暴行,比谋杀更罪大恶极。见此情景,满腹的怨气胀满心胸。同时,弄臣又添加上一幅图景:当一个大车轮往山下滚,你千万得撒手,免得一起滚下山,折断脖子……

"肉体遭受折磨的感觉一直在持续,葛罗斯特在一幅令人恐惧的图画里,将这一重复出现的悲剧主题结晶化了:'我们之于众神,恰如顽童手里的苍蝇:游戏之间就把命丢了。'【4.1】李尔告诉考狄利娅:'我却被绑在一个烈火的车轮上,因而,我自己的泪水像熔化了的铅一样灼烫着我的脸。'剧末,忠心热爱李尔的肯特对着主人的尸体道出了唯一恰当的诀别,说出口的话还是隐喻:'啊,让他安息吧!谁要生拉硬拽他在这肢刑架一般冷酷无情的人世间哪怕多停留一分一秒,他一定会恨死那个人。'【5.3】"

显然,莎士比亚如此持续不断地使用一系列动感强烈的"意象",就是要对读者/观众的身体、感觉、神经造成强有力的冲击,使其在"动"的意象里与人物一同饱受折磨、感受痛苦、体味辛酸。再比如,当肯特对考狄利娅派来接李尔的绅士(侍臣)说,李尔因"羞愧难当、无地自容",不肯屈尊去见考狄利娅时,说:"他曾那么冷酷无情地剥夺了她应得的恩赐,并把她赶走,让她到异国他乡听天由命……这一幕幕情景像毒刺一样狠狠地扎在他的心头,羞愧像火一般烧着他的心,阻止他去见考狄利娅。"【4.3】

在第一幕开场不久,决意投奔里根的李尔,对虐待他的高纳里尔怒道:"当她得知你这么对我,一定会用指甲把你这张狼一样的脸剥下来。"【1.4】

还有,当葛罗斯特面对里根咄咄逼人的凶狠质问为何要将李尔送到多佛,葛罗斯特毫无畏惧地说:"就因为我不愿看到你凶残的指甲抠出他那双可怜的老眼,也不愿看到你残暴的姐姐野猪般的獠牙咬进他那神圣的身体。"【4.7】

作为高纳里尔的丈夫,几乎手握一半王权的奥本尼公爵,对高纳里尔和里根这姐妹俩变本加厉虐待老王的恶劣行径，一直看不惯，不时言语相讥。第四幕第二场，在奥本尼与高纳里尔这对面和心不和的夫妻之间，爆发了激烈冲突，奥本尼毫不留情地公开谴责高纳里尔："你们是猛虎，不是女儿。这样一位父亲，一位慈祥的老人，就连被牵着的熊也会舔舔他，向他致敬，但却被你们这两个最野蛮、最卑劣的女儿，给逼疯了。"他一面蔑视高纳里尔，指责她的价值"还抵不上狂风吹到你脸上的尘土"。一面警告她："人若连自己与生俱来的本源天性都瞧不起，便免不了要做非分之事。一个女人一旦把她同滋养自己生命的树液砍断，势必会像从树干砍下的树枝一样枯萎，只能用来当柴烧。"这也为奥本尼最后与妻子决裂并要逮捕埃德蒙，预设了伏笔。

奥本尼意识并预见到高纳里尔、里根、埃德蒙这种丧尽天良的邪恶罪行必遭报应："假若上天不尽快派遣有形的神灵下界制止这些邪恶罪行，必将导致人类像深海里的怪物一样自相吞噬。"因此，他干脆把自己的妻子视成为魔鬼："瞧瞧你自己吧，魔鬼！魔鬼的嘴脸本来就丑恶，而一个女人的丑恶比魔鬼更可怕。"【4.2】

此处出现的"深海里的怪物"这个"海怪"意象（或比喻），李尔曾在第一幕使用过。当时，他受了高纳里尔的顶撞，要去找里根，吩咐侍从备马："忘恩负义，你这铁石心肠的恶魔，当你在一个孩子身上显灵的时候，简直比海怪更令人恐怖。"【1.4】

海怪不仅在《约伯记》中多次出现，而且，上帝还亲自向约伯描绘了"庞大强壮"的海怪到底有多么恐怖："谁能剥掉它所穿的铠甲？/ 谁能叫它张开嘴,/ 摇动它那令人恐怖的牙齿？/ 它的背用一排排鳞甲组成，/ 牢牢结在一起，硬如顽石。/ 鳞甲一片一片紧密相连，/ 连一点空气都透不进去。……从它口中喷出火焰，/ 火星飞迸出来。……它的心像石头一样结实，/ 像魔石一样顽强。……地上没有其他动物可跟它相比；/ 它是无所畏惧的动物。/ 它连最高傲的动物也不放在眼里；/ 它是一切野兽的王。"由这样的描述，约伯明白自己有多么无知，单拿海怪来说，若非凭着掌管万物的全能上帝之力，海怪一发怒，"凶猛异常"，无人驯服，人类必遭大难。

《约伯记》中的海怪是混沌和邪恶力量的代表，莎剧《李尔王》把它"借来"，自然有两层意味：一是以此代指高纳里尔、里根、埃德蒙这 3 个人，像海怪一样凶猛、邪恶；二是这 3 个受权欲、情欲驱使的人形魔鬼，最后真的像海怪一样"自相吞噬"。

这种意象套着意象的戏剧手法是多么高明，多么强劲有力！

2.《圣经》母题的参照与人物众生相的刻画

英国著名莎学家威尔逊·奈特（G. Wilson. Knight, 1897—1985)1936 年出版《莎剧演出原理》(*Principles of Shakespearian Production*)一书，其中专章论及莎士比亚与宗教仪式，他说："伟大的戏剧有时不仅供人娱乐，我想称之为一种典礼或仪式，即用一种庄重的方式展示某种深刻的含义结构，演员和观众都参与了进去。因此，一部伟大的戏剧，你越是熟悉，收获也会越丰厚。你不会再为剧情如何发展兴奋不已，事实上，你已事先知道了故事结局，等到了结局，你反而会得到更大的乐趣……莎剧有的地方在演出时演得几乎像宗教仪式……有多少莎剧没有君王将帅？……无论我们今天的政治哲学是怎样的，对于莎士比亚来说,他生活结构的中心就是君王,因而,我们必须正确理解君王在当时的意义,舞台演出时必须给予他应有的礼仪,把对君王的不敬心甘情愿地撇在一边。……莎士比亚伟大悲剧的中心主题,正是存在于人们心里的王权。在悲剧中,世俗权力和精神体系交织在一起。悲剧主角往往是国王,至少也是个伟大的军人。在《哈姆雷特》《奥赛罗》《雅典的泰蒙》《奥东尼与克莉奥佩特拉》《李尔王》等悲剧里,都既有一种压倒一切的精神力量,也有一种物质的世俗王权,前者向后者发起猛攻,打得难解难分,最后以一种宗教仪式的方式,将后者推翻。在莎士比亚眼里,最荣耀的世俗权力也是不完整的,它的威严不被承认,面对无限与永恒,它不过像个侏儒,不得不向神秘的悲剧的牺牲者顶礼膜拜。……主角的悲剧本身就是一种献祭,是神所规定的。这就很接近基督教观念了。《奥赛罗》的结尾更是一场崇高的祭礼。……在这场戏里,奥赛罗的言行自始至终带有宗教祭祀的色彩。再看《李尔王》,李尔和考狄利娅最后团圆了,他们的天堂不过短暂一瞬,但他们的头脑却伴着音乐从疯狂和痛苦中觉醒了。她成了'一个天堂里的灵魂',李尔却仍被绑缚在'一个烈火的车轮'上,像苔丝狄蒙娜在'最后审判日'遇见奥赛罗,把他的灵魂从天国扔出去。但李尔父女变成了'天神的密探',他们活着只是为了单纯的爱,因而能看到'秘闻内幕':

> 我的考狄利娅,这样的献祭牺牲,
> 天神会像祭祀一样亲自出面笑纳供奉。【5.3】

　　"这是对人类傲慢思想的否定，是对'放纵情欲的罪恶'的否定，人类放纵情欲付出的代价，换来的是永恒持久的智慧。……莎士比亚把人类的悲剧主要视为一场牺牲。……莎剧自始至终贯穿着基督教精神，今天看来，基督教与莎剧是相互补充的。……莎士比亚笔下的英雄，他们每人都是一个小型的基督。……注释家在注释《李尔王》时，常把李尔比作耶稣，耶稣头戴荆棘扎成的王冠，李尔则头戴杂草野花编成的王冠。"

　　事实上，莎剧《李尔王》中比李尔更有资格成为"小型的基督"的戏剧人物，是考狄利娅。仅凭李尔的花草王冠与耶稣的荆棘王冠之形似便"把李尔比作耶稣"，实难令人信服。倒是考狄利娅，无论其"爱比我的言语更珍贵"【1.1】的真情实感，还是其一切为了父亲而敢于牺牲赴死的壮怀激烈，都与耶稣有着惊人的神似。

　　从性情的执拗上看，考狄利娅像极了李尔。甚至可以说，莎剧《李尔王》的悲剧根源，根本就是来自这对父女谁都不肯退让半步的任性。叫任性了一辈子的国王改脾气不可能，但只要考狄利娅像两个姐姐一样，哪怕只是稍微违心地表示一下自己是多么爱父亲，保全父亲作为一国之君的脸面，就皆大欢喜，天下太平了，她自然不会一无所有，不会远嫁法兰西（至于能否跟勃艮第过上美满幸福的婚姻生活是另一码事），也就不会有什么暴风雨，李尔不会发疯，更不会最后那么悲情地抱着考狄利娅死去。当然，如果这样，哪里还会有这部人性、人情的大悲剧呢!?

　　"基督教与莎剧是相互补充的"，奈特说得一点不错，以至于我们今天欣赏莎剧，若缺失了基督教（或《圣经》）这样一个独特而奇妙的审美视角,在艺术上理解、诠释、研究莎剧,无疑将是片面的。我们不妨以《圣经》为参照,先来分析一下考狄利娅。

在第一幕开场不久,失宠之后的考狄利娅向李尔坦言:"我因为没生出这样的巧舌,才失去了您的宠爱。"【1.1】恼羞成怒的李尔十分厌恶地说:"你越发招我讨厌了,还不如当初不生你。"此处对比《新约·马太福音》【26·24】:"(耶稣回答:)'正如《圣经》所说,人子要受害,可是那出卖人子的人有祸了!他没有出生倒好。'"李尔或有自比耶稣的意味,暗讽考狄利娅是那卖主的犹大。然而最终,考狄利娅却是以牺牲自己性命救赎父亲的"女基督"。

李尔一听高纳里尔要裁掉他50个侍从,怒不可遏,发死誓、下毒咒:"昏聩衰老的双眼,要是你再为此流泪,我就把你抠出来,丢在你的泪水里,和泥土搅在一起!"【1.4】对比《新约·马太福音》【5·29】:"假如你的右眼使你犯罪,把它挖出来,扔掉!损失身体的一部分比整个身体陷入地狱要好得多。"《马太福音》【18·9】:"如果你的一只眼睛使你犯罪,把它挖出来,扔掉!只有一只眼睛而得到永恒的生命,比双眼齐全被扔进地狱的火里好多了。"《马太福音》【9·47】:"如果你的一只眼睛使你犯罪,把它挖出来,扔掉!缺了一只眼睛而进入上帝国,比双眼齐全给扔进地狱里好多了。"在《圣经》中,耶稣在此是要教导人们切不可因小失大。李尔借此寓意,自是要表示放弃王权之后内心的悔恨。

当遭两个女儿酷虐导致发疯的李尔被临时救到葛罗斯特城堡附近的农舍,他幻觉中设立了法庭要对两个女儿进行公审,他对可怜的汤姆说:"你,先生,我雇你做我100名侍卫中的一个;

只是我不喜欢你衣服的款式:你也许会说这是波斯款;但还是请你换一身吧。"【3.4】对比参照《旧约·但以理书》【6·6—15】:波斯王大流士(Darius)颁布一道禁令,30天内,除了向他本人,任何人不得向任何神明祷告,或向任何人求什么,并在禁令上加盖了玉玺。但以理回到家中,按平常习惯,在朝向耶路撒冷的窗户前,每天三次向上帝祷告,结果遭人控告违反禁令。大流士无奈之下,按"谁违反这禁令,就把谁扔进狮子坑"的条令,将但以理扔入狮子坑。因但以理是上帝忠实的仆人,上帝派天使封住了狮子口,得以活命。大流士见但以理毫发无损,非常高兴。此处应是对这一典故的化用,李尔的意思是:即便你的"波斯款"是不可更改的"禁令",也还是请你换掉。这预示着李尔的思想开始发生转变。

第四幕第六场,还在癫狂中没有恢复神智的李尔,对葛罗斯特说了一句疯话:"那个人我饶他不死。你犯的什么罪?通奸?罪不至死;犯奸而死?不能。连鹪鹩都干那事儿。"【4.6】我们十分清楚,按《旧约》中的犹太法律,犯奸淫是不可饶恕之罪。李尔居然说要赦免犯了奸淫罪的人。《旧约·利未记》【20·10】:"若有人跟以色列同胞的妻子私通,奸夫和淫妇都要被处死。"《申命记》【22·22】:"如果有人跟别人的妻子通奸,被人抓到,两人都该处死,这样,你们就除掉了以色列中的这种恶事。"《新约·约翰福音》【8·4—5】:"(众人)问耶稣:'老师,这个女人在行淫时被抓到。摩西在法律上命令我们,这样的女人应该用石头打死。你认为怎样?'"对比参照即可看出,一方面,剧情合理地显示着李尔的疯狂,因为疯话本不合常理。但另一面,莎士比亚或在以此暗示,伊丽莎白一世女王时代的人们还时常在"旧教"与"新教"之间出现信仰的混乱。也许还有更深一层的意味,即李尔在此有隐约一种迷幻的清醒。因为他透过疯话要表达的是:"葛罗斯特的私生子,比我由合法的床第之欢生出来的亲女儿更孝顺父亲。"既如此,通奸何罪之有?不仅没罪,还"要大兴交媾之风"【4.6】。反讽的是,李尔觉得葛罗斯特的私生子比他两个亲女儿"更孝顺",可他哪里知道,就是这个私生子,陷害异母哥哥、出卖亲生父亲、投靠康沃尔、同高纳里尔通奸私订终身、与高纳里尔密谋杀死奥本尼、又与里根偷情订下海誓山盟、打败法军之后密令绞死被俘的李尔和考狄利娅,最终要攫取的是整个不列颠的王权。"交媾之风"从未间断,不仅高纳里尔和里根都与这私生子通奸,而且,高纳里尔早就跟自己的管家奥斯瓦尔德有了私情。就此而言,李尔是幸运的,这一切他直到死都一无所知,否则,他会永远疯下去,绝不会醒来。

第四幕第四场,考狄利娅率领法兰西军队从多佛登陆,前来拯救惨遭虐待的父亲,她发出的心声是:"亲爱的父亲,我这次挥师用兵,全是为了您的事。"【4.4】对比《新约·路加福音》【2·49】:"耶稣回答:'为什么找我?难道你们不知道我必须以我父亲的事为重吗?'"在此,我们已从考狄利娅身上看到人子耶稣的影子了。

当受考狄利娅所派四处寻找李尔的绅士(侍臣),见昨日的一国之君已落到疯疯癫癫的惨境,不由得心生怜悯,虔诚地自言自语:"你有一个女儿,已经把人性落在那两个人身上原罪的诅咒都赎回来了。"【4.6】这自然是再明白无误的《圣经》参照:耶稣之死是为救赎亚当、夏娃犯下的原罪。换言之，剧情到此，考狄利娅对两个姐姐"原罪"的救赎，已接近"耶稣之死"的原型。

之后不久，李尔从一场酣睡中醒来，坐在椅子上，侍从把他抬到考狄利娅面前。他认出了考狄利娅，羞愧难当，甚至要跪下请求原谅。见考狄利娅在哭，李尔动情地说："请你，不要哭：你要是给我预备了毒药，我这就喝下去。"【4.7】参照《新约·约翰福音》【18·11】："耶稣对彼得说：'把刀收起来吧！你以为我不愿喝我父亲给我的苦杯吗？'"再比照《马太福音》【20·23】："耶稣告诉他们：'你们固然要喝我的苦杯，可是我没有权决定谁要坐在我的左右。这些座位，我父亲为谁预备就属于谁。'"《马太福音》【26·42】："耶稣第二次又去祷告：'父亲啊，若是这苦杯不能离开我，一定要我喝下，愿你的旨意成全吧！'""苦杯"在《福音书》中，特指耶稣的天父上帝为他预备的以流血和死亡为代价的救赎之道。李尔化用此说，意在向考狄利娅传递心底的愧疚和怜爱之情。不难看出，莎士比亚是借用《圣经》中"苦杯"的神性，来凸显李尔身上的人性。

到全剧最令人涕下飙泪的惨景，李尔怀抱着考狄利娅的尸体，老泪纵横地说出临终前的最后一句话："偏偏就你没了呼吸？你永远也不回来了，永不，永不，永不，永不，永不！"【5.3】此处《圣经》的参照很可能源于《旧约·约伯记》【7·9—10】："像云朵消散，人死了不再返回；他不再回家，故土也把他遗忘。"之所以如此，是莎士比亚有意躲开基督教的末日审判观念，因为基督教强调信上帝和基督者必得永生，而古犹太人认为人死不能复生。这或许是莎翁将剧情背景设定在公元前 8 世纪古不列颠最重要的构思初衷,也就是说,莎翁不想让他所处时代的基督教,过分干扰李尔王那个遥远的非基督教世界,他要强调的是,此时此刻,此情此景,李尔是作为一个失去了最爱的女儿的父亲悲绝而死,李尔之死与上帝无关。这是人的意识觉醒,是人的价值和尊严,与文艺复兴时期的人文精神相一致。

除了《圣经》在李尔和考狄利娅身上透视出来的这种多点聚焦式的意象参照,还有一种几乎是锁定焦点的意象参照,即剧中作为重要副线出现的发生在葛罗斯特与埃德加、埃德蒙父子兄弟3人之间的故事,只跟《旧约·创世记》中"上帝和该隐及亚伯""以撒和双胞胎兄弟以扫及雅各"这两个故事相对应。也可以说,是莎士比亚把《圣经》中这两个故事的情节、寓意、意涵糅合在一起,进行了天工巧手的二合一,再自然而精妙地投射到葛罗斯特父子三人的身上。

第一个故事便是著名的"该隐杀弟"。假如说"原罪"是人的始祖亚当、夏娃犯下的人类第一错,那"该隐杀弟"则堪称人类第一罪,否则,《哈姆雷特》中的哈姆雷特不会干脆把该隐称为"天下第一杀手"。而《哈姆雷特》剧中哈姆雷特的叔叔克劳迪斯谋逆弑兄、篡夺王位、迎娶王嫂,即是这一《圣经》意象的扩展升级版,由原型故事"该隐杀弟"改成"亲弟弑兄"。另外,有一莎剧研究的统计数据表明,在全部莎剧中提及"该隐杀弟"的地方达25次之多,足见莎士比亚对这个故事烂熟到了随意活用的程度。

"该隐和亚伯"故事不长,简述如下:

夏娃生有两个儿子,长子该隐,次子亚伯。成人后,该隐是农夫,亚伯是牧羊人。到了供奉上帝的日子,该隐拿出一些土产祭献,亚伯则精选上好的羔羊。上帝喜欢亚伯的祭物,笑纳,却拒收该隐的土产。上帝见该隐生气,言语警告:"你为什么生气?为什么皱着眉?你要是做了好事,应当面露笑容,反之,罪已埋伏在你的门前。罪要控制你,可你必须克服罪。"后来,该隐对亚伯说:"咱俩去田野里走走吧!"刚走到田野,该隐就动手,把弟弟杀了。上帝问该隐:"你弟弟亚伯在哪儿?"他回答:"不知道,难道我还管看着他吗?"上帝责问:"你做了什么事?你弟弟的血从地下出声,向我哭诉。你杀他的时候,大地张口吞了他的血。现在你受诅咒,再也不能耕种;即使耕种,地里也不长庄稼。你要成为流浪者,四处漂泊。"该隐说:"惩罚这么重,我受不了。你把我赶出这块土地,不让我再见你;我要是成了无家可归的流浪者,四处游荡,不管谁遇到我,都想杀了我。"上帝回答:"不会有人杀你;杀你得赔上 7 条命。"上帝在该隐额头做了记号,警告遇见该隐的人不可杀他。于是,该隐离开上帝,来到伊甸园东边一个叫"流荡"的地方居住。

在此,我们产生这样一个想法:莎士比亚通过埃德蒙这个邪恶形象,在思考甚或质疑上帝的公正是多么全凭一厢情愿的主观、偏心、任性。牧羊的亚伯祭献羔羊天经地义;种地的该隐,劳动所得却只有土产。这不是上帝的分工吗?上帝给人分配好不同的工作,又露出好恶嫌弃之情,人怎能不生出嫉妒之心,甚至动了杀机呢?上帝以天主之好自定取舍,好比君王显贵凭手中的专制威权任性而为,世俗规矩、道德仪轨、长子世袭、等级观念,都是些不可改变的"天主之好"。该隐被自己崇敬的上帝否定,是内心无法承受的痛。如果说他邪恶,邪恶似乎也有道理。既如此,埃德蒙的邪恶与该隐的邪恶不具有同样的意味了吗？埃德蒙的邪恶也是师出有名的，他的天问是：凭什么自己有着和哥哥埃德加一样的"身体协调""精神高贵"，却不能得到合法权利？但杀人之罪，罪不可赦。拿该隐来说，若非上帝护体，早就没命了。埃德蒙身上的铠甲却保不了他的命，最后死在自己一心想杀的哥哥手里。有意思的是，遭弟弟构陷的埃德加，成了被人追杀的流浪者，四处漂泊、游荡。

接下来，我们再来看"以撒父子"与"葛罗斯特父子"故事的对应。简单说，被挖去双眼的葛罗斯特与年老眼瞎的以撒一样，深知不可能再亲眼见到被自己冤枉的亲生长子埃德加了，所以，他当着埃德加的面，说出那句痛悔不迭、饱含挚情的话："哦！好儿子埃德加，你成了你受骗的父亲暴怒的发泄对象！只要此生我还能亲手摸到你的身体，我就要说，我又重见光明。"【4.1】比较《旧约·创世记》【27·21】："以撒对雅各说：'孩子，走过来，让我摸一摸；你真是以扫吗？'"

埃德加救了父亲葛罗斯特之后，说话时不再伪装成可怜的汤姆那疯言疯语的腔调。葛罗斯特看不见儿子，但从声音，他无法识别可怜的汤姆跟眼前同他说话的是不是一个人。他对此迷惑不解，只是说："我听着你的声音也变了，而且说话不像原来那么不着边际。"【4.6】在《创世记》里，"雅各走过去，以撒摸一摸他，就说：'声音是雅各的声音；双手确实以扫的手。'"声音暴露了雅各。

虽是一母所生的双胞胎兄弟，但雅各毕竟是次子，他的问题就出在这儿：弟弟雅各骗了父亲以撒，得到祝福，抢走了哥哥以扫"做长子的权利"。以扫恨雅各,甚至要杀雅各:"爸爸快死了,丧事过后,我要杀雅各。"得到信儿的雅各逃到舅舅拉班那里,又经历了一些艰难的挫折、坎坷,最后凭借自身的能力、本事,终于走出了心理阴影,有了家,有了财产。这里我们再做两重比较,一是埃德加躲避追杀的经历跟亡命的雅各很像,二是埃德蒙靠诬陷哥哥骗取父亲的信任,得以继承家业,而后再靠出卖父亲,又得到伯爵头衔,到最后,达到个人事业的巅峰:打败进兵来犯之敌,战场凯旋,得到奥本尼的赞许:"英勇无畏","这一仗,你把跟我们作战的敌人都俘虏了"。【5.3】情场上更是春风得意,私下各自赢得高纳里尔和里根两个女人海誓山盟的爱情;为挑战奥本尼的权力,里根甚至公开宣布,自己要嫁给埃德蒙。恰在此时,埃德加出现了。兄弟终于再次相见!

在《创世记》里,以扫、雅各亲兄弟相见,是欢欢喜喜的大团圆:"以扫跑来迎接他,拥抱他,亲吻他;两人都哭了。"

而埃德加、埃德蒙这对同父异母兄弟,最后是兵戎相见,比剑决斗定生死。不过,耐人寻味的,莎士比亚最终让兄弟二人以宽恕、和解收场,先是埃德加对受了重伤的埃德蒙说:"让我们彼此原谅。"【5.3】当埃德蒙得知打败他的对手就是埃德加,并听埃德加讲述了所发生的一切,他良心发现,在断气之前,藏在心底的那一点点人性的善才亮出垂死的微光:"我要做一件与我凶残本性相反的好事。"【5.3】他披露出已下密令,要将李尔和考狄利娅绞死在狱中。可惜为时已晚,考狄利娅死了。

这里,我们想提出一个问题:莎士比亚有意想以生活在众神时代、只敬畏"大自然"女神的埃德蒙的死,质疑基督教世界的一神上帝吗？不得而知。

然而，《圣经》意象在莎剧《李尔王》中映照出来的，更多的还是光明、美好、希望。比如，我们来看这样几个极其重要的《圣经》母题在剧情和人物身上的体现。

第三幕第二场，荒野中疯跑狂奔的李尔张开双臂，向苍穹怒吼，痛斥世人的歹毒伪善、巨奸大恶："让那在我们头顶激起这一可怕狂暴的众神，现在就找出他们的仇敌。发抖吧，你这坏蛋，你遮掩了尚未暴露的罪行，还没受到正义的惩罚！藏起来吧，你这嗜血的凶手；你这发假誓的恶人；还有你这忤逆乱伦的伪君子！粉身碎骨吧，你这披着善良的外衣阴谋杀人的恶棍！撕开你包藏的祸心，让隐秘的罪恶昭然若揭，去向这些可怕的天庭传令使讨点儿慈悲，哀号乞命吧！"

第三幕第四场，遭到两个女儿驱逐的李尔，得以在垂暮之年第一次切身感受到人世疾苦的滋味："外表光鲜的权贵们，服一剂良药，把你们自己也暴露在风雨之中，亲身体验一下穷苦人的感受，只有这样，你们才会把多余的东西分散给他们，也只有这样，才会显出上天还算公平。"

第四幕第六场，葛罗斯特通过祈祷表明自己要接受、服从天神的意志安排："永远仁慈的天神，请把我的呼吸带走，在你容许我离开人世以前，别再让邪恶的天使诱惑我去寻死！"埃德加赞许道："老人家，您祷告得好。"

以上传递的是，苦难中的人们可以通过祈祷来求得心灵的慰安。

第三幕第七场，葛罗斯特痛斥虐待父亲的里根："在这令人惊恐的风雨之夜，假如有一群狼在你的门前嗥叫，你也该说："善良的看门人，开门放它们进来。'在如此狂暴的夜晚，除了你，一切暴殄天物的生灵都会心慈手软。"葛罗斯特呼唤的是人性中的仁慈、悲悯。

第四幕第七场，当考狄利娅终于见到尚处于疯狂中的父亲，她发出撕心裂肺的哀号："即便您不是她们的父亲，这如霜似雪的满头白发也该让她们心生悲悯。这张脸怎么受得了狂风肆虐？又怎能抵御那可怕的雷鸣、抗衡那迅疾交错的闪电最令人惊恐的凌厉打击？可怜的哨兵——只戴这么一顶单薄的头盔——苦苦守夜？哪怕是我敌人的狗，即使它咬过我，在那样的狂暴之夜，我也会让它躺在我的炉火前。"这是莎剧《李尔王》中最打动人心的场景之一，也可能借用了《新约》中"好撒玛利亚人"（好心人或见义勇为者）的比喻，即期冀任何一个有良知的人当看到同胞落难，都要心怀悲悯，助其脱离苦难。

第一幕第二场，埃德蒙因其私生子身份卑贱便受到人们歧视，心怀怨愤，认为是天理不公："众神啊，帮帮私生子吧！"为此，他将人性中的魔鬼释放出来，使用卑鄙手段暂时攫取到了公义。

第三幕第七场，性情固执、心狠手辣，在整个剧中出场不多的康沃尔公爵，不仅想以虐待的手段置李尔于死地，还残忍地迫害同情李尔并私下施以援手的葛罗斯特，当他要挖去葛罗斯特的第二只眼睛时，他自己的仆人忍无可忍，仗义出手，拔剑相向，两人相斗，结果，康沃尔中剑受伤，后不治而亡，死于非命。第四幕第二场，一向反感康沃尔言行的奥本尼闻听此事，不由得感慨："人世间的罪恶转眼间就遭到天谴报复，足以证明上天自会做出公正的审判！"

这里要表达的是，人世间存在天理公义，邪恶之人必遭天谴报应。在此，我们想，莎剧《李尔王》或有意暗示，这样的天理公义和天谴报应，不一定只在上帝末日审判的那一天降临人世。

第四幕第七场，身心饱受摧残的李尔向最初被自己冤枉的考狄利娅请求谅解："你一定要宽容我。请你忘掉以往，原谅我：我是又老又糊涂。"第五幕第三场，埃德加在决斗中刺伤了埃德蒙，面对承认了罪行指认的埃德蒙，他揭开面甲，露出自己的真面目："让我们彼此原谅……公正的天神们把我们放纵情欲的罪恶，变为惩罚我们的工具。"

莎士比亚在《李尔王》的大幕落下之前，又回到了《圣经》的核心价值之一，即宽恕、原谅、和解。人类也只有这样，才有可能拥有美好的未来。

七、李尔：一颗永生不死的文学灵魂

1.作为主线、副线的两个"李尔"故事

俄国文学批评家杜勃罗留波夫（николай але ксандрович добролюбов，1836—1861）在其《黑暗王国》一文中，对李尔有过极为精辟的论析："我们以为，李尔是畸形发展的一个牺牲品，他的行为充满了骄傲与自大，他认为即便没有手中权力，他也是伟大的。这样的行为也是对他这一骄傲自大的专制精神的惩罚。"换一句俗话说，李尔放弃王权这一明显逾越常识规范的弱智行为，完全由盲目的自我崇拜所导致。

是的，"他把因权力而享受到的一切尊贵、显赫，都直接归于

个人，他决定抛弃权力，也是因为他相信人们会像以往任何时候一样敬畏他。在这一狂妄信念驱使下，他把王国划分给了女儿们，也因此，他便一下子从野蛮的无意识状态变成了一个普通人，并得以体验人类生活的辛酸苦楚。他灵魂中一切好的方面，也在这里体现出来。"也是由此，我们才得以在暴君李尔之外，看到一个仁慈、良善、富有正义感、心怀悲悯、同情黎民百姓的好人李尔。

"他性格的力量不仅表现在对女儿们的诅咒，更表现在当面向考狄利娅承认自己的过错，表现在痛悔自己的暴怒脾气，懊悔从不曾替穷苦人着想，很少真诚地去爱别人。于是，李尔具有了深刻的意义。我们对他进行观察，一开始会对这个毫无约束的专制暴君深恶痛绝；但随着剧情的发展，就会越来越把他当成一个人来加以体谅、理解，到最后，我们已经不仅仅是对他，而是为他、为整个世界，对那种居然能把李尔这样的人引到无法无天、蒙昧野蛮、没有人性的环境，义愤填膺，强烈憎恨。"那样的环境，便是滋生"黑暗王国"的沃土。

事实上，撇开李尔的自我崇拜及其是否出于政治考虑对女儿们继承王国完全放心，单从人性、人情的视角剖析，李尔选择让女儿们以言语向他示爱的程度划分王国，并不十分荒谬。其实，我们只要在生活中不止一次跟七八十岁的老人，尤其习惯于家长制的位高权重者，或德高望重者，实际打过交道，就能明白一个全由人体生理带来的普遍现象，即老人们，不管是政治老人、经济老人，还是商界老人、学术老人、艺术泰斗，甚至江湖大佬，等等，大都会任性而毫无来由地做出一些自己丝毫觉不到荒谬,在别人眼里却已是荒谬至极的事;更为荒谬的是,每到此时,不仅很难指望有谁会真心可鉴、直言犯上、晓以利害、力图劝阻,而且,准有清一色抬轿子的捧颂者,会把这明明老糊涂的昏聩,天花乱坠成无与伦比的超凡睿智。因为凡识时务的江湖俊杰无一不晓得触怒老人们的可怕后果,那可想而知,或被某个领域、圈子扫地出门,或远走他乡,或流离荒野,四处漂泊、游荡。若非天不绝人,有幸遇到慷慨悲歌的独行豪侠或仗义大佬,恐怕只能先在暴风雨中光着头一路狂奔,或侥幸躲进一间茅草屋中暂避一时。假如你坚韧异常,自强不息,矢志不渝,强者必有出头之日;假如你精神脆弱,不堪磨砺,一蹶不振,差不多便就此倒下去了。

这不是现实真人版的《李尔王》吗?那一个个的领域、圈子,不也时常几乎是一个又一个的"黑暗王国"吗?这样的老人,莫说成为万人之上的一国之君,即便垂暮之年还能权倾朝野,或享有超霸的话语权,脑子一旦发热到荒谬起来,只怕并不会输给李尔王。当然,假如老人中有谁经历过暴风雨的涤荡,在痛定思痛之后,对过去的言或行,不论对人,还是对事,敢于认错,肯于忏悔,倒确能令时人、后人肃然起敬。这样的老人除了可敬,还十分可爱。从这个意义上可以说,莎翁笔下活在公元前 8 世纪古不列颠国的李尔王,除了是一位伟大的国王,更是一位伟大的父亲。同时,我们有理由感到几分忧伤,李尔毕竟是莎翁笔下古不列颠神话般的君王,现实中似乎还从未有一位君王实现过他的伟大,他的这一伟大也很难实现。

因此,我们根本不必在意英国诗人、评论家柯勒律治

（Samuel Taylor Coleridge，1772—1834）的话：“即使将《李尔王》第一幕删除，也丝毫无损于全剧。”在他眼里，这第一幕简直就是“幼儿园故事”。

不过，就人性、人情而言，老人世界在许多时候也跟“幼儿园”差不多。下面，让我们再从人性、人情的视角来对莎剧《李尔王》做一番审视。

莎剧《李尔王》可以说主要有两个李尔的故事组成，何谓两个李尔，一个是尊为古不列颠国王的“老李尔”，另一个是“小李尔”葛罗斯特伯爵。如此说，是因为他俩的故事实质上十分相似，近乎相同。前者讲的是“李尔及其三个女儿的故事”，后者则是“小李尔及其两个儿子的故事”。在整个戏剧结构中，前为主线，后为副线，主线、副线时常相互交织，并扭结在一起。在这两个大的故事框架之下，穿插进一大堆绝非可有可无的小故事，从人物关系上来说是：李尔与肯特，李尔与弄臣，李尔与葛罗斯特；肯特与考狄利娅，肯特与弄臣；葛罗斯特与康沃尔。这其中还埋伏着一条错综复杂的情线，恰是这条剪不断理还乱的情线，最后将剧情冲突的导火索点燃，导致那么多美好和邪恶生命的一起毁灭。

在此，我们来理一下紧紧拴在这条情线上的绳结：李尔与3个女儿间的父女情，3个女儿间的姐妹情，葛罗斯特与两个儿子间的父子情，两个儿子间的兄弟情，李尔与葛罗斯特、肯特、弄臣间的君臣情，奥本尼与高纳里尔、康沃尔与里根、考狄利娅与法兰西王之间的夫妻情，高纳里尔与管家奥斯瓦尔德、与情人埃德蒙之间的婚外情，里根在丈夫死后与埃德蒙的偷情。其中埃德蒙与高纳里尔、里根姐妹俩同时上演的三角恋，是情线上致命的死结。最终,正是这一无解的情死结,导致这一组三角恋人短瞬之间先后死去。单从结局看,高纳里尔先毒死里根,然后自杀,比较起来,作恶多端的埃德蒙的命还稍好那么一点:"我和她俩都订了婚约:这下我们三个可以同时结合在一起了。""总算有人爱过埃德蒙:为了我,这一个毒死了那一个,她也跟着自杀了。"【5.3】稍微细琢磨一下,埃德蒙的话很有意味,或许他在借两个女人攫取权力的贪婪野心之外,至少还有那么一点点对她俩的肉欲之爱。当然,这样的偷情只能跟姐妹俩分别搞,最后共赴黄泉,倒成全他们"三个可以同时结合在一起了"。贪婪无度的权欲情欲导致毁灭,在他们身上得到应验。莎剧《李尔王》的故事性非常强,假如用大白话为其做个简短而具诱惑力的推荐,不必添油加醋,直白表述即可:父亲放逐女儿;女儿放逐父亲;亲姊妹相残;同父异母兄弟仇杀;姐妹俩为一个男人权欲之上又添情欲之火;女儿兴兵讨伐,替父报仇,战败被俘,被绞死狱中;父亲怀抱女儿尸体,气绝身亡。最后,天使与魔鬼玉石俱焚。这样写足够赚眼球了吧!

2.两大"对比"之下的人性、人情

莎士比亚写《李尔王》是在《哈姆雷特》和《奥赛罗》之后,此时,他进入编剧的成熟期,对他来说,在如此紧凑的戏剧篇幅下艺术地驾驭如此丰富庞杂的人情布局,不在话下。但他显然并不满足,拿《李尔王》来说,他明显运用了比之前更为高妙且驾轻就熟的戏剧手法,这便是他能那么游刃有余地在人情的繁复、多重的深刻对比中,刻画与凸显人性。

我们来看这对比是如何一层一层、又层层叠叠地绘制出来:

李尔的 3 个女儿，两恶一善；葛罗斯特的两个儿子，一正一邪；李尔的两个女婿，一良一劣；紧随李尔左右的肯特、弄臣，一庄一谐。除此，还有另一种对比：同为忠臣，葛罗斯特是一位懂人情世故、有风流韵事的伯爵，肯特则是一位铁骨铮铮、披肝沥胆、不计荣辱的谏臣。而肯特自身又以苦肉计的方式造出前后两个肯特的对比：前者是被威严的国王李尔放逐的本来面目的肯特，后者是易容乔装成"凯厄斯"、拼死效忠等于是遭到两个女儿放逐的退位老王的肯特。再有一种对比，同样耐人寻味：李尔被两个恶女儿逼得发了疯，是真疯；埃德加为躲避通缉追杀，亡命荒野，为求生存，迫不得已只能装疯。

剧中落差最大的两个人性、人情的对比，同时也是剧情主线、副线最强烈的戏剧冲突。

第一个大的对比，发生在李尔身上，我们可以简单称之为"两个一切"的对比；第二个大的对比发生在葛罗斯特身上，也可以叫"一明一暗"的对比。

我们先来看第一个对比。第一幕第一场，高纳里尔、里根都向李尔表达了这样的超级孝敬，即对父亲的爱"超过了一切爱的表达的总和"（Beyond all manner of so much I love you）。【1.1】当她们从李尔那儿骗了一切之后，却剥夺了父亲的一切，因此，李尔才会在遭受绝对出乎意外的虐待时，不止一次地咆哮："我把一切都给了你们。"（I gave you all.）【2.4】"啊，高纳里尔、里根！你们仁慈的老父亲，以慷慨之心把一切都给了你们。"在疯狂中自嘲："你是把一切都给了女儿吧？你也是因此才落到这步田地的吧？"对弄臣自我恶讽："他被女儿折腾成这样了？你什么都没留吗？你把一切全给了她们？"【3.4】给了一切，失去一切，这是导致李尔发疯最直接的外因："这么一想真要疯了；我得让脑子避开这事儿，不再去想它。"【3.4】

再来看李尔与考狄利娅的对话。面对父王的问询，考狄利娅不假思考便说出了全部的心里话："我是按我的名分来爱陛下，一分不多，一分不少。""那与我立下婚誓的夫君或将带走我一半的爱、一半的关心和责任：没错，假如我只一心一意爱父亲，就绝不会像姐姐那样嫁人的。"【1.1】李尔心有不悦，要考狄利娅考虑好再说一次。明白人只要稍一留心，就能听出李尔对考狄利娅有着超出比对两个大女儿更多的父爱恩宠，很明显，李尔的底线是，只要考狄利娅说出会全身心孝敬父亲，而不是"一分不多，一分不少"，即可"赢得比你两个姐姐更丰饶的领地"。但李尔就是听不到考狄利娅违心说出让他爱听的"真心话"。道理很明晰，考狄利娅也有自己的底线，她十分清楚两个姐姐一贯的为人处世，因此才绝不肯违心表达对父亲的爱，否则，便跟两个姐姐一样。所以，她会在远嫁法兰西之前，向两个姐姐辞行时会那么不客气地直言："我深知你们俩的本性，作为妹妹，我最不情愿的，就是把你们的过错挑明。把父亲照顾好：既然你们声称真心孝敬，那我就把他托付给你们了。"【1.1】这样，也就能回到开头去理解考狄利娅为何"无话可说"（nothing）。难道她真不懂这将意味着什么吗？她内心要表达的是，两个姐姐说的"一切"（all），其实是"一无所有"（nothing）。

父女俩各自的底线撞到了一起。此时此刻，除了李尔，所有人都是现实的，只有考狄利娅一人活在理想里，那两个女儿则早把现实看得清清楚楚，因而，当她俩刚一得到一人一半的王权，便商定算计老王。在她俩眼里，李尔如此对待考狄利娅，是"人老昏聩的表现，可他总是缺乏自知之明"。不仅如此，在"他年轻力壮、头脑清醒的时候，也是脾气火暴"。除了他身上"那积习难改的臭脾气"，最难待候的是"年迈体弱、暴躁易怒随之而来的固执任性"。两人由李尔放逐肯特感到未来的可怕，她们打算"通力合作"，绝不能让"父亲还像往常一样，由着性子以权蛮干"。否则，"我们得不到任何好处。"这时，我们能明白，考狄利娅"无话可说"这句话一出口的风险系数得有多高，这也意味着，考狄利娅考虑好了一切可能的后果，包括"一无所有"。果然：

考狄利娅　陛下，我无话可说(Nothing, my lord)。

李尔　　　没话 (Nothing)？

考狄利娅　没话 (Nothing)。

李尔　　　没话就一无所有(Nothing will come of nothing)。

正因为此，考狄利娅丝毫也不后悔。"一无所有"的她带着一个妻子对丈夫"一半的爱、一半的关心和责任"，安心地远嫁法兰西。

后悔死了的是李尔！他先受了高纳里尔的虐待，负气出走，去找里根，试图用做人最基本的道理感化里根："不，里根，你永远也不会受我的诅咒：你性情温柔，绝不会那样狠心。她那双眼睛凶光毕露，你的眼神却和蔼可亲，不会冒火。你不会在乎我享受老来之福，也不会跟我顶嘴恶语相向、裁撤我的侍卫，甚至削减我的花销,总之,不会将我拒之门外:你比较懂得亲情孝道、儿女责任,谦恭贤良,有感恩之心。"【2.4】当他发现姐妹俩的手紧握在一起,露出惊讶时,高纳里尔竟然调侃他:"陛下,她怎么就不能跟我握手呢?我犯了什么错儿?何况凡从不辨是非之人眼里看到,从昏聩的老糊涂嘴里说出来的错,全都不是错。"【2.4】然后,这姐俩儿开始比赛谁更能裁撤李尔的侍卫,两人你一句我一句,在100、50、25三个数字间像过家家似的玩起了游戏,完全是在戏弄、侮辱李尔。这时李尔意识到,姐妹俩已串通一气,逾越了人性底线,变得跟野兽一样。除了冲进暴风雨,李尔无路可走。在暴风雨中等待他的命运, 正如他跟里根所说:"要是你连比人最起码的生存需要多一点儿的需要都不许有, 那人命就贱得跟牲畜一样了。"【2.4】而他也就是在肉体变得形同"动物","人命贱得跟牲畜一样"的疯狂里, 真正体会到人性的本质。当他在暴风雨的荒野见到赤身露体的"可怜的汤姆",开始意识到人是个什么东西,发出疑问:"难道人不过如此吗?看看他就明白了。你不欠蚕儿一根丝,不欠野兽一张皮,不欠绵羊一根毛,也不欠麝猫一厘香。哈?倒是我们仁变了样儿。你才是原样儿:人一旦光身露腚,顶多像你现在这样,不过是一个可怜巴巴、赤条条的两脚动物。"【3.4】

到了这时候,他终于明白:"不管说什么,全都我说'是'就'是',说'不是'就'不是',唯唯诺诺可不是什么好神学……到这个时候,我才看清她们那副谄媚的嘴脸,闻出她们的真味儿。算了,她们口是心非:她们说我具有一切超凡特质,扯淡,我也免不了要打摆子。"【4.6】啊,原来自己坠入由巧言令色的高纳里尔、里根用谎言编织的亲情至爱里浑然不觉，直到遭了遗弃，置身荒野，饱受凄苦、历尽磨难，才终于弄懂自己一直活在虚假的幻影里，而这一切都是由国王的威权和荣耀带来。他也明白了考狄利娅身上人性的理想闪光，那在任何时候都折射出慈爱、悲悯的人性亮色，"把爱藏在心里"【1.1】才是真爱、深爱、大爱。可李尔给了这个嘴上不会说一句漂亮话、而只会真心爱他的女儿什么呢？一无所有！真爱他的，被他剥夺了一切！这是刺激李尔发疯最直接的内因。

也就是说，两个如此邪恶、一个如此善良的女儿，使李尔产生了两种难以自控的极端情绪，正是在这一正一邪两种心绪的强烈刺激下，他疯了。把李尔的发疯与葛罗斯特之死做一对比，我们会发现一种内在的呼应，葛罗斯特是在两个儿子一正一邪造成的"一悲一喜"两种极端情绪刺激之下，心含着笑死了。

发生在李尔身上的对比并未到此结束，接下来的对比更为惊心动魄，甚至令人含泪而歌，泣血而啼。一方面，是失去一切的考狄利娅，闻听父亲惨遭虐待，用眼泪说动法兰西王，不顾一切亲率法军，要救出父亲。她在心里默念："亲爱的父亲，我这次挥师用兵，全是为了您的事。"【4.4】另一方面，此时已"一无所有"的李尔又是倔强的！受了残忍虐待，身陷苦难，李尔只有两件事可做，一是恶毒诅咒这两个野兽般的女儿。他诅咒高纳里尔："叫她的子宫不孕，叫她的生育器官干涸，叫她这下贱的肉体永远也生不出引以为荣的孩子！"【1.4】"愿上天把所有积攒起来的报应一股脑儿都落在她忘恩负义的头上！愿污染的恶风吹打她腹中的胎儿，叫婴儿一落生就是个瘸子！""让烈日骄阳从沼泽地里熏蒸出来的毒雾,侵蚀她的美貌,摧毁她的狂骄。"【2.4】"一千个魔鬼把嘶嘶作响的火舌吐到她们身上。"【3.6】这恐怕也几乎是人类有父亲以来对亲生女儿最恶毒的诅咒了吧?由此可见李尔受的伤害有多大,不疯才怪。

除了诅咒女儿,第二件事就是祈祷上天:"诸神,你们眼睁睁看着我在这儿,一个可怜的老头儿,垂暮之年,满腔的悲伤,饱受年龄和悲伤的双重折磨。假如是你们激起了我这两个女儿心中对父亲的叛逆,就别拿我当傻瓜一样如此愚弄,叫我逆来顺受……不,我不会哭。我有十足的理由哭,可我宁愿把这颗心碎成10万片,也不会掉一滴眼泪。"【2.4】"只管尽情降下你们令人惊骇的狂欢:我,你们的奴隶,一个可怜、虚弱、无力、遭人鄙视的老头子,站在这儿。可我还得骂你们是奴颜婢膝的帮凶,因为你们这高高在上的天兵,竟跟我那两个恶毒的女儿携起手来,攻击我这样一个白头老翁。"【3.2】

此时,救护他的天使只有一个人,那曾被他冤枉、"虐待"得"一无所有"的考狄利娅。

德国大诗人海涅(Heinrich Heine, 1797—1856)在其写于1838年的《莎士比亚的少女和妇人》(*Shakespeare's Girls and Women*)一文中,不无动情地指出:"读到这部悲剧的第一幕,就被引入了事件中心,尽管天空如此澄澈,一双敏锐的眼睛已预见到暴风雨即将来临。在李尔王的神志中有一抹烟云,随后即会凝缩成最漆黑的精神暗夜。谁像他那样把一切都馈赠出去,谁就已经发了疯。除了主人公的心灵,我们还辨识出女儿们的性格,尤其考狄利娅那缄默的温柔立刻叫我们受了感动。那现代的安提戈涅(古希腊悲剧家索福克勒斯最著名的三大悲剧之一《安提戈涅》中的女主人公),她的诚挚更胜过她古代的姐妹。是的,她有一颗纯洁的心灵,国王直到发了疯才看出来。纯洁得彻底吗?我认为,她有一点儿执拗,而这一瑕疵正是父亲的遗传。但真正的爱极为羞涩,它憎恶一切空话;它只能淌泪、流血。考狄利娅暗讽两个姐姐伪善时所流露出的忧伤的苦楚,是最温柔的。那位博爱大师、《福音书》的主人公(指耶稣基督)偶尔也会采用冷嘲热讽。她的灵魂迸发出最公正的愤懑,同时,她又在如下这句台词中表露出全部的高风亮节:'没错,假如我只一心一意爱父亲,就绝不会像姐姐那样嫁人的。'【1.1】"

　　发疯的李尔只要神志稍一清醒,就陷入无地自容的羞愧和撕心裂肺的自责,他在想,跟他一样任性执拗、却又那么温柔善良的考狄利娅,是如此忠实于自己的内心,绝不像她那两个恶魔姐姐一样,用阿谀谄媚这剂甜蜜致死的毒药欺骗父亲。考狄利娅的话语犹在耳畔,面对唾手可得的巨大利益(1/3 的国土)、权力(1/3 的王权),她选择率性直言,绝不虚情假意:"我多么不幸,不会把心提到嘴上:我是按我的名分来爱陛下,一分不多,一分不少。"面对父王发出的再不说好话"就把自己的财富给毁了"的威胁,她仍坚守底线、不改初衷:"慈爱的陛下,您生我,养我,爱我:我会恰如其分地回报这份恩情,服从您,爱您,敬仰您。"等她真的一无所有了,她还是那么心底无私,磊落坦荡,不做一句辩解:"假如您因为我缺乏油腔滑调的伶牙俐齿,不会说讨您喜欢的话而震怒,那是因为凡我想做的事,从不事先张扬……而仅仅因为我欠缺了两件因此欠缺却让我倍感富有的东西:一双争宠献媚的眼睛,一条我多么庆幸没长在我嘴里的如簧巧舌。我因为没生出这样的巧舌,才失去了您的宠爱。"【1.1】而一旦需要她付出爱,她甚至牺牲生命也在所不惜。当她得知父亲惨遭虐待,处境危险,便毫不迟疑领军前来,讨伐两个姐姐:"亲爱的父亲,我这次挥师用兵,全是为了您的事;正因为此,我哀伤和恳求的眼泪感动了伟大的法兰西国王。我们劳师前来,并非激于狂妄的野心,而仅仅为了爱,为了真挚的爱,为了替老父讨回公道。"终于见到发疯的父王,她痛心地呼唤:"一切神圣的秘方,一切隐藏在地里的灵药奇草,让我泉涌的泪水把你们滋生出来吧!快来帮着救治这位好人的痛苦吧!"【4.4】战败被俘,身陷囹圄,她无怨无悔,心里最记挂的还是父亲:"我只是为您,遭难的父王,才感到抑郁悲伤。否则,我怎么会把命运女神的横眉立目放在心上。"【5.3】

李尔从得到了一切的两个女儿那里,得到的是"一无所有";而"一无所有"的小女儿考狄利娅,最后却"把一切都给了"父亲,包括献出自己年轻、美丽的生命。这样我们就能理解了,为什么稍微恢复一些神志的李尔羞于见到考狄利娅;理解了李尔一旦认出考狄利娅,便立刻跪下请求女儿原谅自己的愚蠢,宽恕以往的过错;理解了父女双双被俘以后,李尔甘愿与考狄利娅"就咱俩,我们要像笼中的鸟儿一样歌唱:你要我祝福,我便跪下,求你宽恕。我们就这样活着,祈祷,唱歌,讲点儿老故事"。【5.3】理解了李尔抱着考狄利娅的尸体、不相信她已死去:"这根羽毛动了:她活着!只要她还活着,这个幸运就足以把我以前所遭受的一切悲苦都赎回来。"【5.3】

　　一个头脑清醒的可爱慈父远远胜过一个刚愎自用的威严君王。当他是一个君王的时候，他看不清两个不孝的女儿仅仅靠谄媚就欺骗了他，另一个女儿却因真心孝顺失了宠；他看不清那两个女儿骨子里继承了他刚愎自用的专断独行，在她俩眼里，他只不过是一个头顶王冠的国王，而当他一旦放弃了王权，他可以不再是父亲；他看不清她们的人性中，只有一己私欲之下暴殄天物的十足兽性，因此她们理所当然地会骗取信任，赚取国土和权力之后，立马便翻脸不认人，开始有计划的虐父行动：削减侍卫、足枷仆人，在暴风雨之夜将八十多岁的老父逐出城堡。也因此，他在饱尝过她们的残暴兽性之后，才会抑制不住总要用野兽的意象来描绘她们。他看不清那个被他抛弃的小女儿，骨子里继承了他与生俱来的正义感和慈爱心，在她眼里，贵为君王的他首先是一个父亲，她爱的也是这个父亲，因为她不会爱一个可恨的"暴君"。所以，当他在雷电交加暴风雨中的荒野呼天抢地、变成一个孤独无告的老人、变成一个可怜的父亲时，她率兵前来，救的也是自己所爱的父亲，因为此时他已失去一个国王所有的威严、尊贵。直到最后，当他和这个女儿一起被俘，身陷囹圄时，他竟是那么兴奋，为自己终于成为一个爱女儿的慈父而高兴，快乐得像个孩子。

　　是暴风雨的霹雳闪电震醒了李尔意识里的人性混沌，使他得以从蠢不可及的昏聩到复归人性人情的浴火重生，寻找到只属于自己的、唯一的内心真实。

　　在此，我们不能不提及在莎士比亚出生那年去世的法国著名宗教改革家加尔文（Jean Chauvin，1509—1564），他的思想对莎士比亚写李尔,在思想认识上产生了潜移默化的影响。比如,加尔文说:"假如孩子不知是谁生了他,并把他养大,这是极不自然和十分丑恶的事。所以,要是有哪个孩子蔑视父母,那他就是一个邪恶的怪物,会令所有人生厌。"显然,莎翁用他的如椽巨笔,把高纳里尔、里根、埃德蒙,刻画成了"令所有人生厌"的"邪恶的怪物"。加尔文说:"人与动物在肉体上没有根本区别。"莎翁让暴风雨中的李尔体会到,人一旦赤条条,不过是一个两脚动物而已。

现在,我们来看发生在葛罗斯特身上"一明一暗"的第二个对比。这个对比其实也来自"一切",简单说来就是:作为嫡生长子的埃德加将合法继承父亲葛罗斯特的一切,而这一切正是私生子埃德蒙要蓄谋"合法"攫取的。埃德蒙伪造信件、信口雌黄、栽赃陷害埃德加,怒发冲冠、情急忘智的葛罗斯特几乎没动脑子便轻信了他编织的这一骗局,随即发布通缉令,追杀埃德加。为求生存、亡命天涯、来日复仇,埃德加不得不自虐肉身,把自己扮成一个疯疯癫癫的乞丐——可怜的汤姆。埃德蒙一计得逞,天赐良机,再生一计,打定主意要把父亲托付的密信交给康沃尔,致父亲于不义:"这可是我邀功请赏的大好时机,我父亲为此失去的一切,定会如数归我所有。"【3.3】果然,埃德蒙立即攫取到伯爵头衔,父亲竟以叛国通敌的罪名遭通缉,被残忍的康沃尔挖去双眼。"一切陷入黑暗,没有一丝安慰!我儿子埃德蒙在哪儿?埃德蒙,燃起你的天良孝心,替我向这惨绝的暴行复仇。"【3.7】始终蒙在鼓里、双眼淌血的葛罗斯特呼喊着埃德蒙的名字,里根一字一顿咬牙切齿地告诉他:"背信弃义的老贼!你居然在叫一个恨你的人;你反叛的阴谋,就是他揭发的。他真是太好了,好得丝毫也不会同情你。"葛罗斯特这才恍然惊醒、悔恨至极:"我愚蠢至极啊!这么说,我错怪了埃德加。仁慈的上天,饶恕我,保佑他有福吧!"【3.7】

当葛罗斯特是一个明眼人的时候,心是糊涂的,眼盲失明却令他看清了世相。但一切都晚了,他想好了要跳崖自杀,求一死以脱离生命的苦海,"啊,万能的众神!众神在上,我要抛弃这个尘世,平静地从生命剧痛中解脱出来。"【4.6】好心人把他领到可怜的汤姆那儿,此时,他怎么会知道,又怎么想到这个疯乞丐竟然是被他错怪冤枉的埃德加!埃德加不仅以一种不无戏谑的游戏方式救了父亲,使他相信自己获得重生,打消了轻生的念头,更使他树立起忍受痛苦、坚韧生活的信念。最后,当埃德加在与埃德蒙决斗之前,将一切的真相向父亲和盘托出时,"他那颗本已破碎的心,——唉!太脆弱,怎么受得了这样的一悲一喜!在这两种极度情绪的强烈刺激下,含着笑碎了"。【5.3】

顺便提一句,莎士比亚惯于在诗剧中施展拿手绝活,那是一种诗意的、意蕴丰富的曼妙表达。单以葛罗斯特之死为例,莎剧原文强调的是葛罗斯特 "那颗本已破碎的心"(his flaw's heart) "含着笑碎了"(Burst smilingly)。就中文意思而言,当然诚如朱生豪的译文"含着微笑死了"和梁实秋的译文"含着笑心碎而死"所表达的一样,都在表明葛罗斯特是带着一丝欣慰离开了人世。

在一切的真相揭开以前,埃德蒙的"一切"不仅没有终止,甚至还在持续发酵。当战事结束,奥本尼要埃德蒙交出包括李尔和考狄利娅在内的所有战俘，并不屑地表示埃德蒙只是理应服从听命的下属。这下惹恼了里根，她马上当众对埃德蒙宣布："将军，我的士兵、俘虏，以及我继承的产业，你都拿去；这一切，还有我本人，任由你调配；连同我这身心的堡垒，也是你的：让全世界为我作证，从现在起，你就是我的夫君和主人。"【5.3】而这又正是高纳里尔最担心的，所以在开战前就表示："我宁愿这一仗打败，也不愿我妹妹把他从我身边夺走。"【5.1】

就在埃德蒙得到里根赋予他的一切的时候，他也开始失去这一切：先是奥本尼宣布埃德蒙"犯下十恶不赦的谋逆叛国罪"，继而命令吹响军号，一身骑士装扮要跟埃德蒙一决生死的埃德加出现了。埃德加一直在等待、期盼这一时刻的到来。正如他在与父亲相认之前，对父亲所说的："天之降大任，成熟是一切。"【5.2】

随着埃德蒙在决斗中受了致命伤，一切都变得清晰起来。知道了一切真相的奥本尼，痛斥埃德蒙是一个"比一切罪名更恶的奸贼"。奄奄一息的埃德蒙，无奈地喘息："一切都过去了，我也要死了。"一见李尔怀抱着考狄利娅的尸体，奥本尼哀鸣："让天塌下来，毁灭一切吧！"对于肯特，则"一切都是那么惨淡、黑暗、死气沉沉"。见此悲情惨景，埃德加仰天长叹："一切皆枉然。"当奥本尼心中掠过一丝欣慰："一切仇敌必将饮下他们所应得的苦杯。"【5.3】悲号考狄利娅的李尔气绝身亡。到此时，所有的一切都在枉然里结束了。

在这"一切"演进的过程中，"对比"一刻也没有停止发挥作用。

首先，我们看葛罗斯特，从他跟肯特那样的提起埃德蒙："他妈妈是个美人儿，当时那真是销魂的一刻。这野种我是非认不可。"【1.1】即可断定，这是一个典型的深谙人情世故的伯爵。对比在于，这样一个极易轻信上当受骗的老伯爵，究竟还是一位富有人情和正义感的忠臣，在李尔被赶出城堡之后，他就下了必死的决心去救李尔："豁出去是个死，——他们的确以死相威胁——可我对国王、我的旧主，死也要救。"【3.3】见到李尔，他也说得十分坦诚："作为您尽责的臣仆，我不能遵从您两个女儿下的死命令：尽管她俩严令我紧闭门户，把您丢在这狂暴的夜里受罪，但即使冒风险，我也得出来找您，带您去一个能烤火和有东西吃的地方。"【3.4】生死关头，若不是这位圆滑世故的老臣及时通风报信，提前套好马车，让肯特迅速带着李尔一行赶往多佛，李尔必死无疑。

而他自己，为此背上反贼的罪名，付出被挖去双眼的惨痛代价。但这让他看清了一切！他应无时无刻不在痛悔自己轻信埃德蒙谎言的时候，斥骂埃德加："忤逆不孝、令人憎恶、粗鄙野蛮的恶棍！简直禽兽不如！"【1.2】到头来，这句话却正好不折不扣地罩在埃德蒙头上。对比总是来得这般无情！

其次，我们看埃德蒙，这位绝对自私、唯我至尊、极端利己的马基雅维利主义者。他是那个时代敢为天下先的"新青年"，发誓只尽忠效命于他唯一的女神——"大自然"法律："我残忍、淫荡的天性也是上天注定。"【1.2】仅从葛罗斯特对埃德蒙的轻信反过来看埃德蒙，我们顿时感到心惊，他早把葛罗斯特和埃德加这对亲父子琢磨透了："一个轻信人言的父亲，一个心灵高贵的哥哥,他们禀性善良,不做害人之事,也不防人所害。""既然诚实到了愚蠢的份儿上,我的计谋便可轻易得手。"【1.2】再以此对比来看考狄利娅,她也是"诚实到了愚蠢的份儿上",才得以让高纳里尔和里根的阴谋诡计得手。

再次,我们来看埃德加。面对死亡,他是一名坚韧不拔的强者。面对诬陷、通缉,为了逃命,他藏在树洞里躲过一劫;为求生存,把自己打扮成疯乞丐"可怜的汤姆",变成一个"可怜巴巴、精赤条条的两脚动物",受尽磨难,饿了靠吃青蛙、老鼠及小动物充饥,渴了"喝一潭死水上漂浮的绿沫子"。同父亲相认之前,当他发现父亲又动了寻死的念头,说了一句十分有力的劝慰话:"怎么,又想一死了之?生死由命成败在天,人必须承受天命的安排。"一副笑对死亡的从容,并透出一股大义凛然的勇武之气。最后,他要做的就是一个敢于决斗一死的骑士!当李尔、考狄利娅父女双双被俘,他知道,自己挑战埃德蒙的决斗时刻到了。"成熟是一切"指的是命运安排的时机成熟了。表面上看,他要一切顺应自然,听凭命运的安排。实际上,他对生死未卜的决斗充满信心。最终,作为自我命运的主宰者,他不仅先是把父亲"从绝望中救了回来",还在决斗中打败了十恶不赦的埃德蒙,为自己、为父亲、为李尔、为考狄利娅报仇雪恨!

由此,我们再来审视,当发了疯的李尔遇到打扮成形如禽兽的埃德加时,埃德加假托疯话对人的兽性做了一番深邃的描述:"一开口就满嘴誓言,再当着笑容可掬的上天的面儿,将这些誓言一个个打破;梦中惦着淫乐事儿,一觉醒来就去干;……一颗奸佞狡诈的心,一对偏爱流言的耳朵,一双残忍嗜血的手;像猪一样懒惰、狐狸一样诡秘、狼一样贪婪、狗一样疯狂、狮子一样凶残。"【3.4】他所说的一切，正是高纳里尔、里根、埃德蒙他们仁兽性灵魂的真实写照。

真诚善良的考狄利娅与阴毒狡诈的高纳里尔和里根亲姐妹之间、埃德加与埃德蒙同父异母兄弟之间，其善恶的激烈对比本身，就是冲突，就是生死较量；每一次冲突，每一次较量，都无不彰显出，考狄利娅这一形象代表了人性中的善良天使，高纳里尔、里根、埃德蒙则是作恶人间的魔鬼撒旦。

然而，令我们感到痛心、叹惋的是，考狄利娅选择忠实于自己内心的那一刻意味着她选择了遭放逐与受苦难。可惜，直到今天，人性的善良天使还时常会是这个样子。

3."先知"肯特与"后觉"奥本尼

前面曾提到，李尔身上或多或少有《圣经》中约伯的影子。与之相较，莎士比亚更有可能在肯特的头脑里刻上了《圣经》中先知的灵魂。

按古犹太人的传统观念，先知是上帝派到人间的使者，负责把上帝的旨意、命令传达给民众。以色列进入王国时期以后，先知的角色和作用相应有了改变。以色列的君王要通过先知的话语得以确立，王权也随之自然会受到先知的制约。国王既要遵从"西奈之约"（《旧约·出埃及记》19—24），也要听从先知的话。一旦有国王背离"西奈之约"，先知们从不惧怕当着君王的面兴师问罪。实际上，同关切黎民百姓的俗事相比，大多数先知更把君王之事挂在心上。先知乃神治政体的监护人，他们关注的焦点是国之核心，即王室之盛衰兴替。这从《旧约·撒母耳记上》第 12 至

15 章所载撒母耳与扫罗王和大卫王的关系中可见一斑。比如，以色列立国后的第一位先知撒母耳(Samuel)，按上帝旨意立扫罗为王，但当扫罗违背了上帝旨意时，撒母耳当面斥责扫罗王："您做糊涂事了！您没有遵守上主——您的上帝给您命令。"后扫罗遭到上帝厌弃，撒母耳又按上帝的意旨，立大卫为王。在《撒母耳记下》第 12 章，当先知拿单(Nathan)得知大卫王做了错事，便去直面谴责大卫王："为什么做了这种可憎之事？……你在暗中犯罪，我却要让这事大白于天下，让全以色列看见。"闻听此言，大卫当即悔罪。

　　对比来看，在第一幕开场不久，面对执意放弃王权，已将国土分给大女儿和二女儿，并要把小女儿赶出国门、处于暴怒之下的李尔，他毫不退缩，明知王命难违，也毫不留情向李尔发难："老头儿，你到底想干什么？你以为当威权向阿谀诌媚者鞠躬，忠臣就不敢直言进谏了吗？君王一旦干出蠢事，忠臣理应坦率直言。""我从不惜命，我的命只用来向你的仇敌打赌下注；为了你的安危，我也不怕丢掉性命。""撤回给你女儿的馈赠，否则，只要我的喉咙还能透气儿发声，我就要告诉你：你作了孽。"【1.1】不难看出，肯特的话语方式几乎与以色列两位先知如出一辙，冒死也要纠正君王。比起葛罗斯特那种为维护天伦道德宁愿赴死的忠诚，肯特表现的则是一种不折不扣、绝对无我、敢于抗命的忠诚。只是，莎士比亚写的是古不列颠国的李尔王，不是古以色列的扫罗、大卫。

　　前边还提到，肯特在剧中的重要作用之一在于证明李尔是个明君贤王，而他的另一个作用更为重大，那就是在李尔王被逐之后,肯特实际上成了整个剧情,即整个不列颠王国命运走向的幕后主宰。他无疑是像撒母耳、拿单两位先知那样,行使着责无旁贷的监国重任:他厉声谴责李尔放弃王权的愚蠢;他准确预判李尔那两个蛇蝎心肠的女儿将把王国引向邪路;遭李尔放逐之后,纵使自我毁容,他仍要矢志不渝地追随、效忠国王:"我抹掉了我原来的真实容貌,要是把声音也变得让人听不出来,我这一番良苦用心便可大功告成了。现在,遭放逐的肯特,只要你以戴罪之身忠心不改,早晚有一天,你最敬爱的主人还会恩准你尽孝犬马。"【1.4】他把李尔惨遭虐待以及险峻的国情密报远嫁法兰西的考狄利娅,请她出兵前来解救父王;在狂风暴雨中,他与李尔形影不离,一步一步呵护着他,帮他恢复神智。是呀!他以这种令人钦佩到无以复加的愚忠方式,回到李尔身边,侍候他,保护他,为他传递消息,策动讨伐叛逆、恢复王位,正是他后来亲口对李尔表白的:"从您命运开始变糟的那一刻开始,我始终追随着您不幸的命运足迹,一步不落。"【5.3】是他,带着李尔逃离险境,赶往多佛与在那里接应的考狄利娅会合;也是他,李尔刚死,便毅然表示绝不独自苟活:"主人来召唤,我唯有听命服从。"【5.3】真乃一个誓与君王同生共死的铁血硬汉,除此,肯特更令人钦敬的一点在于,他是一个没有任何权力欲的谦谦君子。他为王、为国所做的一切,只有考狄利娅一个人心里最清楚,当她终于得以在肯特的周密安排下见到父亲,百感交集,表示不知该拿什么报答肯特的"恩德好意"时,肯特只是无比谦恭地说:"蒙您赞许,已属过誉。"【4.7】

　　某种程度上可以说,莎剧《李尔王》里的一切都是在肯特的预言里发生,也都随着肯特的生命落下大幕。这样的剧情设计具有超现实的意味。

单从肯特这个人物的塑造,就能见出莎士比亚戏剧手段之高明,他除了让肯特担负上述两个重要作用,还派给他一个不太费力的轻松活儿,即负责调节浓郁凝重的悲剧氛围,这也让肯特在铁面无私、不苟言笑的面孔之外,变得十分有趣。不论是他与弄臣的戏,还是与奥斯瓦尔德的戏,都使这人性、人情的大悲剧具有了既调皮又深邃的喜感,甚至时常拿悲情来戏谑调侃,令人在发笑的同时眼里含着泪。

先说几句弄臣。弄臣也叫"宫廷弄臣",是欧洲中世纪的产物,在那一漫长的时期,欧洲一些国家的君王以及一部分贵族,在其宫廷或府邸设立专供戏弄搞笑之臣,即弄臣,也叫宫廷小丑,英文叫 Court Fools(宫廷傻瓜)或 Licensed Fools(特许傻瓜)或 Jester(小丑)。弄臣得到一种特许,说话口无遮拦、百无禁忌,既可以开各种荤素玩笑,可以讥讽作弄宫廷大小人物,为国王解闷,更可以用戏说、调侃、卖萌的肺腑之言针砭国王,而不获罪。

这样的小丑在中世纪英格兰宫廷十分常见,小丑们大都足智多谋、滑稽可笑,给沉闷的宫廷生活带来超爽的愉悦,像英王亨利八世(Henry Ⅷ,1491—1547)的殿前、死于 1560 年的小丑威尔·萨默斯(Will Somers),以及伊丽莎白一世女王身边当时最著名的小丑、死于 1588 年的塔尔顿(Richard Tarleton),都是当时家喻户晓的明星。塔尔顿常被认为是《哈姆雷特》剧中哈姆雷特拿在手中冷嘲热讽的那具"国王的小丑"约瑞克的骷髅。英国最后一位宫廷小丑,随着查理一世(Charles I,1600—1649)于

1649 年被处决丢了饭碗。查理一世出生时，莎士比亚还没开始写《李尔王》。直到英国内战（1642—1651）结束，克伦威尔（O-liver Cromwell，1599—1658）建立英格兰联邦，宫廷小丑制度正式废除。此后，便只剩舞台上的"小丑"了。

莎士比亚写《李尔王》的时候，小丑既活在舞台上，更活在现实里，纯就观众而言，到剧场去看台上的小丑或人物故意装疯卖傻或真疯发狂的表演，那感觉自然过瘾。否则，第一四开本《李尔王》的剧名全称也不会刻意标明戏里有"贝兰德可怜的疯乞丐"。

接着看李尔的弄臣。他没有出现在李尔手指地图划分王国的宫廷现场，因为按李尔龙颜大怒的暴君脾气，他虽收起宝剑没杀肯特，却把他放逐了。弄臣若敢在此时讥笑他，恐怕命就没了。所以，莎士比亚为吊读者/观众的胃口，先让他的名字出场，第一幕第三场，高纳里尔问管家奥斯瓦尔德："我父亲是因为我的家臣骂了他的弄臣，才动手打他的吗？"显然，李尔心里装着弄臣，不容别人轻易谩骂。第四场，当李尔决定雇佣陌生的"凯厄斯"（肯特）当自己的新仆人时，很自然地想起了弄臣："我的弄臣呢？去把我的弄臣叫来。"在"凯厄斯"教训了受主子差遣故意刁难李尔的奥斯瓦尔德之后，弄臣才正式登场亮相："让我也雇了他：这是我的鸡冠帽。""鸡冠帽"本来就是作为小丑的标志戴在弄臣脑袋上的滑稽帽。

弄臣名为"傻瓜"（Fools），实则不仅一点不傻，还时常能一语中的、一针见血。李尔的弄臣，在莎剧的所有丑角当中，几乎是最出彩的一个。他对李尔的昏聩，对高纳里尔和里根这两个邪恶女人的阿谀奉承、心毒手狠的丑行恶态，用词极尽老辣，既妙趣得令人瞠目,更深刻得令人称绝。比如,弄臣刚一开口,便讥讽李尔把一切都分给了两个女儿,气得李尔让他"留神鞭子"。弄臣毫不退缩地说:"真理就是一条势必会躲在狗窝里的公狗:当'母狗夫人'立在炉火边发出恶臭的时候,公狗一定会被一顿鞭子赶出去。"弄臣在此是以公狗比喻他所说都是实话,而高纳里尔、里根对李尔的阿谀谄媚,不过是像"母狗夫人"一样发出的恶臭。言外之意是:真理如公狗,不受待见,只能被鞭打出屋,躲进狗窝;承诺却如母狗,受到欢迎,留在室内的炉火边发臭。李尔还没发疯,听得出这是扎心的 "一句苦得要命的刻毒之言"!(这句话若直译,可译为:"一句令人恼怒的刺激话。"李尔被弄臣的实话刺激,心里有苦说不出。gall, bitterness. 苦味或怨恨之意。朱生豪译为:简直是揭我的疮疤!梁实秋译为:你这刻毒的东西!孙大雨译为:这话苦得懊恼死人。)

　　这句话,实际上也是弄臣对李尔说出的最"刻毒"之言,此后的话显得温和许多,特别是在李尔疯了以后,弄臣的话也开始由针扎锥刺更多向精神抚慰转化。比如,弄臣故意把李尔称为老伯伯:"老伯伯,从您发疯把女儿当成妈的那一刻,我就把唱歌当习惯了。""请你找个老师来,教会你的傻瓜如何说谎:我十分乐意学说谎。""你不过就是一个什么数儿也没有的零。连我现在都比你好点儿,我还是一个傻瓜,可你什么都不是。""那些女儿要弄出一个俯首帖耳的父亲。""假如您是我的弄臣,老伯伯,我就得打您,因为您还没到时候就老了。"但弄臣也不放弃敲打李尔的机会,比如,狂风暴雨下的荒野,弄臣劝李尔躲到茅草屋时说:"在一间干爽的屋子里说些冠冕堂皇的奉承话,总比在屋外给浇成落汤鸡强。好老伯，进屋，去向您的女儿们求祝福。"这是一个怎样的狂暴之夜呢？弄臣说出的风凉话总是那么真实有力，比如："这一个绝妙的夜晚，足以冷却一颗娼妓的心。""这个寒夜要把我们大家都变成傻子和疯子。"在葛罗斯特城堡农舍临时避难时，他对诅咒自己两个女儿的李尔说："谁要是相信豺狼温驯、马不生病，相信一个臭小子的爱情或一个妓女的誓约，谁就是疯子。"

第三幕第六场，"我也上床睡午觉"是弄臣在剧中说的最后一句话。此后，葛罗斯特匆匆赶来，说有人要谋害李尔，让肯特带大家快走。随着第六场大幕落下，弄臣完成了莎士比亚委派的使命，便消失了。弄臣必须此时消失，后边激烈跌宕的剧情，已没有他的容身之所。

关于弄臣的最后一句话 I'll go to bed at noon. 也有编本解作：我要装傻相去了。I'll play the fool.(我要装傻相去了)。还有的将"bed"(床)解作"坟墓"，言外之意是傻瓜就此入了坟墓，因为他在说完这句之后声息皆无，再不见踪影。

英国诗人布伦顿(Edmund Blunden, 1896—1974)曾于 1929 年，在"莎士比亚协会"(Shakespeare Association)做过一次《莎士比亚的多重意义》的主题演讲。他认为莎剧常在字面义的背后，暗含更为多重、丰富的含义。他特别提到弄臣，觉得弄臣的与众不同之处在于他常把平常话变成暗语来说："他是一个灵童，一个滑稽、不受瞒哄，又善辨真假是非之人。"布伦顿进一步指出，弄臣用的有些词语属于伊丽莎白时代的土语方言，并由此认定伊丽莎白时代的剧作家高出后来描写人情的艺人们的地方，也就在这儿,即他们精通土语方言。"尽管这些话常不无亵渎,却反映出一个民族的强大和精神的昂扬,绝非今日之充斥陈腐与虚伪的小家子气的丑话同日而语。"

不过,对于弄臣这最后一句话,布伦顿还是难逃过度阐释之嫌,他觉得这短短几个字的一句话,隐藏着七层含义。当时的剧情是,暴风雨是已经过去,躲在农舍里的李尔疯狂过后也累了,昏昏欲睡,吩咐弄臣:"别闹,别闹,拉上床幔。好,好,好,天一亮我们就去吃晚饭。好,好,好。"他幻觉自己好似宫中就寝。说完,李尔就睡着了。这七层含义也是由这剧情细节而来:讥讽李尔睡得晚了,早就该睡;好似开玩笑地申斥弄臣睡前还想吃东西;身材瘦小的弄臣头戴鸡冠帽,样子像海绿(一种猩红的枝干纤细、顶部大叶的植物);这一夜的暴风雨很大,风暴过后才睡觉,的确晚了;还会有更大的暴风雨即将来临,弄臣以此表明自己在剧中将从此夭折,"床"有墓床之意;弄臣说这句话是,摘下了鸡冠帽,向观众做最后的告别。

无论弄臣的这句话有否如此丰富的七层含义,布伦顿这段话倒说得十分精到:"莎剧中的人物性格、事件和感情之间的相互作用十分微妙,因此,我们的思考必须精细。诚然,做这样精细入微的思考,有可能会冒被称为疑似密码学者的风险。"

莎剧中的每一个角色都不是闲差,弄臣如此,幽灵如此,精灵如此,女巫如此,管家、奴才自然也不例外。如果李尔的弄臣可算莎剧中的第一弄臣,高纳里尔得心应手的大管家奥斯瓦尔德,也能在莎剧管家的排行榜里位列前茅。莎士比亚没直接刻画李尔王权在握时,奥斯瓦尔德是一副什么嘴脸(那时他在李尔王面前连露脸的资格都没有），而是从放弃王位的李尔眼里来写他：
"又是这个奴才，因得了他效忠的女主子一时恩宠，便狐假虎威，
仗势欺人。"【2.4】李尔的话戳破了他的灵魂，是他最早让李尔领
略、接触到残酷的生活真实。他受了高纳里尔的指示，先是对李
尔的侍从冷脸相向，故意找茬打架、制造事端，继而成心怠慢刺
激、惹恼李尔，被"凯厄斯"（肯特）痛打。肯特与奥斯瓦尔德之间
的对手戏，很有意思。肯特一见他，对他都是连骂带打，甚至威
胁要杀他："狗奴才，看我怎么打你！站住，混蛋，站住，你这个油
头粉面的奴才。"【2.4】奥斯瓦尔德除了仗势欺人，实则胆小如
鼠，从不敢与真肯特或假"凯厄斯"针锋相对。贱奴的嘴脸，由此
可见。

除了与肯特的对手戏，奥斯瓦尔德在剧中更重要的用途是
充当高纳里尔忠实的听差和信使。他对高纳里尔肉体和灵魂的
双重忠实，让里根看出了破绽。奥本尼与高纳里尔夫妇感情不和
由来已久，高纳里尔与管家偷情，也是为了在解决性饥渴的同
时，更能用主妇加情妇的双重身份驾驭管家为自己肝脑涂地。
高纳里尔对他的信任的确非同一般，她并未向他隐瞒自己同埃
德蒙的私情，甚至将要埃德蒙下决心伺机除掉奥本尼取而代
之、落款为肉麻的"你的——妻，我愿以此相称，——你挚爱的
奴儿"【4.6】的绝密信件托付给他，命他务必亲手交给已到前线
指挥作战的埃德蒙。然而，当里根跟他说出"我丈夫死了；我也
跟埃德蒙商谈过，我嫁给他，比你家夫人嫁给他更合适。剩下的
你自己去想吧"。而且，里根毫不犹豫对他表现出绝对信任，又
托付他给埃德蒙带去一件礼物。最后暗示他，只要杀了通缉犯葛

罗斯特会有重赏。尽管奥斯瓦尔德坚持没把密信内容透露给里根,但他已明确表示:"到时候您就看出我是哪头儿的了。"【4.5】一副十足的有奶便是娘的贱奴相,昭然若揭了。

剧情急转直下,正是由这封密信开始。不要看奥斯瓦尔德这样一个小人物,他的死牵动了一场巨大冲突的神经。他在给埃德蒙送信的路上,巧遇葛罗斯特,他瞬间把送密信的事抛到脑后,想的是杀死葛罗斯特,好去新主子里根那儿领赏。结果,被埃德加一剑刺死。埃德加对着奥斯瓦尔德尸体说:"我很了解你:一个殷勤侍奉主子随时卖命的无赖;对你的女主人唯命是从,作恶多端。"【4.6】得到密信的埃德加打定主意,赶在奥本尼和埃德蒙率领的不列颠军同考狄利娅所率的法军开战前,把密信交给奥本尼。这封由奥斯瓦尔德之死泄露出来的密信,成为奥本尼扭转乾坤的制胜王牌。

这个时候,我们来看全剧开场的第一句话,肯特对葛罗斯特说:"我觉得比起康沃尔公爵,国王对奥本尼公爵更为宠信。"【1.1】这话从肯特嘴里说出很说明问题,等于从一开始就把李尔眼里两位公爵女婿奥本尼和康沃尔的对比明确摆了出来,由这样的对比显示出来的不同,直接导致了两个截然不同的结局。

奥本尼和康沃尔的戏加在一起也没多少,但两人的戏对剧情至关重要。开场不久,当震怒的李尔拔剑要杀肯特时,两位公爵异口同声地喊道:"陛下,不可。"【1.1】这是两人在剧中唯一的共同点,此后在他俩身上发生的一切都变得不一样了。

与凡事有预判的"先知"肯特相伴,奥本尼倒像个局外人,其实更像一个凡事不知情的"后觉"者。当高纳里尔告知李尔要适当裁撤侍卫,一见奥本尼,李尔怒问:"你也来了？这是你的意思吗?先生,你说。"见李尔猛击自己的头部,奥本尼说:"陛下,我没犯什么错,不知您为何动怒。"李尔怒气冲冲刚走,奥本尼马上问高纳里尔:"现在,敬慕的神明在上,告诉我怎么回事？"高纳里尔要他不必为此操心。李尔得知要被裁撤掉 50 名侍卫,大为恼火,奥本尼见状又问:"什么事,陛下?"这都说明,奥本尼对已发生和正在发生的事,一概不知。可见,一切都是高纳里尔背着奥本尼一意孤行。当奥本尼听说了一些情况,打算毫无偏袒地责怪高纳里尔,高纳里尔却煞有介事地帮他分析裁撤侍卫是"深谋远虑的万全之策",否则一旦李尔"可以凭武力保护他的昏聩,而我们的生命则任由他摆布"。奥本尼虽觉得这么想未免"太过虑了",可他不久前刚亲眼见过李尔拔剑要杀肯特的凶样,心想未雨绸缪未尝不可,也就没太把裁撤侍卫当回事。同时,当妻子不无嗔怪地数落他:"我并不怪你处事优柔寡断,可是请原谅,恕我直言,你因缺乏明智所遭受的非议,远远超过你因仁厚招致的后患而所受的赞美。"他也没太往心里去,只是善意地提醒:"操之过急,常常反受其害。"并表示:"看事态如何发展吧。"【1.4】

除了这一切,奥本尼更不知情的是高纳里尔居然敢与埃德蒙通奸,私订终身。第四幕第二场,高纳里尔把一定情之物交给埃德蒙,与他吻别,叮嘱他"要懂我的真心"。言下之意透露的是愿为埃德蒙生儿育女的"真心"。埃德蒙信誓旦旦表示"愿以死相报"。埃德蒙转身刚走,高纳里尔独自慨叹:"男人与男人竟如此不同!但凡是个女人就愿献上身子供你快活,而我的床却阴差阳错地让一个傻瓜给占了。"【4.2】正当她沉浸在对埃德蒙的情欲之海,剧情急转直下,奥本尼来到他面前,劈头盖脸一通斥责:"你现在的价值还抵不上狂风吹到你脸上的尘土。""我真担心你会由着性子干出什么事来。""智慧和善良在邪恶之人眼里都是恶的。""难道我那位连襟的好兄弟竟会任由你们胡闹?""魔鬼的嘴脸本来就丑恶,而一个女人的丑恶比魔鬼更可怕,虽说你是一个魔鬼,但你女人的形体还是阻止我不能伤你。"【4.2】知情一切的奥本尼对高纳里尔厌恶至极,他不能容忍女儿对父亲做出如此逾越人性、人情底线的残忍虐待。所以,当他听说康沃尔因挖了葛罗斯特的双眼,在跟仆人的决斗中受伤而死,不无释然地说:"人世间的罪恶转眼间就遭到天谴报复。"又听说是埃德蒙出卖了父亲,导致这样的惨剧,当即亮明态度:"葛罗斯特,我终生感谢你对国王的敬爱,一定要替你报这挖眼之仇。"【4.2】此时,除了奥斯瓦尔德身上那封密信里老婆与情夫密谋合伙杀他并取而代之的内容,他不再是一个"后觉"者,此时他变得异常清醒,只是像埃德加一样,在等待"成熟是一切"的时机。

对比来看,康沃尔不仅是一切的知情者,还同里根妇唱夫随,是一切的谋划者、推动者,更是残忍行为的实施者。当他要用足枷惩罚打了奥斯瓦尔德的"凯厄斯"(肯特)时,葛罗斯特提醒他对国王的仆人务必慎重,他满不在乎地说"我来担责";在葛罗斯特城堡前,李尔请葛罗斯特去请故意躲着他避而不见的里根夫妇,葛罗斯特竟十分为难地说:"陛下,公爵性子火暴,您是知道的;他是何等固执啊,他决定的事就板上钉钉了。"【2.4】康沃尔、里根与奥本尼、高纳里尔这两对夫妇最大的不同,在于前者是天设地造的一对魔鬼,都有着天不怕地不怕的愣头青浑不懔性格，共谋虐待李尔是这样，一起说要挖出葛罗斯特的眼睛是这样，康沃尔动手挖掉葛罗斯特的双眼是这样，里根一剑刺死因跟康沃尔决斗受伤倒地的仆人是这样，康沃尔死后变成寡妇的里根马上与埃德蒙通奸、以身相许、密谋窃国更是这样。

奥本尼虽没有康沃尔那样凡事不容更改的火暴脾气，但他有自己坚守不破的底线。显然，莎士比亚有意将奥本尼塑造成一个性情温和、中规中矩的基督徒形象——贵为公爵，不关心时政，没有政治野心，个人生活检点，既不纵欲，更不偷情。因此，他早就对飞扬跋扈、心狠手毒的里根、康沃尔夫妇看不惯。

奸诈的高纳里尔很了解丈夫的底线，那便是作为一个爱国者，绝不容忍外邦异族犯境入侵，抵御外敌绝不退缩。因此，她才能劝服说动奥本尼亲自披挂上阵、率军迎敌，他不能容忍考狄利娅率法军登陆多佛，进犯不列颠："国王去找他女儿了，一同去的那些人是因受不了我们的苛政，被逼造反。若非为荣誉而战，我绝不会英勇无畏。至于这场战事之所以关系重大，在于法兰西侵入了我国领土，而并非那些拥戴国王的反叛者要兴兵问罪，他们倒是有堂而皇之的理由这样做，我担心的是这个。"【5.1】换言之，奥本尼把国事、家事分得十分清楚：国事为先为重，家事次之。

全剧结束之后回眸一看，不难发现，奥本尼不仅不是高纳里尔所奚落的"处事优柔寡断"之辈，而是一个成熟有谋略的政治家，一个既善于运筹帷幄，又能领兵打仗的军事实战家。两军开战在即，他得到埃德加送来的密信，对老婆与埃德蒙的阴谋了如指掌，但他沉得住气，要以国体为先，然后再摆平家事，防患未然。所以，战事刚一结束，他立即将埃德蒙招募的军队遣散，把兵权牢牢握在手中。因为他已事先得知，康沃尔死后，康沃尔的军队归埃德蒙指挥，可见他心思之缜密。同时，我们还要注意到，奥本尼是一个高贵的人，他不贪恋权力，在李尔"一息尚存"的时候，他明确表示："对于我，只要国王一息尚存，我便把至高无上的王权奉还。"【5.3】

更可贵的一点还表现在，奥本尼不失男儿的血性本色，有一股豪勇之气。当他宣布逮捕埃德蒙及其帮凶高纳里尔时，已暗下决心，假如三声号响之后那位"敢于决斗的战士"不出现，那他自己就要成为与埃德蒙决斗的战士。他的信条如上所说："若非为荣誉而战，我绝不会英勇无畏。"同埃德蒙决斗当然是"为荣誉而战"。

最后，高纳里尔、里根和埃德蒙短瞬之间相继死去，奥本尼以听到康沃尔死讯时那样的释然心绪，淡定地说："一切仇敌必将饮下他们所应得的苦杯。"（这句话也可意译为：一切仇敌必将罪有应得。）

提到了"苦杯"，不妨再多说两句。"苦杯"（drinking vessel）是《圣经》中的著名意象。《旧约·诗篇》【75·8】："上主手上拿着杯，杯中盛满震怒的烈酒。他把酒倾倒出来，邪恶的人都来喝，直喝到最后一滴。"《以赛亚书》【51·17】："耶路撒冷啊，醒来吧！醒来，站直吧！上主施惩罚的时候，使你喝烈怒的杯，你喝过后摇摇摆摆。"《耶利米书》【25·15—28】："上主——以色列的上帝这样告诉我：'你把我手上盛满烈怒的酒杯交给我差遣你去的各国，让他们喝。'……于是，我从上主手中接过这酒杯，把它交给上主差派我去的各国，让他们喝……上主对我说：'……如果他们不肯从你手上接过那杯，你就告诉他们：上主——万军的统帅这样说的，他们非喝这杯不可。'"《新约·启示录》【14·10】："就得喝上帝的烈酒；这酒是未经冲淡、倒在他义愤的杯中的！他们要在圣天使和羔羊面前受烈火和硫黄的酷刑。"此处是对《圣经》的化用，意即作恶之人必将自酿苦酒，自尝苦果，自我毁灭。

不言自明，在李尔王抱着考狄利娅的尸体悲伤断气之后，奥本尼公爵将成为不列颠的新国王。从剧中描述来看，他应该是一位值得期待的好国王。他也抒发出"国体元气大伤，以图重整江山""在这艰难时世，我们务要担当"的豪情壮志。

奥本尼在全剧落幕之前这两句铿锵有力的话，也许是莎士比亚故意说给詹姆斯一世国王听的。

詹姆斯一世有理由喜欢听。本文开篇即已说明，1603 年伊丽莎白一世女王驾崩，詹姆斯一世继位，苏格兰随之并入英格兰。两年之后，莎士比亚动笔编剧《李尔王》。从莎士比亚所在的时代至今，一直不乏学者从政治视角解读《李尔王》，强调其具有浓郁的政治意味，意在表明"联合王国"的政体完整与秩序稳固，乃建国之根本、立国之核心、强国之动力。

李尔在我们这个时代依然活着，有时威严，有时愚蠢，有时荒谬，有时疯狂，有时睿智，有时慈爱。李尔就是我们的"原型"，恰如奈茨所说："李尔的意识又是全人类的意识的一部分。"在我们许多人的内心世界，或许都住着一个李尔。当你任性的时候，他会发出会心而得意的微笑；当你伤害身边最爱你的人的时候，他会无声地提醒：你想发疯吗？小心暴风雨！也许他还会良言相劝:暴风雨并不可怕,可怕的是愚蠢到冥顽不化,死不改悔。真希望这世上所有刚愎自用的权力者,都能在"李尔王"的暴风雨中经历一次李尔的疯狂。然而,疯狂过后的路不一定通往清醒。

好在李尔一向不缺乏后世知音,18世纪法国启蒙思想家孟德斯鸠(C.L.Montesquieu,1689—1755)应算其中的一位,他说过这样两句话,今天看来,既是说给李尔,更是说给我们:"人在苦难中才更像一个人。""一切不受约束的权力必然腐败。"

在人类唯一遭受原子弹轰炸的日本广岛原子弹爆炸中心的废墟上,建了一座和平公园,矗立其中的慰灵碑上刻着:"安息吧,过去的错误不会再犯了。"

八、《李尔王》是否适于上演?

最后,我们由前述托尔斯泰对莎士比亚的极力谴责和贬损,来探讨一下那个曾争议过许久的问题:《李尔王》是否适于上演?

比托翁年长半个多世纪的英国18世纪著名随笔作家、与姐姐玛丽·兰姆(Mary Lamb,1764—1847)合作改写过《莎士比亚戏剧故事集》(*Tales from Shakespeare*)的查尔斯·兰姆(Charles Lamb,1775—1834),是莎翁的全天候维护者,说是守护天使一点也不为过。他对莎剧文本爱到极致,认为它们的生命只活在读者的想象里,一旦搬上舞台演出,那戏剧文本艺术的原汁原味势必损毁。换言之,查尔斯·兰姆始终认为,莎剧是写给阅读戏文的读者,而不是写给看演出的观众的。一句话,莎剧不适于上演!1811年,他为此专门写下了一篇宏文——《论莎士比亚的悲剧是否适于舞台演出》(*On the Tragedies of Shakespeare Considered with Reference to their Fitness for Stage Representation*）。

托翁认为《李尔王》是所有莎剧中最糟糕的一部，兰姆认为它是所有莎剧中伟大到了最不能上演的一部：

"假如是看《李尔王》演出，见舞台上有个老人拄着拐杖颤悠悠地走来走去，在风雨之夜被女儿们扫地出门，除了令人感到痛苦、厌恶，什么也看不出来。只会在心里想着赶紧把他领到一个遮风挡雨的地方，以减轻他的痛苦。这就是舞台上的李尔王带给我内心的全部感受。可是，莎士比亚的李尔是不能演的。正如任何一个演员都演不好李尔一样，那些舞台上为表现李尔出走遇到暴风雨而使用的模拟道具，简直不值一提，它们根本无法表现真正暴风雨的恐怖。或许他们在舞台上扮演弥尔顿（John Milton，1608—1674）的撒旦或米开朗琪罗（Michelangelo Buonarroti，1475—1664）画中的可怕人物，会更容易些。李尔的伟大并不在身躯之庞大，他的伟大在其思想；而他的激情一旦爆发，又像火山一样可怕；像风暴一样掀起海浪，掘开海底，展现出无尽的宝藏。这海底正是李尔的内心。他那具血肉之躯完全微乎其微，不值一提，也正因为此，李尔自己并不把它当回事儿。"

兰姆以他特有的精微的艺术想象力裁定："我们在舞台上看到的，不过是由一具颤颤巍巍、衰落无力的躯体所发出的狂怒；而在阅读中，我们看不见李尔，因为我们就是李尔。我们进入他的内心世界，一种宏伟感支撑着我们，足以挫败他的两个女儿和风暴的恶毒；我们在他冥顽不化的思维里，发现了一股强大而无规律的推理的力量，这力量远非人们日常的推理方法所能达到，它就像任意吹动的风一样，可以对人类的腐败、弊端随便施加威力。李尔把自己的老年等同于上天的老年,他痛斥上天对子女的忤逆不孝熟视无睹,提醒上天'假如你自己也老了'。【2.4】这是何等的崇高!"

其实,这更是兰姆的内心世界里一种绝不允许莎剧这块纯美白璧有丝毫瑕疵的独一无二的无上崇敬,因此,他根本瞧不起舞台上的那个李尔,看他"无论面部表情,还是声调高低,跟这种境界一比,简直驴唇不对马嘴。有什么恰当的手势可以表达吗?嗓音和眼神能跟这等境界有什么关系呢?任何演技都无能为力,敢于尝试的人没有一个不失败的,失败的证据就是,他们觉得这部戏像石头一样,太硬了,一定得加几场爱情戏,还一定得有个幸福结局;考狄利娅光给李尔当女儿还远远不够,必须得披上情人的光彩。泰特就是这样,他把鱼钩儿放进这条大鲸鱼的鼻孔里,以便让剧院经理兼演员的加里克之流更容易拉着它到处展出"。

问题显示出来了,很明显,兰姆59年的生命历程远没有活了150多岁的"泰特的《李尔王》"寿命长,他不算长寿的一生几乎正赶上"泰特的李尔"统治英国舞台的鼎盛时期。当时活跃在舞台上的李尔,是被泰特篡改成王权复归的李尔,不是莎翁笔下随着考狄利娅之死而死去的李尔。

兰姆怎能忍受这样的结局?他发出一连串的怒问:"好一个幸福结局!好像李尔活着受了那么多罪,他的情感又活生生挨了鞭打,难道还不该让他公平合理地退出人生舞台吗?这是留给他的唯一一件体面事儿啊!假如让他继续活下去,从此过上幸福生活,且还能负起国务的担当,又何必要在此之前费这一番周折、准备，并用这一番不必要的同情折磨我们呢？居然认为重新获得国王的冕袍和权杖这种幼稚的乐趣，能引诱他再一次滥用权位；居然认为都到了他这把年纪，经受了这样的命运遭际，竟还不想死?!＂

显然，尽管兰姆是有的放矢，他的靶子却是个冒牌货。这不能怪兰姆，只能怪泰特。兰姆去世时，"泰特的李尔"还在演，兰姆很可能是死不瞑目的。

除了兰姆，还有一位鼎鼎大名的英国散文家、评论家威廉·赫兹里特（William Hazlitt，1778—1830），也没"泰特的李尔"活得长，他在其1818年《关于英国诗人的演讲》(*Lectures on the English Poets*)一书中，对莎翁极尽赞誉："可以说，他（莎士比亚）把埃斯库罗斯和阿里斯托芬、但丁和拉伯雷的才能结合起来，并融会在自己的头脑中了。"并于头一年（1817年），便在其《莎士比亚戏剧人物论》(*Characters of Shakespeare's Plays*)中认为，就人们通常所说的莎翁四大悲剧（《哈姆雷特》《奥赛罗》《李尔王》《麦克白》）而论，"《李尔王》在激情的深刻上最为强烈"。"《李尔王》的悲怆性确实更可怕、更强烈，但它却不那么自然，不大像日常发生的事。"他完全赞同兰姆所说，《李尔王》同《哈姆雷特》一样不适于在舞台演出，没有一个演员能把剧中那压倒一切的想象力演出来。

随着1838年1月"泰特的李尔"被埋葬、正式退出戏剧舞台，有剧团再次上演莎剧《李尔王》时，虽也会按舞台需要做些小的删节，但几乎完全忠实于莎翁的原著，有的演出还获得了成功。但兰姆的问题并未迎刃而解，1892年，由著名演员兼剧院经理亨利·欧文饰演的有着灰褐色头发和胡须的李尔,身着豪华规整的礼服登台亮相了。尽管李尔这身打扮颇具王室特色,也不失王权威严,但欧文的表演并没什么太值得称道的地方。在他费了这一番努力之后,人们开始普遍认为莎剧《李尔王》只适宜阅读,而不适于舞台上演。兰姆可以暂时含笑九泉了。

自此,莎剧《李尔王》的演出变得稀少起来,舞台上令人耳目一新的李尔乏善可陈。不过,李尔并没有绝迹。随着时间的推移,舞台上开始出现令人眼前一亮的李尔。1928 年,欧内斯特·弥尔顿(Ernest Milton,1890—1984)在老维克剧场(Old Vic Theatre)的舞台上,出色地塑造了一个老态龙钟的李尔。也是从这个时候起,反驳"《李尔王》不适于上演"的论调再次发出强音。随着人们对舞台李尔广泛而持续不断的接受和喜爱,舞台李尔逐渐深入人心。比如,20 世纪 30 年代初,当舞台上塑造了一位高傲、专横、暴躁、疯狂又悲哀的李尔时,观众觉得这应该是那个"李尔"——"激情虽陌生,对发生在他身上的事儿却十分熟悉"。他们并不满足,还希望这个李尔最好是"高大而有力"的。到了 20世纪40 年代,伦敦舞台上表演的李尔,又常是一个遭毁灭的倔强的"老族长"形象,这个李尔很受欢迎。1946 年,由天才演员劳伦斯·奥利弗(Laurence Olivier,1907—1989)导演并主演的"新"李尔在"新剧场"(New Theatre)诞生。尽管奥利弗塑造的李尔,也受到一些批评,比如"几乎把李尔演成了一个顽皮可爱的老人";态度平和稀松、缺乏专断凶恶的威严感,这不能是那个暴风雨场景中的李尔,等等,但总的来说,他的表演极为出色。有意思的是,这一场《李尔王》塑造得最为成功、最受推崇的舞台形象,倒不是李尔，而是他的弄臣。

斗转星移，《李尔王》不适于舞台演出的声音开始变得衰弱式微了。其实，在此之前，英国著名莎剧演员、导演、剧作家、批评家格兰威尔-巴克（Harley Granville-Barker，1877—1946），就在他 1935 年修订再版的《莎士比亚序》(*Prefaces to Shakespeare*)中十分有力地直言："莎士比亚是一个很实际的剧作家，他就是为了上演才写这个剧本的……这个剧本当时即上演，并获得相当大的成功，因而能在白厅演给国王看(不管詹姆斯一世有什么问题，他似乎爱看好戏)。而且，伯比奇（Richard Burbage，1567—1619）当年扮演李尔王的佳话一直传诵至今。王政复辟后，达夫南特（William Davenant，1606—1668）把《李尔王》选为他的剧院九个上演剧目之一……他的提词员道恩斯说：'《李尔王》显然是在完全按照莎士比亚原文'上演多次之后，泰特才于 1681 年出版了该剧的改编本。这个改编本在舞台上霸占了 150 多年；从加里克开始，该剧才恢复了莎剧原貌。我们不能引证泰特来证明莎剧是否适于舞台上演。兰姆认为莎剧不适于舞台上演，谁知道他指的是莎士比亚的李尔，还是泰特的李尔？兰姆心里有个莎士比亚剧本，但他不曾亲眼见过这个剧本上演。"

不过，有理由认为，即使兰姆亲眼看了不折不扣按莎剧文本排演的《李尔王》，他也一样看不上眼。他眼里的莎剧，没有一部适于上演，更甭说《李尔王》了。

然而，格兰威尔-巴克一点儿也不认同兰姆。巴克演过莎剧，尽管没演过李尔王，但他对演员如何演戏，对舞台演出技巧，包括服装色彩和艺术灯光创造，既熟悉又有创新。他还导演过《冬天的故事》和《第十二夜》这两部莎剧。因此,他的莎学研究的最大特点,是从舞台演出的角度来诠释莎剧,也给莎学带来了活力。

拿李尔来说,巴克认为舞台上的"音乐""布景"更强化了莎翁戏剧诗中的李尔:"揭示李尔的痛苦,揭示他的精神死亡和复活是一项艰巨任务。我们发现,莎士比亚为完成这项任务所依赖的最强大的武器,自然是他那经过万般磨砺、具有雄浑力量,而又得心应手的戏剧诗。的确,他没有其他更好的武器。在暴风雨几处场景,铁皮之类发出雷鸣的道具并不会使我们震动。一位现代戏剧家还可以向音乐求助,但莎士比亚没有这样的音乐,也没有动人的布景。然而,舞台上空旷的背景足以给他活动的自由。此外,他还有演员,有他们的表演及其语言的力量。这不只是一种修辞的力量,他的人物之所以超凡脱俗,也不只因他们嘴里说的不是一般的口语而是诗。除了语言的各种方式,这些人物都是诗境中的人,他们活在诗的境界里,活在诗的自由中,活在具有诗的特殊力量之下。他们本是戏剧诗的化身……暴风雨本身并不具备戏剧的重要性,它只在对李尔产生影响时才具有这样的重要性。那怎样才能使暴风雨具有影响李尔的恢弘气势,又不把李尔的高度压低呢?这就得使暴风雨化身为李尔,叫演员既扮演李尔,同时也扮演反映在李尔身上的暴风雨。当陪伴着李尔的可怜的弄臣被浇得浑身湿透,冷得打哆嗦,李尔却向暴风雨冲去。

> 风啊,吹吧,吹裂你的脸颊!吹吧,肆虐吧!你这
> 瀑布一样从天而降的倾盆大雨,尽情喷泻,淹没我们

的尖塔,将那风信鸡浸泡了吧！你这思想一样迅疾的
硫黄的火焰,劈裂橡树的雷霆的先驱,把我这白发苍
苍的脑袋烧焦了吧！你这震撼一切的霹雳,荡平冥
顽、浑圆的地球！击碎大自然的模具,立刻将繁衍所
有忘恩负义之人生命的种子全部摧毁,叫他们断子
绝孙!【3.2】

　　这或许就是莎士比亚所要的效果。这不是对暴风雨的单纯
描述,而是在音乐和想象的启示下暴风雨本身创造的戏剧性效
果。李尔处在暴风雨之中,假如我们也能跟上去,就连同我们一
起。然而,李尔以其普罗米修斯的挑战精神仍支配着全场。"

　　显然,在巴克眼里,这样的舞台效果是兰姆那个"拄着拐杖
颤悠悠地走来走去"的李尔无法比拟的。不过,对于舞台上暴风
雨场景的设置和道具效果,没有当过演员的莎学家布拉德雷在
其《莎士比亚悲剧》(*Shakespearean Tragedy*)中对此提出了指摘,
认为用道具模仿电闪雷鸣,在舞台上一无所获,对戏剧效果无疑
是一种破坏,并使其在本质上受到损害。因为《李尔王》的本质是
诗。在这一点上,布拉德雷是兰姆的知音,他认为"舞台是对严格
的戏剧品质的考验。《李尔王》规模宏大,舞台容不下它"。同时,
像莎剧这样的戏剧诗,也无法移植到舞台灯光之下,它只能存于
读者的想象。这才是莎士比亚的最伟大之处,这一伟大是源于作
为诗人的、而非戏剧家的莎士比亚。

　　布拉德雷的话不能使巴克信服,他的解释是:"莎士比亚只
是顺便借助一下雷电之类的舞台道具,但这点儿道具没有戏剧

效果,他的舞台并不看重这个。假如具有人性的李尔似乎暂时淹没在象征性的形象里,此处还有弄臣会让观众想起他来。

> 啊,老伯伯,在一间干爽的屋子里说些冠冕堂皇的奉承话,总比在屋外给浇成落汤鸡强。好老伯,进屋,去向您的女儿们求祝福。这样的夜晚,无论对聪明人,还是傻瓜,都没有一丝怜悯。【3.2】

"这样一来,舞台场景就和实际关联在一起了。然而请注意,弄臣的风凉话只在于减轻对比,而观众仍在激情里陶醉。直到李尔描述完风雨的狂暴,他胸中无法遏制的怒气平息下来,肯特才来请求他躲进茅草屋,也才开始正常而'现实'地规劝起他来。

"但莎士比亚还有其他方法,让人性的李尔与极富启示性的李尔合而为一。虽然李尔还在描述风暴——

> 你尽情地轰鸣吧!发出霹雳的火焰!喷出滂沱的暴雨!风、雨、雷、电,你们都不是我的女儿,我不怪你们心狠;我从未把王国交给你们,也从未把你们唤作我的孩子;你们也没有义务顺从我。所以,只管尽情降下你们令人惊骇的狂欢:……【3.2】

从字句的平缓节奏上看,人性的李尔刚冒头儿,而透过接下来这句突然简化的句子,人性的李尔完全显现出来:

　　……我,你们的奴隶,一个可怜、虚弱、无力、遭人

鄙视的老头子,站在这儿。

　　"不过这时候,演员可不该突然把语调降下来,不该从声音
高亢降到声音如常, 不应表现出一种可怜兮兮、软弱无力的病
态,不应丢弃一切诗意,而真把李尔变成一个拄拐杖的老头子!
假如演员不加节制,真这么做了,那他绝不是我们所说的莎士比
亚心中想象的那个诗意中的李尔。我再强调一下,这里的诗不一
定是指,或仅仅是指有节奏的语言。所谓诗,无论现在还是以后,
指的都不仅是说话的方式, 也不仅是写作的形式。在紧张的场
景,韵诗、素体诗、打油诗既各有用场,也各有特定的妙处。以戏
剧论之,三者的协调使用才是诗。"

　　不难看出,巴克脑子里"戏剧诗"的内涵要比布拉德雷的更
为丰富、立体,它将演员的表演和舞台效果容纳进来。"如此一
来,演员就不只在于,或者说,并非主要在于说诗,而在于把自己
化为诗。说来好像矛盾似的,要做到这一点,他必须完全忘掉自
己。就身体而言,莎士比亚的李尔得变成演员;反之,在理性和情
感方面,演员得变成李尔。这是一切忠实的扮演方式。……在
《李尔王》这出戏的某些场景,演员可以发现李尔如何化身为暴
风雨的例证;他能看到暴风雨雄浑的气势反映在李尔身上,也
能发现李尔因与暴风雨为伍,而使自己内心刮起的暴风雨得到
加强。……假如把莎士比亚的一半交给画布景和管道具的人,
便意味着演员必定有一半也就不是李尔了。那将显而易见,真实
的荒原、茅草屋以及当场发出的电闪雷鸣,不仅会把这里活动着

的人物降为实际人物,还由于演员和人物的分离,那最关键的引起观众想象的感染力,也会随之遭到破坏。……莎士比亚在这些诗里把他所需要的一切效果都安排好了。这里没有两个李尔:一个是化身为暴风雨的巨人李尔,另一个遭受暴风雨摧残的李尔。在戏剧诗发挥相应作用时,他们成为一个人。李尔两个相矛盾的方面,在我们看到的那种快速降落过程显现出来,从亢奋豪迈的语言下降为平实质朴的话语,从与暴风雨比试高低降落到承认'我,你们的奴隶,一个可怜、虚弱、无力、遭人鄙视的老头子,站在这儿'。"

巴克趁此形象地提出:"或许我们可以说,这是由两个李尔合成的李尔:一个是暴风雨对比之下的那个可怜的老头子;一个是那留存在我们意识里已化身为暴风雨的巨人。"

难能可贵的是,理性、睿智的巴克并没有把演员的舞台表演提升到高于莎翁戏剧诗的高度,以《李尔王》而论,那就是"一个演员演得再好也不过是理想的李尔的象征"。但演员自有其不可低估的作用,"因为他们,我们无须借助外力,就能感到自己身处想象的崇高境界,并与莎士比亚原来想象的人物更接近了一些。当然,除了落在纸面上的文字象征,我们再也找不到别的什么标准来衡量这些想象。然而,演员的作用只是使观众与原来的想象多隔一层舞台吗?我想不是。演员赋予文体以客体和生活现实。演员对于剧本的干预,本来就在莎士比亚的考虑之内,留出了回旋的余地。至少,演员可以成为真实的象征"。

也正因为此,从莎士比亚 1590 年以历史剧《约翰王》(*The Life and death of King John*)开启他的编剧生涯至今的四百多年时间里，用托尔斯泰的话说，则尤其是在莎剧被德国人重新发现并奉为"艺术经典"之后，在世界范围内，不同的剧团，加之后来不同的电影公司，不同的导演，不同的演员，几乎从未停止过演绎众多不同形形色色的莎剧人物。同时，他们从未停止将莎翁笔下的典型形象，通过舞台或影视手段，塑造成一个又一个其所处时代（即他们同时代）的"真实的象征"，也几乎把每一部莎剧演出的历史，都演变为一部舞台上或影视中的莎剧艺术阐释史。

与舞台或影视对莎剧的不同演绎一样，几乎与莎剧同时诞生的莎学，在至今四百多年的时间里，也从未停止过发出不同的声音。其实，倾听每一种声音，哪怕是托尔斯泰那样的"另类"声音，也有助于拓展对莎剧的理解。

在结束本文之前，我们来倾听一位来自波兰诗人、戏剧家扬·柯特（Jan Kott, 1914—2001）的声音，他在其 1964 年出版的英文版名著《我们的同时代人莎士比亚》（*Shakespeare, Our Contemporary*）一书中认为，《李尔王》是世界文学悲剧史上的登峰造极之作，但它却与古希腊悲剧《安提戈涅》或莎翁自己的《哈姆雷特》大有不同。安提戈涅杀身成仁，哈姆雷特以牺牲完成复仇，他们对报应循环等末世学说深信不疑，对读者（观众）也产生了净化作用。李尔则不然，垂暮之年被亲生女儿拒之门外，置身暴风雨之中悲号怒吼，天神不应，在尚未发疯及彻底发疯之后，不再信什么人间正义、法律公平，而且，时常语出不逊，甚至嘲弄亵渎，对于读者（观众）毫无慰藉。与其称其为悲剧，还不如叫荒诞剧，其实质同后来舞台上的荒诞剧完全一致。

在他看来，《李尔王》的情节是荒谬的，因此，他把它作为"荒诞剧"来理解：一位强大的国王在三个女儿中间搞一场演讲比赛，看谁更能表达出对父亲的至爱亲情，就把最大的国土份额分给谁。像高纳里尔和里根的虚伪嘴脸，除了李尔，任何一个人都能看穿。可丝毫也看不出这位老人家不懂事理，所以"作为一个人、一个性格来说，李尔未免可笑、幼稚而愚蠢。在他疯的时候，只能引起观众的同情，而引不起怜悯或恐怖心理。……葛罗斯特也很幼稚、可笑。他在前几场戏里，活像一个风俗喜剧中的老套人物，丝毫也显不出有被挖去双眼变成悲剧人物的苗头"。

由于剧情之怪诞，柯特由衷感到："想通过演出处理好《李尔王》的情节实际上是不可能的。若用现实主义方式处理它，李尔和葛罗斯特便显出可笑，而无法成为悲剧角色。要把它当成神话或传说来处理情节，莎士比亚的残酷世界又会变得不真实。然而，《李尔王》的残酷性对伊丽莎白女王时代的人，却是具有时代真实性的，而且，这一真实性持续至今。但这是一种哲学意义上的真实，浪漫主义和自然主义戏剧都表现不出这种残酷。……而荒诞不经比悲剧更为残酷。"换言之，《李尔王》在柯特眼里之所以伟大，恰恰在于它的荒诞！

以李尔为例，不论哪个演员倾尽天赋才华和全副功力，把他演成了"理想的李尔的象征"，还是受演技所限，只能把他演成一个"真实的象征"，"他"都既属于莎翁，也属于我们。

在此，我们不能不提及英国皇家莎士比亚剧团(The Royal Shakespeare Company)投入巨资，以强大阵容摄制，并于2008年出品的时长达150分钟的电影《李尔王》。

生于1939年的天才演员伊恩·麦克莱恩 (Ian Mckellen)在

他快 70 岁的时候，以其炉火纯青、收放自如的演技掌控，超凡卓绝、切入性灵的艺术感悟，及对人性细致入微的深彻洞悉，塑造出了一个舞台/影视中前所未有的李尔王：他的每一句话、每一个手势、每一个眼神、每一个表情，都是那么震撼心扉；每一次的情绪，不论是发了疯痛感命运挫败时酣畅淋漓的暴怒发泄，还是人性复归之后的透出温馨慈爱却不失坚毅的抒发，直到最后在对考狄利娅的绝望之爱和自我的痛彻悔悟中悲情死去，都是那么的刻骨铭心、不可磨灭。

这个李尔，可能已经达到了布拉德雷的预想高度，展现出了"《李尔王》特殊伟大的因素"：宏大的规模；大量的、多变的、深刻的命运体验；崇高的想象、动人魂魄的悲愤激情，与同样动人的诙谐是那么浑然天成地交融在一起；大自然和人类的情绪竟至如此激流澎湃；剧情场景和戏中人物的活动竟至如此飘忽不定；剧情场景带来那么寒冷昏暗的奇异氛围，就像隆冬的雾气先把剧中人物全都笼罩起来，而后又把他们的昏暗轮廓放大了；这个让李尔怀着恐惧和激情的世界，好像启示着天地间广大无边的威力。

本来，在布拉德雷的心底，《李尔王》所特有的这些"伟大的因素"难以于在舞台上完美展现出来。可惜他没有看到麦克莱恩的这个李尔。这个李尔，恐怕不仅兰姆看了会喜欢，赫兹里特也会认可。

至此，让我们以布拉德雷对《李尔王》称颂赞誉的一段话作为结束："一直以来，人们不厌其烦地视《李尔王》为莎士比亚最伟大的剧作，因其最充分地展示出了诸多方面的功力，而属莎剧中的最上乘。假如除了一部莎剧，其余都注定遗失，那对于最为熟悉和欣赏莎剧的人，怕是大多会赞同仅留下一部《李尔王》。在这部剧中，悲悯和恐惧已达到艺术的极限，而且，它们又同规律感和美感交相混合，使我们最后从中感觉到的，不是压抑，更非绝望，而是包含在痛苦中的伟大感，以及包含在神秘之中的堂奥玄妙的庄严感。"

在这个意义上，也真的是天长地久，莎翁不朽。莎翁说不完、道不尽，莎翁人物永与我们相伴。

永远的李尔，永远的莎翁！

《麦克白》:欲望的惨烈战场

明天,明天,又明天,时间就这样一步步日复一日地往前爬行,直到光阴耗尽最后一秒钟;所有的昨天,没有一天不是照耀着傻瓜们,踏向归入尘埃的死路。灭掉,灭掉,短瞬的烛光!人生不过一个行走的影子,一个可怜巴巴的演员,他把岁月全花在舞台上,装模作样、焦躁不安地蹿来跳去,一转眼便销声匿迹:它是蠢蛋嘴里的一个故事,讲得口水四溅、五迷三道,却没有一点意义。

(《麦克白》第五幕第五场)

MACBETH

一、写作时间和剧作版本

1. 写作时间

《麦克白》与《哈姆雷特》《奥赛罗》和《李尔王》并称莎士比亚四大悲剧，它是其中写作时间最晚、篇幅最短、悲剧力量最弱的一部。

《麦克白》的完成和初演时间，应在1606年，理由有三：

第一，西蒙·福尔曼（Simon Forman，1552—1611）是与莎士比亚生活在同一个时代的占星家、术士、草药医生，因身后留下一本著名的"看戏笔录"（Book of Plays）常被人提起，其中最有价值的记录是关于他在1610年至1611年间，在伦敦先后观看过莎士比亚四部戏——《麦克白》《冬天的故事》《辛白林》《理查二世》的舞台演出。据记载，1610年4月20日，福尔曼在"环球剧场"（Globe Theatre）观看了《麦克白》。也就是说，莎士比亚一定是在 1610 年之前写完了《麦克白》。

第二，从整个剧情来看，《麦克白》的完稿当在 1603 年之后。因为伊丽莎白一世女王（Elizabeth I, 1533—1603）在这一年去世，她的表外甥、苏格兰国王詹姆斯六世（James VI, 1566—1625）遂由苏格兰南下继承王位；7 月，加冕登基，成为英格兰、苏格兰合并之后的新一代君王，即詹姆斯一世（James I, 1603—1625 年在位），亦由此创立斯图亚特王朝（The House of Stuart）。

用今天的话来说，时年 37 岁的新国王显然是一位"文艺青年"，不特别热衷政治，却对巫术、哲学、文学情有独钟，他甚至亲自动笔，写作、出版了好几本小册子，诸如《恶魔学》（有的译作《鬼神学》，也有的译为《论魔鬼和巫术》）(*Daemonologie*)(1597)、《自由君主国之法律》(*The True Law of Free Monarchies*)(1598)、《皇家礼物》(*Basilikon Doron*)(1599)、《禁烟法令》(*A Counterblaste to Tobacco*)(1604)、《为效忠宣誓一辩》(*An Apologie for the Oath of Allegiance*)(1608)、《威权君主之征兆》(*A Premonition of Most Mightie Monarches*)(1609)等，还蛮勤奋的。

詹姆斯一世是位爱读书的博学者，据说他曾参访牛津大学图书馆，望着丰富的馆藏图书慨叹："假如我不是国王，我愿做这的囚徒。"

事实上，詹姆斯一世的最大贡献，或说他泽被后世的丰功伟业，是下令编纂英文版《圣经》，即那部 1611 年出版的"国王钦定版《圣经》"，使正在走向成熟的英语随之渗透到英国各阶层，也使英语伴着大英帝国的崛起，成为世界各国进行交流的通用语种，至今不变。撇开这是一国之君的政绩工程不说，单就这部《圣经》在后世的流传广度，恐怕并不比莎士比亚戏剧逊色。

詹姆斯一世爱看戏，登基不久，即将莎士比亚所属的"内务大臣剧团"（Lord Chamberlain's Men）改为"国王供奉剧团"（King's Men），给予一些特别优惠，还把莎士比亚和剧团其他一些主要成员任命为宫廷内侍。他多次亲临剧场观看莎士比亚的戏，因他在当苏格兰国王时错过许多莎士比亚早年的戏，特地要补看。1604 年，他为庆祝自己加冕，还在伦敦补办了一个游行仪式，莎士比亚身着鲜红制服参加；另外，莎士比亚还奉旨以侍从身份，参加接待过西班牙大使。这一年，莎士比亚 40 岁。

有如此机会近距离接触这位现任英格兰国王的前苏格兰国王，使莎士比亚在《麦克白》中加入一些有关苏格兰背景的戏份儿，变得十分自然，比如，为讨好国王，他特意在第四幕第一场，借女巫"八代国王的哑剧"里第八代国王手里的魔镜，显示班柯有一位后人成为手持"双球三杖"的苏格兰国王，指的就是詹姆斯一世；在第四幕第三场，又借玛尔康之口，专门称颂能对"国王病"手到病除的英格兰先王"圣王爱德华"，因为莎士比亚十分清楚眼前的这位国王，对当时仍在流行的"国王能抚摸治病"的迷信说法深信不疑。当时，人们把瘰疬、淋巴结核、母猪病等疾患迷信地称为"国王病"；把三女巫的活动场景，设置在广袤的苏格兰荒野。

由此，不难确定，《麦克白》的写作应在 1603 年之后（似乎更应在 1604 年写完《奥赛罗》之后）。

第三，第二幕第三场一开场，看管麦克白城堡的门房，在睡梦中被急促的敲门声惊醒，起身去开门，嘴里却不停念叨。莎学家们普遍认为，门房边走边自言自语的这一大段独白，透露出发生在 1606 年的两件事，凭这个强有力的证据，可认定《麦克白》写于 1606 年。

先说第一件事。从醉睡中惊醒，门房心里烦闷，他念叨自己是在"给地狱看门"，然后赌咒来敲门的"八成是一个因五谷丰收上吊自杀的农夫"。这句话，莎学家大都认为，显然是在暗示 1606 年粮食丰收、谷价暴跌，因此造成许多囤积了粮食、以待粮价走高时再出售赚钱的农夫陷入绝境，"上吊自杀"。

事实上，关于如何理解这句话，一直存在分歧，有注释家认为，农夫自杀不是因为丰收，相反，倒是由于长久盼不来丰年，饥饿难耐，绝望自杀。如此，门房的这句独白就要变成"八成是盼丰收盼得上了吊的农夫"。要是这样，便与 1606 的丰收年毫无关联了。立此存疑吧。

再说第二件事。门房在把来敲门的人比为"上吊自杀的农夫"之后，又接着自语："谁敲门呢？说真的，这一定是个说话含糊暧昧的家伙(equivocator)，能到正义女神天平盘子的两头儿，换着边儿，站在一边赌咒发誓骂另一边；他打着上帝旗号犯的叛逆之罪真不少，可却糊弄不了上天：啊，进来吧，说话含糊暧昧的家伙。"

这句话里那个"说话含糊暧昧的家伙"，一直都被认为是影射耶稣会神父加内特(Henry Garnet, 1555—1606)。加内特神父因卷入 1605 年试图谋害詹姆斯一世的"火药阴谋案"，于 1606 年 1 月 27 日被抓捕，之后被关进"伦敦塔"，3 月 28 日受审，5 月 3 日遭处决。

3月28日的审判从上午9点半开始，持续了一整天。面对起诉，加内特神父极力用"含糊暧昧的话"（equivocation）辩称自己无罪。而他这一"含糊暧昧"的辩护，被当庭嘲讽为"大放厥词的谎言、伪证"。最后，陪审团经过15分钟的审议，认定加内特神父辩护无效，并以叛国罪判处"吊死、挖心、分尸"的极刑。

"火药阴谋案"及与审判、处死加内特神父相关的诸多细节，成为贯穿1606年全年的一个热门话题，以至于当这个门房从舞台上说出"说话含糊暧昧的家伙"时，观众便会自然联想到加内特神父。这应是莎士比亚在编剧《麦克白》时，为能更好吸引观众故意卖弄的噱头。

更值得一提的是，莎士比亚的主要赞助人南安普顿伯爵（the Earl of Northampton，1573—1624）参加了3月28日那一整天对加内特神父的庭审。有理由认为，一定是他把加内特神父当庭极力用"含糊暧昧"的话为自己辩护的细节，详细告诉了莎士比亚。要不然，从门房嘴里怎么说得出"打着上帝旗号犯的叛逆之罪真不少，可却糊弄不了上天"这样揶揄的话来？

人们一直推测，这位充满了神秘感、比莎士比亚年轻9岁的贵族伯爵，跟莎士比亚是赞助人兼同性恋者的关系，《莎士比亚十四行诗集》所题献的那位"W.H.先生"就是这位男人女相的伯爵，"十四行诗"中的第20首也是写给他的，称他是"我钟情的情郎兼情女"，因为在诗人的心目中，他是一个有着"女性面容"和"女性柔肠"的美男子。诚然，时至今日，这一吊足人胃口的推测仍无实证。

但不管怎样，若由加内特神父卷入的这起"火药阴谋案"事件来判断,《麦克白》的写作时间,似应在 1606 年无疑。

2. 剧作版本

《麦克白》的剧作版本在莎剧中属于貌似"简单"的那一类,这是因为,它在莎士比亚生前从未以印刷本行世,而是直到他死后 7 年的 1623 年,才被收入"第一对开本"《莎士比亚全集》中,题为《麦克白的悲剧》(*The Tragedy of Macbeth*)。然而,它又十分不简单,因为这个版本除了剧文讹误甚多之外,还有不少问题,比如,有时将诗体误排成散文,有些剧文被任意割裂,尤其最后一幕,不仅诗文平淡无力,连用韵都显得凌乱勉强,毫无意义。尽管这些错讹在 1632 年的"第二对开本"中改正了一些,后来又经著名作家、文本编辑西奥博尔德(Lewis Theobald,1688—1744)等人校勘,但剧本中还是有一些悬疑难点留了下来,至今难解。

正因为此,莎学家们几乎一致认定,"第一对开本"《麦克白的悲剧》出现这样的问题,源于三种可能:第一,莎士比亚编剧时不像以前那样倾力投入,而是漫不经心,草率急就;第二,该版是由"国王供奉剧团"根据舞台演出的提示本,或某一无迹可寻的手稿本或抄本编定;第三,该版绝非莎剧原貌,而是与他人合写,或经人润色、甚至窜改的结果。

这里要提到几乎与莎士比亚同时代的戏剧家、诗人托马斯·米德尔顿(Thomas Middleton,1580—1627),他比莎士比亚小 16 岁,他辉煌的戏剧生涯是在詹姆斯一世时代度过的。1616 年,他编写了一部悲喜剧《女巫》(*The Witch*),但其手稿本,直到 1778 年才被发现(现藏牛津大学图书馆),由此得以确认,《麦克白》第三幕第五场、第四幕第一场，随着两处舞台提示——"内歌声。'来吧，来吧……'"和"音乐响起，内歌声：'黑精灵……'"——而起的音乐、唱出的歌词，全都源自《女巫》。

另外，第三幕第五场荒野中的一场戏，几乎是司巫术的女神赫卡特一人唱独角，她"一副气哼哼的样子"，对三女巫进行了长篇训斥；第四幕第一场，赫卡特再次登台，在显得突兀地说了一小段诗体独白后，女巫甲招呼同伴跳环舞，她随之退场。不难判断，从整个戏剧结构的通体连贯性来看，这两处剧情是直接外插进去的。

对此并不难解释，因为从莎士比亚辞世前一年的 1615 年，米德尔顿就开始担任"国王供奉剧团"编剧，直到 1624 年。很有可能，出于演出而非剧情需要，他受命对《麦克白》进行修改。修改的时候，便不由自主把赫卡特的戏份儿，及自己所编《女巫》中的歌词植入进去。当然，如果把《麦克白》中所有粗鄙拙劣之笔，都认定非莎士比亚原创之功，而是米德尔顿之过，也显得过于武断和不厚道。

总之一句话，今天看到的《麦克白》里，或多或少有米德尔顿"补笔"的戏剧身影。

至于《麦克白》篇幅为何如此之短，大致有这样两种可能：

第一，1606 年夏，詹姆斯一世的内弟、丹麦国王克里斯蒂安四世（Christian Ⅳ，1588—1648）要造访英国王室，也是为了来看望他身为英国国王的姐夫。莎士比亚受命赶写一部戏，作为英国王室盛情接待丹麦王的多种娱乐节目之一。

丹麦王 7 月 17 日抵英，8 月 11 日返国。在此期间，莎士比亚所属的"国王供奉剧团"奉旨三次入宫，三次献技，其中上演了一部新戏。从《麦克白》剧中有明显讨好国王的剧情中不难判断，这部新戏就是《麦克白》。若果真如此，《麦克白》则必完稿于1606 年 7 月 17 日之前。

可想而知，时间紧，又是为皇家的重大外事活动赶写，《麦克白》最后一幕（第五幕）文笔粗疏，潦草收场，便在所难免。一个世纪之后，古文物收藏家亨特（Joseph Hunter，1783—1861）曾说："该剧很像草稿，虽不能称之未竣稿，但须修饰润改之处颇多。"著名批评家、莎学家布拉德雷（Andrew Cecil Bradley，1851—1935）说得更直接，仅就莎士比亚四大悲剧的篇幅来看，《李尔王》有 3298 行，《奥赛罗》有 3324 行，《哈姆雷特》更长达 3924 行，《麦克白》则仅有 1993 行，可见，它绝非是为公共剧院写的，而必为私人甚或宫廷定制。另一位著名批评家、莎学家道顿（Edward Dowden，1843—1913）也赞同此说。

然而，也有一些莎学家认为，"国王供奉剧团"给听不懂英语的丹麦王演了《麦克白》，这一说法证据不足，因为与"假面剧"和一些宫廷娱乐戏不同，像《麦克白》这种属于公共剧场的戏，几乎不会先在宫廷首演，丹麦王看的是三出名不见经传的戏。实际情况是，到 1606 年 6 月，瘟疫已导致伦敦的剧院关闭了七八个月，考虑到经济的需要及宫廷演出的商业价值，"国王供奉剧团"决定在环球剧场首演《麦克白》。

第二，《麦克白》在环球剧场首演时，有一个正常长度的剧本，后不知所踪，收入"第一对开本"里的《麦克白》，只是这个"演出版"的缩略本。

出现这种情形，正如英国 18 世纪著名批评家约翰逊
(Samuel Johnson，1709—1784)在其 1765 年为《莎士比亚戏剧
集》写的序言中所说："我们这位大诗人根本不把死后声名放在
心上，尽管他还不老，并在精枯力竭或体病身残之前便已告老还
乡，安享起颐养天年的富裕日子，可他既不收集自己的作品，也
没想着要把那些已出版的、被人窜改得面目皆非、意义模糊的剧
本整理一下，更不去想把其他作品按照真实原貌，印行较好的版
本面世。以莎士比亚之名印行的剧作，大部分都是他死后七年左
右出版的，而在他生前所出版的少数几种剧作，显然是别人未经
授权，擅自刊印，作者本人可能一无所知。……莎士比亚的戏文
本身，不合语法，晦涩难懂；他的剧本也许是由不大懂行的人抄
录下来，供演员使用的；这些抄本再经同样外行的人转手传抄，
讹误也自然越来越多；有时可能为了缩短台词，这些抄本又被演
员随意割裂，等印刷者到后来刊印成书时，也不做任何订正。"

二、"原型"故事

1850 年，美国散文家、诗人爱默生(Ralph Emerson，1803—
1882)出版了一本演讲集《代表人物》(*Representative Men*)，共收
七篇，第一篇讨论"伟人"在社会中担当的角色，其余六篇都是对
他心目中具有美德的六位伟人的赞美，这六位伟人是：古希腊
"哲学家"柏拉图(Plato，前 427—前 347)，瑞典科学家、哲学家、
"神秘主义者"伊曼纽尔·斯韦登伯格 (Emanuel Swedenborg，
1688—1772)，法国随笔作家、"怀疑论者"蒙田(Montaigne，
1533—1592)，英国"诗人"莎士比亚 (William Shakespeare，

1564—1616)，法国"世界伟人"拿破仑（Bonaparte Napoleon，1769—1821)，德国"作家"歌德(Goethe，1749—1832)。

关于伊丽莎白一世女王时代整个的戏剧情形，以及莎士比亚如何写起戏来，大体如爱默生所言："莎士比亚的青年时代正值英国人需要戏剧消遣的时代。戏剧因其政治讽喻极易触犯宫廷受到打压，势力渐长、后劲十足的清教徒和虔诚的英国国教信徒们，也要压制它。然而，人们需要它。客栈庭院，不带屋顶的房子，乡村集市的临时围场，都成了流浪艺人现成的剧院。人们喜欢由这种演出带来的新的快乐……它既是民谣、史诗，又是报纸、政治会议、演讲、木偶剧和图书馆，国王、主教、清教徒或许都能从中发现对自己的描述。由于各种原因，它成为全国的喜好，可又绝不引人注目，甚至当时并没有哪位大学者在英国史里提到它。然而，它也未因像面包一样便宜和不足道而受忽视。"包括托马斯·基德（Thomas Kyd，1558—1594)、马洛（Christopher Marlowe，1564—1993)、本·琼森(Ben Jonson,1572—1637)在内的一大批莎士比亚同时代且名气并不在他之下的诗人、戏剧家，全都突然涌向这一领域，便是它富有生命力的最好明证。

那时的情形是(今天也未必不是)，对于为舞台写作的诗人(今天的编剧大多已不是诗人)，没有比通过舞台把握住观众的思想更重要的事，他不能浪费时间搞无谓的试验，因为早有一批观众等着看他们想看的，那时的观众和他们期待的东西非常之多。莎士比亚也不例外，当他刚从外省乡下的斯特拉福小镇"漂"到帝都伦敦"创业"时，那儿的舞台早已经开始轮流上演大量不同年代、不同作家的剧本手稿。众口难调，有的观众对《特洛伊传奇》每周只想听一段;有的观众则对《恺撒大将之死》百听不厌;根据古希腊传记作家普鲁塔克(Plutarch,约46—约120)《希腊罗马名人传》改编的故事总能吸引住观众;还有观众对演绎从传说中的亚瑟王直到亨利王室的大量历史剧十分着迷,总之,就连伦敦的学徒都能对许多惨绝的悲剧、欢快的意大利传奇,以及惊险的西班牙航海记,耳熟能详。所有这些历史、传奇,上演之前都或多或少经过剧作家的改编、加工,等剧本手稿到了舞台提词人的手里,往往已是又脏又破。时至今日,早没人说得出谁是这些历史传奇剧的第一作者。长期以来,它们都属于剧院财产,不仅如此,许多后起之秀又会进行增删、修改,或二度编剧,时而插进一段话,植入一首歌,或干脆添加一整场戏,因而对这么多人合作的剧本,任何人都无法提出版权要求。好在谁也不想提,因为谁都不想把版权归为个人,毕竟读剧本的人少之又少,观众和听众则不计其数。何况剧作家的收入源于剧院演出的卖座率及股份分红。就这样,无数剧本躺在剧院里无人问津。

莎士比亚及其同行们,十分重视这些丢弃一旁、并可随拿随用的老剧本。如此众多现成的东西,自然有助于精力充沛的年轻戏剧诗人们在此之上进行大胆的艺术想象。

无疑,莎士比亚的受惠面十分广泛,他擅于、精于利用一切已有的素材、资料,从他编写历史剧《亨利六世》即可见一斑,在这上中下三部共计6043诗行中,有1771行出自他之前某位佚名作家之手,2373行是在前人基础上改写的,只有1899行属于货真价实的原创。

这一事实不过更明证了莎士比亚绝不是一个原创性的戏剧

诗人，而是一个天才编剧。不光莎士比亚，生活在那一时代的戏剧诗人或编剧们，大都如此"创作"，因为在那个时代，人们对作品的原创性兴致不高，兴趣不大。换言之，为千百万人独创的文学，那时并不存在。在那个还没有文学修养的时代，无论光从什么地方射出，伟大的诗人就把它吸收进来。他的任务就是把每颗智慧的珍珠，把每一朵感情的鲜花带给人们；因此，他把记忆和创造看得同等重要。他漠不关心原料从何而来，因为无论它来自翻译作品，还是古老传说，来自遥远的旅行，还是灵感，观众们都毫不挑剔、热烈欢迎。早期的英国诗人们，从被誉为"英国文学之父"的乔叟(Geoffrey Chaucer，1343—1400)那里受惠良多，而乔叟也从别人那里吸收、借用了大量东西。

爱默生还提到一个颇值得玩味的事：在莎士比亚生活和创作的伊丽莎白一世女王时代，英才云集，诗人辈出，但他们却未能以自己的天才，发现世上那个最有才华之人——莎士比亚。在他死后一个世纪，才有人猜测他是这个世界上最具才华的诗人；等又过了一个世纪，才出现能称得上够水准、够分量的对他的评论。"由于他(莎士比亚)是德国文学之父，此前不可能有人写莎士比亚历史。德国文学的迅速发展与莱辛 (Gotthold Lessing，1729—1781) 把莎士比亚介绍给德国，与维兰德(Christoph Wieland，1733—1813) 和施莱格尔 (A.W.von Schlege，1767—1845)把莎剧译成德文密切相关。进入 19 世纪，这个时代爱思考的精神很像活着的哈姆雷特，于是，哈姆雷特的悲剧开始拥有众多好奇的读者，文学和哲学开始莎士比亚化。"他的思想达到了迄今我们无法超越的极限。"

爱默生认为，莎士比亚有着令人匪夷所思的、出类拔萃的才智，"一个好的读者可以钻进柏拉图的头脑，并在他脑子里思考问题，但谁也无法进入莎士比亚的头脑。我们至今仍置身门外。就表达力和创造力而言，莎士比亚是独一无二的。他丰富的想象无人能及，他具有作家所能达到的最敏锐犀利、最精细入微的洞察力。"

对于这样一个有着出类拔萃的非凡才智，有着独一无二的表达力和创造力，想象力无人能及，洞察力又最犀利、最透彻的莎士比亚来说，"借鸡生蛋"不过小菜一碟。像《李尔王》一样，《麦克白》这枚悲剧之"蛋"，也是从编年史作者拉斐尔·霍林斯赫德（Raphael Holinshed，1529—1580）那部著名的"编年史"之"鸡"身上"借"来的。

霍林斯赫德与人一起合编的这部《英格兰、苏格兰及爱尔兰编年史》(The Chronicles of England, Scotland, and Ireland)1577年初版，10年后的1587年，增订再版。如果说，是其中英格兰史卷部分的"李尔故事"催生出了莎剧《李尔王》，那里面的"麦克白(Makbeth)故事"则直接孕育了莎剧《麦克白》。

这部"编年史"虽以两卷本出版，内容则分三卷：第一、第三卷记述诺曼人征服英格兰之前、之后的历史；第二卷描绘苏格兰和爱尔兰的历史，其中"苏格兰历史"的两处叙事，被莎士比亚顺手擒来巧妙地化入了他的《麦克白》中。

要说明的是，霍林斯赫德的"麦克白故事"源自苏格兰哲学家、史学家赫克托·波伊斯(Hector Boece，1465—1536)所著、1526年在巴黎出版的拉丁文史著《苏格兰人的历史》(Historia

Gentis Scotorum）。该书先被译为法文,而后,苏格兰作家约翰·贝伦登(John Bellenden, 1533—1587)从拉丁文将其译成英文,书名改为《苏格兰编年史》(*Croniklis of Scotland*),这是用现代苏格兰英语所写、迄今为止留存下来的最古老的一部散文。同时,苏格兰诗人威廉·斯图尔特(William Stewart, 1476—1548)将其译成诗体史书。这一"散"一"诗"体两部苏格兰史书,莎士比亚可能都看过。

事实上,在波伊斯的苏格兰史之前,还有两部更老的、在当时很有影响的苏格兰史, 一部是苏格兰编年史家、福顿的约翰(John of Fordun, 约 1360—1384)于 1384 年出版的拉丁文《苏格兰编年史》(*Chronica Gentis Scotorum*),该书将 1040—1057 年间的苏格兰历史及传说加以综合,但其中有些内容纯属虚构;另一部是苏格兰诗人、温顿的安德鲁(Andrew of Wyntoun, 1350—1425)于 1424 年出版的诗体《苏格兰原始编年史》(*Orygynale Cornykil of Scotland*)。福顿的约翰在其苏格兰史中写到了"麦克白故事",麦克白梦到有三个预言未来的女人,这个梦叫他胡思乱想,并促使他谋杀了邓肯。而在安德鲁的苏格兰史里,并没有写到三个女人,即莎剧《麦克白》中的"三女巫"。

不过,一般来说,书写历史对于后世晚生的史学家,至少在史料广博宏富的掌握上更占便宜。霍林斯赫德正是这样一个得以享有前人史料的受益者,他的"编年史"吸收了约翰、安德鲁、波伊斯这三位前辈史著中的相关内容,包括"麦克白故事"及其中的"三女巫"。

先说"三女巫"。莎士比亚写这个决定了麦克白悲剧命运的

"命运三姐妹"的灵感来源，除了霍林斯赫德1577年初版的"编年史"，可能还有第二年1578年出版的另一部拉丁文《苏格兰史》(*History of Scotland*)，该书作者是苏格兰史学家、罗马天主教主教约翰·莱斯利(John Lesley，1527—1596)。他关于苏格兰早期历史的书写，借鉴了波伊斯和约翰·梅杰 (John Major，1467—1550)的史书。约翰·梅杰是苏格兰著名哲学家，他的拉丁文《大不列颠史》(*History of Greater Britain*)于1521年在巴黎出版。

然而，真正激活莎士比亚的戏剧构思，使他决意要把"三女巫"搬上舞台，并让她们将麦克白引向地狱，最直接、最有力的外因恐怕莫过于国王造访牛津了。

1605年8月，詹姆斯一世、安妮王后携王位继承人威尔士亲王访问牛津。为表示对国王临幸的由衷谢忱，牛津大学特意委请马修·格温(Matthew Gwinne，1558—1627)医师赶写了一部庆典短剧，并安排在圣约翰学院门前表演。

这一天，当国王一行来到学院门前时，三位"林中女巫打扮"的女大学生开始表演，她们先以拉丁文开场，随后改说英语。剧情很简单："三女巫"走到国王面前，宣称她们是当初向班柯预言其子孙将万世为王的"命运三姐妹"的现世化身，又特来向国王预言，他及后人亦将万代为王，永享荣耀。随后，"三女巫"高举手臂，依次向国王致敬：

第一女巫　　向您，苏格兰王致敬！

第二女巫　　向您，英格兰王致敬！

第三女巫　　向您，爱尔兰王致敬！

第一女巫　您拥有法兰西王的尊号，万岁！

第二女巫　分裂已久的不列颠统一了，万岁！

第三女巫　伟大的不列颠、爱尔兰、法兰西王，万岁！

当时，这个简短的演出脚本，还曾配以红绒装帧分赠随行而来的亲王贵胄，说不定后来有一本就落到了莎士比亚的手里。因为他的《麦克白》几乎原封不动地"再现"了这一情景，第一幕第三场，荒原中的三女巫一见到麦克白，便冲口而出：

女巫甲　祝福，麦克白！向您致敬，格莱米斯伯爵！

女巫乙　祝福，麦克白！向您致敬，考德伯爵！

女巫丙　祝福，麦克白！向您致敬，未来的国王！

彼情此景，何其相似！

莎士比亚这样写"三女巫"，应是有意讨好国王。理由有二：一、莎士比亚很可能读过国王在当苏格兰国王时御笔写下的那部《恶魔学》，若此，他自然了解国王对巫术十分痴迷；二、国王对自己是班柯的后人深信不疑，这一点并不是什么宫廷绝密，否则，莎士比亚也不会如前面提到的那样，在第四幕第一场，让"三女巫"为麦克白精心上演一出"八代国王的哑剧"。按舞台提示："最后一位国王手持魔镜；班柯的幽灵紧随其后。"在哑剧中，班柯的后人、"八代国王"头戴王冠，逐一出现；第八代国王手里"拿着一面魔镜，镜子里有更多头戴王冠的人，其中有一个左手持两个金球，右手执三根权杖"。这是令麦克白"毛骨悚然的景象"，他看明白了：“头发上沾满血污的班柯冲我微笑，向他的后世子孙表明，他们将世袭这金球和权杖所象征的王权。”但同时，这令詹姆斯一世喜上眉梢的“景象”他也看明白了，他这位班柯的后人以及他的后人，即魔镜中“更多头戴王冠的人”，将永享王权。

由班柯，再说麦克白。

首先，可以肯定，莎士比亚并不是把苏格兰历史编入戏剧的第一人，还在霍林斯赫德“编年史”初版前的 1567 年，掌管宫廷娱乐的官员记录显示，曾为一部演绎苏格兰国王的悲剧制作过背景。

其次，在莎士比亚的“麦克白的悲剧”之前，已有人把有关苏格兰历史，尤其“麦克白故事”，转化成文艺作品——在 1596 年8 月 27 日“伦敦书业公会”的记录簿上，已有《麦克多白之歌》(*Ballad of Macdobeth*) 一项登记在册。不论这“歌”是不是“剧”，至少实证说明，“麦克白故事”早已有之。

另外，比莎士比亚大四岁、与他同年去世的恩斯洛(Philip Henslowe，1550—1616)，是伊丽莎白一世女王时代的一位剧院承包人兼经理人，身后留下一本“日记”，这可是文艺复兴时期，特别是 1597—1609 年这段时间伦敦戏剧界极有价值的第一手信息来源。里边记载，1602 年，伦敦曾有一部关于苏格兰国王玛尔康的剧目上演。在 1998 年英美合拍的奥斯卡获奖影片、浪漫喜剧电影《恋爱中的莎士比亚》(*Shakespeare in Love*)中，还出现了恩斯洛这个角色。

必须一提的是，在苏格兰詹姆斯六世国王成为英王詹姆斯一世国王之后的第二年，即 1604 年，伦敦曾有过一部描写苏格兰高里伯爵(Earl of Gowrie)叛变的戏剧。这位高里伯爵的爵位，1581 年，正是由当时的苏格兰詹姆斯六世国王(也就是如今的英王詹姆斯一世)晋封。三年之后的 1584 年，高里伯爵因叛国罪被处死，财产充公、爵位撤销。在莎剧《麦克白》中，有一位因参与谋反，以叛国罪被邓肯国王下令处死的考德伯爵(thane of Cawdor)，其被撤销的"考德伯爵"尊号"为高贵的麦克白赢得"。这似乎又是莎士比亚为讨国王欢心的刻意之举，原因不外有二：第一，国王当然乐于看到被自己处死的高里伯爵化身为反贼"考德伯爵"被莎士比亚写入《麦克白》；第二，"考德伯爵"这个贵族尊号注定就是叛国者的代名词，麦克白因战功显赫，得邓肯封赏，承袭了这一爵位，但在他谋杀邓肯的那一刻，他又成了谋逆叛国的"考德伯爵"，最终被麦克德夫砍下头颅。这个结局，自然也是国王乐于看到的。

对于莎士比亚来说，有了"三女巫"和"麦克白故事"这两大"原型"，已足以支撑戏剧结构，剩下的唯一问题是：如何塑造麦克白。

1582 年出版的苏格兰史学家、人文学者乔治·布坎南(George Buchanan, 1506—1582) 的拉丁文《苏格兰史》(*Rerum Scoticarum Historia*)，对莎士比亚的麦克白产生了直接触动。布坎南的这部苏格兰史，在波伊斯对早期苏格兰传奇历史的基础上，有了很大拓展，比如写到麦克白时，布坎南认为，他是"具有天赋洞察力，……却又野心勃勃的一个人"。显然，这就是莎士比亚想要的麦克白！

为让这样一个麦克白在舞台上产生强烈的吸引力、冲击力和震撼力,莎士比亚必须对霍林斯赫德"编年史"里"麦克白故事"做移植手术。他这样做,也许并不是考虑要让这个人物具有永久的艺术生命力。不过,莎士比亚的确把霍林斯赫德"编年史"里"苏格兰历史"部分中,叙述国王达夫(King Duff)的"统治与被谋杀"、麦克白的"崛起和统治"这两个"故事",进行了恰到好处的移花接木。

在第一个故事里,贵族"邓沃德"(Donwald)一向对达夫国王(King Duff)忠心耿耿、"深受信任",却受到妻子唆使,要他去谋杀国王,"并向他详述如何在最短时间内杀掉国王"。邓沃德"被妻子的话燃起怒火",秘密杀死国王,把尸体偷运出城堡,埋在一处河床下。然而,正当这个"编年史故事"里的邓肯(Duncan)怀揣入侵美梦却"谈判失利"之际,丹麦士兵因喝了掺药的酒,整支军队"很快酩酊大醉,酣睡不醒"。

极为相似的是,在莎剧《麦克白》中,麦克白夫人一边怂恿"深得宠信"的丈夫行刺邓肯(Duncan)国王,一边承诺保证把贴身守卫国王的两个"寝宫侍卫"灌醉,醉得"像海绵一样泡在酒里"。【1.7】

霍林斯赫德在此强调了三点:达夫信任邓沃德;国王与女巫纠葛不断;阴郁黑暗、怪事频出(诸如马之间嗜食同类,以及发生在鸟类之间怪异的不平等残忍竞争)一直困扰着苏格兰,直到达夫国王的尸体被发现,安葬之后,这一切才告结束。在莎剧《麦克白》第二幕第四场,邓肯被杀后,罗斯和老人有段对话,罗斯说邓肯那几匹"体型俊美,奔跑如飞"的"宝马良驹"变得"十分怪异","突然野性大发,撞破马厩,冲了出来,四蹄乱蹬,难以驯服,好像要向人类挑战"。老人回应:"据说还互相撕咬。"写出此等怪异情景的灵感,八成又是莎士比亚"借来的"。

第二个故事,在霍林斯赫德的笔下,是野心勃勃的麦克白夫人影响了麦克白的生涯:妻子"极力撺掇他"弑君,"只因她自己野心膨胀,想当王后的欲望之火,一旦点燃,便无法熄灭"。按霍林斯赫德的描述,班柯是个十足的同谋。不过,没过几个章节,他就被杀了,因为麦克白怕他"会像自己背叛国王那样,也把他给杀了"。

与莎剧《麦克白》不同的是,霍林斯赫德在"编年史"里,丝毫没有提及班柯的幽灵打断皇家盛宴,也只字未提麦克白夫人的梦游,他只把麦克白在位十余年是一位治国有方的好的统治者,对男女巫师信任有加,玛尔康"考验"麦克德夫,伯南姆森林移到邓斯纳恩等等,做了详尽描述。他还写了许多其他的事情,包括写到被化入莎剧《麦克白》的一些短语。霍林斯赫德甚至一度打乱叙事,呈现出一份翔实的血统宗谱,包括"谱系上最早的那些国王,从中得知他们的后代传人……比如班柯的后人",这份宗谱最后以苏格兰国王詹姆斯六世结束。无疑,它使莎士比亚创意构思《麦克白》第四幕第一场的"八代国王的哑剧表演",来得更加轻而易举。

在国王宗谱中位列达夫和邓肯之间的统治者是肯尼斯(Kenneth),他虽是一位好国王,却还是为让亲生儿子继位,秘密毒死了达夫的儿子。然而,良知"刺痛"着肯尼斯的心灵,此处,霍林斯赫德这样写道:"那传闻真的发生了,每当夜幕降临,他刚一在床上躺下,就有个声音对他说:'……想想吧肯尼斯,你邪恶地谋杀了玛尔康·达夫，要是这事儿被永恒而全能的上帝知道：你是害死无辜者的主谋……就算你眼下秘而不宣，也无济于事……'这个声音使国王毛骨悚然，再也无法安然入眠。"

稍微比较一下不难发现，莎剧《麦克白》第二幕第二场，麦克白谋杀邓肯之后，立即被"敲门声"的幻听错觉吓得惊恐不安，他听到"整个屋子都是那声音""一有声音就吓得够呛"。在这样的细微处，那个饱受心灵折磨的肯尼斯国王，为莎士比亚的麦克白提供了绝佳素材。

前面曾提到 1582 年乔治·布坎南出版的一部《苏格兰史》，就在这一年，还有另外一本与之同名的《苏格兰史》(*Rerum Scoticarum Historia*)出版，作者是只比莎士比亚小两岁的戏剧同行、演员爱德华·阿莱恩(Edward Alleyn，1566—1626)。阿莱恩在书中对肯尼斯国王的心灵痛苦，做了更为详细的描述。按理，莎士比亚在写《麦克白》之前，应该读过此书。

莎剧《麦克白》第五幕第七场，写到小西华德出战麦克白被杀，及父亲老西华德听到儿子死讯时的反应，源于这样两处已知的史料：一是霍林斯赫德"编年史"卷一结尾，写诺曼人入侵之前的那段历史；二是 1605 年出版的古文物收藏家、史学家、地志学者威廉·卡姆登 (William Camden，1551—1623) 所著历史文集《不列颠遗事》(*Remains Concerning Britain*)。

单从时间上推算，此时(1605 年)的莎士比亚，即便还没动笔写《麦克白》，应也差不多想好该从哪些史料源头(或"原型故事")借鉴什么，如何改写，他应该把麦克白之死都设计好了。没错，霍林斯赫德笔下"麦克白故事"的结尾，连莎士比亚麦克白之死的"原型"都预备好了："麦克德夫(Makduffe)骑着马,拦住麦克白的去路,手持利剑,说:'麦克白,结束你那永无尽头的残忍的时刻到了,因为我就是巫师对你说的那个人,我不是我妈生的,我是从娘胎里剖出来的。'话音未落,打马向前,斜肩砍下麦克白的人头,挑在杆子上,来到玛尔康面前。这就是麦克白的下场,他对苏格兰 17 年的统治从此结束。"

假如莎剧《麦克白》里的麦克白也像这样,一言不发就被砍了头,那他绝不属于莎士比亚。毕竟他在成为暴君之前,是一位驰骋疆场、披坚执锐、骁勇善战的将军,死也要死得惨烈:"我不投降;我不能在小玛尔康的脚下屈服,任由那帮乌合之众随意诅咒唾骂。尽管伯南姆森林已经移到邓斯纳恩,尽管你这非要跟我交手的东西,偏又不是女人生的,我也要决一死战。……猛攻吧,麦克德夫,谁先喊'够了,住手',谁受诅咒下地狱!"

对,这才是莎剧中的麦克白!

既然命运诅咒他活该死在"不是女人生的"麦克德夫手里,他还是要拼死一战。这也是他在第三幕第一场对命运抛下的赌注:"还不如索性与命运拼杀,一决生死!"

这何尝不是人类悲剧的实质:明知抗不过命运,却非要与命运相抗。

如果说,以上这些苏格兰历史中的"原型故事",为莎剧《麦克白》提供了丰厚的琼浆滋养,那古罗马著名斯多葛学派哲学家、政治家、悲剧家卢修斯·塞内加 (Lucius Seneca, 前 4—65 年)的"流血悲剧",则为莎氏悲剧提供了必不可少的几大元素,这几大元素在《麦克白》之前的"三大悲剧"(《哈姆雷特》《奥赛罗》《李尔王》)中已屡试不爽。诚然,这样的悲剧元素自古希腊悲剧直到今天,似乎从不曾变过。以塞内加为例,他常用屠杀、恐怖、出卖、复仇的场景凸显主题,常用幽灵和巫术增强悲剧氛围,他的人物也常陷入内心撕裂的极度痛楚之中,这些元素《麦克白》样样俱全。甚至有莎学家指出,连莎剧《麦克白》的有些细节,像"满手的血污"、睡眠是"抚慰繁重劳苦的沐浴,是疗救受伤心灵的药膏"等,都可能是模仿了塞内加的悲剧《阿伽门农》(*Agamemnon*)和《疯狂的赫拉克勒斯》(*The Madness of Hercules*)中的某些段落。

三、剧情梗概

第一幕。

苏格兰一处荒野之上,三个女巫商议,待日落时分、战事分出胜负,在麦克白的必经之路再见。临分手,三女巫异口同声:"美即丑来丑即美,毒雾浊气任穿行。"

在弗里斯附近军营,一位浑身带血的队长,正向国王邓肯描述与叛军激战的最新战况。邓肯欣喜地得知,在战事胶着、难分胜负之际,是他的手下爱将麦克白神勇无畏地奋力拼杀,砍下了凶残的叛军首领麦克唐纳的首级,"悬挂在我军的城垛上"。胜利在望之际,"挪威国王见有机可乘,调集了一批生力军,挥舞着擦得锃亮的武器,又向我军发起新一轮攻击"。麦克白和班柯两位将军临危不惧。恰在此时,邓肯得报,反贼考德伯爵又率兵助阵,"发起一场惨烈的恶战",多亏麦克白好似罗马战神下凡,浴血拼杀,最终获胜,迫使挪威国王求和。邓肯立即下令,处死考德伯爵,并将此尊号转授麦克白。

平息了叛乱,从战场凯旋的麦克白和班柯,在返回位于弗里斯的苏格兰王宫途中,路过一处荒野,被突然出现的三个女巫吓了一跳。这三个身形瘦小、粗野怪异的女巫,先后以"格莱米斯伯爵""考德伯爵"和"未来的国王"三个称谓向麦克白祝福、致敬。在班柯的逼问下,三女巫继而预言,班柯虽没有麦克白"这样的幸运,却比他更有福气""尽管你当不成王,你的子孙却世代为王"。

麦克白试图叫三女巫把话讲得更明白,三女巫却消失不见了。这时,国王特使罗斯带来国王的嘉奖和封赏,因麦克白"保卫王国居功至伟",撤销即将处死的"考德伯爵"的尊号,转授麦克白。女巫的预言短瞬之间得到验证,让麦克白感到这"分明是那一幕即将上演的登基称王大戏的欢快序曲"。女巫的话点燃了麦克白心中谋杀夺权的欲念,他要通过暴力成为"未来的国王",实现女巫的全部预言。

苏格兰王宫,邓肯向麦克白表示,自己正为该如何恰如其分地"谢忧和酬劳"犯愁:"你应得到的酬谢远远超出我能给予的一切。"麦克白自谦说,为王国效命,实乃应尽之责。国王也嘉奖了班柯,认为他所立战功毫不逊色。随后,当众宣布,立长子玛尔康为王位继承人,封为坎伯兰亲王。诸事停当,国王表示要去麦克白在因弗内斯的城堡做客、过夜,命他尽东道之谊,享受款待国王的殊荣。

麦克白夫人接到夫君密信,对三女巫的预言及灵验内情尽知。但她担心,麦克白的本性里,缺乏与"野心相伴的阴毒邪恶",

"雄心勃勃想要的东西，偏要以圣洁的方法去获得：你既不想要奸弄诈，却又想非分得到"。她决心激起丈夫的勇气，帮他夺取王冠。

国王信使通报，"今晚国王御驾亲临"。这个消息一下子让麦克白夫人浑身充满"最恶毒的凶残"。见到丈夫，她叫他要像纯洁的花一样，表面殷勤待客，心底暗藏杀机，今夜动手，即可"君临天下，尽享王权"。

麦克白夫人以"高贵富丽的女主人"姿态，虚情假意、极尽所能热情待客，她谦卑地向国王表示："为报答陛下以前颁赏的荣耀和最新封赐的尊贵，我们会一如既往地为您祈祷求福。"但当邓肯一旦睡下，她马上催促麦克白赶紧让自己的行为和勇气跟欲望达成一致。见丈夫面露胆怯，又嘲笑他既想得到王冠，却甘做一个懦夫；天赐大好良机，却丧失了能力。

在夫人的极力怂恿和无畏气质的感染下，麦克白决心除掉邓肯。

第二幕。

夜深了。班柯心里忐忑不安，他祈祷仁慈的神灵，要"抑制住那野心的梦魇"。见到麦克白，将一颗钻石送给他，说是国王为感谢女人的盛情待客，赏赐给麦克白夫人的。

麦克白的眼前出现了幻影，摇晃着一把剑，"剑锋和剑柄上滴着血"，他疑惑，难道这是"不祥的幻影"？但他决心已下，要让敲响的钟声成为邓肯的丧钟。

麦克白夫人把守护邓肯寝室的两个侍卫灌醉，抽出他俩的短剑，以便让麦克白用他们的剑行刺之后，把弑君之罪嫁祸到他两个侍卫头上。然而,杀了邓肯的麦克白,被自己血淋淋的双手吓破了胆,慌乱中竟把行凶的短剑带了出来。他还仿佛听到喊声"麦克白谋杀了睡眠。……那是清白无辜的睡眠。……"此时,麦克白夫人倒显得十分冷静,她叫麦克白千万把剑放回原处,并"给那两个醉睡的侍卫涂上血"。她发现麦克白一听到声音,就吓得够呛,便自己动手,把剑放了回去。待搞定一切之后,麦克白夫人从容淡定地说:"用一点儿水就能把这事洗清:如此轻而易举!"并讥讽丈夫,"你的坚定已把你抛弃。"

天刚蒙蒙亮,麦克德夫就来敲城堡的门。当他发现国王被谋杀,大惊失色,说这简直是"世界末日的惊天惨象"。麦克白夫人假装吃惊,命人把整个城堡的人全叫醒。

行刺现场显示,是两个侍卫杀了国王,因为"他们俩脸上、手上全是血;还在他们枕头上,找到两把带血的剑"。原来,麦克白又亲手杀了两个侍卫。麦克德夫质询麦克白为什么要杀侍卫,麦克白辩解说是"愤激之下,一时冲动",还刻意强调"凡有一颗忠爱之心,而又有勇气彰显这忠爱之心的人,谁能忍得住?"

邓肯的两个儿子——王位继承人玛尔康和弟弟唐纳本,怀疑父王被杀一定另有蹊跷,留在此地恐性命难保,于是决定不辞而别,玛尔康逃往英格兰,唐纳本逃到爱尔兰。因而,他们俩被怀疑成杀父弑君的幕后黑手。

麦克白当上国王,"正式执掌王权"。

第三幕。

麦克白实现了自己的野心,却被三女巫对班柯后人将世代为王、统治苏格兰的预言搅得惊惶不安。同时,他感觉自己对班柯有一种与生俱来的恐惧，他怕他"高贵的天性"，怕他"无所畏惧的性情"，更怕他勇敢行动起来"毫无闪失"的智慧，"只有他令我心惊胆寒，除了他，我谁也不怕。"他感觉三女巫"给我戴的是一顶断子绝孙的王冠"，他决定除掉班柯父子以绝后患。他邀请班柯父子出席晚宴，然后命刺客埋伏在他们来城堡的必经之路，伺机杀掉他们。对他来说，只要班柯活着，"每一分钟都威胁到我的生命"。

麦克白夫人发现丈夫形只影单、愁眉不展，劝他不要对无法补救的事念念不忘。麦克白为"脑子里爬满了蝎子"而苦恼，因为他担心班柯有神明护体，无法加害。经过夫人一番开导，他总算放下心来，他明白，"他们的生命契约又不是永恒的"，"他们是可以侵犯的"。他下决心要让"坏事靠邪恶更使它变本加厉"。

离王宫很近了，班柯父子发现刺客但为时已晚。班柯被杀，班柯之子弗里安斯逃走。

王宫大厅，贵宾们一一入席，刺客甲前来密报，班柯已死，弗里安斯脱逃。听到这个消息，麦克白心病复发。他回到酒宴，故作镇静地向宾客表示：要是班柯在座，"整个王国的豪门显贵就齐聚一堂了：我宁愿责备他不近人情，也不愿为他遭了什么灾祸而悲悯"。话音未落，他出现了幻觉，发现班柯的幽灵坐在自己的座位上，仿佛看到客人们的"头发沾满了血"，惊得大叫。麦克白夫人赶紧打圆场，说丈夫在年轻时就落下了这一惊一乍的毛病，如果大家太注意他，反倒会激怒他。

麦克白夫人竭力让丈夫拿出"男子汉气概"，不要为"恐惧画出来的想象"吓倒，安慰他："说到底，你瞅见的只是一把椅子。"

麦克白又回到筵席,试图平心静气地为宾客祝酒。然而,幽灵再次出现。麦克白被谁都看不见的幽灵"吓得满脸煞白",表现出"最令人惊异的癫狂",麦克白夫人只好解释说,"他的病越来越厉害",请大家各自离席散去。

惊恐不已的麦克白决心再去找三女巫,"我现在非要用这最邪的办法,从她们嘴里知道我最惨的结局不可"。

雷声下的荒野,司巫术的女神赫卡特训斥三女巫,居然敢背着她私自预言麦克白的命运。她要她们尽快"准备好施咒作法的所有物件",等候麦克白前来,一定要"造出怪力乱神的虚妄幻影",让这个"唯利是图""心怀怨毒暴怒无常之辈"陷入"迷惑中","将他引入毁灭的深渊"。

玛尔康逃到英格兰以后,被国王爱德华待若上宾。麦克德夫拒绝执行麦克白的命令,为防不测,也逃到英格兰,并恳请爱德华出兵助战,征讨麦克白。

第四幕。

一处洞穴,中间放置一口煮沸的大锅。三女巫在为熬一锅"魔咒神力"的"杂烩汤"不辞辛苦地忙乎着,最后,她们再给投进锅里的东西"施魔法"。

麦克白来到洞穴,非要三女巫把他的最后命运讲清楚。三女巫唤出三个幽灵,为麦克白演示他的命运。第一个幽灵警告他"当心麦克德夫;当心费辅伯爵";第二个幽灵要他放开手脚"残忍、大胆、坚决""只管对人的力量轻蔑一笑,因为没有一个女人所生的孩子伤得了麦克白";第三个幽灵要他像"狮子一样凶猛、骄狂",对一切的一切,包括"哪儿密谋造反",都不必理会:"若非有一天,伯南姆大森林的树林移动到邓斯纳恩的高山上来攻击麦克白,他永远不会被征服。"

麦克白一定要女巫回答,"班柯的子孙会不会在这王国君临天下?"否则,他就要永恒的诅咒落在女巫身上。这是他最大的心病!

然而,女巫为他上演了一出"八代国王的哑剧":八位国王在麦克白眼前逐一出现,最后一位国王手持魔镜,班柯的幽灵紧随其后。魔镜中有许多头戴王冠的人,其中一个手里拿着"二球三杖",不仅如此,"头发上沾满血污的班柯"还冲他微笑,麦克白从这"令人毛骨悚然的景象",弄明白了,班柯的子孙将在苏格兰万世为王,永享王权。

女巫们消失不见了。正在此时,麦克白得到麦克德夫已逃亡英格兰的禀告。从这一刻开始,麦克白变得疯狂,他决心当机立断,"用行动完成我的意念"。他要突袭麦克德夫在费辅的城堡,把麦克德夫妻儿老小及所有跟他沾亲带故的人全部杀光。

费辅,麦克德夫的城堡遭血洗,麦克德夫的妻儿被麦克白派去的刺客残忍杀害。

在英格兰王宫前,麦克德夫向玛尔康痛斥邪恶的暴君麦克白,力劝玛尔康继任苏格兰国王。但玛尔康极力贬损自己,说:"一切的邪恶都在我心里扎下深根,有朝一日,一旦萌发暴露,连邪恶的麦克白都会显得纯洁似雪。""一旦王权在握,一定要把和谐的琼浆蜜乳倾入地狱,搅乱全世界的和平,摧毁地球上的一切和谐。"原来,玛尔康误以为麦克德夫是麦克白派来的密探。最终,麦克德夫以自己"高贵的激情"赢得了玛尔康的信任,消除了玛尔康对他"邪恶的怀疑",相信了他的"忠诚和名誉"。他向麦克德夫坦言,征讨麦克白的军队已经出发,"愿顺利属于我们的正义之师!"

这时,麦克德夫得到消息,知道自己的城堡遭到麦克白突袭,妻子、儿女都死得很惨,痛不欲生。玛尔康要他"像条汉子一样去抗争","化哀痛为愤怒",邀他一起并肩作战,征讨麦克白。麦克德夫期待着早日同这个苏格兰恶魔面对面:"让我的剑尖能够刺到他;假如他逃得了,那上天也就宽恕他吧!"

第五幕。

麦克白夫人因恐惧和罪恶感,陷入"一种身心的大骚乱",夜里梦游,在幻觉中反复互搓双手,清洗手上"该死的血污"。医生从麦克白夫人的梦话中判断,在她这"反常的行为"背后,藏着不可告人的隐秘。医生不由慨叹:"比起一个医生,她更需要牧师。"

由玛尔康、老西华德、麦克德夫统帅的英格兰苏格兰联军,正在向伯南姆挺进。

麦克白坚守在邓斯纳恩城堡里,静候着联军进攻。面对众叛亲离,他并未显出惊慌,"只要伯南姆的树木不移到邓斯纳恩,没什么能给我吓出病来。""别怕,麦克白:因为没有一个女人所生的男人伤得了你。"女巫的这两个预言,成了慰藉他的最后两根稻草:"我不害怕死亡,也不害怕覆灭;只怕伯南姆森林移到邓斯纳恩。"

在伯南姆森林附近的乡野,玛尔康命令:"每个士兵砍下一棵大树枝,举在自己眼前。"这既可隐藏部队人数,也能导致敌军误判。

邓斯纳恩城堡，"惊恐"与"杀戮之心"相伴的麦克白听到夫人的死讯，没有丝毫的悲伤，此时，他感到生命的虚空，"人生不过一个行走的影子，一个可怜巴巴的演员""它是蠢蛋嘴里的一个故事，讲得口水四溅、五迷三道，却没有一点意义"。

此时，信使来报，"真有一座森林移到了邓斯纳恩"。

到了邓斯纳恩城堡前的平原，玛尔康命部队："扔下手中遮挡的树枝，露出你们的军人本色。"两军对垒，麦克白下令："所有的军号一齐吹响，/ 让它预先吹出敌人的流血和死亡。"

决战时刻，麦克白先将小西华德斩于马下。在他心底，"凡女人所生之人"，即使"利剑出鞘"，他也"一律嗤之以鼻，付之一笑"。

麦克德夫杀到阵前。仇人相见，分外眼红，麦克白并不把麦克德夫放在眼里，他洋洋得意地说："我有符咒护佑，命中注定但凡女人所生，没人伤得了我。"但他怎么也不会想到，麦克德夫掷地有声地答复他："别指望什么符咒，让你一直侍奉的天使亲口告诉过你：麦克德夫还没足月，就从娘肚子里剖出来了。"一听这话，麦克白吓得"丧失了男子汉的勇气"。此时此刻，他终于明白，是三女巫那"骗人的魔鬼"，"拿有双重意义的暧昧话"把他耍了。

但他绝不向玛尔康屈膝投降，"尽管伯南姆森林已经移到邓斯纳恩，尽管你这非要跟我交手的东西，偏又不是女人生的，我也要决一死战"。

老西华德听到儿子的死讯，悲伤之余更感到自豪，因为这样的"慷慨赴死"是"壮丽的牺牲"，将与上帝同在。

麦克德夫枪尖上挑着麦克白的人头，来见大获全胜的玛尔康,并高呼:"万岁,苏格兰国王!"

在众人的拥戴下,玛尔康成为苏格兰一代新君。

四、魔幻与现实:女巫、婴儿、孩童的象征意味

1. 女巫与国王

前曾提及,莎士比亚写《麦克白》的主要动因(或唯一动因),是为讨好国王詹姆斯一世,以至于长期以来一直有学者断言,这部悲剧就是专门演给国王看的。因为国王认定自己皇家血统的国王先祖,就是班柯。对国王的这一自我认定,他以前的苏格兰臣民并不陌生,他们深信苏格兰王詹姆斯六世是班柯的后代传人,但英格兰人似乎还从未听说过这个伟大的名字。因此,以大众喜闻乐见的戏剧方式传播普及王室的高贵血统,无疑也可讨好国王。

这么一想,便不难理解莎士比亚为何如此塑造班柯,尽管班柯在剧中没有多少戏份儿,并很快被麦克白派刺客暗杀,但班柯在世,麦克白怕他这个活人;人死之后,麦克白更怕他的幽灵。简言之,是邓肯的血和班柯的幽灵,把麦克白抛入欲望的惨烈战场,将其毁灭。

麦克白毫不讳言自己怕班柯,那情形就像"马克·安东尼一见恺撒就发怵一样"【3.1】,因为班柯有"高贵的天性",有"无所畏惧的性情",有勇敢行动起来"毫无闪失"的智慧。这实际上是莎士比亚当着看戏的当朝之君的面,赞美他这位拥有恺撒式高贵、勇敢和智慧的远祖。就剧情来说,邓肯之死、班柯之死,都是因三女巫的预言挑起麦克白的谋杀欲望所致,同时,这也是导致

剧情急转直下的两个拐点：杀掉邓肯，麦克白自立为王、享有暂时的君王荣耀；而杀掉班柯，这荣耀便加速走向幻灭。

因此，霍林斯赫德"编年史"里那个"十足的同谋"、与邓沃德一起害死达夫国王的班柯，那个赫克托·波伊斯在其《苏格兰人的历史》中杜撰出来的 11 世纪的苏格兰贵族班柯，到了莎剧《麦克白》中，摇身一变成为苏格兰詹姆斯六世君王血脉源头的先祖"始皇"。如三女巫预言的那样，"尽管你当不成王，你的子孙却世代为王"。【1.3】诚然，波伊斯的动机或也出于媚上，意在给斯图亚特王朝追溯一个恰当的贵族先辈。

从一开始，班柯就对三女巫充满了鄙夷，在他眼里，"这些怪物""皲裂的手指""干瘪的嘴唇"，看似女人，却生着胡须。"身形如此瘦小枯干，衣着如此粗野怪异，不似世间人，却又在凡尘，到底什么东西？"【1.3】

对舞台上以戏剧手段如此塑造挑起麦克白欲望的三女巫，有"幻想症"（或"妄想症"）的国王一定赞赏，因为他也自以为曾被女巫迫害。他脑子里始终认定，1589 年他远赴丹麦迎娶安妮公主，11 月在挪威奥斯陆正式结婚，1590 年 5 月归国，一去一回均遭风浪，都是女巫捣鬼作祟，因为魔鬼对信仰新教的苏格兰与丹麦联姻满怀恶意。要不是女巫动用魔咒法术，掀起海上的巨浪狂风，娶亲的船怎么可能一次又一次驶回，被迫停泊到挪威的港口？

疑神疑鬼的国王无法容忍撒旦的手下竟敢在他眼皮底下要阴谋，回到苏格兰以后，下令全国进行大搜捕，开展声势浩大、威力无比的"猎巫"（Witch hunts）行动，凡疑有行巫施法之能的女人，一律投入监狱。国王还亲自参加了"北贝里克郡女巫案"的审讯，从中得到一种施虐的快感。酷刑之下，这些无辜的女人只有屈打成招，承认自己真有类似《麦克白》中三女巫那样超自然的本事。据 1591 年伦敦印行的《苏格兰纪闻》(*Newes from Scotland*)记载：一位受人尊重、名叫艾格尼丝·桑普森(Agnes Sampson)的老妇人，被带到国王和贵族们面前，她对所有指控予以否认，但她受不了惨绝人寰的酷刑折磨，只好认罪，说自己就是那总数为二百的女巫团伙之一，她们曾每人乘坐一个筛子飞到海上，企图弄沉一艘从丹麦返回苏格兰的船，那可能就是国王派去迎娶安妮公主的。案情昭然，女巫桑普森对罪行供认不讳，处以勒死，尸体焚烧。

仅从 1590 年 11 月到 1591 年 5 月，就有 100 多女巫嫌犯受审，许多人被处死，大多是女人。

《麦克白》第一幕第三场，女巫甲说："我要乘一个筛子驶向那边，就像一只没有尾巴的老鼠。"这句台词一下子便有了双重意味：一是戏剧化的，即舞台上的女巫发狠说要追上一艘船，像老鼠一样咬破船底；二是现实版的，即让看戏的国王心领神会，当年那二百个女巫便是这样，一人乘坐一只筛子，飞到海上呼风唤雨，成心不让他一帆风顺地迎娶王后。

在此，还有件趣事值得一提，1584 年，伊丽莎白一世女王统治下的英格兰乡绅、议员雷金纳德·斯科特 (Reginald Scot, 1538—1599)出版了《巫术揭秘》(*The Discoverie of Witchcraft*)一书，他认为世上根本不存在巫术，人们上当受骗都是源于精神上的困惑；那些貌似超自然或不可思议的巫术表演，不过魔术而已，信以为真十分愚蠢，至于给那些丑老太婆们安上同魔鬼勾搭连环的罪名，加以严惩，既残忍，又狠毒。对此，1597 年，当时还只是苏格兰王的这位詹姆斯国王，出版了他那部专著《恶魔学》，对斯格特的观点做了"有力"反驳，并极力为"猎巫"辩护，声言"竟有人在公开出版物中根本否认巫术这种东西的存在，不知羞耻"，义愤之情，溢于言表。

斯科特真该庆幸自己没活到 1603 年詹姆斯一世成为斯图亚特王朝的开朝之君。就在这一年，随着新王登基，《恶魔学》在伦敦流行一时；第一次国会之后，严惩"巫术罪"的法律，开始执行；斯科特的《巫术揭秘》列为禁书。可想而知，若斯科特活到这一天，必遭王权迫害。

顺便一提，当时所谓的"巫术罪"分两个等级，一等重罪包括四种类型：使用符咒召唤或祈求邪灵者；无论出于何种目的，有无付诸行动，商议、召集，或招待、雇佣、喂养邪灵或给予酬劳者；占有死人或其身体之一部分，雇佣或将其作为巫术、魔力之用者，即使并无实际操作；任何使用巫术、符咒、魔力或魔法者，以造成任何人被杀、受损、被食用或造成邪魔附体于受害人及其身体的任何部位。二等罪包括五种类型：以巫术、符咒、魔力或魔法告知他人何处寻到丢失或被盗之货物；以巫术、符咒、魔力或魔法意图使他人陷入非法之爱情；以巫术、符咒、魔力或魔法告知他人物品或不动产将遭破坏；以巫术、符咒、魔力或魔法告知他人将会使用巫术伤害任何人。

以上种种，均属于严惩、严打范畴。由此可见，以严惩"巫术罪"的法律条款衡量，《麦克白》中的三女巫无疑犯了一等重罪，但显然,这位制定法律的国王,并不认为被三女巫"召唤"来表演"八代帝王哑剧"的那三个幽灵是"邪灵",因为正是这出把麦克白吓破胆、昭示未来的"哑剧",将显灵的班柯尊为王室血统的始祖,也把他本人塑造成"两球三杖"的辉煌君王。

这是莎士比亚的讽刺吗?他应该没有这个胆量和魄力!

2. 女巫与麦克白

尽管莎士比亚写《麦克白》有讨好国王之意,但从三女巫的形象塑造,特别是从设计她们与麦克白的互动关系来看,既可见出莎士比亚在戏剧上的节制,更可见其在艺术上的匠心。从这点又显而易见,莎士比亚的才能,使他远远高出那些只会阿谀奉承的御用文人。若果真如此,《麦克白》早已像马修·格温为牛津大学赶写的那部欢迎国王御驾的庆典短剧,不过一片过眼云烟转瞬即逝。当然,也不能简单把格温的奉命之举说成溜须拍马,那也就是个应景的街头"活报剧",只图好玩有趣,博国王一乐。

先看霍林斯赫德"编年史"里麦克白和班柯与女巫的相遇:

> 他们一起狩猎……穿树林、过田野,突然,在一片林中空地,遇见了三个长相古怪、衣服凌乱的女人,瞧她们的样子像是来自从前的世界。……然后,他们觉得,这些女人或者是命运女神,或者是林中仙女,她们精通巫术,能预知未来,无论说过什么事,随后都会发生。

在莎士比亚生活的伊丽莎白一世女王时代,民间约定俗成

地把"女巫""仙女""丑老太婆"统称为女魔鬼，但"编年史"里这
"三个长相古怪、衣服凌乱的女人"，并未显得十分邪恶。也许她
们真的只是民间靠煞有介事的魔术表演、诱使精神出现困惑的
人受骗上当、以此赚取零花钱的乡村妇人。可是，在麦克白眼里，
她们是"隐秘、邪恶、夜里欢的女巫"！【4.1】

　　第四幕第一场，三女巫在置于洞穴中间的大锅里熬制"魔咒
神力汤"，这场戏热闹非凡，极具表演性：时辰一到，"姐妹们围着
大锅转圈走，/ 毒心毒肝毒肺地往里投"。随之，三女巫争先恐
后，接二连三把乱七八糟的动植物杂碎往锅里扔，边扔边不停念
叨，什么切片的毒蛇肉、水蜥蜴的眼睛、青蛙的脚趾、蝙蝠毛、狗
舌头、蟒蛇的叉状舌头、蛇蜥身上的刺、蜥蜴的腿、小猫头鹰的
翅、豺狼的牙、飞龙的鳞、已死千年的女巫干尸、鲨鱼的肠胃和喉
咙、山羊的肝汁胆液、娼妇在沟里私生的死婴手指头，还有半夜
时分采摘的最毒的草根和树苗，再扔进猛虎的内脏，等把这一大
锅杂烩煮沸、熬烂，最后浇上一点狒狒血，冷却凝固，便大功告
成，施加魔法。这一切都是为了预言麦克白的终极命运！

　　莎士比亚添加的这些细节，除了使剧情显得红火热闹，且有
利于营造神秘玄妙的戏剧氛围，吊足文本读者、尤其剧场观众急
盼下回分解的胃口，也更符合上至国王、下至民众对邪恶女巫的
想象。无论国王，还是公众，目睹三女巫在大锅里熬汤，忙得不亦
乐乎，会自然生发联想、想象，想象现实中的女巫就是如此这般
作恶的。见此情景，国王或许更会想象，说不定当年那二百个女
巫在乘坐筛子飞到海上掀起风浪，不让他顺利迎娶新娘王后之
前，也有过类似怪力乱神的表演。这应是莎士比亚以现实手法取

悦观众的初衷。

因此，莎士比亚又刻意借国王敬拜的"许多君王的根脉始祖"班柯的嘴，以极其不屑的口吻道出了三女巫那副魔鬼般半男不女、老丑不堪的怪相。这是莎士比亚从那个时代人们所能想象的魔鬼化身的样子中，提炼出来的，国王和观众都认可，觉得她们就是这副模样。如此一来，即便她们自身不是魔鬼，也是把灵魂出卖给魔鬼、扮演起魔鬼代理人的角色，以半人半神的巫术魔力诱惑人犯罪。如果说麦克白和班柯第一次与三女巫相见，对他们俩而言，都只是一种不由自主、不期而遇的被动接受；那第二次麦克白单独与三女巫相会，则是他全身心的主动迎合，他要以此锁定自己不确知的未来命运。当然，在麦克白身上所发生的这一切，对女巫来说，事先早已掐算好了。

不过，在此足可见出莎士比亚戏剧手段的高明，他一方面为讨好国王，如此塑造三女巫；另一方面，却并未把麦克白自我毁灭这笔账，算到女巫头上。难道不是吗？麦克白犯下的所有罪恶——谋杀邓肯、暗杀班柯、屠杀麦克德夫一家老小，没一件是女巫逼他干的。她们从未向他显摆、炫耀自身有多么强大的、超自然的魔力和能耐，她们自始至终都只是阴阳怪气地以鸡一嘴鸭一嘴的预言，拿腔拿调地以魔幻现实的"哑剧"，一步一步诱惑他，让他自己燃起欲望之火。没错！麦克白的一切邪恶之罪，都是填不满的贪欲驱使他犯下的。这贪欲便是人类的原始人性，便是在人心底安营扎寨的魔鬼，它是原罪，也是心魔。

如此一来，麦克白的形象便具有了浓郁的象征意味，即无论哪个人身上的，原罪也好，心魔也罢，一旦被欲望激活，他的眼前就只剩下一条通向地狱之门的邪恶之路。麦克白是这样,我们也是这样!

3. 关于女巫

关于女巫,莎士比亚的超级粉丝查尔斯·兰姆(Charles Lamb,1775—1834)在他写于 1811 年的那篇著名宏文《论莎士比亚的悲剧是否适于舞台演出》(*On the Tragedies of Shakespeare Considered with Reference to their Fitness for Stage Representation*)中指出:"他写这类人物的目的,在于写出戏里的荒野气氛,写出一种超自然的高度,他要叫人在看了这部戏以后,觉得那仿佛并不太像日常生活,而世俗凡人激赏莎剧,却是因为觉得他把日常生活写得逼真。我们读《麦克白》剧中那几个可怕女巫的咒语,尽管荒诞不经,但那些鬼话产生的效果,不是让我们心里感到,那是最最严肃、又最最令人惊恐的吗?我们不是像麦克白一样吓得一声不吭吗?我们一经感到她们出现,觉得滑稽吗?若果真如此,则无异于表明,当'邪恶'的化身真的站在了我们面前,我们还哈哈大笑。然而,一旦真把她们搬上舞台,她们便会变成几个老妖婆,引得大人和孩子们发笑。与俗话说的'百闻不如一见'正好相反,亲眼一见,反倒不信了。当我们一见这几个家伙出现在舞台上,就觉得怪好笑,仿佛因为我们在阅读时信以为真产生了恐惧,作为补偿,故意要让我们在看戏时聊发一笑。阅读时,我们像听奶妈或父母话的孩子一样,把理性判断全都交给了作者。我们笑自己怎么会害怕,就像孩子以为看见黑暗中有什么,结果拿蜡烛一照什么也没有,便会笑话自己白白害怕了一场。让这些超自然的人物暴露在舞台上,活像拿一支蜡烛,要把她们的虚幻全照出来。实际上，只有在烛光下阅读，才能使我们确信这些可怕的东西真的存在；而这样的幽灵鬼魂一旦到了剧场巨大的吊灯之下，就是骗不了人的，人们可以用肉眼打量他们，从容不迫地把他们的身形勾画出来。剧场灯火通明，观众穿着体面，哪怕是最神经质的孩子，看到这些，心里也不会害怕。"

　　总之一句话，在兰姆心中，高山景行的莎剧，那一点一滴的原汁原味，都只在他剧作文本的字里行间，舞台上的莎剧是无滋无味、无韵无致。换言之，莎士比亚的戏剧诗与舞台剧根本就是云泥之别，莎剧只能伏案阅读，不能在舞台上演。今天，该如何理解兰姆的如此断言呢？一方面，兰姆说这番话并非无的放矢，他那个时代雄踞舞台之上的莎剧，的确多经窜改，原味尽失；另一方面，兰姆意在强调，由阅读莎剧文本生发出来的那份妙不可言的文学想象是任何舞台表演所无法给予的。莎剧一经表演，文学想象的艺术翅膀就被具象化的舞台人物形象给束缚住了，甚至限制死了。单从这一点来看，兰姆的话并不过时。以三女巫为例，再魔幻神奇的舞台表演，也代替不了剧作诗文的原有韵味。

　　比如，在兰姆出生之前的伦敦舞台上，喜欢渲染场面的诗人、戏剧家达夫南特爵士(William Davenant，1606—1668)的《麦克白》"改编本"，除了为女巫增加大量的歌舞表演，还运用舞台机关，让她们在空中飞来飞去；而今，由意大利作曲家威尔第(Giuseppe Verdi，1813—1901)1847年谱曲、1865年改写的歌剧《麦克白》，在2008年美国纽约"大都会版"的一开场，已变成一群身着现代服装的众女巫，在丛林中集体亮相。若单纯以影、视、剧手段营造女巫之神秘莫测、之怪力魔幻，倒是出自日本著名导演黑泽明(Akira Kurosawa，1910—1998)改编自《麦克白》、1957年公映的电影《蜘蛛巢城》中的那个女巫，令人耳目一新。尤其叫人一见之下便难以抹去记忆的是，那里没有三女巫，而只有一个森林女巫，身形瘦小，面无表情，始终端坐，手持一把拂尘，嗓音沙哑，来无影、去无踪。除了剧本改编本身，影片艺术上的最成功之处，当在于黑泽明运用日本传统的艺术形式，彻底将莎剧《麦克白》本土化了，没人怀疑这个故事直接源自日本"战国时代"，只有熟悉莎士比亚的观众才会留意：女巫的预言；大将在夫人驱使下谋杀主公后自立为王；移动的森林；最后，众叛亲离的大将死于非命，这一切都是《麦克白》的遗传基因。比较而言，黑泽明的女巫更为精彩，她形态神秘，男女莫辨，她是日本古代文化中令人畏惧的神灵，而不是被丑化的邪恶女巫。

不过，兰姆并不孤独，与他同时代的著名批评家威廉·哈兹里特(William Hazlitt，1778—1830)在其1817年出版的《莎士比亚戏剧中的人物》(*Characters of Shakespeare's Plays*)一书中，关于《麦克白》及其女巫，说过这样一段话很值得玩味，他说，我们可以想见一个演员能把理查这个人物演得相当出色；我们却无法想见一个演员能恰到好处地演好麦克白，使他看起来像一个见过女巫的人。就我们看到的，所有演员都似乎是在修道院花园剧场或居瑞巷剧院的舞台与女巫相遇，而不是在苏格兰的荒野之上。这些演员对舞台上的女巫一丝一毫也不信。把《麦克白》中的女巫放在现代舞台上，的确可笑。"我们因此怀疑埃斯库罗斯悲剧中的愤怒女神，是否会比女巫更受尊重。习俗和知识的进步影响到戏剧演出,也许有朝一日会把悲剧、喜剧一起毁掉。"

显然,兰姆、哈兹里特多虑了,时至今日,《麦克白》依然以多种艺术形式富有生命力地活着。

比较而言,至少在某一段时间,似乎德国人更是莎士比亚的知音。德国哲学家、诗人、批评家、狂飙运动的领袖赫尔德(J.G. Herder,1744—1803)1771 年写下名篇《莎士比亚》,他说:"莎士比亚的全部戏剧,作为一个又一个小宇宙,在时间、地点和创作上,都显出各自的特点。"

事实上,《麦克白》戏剧结构上的最大特点,或说最大亮点,便是对三女巫的构思设计。三女巫不仅为这部篇幅最短的莎士比亚悲剧搭建起坚实的骨架,而且,从一开场三女巫的共同宣言"美即丑来丑即美",直到落幕之前麦克白被麦克德夫砍了头,始终牵拉着剧情的每一根神经。那为数不多的几个充满血肉、灵魂的人物:不管麦克白这对儿邪恶夫妻,还是邓肯、班柯、玛尔康、麦克德夫,甚至出场时间极短的麦克德夫夫人、医生,都是在这副骨架和这套神经系统之下活动;至于那超自然的班柯的幽灵,以及充满魔幻灵异的"八代帝王的哑剧",就更是这神经系统的杰作。

诚如赫尔德所言,《麦克白》在时间、地点上的转换,节奏多快呀!一开场,三女巫出现在雷电交加的荒野;紧接着,浑身是伤的人把战场上浴血厮杀的惨景和麦克白的战功向国王禀报,国王钦命嘉奖;而后,班师回朝的麦克白路遇三女巫,女巫的致敬、预言和国王的封赏晋爵,交融在一起。此时此刻,潜藏在麦克白心底的欲望被点燃。燕子筑巢的宁静城堡成为谋杀的巢穴。城堡主人在忙乱中准备接驾,同时,也在为谋杀做准备。幻觉中带血的短剑,钟声,谋杀,敲门声,一个接一个。班柯在王宫附近遭暗杀;随即,班柯的幽灵就出现在王宫夜宴中,然后又是荒野,三女巫在洞穴里施咒作法,为麦克白设计新的命运走势,还故意以八代帝王的哑剧激怒他,使他陷入一种尚存一丝希望的盲目自信!为把这游丝般的最后希望牢牢掌控在手,他杀光了麦克德夫全家。至此,剧情出现一连串的急转:玛尔康、麦克德夫这两个流亡者相互赢得信任,二人同心合力,誓死征讨麦克白;惊恐不已的麦克白夫人身患可怕的梦游症;麦克白认为绝无可能兑现的女巫预言——伯南姆森林向邓斯纳恩移动——变为现实;最后,更匪夷所思的女巫预言应验了,麦克白真的死在一个不是女人所生之人的剑下。这个混杂着命运的、弑君的、魔咒的世界,是不可分割的一个整体,发生在里面的一切,都是那么惊心动魄。

关于女巫,德国诗人海涅(Heinrich Heine, 1797—1856)在其写于 1838 年的名篇《莎士比亚的少女和妇人》(*Shakespeare's Girls and Women*)中有一段精彩论述,他说,《麦克白》的题材源于一个古老传奇,"它不是历史,却因为英国王室祖先在戏里扮演了一个角色,它或多或少得演出一点历史真实。众所周知,《麦克白》在詹姆斯一世在位时上演过,詹姆斯一世本人可能就是苏格兰班柯的后裔。正因为此,诗人还在戏里编进一些预言,以此向执政王朝致敬……莎士比亚的命运观念不同于古人,恰如古代北欧传奇中遇见麦克白向他允诺王冠的算命女人,不同于那几个在莎士比亚悲剧中出场的女巫。那些北欧传奇中不可思议的女人,显然是主神欧丁(Odin)的侍女,她们是令人生畏的精灵,游荡在战场的上空,决定着输赢胜负,理应被视为人类命运的真正主宰,因为在好战的北方,人类命运首先取决于兵戎消弭。莎士比亚把她们变成不祥的女巫,并把她们身上所有北方魔咒世界里可怕的优美全部剥去,使之成为雌雄同体的人妖。她们或出于幸灾乐祸,或出于遵照冥王的指令,驱使巨大的幽灵,酿成毁灭;她们是邪恶的女仆,不论谁一旦受其所惑,谁的灵魂、肉体便一同消亡。就这样,莎士比亚把古代异教世界里的命运女神及其令人敬畏的符咒,改造成基督教的东西,因此,他的主人公的毁灭,也不再像古代的命数运势那样,是一种预设的必然、一种固化的无可挽回的事,而是由地狱里最精细的罗网将人心缠绕起来诱惑的结果:麦克白败给了撒旦的威力,败给了原罪。"

4. "婴儿"与"孩童"

20 世纪四五十年代,对"新批评"(New Criticism)卓有贡献的美国学者、文学批评家布鲁克斯 (Cleanth Brooks, 1906—1994)1949 年出版了《精致的瓮:诗歌结构研究》(*The Well Wrought Urn:Studies in the Structure of Poetry*)一书,其中有篇《裸体婴儿与男子气概的披风》(*The Naked Babe and the Cloak of Manliness*) 专论《麦克白》,读来令人眼前一亮。

第一幕第二场,麦克白有一段独白,他决心"手起刀落"杀掉邓肯,却对人们将为邓肯表现出的悲悯做了一个比喻:"而悲悯,也会像一个在风雨中跨马而行的裸体的新生婴儿,或像骑着无形天马凭空御风的天使,要把这骇人听闻的罪恶行径吹进每一个人的眼中,让那流淌的泪水淹没狂风。"【1.2】

由此,布鲁克斯提出疑问:这个婴儿来自人间,还是天上?若是一个普通稚嫩的新生婴儿，连走路都不会，何谈跨马而行。那这个婴儿是赫拉克勒斯吗？假如是，这个婴儿便是有力的，并不软弱，因而不能成为悲悯的对象。接下来，且不问这个"或"字是否恰当，"骑着无形天马凭空御风的天使"这个比喻，一定比婴儿的比喻更好吗？在此，难道一个骁勇善战的大天使，不比天使更合适吗？莎士比亚到底要在麦克白心里唤起怎样的感情？悲悯，还是对惩罚的恐惧？

疑问远未结束，布鲁克斯接着又发出一连串的问号：莫非莎士比亚的内心还在犹豫？莫非他写得既快又潦草，只是信手拈来用"悲悯"一词，暗指那最典型的可怜对象——风雨中裸体的新生婴儿，随后又想起还应当暗示出麦克白的一种模糊印象，即麦克白感觉自己受到了威胁，而在"婴儿"的启发下，想出了"天使"？这一写法是模糊不清，还是精准到位？组织得松松垮垮，还是严实紧凑？对此曾有过许多评论，有的说很好，有的说很糟。有的说这一段"纯属故作惊人之笔"，也有的对此大加赞赏，说"或像人间的婴儿，软弱中有令人敬畏之处；或像天堂里的小天使，具有强大的爱与悲悯之情，真一段辉煌的好诗"。

关于悲悯，关于"裸体的新生婴儿"，还有别的话好说吗？《麦克白》剧中，的确还有一些地方，或在意识层面提及婴儿和孩童。有时候，孩童是人物，如麦克德夫年幼的儿子；有时候，孩童又成了象征，如麦克白去找女巫时，听女巫招呼走出来的头戴王冠的孩童；有时候，就像在以上这段中，婴儿是比喻。

布鲁克斯因而断言，"在这么多地方提及婴儿并非偶然，实际上，婴儿也许是这部悲剧中最有力的象征"。这一阐释有些过度,其实,仅就文本来说,莎士比亚除在这一句中用了"裸体的新生婴儿",其他两处用的都是"孩童"。

仔细审视,可以发现布鲁克斯理解有误,这里的婴儿和天使显然都来自天庭。莎士比亚的意思再明确不过,那就是麦克白心里非常清楚,他将要犯下的"这骇人听闻的罪恶行径",不仅会引起世人的悲悯,而且悲悯甚至会像天婴、像天使那样,把他的罪恶"吹进每一个人的眼中",昭告天下。明知十恶不赦,却仍要弑君篡权,真正的象征意味在这儿!也就是说,莎士比要借这个富于诗意而壮丽的比喻,来彰显麦克白的野心之大、欲望之强、心魔之巨,即他为实现个人野心,绝不把世人因其罪恶产生的对邓肯的悲悯之情放在眼里。

不过,顺着这个思路不难看出,麦克白在"悲悯"这一点上,连自己的夫人都比不上。首先,麦克白夫人以自己敢对人间的新生婴儿充满野兽般的凶残,给丈夫壮胆,激励他去刺杀邓肯:"我给婴儿喂过奶,知道一个母亲对吸吮她乳汁的婴儿是多么怜爱;但假如我像你一样,曾就此事发过毒誓,那我也会在婴儿对我绽开微笑的时候,把我的乳头从他还没长牙的牙龈下拔出来,把他的脑浆子摔出来。"【1.7】

其次,见丈夫因弑君陷入惊恐,又嘲笑他意志不坚定:"睡着的人和死人都不过像画一样:只有小孩儿的眼睛才怕看画里的魔鬼。要是他还流血,我就把血在那两个侍卫脸上镀一层金,我必须要让人们目睹他们的罪恶。"【2.2】在麦克白夫人眼里,人世间根本不存在什么道德准则,"罪恶"(guilt)不过像"镀金"(gild)一样,可以轻而易举地洗刷掉或涂抹上去。她在此处一语双关,很有表现力。

然而，巨大的反讽，或说罪恶对人性产生的极强的反作用力，恰恰也在这里，并从这里开始。最后，正是这位弑君之前意志最坚定、最无悲悯之情、最不甘做柔弱女人、誓比丈夫更男人的麦克白夫人，被双手洗刷不掉血污的幻觉，折磨得抑郁、梦游、精神分裂，死在了丈夫之前。

与毫无人性悲悯、毫无道德底线的夫人一比，麦克白似乎尚未狠心到极点。如布鲁克斯所分析："麦克白一面遭三女巫诱惑，一面受夫人催逼，被挤在理性和非理性力量之间的夹缝里。诚然，可以说我们每个人都处在这样的夹缝之中。一个人注定会预想未来，然后设计并控制自己的命运。这命运是人类的共同命运。假如人想实现自己的预想，斗争在所难免。当然，常引起悲剧家兴趣的问题是，在什么条件下接受斗争，以及戏剧主人公对命运和个人持一种什么态度。麦克白对未来表现出的关切具有典型性，他可以代表'人类'。但当他一旦屈从于勃勃野心和暴力手段，他就成了典型的悲剧主角。诱惑源自三女巫的预言，她们预言他的前途，却又明确告知不可能以合理方式取得。她们给他一把钥匙，或也可以说是半把钥匙，把门打开，让他看见原本无法预见的前途。另一方面，麦克白夫人则能以透彻的洞察力，帮他清除掉一切感情上的干扰，并提出具体办法，来满足他的热切愿望。"

布鲁克斯继续分析，"剧情发展到一半时，麦克白虽尚未失掉信心，却如自己所说，已无回头路可走，因此产生疑虑。这才又去找三女巫，要她们对他的焦虑做出明确指示。然而，令人可怜且具有讽刺意味的是,他去找三女巫,实际是想用理性来控制非理性的东西:换言之,他要坚决控制住未来,但按未来自身的含义,并就三女巫已了然于胸的情形来看,这个未来,他是控制不了的"。

剧情再清晰不过地给了答案。麦克白第二次去找三女巫,唯一的目的是为了实现对子嗣寄托的希望,以消除他对班柯逃亡的儿子弗里安斯的畏惧。三女巫心知肚明,她们召唤幽灵为麦克白表演"八代帝王的哑剧",恰如其分地预示出两个前途命运,一个在第八个国王手持的魔镜之中,另一个则在头上沾血的班柯的幽灵之上。事实上,这根本就是未来命运"二合一"的立体显现,也是麦克白在惊恐中领会到的,头发上沾满血污的班柯的幽灵冲他微笑,是要"向他的后世子孙表明,他们将世袭这金球和权杖所象征的王权"。所以,为控制住出现这样的未来,他必须进行新的杀戮。

"后世子孙"成了麦克白的命门!他不仅怕班柯的后代,也怕麦克德夫的后代,因此,他才把血腥的屠戮之手伸向弱小的女人和孩子,命令突袭麦克德夫城堡,杀光麦克德夫一家老小。这无疑表明,他开始在绝望中挣扎了。第四幕第二场,麦克德夫天真可爱的儿子正同母亲闲聊父亲,突然被杀。

布鲁克斯以为,这样的剧情或可称为莎士比亚典型的"第四幕"悲情。不过,悲情惨剧的发生并非偶然,这一幕与全剧的内在象征有着相互联系。因为麦克德夫的幼子面对杀戮,居然敢怒斥刺客:"你这蓬头的恶棍。"【4.2】孩童的这一挑战象征,同时也证明着一种力量,这力量不仅威胁到麦克白,也是他消灭不了的。

　　但在布鲁克斯看来,把孩子视作未来,并非要把它当成死板的、机械的寓言,《麦克白》不是这类寓言。莎士比亚的象征比寓言更丰富、更灵活。婴儿不只意味着未来,它还象征使生活富有意义和发展的一切可能性;同时也象征人并非没有感情的机器,而在麦克白夫人眼里,人属于非理性动物。婴儿主要意味着悲悯,而这悲悯其实就是麦克白在夫人的调教下,应该戒除的不够爷们儿的东西。莎士比亚对不可预知的未来所使用的象征,也是对人类的同情所使用的象征;待我们认识到这一点,再来看麦克白夫人开场不久所说的大道理,就显得极具讽刺意味了。为能抓住未来,她不惜一切:哪怕是自己的孩子挡了未来之路,她也会狠心把他的脑浆子摔出来。这显然是否定未来,因为孩子象征未来。

　　从这个意义上可以说,麦克白夫人这句毫无人性悲悯的话一说出口,便等于把自己的未来、同时也把丈夫的未来,摔死了!这是多么强有力的象征啊!

　　布鲁克斯认为,除了孩童象征,莎士比亚还用了其他一些象征,来意味生长和发展,最显著的莫过于植物象征。甚而,植物的象征直接折射着整个剧情的走向。例如,第一幕第三场,班柯对三女巫丝毫不留情面地说:"假如你们有本事看透时间播撒的种子,说得出哪一粒能长、哪一粒不能长,不妨直言相告……"【1.3】过些时候,当邓肯欢迎从战场上凯旋的麦克白时,对他说:"我已开始栽培你,将尽力使你长得枝繁叶茂。"【1.4】谋杀邓肯之后,故作镇定的麦克白对邓肯的儿子唐纳本说:"你们生命的根折了。"【2.3】此后,麦克白一心想除掉班柯,他一想起三女巫对班柯的预言,便禁不住心惊肉跳:"她们就像先知似的向这位万世君王之父致敬：她们给我戴的是一顶不结果实的王冠。"【3.1】到第五幕剧情快结束时，麦克白慨叹："我活够了：我的生命已像那枯黄的秋叶，日渐凋零。"【5.3】他预感自己来日无多。

这样一来，植物的象征辅助了孩子的象征，在有的地方，两者又是交织在一起。比如，当麦克白痛感到是自己害了自己，他说："只是为了他们，让他们——班柯的种子——永世称王！"【3.1】此处，是用植物的"种子"（seeds）一词来称谓班柯的子孙。

毋庸讳言，以《麦克白》的象征物而言，婴儿和孩童占了主导，因而，关于孩童的预言，成为麦克白最后的命运依托，再恰当不过。麦克德夫与麦克白生死决战之际，宣称自己不是女人生的，而是"还没足月，就从娘肚子里剖出来了"。【5.7】麦克白只有到了这个时候，才真正意识到自己命数已尽，难逃一死。其实，随便谁都可以预言一个婴儿的出生，可这个婴儿居然不是女人生的。随着麦克德夫发出这一声明，那不可预知的未来瞬间明亮起来。换言之，从象征意义上说，是一个"裸体的新生婴儿"最终判了麦克白死刑。

此时，再回头重新审视一下这段描述——"而悲悯，也会像一个在风雨中跨马而行的裸体的新生婴儿，或像骑着无形天马凭空御风的天使，要把这骇人听闻的罪恶行径吹进每一个人的眼中，让那流淌的泪水淹没狂风。"【1.2】就别有一番丰富意蕴了。

仔细看，先是把悲悯比作裸体婴儿，最敏感，也最软弱无力，随后，它又变成力量的象征，因为婴儿一降生，便能"在风雨中跨马而行"，还能像天使"凭空御风"。如此，前面的问题也迎刃而解，即悲悯到底像人类软弱的婴儿，还是御风而行的天使？两者都像！而且，婴儿之所以有力，恰在它的软弱。所以，正是出现在麦克白眼前这一既对立、又统一的矛盾，最终冲破了麦克白的前路屏障，即赖以支撑他的脆弱的理性主义。

同理，麦克白夫人见丈夫杀邓肯以后十分惊恐，嘲笑他："只有小孩儿的眼睛才怕看画里的魔鬼。"【2.2】显然，杀了邓肯的麦克白，的确是在用儿童的眼睛审视自己的血腥犯罪，既然如此，即使身穿男人的衣服，变成一个嗜杀成性、勇敢坚定之人，也无济于事。

婴儿的象征，在剧情临近落幕时分达到高潮，它把一切矛盾融聚在一起，又顷刻间突然爆发。随着麦克德夫对自己如何降临人世这一宣言，麦克白眼前升起的这个"婴儿"，便不再是什么不可控的未来，而完全变成一个复仇的天使。

5."敲门声"的象征意义

第二幕第二场，开场不久，动手杀了邓肯的麦克白，脑子里就有了仿佛"听见什么声音"的幻觉，向夫人摊开沾满血污的双手，嘴里不由念叨"好一副惨样"，继而幻觉加重，好像就在他杀邓肯的时候："有个人在梦里大笑，还有个人高喊'谋杀！'两人都惊醒了：我站住，听他们。他们只是嘴里念念有词祈祷一番，又倒头接着睡了。"当夫人告诉他，邓肯的两个儿子玛尔康和唐纳本睡在一个屋子里，他更加惊恐地说，"一个喊完了'上帝保佑我们！'另一个喊'阿门！'好像他们看见了我这刽子手血淋淋的双手。我能听出他们的惊恐。当他们说'上帝保佑我们！'我的'阿门'却怎么也说不出口。"夫人劝他"别那么当真"，他陷入无解的困惑:"可我的'阿门'怎么就说不出口呢?我才最需要上帝保佑,但'阿门'这两个字却如鲠在喉。"

众所周知,希伯来语"阿门"是基督徒祈祷时的结束语,意思是 Let it be so.(但愿如此)。麦克白在此处的致命困惑是,他担心说不出"阿门",意味着上帝因他谋杀邓肯,不再祝福他了。也就是说,他心里非常清楚,弑君是上帝也难以宽宥之罪。这样一想,他又觉得刚才还"好像听到一声喊'别再睡了,麦克白谋杀了睡眠——那是清白无辜的睡眠,是把纷如乱丝的忧虑编织起来的睡眠,那是每一天生命的死亡,是抚慰繁重劳苦的沐浴,是疗救受伤心灵的药膏,是大自然最丰盛的菜肴,是生命筵席上首屈一指的滋养。'"夫人听不懂他话里的意思,这时,内心的惊恐令他开始更大的幻觉,使他感觉"整个屋子都是那声音,还在喊'别再睡了':'格莱米斯谋杀了睡眠,这下考德睡不成了——麦克白再也睡不成了!'"因此,当夫人叫他拿出高贵的力量,"去弄点儿水,把手上的血污洗干净",千万把邓肯两个侍卫的剑放回原处,并给他们涂上血。麦克白竟像干了坏事的小孩子一样,任性地说,"说什么我也不去了。一想我干的事都怕:更不敢再去看"。这么一来,夫人真的有理由嘲笑他"意志不坚定","只有小孩儿的眼睛才怕看画里的魔鬼"。

就在这个时候,远处传来敲门声。这是真实世界的声音,从第三场开场得知,这是麦克德夫在敲城堡的大门。

可是,"一有声音就吓得够呛"、早成惊弓之鸟的麦克白,脑子里已没有现实、幻觉之分。现实的敲门声音,驱使他幻觉出一只手来,"这是什么手?哈!它们要挖出我的眼睛。伟大的尼普顿所有的海水，能洗净我这手上的血污吗？不能，倒是我这满手的血污会把浩瀚无垠的大海染红，使碧波变成血浪"。显然，此处暗含着两个源自《圣经》的隐喻，一个在"手"，一个在"水"。《新约·马太福音》【5·29】载："假如你的右眼使你犯罪，把它挖出来，扔掉！损失身体的一部分比整个身体陷入地狱要好得多。"《新约·马太福音》【27·24】载："彼拉多见犹太人不肯释放耶稣，就拿水在群众面前洗手，说：'流这个人的血，罪不在我，你们自己承担吧！'"可见，这里昭示的仍然是麦克白内心强烈的罪恶感，他怕海神尼普顿的"水"，也洗不净他"手"上的血污，而这只"手"要把他的"整个身体陷入地狱"。

到这儿，就很好理解，为什么睡梦中被敲门声吵醒的城堡看门人，要把自己调侃成地狱的看门人了。这样的细微处，总能见出莎士比亚戏剧化地营造弦外之音的匠心。

门一阵一阵地紧敲，看门人一边走，嘴里一边不停地调侃，一会儿以一个魔鬼的名义问一句，一会儿又以另一个魔鬼的名义再问一句，临开门时，说："这地方连做地狱都嫌太冷，我以后再也不给鬼门关看门儿了：我倒真想把各行各业的人都放进来几个，让他们在享乐的恶之路上通向永恒的诅咒。"【2.3】看门人的话外音显而易见，即凡在罪恶之路上享乐的人都该打入十八层地狱。也可以说，那些罪恶之人都该堕入地狱，遭受永劫不复的地狱之火。

这同样是麦克白最害怕的！

英国散文家、批评家德·昆西(T.De Quincey, 1785—1859)1823 年写下他那篇莎评名作《论〈麦克白〉剧中的敲门声》(*On the Knocking at the Gate in Macbeth*)，论及莎士比亚意在用敲门声增强戏剧效果，使谋害国王的这对凶手在惊恐之中变得更加阴森可怕。

昆西分析说，尽管麦克白在动手杀邓肯之前，内心的纠结胜过妻子；尽管他的本性骨子里也不如妻子凶残；尽管他最终决定行刺邓肯，更好像是受了妻子的指使，但无疑，谋杀邓肯的凶手是他们两口子，他俩怀着同一种杀人之心，目标明确，分工不同，一个当国王，一个做王后。

何以如此呢？完全在于莎士比亚刻意要把邓肯和麦克白身上两种极端的人性对照表现出来，因为麦克白心里十分清楚，他要杀掉的是"仁慈的邓肯"【3.1】，杀这样的国王那是"该下地狱的弑君重罪"。【1.7】

莎士比亚一定要让我们切身感受到，麦克白夫妇心中的人性，那本来极难从人身上彻底排除掉的仁慈和悲悯的性情，怎样一下子消失殆尽，完全被魔鬼的性情所替代。

事实上，何尝有魔鬼这么个东西?! 魔鬼原本就是人性！

昆西指出："如我所说，诗人非要把人性的退场和魔性的上台揭示出来，并让人们感觉到出现了另一个世界，即诗人要让这对凶手置身人间的事务、意图和欲望范围之外。在这个世界里，他俩的形象都变了：麦克白夫人解除了'身上女性的柔弱'；麦克白忘记自己是女人所生；这样两人都与魔鬼形象相符，因此，魔鬼的世界瞬间显现出来。"

那如何表现这一层呢？必须把凶手和谋杀同我们的现实世界隔开，"用一条极大的鸿沟切断他们与尘世日常俗物之间的河流，把他们在私密、深奥的地方封闭、隐藏起来；诗人一定要让我们感到日常世界的生活突然停止了——入眠——精神恍惚——陷入可怕的休战状态；诗人必须毁掉时间；断绝与外部事物的联系；一切事物必须自行退隐，脱离凡尘情欲，昏然沉睡。因而，当谋杀一旦结束，犯罪一经实现，邪恶的世界便仿佛空中幻境似的消散了。这时，我们听到了敲门声，是敲门声清晰地宣布反作用开始发作，人性回潮冲击魔性，生命的脉搏重新跳动，我们置身其中的现实世界的活动再次建构起来，由此，我们第一次强烈感到，发生在一切活动停止期间的那段插曲是多么恐怖"。

　　从象征意义的层面来说，莎士比亚意在暗示，麦克德夫敲开的不仅是麦克白这座谋杀了邓肯的城堡的大门，更是麦克白道德、良心世界的大门。用门房的话说，麦克白城堡的大门，也是地狱的大门，原来他的城堡既是谋杀善良之君的人间地狱，也是通往魔鬼地狱的入口。最后，正是这位见到被谋杀的邓肯，不停惊叫"可怕啊，可怕，可怕""最该遭天谴的谋杀"的麦克德夫，砍下麦克白的首级，亲手将他打入地狱。

五、欲望的惨烈战场

1. 两个邓肯，两个麦克白

　　2010 年，格鲁吉亚首都第比利斯，导演大卫·多伊爱莎维利(David Doiashavili)执导第比利斯国立音乐剧院上演"诠释特别版"音乐剧《麦克白》，当年即荣获格鲁吉亚国家戏剧奖最佳表演奖，并在 2010 克罗地亚"国际戏剧节"赢得 12 个奖项中的最佳表演、最佳导演、最佳男主角、最佳女主角、最佳布景、最佳服装设计、最佳原创音乐、最佳灯光设计、最受观众欢迎等 9 项大奖。

在这位生于 1971 年，被誉为国际导演界新星的多伊爱莎维利眼里，《麦克白》是莎剧中"最具戏剧性、最黑暗、最阴郁的悲剧"，它并非只是一个描绘谋杀、疯狂、死亡和超自然现象的简单故事，它具有原文本特征，富于悲喜剧的双重性，兼容着智慧、风趣、永无止境的实验性、抒情性，以及最伟大诗人超凡的语言功力。

正是多伊爱莎维利这种对《麦克白》倾倒的痴迷，加之他对原文本难以割舍的特殊兴趣，使这部音乐剧成了格鲁吉亚演绎版的《麦克白》(以下简称格版《麦克白》)。

事实上，与莎剧《麦克白》相比，格版《麦克白》显示出，多伊爱莎维利更对霍林斯赫德"编年史"里的麦克白故事偏爱有加。

这里，两个邓肯，两个麦克白，浮出文学、历史的地表。

莎剧《麦克白》中，邓肯是一位仁慈、友善、亲和的好国王，他对麦克白这位表弟十分宠信、倚重，不吝溢美之词，称他是"勇武的兄弟"【1.2】、"最可敬的兄弟"【1.3】、"一位举世无双的好兄弟"【1.4】，除了晋爵封赏，还要继续栽培，令其享足王兄之恩泽。除此，难得的是，尊为一国之君，邓肯还懂得安抚体恤下人，如班柯对麦克白所说："他(邓肯)今天特别高兴，派人给你家仆人房赏去一大堆好东西。"对麦夫人，更是表现出得体的王者厚爱，"他称尊夫人是最殷勤好客的女主人，这颗钻石是送给她的。(递钻石)他这一天过得心满意足"【2.1】。正因此，邓肯在麦克白心里是一位国民爱戴的贤君，"这邓肯宅心仁厚，一国之君，强权在握，却十分谦恭，操持国体，也十分廉洁"【1.7】。又因此，当他心里刚一冒出谋杀弑君的欲念，便惊恐不安；痛下杀手之前，可怕的幻觉令他感到害怕；狠下毒手之后，立刻陷入失魂落魄的恐惧。

显而易见，莎剧中的麦克白绝非一个"俄狄浦斯式"的悲剧人物，仅凭他弑君之罪一条，就是天理难容、不可饶恕，遑论他又杀了班柯，杀了麦克德夫全家，无法令人心生悲悯。这也是莎剧《麦克白》要揭示的深刻寓意，即人的野心、欲望会唤醒原始人性的魔鬼，摧残道德、毁灭生命。

然而，格版《麦克白》再现的却是另一个邓肯，另一个麦克白。

这里，先稍微回顾且详述一下霍林斯赫德的"编年史"：国王邓肯昏庸无能，治国无方，放任贵族胡作非为，引起叛乱。邓肯的嫡堂兄弟麦克白骁勇善战，在贵族班柯的协助下，平息叛乱。待国事大定，邓肯公然破坏当时约定俗成的王位继位传统（即国王子嗣若未成年，应由族内血缘最亲近者继位），将自己未成年的儿子立为王储。换言之，邓肯剥夺了卫国有功的麦克白合法继承王位的权利。遭遇不公、心有憋屈、情有不甘的麦克白，向一些贵族好友发泄胸中的满腔怨怒，班柯深表同情，愿助一臂之力。再加上三位"命运女神"的蛊惑，以及妻子的极力撺掇，麦克白将邓肯公开杀死，在班柯等人的拥戴下加冕为王。之后，麦克白担心班柯背叛，又杀了班柯。

不过，如前所说，"编年史"里的麦克白国王，倒是一位安邦定国的好国王，好得跟莎剧《麦克白》里的邓肯如出一辙，比如，麦克白国王励精图治、勤勉治国、颁布良法、广施仁政。另外，莎剧《麦克白》中，邓肯是自然而然、合情合理地当众宣布立已成年的王子玛尔康为王位继承人，根本不存在剥夺麦克白的继位权利。

此时再回头看，格版《麦克白》的立意便一目了然，它几乎不是在演绎莎剧《麦克白》，它要演绎的是霍林斯赫德"编年史"里的"麦克白故事"。为此，多伊爱莎维利把莎氏文学与霍氏历史捏合在一起。

于是，格版《麦克白》中这位南高加索的邓肯，变成一个骄奢淫逸、残忍乖张、反复无常的昏君，一个浑浑噩噩、猥琐变态、卑鄙下流的老色鬼；麦克白高大威猛、英俊潇洒、气度恢宏；麦夫人雍容富贵、仪态万方、香艳性感。

于是，格版《麦克白》中邓肯的两位王子，玛尔康变成一个只知傻笑的智障，唐纳本则身体残疾，终日与轮椅为伴。而在莎剧《麦克白》中，玛尔康、唐纳本都称得上智勇双全，父王被杀后，他俩审时度势，为免遭杀身之祸，当即决定分头逃亡。后来，面对投奔英格兰的麦克德夫，玛尔康不惜极力诽谤自己，试探麦克德夫是否忠诚可靠。

总之，就格版《麦克白》而言，这样一个麦克白，杀掉这样一个国王，怎不叫人倾注理解和同情？麦克白杀的是一个活该万死的淫邪国王，这样的弑君之罪，不该得到宽恕吗？麦克白与麦夫人这么一对儿温情、浪漫的夫妻，最后几乎同时死于非命，还不该令人心生悲悯吗？

然而，这的的确确不是莎剧《麦克白》！

莎士比亚的麦克白，是一个以怨报德杀了贤明国王邓肯的叛臣贼子，杀了高尚贵族班柯的邪恶魔王，杀了无辜的麦克德夫全家的残忍暴君，这样的衣冠禽兽，罪不容诛，死有余辜，没有任何令人同情的理由啊！

无疑，格版《麦克白》是以纠正莎剧《麦克白》"窜改"苏格兰历史、为霍林斯赫德"编年史"中的麦克白正名的名义，远离了文学经典。诚然，时下类似这样对文学经典"最新诠释版"的演绎，并不鲜见，中外皆然。

2. 麦克白之欲

19 世纪法国作家司汤达(Stendhal，1783—1842)在他那本著名的小册子《拉辛与莎士比亚》(*Racine and Shakespeare*)中，言及莎剧《麦克白》时，只轻描淡写了一句："第一幕中的麦克白是个正直的人，在妻子的教唆下，他竟然杀死了他的恩人——国王，终至变成一个嗜血的怪物。"除此，他又在"古典主义者致浪漫主义者"的"第一封信"里，再次表达出不以为然的态度："你为没有上演《麦克白》深感遗憾。它曾上演过，只是观众不愿去看；这是真的，人们不要看女巫的子夜聚会，像通俗剧那样在舞台上两军对峙，武士扭打厮杀，最后麦克德夫手提麦克白的首级上场。"(1824 年 4 月 26 日)可见，这位现实主义作家对 19 世纪初在巴黎上演的莎剧《麦克白》评价不高。

不过，司汤达的评价足以带来一个思考：何以正直的麦克白会在妻子的唆使下，害死身为一国之君的恩人，"变成一个嗜血的怪物"？说起来其实很简单，因为野心燃起了邪恶的欲望之火。

莎剧《麦克白》中，路遇三女巫之前的麦克白，同霍林斯赫德"编年史"里的麦克白几乎是同一个人：正直善良，效忠国王，保家卫国、骁勇善战，浴血疆场、视死如归，哪怕一丁点儿邪恶都没有。尽管剧中并未点明麦克白道德高尚，但从他弑君前后异常纠结的心理活动看，他算是一个曾有过美德的人。

第一幕第三场，三女巫"格莱米斯伯爵""考德伯爵""未来的国王"一连三个预言，惊醒了麦克白沉睡心底的邪欲。一开始，麦克白心里有两个疑惑，首先，"西纳尔一过世，我就是格莱米斯伯爵，这个我明白；可我怎么会是考德伯爵呢？考德伯爵活得好好的，是位很有势力的绅士；至于未来称王，这个预期就像说我是考德伯爵一样，丝毫不靠谱"。其次，他对班柯说："你不希望你的子孙万代为王吗？那几个女巫在称我考德伯爵的时候，不是这么保证你的子孙万代为王吗？"

哈兹里特在1817年出版的《莎士比亚戏剧中的人物》中说："《麦克白》像一部超自然的悲惨事件的记录。……经过麦克白头脑的一切，也分毫不差地经过了我们的头脑。……一切都以绝对的真实和生动，呈现在我们眼前。——莎剧向来都以开场见长，而《麦克白》的开场又在莎剧中最为动人……从三女巫一上场及麦克白与她们相遇时的描写……我们的思想就已为此后将发生的一切做好了准备。……麦克白被命运的蛮力驱使，像在风暴中飘摇的一艘船：他像个醉汉一样摇来晃去；他在自己想法和别人暗示的重压下摇摆不定；他在境遇逼迫下陷入困境；……他的自言自语和对别人说的话，是关于人生的哑谜，他不仅无法破解，还被死死缠在这哑谜的迷宫里。"

的确如此，"被命运的蛮力驱使"堕入"迷宫"里的麦克白，怎么可能明白这两个疑惑之间生死存亡的关联，已经在三女巫那里命中注定了；他能明确的是，随着国王特使罗斯的到来，"考德伯爵"的尊号加身，女巫的预言十分灵验。所以，他对班柯的提醒，"魔鬼为把我们引向罪恶"会事先"设下圈套"，最后"再出卖我们"，充耳不闻。因而，班柯也无从知晓麦克白复杂、矛盾、阴暗的心理活动预示着他的野心已撩开罪恶的序幕："两个预言都应验了，这分明是那一幕即将上演的登基称王大戏的欢快序曲。"

麦克白想当"未来的国王"的欲念蠢蠢欲动。怎么当呢？"这一诡异神奇的劝诱，既不可能出于邪恶，也不可能出于良善——假如出于邪恶，为什么一上来就用一句灵验的预言，给我成功的保证呢？我现在已经是考德伯爵了。假如出于良善，为什么我稍一屈从那劝诱，脑子里的可怕景象便立即使我毛发倒竖，平稳的心也一反常态地突突直跳，撞击着胸肋？可怕的想象总是比实际的恐惧更凶险：我心里闪过的谋杀欲念，还只不过是冥思玄想，却已使我整个身心震颤不已，身心的功能都在这冥思玄想中窒息，除了那虚无的想象，什么都不存在了。"麦克白脑子里已清晰浮现出谋杀邓肯的可怕景象。但他一方面害怕犯下不可饶恕的弑君之罪："假如命运要我为王，也就是说，自有命运为我加冕，不用我亲自动手。"另一方面，又觉得命运不能等，必须"亲自动手"，"要发生的时间挡不住，/ 最糟的日子终有尽头"。【1.3】

从表层看，莎士比亚用这么一大段旁白来揭示麦克白的心理活动，已十分精彩。若再深一层审视，则会发现莎士比亚更为巧妙的艺术匠心。第四场，邓肯表达对判了死罪的考德伯爵的极度痛心："世上没有一种法子能让你从一个人的脸上看透内心：

我曾把他视为君子,绝对信任。"这话像谶语一样,转瞬就落在继任的"考德伯爵"麦克白身上。邓肯对考德伯爵绝对信任,结果考德伯爵投敌叛国,被他判处死刑;邓肯对麦克白同样绝对信任,因他平叛有功,封赏他承继考德伯爵的尊号,还一度赞誉他是"我当之无愧的考德"。结果正是这个新"考德伯爵",要了邓肯的命!

邓肯真是一位对麦克白好到无以复加的国王,这就更反衬出麦克白弑君的残忍恶毒。为让麦克白获得接待国王的尊荣,邓肯要御驾亲临麦克白城堡。邓肯人还没到,得到丈夫密信的麦夫人已下决心,要用自己的巾帼豪勇去掉丈夫天性里的人情味儿,要叫丈夫的野心同阴毒邪恶做伴为伍。实际上,第一幕第七场麦克白"夫妻斗嘴"那场戏,上演的是麦夫人的魔性邪恶与麦克白一息尚存的美德(或曰所剩无几的正直)之间的决斗。结果,美德、正直被魔性邪恶打得惨败,麦克白亦由此迈上"踏血前行"的不归路。

麦克白想不到,自己这个在战场上杀敌如麻、踏血如泥的大无畏英雄,竟会在弑君的路上惊恐不安、举步维艰:"在我眼前摇晃的,不是一把短剑吗?剑柄正对着我的手。来,让我抓住你——我抓不到你,却总能看见你。不祥的幻影,难道你只是一件只可感知却摸不到的东西?或者,你想象中的一把短剑,不过是从狂热的大脑里形成的虚妄的造物?但我仍能看见你,那形状就像我现在拔出的这把短剑一样清晰。(拔出短剑)是你引我走向现在的路;原来我竟是要用这样一件利器。"

这里顺便提一下,剧中写到麦克白幻觉中使用谋杀的利器,以及邓肯两个侍卫的武器时，前后不统一，出现"剑"（Sword）、"短剑"或"短刀"（very dagger）、"刀"或"匕首"（dagger）的混用。从军人或侍卫随身佩戴的武器来看，very dagger 是指一种方便携带且适合决斗的短剑，并非今天所说的刀或匕首。因此，译文中统一为"剑"和"短剑"。

麦克白想不到，弑君之前，自己要经历一番可怕的折磨，自己竟"鬼鬼祟祟像个幽灵似的，一步一步接近他的目标——你这坚固的大地，不要从我的脚步声听出方向，因为我怕连路上的小石子都会泄露我的行踪，从而打破正该此时才有的令人惊恐的死寂。……我依然能看见你，你的剑锋和剑柄上滴着血，刚才还不这样——根本就没有这么个东西：那形状只是血腥的谋杀在我眼前弄出来的"。【2.1】

麦克白更想不到，随着邓肯在熟睡之中被他杀死，更可怕的折磨降临了："我好像听到一声喊'别再睡了，麦克白谋杀了睡眠——那是清白无辜的睡眠……'"他如惊弓之鸟，吓得拿着杀人凶器来见夫人，遭到奚落、耻笑。他再次出现了幻觉："一有声音就吓得够呛？这是什么手？哈！它们要挖出我的眼睛。"

麦克白在后悔，后悔里也透出些忏悔："我清楚自己干的事，但最好我已不认识自己。"【2.2】他多么希望邓肯不是他杀的，可是，伴着弑君生出的恐惧已像沾在手上的血污一样，洗不掉了。

"假如我在这惨祸发生前一小时死去，我就是活了幸福的一生，因为从这一刻起，我的人生已毫无严肃可言——一切都只不过鸡毛蒜皮：尊崇和荣誉死了；生命的美酒已喝干，酒窖里只剩一些残渣洋洋自得。"【2.3】

是的,假如麦克白在弑君前一小时死去,他就是一个忠勇、正直、具有美德、活了幸福一生的"格莱米斯伯爵"和"考德伯爵"。因为那时麦克白毕竟没有把邪恶的欲望变成罪恶的行径。可当他将利剑挥向邓肯的一瞬间,维系他人性中正直、美德的最后一个挂钩脱落了。麦克白成为弑君的罪犯。

不过,麦克白在犯罪前、犯罪时、犯罪后接连体验到的恐惧,还只是为人臣子的恐惧。他忘不掉杀人现场的血腥一幕,当麦夫人叫他把侍卫的两把剑放回原处,好栽赃陷害,他像个任性孩子似的说什么也不回去:"一想到我干的事我都怕,更不敢再去看。"【2.2】这从后来赶到谋杀现场的侍臣伦诺克斯的话反衬出来:"他们都二目圆睁,受了惊吓似的一脸惊恐。"【2.3】这揭示出麦克白的凶残,显然,两个与麦克白相熟的贴身侍卫在被杀前那一刻,发现凶手是麦克白,"二目圆睁",眼神刚来得及透出惊恐,就没命了。这时,麦克白说了一句:"我后悔万不该一怒之下杀了他们。"这个"他们",或许也包括邓肯。因为若想摆脱谋杀嫌疑,就必须杀侍卫灭口。当麦克德夫质问:"你为什么要杀他们?"他马上神志清醒地辩解道:"邓肯躺在这儿,他银白的皮肤上镶满了金黄色的血,他身上那一道道创伤活像生命打开了缺口,这一个又一个缺口全都是毁灭的门户;两个谋杀者在那儿,浑身沾满了凶手的血污,还有那两把剑,满是血迹,不堪入目。但凡有一颗忠爱之心,而又有勇气彰显这忠爱之心的人,谁能忍得住?"【2.3】

随着麦克白继位登基,三女巫的三个预言逐一应验,他深藏心底的恐惧升格为君王的恐惧。他记起三女巫的预言使他产生

的两个疑惑,即他只是一人独自为王,班柯虽个人不能称王,但
其后人将世代为王。这是一种莫名的恐惧,太可怕了!既然三女
巫的预言无一不灵,那唯一可行的就是杀掉班柯,以绝后患。"她
们给我戴的是一顶不结果实的王冠,往我手里放的是一根无后
可传的权杖,为的是让一只与我的血脉毫不沾边的手把它夺去,
我的子孙却不得继承。"【3.1】麦克白誓与命运一搏,要让自己的
后人永掌王权。

王权在握,麦克白不需要鬼鬼祟祟亲自去行刺,以免双手沾
满大臣的血污。他命令刺客行刺"一定要在今晚办妥,动手时离
王宫远一点儿;千万记住,一定撇清我的嫌疑"。【3.1】更不需要
夫人策划鼓劲、幕后操纵,以免又遭夫人奚落自己不像个男人。
他运筹帷幄,密派杀手,不要半点"人情味儿",誓要"一击致命"。
他要在妻子那儿赢得一个男人的尊严和君王的威严。但他并不
踏实,心里直犯嘀咕。《麦克白》非常耐人寻味的一点在于,麦克
白在彻底沦为嗜杀成性的暴君之前,对夫人始终依赖,甚至有时
表现得像个长不大的孩子。尽管他没事先将暗杀班柯的计划告
知夫人,但他从夫人那里获得一份不亚于三女巫预言的邪恶助
力,即他相信夫人说的,班柯父子的生命"是可以侵犯的"。这才
使他从忧心忡忡变得欢快起来,决心让"坏事靠邪恶更使它变本
加厉"。【3.2】

然而,正当他以王者之尊在王宫大厅宴请豪门贵宾时,得到
了班柯之子弗里安斯脱逃的消息。他一下子垮掉了,三女巫预言
灵验的神力让他瞬间意识到:"大蛇躺在那儿:那逃走的小虫,按
其天性迟早会生出毒液,只是现在还没有牙。"班柯的幽灵也一

下子冒出来,坐在他的国王的宝座上。

头上带血的班柯的幽灵,整个王宫大厅只有麦克白一人能看见:"从前,脑浆子流出来人一死,就完事儿了;可现在,他脑袋上被砍出二十道致命伤,却又跑到这儿来,占了我的位子:这比这桩谋杀还要奇怪。"这里显示出,被麦克白暗杀的班柯比不久之前被他谋杀的邓肯更可怕。事实上,作为臣子的麦克白从来不怕国王邓肯,却惧怕同为朝臣的班柯。如果说以前对班柯多的是一种敬畏,那是因为班柯具有"高贵的天性",谋杀邓肯之后,麦克白对班柯则时常感到都"跟马克·安东尼一见恺撒就发怵一样"心里发毛。他怕班柯的幽灵,更怕活着的弗里安斯。他变得狂躁不安,冲着班柯的幽灵惊呼:"你们可不能说这是我干的:你们的头发沾满了血,别再这么冲我摇晃。"面对夫人的嘲笑:"你是条汉子吗?""你的男子汉气概呢?"他一边自我解嘲:"一条血性汉子,连魔鬼看了心惊胆寒的东西,我都敢盯着它目不斜视。"一边给自己壮胆,"你的骨头没有骨髓,你的血是冷的;你直勾勾瞪着的眼睛,根本就没视力!""走开,可怕的幽灵!走开,虚假的幻象!"

法国 18 世纪文学理论家斯达尔夫人(Madame de Stael, 1766—1817)在发表于 1799 年的著名论著《论文学与社会建制的关系》(*De la littérature dans ses rapports avec les institutions sociales*)(即《论文学》)中,赞誉莎士比亚是"恐怖之王":"莎士比亚把怜悯描写得多么出色,而他所写的恐怖又是多么有力啊!他将恐怖从罪恶之中浮现出来。我们也许可以像《圣经》谈到死亡那样,在谈莎士比亚所写的罪恶时这样说,他是'恐怖之王'。在《麦克白》一剧中,人物的悔恨与随着悔恨而逐渐强烈起来的疑神疑鬼的心理,是结合得多么好啊！"

麦克白的恐惧非但没有随着班柯的幽灵一同消失，反而因对麦克德夫顿生疑心,提升到最可怕的暴君级。精神越受折磨,内心的恐惧越厉害。事已至此,他必须主动(其实还是被动)去找早就为他设计好新的命运里恭候多时的三女巫。他明白,他只剩最后一招:"非要用这最邪的办法,从她们嘴里知道我最惨的结局不可。为了我的利益,其他所有的一切都得让路:我已在血泊中走了好远,若不继续踏血前行,回头路也一样令人厌烦。"【3.4】

贵为君主的麦克白国王再见到三女巫时,已没了头一回的客气:"假如你们能开口说话——告诉我你们是什么人？"这一次,他的话比当初班柯对三女巫的呵斥更难听:"你们这些隐秘、邪恶、夜里欢的女巫！这个时候在干什么？"【4.1】

莎士比亚为了在这部篇幅不长的短悲剧里,把欲望和恐惧演绎得热闹、好看,真是绞尽脑汁,他把第四幕第一场设计成麦克白与三女巫的"斗法",与第一幕第七场的"夫妻斗嘴"相映成趣。不过这次,莎士比亚换了花样,他不再让三女巫口授预言,改由三个幽灵("命运的神灵")逐一亮相、预言,并专门为麦克白演了一出"八代帝王的哑剧"。三个幽灵的预言和哑剧,揭开了将麦克白掉进欲望的惨烈战场(或曰欲望的绝望深渊)的序幕。

麦克白妄想凭借王权,从三女巫那里获得主宰自己命运的权力,从此高枕无忧。此时此刻,他只关心王权能否永固。

因此,他不关心第一个幽灵是"一戴盔的头颅"——这预示他未来的命运将是头颅被麦克德夫砍下后交给玛尔康;而只关心预言:"当心麦克德夫,当心费辅伯爵。"

他不关心第二个幽灵是"一鲜血淋漓的婴儿——"这暗示麦克德夫不是由母亲产道自然落生,麦克德夫是剖腹产的婴儿;而只关心预言:"要残忍、大胆、坚决;你只管对人的力量轻蔑一笑,因为没有一个女人所生的孩子伤得了麦克白。"

他不关心第三个幽灵是"一头戴王冠的孩童,手拿一根树枝"——预示班柯的子孙将头戴王冠,世代为国王;手拿树枝,则预示玛尔康将手拿一根伯南姆森林的树枝在前进;而只关心预言:"性情要像狮子一样凶猛、骄狂,谁惹你发怒,谁招你气恼,或有谁在哪儿密谋造反,你根本不用理会:若非有一天,伯南姆大森林的树林移动到邓斯纳恩的高山上来攻击麦克白,他永远不会被征服。"

于是,麦克白安心了:"叛乱的头颅永不能抬起,除非伯南姆的树林起来造反,我们至高无上的麦克白将寿终正寝,尽可安心颐养天年,不会死于非命。"对呀,埋入坟墓的班柯怎么可能再抬起头来?伯南姆森林怎么可能移动?世上怎么可能有不是女人所生的孩子?

突然,麦克白像明白了什么,他追问三女巫:"我悸动的心还想知道一件事:告诉我,假如魔法足以让你们解答我的疑惑,班柯的子孙会不会在这王国君临天下?"

终于,麦克白看懂了"哑剧":"头发上沾满血污的班柯冲我微笑,向他的后世子孙表明,他们将世袭这金球和权杖所象征的王权。"因此,当三女巫倏然间遁形消失以后,麦克白对前来报信的伦诺克斯说:"凡信她们的都该诅咒下地狱!"

第一个幽灵要麦克白"当心麦克德夫"的预言,同他自己对麦克德夫的疑心不谋而合。他对性命攸关的这条预言深信不疑，却一点也不信伯南姆森林会移动，更不相信天底下有哪个孩子会不是女人生的。于是，他开始变成一头凶猛、骄狂的狮子，"残忍、大胆、坚决"地传命突袭、血洗麦克德夫城堡。可他怎么也没料到，麦克德夫早已"当心"暴君下毒手，抛妻舍子，独自逃亡英格兰，投奔玛尔康。从三个幽灵的预言显而易见，麦克德夫作为那个"鲜血淋漓的婴儿"，已受到"命运的神灵"的护佑，事实上，这护佑只能来自上帝。

暴君麦克白的残忍逼得"不忠的伯爵们"一个个逃往英格兰，深深的沮丧使麦克白悲观厌世："我活够了：我的生命已像那枯黄的秋叶，日渐凋零。"但他依然寄希望于那最后两根救命稻草，死也不放手，"只要伯南姆的树木不移到邓斯纳恩，没什么能给我吓出病来"。"因为没有一个女人所生的男人伤得了你。""我不害怕死亡，也不害怕覆灭；/ 只怕伯南姆森林移到邓斯纳恩。"【5.3】

听到夫人的死讯，情感已麻木不仁的麦克白毫不动容，他感到自己的生活正变成"蠢蛋嘴里的一个故事，讲得口水四溅、五迷三道，却没有一点意义"。他感到："人生不过一个行走的影子，一个可怜巴巴的演员，他把岁月全花在舞台上装模作样、焦躁不安地蹿来跳去，一转眼便销声匿迹。"【5.5】事实上，在杀了邓肯之后，麦克白即已陷入无尽的身心折磨，无力自拔："我们与其这样在恐惧中进餐吃饭，每夜饱受这些噩梦的折磨，还不如索性把有序的宇宙击碎，弄它个天崩地裂：为满足自己的欲望，我们把别人送上死路，与其这样让精神在绞刑架上陷入无休止的疯狂,还不如索性与死人做伴。"【3.2】他一边懊悔,一边厌世,一边恐惧,一边信誓旦旦继续"踏血前行"。犯罪前体验到的恐惧,都没能停止他"踏血前行"弑君的脚步,犯罪之后,他只有更加残暴、血腥。

因此,他宁愿做一个行尸走肉的暴君,也不甘百无聊赖地死去。面对玛尔康、麦克德夫统帅的英格兰、苏格兰联军的征讨,他毫不示弱:"不杀到我的肉从骨头上一片一片砍下来,决不罢休。"面对伯南姆森林兵临场下,他毫不气馁:"敲响警钟!吹吧狂风,来吧毁灭;/ 至少我们要身披盔甲、战死沙场。"面对即将来临的厮杀,他毫不畏惧:"凡是女人生的,我谁都不怕;我只怕有谁不是女人生的。"当他不费吹灰之力劈杀了小西华德,更倨傲得不可一世:"凡女人所生之人,利剑出鞘,/ 我一律嗤之以鼻,付之一笑。"直到麦克德夫纵马赶到,一声断喝,他依然踌躇满志:"你白费力气。叫我流血,那就像你想用锋刃的利剑,给不怕砍的空气划出伤痕一样难。……我有符咒护佑,命中注定但凡女人所生,没人伤得了我。"

肩负着为邓肯、为班柯、为全家、为所有被暴君杀死的无辜生命报仇雪恨的麦克德夫,怒斥麦克白别指望什么符咒:"麦克德夫还没足月,就从娘肚子里剖出来了。"

麦克白崩溃了:"愿说出这句话的舌头遭诅咒,因为它吓得我丧失了男子汉的勇气!""千万别再信那些骗人的魔鬼,他们拿有双重意义的暧昧话耍我们,只顾嘴皮子信誓旦旦地过瘾,却让我们的希望破灭!"【5.7】

麦克白被麦克德夫砍头身亡。

此时,若联想一下"婴儿"比喻在剧中所具有的象征意义,就更值得回味了。第三幕第四场,麦克白被班柯的幽灵吓破胆,遭麦夫人耻笑时,他还不甘示弱地故意逞强:"凡是人敢干的事,我都敢:无论你像一头凶猛的俄罗斯毛熊、一条浑身粗皮硬如铠甲的犀牛,还是一只赫卡尼亚的猛虎,出现在我眼前,只要不是现在这样子,我坚强的筋肉绝不会有一丝颤抖;或者你死而复生,胆敢用你的剑在不毛之地向我发起挑战,哪怕我有半分胆怯,你完全可以公然宣布,我是一个少女生的孱弱的婴儿。"【3.4】这一方面说明,头上带血的班柯的幽灵,在彼一时刻已把麦克白吓得像一个"孱弱的婴儿";另一方面,麦克白到最后与麦克德夫决战的时刻,他这个"少女生的孱弱的婴儿",惨败给一个不是"女人所生"的"鲜血淋漓的婴儿"——麦克德夫。这个寓意真是太绝妙了!

麦克白是被野心欲望这剂万恶的毒药杀死的。

显然,阐释、剖析麦克白的悲剧,离不开人性与基督教两个层面。简言之,用德国哲学家叔本华(Arthur Schopenhauer,1788—1860)的名著《作为意志和表象的世界》(*The World as Will and Representation*)中的两段精辟论述,即可做出深刻诠释:"人由于受意志控制,始终充满痛苦。可以说,人的欲望乃一切痛苦之根源:欲望不能满足,即陷入痛苦之中;欲望得到了满足,随之而来的快乐也非常短暂。因为,人会接着产生更多的欲望,从而生出新的痛苦。但假如人没有欲望,又会陷入空虚的百无聊赖之中。"麦克白正是这样,他本可以成为一个伟大的忠臣、统帅,结果,受欲望的意志控制,始终充满痛苦,当上国王之后的快乐非常短暂，继而更多的欲望导致更新的痛苦、更多的杀戮，直到堕入深不见底的欲望深渊，自我毁灭。

"憎恨、愤怒、嫉妒、怨恨和恶意，这些隐藏、郁结在我们心中的东西，好像毒蛇牙齿里的毒液，一旦时机成熟，就会喷涌而出。到那时，人就变成一个挣脱了镣铐的、肆无忌惮、凶残狠毒的魔鬼。假如没有等到合适的机会，那它最终只能抓住一个十分微小的机会，而其具体的实施方法，也只能在想象中将这些发作的借口放大。因此，我们必须要盯紧内心深处的魔鬼，不给它作恶的机会。"麦克白正是这样，假如三女巫不给他产生欲望的机会，邓肯不是出于宠幸御驾亲临麦克白城堡，或许合适的"做恶的机会"也就失之交臂了。遗憾的是，假设无意义，悲剧是现实。

再从基督教层面来看，毕竟如此塑造麦克白的莎士比亚活在"上帝活着"的时代，他的麦克白自然逃不掉全能上帝的约束、管辖。然而，比起信上帝，麦克白更愿意信魔鬼。对于麦克白，《圣经》天经地义该是他遵循恪守的天条，是他道德良心的最后底线。可当野心的邪欲一旦变成他的主宰，上帝就成了一个多余的假设。因此，从《圣经》切入探究麦克白的悲剧才是万变不离其宗。

《旧约·诗篇》【51·9—10】："求你掩面不看我的罪，/ 涂抹我一切的罪孽。/ 上帝啊，求你为我造一颗纯洁的心，/ 求你重新赐给我一个又新又忠诚的灵。"麦克白杀了一个"非常爱他，还会继续给他恩宠"的好国王，他多么希望上帝视而不见，这样，他便可以心安理得。

《旧约·箴言》【5·22—23】："邪恶之人陷入邪恶的罗网，他必被自己的罪恶之网捉住。他因不能自制而丧命,极度的愚昧使他沦亡。"麦克白从一开始就掉进了自己编织的邪恶罗网,始终无法摆脱罪恶感的折磨,终至丧命、沦亡。

《新约·约翰福音》【8·34】:耶稣对他们(那些自称是亚伯拉罕子孙的人)说:"我郑重地告诉你们,每个犯罪的人都是罪的奴隶。"麦克白从觊觎苏格兰王权,燃起谋杀欲念的那一刻,就变成"罪的奴隶",再也无法挣脱"罪"的驱使。

《新约·罗马书》【6·22】:"罪的代价是死亡;但是上帝所赐给我们的恩典是跟主基督耶稣合二为一,而得到永恒的生命。"麦克白从一开始就清楚自己所犯"罪的代价是死亡",弑君是最亵渎神明、最该遭天谴、最该下地狱的万劫不复之罪。正因如此,麦克白身心所遭受的那种恐惧折磨才会那么无助。他贪生,他怕死,更怕在地狱中受刑。

《新约·雅各书》【1·12—17】:"遭受试炼而忍耐到底的人有福了……一个人受诱惑,是被自己的欲望勾引去的。他的欲望怀了胎,生出罪恶,罪恶一旦长成就产生死亡。我亲爱的弟兄们,不要被愚弄了!"显然,麦克白在他"未来的国王"的"欲望怀了胎"的那一瞬间,便生出了叛逆弑君的罪恶,罪恶越长越大,"产生死亡"。麦克白被三女巫的谎言愚弄了。麦克白的命运也意在警示,人最容易在谎言编织的欲望里迷失。

《新约·约翰一书》【3·8—9】:"凡犯罪之人都是魔鬼之子,因为魔鬼从太初就犯罪。上帝的儿子显现,就是为了毁灭魔鬼的罪恶行径。凡上帝的子女都不犯罪,因为他们的生命里有上帝。"显然,为能延续自己的王权、生命,麦克白决心抛弃一切人间的善良、正直、美德,他竟以"黑魔法"(即邪恶的巫术)的名义恳求三女巫明确告知他的未来命运:"哪怕宫殿和金字塔的尖顶,都倾覆在地基之上;哪怕大自然一切造物种子的胚芽顷刻间全部损毁,直到连毁灭本身都心生厌恶——这一切我都不在乎,我只要你们回答我。"【4.1】他的生命里不再有上帝!

在"上帝活着"的年代,一个基督徒的生命里不再有上帝,多可怕啊!此时,再回想麦克德夫一见到邓肯被杀的血案现场时的惊叫:"可怕啊,可怕,可怕!叫你想不到,说不出的恐怖!"【2.3】也就具有了双重意味,一是血腥的恐怖可怕到了无以言表,二是那杀害国王的凶手,生命里不再有上帝。因为"谋杀打开了上帝受膏者的圣殿,偷走了里面的生命"。

人本身是一个欲望体,尽管生命短暂,认知有限,却欲望无穷。因人的灵魂掉在欲望的罪里,故而要接受上帝的管束和制约,假恶丑是上帝所不允许的。也因此,可以从莎剧《麦克白》得出一种源自《圣经》的解读:消弭欲望,放弃不义,毁灭罪恶,回归"上帝之城"。只有在上帝的国度,人因上帝之爱,才能过上一种纯粹道德、正义的,至真、至善、至美的生活。只有上帝才能拯救人的灵魂!虽然这种说法在基督教盛行的年代颇具说教意味,但它毕竟教导人们向善、抵制邪恶。

这会是莎士比亚所想吗?也许是,也许不是。假如不是,不妨当成"文学的幻想"。不过,在任何时候研读莎剧,《圣经》都是一把解码的钥匙。

3.古今麦克白

《麦克白》从 1606 年在伦敦的舞台首次演出,至今已四百多年，四百多年的演出史同时是一部长卷的诠释史，也是一部舞台形式的研究史。

每一个《麦克白》的读者心里都有一个文学的"麦克白"，每一个饰演麦克白的演员就是一个舞台的"麦克白"，而对于查尔斯·兰姆这样只钟情莎剧文学剧作的读者，有形的舞台形象永远不可能与他无限的文学想象相吻合。按兰姆的意思，莎剧舞台根本没必要存在。尽管兰姆认定莎剧只是用来读的，不能上演，但莎士比亚当初写戏的目的，只是为了演出。他得靠写戏生活。

饰演过麦克白的演员不计其数，舞台上的麦克白形象不尽相同，简言之，有的麦克白是一位气宇轩昂的英雄，在野心的欲望下弑君犯罪；有的麦克白又是一个畏首畏尾、神经兮兮的罪犯，始终被罪恶感纠缠；有的麦克白干脆是一个行为反复无常的精神变态者；有的麦克白从一开始就成了自我野心的俘虏；有的麦克白开场时举止儒雅，逐步被犯罪的欲念和罪行逼得痛苦不堪；有的麦克白十分理智，完全变成一个不会动感情的人；有的麦克白又是一个十足的蛮子，而不是受野心主宰的将军；有的麦克白只是一个鲁莽的大将，道德的懦夫；有的麦克白满脸杀气，透出一副粗野的恶棍样儿；有的麦克白忽而是一个嬉皮笑脸的坏蛋，忽而是一个目露凶光的疯子，摇身变成"伊阿古的堂兄"；有的麦克白变得越来越高尚，富有自知之明；有的麦克白坚韧不拔、残忍异常；有的麦克白大大咧咧、随随便便，等等。

兰姆会说，这些都不是读者心里的麦克白！可事实上，在所有读者的文学想象里，并不存在一个标准版永恒不变的"麦克白"。无论舞台、歌剧、音乐剧，还是电影里的"麦克白"，一直在变,只有人性的欲望亘古未变。

这里顺便提一下最新版的电影《麦克白》。2015 年 5 月 23 日,1974 年出生的澳大利亚导演、编剧贾斯汀·库泽尔(Justin Kurzel)执导,英国、法国、美国联合摄制的最新版电影《麦克白》,在第 68 届戛纳电影节首映。

库泽尔的《麦克白》公映以后,影评呈现两个极端,一端赞誉影片达到了将莎剧中这个"篇幅最短、最尖锐、最暴力的故事"与电影的"完美互补",对麦克白夫妇的心理刻画十分成功,尤其是麦夫人,这位雍容华贵的美少妇,她不像丈夫那样犹疑不决,她内心强大、意志坚定、心思缜密,她是谋杀邓肯的幕后策划、指使。在犯罪弑君这一点上,三女巫的预言退居次席,是麦夫人比麦克白更积极主动地要杀掉邓肯,她反复让丈夫向自己证明,他是一个强有力的男人。恭迎邓肯来访,她神闲气定,从容不迫;杀了邓肯之后,她又耐心开导丈夫面对现实,以后行动要听从内心的欲望。

然而,影评的另一端,则不留情面地直指库泽尔年轻稚嫩,难以把握莎剧精神,艺术功力远远不够,简直是用现代影音视听技术对莎剧经典的损毁、亵渎,尽管台词很大程度尊重了莎剧原作,但过度碎片化的剪辑,成为电影的最大杀手,再加上导演酷爱炫技,偏好花里胡哨的视听手段,耽于追求、迷恋宏阔的大场景,把文本与配乐营造出来的情绪击得破碎不堪。表演上,麦克白完全成了一位"趾高气扬、专横自大的军人",麦夫人也只是表现出坚韧果决的女王气质,而忽略掉了刁钻邪恶的女魔性情。于是,影片从一开始便陷入了现代商业电影的影视表达与莎剧经典文本矛盾对立的困局，宏大雄奇的音乐与戏剧诗的台词是那么不搭调。

如此大制作电影肯定有亮点，然而，这样的亮点文学想象的翅膀可以轻易达到，比如，从未去过苏格兰的莎剧读者，可以想象三女巫出现时弥漫在苏格兰高地上的迷雾；想象惨烈的疆场厮杀，马蹄溅起飞扬的泥土，刀剑落处血滴如在眼前。用摄影机表现地理环境，用极慢速的镜头展示血腥，是电影，不是文学。

现在又回到了纠缠于查尔斯·兰姆及所有莎剧迷脑子中那个解不开的死结：莎剧到底在哪儿？在文学剧作里，还是在戏剧舞台上，或影视荧幕中？仅就莎剧《麦克白》而言，迄今为止，尽管黑泽明执导的电影《蜘蛛巢城》的故事发生在日本，但它不止"最忠实于莎剧精神"，而且对《麦克白》的戏剧性和悲剧感有提炼、有升华。

或许正是由《蜘蛛巢城》里浅茅夫人（原型为麦克白夫人）先有孕在身、后又胎死腹中获得灵感，库泽尔让他的电影《麦克白》不再以三女巫开场亮相，而代之以麦克白夫妇孩子的葬礼，并使之成为麦克白一切行为的动机。

库泽尔的电影情节上似乎并未偏离莎剧《麦克白》多远，貌似大同小异：公元 11 世纪，苏格兰内战，邓肯国王的表弟麦克白在平叛、御敌中战功显赫，归途路遇三女巫，预言他会晋爵，成为下一任国王，却因无子嗣后继王位，将由班柯将军的儿子弗里安斯继任。麦克白作为一个有着勃勃野心的英雄，架不住夫人的怂恿、催逼，杀了邓肯，当上国王。后又命人杀掉班柯父子，弗里安斯脱逃。麦克白被班柯的幽灵弄得神魂颠倒，麦夫人又被死去的儿子的鬼魂纠缠逼疯。麦克白再去找三女巫，被告知要当心麦克德夫。最后，嗜杀成性的麦克白众叛亲离，当他面对邓肯之子玛尔康及其请来的英格兰援军围攻时，身首异处。

可是，库泽尔的"小异"却损害了莎剧《麦克白》对人性欲望的挖掘力度。影片中的麦克白好像只因为三女巫的预言，以及没有子嗣继承自己的王位，才要杀国王、除班柯，根本没有表现出人物从野心欲望到残忍弑君的激烈转变。这未免过于牵强，悲剧的内在逻辑显然不够。影片以麦克白葬子开场，同浅茅夫人告知丈夫鹫津（原型为麦克白）有孕在身时的天缘良机比起来，简直是还没画蛇，倒先画好了蛇足。

美国电影理论家道格拉斯·布罗德（Douglas Brode）曾在其2000 年由牛津大学出版社出版的专著《电影中的莎士比亚：从默片时代到〈莎翁情史〉》(*Shakespeare in the Movies: From the Silent Era to Shakespeare in Love*)一书中，不无夸张地说："与其说莎士比亚戏剧是剧作，还不如说它们是电影剧本，是在电影诞生前三个世纪写好了的电影剧本。"

这是莎士比亚戏剧不断改编成电影的一个重要原因。从1895 年电影在巴黎"大咖啡馆"诞生至今一百多年的电影史，对莎剧的改编、上演从未停止过。仅默片时代，改编、上演莎剧电影即达 400 多次。按《吉尼斯大全》(*Guinness Book of Records*)记录，有声电影出现后，到 20 世纪 80 年代中期，称得上"忠于原著"的莎剧电影改编达到 270 次。据"因特网电影数据库"(Internet Movie Database)的数据，截至 2015 年 12 月，不算尚未制作完成的 19 部电影，根据莎剧改编的电影高达 1110 部。莎剧电影成了一个工业。

莎剧《麦克白》会继续在舞台上演,《麦克白》电影也将继续拍摄。无论舞台、电影,仅凭"再现莎剧经典"这样一句简单直白的广告语,便足以吸引大众的眼球,其实,这个时候,对于莎剧的戏迷、影迷而言,若能先回归阅读,无疑十分有益。

六、"该下地狱的"麦克白

1. 从《圣经》看麦克白之罪

专事古希腊文学研究的英国古典学者基托(H.D.F.Kitto,1897—1982)在其1956年出版的《戏剧中的形式和意义》(*Form and Meaning in Drama*)一书中,把莎士比亚悲剧与古希腊悲剧做过一番比较,他说:"希腊悲剧揭示的是突然而纯粹的灾难,或是单线纵向发展的一连串灾难,而莎士比亚悲剧所揭示的,是复杂的、扩散性的毁灭。对此,至少可以有这样一种解释:希腊诗人认为,悲剧中的人物之所以会犯错,是因触犯了神明的律法,埃斯库罗斯认为,有时也是因触犯了人世间的重要法律。可在莎士比亚看来,人的错误源自罪恶的本质,这种品质一旦发作起来,将把人自身及与其接触的一切人都吞噬掉,直到罪恶自行了结。所以,像《麦克白》中'高贵的麦克白',他的野心一旦激活,理智和宗教都控制不住;再加上夫人站脚助威,这野心便疯长成荒唐的激情,继而威胁到整个王国。"

要知道,莎士比亚对《圣经》烂熟到了可信手拈来灵妙地化用。全部莎剧包含、涉及、引用、引申《圣经》的引文、典故、释义,几乎无处不在,许多源自《圣经》的意象、隐喻及对这些意象、隐喻的升华,始终或明或暗如影随形地潜伏在所有莎剧之中。鉴于此,不熟悉《圣经》,便极难全方位地深刻认识、体会莎剧剧情和众多人物精神世界的微妙、丰富、复杂。

没有《圣经》,何来莎剧!

先来看显性化用。《麦克白》中,莎士比亚像他在《哈姆雷特》《李尔王》中那样,再一次乐此不疲、驾轻就熟地化用了《旧约·创世记》的两大"原罪"意象、典故。

第一个,对"偷尝禁果"的化用。三女巫的预言之于麦克白的欲望,犹如魔鬼撒旦以蛇的模样引诱夏娃违反禁令,偷吃伊甸园里智慧树上的果子;而麦克白夫人激起丈夫的野心,怂恿、逼迫他杀邓肯,又如同夏娃"就摘下果子来吃了;又给她丈夫,她丈夫也吃了。"人类始祖犯下原罪,被逐出伊甸园。

第二个,是对"该隐杀弟"的化用。夏娃、亚当抵不住诱惑吃禁果,只是人类第一错;而挡不住欲望"杀弟"的该隐,则是犯下人类第一罪。因此,《哈姆雷特》中的哈姆雷特干脆称该隐为"天下第一杀手"。显然,无论《哈姆雷特》中哈姆雷特的叔叔克劳迪斯谋逆弑兄、篡夺王位,还是《李尔王》中埃德蒙要杀掉同父异母的哥哥埃德加攫取名誉、地位、财富,以及《麦克白》中麦克白杀掉表兄邓肯自立为王,都是将"该隐杀弟"这一《圣经》意象故事,改成升级版"弟杀兄"。

显性化用相对简单,无须过多赘述,它的作用在于从基督教层面暗示,麦克白从动了谋杀邓肯欲念的那一时,他就犯了"第一错";而谋杀邓肯的那一刻,他又犯下"第一罪",正是这"错"之原罪观念和"罪"之忏悔意识产生的双重精神压力,驱使麦克白走向人格分裂的暴君之路，精神崩溃，惨死疆场。

但要真正领略《麦克白》之奥妙，解码《麦克白》与《圣经》如何相伴相生，就必须把潜伏在各处的隐性化用挖个水落石出。只有如此，才能更广地从人性视角洞察麦克白之欲，从基督教层面透析麦克白之罪，才能更深地体察探究：何以"理智和宗教都控制不住"麦克白的野心。

第一幕，当麦克白得到国王封赏，获得考德伯爵的尊号，三女巫的预言第一次应验，班柯讥讽说："怎么，魔鬼也能说出真理？"【1.3】班柯认定，三女巫就是魔鬼的化身。《新约·约翰福音》【8·44】：(耶稣说)"你们原是魔鬼的儿女……从不站在真理一边，因为他根本没有真理。他撒谎是出于本性；因为他本是撒谎者，也是一切谎言的根源。"在此，班柯的潜台词是：魔鬼也能说出真理？他好意提醒麦克白，魔鬼撒谎成性，女巫的话不可信！

班柯唯恐麦克白一旦信了三女巫的话，"除了考德伯爵，你还会再燃起问鼎王冠的欲念。可奇怪的是：魔鬼为把我们引向罪恶，经常先说出实情，拿一些无关紧要的小事设下圈套，等到后果极其严重的危急时刻再出卖我们"。【1.3】

这已经很有深意了。《新约·哥林多后书》【11·14】："其实这也不足为怪，连撒旦也会把自己化装成光明的天使！"另，《马太福音》【4·1—10】、《路加福音》【4·1—12】，描写的是耶稣"受魔鬼试探"。这里，原文是以"黑暗的工具"(The Instruments of darkness)代指魔鬼，亦指魔鬼乃"黑暗王国的工具"。《新约·以弗所书》【6·12】载："因为我们不是对抗有血有肉的人，而是对天界的邪灵，就是这黑暗时代的执政者、掌权者，跟宇宙间邪恶的势力作战。"《歌罗西书》【1·13】："他救我们脱离了黑暗的权势。"《彼得后书》【2·4】："上帝并没有宽恕犯罪的天使，却把他们丢进地狱，囚禁在黑暗中，等候审判。"在此，班柯刻意提醒麦克白要小心三女巫是魔鬼化装成的"光明的天使"，天使也会犯罪。

可惜，面对魔鬼的谎言，麦克白对班柯的良言充耳不闻，直到临死前不久，他才大梦初醒："我怕那三个女巫所说的似是而非的暧昧话，竟真会一语成谶。"【5.5】麦克白对魔鬼说谎的怀疑来得太晚了。

这时，读者、观众可以替麦克白回想一下，他凯旋班师回朝，邓肯在王宫迎接他，满怀恩宠地对他说："我已开始栽培你，将尽力使你长得枝繁叶茂。"《圣经》中，常把义人（正直之人）比喻为上帝栽培的大树。《旧约·耶利米书》【12·2】："你栽种他们，他们就扎根，/ 并且长大，结实。"《旧约·诗篇》【1·3】："他像移植溪水边的果树，/ 按季节结果子。"【92·12—13】："正直之人要像棕树一样茂盛；/ 他们要像黎巴嫩的香柏树一样高大。/ 他们像栽在耶和华圣殿里的树，/ 在我们上帝的庭院中茂盛。"

当班柯和儿子弗里安斯随国王一起来到麦克白的城堡时，发现这是一个诗意曼妙之地："据我观察，燕子最喜欢在哪儿筑巢、栖息，那儿的空气便舒爽怡人。"【1.6】《旧约·诗篇》【84·1—3】："上帝——万军的统帅啊，/ 我多么爱慕你的居所！/ 我多么渴慕上帝的殿宇；/ 我用整个身心向永生的上帝欢呼歌唱。/ 上帝——万军的统帅——我的王，我的上帝啊，/ 在你的祭坛边，/ 连麻雀也为自己筑巢，/ 燕子找到了安置雏燕的窝。"班柯由衷希望国王所到之地，便是"爱慕你的居所"。然而，这个在班柯眼里"空气透着诱人的馨香""舒爽怡人"、适合燕子筑巢的麦克白城堡,即将变成谋害国王的邪恶地狱。

是啊,对比来看,用麦克白的话说,邓肯是多么"宅心仁厚"的一位好国王,他不遗余力奖赏麦克白:"现在我只能这么说,你应得到的酬谢远远超出我能给予的一切。"麦克白虚情假意地表示:"为陛下尽忠效命,职责所在,这本身就是十足的酬劳。接受我们的效劳,才是陛下的名分;我们对于陛下和王国,就如同子女和臣仆,无论做了什么保卫王国的事,不过只是应尽之责,都是出于对陛下的爱戴和崇敬。"【1.4】

这话的确让邓肯开心,在邓肯眼里,麦克白夫妇都是笃信上帝的好人。夫唱妇随,当邓肯驾临麦克白城堡做客,麦克白夫人热情相迎:"陛下只管吩咐,您的臣仆,随时准备用他们自身、他们的家人、他们的一切,把本来属于您的再还给您。"【1.6】

《新约·路加福音》【17·10】:"当你们做完上帝吩咐的一切事,就说:'我们原是无用的仆人,我们所做不过尽了本分而已。'"《旧约·历代志上》【29·14—16】:"我的人民和我实在不能献给你什么;因为万物都是你所赐的,我们不过是把属于你的东西还给你罢了。……这一切都是从你那儿来的,也都是属于你的。"可见,燃起欲望野心的麦克白夫妇,已变成一对儿说谎的魔鬼。

接下来,自然是魔鬼的内心斗争。起了杀心的麦克白在迟疑,内心陷入异常复杂的纠结中:"他来这儿,是基于对我的双重信任:第一,我对他既是亲戚,又是臣下,有这两个牢固的名分,绝不能干这事;第二,我是他的东道主人,理应严防窜入刺客;怎么能亲自操刀行刺？况且，这邓肯宅心仁厚，一国之君，强权在握，却十分谦恭，操持国体，也十分廉洁，要是杀了他，他的这些美德将像天使一样，吹响号角，抗议这一该下地狱的弑君重恶；而悲悯，也会像一个在风雨中跨马而行的裸体的新生婴儿，或像骑着无形天马凭空御风的天使，要把这骇人听闻的罪恶行径吹进每一个人的眼中，让那流淌的泪水淹没狂风。——我没有刺痛我欲念的踢马刺，只有跨上马鞍纵马一跃的勃勃野心，野心太大，马跳得过高，反而会被障碍物绊倒，摔到另一边去。"【1.7】

这一长段独白，暗含着一系列《圣经》的意象或比喻，《新约》中常提及天使吹响号角。比如《启示录》【8·2—6】："我看见站在上帝面前的七个天使：他们接受了七只号角。……那七个拿着七只号角的天使准备吹响。"《马太福音》【24·31】："号角的声音要大，他要差遣天使到天涯海角，从世界的这一头到那一头，召集他所拣选的子民。"

这里的天使，似应是指《圣经》中的基路伯天使。《旧约·创世记》【3·24】载："上帝赶走那人以后，在伊甸园东边安排了基路伯（天使）。"《诗篇》【18·10】载："他骑着基路伯（天使）飞行；/ 他藉着风的翅膀急速风驰。"《撒母耳记下》【22·11】："他骑着基路伯飞行；/ 他在风的翅膀上显现。"

在此，麦克白以新生婴儿和天使比喻，他将要施行的谋杀是多么罪恶滔滔，而邓肯一旦被杀，又会多么令人同情。因为，连刚呱呱落地、惹人怜爱、急需呵护的新生婴儿都会"在风雨中跨马而行"，连最富同情心的长有婴儿面孔和翅膀的天使，都会"骑着隐形天马凭空御风"，把他的罪恶"吹进"世人的眼中，以至于人们因同情落下的眼泪,会将狂风淹没。

麦克白把自己谋杀的欲念比喻为一匹马,他深知谋杀好比骑马跨越障碍的赌博,因为跨越障碍物的马,需要骑手用踢马刺来刺痛马,刺激马的跨越力;如果骑手没有踢马刺,势必要让马跳得更高,结果马反而可能会绊在障碍物上,把骑手摔到障碍物的另一边去。换言之,麦克白预感到谋杀邓肯可能会让自己"绊在障碍物上",但勃勃野心又让他豁出去冒险一跳。

可见,麦克白从产生谋杀邓肯欲念的那一刻,他就明白,他将犯下的"弑君重罪"是"该下地狱的"。

因此,麦克白在杀了邓肯之后,惊恐中幻觉有"手":"要挖出我的眼睛。"继而发出天问:"伟大的尼普顿所有的海水,能洗净我这手上的血污吗?"【2.2】《新约·马太福音》【5·29】:"假如你的右眼使你犯罪,把它挖出来,扔掉!损失身体的一部分比整个身体陷入地狱要好得多。"【18·9】:"如果你的一只眼睛使你犯罪,把它挖出来,扔掉!只有一只眼睛却得到永恒的生命,比双眼齐全被扔进地狱的火里好多了。"《马太福音》【9·47】:"如果你的一只眼睛使你犯罪,把它挖出来,扔掉!缺了一只眼睛而进入上帝国,比双眼齐全给扔进地狱里好多了。"《新约·马太福音》【27·24】:彼拉多见犹太人不肯释放耶稣,"就拿水在群众面前洗手,说:'流这个人的血,罪不在我,你们自己承担吧!'"可见,麦克白最怕自己必须完全"承担"弑君之罪,堕入地狱。

而在麦克白惊魂未定之时,麦克德夫的敲门声吵醒了城堡的看门人,看门人懒洋洋地边走边问:"我以魔王贝尔齐巴布的名义问一声,是谁?"【2.3】这一问简直太有寓意了!"贝尔齐巴布"（Belzebub）的本义是"苍蝇之王"，是地位仅次于撒旦的魔王，在《新约》中被视为鬼王。《新约·马太福音》【12·24—27】载：一天，耶稣治愈了一个被鬼附身、又瞎又哑的人，群众惊奇，法利赛人却说："他会赶鬼，无非是依仗鬼王贝尔齐巴布罢了。"耶稣说："如果我赶鬼是依靠贝尔齐巴布，那么，你们的子弟赶鬼，又是依仗谁呢？"【10·25】："如果一家的主人被当作鬼王贝尔齐巴布，家里其他人岂不要受更大凌辱吗？"《马可福音》【3·22】："有些从耶路撒冷来的经学教师说：'他被贝尔齐巴布附身！他是依仗鬼王赶鬼的！'"《路加福音》【11·15—19】：耶稣赶走了一个哑巴鬼，群众都很惊讶，有人却说："他是依仗着鬼王贝尔齐巴布赶鬼的。"耶稣回答："你们说我赶鬼是依仗贝尔齐巴布，果然这样的话，你们的子弟赶鬼，又是依仗谁呢？"寓意显而易见，谋害邓肯的麦克白城堡无异于就是一座地狱鬼城。

麦克德夫敲开了"地狱鬼城"的门，发现国王被杀，惊叫"毁灭已创造出它的杰作！最该遭天谴的谋杀打开了上帝受膏者的圣殿，偷走了里面的生命"。【2.3】这里，最该遭天谴，同时有"最亵渎神明"和"最大逆不道"之意。《旧约·撒母耳记上》【24·10】："今日你亲眼看见在洞中上帝将你交在我手里，有人叫我杀你，我却爱惜你，说：'我不敢伸手害我的主，因为他是上帝的受膏者。'"显然，在虔诚的基督徒信仰里，国王作为"上帝的受膏者"（意即上帝授权当国王的人）神圣不可侵犯。就是说，邓肯作为国王，他在加冕时，头或身体涂了圣油，从而受到上帝的祝福。

再者，《圣经》中将信徒比作上帝的圣殿，《新约·哥林多前书》【3·16—17】："你们一定晓得，你们是上帝的殿，上帝的灵住在你们里面。因此，要是有人毁了上帝的殿堂，上帝一定要毁灭他；因为上帝的殿是神圣的，你们自己就是上帝的殿。"《启示录》【11·19】："这时候，上帝在天上的圣殿开了；他的约柜在殿里出现。"此处暗示麦克白谋杀邓肯，意味着毁了"上帝的圣殿"，最后必遭上帝毁灭。

如此，也可理解，当麦克白夫人听到钟声跑出来，假意惊呼："出什么事了，非要吹响这可怕的世界末日的号角。"意在替毁了"上帝受膏者的圣殿"的丈夫打圆场。因为她心里很清楚，末日号角的吹响意味着终极审判。否则，她干嘛要用"号角"（Trumpet）一词替代"钟鸣"（bell），一是要以《圣经》中"世界末日的号角"（the last trump）形容钟声敲得怕人，意在问：出什么事了，非要把钟敲得这么可怕，把全城堡的人都吵醒？二是更怕丈夫受到末日审判。《新约·哥林多前书》【15·52】："世界末日的号角响的时候，都要改变。最后的号角一响，死人要复活，成为不朽的。"《帖撒罗尼迦前书》【4·16】："那时候，将有号令的喊声、天使的声音、上帝的号角吹响，上帝本身要从天而降，那些信基督而已经死了的人要先复活。"

尽管此前麦克白夫人曾以那样的毒誓——"我也会在婴儿对我绽开微笑的时候，把我的乳头从他还没长牙的牙龈下拔出来，把他的脑浆子摔出来。"【1.7】——给丈夫壮胆，力促他毫不迟疑痛下杀手，她还是隐忧最后的结果是祸不是福。（《旧约·诗篇》【137·9】："抓起你的婴儿，把他们摔在石头上的人/ 他是那么有福啊！"）这是麦克白夫妇最怕的结果！

人在做，上帝在看！

第二幕第四场,罗斯与老人的对话十分耐人寻味。先是罗斯说:"正该阳光亲吻大地的时候,黑暗却将大地埋葬,难道是黑夜主宰了一切,还是天光羞于目睹人间的恶行?"【2.4】这里指谋杀邓肯的血案发生在黎明时分,此时"正该阳光亲吻大地"。关于黑夜遮掩大地的意象,《新约·马太福音》【27·45】载:"中午的时候,黑暗笼罩大地。约有三小时之久。"这正是耶稣在十字架上受难之际。《路加福音》【23·44—45】:"约在中午的时候,太阳消失了,黑暗笼罩大地,直到下午三点钟。"不言自明,这里把国王被杀与耶稣受难对应,意在用"黑暗"比喻罪恶。

更深层的寓意,是老人对罗斯所说:"上帝保佑您;上帝也保佑他们,/ 那些拿恶当善、视敌为友的人!"【2.4】这是在化用《圣经》的重要母题之一,即"要以善报恶,化敌为友"。《新约·马太福音》【5·39—44】:"不要向欺负你们的人报复。……要爱你们的仇敌,并为迫害你们的人祷告。"《罗马书》【12·17—21】:"不要以恶报恶,……'如果你的仇敌饿了,就给他吃,渴了,就给他喝'……所以,不要被恶所胜,要以善胜恶。"《彼得前书》【3·9】:"不要以恶报恶,以辱骂还辱骂;相反,要以祝福回报。"《帖撒罗尼迦前书》【5·15】:"谁都不可以以恶报恶。"此时,老人并不知道一手制造惊天血案的凶手麦克白是一个以恶报善,视友为敌的恶魔。

魔鬼与魔鬼的相遇是怎样的呢?

第三幕,麦克白开始对三女巫的预言起了疑心,奇怪道:"魔鬼,只是为了他们,让他们——班柯的种子[the seed of Banquo. seed(种子)在此具有双关意。麦克白在此既指自然植物的种子(seed),亦指班柯的后代子孙(Descendants)]——永世称王!与其这样，还不如索性与命运拼杀，一决生死！"【3.1】他决心杀掉班柯，以绝后患。

在《圣经》中，把犯罪堕落称为"把灵魂送给魔鬼"。《新约·彼得前书》【5·8】："你们的仇敌——魔鬼，正像咆哮的狮子走来走去。"《启示录》【12·9】："它就是那条古蛇，名叫魔鬼或撒旦，是迷惑全人类的。"《马可福音》【8·36】："一个人就是赢得了全世界，却丢掉了自己的灵魂(后改为'赔上自己的生命')，有什么益处呢？"由《圣经》来看，杀掉邓肯，已经"赢得"苏格兰的麦克白，又要接着杀班柯，预示着他走上"丢掉了自己的灵魂"(即"赔上自己的生命")的邪恶的不归路。

麦克白对即将出发行刺班柯的杀手说："他的铁手已快把你们压进坟墓，你们的后代也将永世沦为乞丐，难道你们竟还如此听命福音的教训，要为这个好人及其子孙祈福吗？"【2.4】如上所述，"以善报恶""爱仇敌"是《圣经》母题之一，比如《新约·马太福音》【5·44】："但是我告诉你们，要爱你们的仇敌，并要为迫害你们的人祷告。"《罗马书》【12·14】："要祝福迫害你的人；是的，要祝福，不要诅咒。"《哥林多前书》【4·12】："被人咒骂，我就说祝福的话；受人逼迫，我就忍耐。"然而，麦克白在此绝非要刺客去爱仇敌班柯，他是故意以反话，把班柯说成迫害他们的仇人，以此激起刺客的怒火，去刺杀班柯。

班柯不死，已是王后的麦克白夫人还是无法安心："费尽满腹心机，到如今一无所获，/ 若欲望已满足，却并不心安理得。"【3.2】这里要表现麦克白夫人贪心不足，与《圣经》教诲形成强烈反照。比如《新约·提摩太前书》【6·6】："一个人若知足，宗教的确可以使他富有。"《旧约·传道书》【4·6】："不过,拿一小把而心安理得,远胜过双手捧满,却劳碌追风。"人何以会贪心不足?从人的角度,因为人不甘心自给自足,参见《旧约·德训篇》【44·18】："自给自足和自食其力的人,生活是甜美的,但寻得财富的人更胜于二者。"另外,从神的角度,因为上帝在给人类降恩赐时,同时也降了疾病。参见《诗篇》【106·15】："他照他们所求的赐给他们,/ 但也降疾病在他们当中。"

基督教似一条无形的枷锁,始终套在麦克白夫妇的精神脖颈之上,摆脱不掉。因此,莎士比亚要用流血的意象,隐喻麦克白夫妇始终无法洗刷罪恶。麦克白夫人先是由洗不掉的血污,导致精神分裂,梦游而死;麦克白也始终处在对血污的恐惧里。"他流了血,他们说:流血要用流血来还。据说,石头曾自己移动,树木曾开口说话。"【3.4】《旧约·创世记》【9·6】："凡流人血的,别人也要流他的血,因为我——上帝造人是照自己的形象造的。"《出埃及记》【21·12】："凡打人致死的,应被处死。"

"石头曾自己移动"的典故语出不详,意思是指石头一旦移开,就会露出受害者的尸体。"树木曾开口说话",可能源出古罗马诗人维吉尔(Virgil,前70—前19)的史诗《埃涅阿斯记》(又译《埃涅伊德》)Aeneid,第3章22—68行。此处暴露麦克白内心的恐惧,他担心石头移开,会暴露班柯的尸体;一旦树木开口说话,便会出卖他。

麦克白的恐惧自然逃不过三女巫的法眼,在他去找三女巫之前,这命运三姐妹,早已准备好要"给他演哑剧,叫他心忧伤"。【4.1】《旧约·撒母耳记上》【2·33】："那未灭之人必使你泣不成声，心中忧伤。"暗含之意是，班柯虽没逃出麦克白的魔掌，但班柯的儿子弗里安斯已成为"那未灭之人"。

对于麦克白来说，第二次与三女巫会面之后，"那未灭之人"又多出一位，即三女巫叫他"当心"的费辅伯爵麦克德夫。

剧情到此，在麦克白新的流血惨案降临之前，出现了全剧中唯一一处圣母子般"爱"的场景。麦克德夫夫人貌似抱怨丈夫"抛妻舍子，把他的宅邸、家产和伯爵尊号都扔了"，"独自一人远走高飞"，"他缺少人的天性本能；因为连可怜的鹪鹩——那身形最小的鸟儿，都会为保护巢中的雏鸟，与猫头鹰拼上一死。他心里只有恐惧，没有一丝一毫的爱：也扯不上半点明智，因为他这样逃走，根本就是与理智背道而驰"。【4.2】

此处或是对《圣经》中"爱"与"惧怕"之间交互关系的化用，《新约·约翰一书》【4·18】："有了爱就没有恐惧；完全的爱驱除一切的恐惧。所以，那有恐惧的就没有完全的爱，因为恐惧和惩罚是相关联的。"这样一来，麦克德夫夫人的"抱怨"，具有了一层更深的内涵，即麦克白心里没有爱，因而，他只有恐惧，必受惩罚。

随后，麦克德夫夫人不无调侃地问儿子："小子，你爸死了；你现在打算怎么办？靠什么活着？"麦克德夫之子回答得很干脆："像鸟儿一样活着，妈妈。"【4.2】《新约·马太福音》【6·26】："你们看空中的飞鸟：它们不播种，不收获，也不在粮仓囤积粮食，你们的天父依然养活它们！你们岂不比鸟儿更珍贵？"

这个渴望"像鸟儿一样活着"的孩子，正因为"有了爱就没有恐惧；完全的爱驱除一切的恐惧"，所以，他敢于对骂父亲是"反贼"的杀手怒目而视，敢于怒斥杀手是"蓬头的恶棍"。这是爱之美,是爱之力!因此,格鲁吉亚版的音乐剧《麦克白》要将这场戏演成母亲搂着儿子,面对凶神恶煞的杀手从容赴死,画面定格,好似一幅舞台上拉斐尔的"西斯廷圣母像"。

"天使"与"魔鬼"的决战来得并非一帆风顺。从第四幕第三场玛尔康同麦克德夫在英格兰王宫的长篇对话即可看出,玛尔康起初对独自一人逃亡英格兰的麦克德夫,是留心提防、根本不信任的。尽管麦克德夫声言:"我不是一个背信弃义的奸人。"玛尔康不仅毫不动心,还话里有话地敲打麦克德夫:"尽管光明的使者已从天堂堕入地狱,可天使总是光明的;尽管一切邪行恶事都披着美德的外衣,美德本身却依然如故。"【4.3】

"光明的使者",指的是魔鬼撒旦。《旧约·以赛亚书》【14·12—15】:"你这明亮的晨星!你已从天上坠落。……哪晓得你一跤跌进阴间,掉入深渊。"《新约·路加福音》【10·18】:"耶稣说:'我看见撒旦像闪电一样从天上坠落。'"《犹大书》【6】:"不要忘记那些不守本分、离开岗位的天使们,他们被永远解不开的锁链锁在黑暗的深渊里;上帝把他们囚禁在那里,等待审判的大日子。"《启示录》【12·9】:"那条大尾龙被摔下来;它就是那条古蛇,名叫魔鬼或撒旦,是迷惑全人类的。他被摔在地上;他的使者也都跟着被摔下来。"玛尔康在怀疑,麦克德夫置家人于不顾,匆匆逃离,一是慑于麦克白的威胁,二是有可能要以出卖玛尔康为代价,换取一家人的性命。

听了这话,麦克德夫极度失望,打算告辞,同时再次强调:"就算把这暴君攥在手里的全部国土都给我,再加上富庶的东方,我也不会是您想象的那种奸人。"

正在这时,玛尔康说出一段令麦克德夫匪夷所思的话,一方面是玛尔康为目前的苏格兰揪心,因为"我们的国家陷入奴役之中:它在哭泣,它在流血,每一天都有旧伤添新痕"。另一方面,他又在替除掉暴君麦克白之后的新苏格兰担忧,因为新的"继任者"将给国家带来更多的罪恶和灾难。

麦克德夫想不到,玛尔康指的"那个继任者"竟是玛尔康自己:"我知道,一切的邪恶都在我心里扎下深根,有朝一日,一旦萌发暴露,连邪恶的麦克白都会显得纯洁似雪;跟我那些毫无限度的罪恶一比,我们可怜的国家都会把他当成一只羔羊。"麦克德夫难以置信,因为在他心里:"把恐怖地狱里的魔鬼全算上,也没有一个比邪恶的麦克白更该诅咒下地狱。"而此时,他还不知道,自己一家老小已被麦克白残忍杀害。这就更突显出,麦克白的确比地狱里的所有魔鬼更罪该万死!

可是,玛尔康还在喋喋不休地罗列麦克白坏到无以复加的罪恶,不仅他"嗜杀、好色、贪婪、虚伪、欺诈、暴躁、阴毒,凡能点出名字的罪恶,一个都不少",更有甚者,他淫欲无限,品性邪恶,一旦当了国王,便会淫人妻女、抢掠土地、屠杀贵族、谋害忠良,总之,"一国之君所应具备的美德,诸如公正、真实、节制、稳重、仁慈、坚韧、悲悯、谦逊、虔诚、忍耐、勇敢、刚强,哪怕一丝一毫我都不沾边。而各种罪恶,我不仅一应俱全,实施起来还都十分拿手。不仅如此,我一旦王权在握,一定要把和谐的琼浆蜜乳倾入地狱,搅乱全世界的和平,摧毁地球上的一切和谐。"

这一大段话,听上去倒像是莎士比亚故意通过玛尔康之口,说给詹姆斯一世国王听的,告知如何当一个好国王;或者说,莎士比亚在借玛尔康之口向世人宣讲,"一国之君所应具备的美德"。不管怎样,这里的戏剧性显然不够,倒是说教味儿比较足。

听到这儿,麦克德夫怒不可遏,仰天长啸:"不,这样的人就不该活着。啊,不幸的国家,一个篡位的暴君手握染血的权杖,你何时才能重见太平?因为你的王权的合法继承人,用自己的禁令,把自己打入可诅咒之人的行列,甚至不惜玷污家族血统。您的父王是一位最圣明的君主;生养您的母后,很少见她站着,她总是跪下祈祷,每天都要忏悔。再会!您自己供认不讳的这种种罪恶,已把我从苏格兰放逐。啊,我的心,你重返苏格兰的希望就此断送!"【4.3】

《新约·哥林多前书》【15·31】:"弟兄们,我天天面对着死!我敢说这话,是因为我们同在主耶稣的生命里,我以你们为荣。"指基督徒每天忏悔,把每天都当成自己临终的时刻,因神恩而获重生。这里暗含着麦克德夫对玛尔康的不屑:怎么一个圣主明君的父王和一个虔敬上帝的母后,竟能生下如此孽障!这个时候,麦克德夫还没有意识到,玛尔康是在考验他是否忠诚。

至此,玛尔康看出麦克德夫这"高贵的激情,源自正直的孕育"。他不再怀疑,坦白直言,他之所以如此,全因魔鬼般的麦克白想出种种诡计加害于他:"从现在起,我听从您的指导,撤回我刚才说的自我诽谤的话,并在此发誓,对我加在自己身上的污点、罪责一律否认,因为所有这一切都与我的天性毫不相干。我从未沾过女人,从没有违背誓言,就连分内应该享有的东西,也从不贪求。我从不失信于人,哪怕魔鬼,我也不把它出卖给同类,

我爱真理不亚于爱生命；我第一次说谎，就是刚才我说自己的那些坏话。"【4.3】

全剧有两场"斗嘴"戏都十分精彩：第一场是麦克白夫妇"斗嘴"之后，二人同心，决意除掉邓肯；第二场便是玛尔康与麦克德夫"斗嘴"之后，彼此信任，二人合力，前去征讨麦克白。

一波刚平，一波又起，这就是莎士比亚的技巧了，他懂得如何紧绷读者、观众的神经。剧情陡转，麦克德夫从罗斯的话中得知全家已遇害："我的乖宝贝全死了？你是说一个不剩？啊，地狱的恶鹰！都抓走了？怎么，我所有可爱的小雏鸡们，连同他们的母亲，一下子就被那猛扑下来的恶鹰，全都残忍地抓走了？"【4.3】

地狱的恶鹰，指像魔鬼般残忍之人。这里，麦克白就是地狱的恶鹰，抓走了麦克德夫所有的孩子。《旧约·申命记》【22·6—7】："如果你们偶然发现树上或地上的鸟巢，巢里有母鸟在孵蛋，或跟小鸟在一起，不可把母鸟拿走。你们可以带走小鸟，但要放母鸟走，你们就会事事顺利，并享长寿。"麦克德夫或在此用《圣经》典故，即"律法书"中对犹太人的要求，反衬麦克白残忍绝情，必不得好死。

"天使"复仇的号角已吹响，麦克德夫誓与麦克白决一死战。万事俱备，玛尔康说："现在一切就绪，只等英王一声令下。麦克白摇摇欲坠，连神圣的力量都激励我们拿起武器。"【4.3】"摇摇欲坠"，原意为"果子熟到一摇就掉"（ripe for shaking）。《旧约·那鸿书》【3·12】："你的城堡都要像无花果树，结满成熟的果子，树一摇，果子就掉入人的嘴里。"《新约·启示录》【6·13】："星星从天空坠落在地上，好似还没成熟的无花果被暴风从树上吹落一样。"这个意象暗示，麦克白的死期到了。

然而，到了这个时候，麦克白还陷在三女巫的最后一个预言里死命挣扎，寻求最大的自我安慰："那预知人类生死结局的精灵，曾这样向我宣告：'别怕，麦克白：因为没有一个女人所生的男人伤得了你。'"【5.3】《旧约·约伯记》【14·1】："人乃女人所生，生命短暂，患难苦多。"他认准一条，人都是女人生的，女人所生之人，便命短苦多，何足为惧。

听到夫人的死讯，长期被惊恐折磨得神经麻木的麦克白，没有一丝一毫的伤心，有的只是对生命无奈的叹息："所有的昨天，没有一天不是照耀着傻瓜们，踏向归入尘埃的死路。灭掉，灭掉，短瞬的烛光！人生不过一个行走的影子，一个可怜巴巴的演员，他把岁月全花在舞台上装模作样、焦躁不安地蹿来跳去，一转眼便销声匿迹：它是蠢蛋嘴里的一个故事……"【5.5】

这段独白，几乎是全剧所有独白中最出彩的一句，它是一个在绝望里静候死亡，对自己，同时也是透过自己，对人的生命的盖棺论定。这个时候的麦克白，又有些令人同情，至少会博得几分惋惜。

这里有好几处、好几层对《圣经》的隐性化用，第一，《旧约·创世记》【3·19】："因为你是从土而生；你本是尘土，仍将归于尘土。"重归尘土，意即死亡之路。第二，《圣经》中以光或灯的熄灭比喻生命的结束，如《旧约·约伯记》【18·5—6】："恶人的光必将熄灭，他的火焰不再燃烧。他帐篷里的光暗淡了，挂在上面的灯也要熄灭。"【21·17】："邪恶之人的灯何尝熄灭过？"同时，《圣经》中也用亮光比喻生命的闪耀，参见《诗篇》【18·28】："上帝啊，你赐给我亮光；/我的上帝为我驱除黑暗。"第三，《旧约·诗篇》【39·6】："人生如影，一切操劳皆枉然。"【144·4】："人好似一口气，岁月如影，转瞬即逝。"《约伯记》【8·9】："我们不过昨天，一无所知；/世间岁月，如影即逝。"【14·1】："生命如影，飞逝即过，不能存留。"《历代志上》【29·15】："我们的岁月飞逝如影，谁都无法逃避死亡。"《诗篇》【102·11】："我的生命好似黄昏的暗影，/枯干如草。"《传道书》【8·13】："作恶之人无福可言。他们的生命如影。"《智慧篇》【2·5】："我们的生命好似飞逝而过的阴影，无法从死亡中回返，一旦盖好印记，无人能回头。"第四，《旧约·诗篇》【90·9】："我们经历的岁月好似被人讲述的一个故事。"

终于，麦克德夫的呵斥折断了麦克白最后一根救命稻草："别指望什么符咒，让你一直侍奉的天使亲口告诉你：麦克德夫还没足月，就从娘肚子里剖出来了。"【5·7】

"侍奉的天使"指的是主宰个人神灵的天使。此句也可译为：让主宰你神灵的撒旦亲口告诉你。它源自中世纪的宗教表述，当时，人们认为每人都有自己的守护天使，分善恶两种。恶天使指"路西弗"(Lucifer)，这是魔鬼撒旦因高傲被上帝从天堂赶出之前的名字，意思是"早晨之子""晓星"或"晨星"。显然，麦克德夫要昭告，麦克白的守护天使就是那被上帝逐出天堂的堕落天使"路西弗"(魔鬼撒旦)。而善天使，是要救人脱离苦难，重获新生。《新约·马太福音》【18·10】：耶稣说："你们要小心，不可轻视任何一个微不足道的人，我告诉你们，在天上，他们的天使常常侍立在我天父的面前。"《使徒行传》【12·15】：上帝差遣天使，救彼得脱离了希律王之手，前往约翰马可的母亲马利亚家，婢女报信儿，那里的门徒不信。"他们说：'你发疯了。'那婢女坚持确有此事。他们就说：'那一定是他的天使。'"显然，这里的寓意暗示着，麦克德夫将像善天使一样，拯救苏格兰脱离"希律王"（麦克白）之手。

《圣经》母题再次彰显出来：光明战胜了黑暗，善良和正义杀死了邪恶，而这一切都源于上帝的力量。

2. 麦克白之死

麦克白死了，虽属罪有应得，却死得并不窝囊。

仇人相见，分外眼红。当麦克德夫复仇的剑锋指向麦克白的时候，麦克白还残存最后一点盲目自信，正像他不信伯南姆的森林会移动一样，他根本不信世上居然有人不是女人所生："凡是女人生的，我谁都不怕；我只怕有谁不是女人生的。"尤其他刚刚没费吹灰之力，就杀了小西华德。因此，他不无倨傲地向麦克德夫叫板挑明："你白费力气。叫我流血，那就像你想用锋刃的利剑，给不怕砍的空气划出伤痕一样难。让你的剑锋落在脆弱的头上：我有符咒护佑，命中注定，但凡女人所生没人伤得了我。"谁知麦克德夫竟十分鄙夷地答复他："别指望什么符咒，让你一直侍奉的天使亲口告诉你：麦克德夫还没足月，就从娘肚子里剖出来了。"麦克白闻风丧胆，丢魂落魄，吓得一下子"丧失了男子汉的勇气"。此时此刻，他如梦方醒，自己完全被"那些骗人的魔鬼""拿有双重意义的暧昧话"耍了！

麦克德夫叫麦克白投降："懦夫，叫你活着，好在公众面前出丑：我们要把你画成一头稀奇的怪物，用一根杆子挑着你的画像,下面写着'请来此观看暴君'。"麦克白不甘忍受这样的屈辱,豪言道:"我不投降;我不能在小玛尔康的脚下屈服,任由那帮乌合之众随意诅咒唾骂。尽管伯南姆森林已经移到邓斯纳恩,尽管你这非要跟我交手的东西,偏又不是女人生的,我也要决一死战。"【5.7】

可叹,开场时那个令敌丧胆的"神勇的麦克白",直到临死,才又回归了英雄本色。可惜,彼时,是他将叛将麦克唐纳"一剑就把他从肚脐眼到下腭豁开,割下他的首级,悬挂在我军的城垛上。"【1.2】但,眨眼之间,他的首级便被麦克德夫砍下,插在枪尖上,向新一代苏格兰国王玛尔康庆祝胜利。

这里的前后呼应意味深长,跌宕的戏剧性也极具震撼力。一开场,被麦克白砍杀的"凶残的麦克唐纳"是"当之无愧的一员叛将";落幕前,毫无疑问在麦克德夫眼里也是"当之无愧的一员叛将"的暴君麦克白,同样落得被砍杀的下场。

在莎剧《理查三世》中,理查国王与麦克白国王的下场一样,最后也是被砍杀的。这两位戏剧中的国王有可比性吗?

哈兹里特在其《莎士比亚戏剧中的人物》中,将麦克白和理查三世这两个莎剧中的人物形象,做了极为有趣且十分透辟的对比,简述如下:

二人都是凶手、篡位者、暴君,都有超强的野心和超凡的志向,又都勇敢、残暴、诡计多端。但理查之凶残出于天性,麦克白之残暴则出于偶然。理查的身体和思想属于天生残疾,素不与人为善,麦克白则"太有人情味儿了",率真、好交际、为人慷慨。他是让"天赐良机"、妻子的撺掇和女巫的预言这"三合一"的动力引向邪恶。他的美德与忠心,遭到来自命运与超现实力量的联手抵抗。

理查正好相反,他不需要由谁来策动,他生性火爆,喜欢作恶,计划作恶、实施作恶、作恶成功会带给他无尽的乐趣。在这点上,麦克白没法跟理查比,他光为说服自己下手杀邓肯就费了天大的劲儿,即便如此,动手之前,他也还是不无惊恐,事成之后,当了国王,悔恨交加,却退路已绝。在理查的天性里,没有人们惯常的"人道"二字,对亲属或后代,他一概不理会,他是"独自一人",从不承认跟谁存在友谊。

麦克白天性并非如此,他有悲悯之心,在某种程度上他是因太过溺爱老婆才成了傻瓜;他厌倦生活是因为谋杀国王令他失去了朋友、失去了部下的忠诚挚爱、失去了美德和名誉;他后悔用血腥残忍的手段弑君篡位,这里的深刻在于,他之所以后悔并非悔过罪恶,而是因为他的这一罪恶成全了班柯的后代"永世称王":"我这亵渎神明的意志为的只是班柯的后代;我是为他们谋杀了仁慈的邓肯,为他们把仇恨植入内心;我把我不朽的灵魂拱手送给了人类的公敌——魔鬼,只是为了他们,让他们——班柯的后代永世称王!"【3.1】他为此寝食难安,心神不宁,恨不能"索性与死人做伴",他羡慕被他弄死的"邓肯已在坟墓里了:在一阵又一阵生命的狂热之后,他安然入眠"。【3.2】然而,罪恶不仅没有回头路,更在他心里发酵成无情的杀戮,以致到最后:"惊恐,已经跟我的杀戮之心混熟,任何时候休想再吓唬我。"【5.5】正因有这样让血腥罪恶继续大胆前行的"杀戮之心",他反倒比最初嘲笑他胆小、鼓励他弑君的夫人活得更长久,而当夫人一旦失去犯罪时那份男人的豪勇之气，便恢复成一个世俗平常毫不稀奇的弱女子，"被脑子里不断涌现的幻象，搅得不得安宁"【5.3】，很快发疯死去。

对于麦克白，避免回想所犯罪恶的唯一办法，是谋划新的罪恶。所以，当他听了女巫要他"当心麦克德夫"的警示之后，迅疾派人突袭麦克德夫城堡，把麦克德夫一家老小杀个精光。他与理查的残暴有所不同，他既有作恶的恶魔本性，也有人性的脆弱。他毕竟是为了谋逆篡位才行刺邓肯；而理查，杀人放血就是消遣娱乐。

麦克白和理查这两个人物，还是有着本质不同，理查是一个谙熟世故、精于算计而又心狠手辣的恶棍，除了一己目的以及为达到这一目的的不择手段，一切的一切，他都不放在眼里。

麦克白不是这样。无论其性格还是想象，都烙印着时代的迷信、社会的粗蛮、地方的习俗等印记。由于行刺事件整个过程都很诡异，他始终心怀恐惧，他在现实与幻象之间游移不定。他能看到世人看不见的景象，听到非人间的音乐。混乱和纷扰占据了他的整个脑子；要成为"未来的国王"的目标，使他深受其害，他变成了自己情感与厄运的双重奴隶。麦克白看见的幽灵，就在他的白日梦里，而理查只在夜梦中被鬼魂纠缠。理查从来一意孤行，从来不失去自信，即便走投无路，也只是一头罗网中的野兽。但麦克白，还是在他生命最后的时刻，又唤回一些我们的同情——"我活够了：我的生命已像那枯黄的秋叶，日渐凋零。凡老人所该享有的那些，什么尊荣、敬爱、孝顺，以及成群结队的朋友，我都没指望了；相反，代替这一切的，是深一句浅一句的

诅咒，耍嘴皮子的奉承，以及可怜的人们真心想说、却不敢说的假话。"【5.3】

3."诗人的英雄"

莎士比亚可以被称作"诗人的英雄"吗？

英国哲学家、讽刺作家、史学家托马斯·卡莱尔（Thomas Carlyle，1795—1881）在其 1840 年出版的名著《论英雄、英雄崇拜及历史中的英雄事迹》(*On Heroes，Hero-Worship，and The Heroic in History*)一书中，将北欧神话中的欧丁神（Odin），伊斯兰教创始人穆罕默德（Muhammad），德国宗教改革家马丁·路德（Martin Luther，1483—1564）， 英国政治家克伦威尔（Oliver Cromwell，1599—1658），法国军事家、政治家、法兰西第一帝国的缔造者拿破仑（Napoleon，1769—1821）以及法国哲学家、作家卢梭（Jean-Jacques Rousseau，1712—1778），都视为英雄。同时，卡莱尔还将古希腊盲诗人荷马，中世纪后期被后人誉为"文艺复兴之父"的佛罗伦萨诗人"三杰"的但丁（Dante，1265—1321）、彼得拉克 （Petrarch，1304—1374）、薄伽丘（Boccaccio，1313—1375），英格兰戏剧诗人莎士比亚，以及只比卡莱尔本人早一个时代的苏格兰抒情诗人彭斯（Robert Burns，1759—1796），英国诗人、批评家塞缪尔·约翰逊（Samuel Johnson，1709—1784），都视为"诗人的英雄"。

在卡莱尔眼里，这些诗人都是"伟大的人物"，"诗人作为英雄属于任何一个时代；诗人一旦产生，便为一切时代所拥有；只要大自然愿意，不论最新还是远古时代，随时都可能产生诗人"。而在这"诗人的英雄"之列，又只有"但丁和莎士比亚是诗歌的圣徒。……没有人能与之并列，没有人仅次于他们，全世界都能感到，笼罩着这两位诗人的是一种超凡的品质，是一种无与伦比的光荣"。卡莱尔不无骄傲地说："但丁像地心的火深沉而猛烈，莎士比亚则像太阳、像天光一样宽广、平静、目光远大。意大利诞生了一个世界的声音，十分庆幸，另一个则是在我们英国诞生。"

卡莱尔认为，在某种意义上，是天主教精神产生了光荣的伊丽莎白时代，而莎士比亚就生于这个时代。同时，是但丁的诗歌主题和基督教信仰，产生了莎士比亚要去歌颂的现实生活。但颇为吊诡的是，莎士比亚明显是中世纪天主教精神最高尚的产物，但莎士比亚诞生在已是圣公会国教的新教英格兰，他出生时，天主教精神便被废除了。

简言之，卡莱尔要说明的是，生活在英格兰圣公会取代了天主教的伊丽莎白一世女王时代的莎士比亚，骨子里仍然是一个具有天主教精神文化特质、相信炼狱存在的戏剧诗人。

卡莱尔认为莎士比亚的想象力高于从古至今的一切诗人："一切东西在那他伟大的灵魂里建构的形象，都那么真实、清晰，仿佛是在平静的深不可测的海洋里！"因而，他也不吝惜使用一切形容词的最高级赞誉莎士比亚，认为他完美无缺，比任何人都更完美。他之所以伟大，在于他对人与物尤其对于人的描绘。他"有一种冷静的、创造性的、无与伦比的敏锐判断"。他有着人类有史以来最伟大的才智，他的艺术不是技巧，他的剧作是自然的产物，是自然的一部分，这是自然对真实、纯朴、伟大灵魂的最高报偿。

卡莱尔甚至觉得莎士比亚比但丁更伟大："假如他这颗英雄

之心不曾受苦,怎么可能描画出哈姆雷特、科里奥兰纳斯、麦克白这么遭受苦难的英雄之心呢?""他的剧作是许多窗户,我们由此瞥见他的内心世界。""我们称但丁是中世纪天主教的音调优美的传教士。难道我们不能把莎士比亚称为真正天主教的、未来与永恒的'全世界的基督教'的音调更优美的传教士吗?"从他身上产生了一种普遍的赞美诗,这些赞美诗并非不适合同更神圣的赞美诗(指《圣经》中的赞美诗)一起歌唱。

是啊,尽管俄国文豪托尔斯泰那么贬损莎士比亚,英国人没有理由不赞美他!

英国诗人、批评家阿诺德(Matthew Arnold,1822—1888)在为其1853年新版《诗集》(*Poems*)所写的序言中,强调莎士比亚最先被英国作家尊为楷模:"恐怕这是所有诗人中最伟大的名字,一个永远令人肃然起敬的名字。"

单凭莎士比亚在他的全部戏剧创作中为英语语言创造了2000多个新词汇,英国人就有理由始终为莎士比亚骄傲!

七、麦克白夫人:恶魔的化身

1.舞台表演与戏剧原型

与查尔斯·兰姆同时代的莎拉·西登斯夫人(Sarah Siddons,1755—1831)是18世纪最负盛名的莎士比亚悲剧女演员,她饰演得最出彩、最令人难忘的角色,便是她塑造的麦克白夫人。这一舞台形象,长期以来一直被视为英国戏剧舞台艺术的最伟大典范之一。

西登斯夫人第一次登台亮相出演麦克白夫人时,才20岁。

她何以能把成熟的、具有男性意志的麦克白夫人饰演得如此成功呢？简言之，她天生就适合这个角色。从莎剧文本，看不出麦克白夫人是否生得国色天香，也许是因其女汉子的强悍个性盖过了她的美貌。但西登斯夫人天生丽质，身高体健，一双极富表现力的眼睛，神情气质中透出一股庄严，这似乎昭示着，她就是麦克白夫人这个角色本身。

除了麦克白夫人，西登斯夫人后来还饰演过《奥赛罗》中的苔丝狄蒙娜和《哈姆雷特》中的奥菲莉亚等其他悲剧女性，角色塑造也都十分成功。要知道，麦克白夫人、苔丝狄蒙娜、奥菲莉亚，这是在个性、情感上差距、差别多么巨大的三位女性！

西登斯夫人真不愧是一位伟大的演员！

舞台上由这样一位女性塑造出来的麦克白夫人，似乎也与生俱来有一种母仪威严、天生的女王范儿，凡打定主意的事就下决心不顾一切去做。她完全左右了丈夫的意志，她叫他不要担心罪行一旦暴露便会受惩罚，也别把什么超自然力的种种威胁放眼里，大丈夫要敢于铤而走险。据记载，谋杀邓肯一场戏，她运用天赋的表演才能，以庄严的情感将谋杀的激情淋漓尽致表现出来，把观众都震慑住了；梦游一场戏，她又把命运降临在自身的灾难活灵活现地再现了，只见她容颜憔悴、一脸愁云、两眼无神、目光呆滞，却又心急如焚地快步横穿舞台，吹灭蜡烛，然后，发了疯似的做出一连串反复洗手的动作，做这些动作时，还保持一种庄严和尊贵。对这样一个在痛苦中绝望挣扎的女人，舞台下的观众竟不由自主地生出了敬畏之情、悲悯之心。

这个被观众广泛认可、接受、喜欢、同情的麦克白夫人，是莎士比亚的麦克白夫人吗？不用说，兰姆肯定不赞同！

　　然而，很简单的一个道理是，戏剧文本一旦搬上舞台，它便不再单纯属于那个编剧的作者，它属于导演，或许更属于演员。单从莎剧《麦克白》首演至今已四百多年的舞台演出史，及期间据此改编的诸多版本的影、视、剧（包括歌剧、舞剧、音乐剧）来看，同饰演麦克白的情形一样，几乎每一位女演员都是在饰演那个属于她自己的麦克白夫人。比如，有的麦夫人十分脆弱，似乎只是出于妻子对丈夫的忠诚、顺从，才变成与丈夫合谋杀死邓肯的共犯；有的麦夫人过于温文尔雅；有的麦夫人显得胆小怕事，不敢作为；有的麦夫人特别有女人味；有的麦夫人过于恣肆无忌，反倒显不出杀人的动机；有的麦夫人始终含而不露，把野心和疯狂表现得很有节制，只在梦游时显出深重的负罪感；有的麦夫人又将骄狂专横和冷酷无情表演到极致等等，不一而足。

　　以上花样繁多的麦克白夫人，都属于莎士比亚吗？要是兰姆，他一定会说，她们充其量只属于莎剧舞台，绝不属于莎剧文本；她们只属于剧场观看，不属于灯下阅读，二者切不可同日而语。

　　兰姆似乎有点老古板儿。

　　不过，正如不同个性、气质、情感的女演员势必会在舞台上演出不同的麦克白夫人一样，批评家和研究者运用不同的理论，也会对麦克白夫人得出不同的理解、诠释，甚至对约定俗成的传统看法做出颠覆、解构，这里颇具代表性和典型意义的是用"原型理论"和"女权批评"的方法所做的研究。

　　比如，作为原型批评派集大成者的加拿大文学批评家诺斯罗普·弗莱(Northrop Frye,1912—1991),在其名著《伟大的代码:圣经与文学》(*The Great Code:The Bible and Literature*)中,将《圣经》中的女性分成启示型、中介型和恶魔型三类:启示型的典范当属体现着仁慈、关爱、博大、包容的圣母玛利亚,以及像她一样能给人带来欢乐、繁荣,使人生发愉悦联想的圣女,如《旧约·箴言》中的新娘;中介型比较普遍,最典型莫过于夏娃,她原是伊甸园里纯净的女性,受了蛇的诱惑偷吃禁果之后,变成一名人间凡女,成为人类的母亲,经历了原罪、赎罪的轮回;恶魔型的代表则是《旧约·以赛亚书》里的莉莉丝(Lilith),即传说中的"夜间女妖"(也可作"夜之魔女"),是情欲和罪恶的化身。这并不难理解,有许多犹太教教义都将罪恶放在莉莉丝的身上。

因而,源于此得出的结论也不言自明,即麦克白夫人完全是一个恶魔般的妖婆、恶妇。这其实与对麦克白夫人长期占主流的传统看法并无本质不同,即麦克白夫人是一个穷凶极恶、阴毒残忍、毫无人性悲悯、毫无道德良知的恶妇形象。

不过在此,倒可用原型批评的方法对麦克白夫人做更深一层的剖析。

莎士比亚对《圣经》烂熟于心,他不可能不知道这个在《圣经》中并未过多着墨描绘的"夜间女妖"的原型,是那个由古犹太传说中变到文学故事里的"莉莉丝"。关于莉莉丝的故事,在1947至1956年间于死海附近的旷野山洞里发现的《死海古卷》之《死海文书》中有记载,这部古文献约于公元前1到2世纪之间写成。

简言之,这个与《旧约·创世记》背道而驰的古犹太传说是这样的：

上帝同时创造了亚当和莉莉丝，莉莉丝是世界上的第一个女性,乃亚当的原配夫人(关于此,据另外的希伯来传说,还是上帝先创造了亚当,后因亚当长期跟动物性交,向上帝表达不满,上帝垂爱,特地为他创造出妻子莉莉丝。"莉莉丝"名字的意涵即指"暴风""恶魔"或"情欲"。有了妻子,跟动物性交自然成为禁忌,《旧约·申命记》【27·21】载："跟动物性交的,要受上帝诅咒。")后来,莉莉丝对自己身为柔弱的女性向上帝发泄不满,于是有了以下对话：

> 莉莉丝:天父,为何我与亚当不同？
>
> 耶和华:因为他是你的配偶。
>
> 莉莉丝:为何他是男人,我是女人,而又比他柔弱？
>
> 耶和华:孩子！你的能力是被安排好的,只要在伊甸园,你就是柔弱的。
>
> 莉莉丝:我将离开这里,去追求我想要的力量。

就这样,莉莉丝丢弃亚当(另有传说莉莉丝对自己与亚当的性生活十分不满,亚当要以男上位行房,莉莉丝觉得既然两人同出尘土,便生来平等,也要上位行房,并辱骂亚当粗鲁、自大),离开了神的净土"白之月",去往红海。红海是一种比喻,指无限的地狱——地球。再后来,上帝见派去的大天使力劝莉莉丝回心转意无效,遂下决心放弃莉莉丝,便趁亚当熟睡之际抽出他的一根肋骨,创造了夏娃。后来,莉莉丝遇见了撒旦,并与野兽和魔鬼们性交,每天产下 100 个孩子(因此,莉莉丝这个名字又有了"荡妇"之意)。具有讽刺意味的是,与人类始祖亚当、夏娃寿数有限不同,莉莉丝在堕天之前便享有了永生,相貌永远青春美丽,男人一见,无不倾倒,汲取男人精气,更可长生不老(由此推测,莉莉丝现在依然活着)。

如此一来,再读麦克白夫人的自白:"解除我身上女性的柔弱,让我从头顶到脚趾尖儿都充满最恶毒的凶残!把我血液变浓稠,阻止怜悯流进心头,别让天性的良心刺痛动摇我残忍的意志,别让我在结果和意图之间犹疑不决!"【1.5】便不难感觉到,这里显示的,分明是莉莉丝想要向上帝讨要跟男人一样的力量。

再读麦克白夫人的誓言:"我给婴儿喂过奶,知道一个母亲对吸吮她乳汁的婴儿是多么怜爱;但假如我像你一样,曾就此事发过毒誓,那我也会在婴儿对我绽开微笑的时候,把我的乳头从他还没长牙的牙龈下拔出来,把他的脑浆子摔出来。"【1.7】这绝对是那个不甘位于男人体下,而与野兽、魔鬼狂交的莉莉丝,好像自己的孩子反正是跟魔鬼胡乱生出,随手摔死毫不足惜。除了莉莉丝,哪一个人间母亲会下如此毒手? 夏娃就不会!

再读麦克白夫人的判词:"他们的生命契约又不是永恒的。"【3.2】这既是在给杀了邓肯之后惊恐不定的丈夫打气鼓劲儿,叫他像个大丈夫一样意志坚定,同时,更是在表达对上帝的不满。

至此,再读一读《旧约·箴言》第 31 章所描述的"贤惠的妻子":"她的价值远胜过珠宝! ……她一定使丈夫受益,从不使他受损。……她坚强,受人敬重,对前途充满信心。她开口就表现智慧;她讲话就显示仁慈。……娇艳是靠不住的,美容是虚幻的,只有敬畏上帝的女子应受赞扬。"读者即可明白莎士比亚如此刻画麦克白夫人的匠心所在,结论似是不必说了。没错,麦克白夫人不是苔丝狄蒙娜那样的《圣经》里的"贤惠的妻子",反过来,她是使丈夫受损、机关算尽太聪明、毫无仁慈可言、不敬畏上帝的女魔王,活脱脱一个莉莉丝转世。

莉莉丝是麦克白夫人的一个"原型"。其实,拿这个"原型"来为莎士比亚研究中的"女权批评"站脚助威再合适不过。英国学者朱丽叶·狄森伯莉(Juliet Dusinberre)1975 年出版的论著《莎士比亚与女人的天性》(*Shakespeare and the Nature of Women*),被誉为从女权主义视角研究莎剧的开山之作。朱丽叶女士把莎士比亚视为一位超前的女性主义者,在具体论析麦克白夫人时,她从揭示女性要摆脱父权制束缚及平等追求权力的角度,认为麦克白夫人追求权力有其合理性。显然,朱丽叶眼中誓要"解除我身上女性的柔弱"的麦夫人,是一位敢于突破父权制社会规范的女性,她以一种极端的方式参与到男权社会,她为追求权力表现出来的残忍,并非源于本性,而是男权社会的产物。因此,朱丽叶以为,与其说莎士比亚在剧中谴责的是麦夫人,毋宁说他是在鞭挞那个导致麦夫人走向残忍、走向犯罪的男权社会。

假如此说成立,那位古犹太传说中在性交体位上都一定要与男人平等的莉莉丝,是否就成了女性主义的先驱?

除了"原型批评"和"女权批评",莎剧研究还有"历史主义""心理分析"等方法。另外,像英国著名小说家弗吉尼亚·吴尔芙(Virginia Woolf, 1882—1941)在其《一间自己的房屋》(*A Room of One's Own*)一书中提出的"双性同体"思想,即每个人身上都兼具男女两种特质,也被有的莎学者拿来品评麦克白夫人,认为麦夫人典型地体现了这两种特质的冲突,她既有属于女性特质的爱情渴望、情感细腻、脆弱柔软,同时也兼有男性特质的意志力和政治野心。或者说,她一门心思追求权力表现出了野心、无情,而把自己作为女人天性中的柔情、母性、脆弱抑制住了。

在此不一一赘述。

2."野兽""女妖",抑或女中豪杰?

或是因了女权批评的兴起,也许更主要还是女性主义的不断张扬,影响到了男性导演大卫·多伊爱莎维利的情感倾向,使他要在其轰动国际戏剧界的那部格鲁吉亚"诠释特别版"音乐剧《麦克白》中,塑造一个史无前例的麦克白夫人。

这个麦克白夫人的确非同凡响。莎剧文本中的麦夫人出场极为普通,读着丈夫的来信,对丈夫野心有余、邪恶不足的性格发出叹息。这部音乐剧里的麦夫人,却是明星般闪亮露脸,舞台上她先被一层纱幕遮挡,随着独白加入混合音响,纱幕慢启,露出女神般的面容,只见她身穿两片光鲜耀眼的马赛克金袍,在两堵墙之间叉开双腿,将女性的神秘和诱惑尽现眼前。

迎接国王一场戏,这个崭新的麦夫人走上T台,秀出迷人的风采。导演为让麦克白夫妇谋杀邓肯具有合理性的一面,以引起观众的同情,让他对出迎的麦克白夫人进行性骚扰,极尽色鬼挑逗之能。待国王离开,麦夫人脱掉外衣,喘着粗气,倒在丈夫怀里。这样的一个国王,活着也多余。

原剧中,谋杀邓肯之前、之后,麦克白都出现了幻觉,陷入惊恐,麦夫人始终异常镇定,心硬如铁,残忍嗜血,而在这部音乐剧的舞台上,变成麦克白夫妇面对彼此手上的血污,在惊恐之中相拥而吻,浑身颤抖。

音乐剧为表现这对恩爱夫妻俩始终葆有一份浓得化不开的温柔缱绻、情感热烈,第一幕第一次同台时,麦克白跪于夫人脚下,二人平伸双臂,相交一处,一个仰头,一个俯首,引颈激吻,情景美丽、浪漫、动人;之后,当二人经过内心的纠结、缠斗终于下决心杀掉邓肯,再次接吻;杀邓肯之前,有了第三吻;杀班柯之前,又有了第四吻。

第五吻发生在第五幕麦克白被杀前,得知夫人自杀,已众叛亲离的麦克白挂着吊瓶爬到夫人尸体旁,晃动她的手臂,继而起身迎敌,身受致命重伤,最后倒在夫人身边。这时,舞台顶光由红变蓝,音乐渐变抒情,二人牵手,起身亲吻,双双倒地。这不是那个原剧中对夫人的死无动于衷的麦克白,这是爱情至上的麦克白!这一吻的死别,是在绝情的悲伤里凸显麦克白夫妇的爱情之坚贞、情感之崇高,已经和罗密欧与朱丽叶、奥赛罗与苔丝狄蒙娜的一死而吻,异曲同工了。

除此,音乐剧还刻意把麦克白夫人梦游一场戏,渲染得悲凉、凄清、动情,人物位于纱幕后,投在纱幕上的现场视频与台词混响,配以小提琴的抒情旋律,以此表现麦夫人可怕的精神分裂和内心的哀鸣幽怨。

可是,这位焕然一新、令人惊艳、极具现代女性气质的女神,还是莎士比亚的麦克白夫人吗?

事实上,将邪恶、残忍的麦克白夫人柔情美化早有先例。1838 年,海涅便在其《莎士比亚的少女和妇人》文中,表达过一种困惑。他说，麦克白夫人这个邪恶透顶的坏女人，在德国的名声曾一度好转，以至于舞台上的麦克白夫人变得柔情缱绻，对丈夫洋溢出来的爱心，叫柏林观众看了无不动容，竟会生出同情之心。海涅对此忧心忡忡，他要告诉德国同胞，这个被有些人认为"和蔼可亲"的、"善良的麦克白夫人实在是一头凶猛无比的野兽"。

与之相比，歌德更称麦克白夫人是一个"超级女巫"。

3.恶毒的女魔鬼

归根结底，这里要剖析的麦克白夫人是莎剧中的艺术形象，不是舞台人物。最明智的做法是返归文本。

1817年，哈兹里特在其名著《莎士比亚戏剧中的人物》中论及麦克白夫人时指出："她那顽强的意志力和男人的坚定性格，使她高出她丈夫游移不定的性格。她不仅能立即抓住彻底实现那向往已久的荣华富贵的机会，而且，在一切尘埃落定之前，不达目的，绝不退缩。她的罪大恶极几乎被她的巨大决心遮掩了。她是一个伟大的坏女人，我们恨她，但与恨相比，我们更怕她。她并不像里根和高纳里尔那样令我们心生厌恶，她之所以邪恶，只在于她要达到一个很大的目的；她与众不同的地方，或许并不在她心狠手辣，而在于她处事不惊的冷静头脑和坚定的自我意志，这使她一旦打定坏主意，便不会因女人的软弱产生懊悔，加以改变。麦克白的话形象地刻画出她那异常坚定的性格在他脑中烙下的印记：'只生男孩儿吧，凭你这无畏的气质，只该铸造刚硬的好汉。'【1.7】

"其他一切她全顾不上考虑，一门心思只想杀掉邓肯，以便

'在以后所有的日日夜夜,君临天下,尽享王权的统治'。这一点从她得到'邓肯要来我城堡送死的消息'时,向呱呱叫的乌鸦所做的祈求中,活灵活现地表现出来:

> 来吧,你们这几个激起杀机的魔鬼!解除我身上女性的柔弱,让我从头顶到脚趾尖儿都充满最恶毒的凶残!把我的血液变浓稠,阻止怜悯流进心头,别让天性的良心刺痛动摇我残忍的意志,别让我在结果和意图之间犹疑不决!你们这几个帮凶的魔鬼,无论隐身何方,静待着人类的罪恶,都到我的胸乳来,把奶水吸吮成胆汁吧!来,漆黑一团的暗夜,用地狱里最黑暗的烟雾把你遮盖,好让我锋利的刀连它自己切开的创口都瞧不见, 好让上天也不能透过天幕的黑幔瞥一眼,高喊"住手,住手!"【1.5】

"当她刚从信使嘴里得知'今晚国王御驾亲临此地',竟被这一超出她希望极限的消息弄得一片茫然,以至于她对信使说'你在说疯话'。此前,她从丈夫的密信中得知女巫的预言,意识到他的意志不够坚定,觉得他要取得预言承诺的王位,必须由她亲自激励。她手里拿着信,大声说:'赶快回来吧,我好把我的情感性灵倾入进你的耳中, 好用我舌尖上的勇气痛斥阻碍你得到皇冠的一切,命运和超自然的神力似乎都要助你一臂之力,帮你把皇冠戴在头顶。'【1.5】

"这一兴奋异常和热盼顺利的心情, 这一似乎扩展她身体、占据她一切官能的、不可遏制的热切期待，这一有血有肉的、坚实的情感，与女巫那冷漠、茫然，平白无故而又卑贱歹毒的邪恶心肠，形成了鲜明对比。女巫像她一样，也是促使麦克白实现自我命运的要素，但她们不过是在恶作剧，之所以如此，只因她们对缺陷与残酷有一种毫无来由的癖好。她们是作恶多端的妖婆，是诱人污秽犯奸的老鸨，她们没有享乐的能力，专爱破坏，因为她们本身就是不真实的、毫无生育力的半存在物。她们强悍，在于其没有一切人类的同情，故而蔑视一切人间事物，恰如麦克白夫人之强悍，在于她具有强大的情感力量，她的罪过似乎在其过于强烈的自私和家族扩张的野心，不会为了一般的同情心和正义感有丝毫动容，这是野蛮民族、野蛮时代的一个显著特征。"

在此，顺着哈兹里特的思路，再来细致分析一下麦克白夫人的性格、命运。

无疑，麦克白夫人性格中的雄性潜质与生俱来，她是一个具有男性意志力的女人，若非收到丈夫的信，告知三女巫预言之事，这一潜质还会继续沉睡。若此，她可能永远是一个邓肯眼里"高贵富丽的女主人"，【1.6】麦克德夫眼里麦克白"温柔的夫人"。【2.3】从剧情有理由确信，假如不发生谋杀，麦夫人便是一位外人眼里高贵、富丽、温柔，丈夫眼里忠贞、贤惠、顺从的妻子，"最亲爱的分享尊荣的伴侣"，【1.5】与麦克德夫夫人同属《圣经》里"贤惠的妻子"。

然而，魔鬼改变了一切！恰如三女巫的预言唤醒了麦克白欲望的魔鬼，丈夫的信也使麦夫人的心魔睁开双眼。一瞬间，麦夫人便下定决心，一定要帮丈夫实现伟大的君王梦。知夫莫若妻，麦夫人深知丈夫"太有人情味儿",有野心,却缺乏"与野心相伴的阴毒邪恶",不敢一下子害人性命,一心想得到的东西,非要以圣洁的方式获得。她点出了丈夫的致命弱点:"既不想要奸弄诈,却又想非分得到。""你只是怕做这件事,并非真心不愿做。赶快回来吧,我好把我的情感性灵倾入进你的耳中,好用我舌尖上的勇气痛斥阻碍你得到皇冠的一切,命运和超自然的神力似乎都要助你一臂之力,帮你把皇冠戴在头顶。"【1.5】

这哪里是"贤惠的妻子",这是一个思维缜密、瞅准时机便果断出手的谋略家。而且,从这句独白——"你们这几个帮凶的魔鬼,无论隐身何方,静待着人类的罪恶,都到我的胸乳来,把奶水吸吮成胆汁吧"【1.5】来看,麦克白夫人还担心魔鬼(三女巫)会变得胆小,隐形躲藏,她要让她们喝她的奶水壮胆。这已经比魔鬼还魔鬼了。

因此,当麦夫人得知邓肯要来城堡过夜,立即决定,天赐良机,绝不容错过。她见丈夫心有疑虑,斩钉截铁地说:"啊!休想再见到明天的太阳!我的伯爵,你的脸活像一本书,甭管谁一看,都能知道上面有什么神秘的事。——为骗过世人,你的表情要恰如其分:从你的眼里、手上、舌尖,流露出好客的殷勤;得让人瞧着你像一朵纯洁的花,可你实际上是一条藏在花底下的毒蛇。我们一定要好好款待这位贵客,今晚的大事都交我来办,此事一经得手,我们即可在以后所有的日日夜夜,君临天下,尽享王权的统治。"【1.5】

这是那条蛇变身为夏娃,又来诱惑亚当"吃禁果"。麦夫人这条毒蛇的确比丈夫会伪装,迎接国王时,她是那么雍容华贵、仪态万方、彬彬有礼,极尽热情殷勤,面对国王叨扰府上的真情客套话,她面不改色、口蜜腹剑地回应:"犬马之劳,何足挂齿,我们哪怕加倍效劳,加倍再加倍,也不足以报答陛下的深恩厚泽:为报答陛下以前颁赏的荣耀和最新封赐的尊贵,我们会一如既往地为您祈祷求福。"【1.6】

至此,麦夫人的魔鬼本色已浮出水面。接下来,夫妻"斗嘴"一场戏,迎来了全剧的第一个高潮,也是剧情的转折点。欲望的惨烈战场在这里精彩呈现——

麦克白要打退堂鼓:"这件事到此为止吧:他最近刚给我尊荣,我也从各种人的嘴里赢得极好的赞誉,这时,正该穿上这光鲜的新衣,别这么快就把它丢在一边。"

麦夫人冷嘲热讽:"难道你的勃勃雄心在这光鲜的穿戴里喝醉了?难道它一直酒醉大睡,现在一觉醒来,突然想起醉饮前大胆妄想的举动,吓得脸色苍白毫无血色了?瞧你这雄心,一喝醉就有,酒一醒就变,我算掂量出你有多爱我了。你现在怕的是让自己在行为和勇气上,跟你的欲望所求一致吗?你是不是既想得到那至尊无上的人生装饰品,却又自甘做一个懦夫?活像谚语里说的那只可怜的猫,让'我不敢'永远尾随在'我想要'的屁股后面。"尽管话里夹枪带棒,却不忘示爱,这是女人的独门绝技。

果然,麦克白的血性再次被激起来:"请你别说了。身为一个大丈夫,我无所不敢为:天底下还没有哪个男人比我更敢为。"

麦夫人觉得这话不过虚言,必须添柴加火:"那是哪个人面兽心的家伙叫你把这事透露给我的?什么时候你敢做这事,你就算是大丈夫;要是你能使自己不单只是一个大丈夫,你就更是男人中的伟丈夫。那时候，没有天时地利，你却老惦记着创造时机；可眼下，天赐大好良机，你却丧失了能力。我给婴儿喂过奶，知道一个母亲对吸吮她乳汁的婴儿是多么怜爱；但假如我像你一样，曾就此事发过毒誓，那我也会在婴儿对我绽开微笑的时候，把我的乳头从他还没长牙的牙龈下拔出来，把他的脑浆子摔出来。"

这话太狠毒了，只能出自一个恶魔之口！

不过，也只有魔鬼能逼麦克白道出真情："要是失败了呢？"

麦夫人早就掐准了麦克白的命门七寸，丈夫不是不想下手，只是担心万一失败。这时，麦夫人开始耐心地向丈夫部署，如何具体实施谋杀计划："失败？只要你把勇气那根弦绷紧，就绝不会失败。等邓肯睡熟了——车马劳顿，辛苦一天，他会很快睡熟，我带上酒去找他那两个寝宫侍卫，痛饮一番，把他俩灌醉，我要把他俩的记忆，也就是脑子的看守，灌成一团蒸汽；要把他俩理智的容器，灌成一具酒气熏天的蒸馏器；等他俩烂醉如泥，睡得跟死猪一样，那毫无防卫的邓肯还不任由你我摆布吗？到那时，我们把这重大谋杀往那两个像海绵一样泡在酒里的侍卫身上一推，不就万事大吉了？"

这样的魔鬼夫人，令丈夫敬畏。同时，在夫人异常镇定的感染下，麦克白也驱除犹疑，稳住了心神："只生男孩儿吧，凭你这无畏的气质，只该铸造刚硬的好汉。到时把血涂在他自己那两个睡死过去的寝宫侍卫身上，而且行刺就用他们的短剑，会有谁不信这事是他们干的？"

麦克白毕竟是大男人，夫人赶紧补上女人的招数："我们再抚尸号啕恸哭，一见这悲伤的样子，谁敢不信？"

终于,麦克白把真心交给魔鬼:"我意已决,我要绷紧全身每一根神经,去干这一件惊天之举。"【1.7】

虽然有超自然的三女巫的预言在先,有魔鬼附体的夫人的力量在后,麦克白为实现自己当国王的野心,杀了邓肯,却似乎始终有一把幽灵之剑悬在半空,随时要他的命。其实,这就是杀死邪恶心魔的正义之剑。因此,杀了邓肯、满脑子幻觉的麦克白,再次成为夫人眼里的软骨头:"你高贵的力量泄了劲儿,怎么满脑子净是这些胡思乱想的怪念头。去弄点儿水,把手上的血污洗干净。两把剑你怎么都拿这儿来了?千万要放回原处:把剑搁回去,给那两个酣睡的侍卫涂上血。"

此时的麦克白已没有力量回到杀人现场:"说什么我也不去了。一想我干的事都怕:更不敢再去看。"

这哪儿是大丈夫,分明是个孩子嘛。麦夫人一边嘲笑,一边亲自动手:"意志不坚定!给我剑。(拿剑)睡着的人和死人都不过像画一样:只有小孩儿的眼睛才怕看画里的魔鬼。要是他还流血,我就把血在那两个侍卫脸上镀一层金,我必须要让人们目睹他们的罪恶。"【2.2】

罪恶可以像把血涂在侍卫脸上一样掩饰过去,这正是魔鬼的做法,毫无道德,毫无良知。显然,剧情发展到这里,始终都是魔鬼的巨大强力硬撑着麦夫人作为女人的强大神经。但同时,这根神经也正在接近崩断的临界点。点燃这个临界点的引信,是麦夫人手上的血污。她并没有亲手杀人,她只是返回谋杀现场,为制造假象,给两个侍卫的脸上涂了血。回到麦克白面前,她还神闲气定地说:"我这双手已跟你的颜色一样了,可我却羞于有一颗像你那样毫无血色的心。(内敲门声)我听见有敲南门的声音。我们回房吧。用一点儿水就能把这事洗清：如此轻而易举！你的坚定已把你抛弃。(内敲门声)听！又敲了。穿上睡衣，免得有人找我们，会看出我们还没睡。别这么像丢了魂似的有气无力。"【2.2】

麦克德夫敲门的时候，麦夫人依然魔性十足，魔力不减，以至于当钟声响起，她来到麦克德夫面前，假装惊恐，明知故问："出什么事了，非要吹响这可怕的世界末日的号角，把整个城堡的人都叫醒？说呀，说呀！"善良正直的麦克德夫抑制住满腔愤怒，反来安慰麦夫人："啊，温柔的夫人，我不能跟你细说：这话一旦传进女人的耳朵，就会变成谋杀的凶器。"稍后，刚听麦克白说完自己是出于对邓肯的"忠爱之心"，才"愤激之下，一时冲动"，杀了两个侍卫，她便假装晕倒。【2.3】

麦夫人的魔鬼表演骗了所有人！但长期以来，一直有莎学家以为，麦夫人的晕倒不是装的，而是真晕，因为麦克德夫的那句对麦克白的质问——"你为什么要杀他们？"击中了她的神经。千算万算，麦克德夫心生疑问，还是超出了她事先自认为完美无缺的算计。一时惊慌，她吓晕了。如此说来，这就成了一种暗示，暗示麦夫人所具有的男人意志力绝非坚如磐石不可摧，同时，也是在为第五幕的梦游一场戏做铺垫，即麦夫人神经错乱的病根已被麦克德夫种下了。再引申说，是麦克德夫所代表的正义力量，最终迫使麦夫人身患梦游；又是同样的力量，最终使麦克德夫杀死了麦克白。

麦克白如愿当上国王，麦夫人摇身成为王后，但因心有挂碍，两人谁也轻松不起来。麦夫人有的是魔性，不意味着自己就是魔鬼，在人性层面，她懂得"费尽满腹心机，到如今一无所获，/ 若欲望已满足，却并不心安理得：/ 好比害人者身陷令人惊恐的欢乐，/ 还真不如被害之人那样稳妥安详。"因此，她见丈夫整日"孤零零独自一人"，劝他"难道那些念头还不该随同往事一起死去？无法补救的事，别再念念不忘：过去的事做了也就做了。"同时，还要恳求她"高贵的丈夫""不仅要掩饰住满脸的愁容：今晚还得心情愉快、神清气爽地招待宾客"。【3.2】

这一刻，麦夫人似乎又回归成一个女人、一个妻子。也是在这一刻，麦克白转变为一个男人、一个丈夫。莎士比亚的这一戏剧处理十分精妙。

麦克白未将已派人暗杀班柯的事告知夫人，他只是对她说："亲爱的妻子，我脑子里爬满了蝎子！你知道，班柯和弗里安斯还活着。"夫人自然明白丈夫的心病所在，极力劝慰："他们的生命契约又不是永恒的。"这句话让麦克白像吃了定心丸一样满心欢喜，因为麦克白由此豁然开朗，原来班柯的命并非神圣不可侵犯的。麦克白又孩子似的称呼夫人"最亲爱的宝贝儿"，随后表示"事成之后，你自然会拍手称快"。【3.2】麦克白有一种要独自干成一件漂亮事之后，向夫人摆功、炫耀的心理。邪恶似乎也露出可爱的笑脸。

然而，暗杀失手，班柯虽死，弗里安斯却侥幸逃脱，这样，三女巫的预言再次成了变数，而这变数又叫麦克白的心病复发。王宫大厅的晚宴刚开场不久，麦克白已开始失态。麦夫人只好赶来救场，先是从容不迫地请丈夫给客人"敬酒助兴"；当麦克白被班柯的幽灵吓得惊叫,她又向客人们耐心解释:"尊贵的朋友们,坐下来——这是我丈夫年轻时落下的毛病,经常这样。请各位安心就座。发病只是一阵儿,过一会儿很快就好。假如你们太注意他,反而会惊扰他,令他激怒不已、狂躁不安:接着用餐,不用管他。"随即,像对孩子似的训斥丈夫:"你是条汉子吗?"男人的虚荣令麦克白不肯服输,坚称自己是"一条血性汉子,连魔鬼看了心惊胆寒的东西,我都敢盯着它目不斜视"。

闻听此言,麦夫人对丈夫好一顿奚落,嘲笑道:"好一派胡言乱语!这就是你用恐惧画出来的想象;这就是你所说的引你去杀邓肯的、空中出鞘的那把剑。啊,这突然暴发的情绪冲动,不过是拿真恐惧骗人的玩意儿,跟一个主妇在冬日炉火旁,讲述打她老祖母那儿传下来的故事,倒十分相称。丢人现眼!你为什么要做这种鬼脸?说到底,你瞅见的只是一把椅子。"

可是,班柯的幽灵迅速击垮了麦克白脆弱的神经,他刚一开口说敬酒词,便在幻觉中看见班柯的幽灵再次坐在自己的国王宝座上。他崩溃了!这时,麦夫人对这位大丈夫已毫无信心,极度失望,连声慨叹:"太愚蠢了,你的男子汉气概呢?""不知羞耻。""你以最令人惊异的癫狂,扫了所有人的兴,如此盛宴就这样被你糟蹋了。"

麦克白被班柯的幽灵"吓得满脸煞白",麦夫人却依然清醒。当罗斯上前询问麦克白到底看见了什么,麦夫人唯恐事情败露,赶紧抢话:"请你别再问了;他的病越来越厉害:一问反而会激怒他。"如此,当机立断,立刻宣布"就此散席,晚安:离席先后不必拘泥爵位品级高低,立刻散了吧"。

在此,麦夫人作为"伟大的坏女人"所表现出来的豪杰气魄,明显压倒了麦克白的男子汉气概。

宾客散尽,暂时恢复平静的麦克白,向夫人说打算次日一早去找三女巫,"非要用这最邪的办法,从她们嘴里知道我最惨的结局不可"。麦夫人显得漠不关心,淡淡地说:"你整个身心都缺乏调剂,睡觉吧。"【3.4】

麦夫人身上附着的魔鬼的力量,到这个时候已耗尽,与此同时,命运毁灭的灾难开始降临。待第五幕第一场她再一出场,已是一个极度抑郁的梦游症患者。

莎学家们普遍认为,梦游这场戏是莎士比亚"最伟大的创造之一"。换言之,让麦夫人梦游,是莎士比亚的原创,而不是从哪儿"借来的"。它的戏剧力异常强大,甚至麦夫人的梦游独白"去,该死的血污!"(Out, Damned spot!)早已成为许多说英语的人十分熟悉的一个短语。

梦游中的麦夫人,幻觉自己手上有洗不净的邓肯的血污,"谁能想到,这老头儿会流那么多的血"。【5.1】她的这种心绪正应了随后安格斯在征讨麦克白时说的话:"他现在感到阴谋暗杀的血污紧紧粘在手上。"【5.2】

她一边反复搓手,一边不安地念叨:"费辅伯爵曾有过一个妻子:她现在何处——怎么,这两只手再也洗不干净吗——别那样了,我的丈夫,别那样了:你这神经过敏的一咋呼,把一切都搞砸了。""这儿还有血腥味儿。怎么所有阿拉伯的香料连这一只小手都熏不香。啊!啊!啊!""把你的手洗净,穿上睡衣,别脸色这么苍白——我再跟你说一遍,班柯已经下葬,他不能从坟墓里冒

出来。""上床,上床;有人敲门:来,来,来,来,把手给我:干了就干了。上床,上床。"【5.1】

这里蕴含着两层暗示,第一层,麦克白派人暗杀班柯、血洗麦克德夫城堡,麦夫人事先均一无所知。杀班柯,是麦克白想独自把三女巫的第一次预言做个了断,给夫人一个惊喜,分享铲除后患的胜利果实;而杀麦克德夫妻儿老小,则更多是麦克白为了保自己的命,因为三女巫要他"当心麦克德夫;当心费辅伯爵"。这时,他再也顾不上夫人,夫人使他成为谋害邓肯的凶手,麦克德夫则把他变成一个暴君。麦夫人感到了从未有过的害怕。

更叫她担惊受怕、夜不成眠、梦里游走的致命因素在第二层,当她预感到联军一旦获胜,将麦克白王国推翻,她的下场会落得跟"费辅伯爵曾有过"的那个妻子一样。这样一想,谋杀之夜再现眼前,旧的可怕血污挥之不去,同时,新的血污即将来临,她预先看见了死神。

就这样,麦克白夫人死了!

听到夫人的死讯,麦克白显得十分淡定,一点儿也不惊讶:"不定哪一天,她势必会死。"但倏忽间,麦克白从她的死感到了人的生命过程徒劳无益,不过是在等着耗尽光阴的最后一秒钟,慨叹:"人生不过一个行走的影子,一个可怜巴巴的演员,他把岁月全花在舞台上装模作样、焦躁不安地蹿来跳去,一转眼便销声匿迹。"【5.5】

这里,黑泽明导演的电影《蜘蛛巢城》值得再次回味。

脱胎于《麦克白》的《蜘蛛巢城》情节不复杂,讲述的是日本战国时代,大将鹫津武时(麦克白)和三木将军(班柯)平叛有功,回主寨领赏。骑马路经蛛脚森林，迷路。遇一女巫，预言鹫津将成为北城城主。回到主寨，国主果然命他出任北城城主。由此，他对预言深信不疑，便在妻子浅茅的极力撺掇下，设计杀了主君，自立为蜘蛛巢城城主。之后，又设计杀死三木将军。三木之子（弗里安斯）奋力保护国主杀出重围。浅茅因罪孽深重，难以承受良心的谴责，发了疯，怀孕的孩子胎死腹中。鹫津又去蛛脚森林找女巫，女巫预言只要蛛脚森林不动，鹫津就绝不会战败。但是，蛛脚森林移动着围攻蜘蛛巢城。主君的儿子命人把树绑在马背上，以此为掩护，兵临城下，城内士兵起兵造反，将鹫津武时乱箭射死。

撇开鹫津的刻画是否比麦克白更为出彩不谈，黑泽明对浅茅的塑造似乎并不在莎士比亚之下。这里也有夫妻"斗嘴"一场戏，在空旷的城堡，鹫津夫妇展开了一场唇舌冷战，每一回合都是浅茅一语戳中鹫津的要害。在浅茅的冷言冷语里，鹫津的忠心一次次动摇。浅茅不仅从人性邪恶的角度，帮鹫津分析主君的驾临只是为了刺探他的军事实力，同时，反复用君臣猜忌的历史教训，说服鹫津不必愚忠。最后，她还不忘以现实诱惑来找补，告诫丈夫天赐良机，机不可失。

为展示浅茅的女性形象，黑泽明调用了相当多的镜头。浅茅心思缜密，有勇有谋，从递刀给鹫津，到替他收拾残局栽赃陷害，没等天亮就喊"杀人"，步步为营，时时紧逼，始终将阴谋的主动权掌控手中。

《蜘蛛巢城》里有一个特别的细节，即浅茅告诉鹫津自己怀孕了。俩人据此判定，这说明女巫预言三木将军的子嗣将继任寨主的鬼话，完全不可信。然而，阴谋一旦得手，在疑神疑鬼之中，浅茅陷入精神失常的抑郁,导致腹中胎亡。鹫津闻讯后,屡次想进入内宅去探看,却被仆人阻拦。那一段来回反复的镜头,十分精妙地折射出鹫津惧怕预言、担忧命运的复杂心理。

让浅茅怀孕又胎死,这一神来之笔是黑泽明的原创,可以说,至少在这个地方,黑泽明比莎士比亚技高一筹。试想,假如莎士比亚像比他年幼346岁的黑泽明一样,让麦克白夫人怀孕,那《麦克白》将更具有欲望与命运之间精微细致的戏剧张力,欲望与死亡之间跌宕起伏的悲剧宿命感,人物心理自然也更繁复、更精微。

再往深一层说,17世纪初叶编剧《麦克白》的莎士比亚认为麦克白夫妇之所以犯罪,在于他们被魔鬼附体,成为恶魔的化身,人性的欲望退居其次,好似两个魔鬼在一起势必会干坏事。任何一个作家都脱不了时代的局限,莎士比亚自然不例外,他这样塑造麦克白夫妇,也烙印下那个时代对魔鬼与人性的普遍认知。时至20世纪中叶,电影大师黑泽明自然不会再仅仅从基督教世界的视角去刻画鹫津、浅茅夫妇,他用镜头让藏在人性深处的邪恶一点一点、一层一层、一步一步自然展露出来。这么说吧,黑泽导演的电影《蜘蛛巢城》丰富和升华了莎剧《麦克白》的戏剧性,人性的挖掘也更为深刻。

归结为那句话,《麦克白》的确写得急促、草率了一些,撇开麦克白夫妇的恶毒是否具有十足的戏剧味道,仅就戏剧结构来说,实在有点儿头重脚轻。

对莎士比亚的人文、宗教思想影响至深的马丁·路德(Martin Luther, 1483—1546)指出:"恶毒到迷醉于他人的终日饥渴、痛苦和不足之中，以他人的不幸为乐，以犯下杀戮与背叛的罪恶、尤其以杀戮那些对任何人都毫无伤害的无辜生命为乐，这便是邪恶的魔鬼最极端的暴怒。人类无论如何也不能这样。"

　　这或许是莎士比亚编剧《麦克白》的重要初衷，在讨好写了《恶魔学》专著的国王之外，要把麦克白夫妇刻画成一对邪恶的魔鬼夫妻，他俩合谋以"魔鬼最极端的暴怒"，杀死了贤明善良的邓肯、忠诚正直的班柯、柔弱无辜的麦克德夫的妻儿老小，"犯下杀戮与背叛的罪恶"。换言之，邪恶的毒剑谋害了善良；正义的利刃复仇，杀死了魔鬼。《麦克白》"遗传"了国王的"恶魔学"和马丁·路德"恶魔说"的双重基因。

　　诚然，莎士比亚要把人性中欲望的魔鬼画皮揭下来，他刻画的是人的魔性，不是魔鬼的人性。剧情中有两处细节透出了这一层意涵：第一处，欲望驱动着麦克白夫人要坚定杀邓肯的意志，她向呱呱叫的乌鸦发出祈求："来吧，你们这几个激起杀机的魔鬼！解除我身上女性的柔弱，让我从头顶到脚趾尖儿都充满最恶毒的凶残！"【1.5】在此，不向上帝祷告的麦夫人，不啻是一个笃信魔鬼恶妇、妖婆，宁愿把亲生的哺乳婴儿摔出脑浆子，一丝一毫的人性荡然无存；第二处，她自我辩白为何没亲手杀邓肯，"若不是看他睡觉的样子活像我父亲，我早就自己动手了"。【2.2】虽说这种感觉转瞬即逝，不过，她到底是因见到熟睡的国王像亲生父亲，而没有痛下杀手。这说明，麦夫人毕竟只是一个恶魔般的女人，人性好歹还残存着那么一点点。也正是这一点点人性，使她备受折磨，让她身患梦游，不治而亡。真正的魔鬼不会得梦游症！

最后,稍微回顾一下麦克白与三女巫的两次会面。第一次,麦克白是"被动"路遇女巫,之后,夫妻同心,谋杀得手,麦克白成为"未来的国王";第二次,麦克白是"主动"去找三女巫,之后,夫妻离德,麦克白把夫人甩到一边,单打独斗,变本加厉地杀戮,成为一个嗜杀成性的魔鬼,终至被麦克德夫砍了头。

显然,对于三女巫,与麦克白的两次会面都是主动的刻意安排,是麦克白想逃都逃不了的。这意在暗示,魔鬼一旦瞅准时机,主动找上门来,人类该怎么办?抵御魔鬼的诱惑,是《圣经》最重要的母题之一。同时,这也是莎士比亚四大悲剧共有的主题之一,即人类一旦变成魔鬼,世界亦将变成鬼域。

欲望致死的麦克白!

邪恶致死的麦克白夫人!

天长地久,莎翁不朽!

《罗密欧与朱丽叶》：一对殉情的永恒爱侣

罗密欧(向朱丽叶)　要是我用这一双尘世之手的卑微，
　　　　　　　　　把这圣洁的庙宇亵渎，我要救赎，
　　　　　　　　　让香客含羞的嘴唇赦免温存之罪，
　　　　　　　　　让那轻柔之吻抚平我牵手的粗鲁。

朱丽叶　　　　　　虔诚的香客，别这样怪罪这牵握，
　　　　　　　　　牵手原本是香客由衷的虔敬诚恳。
　　　　　　　　　因为圣徒的手可以由香客去触摸，
　　　　　　　　　与圣洁手掌相握便是香客的亲吻。

罗密欧　　　　　　圣徒只有圣洁的手掌，不长嘴唇？

朱丽叶　　　　　　啊，香客，祈祷时嘴唇便派用场。

罗密欧　　　　　　哦，圣徒，让嘴唇替代手的温润，
　　　　　　　　　恳请你不要让双唇的信仰变失望。

朱丽叶　　　　　　你的恳请获允准，圣徒恭候祷告。

罗密欧　　　　　　圣徒别移动脚步，我会前来领教。

（《罗密欧与朱丽叶》第一幕第五场）

ROMEO & JULIET

一、一座历史古城与一段永恒爱情

　　莎士比亚让剧情说明人在《罗密欧与朱丽叶》正剧开场之前说的全剧第一句话是："故事发生在如诗如画的维罗纳。"

　　维罗纳(Verona)被誉为意大利最古老、最美丽和最荣耀的城市之一，其拉丁语的意思是"高雅的城市"，2000年入选联合国教科文组织的世界遗产名录。与意大利遍布全国的众多古城一样，维罗纳历史悠久，在公元前一世纪已是古罗马帝国的一个重要军事要地，城中现存的古罗马建筑大多建于此时。今天维罗纳城中心交通干道的格局，依然保持着古罗马时代的网状结构；而罗马时代的三条主要大道：奥古斯都大道、高卢大道以及波斯图米亚大道都要经过维罗纳。维罗纳也因此被视为意大利第二大的古罗马城市，素有"小罗马"之称。城内至今依然保存着许多从古代、中世纪，直到文艺复兴时期的建筑，如著名的阿莱纳

(Arena)圆形竞技场、罗马剧场、一座完好的斗兽场、三座哥特式大钟楼、五十多座风格不同的教堂、数十座城堡等。在往昔漫长的历史岁月中，这座古城遭逢过许许多多战乱和数不尽的爱恨情仇。

然而，所有这一切似乎都抵不过一部戏剧的神奇魔力和永恒魅力，那就是莎士比亚在16世纪末创作的经典爱情悲剧《罗密欧与朱丽叶》。尽管莎士比亚还有一部以维罗纳为故事背景的戏剧《维罗纳二绅士》，但使维罗纳成为风靡全球的"爱情圣地""浪漫之城"，仅仅因为这里是莎士比亚笔下罗密欧与朱丽叶的"文学"故乡。戏中罗密欧对朱丽叶的"阳台求爱"一场戏，尤其令无数渴望爱情的青年男女刻骨铭心，也因此，现在维罗纳城内的朱丽叶故居及阳台，每年都能吸引数以百万计的游客前来膜拜。

虽然总有维罗纳人不厌其烦地向蜂拥而至的爱情朝圣者解释，罗密欧与朱丽叶这一对为爱殉死的情侣的悲剧故事，其源头的最早版本是发生在锡耶纳，不是维罗纳，实际上也不存在一个真实的"朱丽叶阳台"。可有什么能阻挡人们对真挚、忠贞爱情的仰慕和向往？无论是否出于旅游目的，维罗纳人还是把位于市中心"芳草广场"（Piazza delle Erbe，也叫"埃尔贝广场"）不远的卡佩罗路（Via Cappello）23号一座典型中世纪院落里的一幢13世纪罗马式二层小楼，按图索骥成"文学"的朱丽叶故居（Casa di Giulietta），并在后院建起一座"文学"阳台——罗密欧与朱丽叶幽会、倾吐爱慕、立下婚誓的地方，阳台右下前方竖立着一尊真人大小的朱丽叶青铜雕像，深情款款略带哀怨忧伤地凝望远方，似乎仍在期待爱人罗密欧的翩然降临。

　　在莎士比亚写《罗密欧与朱丽叶》之前，关于这对情人为爱殉情的悲剧故事已流传了几个世纪，到今天，它是否真实变得不再重要，而人们宁愿相信它的确真实存在过，不过，更重要的也许是，人们在自己的情感世界中早已因莎士比亚的这一部戏剧，把维罗纳这座"如诗如画"的古城视为具有浓郁宗教感的爱情圣地。或者说，人们渴望着有朝一日去维罗纳，觉得只有到了那里，才可以真正体会像宗教一样神圣的爱情。因此，每年都有无数的情人来到这里举行婚礼，使维罗纳位列"世界十大婚礼城市"。

　　长久以来，来这里的人们，主要是年轻人，比起城中诸多的罗马古迹，对他们更具吸引力的是朱丽叶故居。他们会自然而然、顺理成章地做这样三件事：

　　第一，独自或与情人一起站到大理石的"朱丽叶阳台"上，凭想象或用亲吻来感受、体验爱情的神奇、美妙、忠贞、伟大。因为，莎士比亚让罗密欧攀上阳台这一行为本身，一是要以此体现浪漫气质与征服意志的骑士精神；二是要以此表现朱丽叶在罗密欧心目中高高在上的神圣地位。对于罗密欧，只有攀上这座阳台，才能与理想的情人共享纯真、圣洁的爱情；对于朱丽叶，也只有这个窥探到她心底秘密、攀上阳台的男人，才是命中注定的爱人。一座小小的古旧阳台，无形中承载起爱情的命运，直到世界上不再有爱情。

　　第二，触摸亭亭玉立的朱丽叶铜像的右侧乳房，以祈祷、保佑爱情的美好、长久。朱丽叶身着轻盈的长裙，左手轻握，自然弯曲，搭在左胸的上方，右手下垂，微微提起裙边，姿态端庄。不知从何时开始流传这样一个说法：触摸"情圣"朱丽叶铜像的右手臂和右乳房，会给热恋中的情侣带来美好、长久的爱情。于是，如织、如痴的来自世界各地的游人、访客会满怀虔敬络绎不绝地，一手轻挽朱丽叶的右臂，一手轻触朱丽叶的右乳；留下美好记忆的同时，期待自己的爱情生活幸福、圆满。现在，朱丽叶铜像的右手小臂、右侧乳房已被无数男女老少痴情的"粉丝"触摸得铜光闪闪。

第三，把写满祝福美好爱情话语和誓言的纸条（据说情侣们喜欢用糖纸），粘贴在朱丽叶故居的墙壁上（据说青年男女喜欢用口香糖来粘贴）。于是，五颜六色、大小不一的爱情纸片为朱丽叶故居院落的四面墙壁增添了无数的爱情"补丁"，再加上许多游客在墙上信笔涂鸦的各种语言的签名（或绘制的心形图案，或言简意赅的爱情祝福、山盟海誓），陈旧灰暗的墙壁被"爱情"装点得色彩斑斓。

另外，位于阿迪杰（Adige）河畔庞特尔大道（Via del Poni-tiere）的科尔索修道院（Francesco al Corso），虽比故居冷清许多，却也是维罗纳的一处热点景致。据人们在美好而悲情的想象中推测，劳伦斯修道士就是在这座修道院为罗密欧与朱丽叶秘密主持的婚礼。因此，每年也有许多情侣专程从世界各地赶到这里举行婚礼，以期像罗密欧与朱丽叶一样誓死相爱。在修道院地下单独隔出的一间墓室内，陈放着一口有些残破的没有封盖的红色大理石棺。据说，朱丽叶死后即安眠于此。每年都有许多人来这里献花。墓室上面楼层房间里的壁画、油画，描绘着这对殉情的爱侣升入天堂以后的幸福生活，寄托着人们对他们的美好祝福。

除此，还有一件十分有趣的事：维罗纳每年都会收到五千封左右只在信封上注明"意大利维罗纳朱丽叶收"字样的来自世界各地写给朱丽叶的信。20世纪80年代初，维罗纳成立了一个由十余名志愿者组成的"朱丽叶俱乐部"，专门负责替朱丽叶给那些期待中渴望、守望和相信坚贞爱情的人回信。由于几乎每一封来信起首的称呼都是"亲爱的朱丽叶"的缘故，从1993年起，维罗纳市文化局和"朱丽叶俱乐部"共同发起设立"亲爱的朱丽叶"最佳来信奖，并于每年的2月14日情人节举行颁奖典礼。

二、罗密欧与朱丽叶的爱情故事真的在维罗纳发生过吗？

如果追本溯源，可以在公元5世纪以弗所人色诺芬(Xenophon of Ephesus)所写希腊传奇小说《以弗所传奇》(*Ephesiaca*)中找到罗密欧与朱丽叶的故事源头，它第一次写到以服用安眠魔药的方法逃避一桩不情愿的婚姻。1476年，那不勒斯印行了意大利诗人马萨丘·萨勒尼塔诺 (Masuccio Salernitano，1410—1475)的第二部《故事集》(*Novellino*)，其中的第三十三个故事题为"马里奥托与尼亚诺扎"，将女主人公尼亚诺扎(Ciannozza)"疑似死亡的昏睡"及其"假戏真唱的葬礼"，同男主人公马里奥托(Mariotto)没能及时从修道士那里得到情人尚在人间的消息糅合在一起，但叙事并未涉及两个结下世仇的家族。而且，故事的发生地在锡耶纳(Siena)。

这部《故事集》出版以后，有人开始以此为素材写小说。1530年，维琴察(Vicenza)的作家路易奇·达·波尔托(Luigi da Porto，1485—1530) 在他的小说《最新发现的两位高尚情人的故事》

*(Newly Found Story of Two Noble Lovers)*中，将故事背景设定在13世纪的维罗纳，第一次为这对情人取名罗梅乌斯(Romeus)与茱丽塔(Giulietta)，并增加了对"维罗纳的蒙特基"(Montecchi of Verona)同"克雷莫纳的凯普莱特"(Cappelletti of Cremona)两个家族之间世仇的描写，还写到了西奥博尔多(Theobaldo)即提伯尔特(Tybalt)的原型被杀等其他重要细节。

　　1554年，在意大利小说家马泰奥·班戴洛(Matteo Bandello, 1485—1561)那本著名的《短篇小说集》*(Novelle)*中，出现了以此为素材的小说《罗梅乌斯与茱丽塔》*(Romeus and Giulietta)*，最主要的是增加了"奶妈"这个朴实、忠诚、诙谐有趣而又不失狡黠的人物形象。另外，窗口阳台的情景，绳梯的故事及后来约翰修道士的前身弗莱·安塞莫(Fra Anseimo)也都第一次出现。故事的结尾是：茱丽塔从坟墓中醒来与罗梅乌斯有一段简短的交谈。1559年，出生于南特(Nantes)的法国人文主义作家皮埃尔·鲍埃斯杜(Pierre Boaistuau, 1517—1566)从班戴洛这部小说集选取了六篇带有警世诫勉意味的小说，翻译成法文，出版《悲剧故事集》*(Histoires Tragiques)*一书，其中第三篇是关于罗密欧与朱丽叶的故事。法译本除了增加卖药人这个角色，还把故事的结尾改为：罗密欧在朱丽叶醒来之前死去，朱丽叶用罗密欧的短刀自杀。

　　这篇鲍埃斯杜的法译小说成为1562年出版的英格兰诗人亚瑟·布鲁克(Arthur Brooke, ？—1563)叙事长诗《罗梅乌斯与朱丽叶的悲剧史》*(The Tragical History of Romeus and Juliet)*的直接来源，诗体以轮流使用12音节1行与14音节1行的形式写成。因布鲁克在序言中提到曾看过一部同样情节的舞台剧，便有人猜测莎士比亚是否看过这部旧戏，并进行了借鉴。如果这部旧戏是指 1560 年左右上演过的法语《罗密欧与朱丽叶》，于四年后出生的莎士比亚不可能看到；如果是指此前或曾有过一部未刊行过的英文本《罗密欧与朱丽叶》，则更不在考虑之列。1567年，威廉·佩因特(William Painter, 1540—1595)又根据鲍埃斯杜的故事，将其直译成散文《罗密欧与朱丽叶》，作为他那部著名的故事选集《快乐宫》(*The Palace of Pleasure*)中的第二卷第二十五篇故事出版。莎士比亚或许读过这篇故事，但并没有使用。

有趣的是，1594 年，意大利作家科尔泰 (Girolamo della Corte)出版《维罗纳的故事》(*Storia di Verona*)一书，认为罗密欧与朱丽叶相爱殉情的故事，是 1303 年发生在维罗纳的真人真事。但在此之前，从未有维罗纳这座城市的编年史作者提及此事。

三、亚瑟·布鲁克的长篇叙事诗《罗梅乌斯与朱丽叶的悲剧史》

毫无疑问，亚瑟·布鲁克的这部长篇叙事诗并非是莎士比亚的《罗密欧与朱丽叶》(*Romeo and Juliet*)唯一的重要来源。亚瑟·布鲁克是如何叙事的呢？我们似乎有必要先做个详细了解。

布鲁克的"致读书"是一篇说教味十足的前言，在他眼里，罗梅乌斯和朱丽叶是一对"坏"情人的典范——他们不肯接受良言相劝，成为欲望的囚徒，最后导致悲剧。这当然并非诗歌本身所要传达的信息。

"故事摘要"是一首不规则的十四行诗。开篇对维罗纳有一番描述，然后布鲁克告知读者，将要叙述的这个悲惨故事令他感到毛发倒竖。在布鲁克笔下，凯普莱特（Capulets）与蒙塔古（Montagues）两家的怨恨纯粹出于彼此间的互相嫉妒。

罗梅乌斯深陷恋爱的痛苦，但布鲁克未提及其所恋情人的名字，"罗瑟琳"（Rosaline）这个名字是莎士比亚的发明。一位比罗梅乌斯年龄稍长，也更有头脑的朋友建议他另谋佳人。罗梅乌斯四处寻找，未果，心情一直郁闷。在凯普莱特家举办的圣诞晚会上，罗梅乌斯见到了朱丽叶，一见钟情，为之倾倒（提伯尔特没有出现，茂丘西奥似乎也只是毫不相关的另外一个人，他冰冷的手令朱丽叶对罗梅乌斯温暖的一握赞不绝口）。晚会结束，此时，朱丽叶发现自己爱上了罗梅乌斯。稍后，罗梅乌斯知道她是凯普莱特家族一家之主的女儿。朱丽叶也从奶妈嘴里得知，罗梅乌斯是蒙塔古家的人。她担心他是一个骗子，但很快从他诚实的外表，相信他对她的爱是出于真心，并希望他们俩的婚姻能终结两个家族之间的争吵。

晚会后的早晨，罗梅乌斯见到立于窗口的朱丽叶，向她致意。之后一连两个星期，罗梅乌斯每天晚上都来到花园，驻足窗下，期待朱丽叶的出现。朱丽叶也一心牵挂着罗梅乌斯，怀疑他是不是死了。终于，她出现在窗口。她担心他的到来会招致杀身之祸，他回答宁愿为她去死。朱丽叶向罗梅乌斯坦承爱他，如果他肯娶她，她可以为他离家出走；但如果他是骗子，就请立刻离开。善良正直的罗梅乌斯高兴地答应娶她为妻，并说去向劳伦斯修道士讨教，相约次日晚同一时间再见。

罗梅乌斯把一切向劳伦斯修士和盘托出，劳伦斯修士试图劝罗梅乌斯少安毋躁，但他马上答应为他俩主婚，因为他想借这桩婚姻来消除两家的仇怨。他说他需要一天的时间做计划。朱丽叶向奶妈吐露了心底的秘密，让奶妈做她的媒人，并承诺会重重酬谢。奶妈去见罗梅乌斯，罗梅乌斯将计划如实相告。闲谈中，奶妈说朱丽叶真是一位美若天仙的姑娘。罗梅乌斯给了奶妈六块钱，奶妈觉得他很慷慨。奶妈将好消息告诉朱丽叶，欢快地怂恿她找个理由，跟家人说出去做忏悔。劳伦斯修士让奶妈和另一个女伴当观众，随即为罗梅乌斯和朱丽叶主婚。

罗梅乌斯让朱丽叶派奶妈为他准备好一个绳梯，当晚他要靠这个绳梯进入她的卧房尽享鱼水之欢。奶妈取来绳梯，两人焦急地等待着夜幕的降临。罗梅乌斯翻过花园围墙，爱人相会，彼此互诉衷肠。奶妈突然出现，告知如何行房事。春宵一刻，罗梅乌斯与朱丽叶沉浸在众神一样的幸福之中。连续一两个月，罗梅乌斯与朱丽叶夜夜相会，快乐无比。此时，作者提到命运女神的无常变幻，并告诉读者，罗梅乌斯和朱丽叶的欢乐将很快转化为灾难。

复活节后的一天，提伯尔特领着凯普莱特家的一帮人，与蒙塔古家的人交手打斗。罗梅乌斯出面调解，恳求提伯尔特帮他制止打斗，提伯尔特反而向他出手。罗梅乌斯杀了提伯尔特。罗梅乌斯被放逐。朱丽叶哀悼提伯尔特的死，对着罗梅乌斯每晚爬进她房间的那扇窗户诅咒，把一切责任都怪罪在罗梅乌斯身上。但她很快改变了看法，相信罗梅乌斯终究无辜，并为刚才产生那样的想法感到羞愧。她像死了一样倒在地上，奶妈帮她苏醒过来。朱丽叶对奶妈说真想一死了之，奶妈劝她要往好处想，并马上去找躲藏在劳伦斯修道室的罗梅乌斯。朱丽叶在希望与绝望中纠结，最后似乎是希望占了上风。

奶妈去找劳伦斯修士，劳伦斯修士告诉她，罗梅乌斯要在今夜的老时间、老地点去与朱丽叶幽会。奶妈将这好消息转告朱丽叶。同时，劳伦斯修士告知罗梅乌斯，他已遭放逐。陷于绝望中的罗梅乌斯诅咒自己的生命、命运女神、丘比特，诅咒这个世界上除朱丽叶之外的一切。劳伦斯修士好言相劝，开导他要做一名真正的男子汉，面对不幸的命运要采取行动、不屈不挠，即便到了曼图亚，幸福也不会随之消失。劳伦斯修士坚定地说，命运女神的车轮会再一次旋转，罗梅乌斯的心情好了许多。罗梅乌斯打算按劳伦斯修士的指点，去朱丽叶的卧室。此刻，朱丽叶正满怀希望地期待着爱人的到来。这时，作者提出警告：一场大的暴风雨正在向这对爱侣袭来。

罗梅乌斯来到朱丽叶的卧室，他们相拥而泣。朱丽叶试图说服罗梅乌斯，让自己女扮男装，扮成他的仆人，跟他一起去曼图亚。但罗梅乌斯认为这样做太危险，答应四个月后一定回来。到那时，他去恳求亲王赦免，或带她远走高飞。她表示同意。两人发誓今生今世爱到永远。天将破晓，罗梅乌斯与朱丽叶悲伤地分离（布鲁克此处丝毫未提及夜莺或云雀）。罗梅乌斯到曼图亚以后，尽管交了许多朋友，但一天到晚郁郁寡欢。朱丽叶陷于极度的苦恼，因为母亲说这个时候不必再为死去的提伯尔特伤心落泪。朱丽叶说已不再为提伯尔特悲伤，可又无法如实说出到底为何忧愁。母亲对丈夫凯普莱特说，她觉得女儿的苦闷来自对已婚姐妹们的羡慕、嫉妒，凯普莱特答应为女儿找个丈夫，她毕竟马上就满十六岁了(莎士比亚的朱丽叶不到十四岁)。凯普莱特还想知道朱丽叶是否已心有所属，因为他不想把女儿嫁给一个不能给她带来幸福的守财奴。

凯普莱特相中了帕里斯伯爵，但朱丽叶表示宁愿去死。父亲威胁说，如果她不肯嫁给由他选定的帕里斯，就脱离家庭关系，或者把她关起来。待父母离开房间，朱丽叶去找劳伦斯修士，把刚刚发生的一切告诉他。他想了一会儿，说可以用一种帮她假死的安眠药来解决眼前这个难题：与帕里斯结婚的那天早晨喝下安眠药，等到当天夜里，他会和罗梅乌斯一起赶到墓地，把她从坟中救出，然后跟随罗梅乌斯去曼图亚。

回到家，朱丽叶告诉母亲，在劳伦斯修士的劝导下，她改变了主意，准备跟帕里斯结婚。母亲告诉凯普莱特，凯普莱特立即安排帕里斯与朱丽叶见面。朱丽叶上演了一场逼真的假戏，帕里斯急不可耐地等待大喜日子的来临。朱丽叶也对奶妈撒了同样的谎，奶妈觉得能嫁给帕里斯真是再好不过。她的理由是，罗梅乌斯永远不会回来了，如果回来了，朱丽叶也可以拥有一个丈夫、一个情人，如此称心如意的事何乐不为？

婚礼前夜，朱丽叶没让奶妈像往常那样在床边陪睡，而是跟她说，自己要彻夜祈祷，清晨早一点来叫醒她，给她梳头。房间只剩下朱丽叶一个人，她用水把劳伦斯修士给的安眠药粉调好，开始担心药效不起作用怎么办，想象如果在坟墓里醒来时旁边躺着浑身血污的提伯尔特该有多么恐怖。她担心这样想下去会被恐惧征服，便迅速喝下药水，在恍惚中昏睡过去。清晨，奶妈无论如何也叫不醒朱丽叶，确认她已死，跑去告诉朱丽叶的母亲。朱丽叶的母亲、父亲以及所有的婚礼嘉宾都为她的死哀悼。

劳伦斯修士让约翰修士给罗梅乌斯送一封信。但当约翰修士抵达曼图亚，去修道院找同门师弟做伴时，因为修道院近来刚有一位师弟死于瘟疫，不许他离开。约翰修士对信的内情一无所知，只是有些担心而已，想第二天送到不迟。与此同时，在维罗纳，一场为婚礼准备好的喜事，瞬间变为葬礼的丧事。按维罗纳的葬礼习俗，要为死去的人身着盛装，安葬进家族墓地的墓穴。罗梅乌斯的仆人见到人们在为朱丽叶送葬，便将朱丽叶的死讯带到曼图亚。罗梅乌斯决意赴死，与爱人同穴而眠。他找到一位穷困潦倒的卖药人，给他五十块钱，买了一服能在半小时致人命丧黄泉的毒药。罗梅乌斯与仆人一起回到维罗纳，命他用工具撬开墓道，用火把照着墓穴，找到朱丽叶。随后，在她旁边写了一封信，写明与朱丽叶的婚姻以及来这里为她殉情。

罗梅乌斯回到维罗纳当晚，在仆人帮助下打开凯普莱特家坟墓之后，命仆人站在远处，不要妨碍到他。对罗梅乌斯意欲何为，仆人并不知晓。罗梅乌斯还告诉仆人，次日一早把那封信带给他父亲。罗梅乌斯亲吻、拥抱、凝视着朱丽叶，从她身上感觉不到丝毫生命的迹象，一口喝下大半瓶毒药。他对朱丽叶说，他最期待的死亡就是在她的身边死去。当他看到旁边提伯尔特的尸体，先是请求得到他的宽恕，然后说，要亲手杀死罗梅乌斯为他报仇。罗梅乌斯向耶稣祷告，死去。

劳伦斯修士没有接到罗梅乌斯的回信，非常担心，他知道朱丽叶即将苏醒，便来到凯普莱特家的墓地，发现了罗梅乌斯的仆人彼得。两人进入墓穴，发现罗梅乌斯已死，醒来的朱丽叶悲痛欲绝。外面传来人们的嘈杂声，劳伦斯修士和彼得十分害怕，转身离开。朱丽叶不愿独自苟活，也宁愿一死，用刀刺向自己。巡夜人发现墓穴里有亮光，前来查看，见一对殉情的爱侣相拥而卧，随即四处搜寻凶手，意欲抓捕，打入不见天日的地牢。

为防止恶毒谣言和各种猜疑的传播，亲王决定公开审理此案。罗梅乌斯和朱丽叶的遗体被安放在一处露天的平台之上，劳伦斯修士和彼得被带上前来。劳伦斯修士先是慷慨陈词一番，表明自己的良心道德天地可鉴，然后开始将罗梅乌斯和朱丽叶之死的真相向大家娓娓道来。在他说出全部事实之后，彼得拿出那封罗梅乌斯临死前所写要他转给他父亲的信，作为佐证。埃斯克勒斯(Escalus)亲王做出判决：对卖药人处以绞刑；将奶妈流放；彼得和劳伦斯修士无罪释放。劳伦斯修士自愿隐居苦修，五年后去世。蒙塔古和凯普莱特两家和解，并为罗梅乌斯和朱丽叶建造了一座纪念碑。此碑至今仍能在维罗纳见到。

四、莎士比亚的《罗密欧与朱丽叶》

现在，我们再来对莎士比亚的《罗密欧与朱丽叶》剧情做一番描述：

第一幕。蒙塔古和凯普莱特这两家维罗纳的名门望族，因累世积怨彼此结下深深仇恨。两家仆人在街头相遇，因争吵拔剑相斗。蒙塔古的侄子班福里奥试图制止，凯普莱特的侄子却欲和他决斗。许多对两家长期破坏治安的行为所反感的维罗纳市民，高举棍棒、矛枪，愤怒地从四面闻声赶来。埃斯克勒斯亲王当即宣布，此事到此为止，以后再有闹事者，将判处死刑。为得不到美丽姑娘罗瑟琳的爱而抑郁忧伤的蒙塔古的儿子、年轻的罗密欧，并未参与这场争斗。班福里奥劝罗密欧去找别的女人，忘掉罗瑟琳。当得知凯普莱特家当晚将举行家庭晚宴，罗瑟琳也会出席，班福里奥建议罗密欧戴假面去参加化装舞会，这样他将会看到一位比罗瑟琳更漂亮、"如星星闪耀的绝世美女"。

年轻的帕里斯伯爵也在应邀出席晚宴者之列，他希望赢得凯普莱特的独生女儿朱丽叶的爱情。凯普莱特夫人对朱丽叶的奶妈啰啰地回忆朱丽叶的童年不胜其烦，明确告知朱丽叶帕里斯伯爵已提出向她求婚，她将在晚宴上见到这位在一张俊秀的脸上写满"美丽诗句"的年轻绅士。

罗密欧与班福里奥和另一个好友茂丘西奥三人一起戴着假面参加晚宴。心绪阴郁、百无聊赖的罗密欧无心跳舞，双腿像灌了铅一样沉重。但当他看到朱丽叶，便一见钟情、倾心相爱，并上前主动表达真挚爱意。朱丽叶也给以圣洁的回应，两人的嘴唇虔诚地轻吻在一起。当他们得知他们这一对刚刚相爱的情人，正是来自昔日宿怨的仇敌，彼此深感震惊。同时，朱丽叶的堂兄、脾气狂暴的提伯尔特听出罗密欧的声音，认为他戴着假面前来是对凯普莱特家的轻蔑，意欲挑战，被凯普莱特严词呵斥，强行制止。

第二幕。罗密欧避开班福里奥和茂丘西奥，翻墙跳入凯普莱特家的花园，看到朱丽叶像东方升起的太阳一样出现在窗口，此时，他宁愿"化作她的一只手套，那样我便可以抚摸她的面颊"！朱丽叶痴情地独自倾吐对罗密欧的爱慕，当她说到"蒙塔古"这个可恨的姓氏，表示"只要你换了姓氏，就把我的整个生命拿去吧。"罗密欧轻声回答，只要朱丽叶答应做他的爱人，他便"永远也不是罗密欧"。发现心底的秘密被恋人偷听，朱丽叶坦白承认，并信誓旦旦地向罗密欧表示："只要发誓做我忠诚的恋人，我也将不再是凯普莱特家的人。"但她特别强调她的主动示爱绝非出于轻佻，她将证明自己会"远比那些善于卖弄风骚却故作矜持的人更忠诚"。两人立下婚誓。黎明时分，分手在即，罗密欧答应去恳请劳伦斯修道士为他们主婚，并会与朱丽叶派的人联系。劳伦斯修士希望看到这桩纯洁、幸福的美好姻缘，能使两家的世仇积怨烟消云散，便答应了罗密欧的恳求。奶妈受朱丽叶差遣找到罗密欧，罗密欧让奶妈转告朱丽叶，下午以忏悔为由到劳伦斯修士的修道室与他秘密结婚。他酬谢了奶妈，并让她稍后到他仆人那里取绳梯，以便晚上爬上"幸福的桅杆的顶点"。奶妈返回家中，将约定好的一切告知心急如焚的朱丽叶，便又匆匆去取绳梯。朱丽叶以忏悔为由，来到修道院，在劳伦斯修士的修道室与罗密欧秘密结婚。

第三幕。提伯尔特在街上遇到班福里奥和茂丘西奥，与喜欢斗嘴、争强好胜的茂丘西奥发生口角，欲拔剑相斗。此时，罗密欧赶到现场，因他已同朱丽叶结婚，对凯普莱特家不再充满仇恨，善意地好言相劝。尽管提伯尔特称呼他"恶棍"，试图以侮辱来激怒他，他依然态度温和地对提伯尔特说："你根本无法想象我是怎样地爱你，除非你知道了我爱你的理由。所以，好凯普莱特——我对你的姓氏也像对我自己的姓氏一样珍视——让我们以和为贵吧。"茂丘西奥却无法容忍罗密欧这种"心平气和、名誉扫地、卑鄙可耻的屈服"，拔剑与他深知精通击剑术的提伯尔特打起来，被刺伤致命。好友之死激起罗密欧的愤怒，见本已走掉的提伯尔特重又回来,拔剑与他决斗,将其刺死,然后逃走。埃斯克勒斯亲王在听了班福里奥对整个事件的陈述以后,当众宣布将罗密欧流放。

表兄提伯尔特的死令沉浸在幸福之中的朱丽叶深感悲痛,当得知罗密欧正是杀死提伯尔特的凶手,先是把他视为“美丽的暴君,天使般的恶魔”“最神圣的外表遮蔽着卑鄙的实质”“一个该下地狱的圣人”,痛斥责骂,随即又因如此玷污爱人而陷入深深的自责,感到奶妈送来的消息“罗密欧被放逐了”,“这句话的杀伤力是无穷无尽、无边无际、毫无限量也无法计量的;没有任何语言能够描绘其中所蕴含的悲伤”。她派奶妈去找罗密欧,要与他“做一次最后的离别”。

躲藏在劳伦斯修道室的罗密欧悲痛欲绝,觉得“放逐”与死刑无异,倒在地上失声恸哭、大喊大叫着哀叹命运。奶妈找来时,他正要拔剑自杀。劳伦斯修士加以制止,并严厉斥责他“眼睛里竟流着女人的泪水”,如此“没有涵养”“不可理喻”地“怨天恨地”,让他像个男子汉一样站立起来,赶紧去与爱人话别,等到了曼图亚以后,他再找合适的机会宣布他们两人的婚事,并恳求亲王特赦。

罗密欧来到朱丽叶的身边,与爱人共同度过美好的一夜。当云雀的叫声揭开黎明的帷幕,两人不得不悲伤地离别。罗密欧动身前往曼图亚。凯普莱特以为朱丽叶的悲伤仅仅因为提伯尔特的死,为替女儿“排解忧伤”,他相中了帕里斯伯爵——“一位出身高贵、家产殷实、年轻英俊,又富于教养的绅士,正是如人们所说的那种天地间难得一见的理想的奇男子!”严令朱丽叶必须在两天后的周四跟他结婚。朱丽叶表示拒绝，遭到父亲恶语的痛斥谩骂，并以断绝父女关系相威胁。奶妈安慰朱丽叶说，跟帕里斯这位可爱、高贵的绅士相比，罗密欧"只能算一块擦桌子的抹布"。

第四幕。情急无奈之下，朱丽叶只有到修道院找劳伦斯修士求助，却与帕里斯不期而遇——帕里斯是来请劳伦斯修士为他主持与朱丽叶的婚礼。待帕里斯离开后，朱丽叶恳求劳伦斯修士为她想一个补救的办法，否则情愿一死。好心的劳伦斯修士见朱丽叶如此坚决，便说出一个让朱丽叶以假死逃避第二次婚姻的办法：回到家，高兴地答应父母让她与帕里斯结婚的安排，然后在结婚前夜独自一个人睡，睡前喝下一小瓶安眠的魔药，整个人便很快"失去鲜活的生命迹象"，进入一种假死状态，四十二个小时之后会在墓穴自然苏醒。同时，劳伦斯修士派人去曼图亚给罗密欧送信，将此计划告知，让他速速前来，并与自己一起进入墓穴，等她醒来，夫妻二人再一起去曼图亚。尽管朱丽叶担心如果药效不起作用怎么办，万一这一小瓶药水是劳伦斯修士为逃避责任给她的一瓶毒药怎么办，但她随即推翻了自己这一龌龊的猜想。又想要是过早醒来，在充满恶臭的墓穴里窒息而死怎么办；醒来以后，看到浑身血污的提伯尔特躺在身边，又是多么恐怖！但她还是将安眠药一饮而尽。此时，凯普莱特正在彻夜准备女儿的婚宴。周四一大早，奶妈进屋叫朱丽叶起床，发现她已死。转瞬之间，"为婚庆所准备的一切，都要转而用在哀悼的葬礼上"。

第五幕。罗密欧的仆人飞速赶到曼图亚，告诉他朱丽叶已死。悲痛欲绝的罗密欧当即决心要与爱人同穴而眠。他说服一个穷困潦倒的卖药人，从他手里高价买了一服"迅速致命的特效毒药"，然后赶往维罗纳凯普莱特家族墓地，并吩咐仆人务必次日一早把一封信交给他父亲。在此之前，替劳伦斯修士给罗密欧送信的约翰修士，出门后因被怀疑感染瘟疫，被封闭隔离，而无法将信送出。

提前来到凯普莱特家墓地为朱丽叶撒花致哀的帕里斯，听见有人前来，躲在一旁留心观察。当他发现罗密欧打开墓穴，以为他要"掘坟开墓，恶毒地羞辱尸体"，亵渎死者，便要将他逮捕。罗密欧劝他走开，不要招惹"一个生命绝望之人"。帕里斯拒绝，格斗中，被罗密欧一剑刺死。进入墓穴，罗密欧对着被他杀死的提伯尔特的尸体说："你的青春是在仇人的手里断送，那我除了用杀死你的手去杀死你的仇人，还有什么能为你效劳？宽恕我吧，兄弟！"然后，他凝望着朱丽叶，做最后一次拥抱，喝下毒药，在一吻中死去。劳伦斯修士来到墓地，发现了罗密欧和帕里斯两具尸体。而当朱丽叶醒来时，外面也传来了嘈杂的喧哗声。他匆忙告诉朱丽叶，是"一种巨大的无法抗拒的力量"将他们的"计划"化为泡影，罗密欧已死，帕里斯也死了。他试图说服朱丽叶赶紧离开，并把她安排到一个女修道院。听到人声临近，心生恐惧的劳伦斯修士独自逃开。朱丽叶见罗密欧手里紧紧握着一个杯子，知道他是服毒而亡。她吻他的嘴唇，希望借他唇上残留的毒液，与心爱之人相吻而死。人声越来越近，她一眼发现罗密欧佩戴的短剑，便毅然要用自己的胸脯去当那永远的剑鞘。她拔出短剑，刺入胸口，倒在罗密欧的身上死去。

接到帕里斯侍童报信闻讯赶到墓地的巡夜人，见此惨景，立刻派人请亲王前来断案，并把凯普莱特和蒙塔古家的人叫来。劳伦斯修士讲述了事情的全部经过，亲王由罗密欧写给他父亲的那封信判断劳伦斯修士所讲句句属实。此时，目睹儿女惨死的蒙塔古和凯普莱特意识到，是他们两家的世仇积怨酿成了这一对情人的爱情悲剧，同时也毁了两家的幸福。怨恨化为和解，蒙塔古和凯普莱特许诺互为朱丽叶和罗密欧铸造一座纯金的雕像，以纪念他们清纯、忠贞的爱情。

五、来自两部《变形记》的创作灵感

莎剧无论从人物的角色设定还是情节安排，都与布鲁克诗相近，甚至可以说脱胎于此，但是，在以下重要的三点，莎士比亚远比布鲁克高明。莎剧的确与布诗有诸多相似，但只是形似，莎剧不仅在故事情节、结构安排上做了明显高明的艺术改进，更重要的在于，两部作品在精神内核上绝不相同。第一，布鲁克的"剧情"时间长达九个月之久，其中三个月，罗梅乌斯与朱丽叶沉醉在幸福的爱河。几乎整整两个月，罗梅乌斯夜夜爬进朱丽叶的窗户，同爱人尽享鱼水。莎士比亚将全部剧情浓缩在五天之内，罗密欧与朱丽叶从见面到殉情，不过三十六个小时，夫妻恩爱只短短一夜之欢。这不仅使剧情变得紧凑，也使悲剧冲突变得激烈；第二，莎士比亚新增加了几个具有艺术表现力的场景，比如，罗密欧与朱丽叶的"黎明诀别"【3.5】，那悲情浓烈的诗性，布鲁克恐望尘莫及；帕里斯去墓地凭吊，被罗密欧杀死，人物既与开头呼应，又加强了悲剧效果。除此，莎士比亚对劳伦斯修士和奶妈的刻画之丰富精彩,均远在布鲁克之上;第三,最重要的是,莎士比亚无意像布鲁克那样想以此爱情悲剧警示年轻人要恪守道德规范,遵循父母之命。他要塑造、描绘、表现的是一对真爱至上,挣脱道德束缚和家庭禁锢的青春爱侣,以自己的情死化解了仇恨的神奇、不朽的爱情。

尽管莎士比亚的《罗密欧与朱丽叶》在题材上更接近布鲁克的叙事诗,但其戏剧精神是"奥维德式"的,罗密欧与朱丽叶这对追求自由爱情的情侣,同奥维德《变形记》中的皮拉摩斯(Pyramus)与提斯比(Thisbe)一样,以墓地殉情的悲剧,再现了"狂暴的欢乐势必引起狂暴的结局",【2.6】即刻骨铭心的永恒爱情来自死亡。

1567 年,亚瑟·戈尔丁(Arthur Golding, 1536—1605)翻译的古罗马诗人奥维德 (Publius Ovidius Naso, 公元前 43—公元 18 年)取材于古希腊罗马神话的长诗《变形记》(*Metamorphoses*)的英译本在伦敦出版,成为当时最具影响力的书,它对那个时代的许多作家,包括莎士比亚产生了深远而巨大的影响。从莎士比亚早期剧作的诗剧风格、故事题材、情景意象,都可以找到奥维德的影子。我们不仅可以从他写于《罗密欧与朱丽叶》之前的《爱的徒劳》(1594 年)中看到他对于奥维德的熟悉、喜爱,他在写到荷罗孚尼(Holofernes)批评纳撒尼尔(Nathaniel)牧师朗读的一首情诗时说:"诗的韵脚还凑合,至于诗句之雅致、隽永以及黄金般的精致节奏,就无从谈起了。奥维德才是真正的诗人;而奥维德之所以能成为奥维德,不是因为他能凭想象嗅闻出鲜花馥郁的芬芳和他那富于奇思妙想的神来之笔吗?模仿之作一无可取。"【4.2】同时，在写作时间稍早于《罗密欧与朱丽叶》的《仲夏夜之梦》（1595 年）里，已经发现了他对于"皮拉摩斯和提斯比"这一故事的借用和描述。

事实上，莎士比亚最早写作并于 1593 年出版的十四行长诗《维纳斯与阿多尼斯》(*Venus and Adonis*)，不仅题材直接取自奥维德《变形记》中的"维纳斯和阿多尼斯的故事"，其所昭示的主题，与《仲夏夜之梦》和《罗密欧与朱丽叶》都是一样的：爱一旦来临，便不可抗拒。"维纳斯和阿多尼斯的故事"讲述爱神维纳斯疯狂爱上跟自己的儿子小爱神丘比特一样俊美的少年阿多尼斯，遭到拒绝，仍痴情不改，最后，当阿多尼斯在狩猎中意外死去，维纳斯不是像凯普莱特和蒙塔古两家那样为罗密欧和朱丽叶雕塑金像，而是用芳香的仙露和阿多尼斯的鲜血交融，开出一朵叫"风神之女"的脆弱花朵，以此表达永远的悲痛和纪念。莎士比亚则让维纳斯把那朵花当成自己"情人的化身"。

我们简单描述一下奥维德改写的"皮拉摩斯和提斯比的故事"——这一来自古希腊神话的爱情悲剧：

在古巴比伦城，英俊青年皮拉摩斯的家与一位东方最可爱的姑娘提斯比的家，只有一墙之隔。两人得以相识，日久生情，但结婚的意愿遭到双方父母的禁止。没人传递消息，他们便用点头或手势来交谈。爱的火焰不仅没有熄灭，反而愈加炽烈。一天，这对情人用爱的眼睛第一次发现把两家隔开的墙上有一道裂缝，他们就从这道裂缝轻声地互吐爱慕、互诉衷曲。每一次说完，他们都会抱怨"可恨的墙"为什么要把他们隔开，为什么不让他们拥抱，哪怕是打开一点让他们接吻。但能透过这一线的空间倾听彼此的情话,他们已心存感激。告别时,每人都亲吻墙壁。

第二天清晨,两人相约等夜深人静以后,设法瞒着家人逃到城外,在亚述王尼努斯的墓前,藏在大桑树下。两人焦急地等待夜幕的降临。提斯比先到了墓地,如约坐在桑树下。当她在月光下远远望见刚吃完一头牛、嘴里淌着血、因口渴走到泉边喝水的雄狮,吓得两腿发软,急忙向一个土洞跑去,仓促间把一件外套跑丢了。豪饮之后的狮子发现了丢在地上衣服,用血盆大口将它扯烂。

不久,皮拉摩斯来了,先是发现尘土中有野兽的足迹,继而看见提斯比沾满血迹的外衣,呼喊道为什么两个情人竟要命中注定在同一个夜晚死去。他觉得都是因为自己把提斯比深更半夜叫到如此危险的地方,才害死了她。他捡起外衣,来到事先约定的桑树下,不停地吻着碎衣,以泪洗面。他对衣服说,也让我用血把你沾湿吧。他拔出剑,扎进腹部,又用垂死的勇气把剑从伤口抽出来,仰面倒下。血喷涌出来,挂在高空溅了血的桑葚变成暗紫色。此时,提斯比从藏身处来到桑树下,桑葚的颜色令她困惑不解。忽然间,她发现了躺在血泊中的皮拉摩斯。她抱住心爱的情人,眼泪淌进了伤口,血与泪交融在一起。她吻着他冰冷的嘴唇放声痛哭,呼喊着:"皮拉摩斯,回答我!是你最亲爱的提斯比在叫你!"听到提斯比的名字,皮拉摩斯睁开眼,看了她最后一眼,死去。

当提斯比看到自己的外衣和一把空的象牙剑鞘,说:"不幸的人,是你自己的手和你的爱情杀了你。我的手一样勇敢,因为我也有爱情,能做这样的事。爱情会给我力量杀死我自己。我要陪你一起死，人们会说是我把你引上死路，又来陪伴你。能分开我们的只有死亡，不，死亡也不能。啊！请求我们两人可怜的父母答应一件事：既然忠贞的爱情和死神已把我们结合在一起，求你们不要拒绝我们死后同穴共眠。桑树啊！你的树荫下现在躺着一个人，很快就是两个人。请你作为我们爱情的见证，让你的果实永远保持深暗的颜色，以示哀悼，并纪念我们流血的情死。"说完，她把剑对准自己的胸口扎下去，向前扑倒。可怜那剑上情人的热血还未完全冷却。提斯比的请求感动了天神，也感动了双方父母。每逢桑葚熟的季节，它的颜色就变成暗红；两人焚化以后的骨灰也被安放在同一个罐中。

显然，罗密欧与朱丽叶这对爱侣最后的"情死墓穴"，无论其创作灵感，还是情人诀别时真挚的悲情独白，都像是莎士比亚对奥维德"皮拉摩斯和提斯比的故事"结局的直接拷贝。

不仅如此，我们还应关注到另一部《变形记》对莎士比亚创作灵感的启发，它的作者是比奥维德晚一个多世纪，比对莎士比亚产生过深刻影响、擅写"流血悲剧"的罗马最重要的悲剧作家鲁齐乌斯·安奈乌斯·塞内加（Lucius Annaeus Seneca，约公元前4—公元65年）晚半个多世纪的另一位古罗马作家鲁齐乌斯·阿普列乌斯（Lucius Apuleius，约124—180年）。

阿普列乌斯被誉为欧洲"小说之父"，其具有魔幻和浪漫情调的代表作《变形记》(*Metamorphoses*)是古罗马文学最后、也是最完整的一部小说，在文艺复兴时期流传甚广，对近代欧洲小说的产生起了很大推动作用。阿普列乌斯的《变形记》采用与荷马史诗《奥德赛》相同的结构方式，写的是一个赴希腊旅行的罗马青年鲁齐乌斯误服魔药变成驴子之后的传奇经历，并凭驴之眼观察社会的人情百态，以驴之心感受时代的世态炎凉，最后皈依宗教得到救赎，从公元 5 世纪起，人们习惯称之为《金驴记》。

1566 年，莎士比亚两岁的时候，由威廉·阿德林顿翻译的英文本《金驴记》(*The Golden Ass*)出版，阿德林顿是使伊丽莎白时代的英格兰成为"翻译的黄金时代"的重要翻译家之一。

取材自希腊民间传说的《金驴记》，情节并不十分复杂，它描写罗马帝国时期的青年鲁齐乌斯因故去希腊旅行，于母亲家的原籍、巫术之乡塞萨利停留，并在一高利贷商人米罗家中投宿。当他得知女主人精通巫术，能变幻为飞鸟时，萌生好奇之心，想学巫术之道。为此，他向女仆福姹黛求爱，结为情侣，得以目睹女巫凭借魔药施展变身术。为一试身手，他让情人偷拿魔药。谁知忙中出错，福姹黛误拿了药膏，敷在身上，不仅未能如愿变为飞鸟，反而变成一头毛驴，沦为给人驮东西的牲畜。从此，他不得不听天由命，相继为强盗、逃亡的奴隶、街头骗子、磨坊主、种菜人、兵痞及贵族厨奴服苦役，历尽无数磨难，聆听到神话传说，见识过坑蒙拐骗、巧取豪夺，也曾被一阔太太与他人驴交欢。最后，未曾泯灭的羞耻感，令他无法忍受与一恶妇当众做爱出丑，遂寻机纵身狂奔而逃，来到一处僻静的海滩，在疲乏中进入梦乡。次日黎明，他含泪向万能的女神哭诉、祷告，埃及女神爱希丝天后对其不幸心生怜悯，答应拯救他。遵照女神的指示、授意，他终于脱离驴皮，恢复人形，并皈依了爱希丝女神的教门。

我们先来看《仲夏夜之梦》中的织工波顿(Bottom)变成驴头人身，以及仙后对他的短暂迷恋，这一灵感可能直接来自《金驴记》。当然，这一灵感也有可能来自雷金纳德·司各特(Reginald Scot, 1538—1599)于1584年出版的那本著名的揭穿巫术的《巫术的发现》(*The Discoveries of Witchcraft*)一书，其中写到一个年轻水手被女巫变成了驴；也有可能来自《圣经·旧约·民数记》第22节"巴兰和他的驴"的故事，其中上帝让驴开口说话。莎士比亚的素材及灵感来源十分广泛，无论是早于阿普列乌斯的希腊小说《帕特城的卢喀斯的变形记》，还是与阿普列乌斯同时代的希腊语讽刺作家琉善(Lucian，约125—180)的《卢喀俄斯或驴子》，都写到"人变驴"。

再来看巫术或魔药在莎士比亚笔下的功用，在奥维德《变形记》里的"伊阿宋和美狄亚的故事"中，伊阿宋(Easun)用催眠的魔药和三遍咒语，将守护金羊毛、从不睡觉的恶龙催入梦乡，取得了金羊毛。在莎士比亚的《仲夏夜之梦》中，仙王的"魔汁"(催眠的仙药)使违背父命渴望自由爱情的男女，在经历了阴差阳错的喜剧冲突后，促成圆满，有情人终成眷属。而在《罗密欧与朱丽叶》中，劳伦斯修士调制的"魔汁"(使人假死的安眠药)则阳错阴差地使一对违背父命自主结婚的情人，在墓穴发生了殉情的惨剧。显而易见，莎士比亚可以巧夺天工地让"魔汁""变形"为前者皆大欢喜的收场，也可以鬼使神差地把"魔药""变形"为后者摧毁幸福的落幕，而除了这表面对"变形"的借用，《罗密欧与朱丽叶》对"变形"还有两层更深的幻化或升华的精神意境。

事实上，我们已经在前面论述到第一层，即莎士比亚在《罗密欧与朱丽叶》中对奥维德《变形记》里"皮拉摩斯和提斯比的故事"进行了移植和幻化。现在，我们再来分析对阿普列乌斯《金驴记》中"丘比特和普赛克的故事"在罗密欧与朱丽叶身上的投射与升华。

普赛克(Psyche)是希腊神话和罗马神话中的人物,原是人间一位国王美若天仙的小女儿,因"普赛克"在希腊语中的意思是灵魂,因此被视为人类灵魂的化身,常以带有蝴蝶翅膀的形象出现,并演绎出与爱神厄洛斯(Eros)即罗马神话中的爱神丘比特(Cupid)相爱的神话故事。正像比起希腊神话中爱的女神阿佛洛狄特（Aphrodite），人们更熟悉罗马神话中爱的女神维纳斯(Venus)一样,对作为维纳斯儿子的丘比特的熟悉和喜爱,也远远超过了厄洛斯。这或许要归功于《金驴记》。

《金驴记》共 11 卷,阿普列乌斯从第 4 卷 28 节到第 6 卷 23 节,花了占全书近六分之一的篇幅,借强盗洞穴中的一老妇人之口,为了安慰被强盗从新婚丈夫身边抢来的少女,讲述了"丘比特和普赛克"这一曲折、动人的美丽爱情故事,即使《金驴记》本身更富于神话色彩,同时也直接为后来的西方文学和西方绘画提供了丰厚的素材。

故事讲述的是一个国王有三个女儿,因小女儿的美貌超过人类的极限,引起维纳斯的嫉妒,她不能容忍一个凡胎少女与她分享美的荣誉,便吩咐儿子看在母爱的情分上,用他的箭让这个名叫普赛克的少女爱上一个最卑微的男人。而普赛克纵然美丽,却因始终没有恋人,孤守空闺,身心十分痛苦。不想阿波罗的神谕是要将她弃于一座高山之巅,等待嫁一个凶恶的蛇精。然而,在那处山巅有一座圣殿,那原是神的恩赐。普赛克进入圣殿,按照一个无神无影的声音的指示沐浴、用餐、就寝。午夜,她成为一个素不相识的丈夫的配偶，失去贞操。天亮之前，那丈夫匆匆离去。不久后的一天夜里，丈夫又出现了，嘱咐这位最温柔、亲爱的妻子，当听信她已死去的谣传的亲人来寻找时，千万不能相见。后来，丈夫禁不住普赛克枕边的柔声相求，答应让仆人将她的两个姐姐带来。享受了天上的荣华富贵，两个心术不正的姐姐打算加害无辜的妹妹。不露面的丈夫再次提醒她要警惕披着女人外衣的凶恶母狼的圈套，不管怎样，都不要透露关于丈夫的任何信息，否则，怀孕的孩子将不是一个神灵，而只是一个凡夫俗子。心怀强烈嫉妒的两个姐姐重提阿波罗的神谕，说每天睡在普赛克身边的是一条残忍的巨蛇。单纯、幼稚的普赛克一想到丈夫每天只是夜间温存时才开口，太阳升起前就离开，心里不免十分害怕。当她听从姐姐要杀死蛇怪的劝告，取出油灯，拿起剃刀，走近熟睡的丈夫时，惊奇地发现那正是风度翩翩的小爱神丘比特本人。她摆弄起床脚下爱神的武器，被箭头扎进手指，结果自动投入爱神的情网，贪婪而狂热地亲吻丈夫，无意间晃了一下油灯，一滴滚烫的灯油掉在小爱神的右肩。爱神见自己的信条遭到背叛、凌辱，躲开亲吻和拥抱，腾空而去。普赛克情急之下抓住爱人的右腿，被带到空中，飞翔中跌落在地。此时，丘比特实言相告：本是要遵母命罚她嫁给一个最卑微之人，结果因被其美貌吸引，不小心让金箭划伤，爱上了她，不想她竟违背了他仁至义尽的警告，他只有离开以示惩罚。悲痛欲绝的普赛克跳河自杀，河水不接收她，将她送到岸边。田野之神不忍见她遭受绝望爱情的折磨，安慰她不要再寻死，而要用崇拜和赞扬去博得清高、傲慢的小爱神的好感。

普赛克先向两个姐姐复仇，谎称丘比特谴责她时说宁愿娶她的姐姐为妻，她们信以为真，从那处山巅的悬崖纵身一跳，以为丘比特会安排仆人来接，结果粉身碎骨，恶有恶报。然后普赛克开始漂流四方，浪迹天涯，日夜寻找丈夫。此时，维纳斯已知晓儿子不仅违背母命，爱上普赛克，而且手还受伤，恼羞成怒，正在全世界搜寻她的行踪，并把爱神关在一个房间里，既是为防止他继续纵欲加重伤势，更是要阻止他与爱人相会。普赛克来到一处神殿，被农业女神出其不意捉住，因其不愿得罪亲戚维纳斯，拒绝了普赛克的求助。她又来到天后赫拉的神庙，祈求救助，但天后也不肯为她得罪维纳斯。希望彻底破灭的普赛克，决定主动去维纳斯的神殿向婆婆请罪。维纳斯先是命仆人鞭打、折磨普赛克，然后亲手把她的衣服撕碎，揪着她的头发无情地殴打。维纳斯故意让普赛克去干不可能完成的工作：第一件是让她天黑之前把杂乱的种子一粒一粒按类分好，结果，一只蚂蚁出于对爱神伴侣的同情，招来一支蚂蚁大军，很快就把种子分得井井有条；第二件是让她到河岸的远方羊群中去取一绺珍贵的金羊毛，万念俱灰的普赛克本想投河自尽，却有芦苇受神灵的感应对她发出先知的教诲，帮她从午后变得乖顺的羊群附近的灌木丛顺利地取到金羊毛。维纳斯断定此举依然不是普赛克可以凭一己之力所为，便交给她一个水晶罐子，让她去完成第三件任务——到万丈绝壁之上一孔幽深的泉眼，去打泉水。那浊恶的水流飞瀑直下，倾注在"死地阶"沼泽，最后汇入地狱之河——悲叹河。峭壁上的泉眼由一条被天神判处永不睡眠的凶恶蟒蛇终身看守，普赛克绝望之时，受爱神激励并秉承宙斯(Zeus)意旨的天鸟降临。

这只凶猛的雄鹰，用谎言骗过恶蟒，终于接近水源，将罐子装满。不想维纳斯不仅未息怒，反而恶意挖苦普赛克倒像一个大巫婆。于是，她又命普赛克去做第四件事——拿着一个梳妆匣到地下哈得斯的冥府，去向冥后珀尔塞福涅求得一点儿美貌回来涂在脸上。普赛克爬上一座高塔，打算一死了之。此时高塔开口说话，指给她一条直通地狱王国的路，并教她如何用钱币打发冥河的摆渡人，用麦饼哄骗守门的生着三个脑袋的恶狗，接受冥后的款待拿到东西以后，在回来的路上，千万不要出于好奇窥探匣内神圣美貌的天赐之宝。重返人间的普赛克，为了要让身为爱神的情人高兴，想为自己再添一点儿天赐的美貌，终于没能抑制住好奇，打开了匣子。空空的匣子里面装的是可怕的"死地阶"睡魔。一团浓雾从中袭来，普赛克如同死尸一般倒在地上。此刻，痊愈的爱神再也无法忍受普赛克不在身边，从幽闭他的房间的天窗逃出来，飞到爱人身边，将睡魔重新关进匣中，让她不感到丝毫疼痛地用箭一扎，唤醒她。普赛克去向维纳斯交差，同时，丘比特飞向主神宙斯，跪求他开恩。宙斯为丘比特对他所表现出的从未有过的敬意所打动，他一面嗔怪丘比特违背了天庭律法，一面表示对爱神有求必应，因为爱神是在他的怀抱里长大。同时，他也不忘让爱神记住他的恩德，以后再遇到如花似玉的凡间美女，要奉献给他。

最后，宙斯召集众神开会，缺席者处以罚金。他当众宣布，既然丘比特自己爱上一位姑娘，并夺去她的贞操，婚姻关系又可以束缚住他的少年不轨，那就让他永远拥抱普赛克，享受爱情吧。然后，他安慰女儿维纳斯不必忧虑这联姻可能会对高贵血统有所贬损,他要消除新郎与新娘间的天壤之别,使婚姻合法化,吩咐赫尔墨斯马上将普赛克接到天国来。普赛克刚一抵达,他就递给她一杯仙露,让她喝下,表示从今日起,爱神会与她永为夫妻,白头偕老。席间,太阳神阿波罗弹起竖琴歌唱,维纳斯随着节拍翩翩起舞。就这样,按照传统的结婚仪式,普赛克正式嫁给了爱神丘比特。后来,他们生下一个女儿,起名叫伏露妲("色情"之意)。

由此,我们当然可以把莎士比亚在《罗密欧与朱丽叶》中艺术塑造的罗密欧与朱丽叶这一对爱侣的情死同穴,既看成奥维德"皮拉摩斯和提斯比的故事"式的悲剧情死,也可以把它幻化为阿普列乌斯"丘比特和普赛克的故事"式的天国永爱。在阿普列乌斯笔下,宙斯最终把普赛克带入天国,赐予她永生不死的生命,并让她与爱神丘比特永为夫妻。在莎士比亚的笔下,朱丽叶便仿若人间普赛克的美丽化身,而罗密欧也正是尘间的爱神,他能攀上那看似高不可攀的阳台与朱丽叶幽会,分明是插上了丘比特的翅膀飞上去的;他们最后的情死,不仅化解了两家仇恨,更是以爱情战胜死亡,在天国里得到永恒。人们也十分愿意相信,他们在最后殉情的那一瞬间,是拥抱着爱情上了天堂。若非如此,人们自然也不会在维罗纳那座貌似真实的朱丽叶空石棺楼上的墙壁,绘制罗密欧与朱丽叶在天国的幸福生活。

因此,无论莎士比亚写作《罗密欧与朱丽叶》的初衷是否要让人们相信世间真有这样一见钟情、刻骨铭心、恒久不灭的爱情,直到今天,"罗密欧"与"朱丽叶"这两个名字中的任何一个,都早已在许多愿意相信、真诚希望、渴望享有美好爱情的人们心中，成为浪漫、纯情、忠贞、永恒爱情的象征。但不知有没有人想过，它之所以永恒，只因为它是转瞬即逝的？莎士比亚"吝啬"地让他们俩从相识相爱到一吻而死，时间没有超过三十六个小时。理由很简单，虽然《罗密欧与朱丽叶》只是莎士比亚悲剧写作的起步，但他明白，悲剧就是酝酿死亡并使之尽快发生的过程，这一点在他后期的四大悲剧——《哈姆雷特》《奥赛罗》《李尔王》《麦克白》——中，也如是。时间一长，悲剧性震撼的审美效果自然会减弱。谁能设想，如果罗密欧与朱丽叶不死，而是顺利地进入人们习以为常的世俗的婚姻生活，他们的爱情难保不会褪色，甚至消亡呢？至少那不再是罗密欧与朱丽叶，而只是一对平凡的饮食男女。

六、诗性的人物与"狂暴"的爱情

18 世纪著名莎剧演员、戏剧家、剧院经理大卫·加里奇（David Garrick, 1717—1779）十分清楚，观众希望看到的是一部纯洁无瑕的《罗密欧与朱丽叶》，他为此将其改编为一部感伤剧，而且，这个改编的本子及舞台演出持续了长达一个世纪。为表现年轻人爱的勇敢，加里奇简化了剧情，首先将开场的"罗密欧单恋罗瑟琳"删除。因为每一个观众都会觉得罗密欧为另一位女孩子失魂落魄令人难堪，这显示出他既不忠实牢靠，又会对朱丽叶造成伤害。观众们希望罗密欧与朱丽叶都是彼此的第一个情人，加里奇满足了他们的愿望。他把第一幕第一场开头凯普莱特家两个仆人猥亵的对话，还有后面像茂丘西奥关于肛交的下流双关语，都删除了。同时，他还把会让人觉得这对情人弱智愚蠢和不切实际的韵诗做了删节。最大的改变是结尾"情死墓穴"一场戏，加里奇竟让朱丽叶在罗密欧临死之前醒了过来。如此炫耀的戏剧效果，完全违背了莎士比亚的初衷。加里奇要在一个污秽的成人世界中，创造出一对青少年纯情偶像。然而，莎士比亚从不吝啬让这对处于青春骚动期的情人显出荒谬。被加里奇删去的罗密欧与朱丽叶在剧中的第一段对话，荒谬得是多么美妙。我们来欣赏这段对话：

罗密欧(向朱丽叶)	要是我用这一双尘世之手的卑微，
	把这圣洁的庙宇亵渎，我要救赎，
	让香客含羞的嘴唇赦免温存之罪，
	让那轻柔之吻抚平我牵手的粗鲁。
朱丽叶	虔诚的香客，别这样怪罪这牵握，
	牵手原本是香客表示由衷的虔诚。
	因为圣徒的手可以由香客去触摸，
	与圣洁手掌相握便是香客的亲吻。
罗密欧	圣徒只有圣洁的手掌，不长嘴唇？
朱丽叶	啊，香客，祈祷时嘴唇便派用场。
罗密欧	哦，圣徒，让嘴唇替代手的温润，
	恳请你不要让双唇的信仰变失望。
朱丽叶	你的恳请获允准，圣徒恭候祷告。
罗密欧	圣徒别移动脚步，我会前来领教，
	你的芳唇已将我唇上的罪孽洗净。
	(吻朱。)

朱丽叶　　　　　　但是你的罪孽又把我的双唇沾染。

罗密欧　　　　　　从我唇上沾染了罪孽?啊,那请原谅
　　　　　　　　　我甜美的冒犯!把罪孽再还给我。(再
　　　　　　　　　吻朱。)

朱丽叶　　　　　　你的接吻倒很虔诚。【1.5】

从第一句开始的前十四行构成一首押韵齐整的十四行诗,韵脚格式为:ABAB、CDCD、EFEF、GG。它把情人刹那间产生的模糊、可感的爱意以如此美妙的韵诗表达出来,的确带给我们一种微妙难言的感觉,但一般读者难免会觉得这多少有些怪异,舞台演出时更是如此, 只有极少数最具艺术感觉的观众能捕捉到两人的对话是以十四行诗的形式来完成的。想必加里奇正是觉得十四行诗在此情此景显得滑稽荒诞、矫揉造作,干脆把它删掉了。然而,莎士比亚就是要让这对情人显得荒谬可笑!他们毕竟是孩子!罗密欧与朱丽叶之所以美丽,恰恰就在于他们的荒谬。

在此,我们稍微提及一下,稍早于莎士比亚的 16 世纪意大利著名盲诗人、剧作家路易奇·格劳托 (Luigi Groto, 1541—1585)1578 年曾以"罗密欧与朱丽叶的故事"为题材,写作、出版了一部素体诗的悲剧《阿德丽安娜》(*Hadriana*),他把故事的发生地从维罗纳转到阿德利亚(Hadria),凯普莱特夫妇变身为阿德利亚的阿特里奥(Hatrio)国王和奥朗蒂(Orontea)王后,朱丽叶变为英凡塔·阿德丽安娜(Infanta Hadriana)公主;而罗密欧则成为围困阿德利亚的拉迪姆(Latium)国王麦赞迪奥(Mezentio)的儿子拉蒂诺(Latino)王子。劳伦斯修道士变为马乔(Mago)牧

师。故事则是彼此敌对的两位国王的王子与公主相爱。

通过对比很容易发现,对素材的使用和借鉴,莎士比亚与我们之前所述的达·波尔托有更多直接的关联。举两个小例子:第一个,在《阿德丽安娜》中,当拉蒂诺王子出于自卫杀了阿德丽安娜的哥哥(不是表兄)以后,把剑交给她,任凭她发落,只要她愿意,即可用剑取他性命,为哥哥报仇。而阿德丽安娜公主宁愿与他立下誓言,永远相爱。这个细节,莎士比亚与之大相径庭。第二个,《阿德丽安娜》的结尾是,阿德丽安娜告诉马乔牧师,她已服毒,随后会用匕首自刺身亡;莎士比亚的结尾则是让在墓穴中醒来的朱丽叶责怪已服毒自杀的罗密欧,为什么不给她留下一点儿毒药,而后用剑刺进前胸。在达·波尔托的笔下,此处是墓室里的茱丽塔让洛伦佐(Lorenzo)修道士离开并关闭墓门,给她留下一把刀,让她用来刺入前胸自杀。还有像莎士比亚的"阳台幽会",罗密欧情绪激动地表白"让我被抓住,让我被处死:只要你愿意,我心甘情愿",赢得朱丽叶以爱相报,也是来自达·波尔托。

对于格劳托与早于他的达·波尔托、马泰奥·班戴洛、鲍埃斯杜和晚于他的莎士比亚有哪些异同,我们不必多费笔墨。仅此再提一点:莎士比亚的罗密欧与朱丽叶"阳台幽会"和"寝室话别"两场戏,在诗的用韵和意象使用上,与格劳托或有相似,但如果说到直接或间接的影响,格劳托以前的意大利诗人、作家对莎士比亚的影响更大。比如"阳台幽会",莎士比亚是以韵诗的形式让怦然心动的罗密欧向朱丽叶求爱,而格劳托用的是三百四十九行素体诗的长篇独白,略显冗长沉闷;尽管"寝室话别",格劳托也用了韵诗和"云雀"唤醒黎明的意象,但明显莎士比亚更为精微、细腻。

然而，单就对爱情的抒发、赞美及对诗韵、格律的借鉴、使用，当然是 14 世纪意大利著名诗人、人文主义者彼得拉克(Petrarch, 1304—1374)歌咏情人劳拉(Laura)的爱情十四行《歌集》，对莎士比亚的影响最大、最直接。彼得拉克开创的这种诗歌形式、主题、形象及其他诸多因素，成为抒情十四行的传统，持续影响达 200 多年之久，以至于"彼得拉克十四行"成了爱情诗的代称。当然，莎士比亚以自己的天赋才华将其转变为曼妙的"莎士比亚体"。简言之，在韵律上，彼得拉克的十四行每首分为两部分，前一部分由两段四行诗组成，后一部分则由两段三行诗组成，即按四、四、三、三排列，押韵格式为 ABBA、ABBA、CDE、CDE，或 ABBA、ABBA、CDC、CDC；每行诗句十一个音节，通常用抑扬格。"莎士比亚体"变为由三节四行诗和两行对句组成，每行十个音节，韵式如上，即 ABAB、CDCD、EFEF、GG。

下面我们接着说"荒谬"。不仅"荒谬"令大卫·加里奇把罗密欧与朱丽叶家宴邂逅时清纯的十四行诗情对话删除，并对剧情做了其他删改，到了 19 世纪，一个成熟的男演员也会因为罗密欧身上"荒谬"十足的孩子气，而拒绝出演，以免被人讥笑。尽管莎士比亚始终没有明说罗密欧的年龄，但从再过两个星期将满十四岁的朱丽叶即可推断，罗密欧最多不过十六七岁。从 1594 年起开始演出莎剧的著名演员理查·博比奇 (Richard Burbage, 1567—1619)第一次饰演罗密欧时，年龄已超过 20 岁，而那时舞台上的朱丽叶还只能由男童来扮演。事实上，直到今天，舞台上也不大可能让一个不满 14 岁的女孩饰演朱丽叶，不论法律是否允许，也不论这个女孩的演技如何，我们依然会戴上有色眼镜，从眼下成人世界既定的理性规范或合理秩序出发，觉得一个读高中二或三年级的大男生与一个读初中二年级的小女生炽烈相恋，无疑是荒谬的。作为父母，我们反对儿女早恋的态度，像凯普莱特强迫朱丽叶嫁给帕里斯一样坚决。

诚然，今天的人们或可以理性地认为，罗密欧与朱丽叶因为单纯的生理成熟而心智缺失，自然会导致"荒谬+狂暴=毁灭"的爱情。但毫无疑问，莎士比亚通过塑造罗密欧与朱丽叶这一对青春期爱侣，是要用他们身上所有的"荒谬"和"狂暴"，去"毁灭"那个禁锢人性正常欲望、扼杀人们精神自由的地狱般腐朽、野蛮、专制的世界，他们只是爱，他们可以为爱抛弃家族的仇恨，如果说他们"荒谬"，那荒谬绝伦的无疑是暴君式的封建家长制和貌似合理的旧的伦理道德、宗教仪轨。他们宁愿殉情，也要捍卫爱情的自由与尊严，驯服兽性，激发人性，解放个性，这既是文艺复兴时期的启蒙主义思想，也是作为人文主义者的莎士比亚的理想和追求。

中世纪数百年建立起一整套约定俗成、合情合理的道德秩序和宗教仪轨，人们变得像奴隶一样遵守规训，正常的人性欲望和真实的情感渴望都成为异端，在这座煎熬人们精神思想和自由意志的炼狱中，年轻人的"狂暴"爱情，正是对一切规训人们道德和行为准则的反叛，表面的"荒谬"却是对人性的极大张扬。然而，一个作家通过作品所要表达的思想，并不能等同于他笔下人物形象自身的艺术真实。比如，罗密欧去参加凯普莱特家的晚宴，并非出于无视家仇和反封建的勇敢，而实在是青春期为情所伤所困的一个欲望青年百无聊赖之举。爱情对于他就是"最理智的疯狂"：失恋的痛苦可以把他的灵魂像铅一样死死钉在地板上一动不动，见到朱丽叶的一瞬间，他又可以用眼睛发誓以前不曾有过爱情，刚刚还"生不如死"，此刻已为那"从未见过的美丽"重新燃起爱的火焰。

爱的星火正是由这首"彼得拉克式""莎士比亚体"的十四行情诗的对话点燃。此前，莎士比亚已做足了艺术的铺垫、烘托，罗密欧还没有出场，我们已经从他父亲嘴里知道他"心事重重"，每天清晨都去林中孤独散步，把深深的叹息献给朝露和云层；而当太阳初升，他便把自己关在房里，不再出门，在"人工的黑夜"中独享忧愁。"像一朵娇嫩的蓓蕾，还没有迎风吐露花蕊，向太阳献出娇美，就被恶毒的蛀虫噬咬了。"但父亲蒙塔古并不知晓他的心事。罗密欧对好友班福里奥道出原委：自己恋爱了，身陷爱河，但"我爱她，却得不到她的芳心"。我们挑出两首彼得拉克的十四行诗，比如《我形只影单》《爱的忠诚》，便不难发现，莎士比亚显然是有意让罗密欧身陷一种彼得拉克式的恋爱情绪中，他对于罗瑟琳的思念和彼得拉克思念劳拉几无二致。事实上，《罗密欧与朱丽叶》全剧也始终是以诗引领爱，用爱升华诗。罗密欧与朱丽叶的爱，既是诗的爱，也是爱的诗。莎士比亚让诗的爱情在他们第一次见面的第一吻中开始，又让爱的诗篇在他们情殇的最后一吻中结束。然而，他们的诗与爱直到今天，还青春依旧地活着——有多少青春期的少男少女也依然渴望着经历一番罗密欧与朱丽叶式的荒谬之爱？反叛或叛逆，不正是青春期少男少女的一个永恒主题吗？

下面，我们具体分析一下在罗密欧身上体现出的青春期情感三种境界的荒谬：

第一种是他对罗瑟琳爱而不得的单相思，为此深受折磨、伤害，茶饭不思、寝食难安，"啊，吵闹的相爱！啊，亲热的仇恨！/啊，一切事物！从来都是无中生有！""啊！沉重的轻浮，严肃的虚荣，看似美好实则畸形混乱的外形，明亮的烟雾，寒冷的火焰，病态的健康，永远醒着的睡眠，全都不是真实的存在！这就是我现在的感觉，似乎在爱，却又没有爱。"这是他此时心绪真实的自画像。"爱就是由叹息引起的一股轻烟。"只出现名字、始终未露面的罗瑟琳一方是，"她已发誓绝不恋爱，这样的誓言，/让我感觉虽能说话却已生不如死"。罗密欧一方是迷失自我，难以自拔，对一切感到毫无兴致。若不是偶然从凯普莱特家宴的邀请名单中发现罗瑟琳的名字，他也不会前往。因为此时，在他心目中，罗瑟琳仍然是理想之爱的幻影，"比我的所爱还美！普照万物的太阳，/创世以来也从未见过谁能与她媲美"。

第二种便是一见钟情的"狂暴"之爱。罗密欧在见到朱丽叶的一瞬间，便几乎把单恋的痛苦忘到脑后。此时，莎士比亚开始为这爱涂上一层诗的氤氲。罗密欧不禁自语："啊，她比燃烧的火烛更明亮！/她好像是挂在黑夜的面颊上，/又像黑人耳坠上的璀璨珠宝;/世所罕见的富丽不宜来佩戴！/在她的那些年轻女伴中，/她就是乌鸦群里的一只白鸽。/跳完这圈舞我就到她身边去,/牵她纤指为我粗粝的手祝福。/可有爱?眼睛否认发过誓言！/今夜她是我从未见过的美丽。"

还是个孩子的朱丽叶，一样是"荒谬"的。她看不清戴着假面具的罗密欧的真面目，便由他诗语之爱的温情表白和悠然一吻，深深爱上他。因此，她在阳台上对着夜空独语倾诉心底爱情的秘密，也就荒谬得如此自然、率真、美丽。"啊，罗密欧，罗密欧！为什么你是罗密欧？否认你的父亲，拒绝你的姓名吧；假如你不肯，但只要发誓做我忠诚的恋人，我也将不再是凯普莱特家的人。""我的仇人只不过是你的姓氏；即便你不姓蒙塔古，你还是你自己。蒙塔古是什么？它不是手，也不是脚；既不是胳膊，也不是脸；人身上的任何一个部位，它都不是。啊，换一个姓吧！单单一个姓氏有什么意义呢？把玫瑰换一个名字，它还是一样的香；所以，如果罗密欧不叫罗密欧，他拥有的可爱的完美也丝毫不会改变。罗密欧，放弃你的姓氏，那姓氏原本就不是你的一部分，只要你换了姓氏，就把我的整个生命拿去吧。"哪怕这样的爱意有一丝牵强，接下来朱丽叶与偶然偷听到她爱的独白的罗密欧"阳台幽会"并立下婚誓，都会显得极不自然。莎士比亚当然不会用艺术上这样的低级荒谬，去替代人类情感上的超级荒谬。因此最后，当见到罗密欧已死，她才会毫不迟疑、心甘情愿地让爱侣把她的"整个生命拿去"。

因为在莎士比亚笔下这荒谬的逻辑自然天成。第三种，也是最高境界的荒谬，即"狂暴"之爱的必然结果——殉情，便顺理成章了。按这自然天成的"荒谬"逻辑，殉情不是凭空而来，它又分为两个层面：第一个层面是铺垫、渲染，典型地体现在劳伦斯修士告知罗密欧因杀死提伯尔特被判处放逐之后，罗密欧几乎疯狂的表现。彼情彼景，他竟然无法忍受好心的劳伦斯修士的善意劝导，他宁死不肯离开维罗纳。他说："这是折磨，不是悲悯。朱丽叶住在这儿,这里就是天堂!住在这天堂里的每一只猫,每一条狗,每一只小老鼠,每一样不值钱的东西,都能一睹她的芳容;但罗密欧不能。就连腐肉上的苍蝇,都能比罗密欧捞取更大的实惠,享受更高的尊荣,得到更多殷勤求爱的机会;它们可以抓住亲爱的朱丽叶的一双纤纤玉手,可以从她的一对芳唇上偷取永恒的祝福,那两片晶莹含羞的嘴唇,至今还饱含着处女的纯真和圣洁,仿佛它们觉到连双唇一启一合自然的相吻都是犯下了罪孽。苍蝇可以做这些事,我却必须远走高飞;它们是自由人,我却被驱逐流放:你还要说流放不是死吗?难道你只会用'放逐'这两个字,就没有调配好的毒药,锋利的尖刀,或其他什么致人死地的办法杀我了吗?'放逐'!啊,修道士!只有地狱里的鬼魂伴着凄厉的哭号才会发出这样两个字。您,作为一个神圣的修道士,一个宽恕罪恶的忏悔神父,又是我公开承认的朋友,怎么竟忍心用'放逐'这两个字来折磨我?"难怪著名的人文主义散文作家、批评家威廉·赫兹里特(William Hazlitt, 1778—1830)认为:"罗密欧就是恋爱中的哈姆雷特。"

这样激烈的情绪明显昭示出,若非奶妈来送信,罗密欧得知当晚可与朱丽叶尽享新婚之欢,然后去曼图亚以图将来,他是宁死也不肯接受"放逐"的。于是,当"放逐"到曼图亚的他误以为朱丽叶已死并入葬,激烈的情绪再次暴发到顶点,也不会显得突兀。这当然是在戏剧结构铺设上尚不够成熟老到的莎士比亚的高明之举,用诗的"狂暴"语言将"荒谬"之爱表现到极致,这在罗密欧死前的长篇独白中得到完美展现。他凝视着朱丽叶的脸说:"啊!亲爱的朱丽叶,你为什么依然如此美丽?难道是要让我相信，那个无形的死神、那个枯瘦的面目可憎的怪物，也是个情种，把你幽闭在这黑暗的地府里做他的情妇？唯恐这样的事情发生，我要永远与你相伴，绝不再离开这座漫漫长夜里幽暗的地宫；我就留在这里，蛆虫是你的婢女，我要同它们一起与你长相厮守。"

用诗歌抒写爱的美好，诠释爱的"荒谬"，升华爱的"狂暴"，是莎士比亚对恋爱中的情人们的最大贡献，我们因有了莎士比亚，才知道如何把爱情表达得诗意盎然、诗情画意，才领会爱情可以忠贞不渝到如此美妙的情死，才明白爱情可以是莎士比亚的十四行诗，才渴望情人就该像罗密欧、像朱丽叶一样真纯、圣洁。因此，除了《哈姆雷特》，《罗密欧与朱丽叶》是全部莎剧中改编成其他艺术形式(音乐剧、芭蕾、电影等)最多的一部。

虽然《罗密欧与朱丽叶》是一部悲剧，但在某些方面，与莎士比亚后期悲剧相比，它显然更接近他的浪漫喜剧和早期创作。在风格上，它更多带有作者于1594—1596年间的剧作和十四行诗歌的抒情性，与他从1590年代中期开始创作的《仲夏夜之梦》《威尼斯商人》《理查二世》相比，《罗密欧与朱丽叶》浪漫的抒情笔调、诗化韵致，与凄美哀怨的悲剧爱情主题，几乎达到了完美的和谐交融。

在《罗密欧与朱丽叶》中，诗的语言始终与爱情的抒写互依互伴、相生相衬，换言之，通过莎士比亚在语言和韵律上的使用、变化，人们可以清晰感觉并艺术地分享罗密欧与朱丽叶从第一眼的初识相爱到"阳台幽会"立下婚誓、结为灵魂伴侣的美好，以及"寝室话别"到"墓穴殉情"的悲苦哀怨。戏剧人物在平常的剧情对话中使用无韵的素体诗，每逢爱情降临，语言便有了韵律和节奏。

莎士比亚在剧中运用了四种传统抒情模式，上面的十四行诗是第一种。第二种是在第三幕第二场开场，焦急等待新婚之夜来临的朱丽叶用独白吟咏出一只"小夜曲"："等太阳闭上了眼睛，罗密欧就会投入我的怀抱，那时便没有人看得见，也没有人会闲言碎语！情人们可以在彼此美丽的神韵光华中尽享男欢女爱；假如爱情是盲目的，黑夜便最适合这样的盲目。来吧，庄严的夜晚，你这一身黑衣素装的妇人，请你教我如何输掉一场可以赢得胜利的比赛，奉献出处女纯洁的童贞。用你黑色的头巾遮住在我面颊上颤动着的渴望的羞涩，直到这怯生生的从未体验过的爱情变得大胆起来，就会以为愚蠢的贞洁并不是真正的爱情。来吧，黑夜！来吧，罗密欧！来吧，你这黑夜里的白昼！"

第三种出现在这对爱侣在第三幕第五场新婚初夜后的"寝室话别"，采用的抒情形式是中世纪的"晨歌"。朱丽叶说："你听到的刺耳的声音，是夜莺在叫，不是云雀；它每天晚上都在那边的石榴树上歌唱。"她不希望此时是云雀叫醒了黎明。急于启程的罗密欧说："那是报晓的云雀，不是夜莺。你看，爱人，嫉妒的晨曦已经为东方离散的云朵绣上金色的花边；夜晚的星光已经熄灭，欢快的白昼也已把脚尖立在了云遮雾绕的山巅。我必须逃走，才能劫后余生；或者干脆留下来等死。"但当朱丽叶说出："我知道，那边的光亮不是晨曦，那是太阳点燃蒸汽吐射的流星，它是今夜的一把火炬，要一路照耀着你去往曼图亚。你不用急着走，再多待一会儿吧。"罗密欧立刻坚毅而执着地表白："我会说，那天边的灰色不是黎明的眼睛，只是从月亮女神苍白的脸上反射的微光；那响彻云端回荡在我们头顶的叫声，也不是云雀的歌唱，我宁愿、宁愿停留，不愿、不愿离去；/ 只要朱丽叶愿意，来，死神，欢迎你！"对于朱丽叶来说，她不忍心爱人离开，却又不能不催促："天亮了，天亮了！你赶快走吧，快走！那刺耳的嘈杂，那尖锐的鸣叫，正是天边云雀讨厌的歌声；有人说，云雀的歌声美妙悦耳，可现在这只云雀的歌唱一点儿也不动听，因为它的叫声是要我们分离；有人说，云雀曾跟恶心的蟾蜍交换了眼睛，啊！我现在真希望它们能把声音也交换过来：因为这声音把我们从拥抱中惊醒，/ 也是这唤醒猎人的晨歌催你登程"。对于罗密欧，"天光越来越明亮；离别的悲伤却越来越黑暗"。因为莎士比亚知道，这"云雀"的叫声预示着生离死别！也因此，这段"晨歌"成为年轻人的最爱——从莎士比亚的早期读者阅读《罗密欧与朱丽叶》的情形即可见一斑：当1623年《莎士比亚全集》第一对开本出版以后，牛津大学图书馆很快购进收藏，并把它锁在学生容易看到的书架上，没过多久，"晨歌"这一页在全书中破损最为严重。

第四种则是在第五幕第三场帕里斯到墓地凭吊朱丽叶，为她撒花时吟咏的是一曲"挽歌"："花样的人，我用鲜花撒满婚床；/ 真悲惨！泥土与石头织成帷幔！/ 我要每晚拿甘露滋润你的坟茔，/ 或者用我悲恸的泪水为你洗尘；/ 我为你举行的葬礼，便是夜夜 / 夜夜来此撒满鲜花、挥洒泪水。"

然而，单以人物形象而论，尽管从年龄上看朱丽叶更是个孩子，但无论心智、性格，她处处表现得比罗密欧更为成熟、坚韧，对待爱情也更为执着、坚贞。在莎士比亚生活的那个时代，纯洁无瑕的童贞对一个未婚少女最为珍贵，婚前性行为意味着生命的失去。或许因为此，朱丽叶没有像罗密欧那样追求"狂暴"爱情的本钱，所以比起从相识一瞬到殉情一刻一直受亢奋的雄性荷尔蒙支配的罗密欧，朱丽叶始终没有在爱情的迷狂中失去理智。莎士比亚有意将她塑造成一个文艺复兴时期的新女性，表面乖顺，对父母言听计从，内心却十分有主见。一方面，她把婚姻看得像爱情一样圣洁、神圣，并渴望获得这样的爱情、婚姻，因此，婚姻对于她是"一件我做梦也没想过的荣誉"。但另一方面，当母亲问她是否愿意接受维罗纳的城市之花、英俊的帕里斯伯爵的求婚，她平静地表示"要等见面以后喜欢上了才喜欢"。而当她面对戴着假面具的罗密欧温情款款的求爱，怦然心动之下，平静而自然地接受了他的亲吻。十四行情诗对话的韵律，与她内心涌起的爱的涟漪达到完美的契合。

然而，春心萌动的朱丽叶清醒地意识到，女人在爱情赌博上的风险远比男人大得多，与仇家的儿子相爱更是如此。于是，莎士比亚巧妙地让朱丽叶在"阳台幽会"时，用无韵的素体诗形式向罗密欧真切地说出了那段被激情和矛盾所纠结的内心表白："我要让你知道，若没有夜色遮挡，你就会看到我脸上羞愧的红晕，因为你偷听了我的话。我愿意恪守礼义，真不想承认我曾说过那样的话；但再会吧，礼义！你爱我吗？我知道你会说'是'；我也会信你的话；但如果你发誓，誓言或许就是谎言：据说对于情人们违背誓言，朱庇特也只是一笑了之。啊，温柔的罗密欧，如果你是真爱我，就诚实地告诉我；如果你以为这么容易就能赢得我的芳心，那我会倔强地板起面孔，拒绝你，让你继续追求；否则，我就不会这样做。说实话，英俊的蒙塔古，我对你太痴情了，你可能会因此觉得我举止轻浮；可是相信我，先生，我将证明我远比那些善于卖弄风骚却故作矜持的人更忠诚。我必须承认，要不是你趁我不备偷听了我爱的真情表白，我应该更矜持一些；所以，原谅我吧，不要把我的主动示爱归于轻佻，因为是黑夜泄露了我深藏在心底的隐秘。"

这是一个痴迷、忠贞而又矜持地执着于爱情的少女的心声。因此，对于罗密欧是否爱她，她不需要他发誓；对于是否马上同他订立婚誓，她也不希望来得"狂暴""这样太轻率、太欠考虑，也太突然了；太像是闪电，迅疾得还等不及人们开口说它是闪电，它就消失了。"而当她发现罗密欧得不到她"忠诚的爱情誓约"便不肯离去，她依然是把婚姻作为爱情的先决条件——"如果你的爱情是纯洁的，是真诚的，是为了和我结婚"，她就会派人联系、确定时间结婚；一旦结婚，"我要把我的命运全都托付给你，把你当作主人，跟你走遍海角天涯"。

如果说莎士比亚以三种境界的"荒谬"成功塑造了罗密欧，与此相对，他又以三重境界的"矛盾"完美刻画了朱丽叶。三种"荒谬"与三重"矛盾"交融、叠加、重合，构成《罗密欧与朱丽叶》内在的审美结构。以上所述是朱丽叶的第一重"矛盾"，即选择接受仇家儿子飘然而至的爱情，还是孝顺地乖乖遵循父母之命。小小的朱丽叶勇敢地毅然选择了命中注定、无法抗拒的爱情。这是罗密欧的"荒谬"与朱丽叶的"矛盾"的第一次交合，也是这对爱侣"相爱""结婚""殉情"三部曲的第一乐章，主题是：一旦相爱，至死不悔。

　　第二重"矛盾"出现在罗密欧与朱丽叶秘密结婚之后杀死了她的表兄提尔伯特,这使朱丽叶陷入两难的情感纠结:两个都是自己的亲人,一个是视如手足的"最亲爱的表哥",一个是以身相许的"更亲爱的丈夫"。当她明确得知是罗密欧杀死了提伯尔特并被放逐以后, 第一反应是对新婚丈夫不可谓不恶毒的诅咒:"啊! 花一样的面容下藏着一颗毒蛇的心! 有哪一条恶龙曾住过如此优雅的洞府吗?美丽的暴君! 天使般的恶魔!插着鸽子羽毛的乌鸦! 狼一样残暴的羔羊! 最神圣的外表遮蔽着卑鄙的实质!内心恰恰与外表相反;一个该下地狱的圣人,一个受人尊敬的恶棍! 造物主啊! 你怎么会做出这样的事,让一个地狱里的恶魔寄居在尘世间温馨可爱的肉体的天堂? 哪一本邪恶的书会装订得如此富丽堂皇? 啊! 原来就是在这座恢宏华美的宫殿里住着欺骗!"但紧接着,强大的爱情战胜了亲情,她马上开始懊悔、自责:"我可怜的丈夫,如果连我,已经做了你三个小时的妻子,都这样玷污你的名字,那还有谁会给你带来安慰?但是,你这恶棍,为什么要杀死我的表哥呢? ——可要是反过来, 我那恶棍的表哥就会杀死我的丈夫。"然而, 她很快意识到,如此悲喜的交错意味着她要"把罗密欧无福消受的童贞奉献给死神"!因此,当奶妈为他们第一次出面在街上找到罗密欧, 联系秘密结婚以后, 再次出面,找到躲藏在劳伦斯修道室的罗密欧,又替他们穿针引线联系好当晚共度春宵,双方的"荒谬"与"矛盾"在新婚之夜得到暂时的交融。单凭这一点,奶妈的串场作用不可低估,也是奶妈这一人物形象的成功所在。第二重"矛盾"的结果是:以身相许,忠贞不渝。

第三重"矛盾"则是在父亲凯普莱特逼婚以后。她先是强烈反抗，不仅没有效果，反而把自己逼上绝路，因为暴怒的父亲要把她关进木笼拖到教堂与帕里斯成婚。情急之下，她去向劳伦斯修士求助。先是强大而忠贞的爱情，让她果敢地接受劳伦斯修士以昏睡假死逃避第二次婚姻的冒险计划；紧接着是回到家中，轻松愉快地向父母假意表示十分愿意嫁给帕里斯；然后，还要克服掉对药效的疑惑，对劳伦斯修士的"醒酲"猜疑，以及在墓穴醒来之后可能面临的极度恐惧，为了爱情服药、假死、入葬。比起前二重相对温和的"矛盾"，莎士比亚在描绘这第三重尖锐的"矛盾"时，将朱丽叶的内心世界挖掘得十分深邃、丰富，一个内心丰富、感情细腻、果敢坚毅、爱情至上的少女形象，鲜活地跃然于眼前。其实，作为艺术形象来塑造的朱丽叶，到此处已基本结束，只差最后的一个点睛之笔，即在墓穴中醒来发现罗密欧尸体之后几句不多的独白。除了选择与爱侣殉情，她不再有"矛盾"，所以，她先是平静地嗔怪罗密欧"吝啬"地喝光了毒药，哪怕在嘴唇上多残留一些，也好让她一吻而死，然后她发现了罗密欧的短剑，毅然用它刺入前胸，让自己的胸膛去做爱人永远的"剑鞘"。这第三重"矛盾"的结果是：一吻情死，爱情永恒。尽管此处或有提斯比之于皮拉摩斯的身影，但这的确是神来之笔的艺术升华！至此，朱丽叶坚贞少女的阴柔"矛盾"与罗密欧血性青年的阳刚"荒谬"达到阴阳交合的顶点。

与人物内在的"荒谬""矛盾"导致"狂暴的结局"同步，莎士比亚在艺术上还巧妙地运用了外在的"光明"与"黑暗"的意象交替来昭示爱情的新生与毁灭。当罗密欧在凯普莱特家的宴会上第一次从远处望见朱丽叶时,惊异地发现"她比燃烧的火烛更明亮",爱情的种子随即播下——此时,朱丽叶是他要追求的情人;而当他翻墙进入凯普莱特的花园,躲在暗处遥望灯光映照下浮现在窗口的朱丽叶,他把她视为"东方的太阳","她的眼睛把一片天空照得如此明亮",她是"光明的天使"——此时,朱丽叶是他渴望的理想爱人;最后,当他进入墓穴看到情人、爱人变成了"死去"的新娘,他便在心底把这里当成"一座四面有窗的高塔;因为朱丽叶在此长眠,她的美丽使这座墓穴变成一个充满光明的节庆欢宴的大厅"。"我要永远与你相伴,绝不再离开这座慢慢长夜里幽暗的地宫。"因此,他要让自己"这艘厌倦了在惊涛骇浪中航行的小船,向毁灭一切的岩石冲撞吧"!当毒药让罗密欧的爱情在黑暗中结束了,从假死中醒来的"东方的太阳""光明的天使"——朱丽叶,也随之在"幽暗的地宫"里陨落、毁灭。

写完《仲夏夜之梦》的莎士比亚,或许是想通过罗密欧与朱丽叶的爱情悲剧,再次强调他已在《仲夏夜之梦》中借那个为情所困的情人拉山德(Lysander)之口表达对爱情的深切感悟:"真爱之旅从来没有一帆风顺的!"【1.1】

七、《圣经》原型——U形结构与基督教的心灵救赎

在莎士比亚描写、表现青年男女渴求并最终获得自由、美好爱情的剧作中,无论写于《罗密欧与朱丽叶》之前的《错误的喜剧》《爱的徒劳》《仲夏夜之梦》,还是之后的《无事生非》《皆大欢喜》《第十二夜》,除了《罗密欧与朱丽叶》这唯一的悲剧,其他都是洋溢着活泼欢快气息的喜剧,所有"大团圆"的结局无一不是

在爱情魔力的催化作用下完成。当然,《罗密欧与朱丽叶》最后以两个彼此仇恨的家族因儿女的"情死之爱"而和解,也算是一个"大团圆",因此长期以来有学者把它称为"悲喜"剧,或"伤感的喜剧"。的确,在这部悲剧作品中,角色设定是如此符合那个时代已经固化成型的喜剧传统的人物性格模式——专制暴君的父亲、言语猥亵的仆人、爱管闲事的修道士、诙谐睿智而又愤世嫉俗的朋友,而这些是如此鲜明地典型体现在朱丽叶的父亲凯普莱特、奶妈、劳伦斯修士和罗密欧的好友茂丘西奥身上。

不过,即便莎士比亚在其晚期剧作《冬天的故事》和《暴风雨》中,依然一以贯之地用爱情来消除误解、化解仇恨,但在他所有剧作中《罗密欧与朱丽叶》也是唯一一部以浪漫的抒情笔调抒写至死不渝的爱情,并让它去融化怨恨、救赎心灵的作品。

说到救赎,自然离不开《圣经》。英国莎士比亚学者弗雷德里克·撒母耳·博厄斯(Frederick Samuel Boas, 1862—1957)指出:"《圣经》是莎士比亚取之不尽的源泉,甚至可以说,没有《圣经》就没有莎士比亚的作品。……即便有谁能禁止《圣经》发行,把它完全焚毁,永绝人世,然而《圣经》的精神结晶,它对于正义、宽容、仁爱、救赎等伟大的教训,及其罕贵无比的金玉良言,仍将在莎士比亚的作品中永世留存。"正如《圣经》对欧洲文艺复兴时期人文主义的先驱、意大利伟大诗人但丁·阿利吉耶里(Dante Alighieri, 1265—1321)的史诗《神曲》(Divine Comedy)具有直接的深刻影响一样,《圣经》也为英格兰文艺复兴时期的莎士比亚戏剧提供了异常丰富、深厚的故事"原型"和精神"原型"。

英国戏剧家爱德华·摩尔(Edward Moore, 1712—1757)曾说,

但丁在《神曲》中摘录拉丁版《圣经》高达五百次之多,而且,"他对《圣经》的尊崇不言而喻,《神曲》的语言就是《圣经》的语言。无论是他笔下直接,或是经他以独特的隐喻式诠释,以及在应用过程中加以艺术的提炼、升华而被确信的经文,都是明证"。而单从统计上看,或许莎士比亚比但丁更为"虔诚",在他的全部作品中,源于《圣经》的母题、意象、典故、转义、隐喻、借喻、象征、引申、升华等多达八千余处。很难想象,如果莎士比亚没有当时流传甚广的多个英文版本《圣经》的直接影响、启迪,他是否还会如此伟大。

英国著名人类学家、宗教史学家詹姆斯·乔治·弗雷泽(James George Frazer, 1854—1941)以其 20 世纪享有"人类学百科全书"之誉的皇皇巨著《金枝》(*The Golden Bough*),为日后西方文学的"原型批评"(Archetype Criticism)理论提供了极其丰富的资料来源,并对其产生了巨大的直接影响。

简言之,弗雷泽认为是自然界的季节更替、植物的死而复生,使远古的人类联想到与此具有同一生命特征的神,继而"开始把植物生命的循环人格化为一位每年都要死去, 然后又从死中复活的神"。而"关于神死而复生的神话和仪式,其实就是人类对于自然节律和植物更替变化的模仿"。弗雷泽通过研究世界各地有关"神王被杀"和"王子献祭"的神话,发现这种献祭方式无不建立在同一个信念之上, 即将部族的衰亡腐败转嫁到一头被视为神圣的动物或一个具体的圣人身上, 然后将其 (它/他)杀死,以使该部族得到净化和赎罪,对于一个有罪的部族来说,要想重新获得自然和灵魂的再生,这一净化和赎罪的过程/仪式是必不可少的。《圣经》中死而复生的耶稣基督，便是由许多不同民族、地区的神话和仪式在漫长的历史和宗教进程中最终演变而成，他是所有那些不同部族同一"原型"的集大成者，而在《圣经》之后，基督又成为许多神话故事和文学作品中的"原型"。弗雷泽认为，正是《圣经》这部永远启蒙人们心灵、智慧的书，成为莎士比亚营造自己艺术世界的立足点。英国研究古希腊语言、文化的著名学者乔治·吉尔伯特·默里（George Gilbert Murray, 1866—1957），使用弗雷泽的研究成果，于1914年在《哈姆雷特与奥瑞斯忒斯》(*Hamlet and Orestes*)中首次提出，莎士比亚悲剧中的人物都具有献身英雄的特点，并认为不仅哈姆雷特的故事和古希腊奥瑞斯忒斯的神话属于同一来源，而且哈姆雷特本身就是古代宗教仪式中"替罪羊原型"的变种。

再简言之，或是受了默里的启发，在这一"原型"基础之上，努力从《圣经·新约》"故事"与莎士比亚戏剧"所记录的同一事实"之间挖掘、寻找对应关系的英国莎士比亚学者、文学批评家乔治·威尔逊·奈特(George Wilson Knight, 1897—1985)，进一步认为莎士比亚悲剧中的主人公全部都是《圣经》中"基督——替罪羊"的变种，即"每一个悲剧主角都是一个小型的基督"。莎士比亚笔下的许多悲剧英雄最后都是作为牺牲者"死在舞台上，通常占据了舞台的中心位置，架在高处，像摆放在祭坛上"。在他眼里，莎士比亚的每一部剧作都或隐或显、或多或少地透露出耶稣基督受难的折光；基督主动背负十字架牺牲这亘古未见的行为，始终处于莎士比亚悲剧世界的中心地位，而莎剧本身就是对这种牺牲仪式的最好诠释，它们以不同的方式艺术地呈现着形神各异却又异曲同工的"牺牲",无论哈姆雷特最后被送葬的士兵置于高台之上,还是罗密欧与朱丽叶在同一个墓穴中长眠,莫不闪现着耶稣被钉十字架的宗教身影,并使之成为具有强烈救赎意味的"原型"象征。

继威尔逊·奈特之后,被视为原型批评派集大成者的加拿大文学批评家诺斯罗普·弗莱(Northrop Frye, 1912—1991),更进一步把《圣经》作为"文学象征的渊源之一",视其为一部"特定的百科全书式"的经典之作,一部"类似启示录"的圣典,一部"伟大的艺术代码"。他认为整部《圣经》叙事都是遵循"乐园——犯罪——受难——忏悔——得救"这样一个 U 形的结构模式展开,一方面它是通过在无数个小的 U 形结构下叙述无数个阶段性的悲剧构成的一部大喜剧——"神圣的喜剧"(但丁的《神曲》原意即为"神圣的喜剧");另一方面,其中无数的"故事"又都是每一次在得到解救后回升到开始时的高度:创世之初,人类始祖无忧无虑地生活在伊甸园,蛇打破了原有的和谐,亚当、夏娃因违背上帝训诫被逐出乐园;然后夏娃之子该隐犯下人类史上的第一宗谋杀,出于嫉妒杀了兄弟亚伯;再后来,随着人类不断繁衍,罪孽不断增多,后悔造人的上帝要以洪水毁灭地上的一切生灵,却又施恩于义人诺亚,让他造了一艘巨大的方舟,携尘间各个物种上船躲过劫难;洪水退去,大地重新恢复生机,乐园恢复,直到下一次灾难降临,然后再次得救。循环往复,无数小 U 构成一个大 U。

《罗密欧与朱丽叶》的叙事从结构上也是这样:U 形的一侧开端(起点)是虽有仇恨却暂时互不相扰的两大家族呈现出暂时

疑似相安无事的"乐园"情形，但凯普莱特家的两个仆人已通过充斥污言秽语的对话，将继之而来的"犯罪""受难"，以近乎"闹剧"的形式揭开序幕，随后便是一系列"罪"和"难"的陈列，从罗密欧与朱丽叶像亚当、夏娃违背上帝的意愿一样违背父母的"训诫"自由相爱；在凯普莱特的家宴上，提伯尔特欲向戴着假面前来的罗密欧挑衅；提伯尔特杀死茂丘西奥；罗密欧再杀死提伯尔特，被放逐；朱丽叶的母亲提议用毒药杀死罗密欧为提伯尔特报仇；朱丽叶的父亲声言要把她关在木笼里拖着去教堂跟帕里斯结婚；奶妈劝朱丽叶放弃罗密欧；卖药人迫于穷困向罗密欧高价出售明令禁止的毒药；直到罗密欧在墓地杀死帕里斯，与朱丽叶殉情墓穴之后，两大家族终因悔恨而和解，叙事顺着结构达到 U 形另一侧的顶端（终点）。然而，这里出现了一个问题：到底这个 U 形的最低点在哪里？如果把罗密欧杀死提伯尔特之后，亲王判处罗密欧放逐，凯普莱特逼迫朱丽叶嫁给帕里斯，使两个家族的仇恨重新对立，作为 U 形的谷底，那罗密欧与朱丽叶的"殉情墓穴"属于上升吗？因为无论按剧情还是人之常理，都该把这对爱侣青春生命的毁灭，也是悲剧的最悲之处作为 U 形的最低点。这样的话，从整体结构上看，U 形的下降与回升则严重失衡了，即滑落十分缓慢，而上升极为迅速。这是莎士比亚故意的吗？

比"原型批评"理论早三百多年诞生的莎士比亚，不可能按照我们今天学术上的"原型"概念或事先想好的所谓 U 形结构通过戏剧冲突的方式讲述故事。如果说在莎士比亚的天才大脑里有一个叙事结构/模型（其实就是他每一部剧作的戏剧结构），或许更是一种从原罪到救赎的《圣经》式的"O"形结构，即每一次都从人的爱欲原罪开始，最后无一不以基督牺牲意味的救赎结束，简言之，就是善与恶的冲突，生与死的交替；恶达到极致便向善转化，死亡之后便是新生。《哈姆雷特》是这样，《罗密欧与朱丽叶》是这样，《奥赛罗》《李尔王》《麦克白》也是这样，莎士比亚的剧作都是这样。整个人类历史的演变何尝不是如此！因此，读莎士比亚，就是在读我们自己。

精于从基督教视角研究文学经典的美国学者勒兰德·莱肯(Leland Ryken)，认为亚当、夏娃的背叛是《圣经》中善与恶的第一次冲突，它形成并奠定了一种原型冲突，而某种意义上，"《圣经》文学中的每一事件几乎都是这一原型冲突的重演"。事实上，对《圣经》"故事"烂熟于胸的莎士比亚，不用太费脑子，就可以驾轻就熟地将《圣经》"故事"（我们不说"叙事"）天衣无缝地嫁接到自己所要讲述的故事中，这正如另一位英国学者罗伊·卫斯理·巴顿豪斯(Roy Wesley Battenhouse)所说，"死亡与再生的模仿是莎士比亚戏剧的结构"。是的，在莎士比亚的全部剧作中，无论离奇曲折的爱情、坚贞不渝的忠诚、高尚纯洁的道德、伸张正义的复仇等所彰显的善良，还是荒淫无耻的纵欲、暴殄天物的贪婪、血腥暴力的屠戮、阴谋残忍的谋杀等所导致的邪恶，最终都是通过生命的苦难磨砺或死亡毁灭，达到救赎/新生之后宗教的幸福之境。这一点，或许正如阿普列乌斯描述《金驴记》的主人公在历尽千辛万苦终于恢复人形、皈依教门之后，拯救他的女神所说："不长眼睛而无情肆虐的命运女神让你历尽艰险后，终于把你带到了这种宗教的幸福之境。"【《金驴记》11.15】

《圣经》既是一部描述上帝拯救人类的伟大的心灵救赎过程

的基督教圣典，同时也是一部通过阅读可以救赎人们心灵的文学经典。《圣经》全部讲述的就是人类犯罪、赎罪、得救的过程，在这一过程中，先是由犯罪之人以"献祭""替罪羊"的方式救赎自我，当"羊"远不足以救赎人类的深重罪孽，仁慈的上帝便派遣他的独生子耶稣基督降临尘世，最后背负着世人的沉重罪恶走上十字架，以"献祭"自己肉体的流血牺牲的方式来洗涤人类灵魂的污浊，然后复活，最终完成对人类心灵/精神的救赎。

莎士比亚为凯普莱特在《罗密欧与朱丽叶》中设计的最后一句台词是："两个可怜的孩子，是我们仇恨的牺牲品。"这句话既透露出莎士比亚悲悯的唏嘘哀婉和无尽同情，也昭示出《圣经》的核心主题和生命信仰——惹恼上帝，会招致毁灭。两座纯金铸造的雕像无疑是莎士比亚代替上帝馈赠给人类的礼物，因为他让这两尊金像永远成了"替罪羊——耶稣"复活的见证。到了今天，我们宁愿忘记这对爱侣曾经是救赎家族仇恨的牺牲品，而只愿记住他们那至死不渝的美好爱情。

诚然，在谈到耶稣基督献祭式的心灵救赎时，我们无论如何不能忽略更不应遗忘《罗密欧与朱丽叶》中的劳伦斯修道士，他被莎士比亚赋予了《圣经》里先知的基因。他在第二幕第三场刚一露面，就以一个睿智的先知形象，吟咏出预言式的诗歌："大地是众生之母，也是万灵之墓；/ 万物葬身的坟，也是孕育的子宫。""世道人心也与草木药性情同此理，/ 本性意志的善良与邪恶势不两立。/ 倘若分庭抗礼，邪恶意志占上风，/ 死亡就会很快将植物咬噬、蛀空。"这几句诗，何尝不是罗密欧与朱丽叶爱情结局甚至人类命运的谶语？！

劳伦斯修士既是一名苦修的修士，同时也是罗密欧十分信任的忏悔神父兼知心好友，在感情上甚至充当着罗密欧精神父亲的角色。他仁慈悲悯，善解人意，他深知并同情罗密欧"所有的忧愁都是为罗瑟琳悲哀"，劝他尽快将旧情埋进坟墓；当罗密欧告诉他已爱上朱丽叶，马上责怪他这么快就移情别恋，并告诫他痴心并非爱情；但当他相信罗密欧的确是与朱丽叶真心相爱，真切感到"那就是这纯洁、幸福的美好姻缘，/ 会使你两家的世仇积怨烟消云散"！立即答应为他们秘密主婚。不过，在主婚之前，劳伦斯修士的内心并不十分平静，"上天用微笑祝福这圣洁的婚姻，但愿日后我们不会遭受令人悲伤的折磨"！正是出于这样的担心，他向婚前的新郎提出忠告："狂暴的欢乐势必引起狂暴的结局，就像火和火药，在它们亲吻的一瞬间，欢乐便在凯旋中死去。最甜的蜂蜜芳香怡人，却会因甜得发腻而倒人胃口；因此，爱情要适度，适度才持久；/ 太快或者太慢，结果都难求圆满。"【2.6】

莎士比亚的深刻在于，他绝非要把劳伦斯修士塑造成一个苦修的禁欲主义者，而是一个具有文艺复兴时期人文主义思想的修道士，他不仅懂科学，会把采集来的野草配药治病，更明晰世间万事万物的辩证哲理，第二幕第三场一开场的那段独白，分明就是莎士比亚为他量身定做的哲学宣言，他说："世间没有什么低贱到了一无是处，/ 任何一棵花草都被赋予特殊妙用；/ 可又没有任何一个物种尽善尽美，/ 有违本性的滥用会招致灾难祸端；/ 若美德被误用，它的本性变罪恶，/ 即使巧用罪恶，偶尔也会结善果。"【2.3】

他理解并尊重年轻人自由地追求、选择爱情，以实际行动鼓励、支持他们从家族世仇的人性藩篱与血缘束缚中挣脱出来。换言之，劳伦斯修士是在一场启蒙的人道主义与中世纪专制、陈腐的道德观念的对决中，毫不动摇地选择了前者。他心里明白青年人的爱是世间最令人陶醉的事，但处在青春期彼此相爱的少男少女又最容易做出令人匪夷所思的事情，所以，当他看到"与灾难结下不解之缘"的罗密欧听说自己被判处放逐，不仅不领受亲王法外开恩"难得的悲悯"，反而倒在地上歇斯底里号啕痛哭寻死觅活的时候，他毫不留情地对罗密欧表示出轻蔑，并进行了严厉的痛斥和训诫："有这一连串的幸运眷顾，真好比幸福身着盛装来向你献殷勤；而你却像一个不懂规矩、脸色阴沉的村妇，不屑一顾地对你的命运和爱情噘起了嘴唇。你可要当心，要当心，这样的人会死得很惨！"【3.4】这最后一句话又是暗藏玄奥的预言，预示罗密欧"会死得很惨"。

莎士比亚并非要把劳伦斯修士塑造成一个温文尔雅的修道士，他让他在人生的经验和智慧之外，更有性格，有棱角，有血气，比如，他对前来修道院要他主持婚礼的帕里斯直言相告："您是说还未征得这位小姐的同意？这事办得不合规矩，我不喜欢这样办事。"就帕里斯这个出场不多的人物形象而言，他的配角作用只在同罗密欧做对比，他在人们眼里是一位难得的有身份、地位的可爱绅士，属于可以婚姻方式与凯普莱特家实现利益交换的最佳人选，这也是那个时代的通常做法，即婚姻和性是一件和爱情无关的事情。从帕里斯到墓地为假死的朱丽叶撒花吟诵挽歌不难看出，他对朱丽叶是真心爱慕。或许莎士比亚有意在悲剧落幕前暗示,帕里斯对朱丽叶的爱,像罗密欧爱罗瑟琳一样,只能埋进坟墓。他真的死在了他所爱的人的墓穴。

除了帕里斯单向爱朱丽叶而不能的反衬,凯普莱特对女儿朱丽叶单向的父爱,也起到了极好的衬托。凯普莱特当然爱自己的独生女儿,他是特地为给女儿选择如意郎君,才举办了那场二十多年没办过的家庭舞会。也就是说,罗密欧与朱丽叶第一次相逢的这个舞会,对朱丽叶来说,也是出生以来的第一次。这自然又是莎士比亚的刻意安排!莎士比亚要让凯普莱特体现出在女儿选择爱和为女儿选择婚姻上的两面性,即一方面,"除了她,大地吞没了我所有的希望;/ 她是我在这世上唯一的生命寄托"。"只要她同意, 对她选择的意中人,/ 我自然不会有不同的意见。"另一方面,他可以把万贯家产留给朱丽叶,因为朱丽叶是他唯一的继承人,但他不仅绝不允许朱丽叶自由选择爱情,还要逼迫朱丽叶嫁给他自己选定的帕里斯。他只看重帕里斯伯爵的身份、地位、家产,要替朱丽叶包办一桩物质殷实、名誉尊贵的婚姻,却丝毫不关心朱丽叶与帕里斯是否真心相爱。凯普莱特夫妇的本心,当然是希望朱丽叶的婚姻生活美满幸福,然后他们仅仅是从自己的人生经验出发, 强行以父母之爱去挤压凌虐甚至毁灭男女之爱,以世俗之爱揉碎性灵之爱。悲哀的是,爱得越浓,双方的对立性越强,彼此之间剑拔弩张,最后不得不以牺牲来换取悔悟。

显然,朱丽叶对帕里斯求爱和父亲逼婚的拒绝,恰恰表现出了对自由爱情的追求和对家庭束缚的叛逆。《圣经·旧约》的爱情诗篇《雅歌》中有这样的诗句:"若有人想用家财换爱情,/ 必遭无情的轻蔑、鄙视。"因此，朱丽叶的爱情之所以真纯、高贵，就在于它超越了家族的仇恨和世俗的物质。

让我们再回到劳伦斯修士，当他发现朱丽叶为了坚贞不渝的爱情宁愿一死，便果决地想出了让朱丽叶服用安眠药昏睡假死的冒险之举，并鼓励朱丽叶"打起精神来，相信我们决心做的事一定会成功"。当凯普莱特为"痛失"假死的爱女悲痛欲绝，他异常平静地说："在长寿的婚姻中长寿算不得幸福；/ 在新婚中死去才是最美满的姻缘。"此时，他丝毫不怀疑他的精心设计会完美实现。否则，他不会义正词严地训斥："苍天对你们犯下的罪恶怒目而视；/ 不要再违背上天的意志招致祸端。"言外之意自然是，那"上天的意志"是要让有情人终成眷属。但人算不如天算，他终于被命运打败，当他得知约翰修士没有按时把信送给身在曼图亚的罗密欧，迅速赶往墓地，发现帕里斯、罗密欧已死，绝望地对刚从昏睡中醒来的朱丽叶说："一种巨大的无法抗拒的力量已经挫败了我们的计划。"这一结果当然是由莎士比亚自身强烈的宿命感造成，因为他所有的剧作都透露出，世间的一切都是上帝事先安排好的，命运既不可选择，也不可抗拒；他作为罗密欧与朱丽叶的"上帝"，便自然给他们安排下"狂暴"的结局——以情死来为永恒的爱情"献祭"。因此，面对这样的命运，劳伦斯修士只能无可奈何地向亲王表示："假如在这场可怕的惨祸中，不论有什么过错确实是因我的疏忽所致，我都愿在寿终正寝之前接受最严厉的法律制裁，把这条老命牺牲掉。"

从戏剧的审美效果上看，像罗密欧与朱丽叶这样一段极易受到威胁而又如此脆弱不堪的美好爱情，会因稍纵即逝而得到强化，并对人们的心灵产生挥之不去的震撼、撞击。莎士比亚浪漫、感伤地塑造这样一对爱侣，是对一种独特而原始的青春迷狂的记录、确认和祭奠。

也许莎士比亚想通过凯普莱特与蒙塔古两个家族的争斗，留住那场 1455—1485 年发生在约克王朝(House of York)和兰开斯特王朝(House of Lancaster)之间，为争夺英格兰王位所进行的玫瑰战争(War of the Roses)的记忆，并以此象征都铎(Tudor dynasty, 1485—1603 年，统治英格兰王国及所属领土)与斯图亚特(House of Stuart, 1317—1714 年统治苏格兰；1603—1714 年统治英格兰和爱尔兰的王朝)之间的斗争。他把剧情设定发生在意大利，而不是英格兰，大概也是为了躲避来自同胞对他直接的政治批评。他希望揭示出宗教改革以后罗马天主教与英格兰圣公会之间的宗教冲突。因为在莎士比亚时代，英格兰国王对官方信仰和教堂的地位进行了重新界定。如果非要给一部浪漫的爱情悲剧蒙上一层带有浓郁政治意味的薄纱，我们也只能回应说，无论莎士比亚的写作初衷是什么，是否暗藏着秘而不宣的政治象征，以及如何阐释它的多重含意，《罗密欧与朱丽叶》都是一部呈现出紧张冲突的魅力四射的戏剧。

最后，让我们从世俗的生活视角来看一下这部悲剧。人活在世，生老病死是无法违背、抗拒的自然规律，但按照人之常情，理应是黑发人送白发人，年轻人给老年人送终安葬，即便在莎士比亚时代几乎每天都有疫情发生的伦敦也大体如此，毕竟年迈体弱的白发人更易染病。而《罗密欧与朱丽叶》悲剧性的讽刺恰恰在于，年老的凯普莱特与蒙塔古虽然都能逃脱自然的瘟疫，却逃脱不了命运的摆布，要为自己花季之年的独生子女送葬。仔细一想，除了朱丽叶和她的罗密欧，还有另外三朵风华正茂的维罗纳城市之花——茂丘西奥、提伯尔特、帕里斯，也都在生命最美好的青春岁月过早地夭折了。

《圣经·旧约·雅歌》是一曲爱情礼赞，抒唱一对青年男女相互倾诉爱慕之情。莎士比亚的《罗密欧与朱丽叶》同样是一首礼赞罗密欧与朱丽叶真心相爱的"雅歌"，两首《雅歌》的主题也一样，即忠贞不渝的圣洁之爱超越死亡，也只有死亡能够让爱得以永生：

> 把我刻印在你的心田上，
> 仿佛佩戴在臂上的徽章；
> 因为爱像死亡一样坚强，
> 激情也像坟墓一样永固。【8·6】

八、没有戏剧"偶然"，何来文学永恒？

作为莎士比亚的早期剧作，《罗密欧与朱丽叶》在主题思想、人物刻画、叙事结构和艺术审美许多方面都显出单薄和不成熟，与后期的四大悲剧比起来，简直可以说带着悲剧习作的痕迹，但如前所说，它的浪漫抒情色彩却几乎是莎剧中最为浓郁的一部。

著名莎士比亚评论家布拉德雷（Andrew Cecil Bradley，1851—1935)说："罗密欧与朱丽叶的命运先向上发展，结婚时达到顶峰，然后因家族仇恨开始衰落。两家的世仇加上偶然的变故造成最终的悲剧,但随后又转化为由悔恨导致的和解。"宿命地看,人类生活中所有的偶然变故无一例外都是命运事先安排好的,何况戏剧的精髓本来就是以看似不可能的或"偶然"或"巧合"或"机遇"的因素,艺术地挖掘、表现来自人性在各个层面、各个角度的丰富和复杂,并以此揭示人类世界中无休无止的、循环往复的爱与恨、情与仇、苦与乐、贵与贱、富与贫、善良与邪恶、欺诈与诚信、战争与和平、残暴与惩罚、罪恶与救赎等,而所有这一切,莎士比亚都以他天赋的才能做到了。他所写的一切似乎并非发生在四百多年前或者更久远的历史当中,而是一直延续到现在依然在我们身边不断重复地真实上演着;他戏里的所有人物也一个都没有死去,而是深深地钻入人类的灵魂,直到今天,我们似乎时常能够感到每一个平凡人的每一天经历,都是一部莎士比亚的悲剧、喜剧或悲喜剧。

从这个角度说,戏剧中若没有"偶然",何来文学的永恒!对于莎士比亚而言,无论他早期的《罗密欧与朱丽叶》还是后期的《哈姆雷特》,戏剧中的"偶然"因素,都是受到命运(常以命运女神的车轮或占星术的形式显示)的支配与制约。从莎士比亚当时写作来看,无疑是塞内加的"流血悲剧"对他把"偶然"作为他许多部戏剧的重要甚至唯一的线索影响甚大。今天回眸,我们或可以说,这"偶然"本不是塞内加和莎士比亚的问题,而是人类从古至今始终存在的问题——既无法、无力逃脱"明日"将要发生的宿命,又无法、无力解开"昨天"已发生过的宿命的谜团——直到今天,这样的问题不是仍然存在吗?

由此,我们可以自然地来考察《罗密欧与朱丽叶》中无"偶"

不成戏的"偶然"。的确，在《罗密欧与朱丽叶》中，除了两家的仇恨是"必然"，一切都是"偶然"，即便有诸多"必然"，也是因"偶然"而起：

凯普莱特家要举行晚宴，派目不识丁的仆人按邀请名单去请嘉宾，"偶然"巧遇罗密欧；罗密欧帮仆人念名单时，"偶然"得知他单相思的恋人、美丽的姑娘罗瑟琳也在受邀之列，这促使他决意不惜冒险前往，对茂丘西奥所言在舞会上可以见到一位"如星星般闪耀的绝世美女"毫无兴致；舞会上，当罗密欧"偶然"见到"比燃烧的火烛更明亮"的朱丽叶，一见倾心，坠入爱河。这是悲剧的第一个节点。

既然悲剧是"必然"，罗密欧就必须"偶然"杀死提伯尔特：当茂丘西奥和提伯尔特发生口角，已与朱丽叶秘密结婚的罗密欧意欲劝阻，面对提伯尔特步步紧逼的挑衅，他选择退让，却激起愤怒的茂丘西奥接受挑战，被提伯尔特刺伤而死。不想，已逃跑的提伯尔特竟又"偶然"回来，似乎要恭候罗密欧的"必然"报仇。罗密欧杀死提伯尔特，遭到放逐是"必然"的。这是悲剧的第二个节点。

既然两家仇恨是"必然"，罗密欧"必然"不会成为凯普莱特家的女婿人选，帕里斯的求婚既正常，也"必然"；而朱丽叶"必然"不会违背与罗密欧的婚誓，逃避再婚又成为"必然"；善良的劳伦斯修士要以"魔药"让昏睡假死的朱丽叶入葬，来拯救这对爱侣的婚姻，更是"偶然"之"必然"；因莎士比亚时代的伦敦经常会发生疫情，要去曼图亚给罗密欧送信的约翰修士被疫情所阻，则是"必然"中的"偶然"。得不到信的罗密欧不知道朱丽叶假死的详情，"必然"去买情死的毒药。这是悲剧的第三个，也是最为"致命"的节点。

然而，这一个又一个的节点，莎士比亚都事先艺术地设计安排了命运的预兆。

第一个节点的预兆，是在罗密欧进入凯普莱特家参加晚宴见到朱丽叶之前，他说："现在进去恐怕还是太早；我有一种不祥的预感，因为星宿间出现了一些不可知的天相，预示着残酷的命运将在今晚的欢宴上降临，我的一钱不值的生命也可能会在那个时候过早地死去。还是让上帝来引导我前进的航程吧！前进，勇敢的绅士们！"【1.4】当他得知自己爱上的竟然是凯普莱特家的人，他慨叹："啊，天哪！我的命握在仇人手里了！"【1.5】而此时爱上罗密欧的朱丽叶，也发出宿命的心声："唯一的爱从唯一的恨滋生！／早知不相识，相见何来迟！／这反常的爱情怕是不吉利，／但我注定要爱可憎的仇敌。"【1.5】

第二个节点的预兆，出现在茂丘西奥死去的时候，罗密欧并不知道提伯尔特会返回来"找死"。换言之，他是在为茂丘西奥报仇杀死提伯尔特之前预感到："怕只怕今天的噩运仅仅是个开始，／接踵而来的灾难会导致悲惨结局。"杀死提伯尔特之后，他怨天尤人地感叹自己"成了命运的玩物"。【3.1】

第三个节点的预兆，出现时间提前许多，是在一对爱侣新婚之夜缱绻温存之后的黎明，两人即将分别，当罗密欧表示："我丝毫不怀疑，等我们来日再相会，此时此刻一切的悲苦忧伤，正好成为甜蜜的谈资"时，朱丽叶却预感到："上帝啊！我有一颗预见不祥的灵魂！你现在站在下面，我看你就像是看见了墓穴里的一个死人；不是我的视力衰退，就是你的脸色太苍白了。"【3.5】一语成谶，最后，当朱丽叶从墓穴中醒来再见到罗密欧时，果然是"看见了墓穴里的一个死人"！

　　除此，强烈预示出死亡信息的宿命感还明显体现在另外三个地方：第一处，当朱丽叶在家宴上第一次遇见罗密欧并接受他甜蜜的亲吻之后，还不知道他是谁，让奶妈去打听时说："如果他已经结婚，那坟墓便是我的婚床。"【1.5】 第二处，与罗密欧秘密完婚的朱丽叶热盼爱人在黑夜降临时，爬绳梯进入她的闺房。但当她先是由奶妈的话误以为罗密欧已死时，说："你这卑微的泥土之躯，结束生命，回归泥土吧；/ 要去找罗密欧，和他同睡在一个沉重的棺架上。"【3.2】当她最终确认罗密欧遭到放逐，不可能前来，便冷静地让奶妈收起绳梯，并淡然地说："他原本是要用你做通往我床上的大路，/ 现在我却要做一个处女寡妇直到死去；/ 来，绳梯；来，奶妈；我要睡在婚床；/ 把罗密欧无福消受的童贞奉献给死神！"【3.2】第三处，也是全剧悲剧命运的关键点，即劳伦斯修士在他的修道室为罗密欧和朱丽叶秘密主婚前说的那句话："狂暴的欢乐势必引起狂暴的结局，就像火和火药，在它们亲吻的一瞬间，欢乐便在凯旋中死去。"【2.6】

　　如果说，莎士比亚在剧中对命运悲剧的营造，尤其最后"墓穴情死"一场戏对死亡和恐怖气氛的烘托，明显带有塞内加"流血悲剧"的典型特征，对于不可选择、不可抗拒的爱的主题的表达、抒发，则更多来自奥维德和阿普列乌斯。剧中出现一系列的"偶然"，并非难以解释，它本身也不是莎士比亚的发明，至少奥维德的"皮拉摩斯和提斯比"、阿普列乌斯的"丘比特和普赛克"，他们的相爱都是出于"偶然"。从朱丽叶这个人物形象，很容易发现提斯比和普赛克合而为一的身影——她像提斯比爱皮拉摩斯一样忠贞地爱着罗密欧，最后也像她一样因情人之死而死；她甚至像因相貌美丽而没有人追求的普赛克一样，当整个维罗纳城所有比她年龄小的尊贵小姐都已经做了母亲的时候，还待字闺中，等待着命运女神的安排。

其实，若对《罗密欧与朱丽叶》中的"偶然"做出一个解释并不难。我们在希腊神话中看到，那个叫厄洛斯的小爱神，无论是出于有意的恶作剧，还是一时疏忽的意外，凡是被他用箭囊里的金箭射中，哪怕那个"人"是他的祖父、主神宙斯，美与爱的女神、他的母亲阿佛洛狄特，都会在命运驱使下爱得发狂。尽管到了罗马神话中，那个小爱神摇身一变成了丘比特，他的祖父、主神也换成朱庇特，爱与美的女神、他的母亲改叫了维纳斯，只要被他的金箭射中，结果都一样，即面对命运之爱，没有人可以选择，也没有人能够抗拒。

这是爱情的命运，还是人类的命运？

九、"性"：圣洁之爱的瑕疵？

不知是否出生于爱尔兰的缘故，比莎士比亚年轻近三百岁、或许也是英国除莎士比亚之外的最为著名的戏剧家萧伯纳（George Bernard Shaw, 1856—1950），认为莎士比亚是一个"缺乏道德理想"的作家。而俄国文豪列夫·托尔斯泰（Lev Tolstoy, 1828—1910）终其一生都是莎士比亚的"敌人"，他对莎士比亚的批评最为尖刻，认为他的作品既无意义，又无道德，缺乏宗教感，非但不是什么与世无争的伟大天才，对他及其作品一直怀有深深的厌恶。实际上，指责"性"在莎士比亚戏剧中无处不在的人，远不止这两位文学大师。

如果我们了解莎士比亚时代的社会状况，自然不会觉得这是个问题。简单说来，莎士比亚出生时，英格兰的剧院尚未独立，它需要包容甚至提供包括舞蹈、音乐、杂技、血腥表演、刑罚和性在内的一切"娱乐"。在那些反对剧院的人眼里，剧院就是一处庸俗不堪的低级场所，有地位、有身份的贵族、绅士以去剧院看戏为耻，因为那里常有妓女公然勾引看戏的市民观众，并直接找个小房间做交易。

《俗世威尔——莎士比亚新传》(*Will in the world: How Shakespeare Become Shakespeare*)一书的作者斯蒂芬·格林布拉特(Stephen Greenblatt)写道，那时的英格兰剧院需要面对许多叫嚣的敌人：牧师、道学家指责剧院是维纳斯等恶魔般异教神的殿堂；单纯、高雅的已婚女子去看戏，很快就能学会淫荡的生活；舞台上男扮女装的男童会激起男人的性欲；《圣经》被嘲弄，虔诚受讥讽；严肃的权威人士遭鄙视；煽动谋反叛乱的思想灌输到大众的头脑中。曾有一位叫约翰·诺斯布鲁克的牧师愤怒叫嚣："如果妻子想学会如何不忠、欺骗丈夫，或是丈夫想欺骗妻子；如果想学如何通过娼妓的手段获得爱情；学强奸、诱骗、背叛、奉承、撒谎和诅咒；学改良为娼；学谋杀、下毒药、造反、背叛君主、铺张浪费和贪婪；学洗劫破坏城市、游手好闲、亵渎神灵、唱下流情歌、污言秽语、自高自大……就去看戏吧。"1579年，清教徒史蒂芬·高森(Stephen Gosson)直接抨击剧院为邪恶之地；男人拼命去抢女人旁边的座位；女人们竭力不让自己的衣服被踩到；无数双男人的眼睛贪婪地盯着她们裸露在外的膝盖；有男人给她们削苹果消磨时间；有男人在底下故意用脚去碰触调情等如此这般，剧院散场还有人送她们回家。令道学家们感到可怕的是，许多人宁愿快活地在剧院里看两个小时的戏，也不愿花一个小时耐心地听牧师布道。

比起能给大众带来娱乐的剧院，尽管伊丽莎白女王及其担任着一些剧院赞助人和保护人的王公大臣、贵族，也会对"公共集会"感到紧张，但更令他们担心的是那些激进的新教徒，而非剧院里的臣民观众。也是因为此，当莎士比亚从家乡来到伦敦以后，才可以顺利实现演戏、写剧的意愿。他深知自己要靠剧院这个娱乐场所挣钱养家，而剧院挣钱的唯一途径是吸引更多观众前来看戏，这使得大众喜闻乐见的人物、情景成为写作剧本和舞台演出时的必需。剧院附近，既有处死犯人的绞刑架，更多的则是人们纵欲淫乐的妓院。总之，伦敦发生在莎士比亚周围的一切人与事——无论从朝臣、贵族、绅士到平民、文盲等各个阶层的男女老少，还是充满疾病和罪恶的污秽之所的妓女、嫖客以及皮条客、看门人、酒保、仆人等形形色色的人，都成为他戏剧人物活生生的素材来源。他熟悉他们，也熟悉他们的语言。

这样，我们就能很好地理解《罗密欧与朱丽叶》第一幕第一场引出戏剧冲突的那两个凯普莱特的仆人——桑普森、格里高利粗俗、猥亵、充满"性"的双关含意的下流对话；也能明白莎士比亚创造的茂丘西奥绝不是布鲁克笔下那个无足轻重的人物，同时更能体会到17世纪时曾流传的一个说法：莎士比亚说他在写《罗密欧与朱丽叶》时，不得不在第二幕将野性难驯、对浪漫爱情充满讥讽的茂丘西奥杀死，否则就会被他杀死。他心里十分清楚，来剧院看戏的人们，比起似乎高挂天边的理想主义者罗密欧，他们会爱死这个满嘴脏话、愤世嫉俗、豪勇仗义、率性而为的现实主义者。

是的，莎士比亚笔下的茂丘西奥和奶妈，都远比布鲁克塑造得更为庸俗、丰满和精彩，尤其茂丘西奥。仅茂丘西奥这个人物，就足以证明莎士比亚在戏剧中对于"性"的描写、渲染，一点不亚于暴力；他善于从音乐、宗教、交易、运动、木工、锁业、打猎、射箭、钓鱼、战争、航海、务农、制图，以及所有的动物、植物身上和每一种家庭琐事中，发现"性"的双关含义。例如，莎士比亚让茂丘西奥在第二幕第一场对班福里奥调侃罗密欧时说："他现在一定是坐在一棵枇杷树下，真希望他的情人就是姑娘们私下开玩笑把那果子叫骚货的枇杷。——啊，罗密欧，希望她就是，啊，希望她是那烂熟得开了口儿的枇杷，而你就是那又长又硬的大青梨。"读了这样赤裸的"性"，也许自然会认同比莎士比亚晚一个多世纪的法国作家伏尔泰（Voltaire, 1694—1778）的话——他在《哲学书简》中一方面承认莎士比亚是一个强盛而丰富的天才，但另一方面认为他的戏剧"既粗俗又野蛮"，充满低级趣味，并感到他的悲剧"极其荒谬可笑"。然而，拿这句重口味的戏谑来说，如果我们知道在文艺复兴时期的英格兰，一颗熟透的枇杷在俚语中就是用来代指一个"打开的屁股"（open-arse），茂丘西奥不过借此引申指肛交，便不足为怪了。

其实，只要稍加分析，便不难发现莎士比亚一开场就让桑普森和格里高利这两个仆人说下流的粗话，是基于这样三层意蕴：第一，明显是为了一下子把热衷于听粗话并能心领神会的观众吸引住，以便让他们继续看他的爱情悲剧；第二，是戏剧结构的需要，通过无关紧要的两个小人物看似轻描淡写、满口粗俗的对话，将凯普莱特和蒙塔古的仇恨自然地牵引出来；第三，粗俗的对话本身，即是他们身份的最好认证，在他们眼里，世上没有爱情这回事，只有"性"，而"性"又只是男人对女人的占有，并非与女人分享。

正如莎士比亚要让这两个小人物在完成"粗话任务"立即从舞台上消失一样，他必须让茂丘西奥尽快死在提伯尔特的剑下，理由也是有三：第一，如果茂丘西奥一直到剧末，并一直粗话连篇，《罗密欧与朱丽叶》便不再是抒情的爱情悲剧，而是一部粗俗不堪的打情骂俏剧；第二，茂丘西奥毕竟不是主角，莎士比亚不能用他那"粗俗又野蛮"的风采压倒爱神一样的罗密欧，他必须为罗密欧做出牺牲——在戏外，他的死是叙事结构的需要，在戏内，他的确是为罗密欧而死，罗密欧对他的死负有责任；第三，莎士比亚刻意要让他的死成为整个悲剧的转折点，只有他死了，罗密欧才会再次激起仇恨，将提伯尔特杀死。只有这样，也才会有最后与朱丽叶的殉情。

与一谈到"性"就兴致盎然的茂丘西奥比起来，奶妈谈"性"含蓄许多。尽管如此，她比布鲁克笔下的奶妈形象鲜活，"性"语发挥了很大作用。这个人物让观众觉得有趣，她身份低下，对女主人忠诚，能保守秘密，却又不失下人的粗俗。她丝毫没有爱情忠贞的观念，在她脑子里，婚姻就是女人"承载"男人的重量，并为他生育儿女。因此，当朱丽叶向她表示绝不能背叛与罗密欧的婚誓，并希望得到她的安慰，她会自然而然地说出那句世俗功利的话："我看你最好还是嫁给这位伯爵吧。啊！他真是一位讨人喜欢的绅士！跟他比起来，罗密欧只能算一块擦桌子的抹布。小姐，一只苍鹰也长不出像帕里斯那样一双如此碧绿、敏锐，又好看的眼睛。恕我说一句没良心的话，我觉得这第二次婚姻会给你带来幸福，因为比第一次的好；即便不比他好，你的第一个丈夫也死了；虽说还活在世上，也跟死了差不多，你根本无法享用他。"【3.5】也正因为此，爱情至上的朱丽叶从对她的信任变成了厌恶、诅咒："该下地狱的死老太婆！啊，最邪恶的魔鬼！她竟然要我背弃婚誓；她刚刚几千次地称赞过我的丈夫无人能比，现在又用这同一条舌头来诋毁他，比起来哪个罪过更大？"【3.5】

2011年，加拿大作家斯蒂芬·马凯（Stephen Marche）在其新著《莎士比亚如何改变一切》（*How Shakespeare Changed Everything*）中说："到了十九世纪中叶，做过删除的洁净本莎士比亚流传甚广，以使人们在想象中建立一个无性的莎士比亚成为可能。当不列颠成为一个帝国，莎士比亚也随之变成一个无性的圣人。他的十四行诗不再是性狂欢的张扬，而成为柏拉图式恋爱的诗篇。"他还说道，正如每一位学习拉丁文的学生迟早会从古罗马诗人卡图卢斯（Gaius Valerius Catullus, 公元前约87—公元前约54）那里学到黄色笑话，每一个熟读莎士比亚的学生也终有一天会清楚洁本莎士比亚是不忠实的。是的，在莎士比亚笔下，鸡奸、口交、舔阴、卖淫嫖娼、酒醉之性、男同之性、女同之性、自淫之性、室内之性、室外之性、陌生人之间的性、夫妻之间的性，都写到了。而除了这些流行一时的性描写,莎士比亚称得上当时最干净的作家。20 世纪著名的英语语言学家、辞典编纂者、对俚俗之语有精深研究的埃里克·帕特里奇(Eric Partridge, 1894—1979)在其《莎士比亚的淫词浪语》(*Shakespeare's Bawdy*)书中指出,莎剧中"最干净的"是《理查二世》,"性描写最多,最猥亵"者当属《一报还一报》和《奥赛罗》。

莎士比亚异常丰富的 "性" 是弗洛伊德 (Sigmund Freud, 1856—1939)精神心理分析的主要来源,但到目前为止,就莎士比亚译本当中的"性"而言,朱生豪译本和梁实秋译本几乎都属于洁净本,尤其前者,几无注释,这让我们对莎士比亚的"性"一直处在无知状态。此次新译,参照英文注释本,将莎士比亚戏剧中与生俱来的"性"还原,也是为了让今天的读者领略到"莎性"的原汁原味,及其在戏剧中的角色、作用并非是可有可无的。

一个有"性"的莎士比亚无损于他在文学上的伟大。借斯蒂芬·马凯所言,在莎士比亚所改变的一切中,包括改变了我们的性生活。如果你不是羞于谈"性",或以"性"为耻,性愉悦绝不仅是为了以婚姻的形式繁衍后代。

十、写作的时间及版本

最后,我们来介绍剧本的写作时间及版本的状况。

《罗密欧与朱丽叶》是莎士比亚开始戏剧写作之后的第十个剧本,属于早期剧作。关于剧本的写作时间,大体有以下三种说法:

1. 1580 年 4 月 6 日,伦敦发生过一场地震。朱丽叶的奶妈在剧中提到"那场地震到现在已经 11 年了"，若此指为实，则该剧当写于 1591 年。不过，以饰演莎士比亚早期戏剧角色著称的演员威廉·肯普（William Kempe）加入内务大臣剧团（Lord Chamberlain's Men），是在 1594 年，该剧的写作时间似不应早于 1594 年。

2. 莎士比亚的剧团只在 1596 年 7 月至 1597 年 4 月间被称为汉斯顿勋爵剧团（Lord Hunsdon's Men），而在 1597 年出版的第一四开本扉页上提到该剧由此剧团演出。也就是说，由演出推及其写作时间，应在 1596 年 7 月之前，但具体不详。

3. 1595 年是莎士比亚戏剧"抒情时期"的一个开端。从风格上来看，莎士比亚于 1594—1596 年所写的几部戏剧《仲夏夜之梦》《威尼斯商人》《理查二世》与《罗密欧与朱丽叶》一样，均带有十四行诗的抒情格调，也都使用了多种不同的韵律组合（对句、四行诗、八行诗、十四行诗）以及双关、隐喻、斗智等语言方式。因此，现在一般认为，该剧写于 1595—1596 年。

至于该剧的版本情况，并不复杂。1597 年，约翰·丹特尔印行第一四开本，因未注册，被称为"盗印本"；又因其只是根据参加演出的一两个演员凭借记忆的一个充满遗漏、讹误口语化的文本，也被认为是"坏的四开本"。不过，尽管它只有 2200 行，远比后来的版本短，一些略长的场景几乎变成了粗浅的摘要，内容也显得贫乏，但它保留下一些最早的演出痕迹，"舞台提示"颇多详细之处，比如茂丘西奥与提伯尔特决斗一场，即提示"提伯尔特是从罗密欧的腋下刺中了茂丘西奥"，然后逃走。

1599 年刊行的第二四开本，因是内务大臣剧团为修正第一四开本中的错误而出版，也被称为"好的四开本"。该本的标题页注明，这是一个"全新的校正增补本"。它比第一四开本多了700行，内容上的修正、补充可能是根据剧团的演出脚本，也可能是与莎士比亚的手稿进行了核对，并偶尔参照了第一四开本。或因急于纠错，匆忙印制，难免出现纰漏，比如罗密欧的最后一段台词有重复；第四幕结尾的"舞台提示"将"彼得上"，误植为饰演彼得的演员"威廉·肯普上"；未将第一四开本中奶妈的台词从斜体排印改正过来。

　　1609年出版的第三四开本以第二四开本为蓝本，并对其进行了一些有助于理解的校改，1622年据此第四次重印；1623年的第一对开本，也是据此刊印。之后，1632年的第二对开本，1663年的第三对开本，1685年的第四对开本，均据此而来。不过，虽然第一对开本对第三四开本进行了有益的校改，并增加了一些舞台提示，却完全因为排版的粗疏，造成了许多新的错误。现代编本一般习惯性地以第二四开本为蓝本，或许并非因为第一对开本缺少序诗。事实上，第二四开本中这段十四行的开场序诗，正是对全部剧情简短而精彩的概括：

> 故事发生在如诗如画的维罗纳，
> 那里两家地位相当的名门望族，
> 前世的积怨又爆发了新的争斗，
> 市民干净的双手也被染上血污。
> 命中注定从这两家仇敌的肚腹，
> 生下一对以死殉情的挚爱情侣，

他们两那令人哀怨的悲剧结局，

也把两家父辈的宿怨一同埋葬。

这一生生死死刻骨铭心的恋爱，

和双方父母日积月累下的仇怨，

也只有儿女的情死来平息化解，

两个小时的剧情此刻即将开场。

如果您仔细听来还觉语焉不详，

便由演员用表演尽力补充完善。

不朽的莎士比亚，永恒的殉情爱侣——罗密欧与朱丽叶！

参考文献

1. Jonathan Bate & Eric Rasmussen 编:《莎士比亚全集》,外语教学与研究出版社,2008 年。

2. *The New Cambridge Shakespeare*, Cambridge University Press, Updated edition 2003.

3. *The Complete Works of Shakespeare*, edited by David Bevington, The University of Chicago. ——Seventh edition. 2014.

4. *The Complete Works of William Shakespeare*, The Edition of The Shakespeare Head Press Oxford, Barnes & Noble, Inc. New York. 1994.

5. 朱生豪译:《莎士比亚全集》,人民文学出版社,1988 年。

6. 梁实秋译:《莎士比亚全集》,中国广播电视出版社,2002 年。

7. *The Arden Shakespeare Complete Works*, Revised Edition, Edited by Richard Proudfoot, Ann Thompson And David Scott Kastan. 2011.

8.《莎士比亚全集》,上海世界图书出版公司,2010 年。

9. *The Oxford Companion to Shakespeare*, Edited by Michael Dobson & Stanley Wells, Oxford University Press, 2011

10. *The World & Art of Shakespeare*, A. A. Mendilow & Alice Shalvi, Israel Universities Press, Jerusalem, 1967.

11. *Shakespeare's Words*, David Crystal & Ben Crystal, Penguin Books, UK, 2004.

12. *The Age of Shakespeare*, Frank Kermode, Phoenix, 2005.

13. *How Shakespeare Changed Everything*, by Stephen Marche, Harper Collins Publishers.2011.

14. *How to Teach Your Children Shakespeare*, Ken Ludwig, Crown Publishers, New York. 2013.

15. 刘炳善编纂:《英汉双解莎士比亚大词典》,河南人民出版社,2002 年。

16. 张泗洋主编:《莎士比亚大辞典》, 北京商务印书馆, 2001 年。

17. 梁工主编:《莎士比亚与圣经》,北京商务印书馆,2006 年。

18. 中国社会科学院外国文学研究所外国文学研究资料丛刊编辑委员会编:《莎士比亚评论汇编》(上下),中国社会科学出版社,1981 年。

19. 罗马尼亚布加勒斯特戏剧影视大学科尔奈留·杜米丘教授主编,宫宝荣等译:《莎士比亚戏剧辞典》,上海书店出版社,2011 年。

20. 【美】Stephen Greenblatt 著,辜正坤、邵雪萍、刘昊合译:《俗世威尔——莎士比亚新传》,北京大学出版社,2007 年。

21.【美】David Scott Kastan 著,郝田虎、冯伟合译的:《莎士比亚与书》,北京商务印书馆,2012 年。

22.【美】Williston Walker 著,孙善玲、段琦、朱代强合译:《基督教会史》,中国社会科学出版社,1991 年。

23.【英】菲利普·康福特编,李洪昌译,孙毅校:《圣经的来源》,上海人民出版社,2011 年。

24.【美】阿兰·布鲁姆、哈瑞·雅法著,潘望译:《莎士比亚的政治》,江苏人民出版社,2009 年。

25.【美】阿兰·布鲁姆著,马涛红译:《莎士比亚笔下的爱与友谊》,华夏出版社,2012 年。

26.【美】阿鲁里斯/苏利文编:《莎士比亚的政治盛典》,华夏出版社,2011 年。

27.【英】J.G.弗雷泽著,汪培基、徐育新、张泽石译,汪培基校:《金枝》,北京商务印书馆,2013 年。

28.【加】诺斯洛普·弗莱著,郝振益、范振帼、何成洲译:《伟大的代码——圣经与文学》,北京大学出版社,1998 年。

29. 贺祥麟等著:《莎士比亚研究论文集》, 陕西人民出版社,1982 年。

30.【意】沙乌尔·巴锡、阿尔贝托·托索·费著,王一禾译:《莎士比亚在威尼斯》,人民出版社,2014 年。

31. *The Holy Bible*, In The King James Version, Thomas Nelson, Inc. New York. 1984.

32. *Good News Bible*, United Bible Societies, London, 1978.

33. *Holy Bible*, New International Version, Zondervan Bible

Publishers, Michigan. 1984.

34. *The Jerusalem Bible*, Doubleday & Company, Inc. Garden City, New York, 1968.

35.《圣经》,中国基督徒三自爱国运动委员会、中国基督教协会,2002 年。

36.《牧灵圣经——天主教圣经新旧约全译本》,西班牙圣保禄国际出版公司,2007 年。

37.《圣经》(现代中文译本),香港圣经公会,1985 年。

38.《圣经·新约全书》, 中国天主教主教团教务委员会, 2008 年。

致　谢

　　前辈朱生豪曾以十载英年翻译过莎士比亚全部 37 部戏剧中的 27 部,梁实秋更是以一人之力断断续续历时 34 年,翻译了《莎士比亚全集》。新译过程中,时时参阅。因此,我要对他俩致敬、致谢。

　　新译时,除了以梁实秋当年采用的"牛津版"莎士比亚(*The Oxford Shakespeare*, edited by W.J.Craig. 1914)为底本,更以最新出版的三部《莎士比亚全集》为参照:一是英国皇家莎士比亚剧团(the Royal Shakespeare Company)推出的、由世界著名莎学家 Jonathan Bate 与 Eric Rasmussen 合编的《莎士比亚全集》(*William Shakespeare: Complete works*),简称"皇家版",北京外语教学与研究出版社 2008 年版;二是英国剑桥大学出版社 2003 年出版的《新剑桥版莎士比亚全集》(*The New Cambridge Shakespeare*),简称"新剑桥版";三是美国芝加哥大学(The University of Chicago)2013 年 1 月最新推出的、由全美莎士比亚学会前任会长 David Bevington 编注的第七版《莎士比亚全集》

(The Complete Works of Shakespeare)，简称"贝七版"。如此，是为在注释上互为参照。

借此，再做两点必要的补充说明：

第一，"皇家版"《莎士比亚全集》是对1623年第一对开本《莎士比亚全集》的全面修订，它已经成为新《莎士比亚全集》剧文的权威依据。而"贝七版"中，亦有对戏文的最新解读和诠释在注释中体现出来。简言之，因《莎士比亚全集》版本众多，为避免陷入因戏文版本不同而带来的阅读困扰，比如，一些戏文在不同版本中略有出入，甚至大有不同，新译以一旧（"牛津版"）三新（"皇家版""新剑桥版""贝七版"）为版本依据，对于版本上的异同，必要时以注释方式标明。

第二，在译文上，若完全以中文的诗体形式与莎士比亚的诗剧原作一一对应，无疑会影响现代中文阅读之流畅，故新译在文体上仍以梁实秋的译本格式为参照，即对莎士比亚原剧中的无韵戏文采用散文体，并努力使译文具有散文诗的文调韵致；而对韵诗戏文以及众多在人物独白、对话中或结尾处出现的两联句韵诗，一律以中文诗体对应。朱生豪译本，多是把两联句的韵诗并入散文体。同时，新译韵诗，也不在字数上像朱译本那样刻意追求每行十个字的整体划一，而是按对戏文原意忠实理解之考量来决定字数。

另外，参考的其他参考书还有：2011年发行的 *The Arden Shakespeare Complete Works*, Revised Edition（《阿登本莎士比亚全集》修订版），Edited by Richard Proudfoot, Ann Thompson And David Scott Kastan; *The Complete Works of William Shakespeare*,

The Edition of The Shakespeare Head Press, Oxford, This 1994 edition published by Barnes & Noble, Inc.;《莎士比亚全集》,上海世界图书出版公司 2010 年版;刘炳善编纂《英汉双解莎士比亚大词典》,河南人民出版社 2002 年版;张泗洋主编《莎士比亚大辞典》,商务印书馆 2001 年版;梁工主编《莎士比亚与圣经》,商务印书馆 2006 年版;《莎士比亚评论汇编》(上下),中国社会科学院外国文学研究所外国文学研究资料丛刊编辑委员会编,中国社会科学出版社 1981 年版;《莎士比亚戏剧辞典》,罗马尼亚布加勒斯特戏剧影视大学科尔奈留·杜米丘教授主编,宫宝荣等译,上海书店出版社 2011 年版;美国 Stephen Greenblatt 著,辜正坤、邵雪萍、刘昊合译的《俗世威尔——莎士比亚新传》,北京大学出版社 2007 年版;美国 David Scott Kastan 著,郝田虎、冯伟合译的《莎士比亚与书》,商务印书馆 2012 年版;美国 Williston Walker 著《基督教会史》,孙善玲、段琦、朱代强合译,中国社会科学出版社 1991 年版;*The World and Art of Shakespeare*, by A.A.Mendilow & Alice Shalvi, Israel University Press. Jerusalem. 1967; *How Shakespeare Changed Everything*, by Stephen Marche, Harper Collins Publishers. 2011. *How to Teach Your Children Shakespeare*, Ken Ludwig, Crown Publishers, New York. 2013.

在此,特向以上所有的作者、译者、主编、编者和编纂者致谢!

还需说明的是,对与《圣经》有关的注释引文,参考的中英文《圣经》有:中国基督徒三自爱国运动委员会、中国基督教协会

2002 年发行的《圣经》;西班牙圣保禄国际出版公司 2007 年版《牧灵圣经——天主教圣经新旧约全译本》;《圣经》(现代中文译本),香港圣经公会 1985 年版;《圣经·新约全书》,中国天主教主教团教务委员会 2008 年版;*Good News Bible*, United Bible Societies, London, 1978. *The Jerusalem Bible*, Doubleday & Company, Inc. Garden City, New York, 1968.*The Holy Bible*, in The King James Version, Thomas Nelson, Inc. New York, 1984. *Holy Bible*, New International Version, Zondervan Bible Publishers, Michigan, 1984.

能"新译"莎士比亚,对我是一个机缘,更是一份殊荣。这份机缘是由美国作家韩秀女士和台湾商务印书馆前任总编辑方鹏程先生一先一后所缘起。我要向他们致谢!

尤其要特别感谢韩秀女士的是,她为每一部新译精心写下了推荐语。还要感谢复旦大学的陈思和教授,他慨允将其读莎心得和对新译的满心期待作为了推荐语。

最后,我要向天津人民出版社致以诚挚的谢忱,感谢具有出版家的胆魄而又性情爽直的黄沛社长,感谢时任编辑室主任的沈海涛,感谢孙瑛、伍绍东、范园及所有参与新译编辑、出版工作的业界同人所付出的巨大辛劳。同时,我要向新译本即将迎来的读者致谢,并期待得到你们的批评、赐教,以使译本更加完善。

2016 年 1 月